LE CHANT DES COQUILLAGES

DE LA MÊME AUTRICE

SAGA DU NUAGE BLANC

Le Pays du nuage blanc, L'Archipel, 2013 ; Archipoche, 2014.
Le Chant des esprits, L'Archipel, 2014 ; Archipoche, 2015.
Le Cri de la terre, L'Archipel, 2015 ; Archipoche, 2016.

SAGA MAORIE

Les Rives de la terre lointaine, L'Archipel, 2016 ; Archipoche, 2017.
À l'ombre de l'arbre kauri, L'Archipel, 2017 ; Archipoche, 2018.
Les Larmes de la déesse maorie, L'Archipel, 2018 ; Archipoche, 2019.

SAGA DES ÎLES

L'Île aux mille sources, L'Archipel, 2019 ; Archipoche, 2020.
L'Île de la mangrove rouge, L'Archipel, 2020 ; Archipoche, 2021.
Fleurs de feu, L'Archipel, 2021 ; Archipoche, 2022.
Le Chant des coquillages, L'Archipel, 2022 ; Archipoche, 2023.

SARAH LARK

LE CHANT DES COQUILLAGES

traduit de l'allemand
par Jean-Marie Argelès

ARCHIPOCHE

Ce roman a été publié sous le titre
Der Klang des Muschelhorns
par Lübbe, Cologne, 2016.

Notre catalogue est consultable à l'adresse suivante :
www.archipoche.com

Éditions Archipoche
92, avenue de France
75013 Paris

ISBN 979-1-0392-0350-0

E rere kau mai te awa nui nei
Mai i te kahui maunga ki Tangaroa.
Ko au te awa
Ko te awa ko au.

Coule le fleuve
Des monts jusqu'à la mer.
Je suis le fleuve
Et le fleuve est moi.

Chanson des tribus maories sur le Whanganui
librement traduite.

Les Maoris croient que l'âme de l'homme est solidement ancrée en son lieu de naissance et ainsi inséparable des rivières et des montagnes de son pays.

MISSION

Russell – Nouvelle-Zélande (île du Nord)
Adelaïde – Australie

1863

1

— C'est encore loin ?

Mara Jensch était de mauvaise humeur. Elle s'ennuyait. Le chemin menant au village des Ngati Hine n'en finissait pas et, en dépit de la beauté des paysages, Mara en avait assez des arbres *manuka*, *rimo* et *koromiko*, des forêts tropicales et des jungles de fougères. Elle voulait revenir chez elle, à Rata Station, sur l'île du Sud.

— Quelques *miles* tout au plus, répondit le père O'Toole, un missionnaire catholique parlant bien le maori, l'interprète de l'expédition.

— Arrête de pleurnicher ! dit Ida la mère de Mara, approchant sa jument baie du cheval de sa fille. Tu as tout de l'enfant mal élevée.

Mara fit la moue. Elle savait qu'elle énervait ses parents. Elle était maussade depuis des semaines, car ce voyage sur l'île du Nord lui déplaisait. Elle ne partageait ni l'admiration maternelle pour les immenses plages et la douceur du climat, ni l'intérêt que prenait son père à servir de médiateur entre les tribus et les colons anglais. Elle n'en voyait pas la nécessité, car elle s'entendait à merveille avec les Maoris : n'aimait-elle pas d'ailleurs un fils de chef ?

La jeune fille sombra quelques instants dans des rêves qui la voyaient parcourir les prairies sans fin des Canterbury Plains en compagnie de son ami Eru à qui elle donnait la main, lui souriant… Avant son départ, ils avaient même échangé de timides premiers baisers. Soudain, un cri d'effroi l'arracha à ses rêveries.

— Qu'est-ce que c'était ? s'inquiéta le représentant du gouvernement, tendant l'oreille en direction de la forêt puis se tournant vers les deux soldats anglais qui l'accompagnaient.

Kennard Johnson, un petit homme grassouillet, avait recruté le père de Mara pour cette mission.

— J'ai l'impression d'avoir vu quelque chose, ajouta-t-il. Nous espionnerait-on ?

Mara et son père, Karl, ne purent s'empêcher de rire : en cas de pépin, ils n'auraient rien pu faire. Si la tribu auprès de laquelle ils se rendaient avait décidé de massacrer M. Johnson, un régiment de tuniques rouges n'aurait pas été de trop pour les en empêcher.

— Ce devait être un animal quelconque, affirma le père O'Toole. Un guerrier maori, vous ne l'auriez ni vu ni entendu. Nous approchons du village. Bien sûr qu'on nous observe…

M. Johnson ne put cacher son anxiété. Les parents de Mara se regardèrent d'un air entendu. Rendre visite à des tribus maories n'avait rien d'exceptionnel pour Ida et Karl Jensch. S'ils redoutaient quelque chose, c'était une réaction impulsive de la part des *pakehas*, comme les autochtones appelaient les colons anglais de Nouvelle-Zélande. Ils avaient vécu assez d'événements douloureux pour savoir que les Maoris étaient rarement les premiers à user de violence. Il arrivait bien plus souvent que les Anglais, saisis de terreur à la vue de « sauvages » tatoués, se mettent à tirer inconsidérément, ce qui avait de terribles conséquences.

— Surtout, gardez votre sang-froid ! lança une nouvelle fois Karl Jensch.

Deux fermiers dont les plaintes à l'égard des Ngati Hine avaient déclenché toute l'affaire accompagnaient les représentants du gouvernement. Mara les considéra avec le ressentiment que pouvait éprouver une jeune fille dont les projets avaient été contrariés. Sans ces deux imbéciles, il y avait beau temps qu'elle serait sur le chemin du retour chez elle, son père ayant eu l'intention d'être présent à Rata Station pour la tonte des moutons et ayant déjà réservé des places sur le bateau allant de Russell, à la pointe septentrionale de l'île du Nord, au port de Lyttelton, sur l'île du Sud. C'est au dernier moment que Karl Jensch avait été chargé par le gouverneur de régler le conflit entre ces fermiers et le chef des Ngati Hine. Il suffirait, pour cela, de comparer quelques cartes, Karl ayant jadis en personne arpenté la région quand le chef Paraone Kawiti avait vendu des terres à la Couronne.

— Les Ngati Hine ne nous sont pas hostiles, poursuivit-il. Rappelez-vous que nous avons été invités. Le chef est, comme nous, favorable à une solution pacifique du problème. Il n'y a pas lieu de s'inquiéter…

— Je ne suis pas inquiet ! s'écria un des fermiers, lui coupant la parole. Au contraire ! C'est eux qui ont toutes les raisons de s'inquiéter…

— Ces gens-là, intervint Ida, la mère de Mara, ont certainement une cinquantaine d'hommes armés, peut-être simplement de javelots et de massues, mais ils savent s'en servir. Il serait donc raisonnable, M. Simson, de ne pas les provoquer…

Mara soupira. C'était le même genre de conversation qu'elle entendait depuis cinq heures. Au début, les fermiers étaient même plus agressifs, paraissant considérer que l'expédition visait moins à trouver une solution qu'à discipliner les indigènes. Maintenant que les cavaliers avaient laissé loin derrière eux les colonies de *pakehas*, l'un des fermiers s'était calmé. L'atmosphère demeurait néanmoins tendue. Elle ne s'améliora pas quand le *marae*, le village, fut en vue.

Pour Mara, la porte d'entrée placée sous la garde de statues divines de la taille d'un homme et décorée d'ornements colorés n'était pas un spectacle inhabituel. Mais quelqu'un qui l'apercevait pour la première fois pouvait en être intimidé. Or, Kennard Johnson et ses hommes n'avaient jamais encore pénétré dans un *marae*.

— Ils ne nous sont pas hostiles ? demanda le fonctionnaire d'une voix étranglée en montrant le comité d'accueil à l'allure martiale qui leur faisait face. Pour moi, en tout cas, tout cela ne paraît guère engageant...

Même Mara et ses parents furent désagréablement surpris. On aurait dû voir des enfants jouer dans le village et les habitants vaquer à leurs occupations quotidiennes. Mais seul le chef, campé et menaçant devant la phalange de ses guerriers, les attendait, torse nu, le visage couvert de tatouages. Il paraissait plus massif encore dans son pagne en lin empesé. Il portait à la ceinture des massues et tenait un javelot.

— Ils ne vont tout de même pas nous attaquer ? demanda l'un des soldats anglais.

— Allons donc ! répondit le père O'Toole qui, grand et maigre, mit pied à terre avec flegme. Ils veulent juste nous faire peur.

Ce qu'ils réussirent mieux encore quand, à l'approche des Blancs, Paraone Kawiti brandit son javelot tandis que ses guerriers se mettaient à frapper du pied en rythme, avançant d'un pas et reculant, agitant leurs javelots et entonnant un chant menaçant, de plus en plus fort à mesure que la danse s'accélérait.

Les soldats cherchèrent leurs armes à tâtons, tandis que les fermiers s'abritaient derrière eux. Le missionnaire resta serein.

— Pour l'amour du Ciel, ne touchez pas vos armes ! ordonna Karl en plaçant sa monture entre les soldats et les guerriers. Ne réagissez pas ! Ne bougez pas !

Est-ce sous l'effet des paroles furibondes de Karl ou des mots apaisants du missionnaire ? Toujours est-il que la délégation réussit à paraître peu impressionnée, même quand, tour à tour, les guerriers frappèrent le sol de leur javelot à grand renfort de grimaces et d'insultes.

Contrairement à ses parents, aux fermiers et aux représentants du gouvernement, Mara comprenait chaque parole du chant guerrier. Elle était prise au dépourvu. Cette mascarade à laquelle se livraient les Maoris de l'île du Nord était pour elle aussi chose étrange. Depuis longtemps la tribu des Ngai Tahu, à proximité de laquelle elle avait grandi, avait renoncé à de telles démonstrations de force lorsqu'elle était confrontée à des Blancs. Depuis que Jane, la mère d'Eru, une *pakeha*, avait épousé le chef, on se saluait d'une simple poignée de main. Cela facilitait les rapports avec les nombreux visiteurs blancs venus faire des affaires avec la tribu. Les parents d'Eru avaient en effet monté un florissant élevage de moutons.

— Le rituel voudrait à présent que… heu… nous chantions nous aussi…, murmura le père O'Toole quand les guerriers eurent achevé leur danse. Ces gens savent bien entendu que ce n'est pas habituel chez les *pakehas*. Ils se donnent l'air martial, mais ils sont en réalité civilisés. Le chef a fait à nouveau dresser le mât pour le drapeau anglais que Hone Heke avait jadis coupé à Russell… Dieu du ciel, j'avais moi-même baptisé ce type…

Paroles qui se voulaient rassurantes mais qui cachaient mal la surprise de l'ecclésiastique, inquiet de voir Paraone Kawiti sacrifier à nouveau aux anciens rituels. Mara se demanda si chanter était susceptible d'abréger les choses. Si la comparaison des cartes se déroulait rapidement, ils pourraient être de retour à Russell en soirée et prendre le bateau pour l'île du

Sud dès le lendemain matin. Mais s'il y avait conflit et discussions, elle n'était pas près de quitter les lieux... Rejetant en arrière ses longs cheveux noirs qu'elle avait laissés libres comme le font les femmes indigènes, elle s'avança.

— Je peux chanter quelque chose, proposa-t-elle en sortant d'une poche son instrument favori, une petite *koauau*.

Sous l'œil admiratif des *pakehas* et des guerriers, elle porta la flûte à ses lèvres et se mit à jouer. Puis elle entonna un chant mélodieux, tranchant sur les hurlements guerriers qui venaient de cesser, un chant célébrant les paysages des Canterbury Plains de l'île du Sud, les étendues herbeuses infinies, les rivières bordées de buissons de *raupos*, les montagnes enneigées où se blottissaient des lacs limpides et poissonneux, un chant faisant partie du *powhiri*, cérémonie d'accueil dans un *marae*, associant chants et danses en costume traditionnel. Ce rituel visait à unir autochtones et visiteurs : une tribu en migration se présentait à ses hôtes en décrivant son pays natal. Sobre mais sûre d'elle-même, la jeune fille fit entendre sa pure voix d'alto, tant admirée des musiciens maoris de son pays comme de sa préceptrice anglaise.

Le chef et ses guerriers abaissèrent leurs armes, puis il y eut du mouvement dans les maisons de bois entourant la place de rassemblement. Une vieille femme sortit du *wharenui*, la maison commune, suivie d'un groupe de jeunes filles. D'un air décidé, elle les fit se placer devant les guerriers et entonner à leur tour un chant célébrant la beauté de l'île du Nord, ses plages blanches s'étendant à l'infini, les mille couleurs de la mer et les esprits habitant les *kauris*, arbres sacrés surveillant l'immensité des collines verdoyantes.

Mara espéra que les Ngati Hine n'en profiteraient pas pour exécuter le *powhiri* dans son intégralité. Cela pourrait durer des heures. En fait la femme, manifestement la doyenne de la tribu, s'en tint à ce chant. Puis elle avança à la rencontre des deux femmes *pakehas*. À Ida, la plus âgée, elle offrit son visage pour échanger le *hongi*, le salut traditionnel. Sous le regard méfiant des fermiers, de Johnson et des soldats, mais au soulagement de Karl, du père O'Toole et de Mara, les deux femmes joignirent leur nez et leur front.

— J'ai apporté des cadeaux, annonça Ida. Ma fille et moi aimerions rester en compagnie de la tribu pendant que les hommes aplaniront les malentendus. Si cela vous convient, bien sûr. Nous ignorions la gravité de ce conflit territorial.

Mara traduisit et la femme acquiesça, signifiant à Ida qu'elles étaient les bienvenues. Entretemps, Karl et l'interprète avaient entamé leurs entretiens. Paraone, d'abord hostile, parut ensuite disposé à suivre les suggestions de Karl et à examiner de concert à qui appartenaient les terrains que se disputaient les fermiers et les Maoris. La vieille femme qui avait pris l'initiative de la conciliation entra dans l'une des maisons. Elle en ressortit avec une copie du contrat et des cartes, documents reçus par la tribu lors de la vente de ses terres et conservés comme des objets précieux.

— Puis-je vous demander quelles sont les surfaces en litige, M. Simson et M. Carter ? Cela nous ferait gagner du temps et ne nous obligerait pas à faire le tour des lieux.

Le fermier Pete Carter indiqua aussitôt avec précision un terrain limitrophe du territoire des Maoris :

— Je l'ai acheté pour y faire paître mes moutons. Puis j'ai constaté que des Maoris y avaient aménagé un champ. Quand je l'ai traversé avec mes moutons, des types armés de javelots et de fusils ont fait irruption, défendant « leur » pays !

— Bien ! Nous allons nous y rendre, décida Karl. *Ariki*, vous nous accompagnez ? Et qu'en est-il pour vous, M. Simson ?

L'homme trapu, au visage rubicond, s'avança mais ne parvint pas à lire la carte. En revanche, la vieille femme indiqua du doigt un emplacement sur le papier.

— Ici. Terre appartenir ni à eux, ni à nous, dit-elle dans un anglais acceptable. Appartenir aux dieux. Esprits y habitent. Pas détruire !

— Ah, vous voyez ? triompha Simson. Elle dit elle-même que le terrain ne leur appartient pas, donc…

— Il est porté ici comme étant une terre maorie, répliqua Karl d'un ton ferme. Vous voyez cette petite échancrure sur la carte ? Ce doit être là. Nous allons également nous y rendre. Venez, *ariki*, père O'Toole… Plus vite nous partirons, plus vite les problèmes seront résolus. Et vous, M. Johnson, expliquez à M. Simson et à M. Carter, je vous prie, qu'ils devront accepter ce qui sera décidé. J'ai comme l'impression que ça ne va pas être simple…

Ida et Mara suivirent Karl quand il se dirigea vers son cheval afin de retirer des sacoches les cadeaux destinés aux femmes maories, de petits objets, des tissus de couleur, des bijoux de pacotille et quelques sachets de semences. Elles avaient renoncé aux couvertures ou aux casseroles, impossibles à charger sur un cheval. Un coup d'œil aux femmes accourant vers elles suffit à Mara pour constater que ces objets auraient été superflus. La tribu était à l'aise, le chef avait dû répartir équitablement les revenus de la vente des terres. La majorité des femmes et des enfants était vêtue à la *pakeha*, tenue plus agréable à porter, compte tenu du climat néo-zélandais, que les habits maoris traditionnels. Beaucoup avaient autour du cou de petites croix en bois, remplaçant les minuscules statuettes de dieux que les tribus sculptaient dans du jade.

Certaines femmes s'approchèrent avec familiarité du père O'Toole, lui parlant et se laissant bénir.

— Nous sommes tous chrétiens ! expliqua une jeune femme. Baptisées ! Mission Kororareka !

— Notre mission de Russell existe depuis 1838, confirma le père avec fierté. Elle a été fondée par des frères et des sœurs dominicains et maristes venus de France.

— Ils sont… catholiques ? s'assura Ida, troublée.

Elle avait elle-même grandi dans une commune de vieux-luthériens où les « papistes » étaient plus considérés comme des ennemis que comme des frères en Jésus. Mara ne s'était jamais intéressée aux différences entre les croyances chrétiennes. Il n'y avait pas d'église à proximité de Rata Station et les enfants n'assistaient donc pas aux offices religieux. Ida priait avec ses filles quand elle était à la maison. Quand elle accompagnait son mari dans ses déplacements d'arpenteur, Mara et ses sœurs étaient gardées par Catherine Rata, une amie d'Ida qui leur servait de « seconde mère » mais qui ne priait pas le dieu des chrétiens. Ayant grandi dans une tribu maorie, elle enseignait plutôt aux enfants les dieux et les esprits des autochtones. Un peu d'anglicanisme s'ajoutait à ce mélange de croyances dans la mesure où miss Foggerty, la préceptrice de Mara, avait tenté sans grand succès de leur dispenser un enseignement religieux. Les enfants, en effet, ne supportaient pas cette femme sévère et sans humour.

— Moi, je suis irlandais, dit en souriant le père O'Toole. Chez nous, tout le monde est catholique. Mais je n'accorde pas trop d'importance à tout ça. Peu importe par quelle voie les Maoris accèdent à Dieu, l'essentiel est de les détourner de leur idolâtrie.

— L'essentiel, c'est qu'ils restent pacifiques, grommela Karl qui avait hâte d'en finir, plein de remords à l'idée de laisser Cat et son compagnon Chris Fenroy s'occuper seuls de la tonte. Allez, en route, Père, vous compterez vos ouailles plus tard.

Les hommes partirent tandis qu'Ida et Mara se joignirent à la jeune femme à la croix qui venait de les inviter à aider aux préparatifs d'une grande fête prévue pour le soir même. Les femmes du village apportaient en effet sur la place des patates douces et des bulbes de *raupo* afin de les éplucher et de les couper en menus morceaux. D'autres vidaient des volailles et des poissons.

Ida se mit au travail de manière on ne peut plus naturelle et Mara trouva que sa mère passait quasiment inaperçue au milieu de ces femmes, avec ses cheveux noirs et lisses relevés, comme cela devenait peu à peu à la mode chez les Maories aussi. Sa peau avait été bronzée par le soleil de l'île du Nord. Seuls ses yeux d'un bleu de porcelaine la distinguaient de celles qui l'entouraient.

— Si j'ai bien compris, Mara, ils prévoient une fête. C'est bien entendu très gentil de leur part. Mais c'est un peu surprenant, non ? Alors qu'ils viennent de nous gratifier d'un *haka* de guerre. On aurait dit que le chef allait se précipiter sur nous… et voilà qu'ils préparent un festin en notre honneur !

Mara l'avait aussi remarqué et cela ne la réjouissait pas, une fête signifiait qu'ils devraient passer la nuit chez les Ngati Hine.

— La fête n'est pas pour nous, maman, répondit-elle après avoir interrogé des filles de son âge. Elle est prévue depuis longtemps. Kawa, la femme du chef, est tout excitée. Ils attendent, dans la soirée, un missionnaire. Un révérend, plutôt. Te Ua Haumene est un Maori originaire d'une tribu de la région de Taranaki. Il y a grandi dans une mission et a étudié la Bible. Puis il a servi dans d'autres missions, et il a peut-être même été ordonné prêtre. Les filles ne le savent pas exactement. Maintenant, il est en tout cas devenu une espèce de prophète. Certains dieux lui auraient révélé quelque chose d'important. Il en parlera dans son prêche de ce soir.

— Mais il n'existe pas de nouveaux prophètes, objecta Ida. Il n'y a que Dieu, Jésus et le Saint-Esprit. S'il y avait de nouvelles révélations il faudrait alors… réécrire la Bible.

— Nous n'allons pas tarder à l'entendre, j'en ai bien peur, soupira Mara. Si Papa, M. Johnson et les fermiers ne se disputent pas avec le chef. En tout cas, les femmes nous invitent à l'office. Le père O'Toole voudra sans doute rester. Même si cet Haumene est un anglican ou quelque chose dans ce genre.

— Oh oui, père O'Toole est grand homme, bon chrétien ! s'écria une jeune Maorie, apparemment très fière de son anglais. Il lit histoires de la Bible dans langue à nous. Et maintenant, encore mieux, Te Haumene est prophète maori. Écrit Bible maorie pour peuple à lui !

2

Les hommes revinrent à peine deux heures plus tard. Le chef et la doyenne de la tribu qui, à pied, avaient accompagné les *pakehas* à cheval semblaient euphoriques, Johnson et ses hommes détendus. Même le fermier Carter paraissait satisfait. Seul Simson était furieux.

— Je ne laisserai pas les choses en l'état, vous pouvez en être certains, déclara-t-il à Karl et au père O'Toole. Je vais m'adresser au gouverneur, à la Couronne. L'Angleterre doit défendre les droits de chacun.

— En Angleterre, vous ne pourriez pas vous permettre de couper les arbres de votre voisin, rétorqua Johnson. Bon, d'accord, ce dernier ne vous menacerait pas de mort aussitôt. Il est certain que le chef a réagi de manière excessive…

— Pour la tribu, cet arbre est sacré, renchérit Karl. Vous l'avez vu vous-même, un magnifique *kauri*, vieux de centaines, voire de milliers d'années !

— Ce sont des centaines, voire des milliers de dollars qu'il pourrait rapporter ! s'écria Simson. Comme bois, il n'y a pas mieux, les gens de Wellington s'en lèchent déjà les babines. Et ici… La vieille dit pourtant elle-même qu'ils ne veulent pas garder la terre, ajouta-t-il en montrant la doyenne qui, sereine, marchait à côté du chef, ne gratifiant pas Simson du moindre regard alors qu'elle comprenait au moins en partie ce qu'il disait.

— Ce n'est pas exactement ce qu'elle a dit, rectifia Karl. Elle réclame bien entendu le terrain, ce qu'elle avait déjà exprimé jadis lors de l'acquisition. Je vous ai montré la carte. À vrai dire pas pour la tribu, mais pour les esprits à qui l'arbre appartient. Chose à respecter.

— Je croyais que ces types étaient baptisés ! s'obstina Simson. Qu'en dites-vous, révérend ?

Mara s'approcha des hommes qui mettaient pied à terre. Si son père ne dessellait pas, il y avait de bonnes chances qu'ils repartent sans attendre. Peut-être échapperait-elle à cet office religieux. Mais ses espoirs furent vains. Karl donna une tape à sa monture et lui ôta la selle.

— Père ! rectifia O'Toole d'un air pincé. Je suis franchement tiraillé, M. Simson. Ma croyance m'ordonne d'abattre un arbre comme celui-ci, suivant la tradition de saint Boniface. Il est impie d'adorer des plantes et des animaux. Le Seigneur dit que nous ne devons pas tolérer de dieu en dehors de lui. Mais, par ailleurs, c'est un bel arbre, un extraordinaire exemple du miracle de la Création.

— M. Simson, déclara Karl, le problème n'est pas de savoir ce qu'en pense le père O'Toole, ni si c'est un arbre extraordinaire. Le seul problème, c'est de savoir si cet arbre pousse sur vos terres ou sur celles de vos voisins. Or, il est indiscutable que cette terre appartient aux Ngati Hine. L'arbre aussi, donc. Ayez par conséquent la sagesse de n'y pas toucher.

— Et ne croyez pas que vous vous tirerez d'affaire d'une manière ou de l'autre si vous l'abattez malgré tout, ajouta Johnson. La Couronne n'entreprendra pas une guerre si Paraone Kawiti vous massacre en représailles. Les précédents existent. Songez au conflit de Wairau !

Ce jour-là, une vingtaine d'Anglais avaient perdu la vie quand une troupe de *pakehas* avait abattu la femme d'un chef. Plus tard, le gouverneur s'était excusé auprès des Maoris plutôt que d'exercer une vengeance.

Simson finit par repartir, mécontent, tandis que le chef invitait les hommes de la commission à assister à la fête et au prêche du « prophète ». Carter, satisfait de la décision à son égard, resta. Il but quelques solides gorgées d'une bouteille de whisky que Karl avait extraite de sa sacoche de selle et fait circuler. Peu après, il se retrouva assis avec les soldats anglais auprès d'un feu, entourés de quelques jeunes filles maories pouffant de rire.

Mara vit s'éloigner toute perspective d'un prompt départ.

— On va donc passer la nuit ici ? demanda-t-elle à son père.

— Ça en a tout l'air, Mara. Le père brûle d'envie d'entendre ce prédicateur et M. Johnson semble avoir les os rompus. Il est peu probable qu'il ait aujourd'hui envie de monter encore en selle.

— Je croyais..., commença Mara, l'air furibond.

— Je n'y peux rien, coupa son père avec un rien d'impatience. Tu sais que moi aussi j'ai hâte de revenir à Rata Station, et pour des raisons plus importantes que les tiennes. Tu as envie de reprendre ton flirt avec Eru le plus vite possible, alors que, par expérience, on sait que cela n'entraînera que des problèmes. Jane va défendre son fils bec et ongles...

Mara foudroya son père du regard.

— Moi aussi, je peux mordre, déclara-t-elle.

— Quand Eru et toi serez adultes, Mara, tu pourras le disputer à sa mère. À moins que vous ne le laissiez décider lui-même. Mais tu n'as que quinze ans et lui quatorze, si je ne m'abuse. Et vous devrez vous plier au bon plaisir de Jane. D'ailleurs, ta mère et moi sommes de son avis. Ton Eru est certes un gentil garçon et peut-être vous unirez-vous un jour. Mais il faut laisser passer quelques années. Ah, voilà ta mère !

Karl rejoignit son épouse afin de lui raconter l'entrevue entre les fermiers et les Maoris, Mara s'abstenant de répondre, certaine que ses parents ne l'écouteraient pas.

— Ce Simson peut s'estimer heureux d'avoir survécu à son coup de force. Il a été surpris par une prêtresse alors qu'il s'apprêtait à donner le premier coup de hache au *kauri*. Elle a fait un raffut du diable, ce qui a attiré l'attention de quelques guerriers qui l'en empêchèrent. Imagine un peu ce qui lui serait arrivé s'il avait eu le temps d'abattre l'arbre !

— Et l'autre ? s'inquiéta Ida. En quoi M. Carter était-il en conflit avec la tribu ?

— Là, c'étaient les Maoris qui étaient dans leur tort, sourit Karl. Tu les connais. Pour eux, la terre appartient à celui qui l'utilise. Et, comme Carter ne cultive pas cette parcelle et n'y fait pas paître ses moutons, une femme, qui souhaitait agrandir son champ de *kumaras*, l'a labourée sans autre forme de procès. Elle n'a pas compris pourquoi l'homme s'énervait à ce point. Il n'aurait d'ailleurs pas dû détruire sa récolte. Nous avons résolu le problème et ils sont tombés d'accord : cette année, la femme pourra encore ramasser ses pommes de terre et en donner la moitié à Carter. L'année prochaine, elle cessera sa culture. Ce n'était au fond qu'un malentendu. Le fermier d'ailleurs se souciait peu de ce demi-arpent de terre. Il avait juste peur que la tribu ne suive l'exemple de la femme.

Ida prit son mari par le bras et, suivis de Mara, ils se dirigèrent vers les feux. Les femmes avaient déjà entrepris la cuisson. L'odeur alléchante donna faim à la jeune fille. Mais, avant le repas, il fallait encore subir le prêche !

À la tombée de la nuit, un jeune garçon annonça que trois guerriers s'approchaient du village :

— C'est Te Haumene qui arrive !

— Mais c'est qui, ce type ? Un guerrier ou un prêtre ? s'inquiéta Ida.

— Je l'ignore, dit en haussant les épaules le père O'Toole assis auprès d'eux. Je ne le connais pas. Nous sommes une mission catholique. J'ai juste entendu parler de lui. J'espère qu'il apporte un véritable enrichissement du christianisme à ce pays. L'histoire de l'arbre que vénèrent les Maoris, vous ne pouvez peut-être pas le comprendre, mais, pour moi, c'est comme… une gifle, c'est l'effondrement de l'œuvre de ma vie. Je connais depuis des décennies cette tribu, j'ai baptisé les enfants, je leur ai fait l'école… Tout ça pour ça ! Je devrais peut-être rentrer en Irlande.

— Ils ne peuvent pas se détourner aussi rapidement de leurs dieux et de leurs esprits, tenta de le réconforter Karl.

— Ma foi, si vous voyez les choses ainsi…

— C'est certainement ainsi qu'il faut les voir. N'en veuillez donc pas à ces gens. Personnellement, je trouve beaucoup plus scandaleux le comportement de ce Simson. Il croit pouvoir agir avec la tribu comme il l'entend et bénéficier de la protection de la Couronne anglaise.

— Oui, soupira O'Toole. Nos compatriotes blancs ne sont pas non plus tous de parfaits chrétiens. Parfois… Ah, ne me prêtez pas attention… Je suis de temps en temps dégoûté. Ces Maoris qui se font baptiser et agissent ensuite à leur guise… Ces guerres insensées, ces dernières années, par la faute d'un chef entêté, sans doute ivre, qui a abattu le mât du drapeau anglais. Et les autorités qui virent aussitôt dans ce geste une attaque contre la Couronne… Ces acquisitions de terres contre lesquelles les indigènes se sont naturellement défendus… Des gens comme ce Simson… Mais s'il apparaît un Christ maori, je veux encore prendre cela pour un rai de lumière dans la nuit noire. Espérons seulement que je ne serai pas une nouvelle fois déçu.

Te Ua Haumene était un homme imposant, dans la force de l'âge, à la large face barbue et sans tatouages. Ses sourcils formaient deux arcs épais au-dessus d'yeux noirs au regard un peu endormi. Il ne portait ni la soutane des prêtres ni le costume noir des pasteurs, mais la tenue d'un Maori aisé, le torse couvert d'un habit en bon tissu au-dessus d'un pagne en lin, le tout recouvert d'un manteau de grande valeur, digne d'un chef. Ses accompagnateurs avaient la tenue de guerriers.

Le père O'Toole, le visage figé, observa les femmes du village courir au-devant du prophète avec enthousiasme, sollicitant sa bénédiction avec la même ferveur qu'elles avaient peu avant témoignée à sa propre personne. Les hommes restaient en retrait pendant que deux anciens du village et un parent du chef échangeaient le *hongi* avec le visiteur. Paraone s'en abstint, les *arikis* de l'île du Nord gardant leurs distances avec leurs sujets.

Te Ua Haumene et ses hommes prirent avec satisfaction place auprès du feu central comme les en priait la femme du chef. Ils étaient affamés. De temps à autre, la femme du chef levait le doigt en direction du père O'Toole tandis que les habitants montraient leurs croix à Te Ua qui ne manifesta aucune envie de faire la connaissance de l'ecclésiastique.

— Peut-être en veut-il aux catholiques, tenta Ida afin de réconforter ce dernier. Il a été élevé par des anglicans.

Karl lui tendit pour sa part la bouteille de whisky, qu'il accepta.

Quand Te Ua finit par se lever pour prendre la parole, la nuit était tombée. Un léger vent enlevait du visage du prophète ses longs cheveux.

— Bienvenue à toi, oh vent ! commença-t-il, le regard comme perdu dans le ciel. Tu es venu accueillir ton messager !

Le père ayant traduit, Ida s'étonna :

— Messager ?

— Haumene signifie « l'homme du vent », expliqua Mara.

— Entendez par ma bouche les paroles de Dieu. Le vent nous souffle son esprit, l'heureuse nouvelle, le nouvel Évangile, et moi je l'apporte aux croyants !

— *Pai Marire !* scandèrent ses deux assistants.

— *Pai Marire !* cria-t-il à son tour et les auditeurs répétèrent en chœur.

— Ça veut dire « paisible », n'est-ce pas ? demanda Karl.

— « Bon et pacifique », opina O'Toole. C'est ainsi qu'ils nomment leur mouvement religieux. Ils l'appellent aussi « Hauhau ».

— Mais un nouvel Évangile ? s'étonna derechef Ida.

— Je te salue, oh toi mon peuple, mon peuple élu…

Te Ua se tut un bref instant, comme pour laisser ses paroles faire leur effet. O'Toole poussa un gémissement.

— Je suis ici pour vous rassembler, en Son nom. Pour vous appeler comme j'ai moi-même été appelé par le plus grand de tous les chefs, par Te Ariki Makaera, celui qui commande les troupes du Ciel.

— C'est-à-dire ? interrogea Karl.

— Il parle de l'archange Michel, répondit O'Toole, amer.

— Voyez, je suis l'un de vous, je suis maori, né à Taranaki, mais les *pakehas* m'ont déporté à Kawhia, moi et ma mère. Je leur ai servi d'esclave, mais je ne leur en veux pas, car Dieu a voulu que j'apprenne leur langue et leur écriture. J'ai étudié la Bible, la parole de Dieu, je me suis fait baptiser parce que j'étais certain que la croyance des *pakehas* me permettrait une vie meilleure. C'est alors que Te Ariki Makaera m'est apparu et m'a annoncé que je ne devais pas être celui que l'on guide, mais celui qui guide. Moi aussi j'ai été élu pour être celui qui, comme Moïse jadis, sortira son peuple de la servitude. J'ai la mission de témoigner du fils de Dieu, de Tama-Rura, celui que les *pakehas* nomment Jésus, même s'il m'a été révélé que ce n'était qu'un autre nom pour l'archange Gabriel.

— Cet homme est fou, murmura Ida.

— Cet homme est dangereux, ajouta Karl.

— Et que tous, oui tous, attendent, l'épée et le javelot à la main, que le peuple élu soit conduit à la liberté.

— *Pai Marire !* crièrent les deux assistants et les villageois à leur tour.

— Car vous n'êtes pas libres, vous, le peuple élu ! Vous partagez votre terre avec les *pakehas* et trop souvent vous croyez qu'ils sont vos amis parce qu'ils vous donnent de l'argent ou vous vendent des choses. Mais en vérité je vous le dis, ils ne vous le donnent pas pour rien ! Ils prennent votre terre et vous prendront aussi vos enfants !

Les femmes réagirent par des exclamations effrayées, une partie des hommes par des protestations.

— Ces gens, vous ne les avez pas invités, ils sont venus pour prendre vos terres.

Karl se disposait à intervenir quand O'Toole bondit sur ses pieds.

— Nous avons aussi apporté le Dieu que tu es en train d'outrager !

Te Ua le fusilla du regard.

— Il est possible que vous ayez été le canot sur lequel le Dieu authentique est arrivé à Aotearoa. Mais il faut parfois brûler le canot quand on veut se sentir chez soi dans son pays. Dieu sera encore là quand nous aurons chassé depuis longtemps de notre pays les *pakehas*. Quand ils auront été emportés par le vent ! *Pai Marire, hau hau !*

Décontenancé, le père se rassit, tandis que, de plus en plus nombreux, les gens qu'il avait convertis et baptisés confiaient au vent l'esprit de Dieu.

Te Ua ordonna alors à ses partisans de planter un pieu qu'il appela *niu*, censé matérialiser la bonne nouvelle qu'il apportait aux Maoris. Ses hommes se mirent ensuite à trépigner autour de ce pieu, exhortant les gens à les imiter. De jeunes villageois, de plus en plus nombreux, les rejoignirent.

— Il faut filer d'ici le plus vite possible, intima Karl. Avant que le prophète ne se mette à nettoyer le village des *pakehas*. Mara, va voir M. Johnson et ses hommes, moi je vais tirer M. Carter de ses rêves de fraternisation avec ses voisins. Il ne semble pas menacé, mais les jeunes qui l'entourent ne le défendront pas si quelqu'un se met à faire des siennes. Toi, Ida, mène le père aux chevaux avant qu'il ne s'en prenne à nouveau à ce fou.

Mara ne se le fit pas dire deux fois, bien qu'elle se fût résignée à l'idée de passer la nuit ici et qu'une longue chevauchée nocturne ne la tentât pas particulièrement. Mais elle avait pris peur de l'atmosphère sinistre, des menaces du prophète et de la danse délirante autour du pieu. Elle se considérait comme membre du peuple maori. Si elle épousait Eru, elle appartiendrait à la tribu des Ngai Tahu. Mais elle n'avait jamais vu ses compatriotes dans un tel état. On aurait dit que le souffle d'un vent mauvais leur avait ôté toute raison et toute sagesse.

Le père semblait être dans les mêmes dispositions, comme en transes, quand Ida le conduisit au travers des feux. Quelques habitants du village durent remarquer que les *pakehas* se retiraient. Le chef, assis un peu à l'écart, s'en aperçut à coup sûr. Il ne tenta pas de les en empêcher. Il ne semblait d'ailleurs pas enthousiasmé par les propos du prophète en train d'ensorceler sa tribu. Il sentait peut-être le danger que cet homme représentait, à moins qu'il n'eût peur de perdre son pouvoir sur ses gens. Il adressa un signe imperceptible à l'arpenteur et il gratifia le père O'Toole d'un regard où se mêlaient mépris et regret.

— Allez, dépêchez-vous ! lança Karl au missionnaire.

Ayant aidé Carter, quelque peu réticent, et les soldats qui, eux, n'en menaient pas large, à seller leurs chevaux, Mara tendit au père les rênes de sa monture. Il donnait l'impression d'être incapable de décider de monter en selle, comme s'il n'en avait pas l'énergie.

— Je veux ficher le camp d'ici ! dit-elle.

— Moi aussi, murmura O'Toole. C'est… c'est irrévocable, c'est la fin. Je retourne à Galway. Que Dieu protège ce pays !

3

— Dieu vous a appelés et vous avez suivi son appel !

Le révérend William Woodcock, archidiacre d'Adélaïde, jeta un regard satisfait sur les huit jeunes hommes debout devant l'autel.

— Vous irez maintenant dans le vaste monde baptiser les peuples au nom du Père, du Fils et du Saint-Esprit. Enseignez-leur les commandements que je vous ai enseignés. Et sachez que je serai avec vous jusqu'à la fin des temps !

— Amen ! répondirent les huit missionnaires, ainsi que leurs parents et leurs proches assistant à la cérémonie d'ordination.

L'Australian Church Mission Society entretenait un institut de formation qui, tous les ans, envoyait dans le monde une poignée de jeunes hommes afin d'y convertir les païens. La plupart d'entre eux restaient dans le pays car l'immense continent australien offrait un riche terrain d'action. De loin en loin, l'un d'entre eux était envoyé en Nouvelle-Zélande, en Inde ou en Afrique.

C'est à William Woodcock que reviendrait d'attribuer aux candidats leur futur lieu d'intervention. Les jeunes missionnaires, tandis que l'orgue retentissait et que le chœur de l'Institut entonnait un choral, sortirent de l'église.

Franz Lange était en troisième position. Comme ses condisciples, il baissait la tête.

Entendant chanter en allemand sur l'un des bancs proches de la sortie, il leva les yeux et aperçut son père, Jacob Lange, qui, debout au milieu de ses demi-frères plus jeunes, chantait le choral dans sa langue maternelle. Il ne remarquait pas, et cela lui aurait été de toute façon égal, que sa voix sonore et sa langue étrangère gênaient ses voisins. Pour lui, l'Évangile devait être proclamé dans la langue de Martin Luther. Vingt ans après avoir émigré du Mecklembourg, c'est à peine s'il parlait anglais.

Franz n'avait pas osé espérer que son père assisterait à son ordination. Malgré de lointaines racines vieux-luthériennes, l'Australian Church Mission Society faisait désormais partie de l'Église anglicane et interprétait l'Évangile de manière moins stricte. Mais il n'y avait pas eu d'alternative pour Franz. La paroisse allemande d'Adélaïde n'entretenait pas de séminaire. Pour suivre l'appel de Dieu, Franz n'avait eu d'autre choix que le *college* St. Peter.

À la vue de son père et de ses frères, Franz ressentit un peu de mauvaise conscience. Il ne l'aurait jamais avoué, mais sa vocation missionnaire n'avait pas été l'unique raison de son départ de la colonie allemande d'Hahndorf. En réalité, il en avait assez des travaux des champs que seuls interrompaient des messes et des cercles de prière. Depuis son plus jeune âge, il avait été chétif et maladif. Il n'avait pu supporter ni le climat du Mecklembourg ni celui de la Nouvelle-Zélande du Sud où la famille Lange avait d'abord vécu. La chaleur de l'Australie lui avait été bénéfique. Pourtant, la dureté des travaux de défrichement des terres nouvelles ne lui avait pas permis d'acquérir une meilleure santé, son père exigeant du cadet de son premier lit qu'il travaillât comme un adulte. Il l'avait certes envoyé à l'école allemande, mais le faisait travailler, l'après-midi, jusqu'à épuisement.

Ne serait-ce que pour que ne te viennent pas de mauvaises pensées! Cette phrase, Franz l'avait entendue bien souvent. Chaque fois, la fureur paternelle contre ses frères et sœurs qui s'étaient soustraits à l'influence du chef de famille s'en trouvait ravivée. Antoine, le frère de Franz, et Elsbeth, sa sœur, étaient partis sans sa bénédiction. Ils devaient se trouver quelque part en Nouvelle-Zélande, mais Jacob n'avait pas la moindre envie de renouer le contact avec eux. Lui et sa deuxième femme, Anna, n'échangeaient que très rarement des lettres avec la fille aînée, Ida. Celle-ci avait été mariée, en Nouvelle-Zélande, avec un membre de la paroisse vieux-luthérienne, et était ensuite devenue veuve dans des circonstances obscures. Puis elle avait épousé un homme que son père n'aimait pas.

Les Lange furent parmi les premiers à sortir de l'église et à rejoindre les jeunes missionnaires attendant devant la porte, sous le clair soleil hivernal de l'Australie. Franz osa un timide sourire en tendant les deux mains vers son père et sa belle-mère qui, accompagnée de ses trois filles, venait de rejoindre le groupe du père et des deux garçons. Hommes et femmes n'étaient pas assis ensemble pendant l'office. Elle rendit son sourire à son beau-fils avec un peu de gêne.

Comme personne ne parlait, Franz s'efforça à un bonjour chaleureux.

— Vous ne pouvez savoir combien je suis heureux que vous soyez venus !

Il espérait que son père le prendrait dans ses bras, mais celui-ci resta de marbre.

— Maintenant, en hiver, il n'y a pas grand-chose à faire à la ferme, grogna-t-il.

Anna Lange regarda son mari et hocha la tête avec indulgence, puis elle s'avança vers Franz et prit dans les siennes les mains qu'il tendait.

— Ton père est très fier de toi ! affirma-t-elle, elle aussi en allemand.

Certes, l'école de Hahndorf enseignait la langue du pays, même si nombre de colons se souciaient peu que leurs enfants, dont la plupart ne quittaient jamais le village, parlent bien ou non l'anglais. Enseignement qui, en revanche, avait été très important pour Franz. Il avait gardé en mémoire l'exemple de ses deux sœurs. Même s'il rageait de ce qu'elles l'avaient laissé tomber, il devait bien constater que leur ambition d'apprendre l'anglais dès leur arrivée en Nouvelle-Zélande leur avait été utile. Elles étaient libres. Il savait qu'il devait parler la langue du pays s'il voulait un jour échapper aux corvées de la ferme. Il s'était donc mis à l'apprendre avec zèle, même s'il était meilleur en calcul qu'en rédaction. Il aurait été meilleur comptable ou employé de banque que prédicateur. Il avait d'ailleurs rêvé d'étudier les mathématiques. Mais c'était un rêve fou. Si Jacob laissait un jour partir son fils, ce ne serait qu'au nom du Seigneur.

— De la fierté, dit ce dernier en caressant sa barbe blanche, j'en éprouve pour les fils qui savent la place qui est la leur, qui restent humblement sur leur bout de terre et aident leurs parents dans la dure lutte pour la vie. Toi, Franz, tu es plutôt une déception pour moi. Mais bon, j'accepte que Dieu t'appelle. Les voies du Seigneur sont impénétrables. Et, qui sait, peut-être expieras-tu les péchés de tes pères en te rendant en pays hostile apprivoiser les sauvages. Je ne me révolterai pas contre le Créateur : je dois avoir mérité de perdre mon dernier fils…

— Tu as encore deux fils merveilleux ! lui rappela Anna.

Cette petite femme vêtue de la sombre tenue traditionnelle des vieux-luthériennes et commençant à perdre ses cheveux blonds dissimulés sous une coiffe était à peine plus âgée que la sœur aînée de Franz. Elle avait mis sept enfants au monde à intervalles proches sitôt mariée. Deux garçons et trois filles avaient survécu, vigoureux et en bonne santé. Fritz et Albert travaillaient déjà dur à la ferme, tandis que les filles semblaient suivre la voie sage et casanière de leur mère.

— Je suis d'accord, dit Jacob, je n'en veux pas au Créateur. Il a été généreux avec moi en définitive. Pourtant… Franz, n'oublie pas ta première patrie ! N'abandonne pas ta langue et ton passé. Où que tu sois envoyé, rappelle-toi toujours que tu es un enfant de Raben Steinfeld…

— Tu viens, Franz ? l'interrompit Marcus Dunn, qui avait partagé sa chambre durant leurs années d'étude. L'archidiacre a déjà convoqué John et Gerald dans son bureau. Il annonce où chacun est appelé à servir Dieu. Tu es le suivant.

Franz saisit l'occasion de prendre congé de sa famille.

— Mais vous pouvez rester ! Un buffet sera dressé sur le campus, il y aura à boire et à manger, nous fêtons nos diplômes…

— Je ne vois aucune raison de faire la fête. Et nous devons rentrer. Il y a dix vaches à traire. Alors, Franz, que Dieu soit avec toi. J'espère qu'il te montrera le bon chemin…

Franz serra les poings, mais son père lui avait déjà tourné le dos. Anna haussa les épaules, résignée. Elle était une personne douce et bienveillante. Quand Jacob l'avait épousée, elle avait considéré Franz comme son propre fils, lui facilitant l'existence à bien des égards. Mais, inconditionnellement dévouée à son époux, jamais elle ne l'aurait contredit. Franz se demanda s'il souhaitait avoir un jour une femme de cette nature. Il préférerait, s'il était sincère, une épouse avec qui il pourrait converser, qui n'acquiescerait pas toujours humblement. Une femme sachant dire non à l'occasion.

Mais il n'avait pas le temps de s'attarder à ces pensées en ce jour où tant de sentiments s'affrontaient en lui : la joie d'avoir terminé ses études avec succès, la fierté de s'appeler bientôt révérend, la mauvaise conscience à l'égard de son père et la crainte devant le destin qui allait être décidé pour lui.

Franz n'avait en effet jamais dit à personne et avait du mal à se l'avouer : en dépit de son ardeur à l'étude et de son empressement à prêcher, à dispenser la parole divine, il était paralysé par la peur à l'idée de se retrouver face à des païens qu'il devrait convertir. Il n'était encore jamais entré en contact avec les aborigènes, les premiers habitants de l'Australie, qui avaient été repoussés loin de leur habitat originel, ce qui avait été le cas pour la tribu ayant jadis vécu dans la région d'Adélaïde. Dans les rues de la ville, on n'aimait pas voir les Noirs, essentiellement des mendiants ou des vagabonds errant en état d'ébriété, mais on les jugeait inoffensifs. Durant les études de Franz, des professeurs associés venus de l'Outback avaient à l'occasion amené avec eux des autochtones baptisés. Mais, sages et silencieux, habillés à l'occidentale, baissant humblement la tête, ils n'avaient rien d'effrayant. Lui, pourtant, se souvenait très bien de l'arrivée en Nouvelle-Zélande des Lange qui s'étaient trouvés mêlés au conflit avec des Maoris hostiles, la tuerie de Wairau. La famille n'avait certes jamais vu le moindre Maori à Nelson, mais les histoires épouvantables qui couraient dans la ville avaient impressionné l'enfant qu'il était. En Australie, il avait entendu pire encore. Les autochtones étaient considérés comme beaucoup plus belliqueux que les Maoris. Tout colon avait connaissance de massacres commis sur la personne d'immigrés, d'expéditions taillées en pièces et d'émeutes sanglantes. Des images de sauvages peints en blanc, armés de javelots et de boomerangs, passaient de main en main. Et l'Outback était de surcroît encore infesté d'animaux dangereux. Quand, avec son père, il avait défriché la terre pour la ferme, il avait souvent échappé de peu à la piqûre d'un serpent ou à l'attaque d'un chien sauvage. Il était donc pris de panique à l'idée qu'on allait l'envoyer à nouveau dans un pays vierge de toute civilisation afin d'y établir une mission.

Attendant devant le bureau de l'archidiacre, il luttait contre les battements effrénés de son cœur et des sueurs froides. Quand, enfin appelé, il entra, il avait la bouche sèche. Qu'allait-il faire si on l'envoyait dans le bled ? Pouvait-il encore s'enfuir ? Dieu ne l'en punirait-il pas ? Ou, pire encore, n'allait-il pas le punir sur-le-champ, par la main de l'archidiacre, en le bannissant en un lieu plus dangereux encore que le premier ?

Les yeux perçants de l'archidiacre semblèrent pénétrer jusqu'à ses pensées les plus intimes.

— Asseyez-vous, révérend Lange. Vous êtes tout pâle. Est-ce d'avoir revu votre famille ? Ou bien ressentez-vous déjà peser sur vous le fardeau de votre charge ?

Franz murmura quelques paroles incompréhensibles avant de se ressaisir :

— Je n'ai pas encore rompu le jeûne, avoua-t-il.

Les futurs missionnaires avaient passé la nuit à prier et à jeûner et, lors de l'office, Franz avait cru mourir de faim. Mais la rencontre avec sa famille lui avait coupé l'appétit, alors que certains de ses condisciples s'étaient sans doute déjà rués sur le buffet.

L'archidiacre opina et observa à la dérobée le jeune homme, frêle, de taille moyenne, marchant toujours la tête penchée comme si on le fouettait, si mince qu'il avait de la peine à remplir son costume noir. Il consulta rapidement les appréciations des professeurs: *fiable, croyant solide, patient, extraordinaire connaisseur de la Bible, malheureusement mauvais orateur*. Le jeune homme semblait également avoir du mal à soutenir longtemps le regard de son interlocuteur. Woodcock continua néanmoins à le dévisager, détaillant le visage rond et d'apparence enfantine, les grands yeux bleus qui trahissaient la peur. Woodcock se refusa à le tourmenter. Il lui parla alors d'un ton amical.

— Je ne vais donc pas vous retenir plus longtemps. Vous devez en effet reprendre des forces en vue des tâches qui vous attendent. Dites-moi, révérend Lange… si vous pouviez choisir le travail qui vous incombera dans une quelconque mission, que feriez-vous ? Quel pays choisiriez-vous, quel travail ?

Franz n'en crut pas ses oreilles. L'archidiacre lui offrait-il réellement la possibilité d'être partie prenante dans la décision le concernant ? N'était-ce pas un piège ?

— Je… j'accepterai la place que Dieu m'attribuera, bafouilla le jeune homme.

L'archidiacre eut un geste de dénégation.

— Bien sûr que vous le ferez. Mais il doit bien y avoir des tâches qui vous attirent plus que d'autres, qui vous tiennent peut-être mieux à cœur ?

Franz hésita à nouveau, cherchant une réponse ne prêtant pas à conséquence.

— J'aime enseigner, finit-il par dire. J'aime enseigner aux enfants.

En réalité, Franz n'avait jamais eu affaire à d'autres enfants que ses nouveaux frères et sœurs et ils lui avaient souvent paru un peu bornés. Mais qu'Anna lui demande de leur expliquer un devoir scolaire ne lui avait pas été désagréable. Au contraire. Pendant ce temps-là au moins, son père ne l'expédiait pas aux champs. Et quant à la mission : si les indigènes étaient déjà assez civilisés pour envoyer leurs enfants à l'école, ils ne seraient pas dangereux.

— Vous êtes donc un enseignant né, approuva l'archidiacre d'un ton amical, notant quelque chose sur un document. C'est bon de le savoir. Malheureusement, aucune de nos stations n'a pour l'heure demandé d'enseignant. D'un autre côté, il existe à coup sûr ici un grand besoin dans les stations d'une certaine taille où le travail avec les païens a un peu progressé. Seriez-vous intéressé par une tâche dans l'une de ces stations ? Ou bien trouvez-vous cela trop ennuyeux ? J'ai là une demande venue de Nouvelle-Zélande. L'un de nos très anciens missionnaires, le révérend Völkner, souhaite du renfort. N'êtes-vous d'ailleurs pas venu de Nouvelle-Zélande avec votre famille, révérend Lange ?

Franz sentit l'espoir naître en lui. Certes, la Nouvelle-Zélande n'éveillait pas en lui les meilleurs souvenirs. La colonie que son père y avait fondée avec sa paroisse allemande avait été victime d'inondations catastrophiques. Mais la ville de Nelson lui avait plu. Et, dans la campagne, il n'y avait ni serpents, ni scorpions, ni bêtes féroces.

— Je viens du Mecklembourg, tint-il néanmoins à rectifier. De Raben Steinfeld…

— Mais vous avez vécu en Nouvelle-Zélande. Vous plairait-il, Franz, d'y être envoyé ? Je vous en prie, dites ce que vous pensez ! Je ne peux pas satisfaire tous les vœux, mais, quand j'en ai la possibilité, je tiens compte dans mes décisions des penchants des jeunes missionnaires. Les trois qui vous ont précédé ont par exemple préféré fonder en commun une mission nouvelle en Chine. Un quatrième ne serait pas de trop. Si vous deviez donc…

— Non !

La réponse fusa, trop rapide, à voix trop forte. Si l'archidiacre l'avait mis à l'épreuve, il serait dès le lendemain en partance pour la Chine.

— Je… je veux dire… je… bien entendu que j'obéirai à l'appel, même venu de pays très lointains, je…

L'archidiacre ne put s'empêcher de sourire.

— Mais ce n'est pas votre vœu le plus cher, révérend Lange. Bien, nous allons vous envoyer à Opotiki, sur l'île du Nord de la Nouvelle-Zélande, la mission existe depuis quelques années. Bonne chance, frère Franz ! Que Dieu vous accompagne !

Revenu sur le campus, Franz, soulagé, sentit la tête lui tourner. Il aurait dû se diriger vers les tables chargées de nourritures, apaiser sa faim, charrier ses compagnons pour leur envie de Chine, peut-être supporter qu'ils se moquent gentiment de ce qu'il n'allait « pas plus loin » que la Nouvelle-Zélande. Mais il laissa le campus derrière lui et retourna à la petite église.

Pour remercier Dieu avec ferveur.

RETOUR

Canterbury Plains, Christchurch,
Lyttelton – Nouvelle-Zélande (île du Sud)

1863

1

— Tu vas voir, Carol, cette fois c'est nous qui allons remporter le prix. L'année dernière, avec Jeffrey, ç'avait juste été une balade en bateau. Mais Joe m'a montré une technique très différente ! Il vient tout de même d'Oxford, ce type, son huit a gagné la Boat Race, vous savez, cette célèbre course sur la Tamise... Le truc, ce n'est pas de ramer ensemble, celui de devant doit...

Linda réprima un soupir d'ennui. Mrs Butler venait à peine de quitter le jardin pour s'occuper du thé que son fils Oliver avait déjà enfourché son dada, l'imminente course d'aviron sur l'Avon organisée par le club nautique de Christchurch. Linda avait du mal à feindre l'intérêt. En revanche sa demi-sœur Carol, sans se lasser, s'efforçait d'écouter avec un sourire d'encouragement les propos de son fiancé et de les commenter avec enthousiasme.

Les deux sœurs se réjouissaient certes d'avance de l'événement, agréable diversion aux rudes travaux qui, au printemps, les attendaient dans leur élevage de moutons. Mais les bavardages interminables d'Oliver à propos de sa technique ou de Joe Fitzpatrick, son fabuleux nouvel équipier en deux de couple, ou encore sur ses chances de l'emporter avaient de quoi lasser le plus patient de ses auditeurs. Carol se confortait en se disant que l'engagement sportif de son fiancé manifestait une opiniâtreté, un zèle et une ambition qui lui faisaient plutôt défaut pour le travail dans l'élevage de ses parents. Le capitaine Butler, son père, en était chagrin, tandis que sa mère voyait avec plaisir son fils jouer les gentlemen plutôt que les fermiers.

Tout en approuvant de la tête son fiancé, Carol tentait de se concentrer sur sa voix de ténor bien timbrée et non sur ses propos. Elle aimait sa voix, sa taille fine, ses cheveux noirs bouclés, ses traits aristocratiques et ses yeux marron qui, présentement, brillaient d'ardeur mais qui savaient aussi se faire rêveurs, ce qui était le cas le plus fréquent. Linda, irrespectueuse, lui trouvait alors le regard endormi ou blasé.

Oliver, physiquement, tenait de sa mère, une véritable beauté issue de la meilleure société anglaise. Les parents de Carol et de Linda ne cessaient de se demander comment le bourru capitaine avait réussi à convaincre lady Deborah de s'expatrier et de rejoindre la ferme qu'il venait de fonder en Nouvelle-Zélande. Elle s'était sans doute imaginé la vie d'une « baronne des moutons » tout autrement que perdue dans la solitude des Canterbury Plains. La vie à la campagne, pour cette enfant gâtée, avait certainement signifié parties de chasse, pique-niques et garden-parties plutôt que donner à manger aux gardiens de troupeaux ou surveiller la tonte des moutons, voire recevoir le peu de voisins.

En Nouvelle-Zélande, on invitait rarement à boire le thé, on offrait généralement du café dans le séjour-cuisine. On parlait moins de culture des rosiers que d'élevage des chiens et de croisements entre mérinos et romneys. C'est d'ailleurs de cela que discutaient pour l'heure le mari de Deborah et Catherine Rata, la mère de Linda. Catherine, que tout le monde appelait Cat, s'était rendue aux hangars à tonte après avoir salué la maîtresse de maison et lui avoir laissé la garde de Linda et de Carol. Elle avait décliné avec amabilité l'invitation à boire le thé.

— Peut-être en boirai-je une gorgée avant notre départ. Mais il me faut à présent discuter avec votre époux, Mrs Butler. De ce jeune bélier. Puis il faudra repartir. Georgie nous emmènera. Nous n'aurons guère de temps.

Georgie, le batelier, livrait aux fermes situées au bord du Waimakariri des marchandises ainsi que le courrier. C'est lui qui, le matin, avait transporté dans sa barque Cat et les deux jeunes filles, seul moyen de parcourir en un jour la distance entre Rata Station et Butler Station. À cheval, il fallait compter deux journées au moins, bien que le chemin longeant le fleuve et reliant Rata Station aux fermes des frères Redwood et des Butler ainsi qu'à deux colonies récemment fondées plus au nord fût désormais bien entretenu. En temps ordinaire, Cat ne voyait pas d'inconvénient à rester plusieurs jours en déplacement et à passer la nuit ailleurs que chez elle. Mais la tonte battait son plein. Les dernières brebis mettaient bas et, dans les fermes, hommes et femmes étaient pleinement occupés. Seule Deborah avait, en octobre, le temps de donner un thé dans son beau jardin.

Linda se demanda comment le capitaine Butler supportait cette existence de parasite. Avant d'investir dans l'élevage des moutons, le vieux loup de mer avait fait fortune comme capitaine d'un baleinier, mais, même après vingt ans de mariage, il semblait toujours aussi épris de sa si belle épouse. Tout, à Butler Station, témoignait de cet entichement. La maison ressemblait plus à un château qu'aux demeures fonctionnelles et simples des stations proches. On avait embauché un spécialiste anglais pour entretenir les jardins et, dans les écuries, de délicats pur-sang remplaçaient les robustes sang-mêlé.

À l'évidence, pour le capitaine, sa femme était une créature de luxe à l'égal de ces chevaux. Il n'avait pas cette mansuétude pour son fils qui, s'il n'avait tenu qu'à lui, se serait rendu utile dans les hangars de tonte au lieu de rester assis à boire le thé avec sa fiancée et à pérorer.

— Cesse donc d'ennuyer ces dames, Oliver !

Suivie d'une jeune Maorie en tenue de soubrette anglaise portant un plateau chargé d'une théière et de biscuits, Deborah s'avançait sur le gazon soigné, vêtue d'une élégante robe d'après-midi avec un haut moulant, une petite veste boléro et une jupe à crinoline. La parfaite lady ! Linda et Carol, en sa présence, étaient toujours mal à l'aise dans leurs tenues sans recherche. Carol s'était pourtant donné beaucoup de mal pour paraître jolie : son corsage blanc en mousseline était égayé de cordelettes bleu foncé. Elle avait quitté sa cape assortie car le soleil printanier était déjà chaud, et relevé ses nattes d'un blond brillant en un assemblage ingénieux tenu par des rubans bleu foncé eux aussi. Le résultat de ces efforts aurait pu satisfaire Deborah si le vent, dans la barque, n'avait détaché quelques mèches du brillant assemblage. Les boucles dansaient autour du joli minois, ce qui ravissait visiblement Oliver. Sa mère l'était moins.

La tenue de Linda n'avait, elle, pas trouvé grâce auprès de Deborah. Ayant aidé sa sœur dans ses préparatifs, elle n'avait plus eu le temps de se faire une beauté. Elle ne portait qu'un corsage clair accompagnant une jupe grise et s'était contentée de nouer ses cheveux sur la nuque. Coiffure qui, plus encore que celle de Carol, avait eu à souffrir du vent. Des mèches blondes jouaient également autour de son visage.

Les deux jeunes filles, qui avaient eu dix-huit ans en mai, passaient sans peine pour des jumelles, avec leurs grands yeux bleus, un peu plus foncés et expressifs chez

Carol, plus clairs et plus doux chez Linda. Des yeux un peu trop rapprochés, héritage de leur père commun, Ottfried Brandmann, ainsi que leurs lèvres pleines. Carol avait en réalité un visage mince, celui de Linda étant plutôt ovale. Mais on ne remarquait ces détails qu'au prix d'un examen attentif. Au premier coup d'œil, ce qui l'emportait c'était l'impression d'une grande ressemblance.

— Où en sont vos travaux de couture, miss Carol ? s'enquit Deborah Butler en versant le thé. Arrivez-vous à vous débrouiller du patron ?

Carol opina, embarrassée. Quelques semaines plus tôt, sa future belle-mère l'avait initiée à l'art du petit point. La bordure à laquelle elle travaillait présentement devait servir à orner sa robe de mariée. Malheureusement, Carol ne manifestait ni envie ni talent pour les travaux d'aiguille et elle avait beau se frotter les mains de son mieux quand elle avait passé une journée à manier des rênes et des laisses, à saisir des poignées de laine et à étriller des chevaux, il se trouvait toujours assez de saleté dans les plus fines crevasses de ses doigts et sous ses ongles pour ternir la bordure. Par chance Linda, plus ménagère et surtout plus patiente qu'elle, l'aidait à l'occasion.

— J'ai hélas très peu de temps à consacrer à la broderie, finit par concéder Carol. Je travaille à la ferme et, le soir, je suis lasse. Et puis on a besoin de la lumière du jour pour des travaux aussi fins.

— Certes, accorda Deborah Butler, mais je ne comprends pas pourquoi une jeune lady devrait s'occuper de moutons et de chiens de berger. Ce que je veux dire… Il n'y a bien sûr rien à objecter à ce que vous fassiez un peu de cheval ou à ce que vous ayez un petit chien. Mais mon mari dit que vous avez gagné le concours des chiens de berger de Christchurch !

Rayonnante, Carol chercha des yeux Fancy, sa chienne collie, une bête de pure race issue de l'élevage des Warden, à Kiward Station, animal dont elle était très fière. Chris Fenroy aimait à dire que la chienne avait coûté une fortune mais qu'elle valait de l'or et qu'elle donnerait naissance, dans les années à venir, au propre élevage de chiens de berger de Rata Station.

— Quand vous vivrez ici, chez nous, vous aurez le loisir de vaquer à des occupations plus féminines, poursuivit la lady sans laisser à Carol le temps de répondre. Je ne permettrai en aucun cas que mon mari assigne la femme d'Oliver aux travaux de la ferme. Comme membre de la famille Butler, vous aurez des devoirs de représentation…

Linda et Carol, sur le point de pouffer, se jetèrent des regards furtifs. Les devoirs de représentation d'une « baronne des moutons » des Canterbury Plains consistaient, une fois l'an, à accompagner son époux à l'assemblée des éleveurs de moutons de Christchurch, à s'assurer que son conjoint ne boive pas inconsidérément lors du dîner donné à l'hôtel White Hart et – beaucoup de ces hommes ayant été des chasseurs de baleines et de phoques – qu'il ne se laisse pas aller à échanger avec ses collègues les anecdotes de cette époque.

— J'aime travailler avec les chiens, commença Carol, mais elle ne put poursuivre car Cat arriva sur ces entrefaites.

— Pourrais-je avoir maintenant rapidement une tasse de thé, Mrs Butler ? demanda celle-ci en souriant, tout en examinant le gazon du jardin.

On avait transformé près de deux hectares des herbages d'origine en un immense jardin où, à part un hêtre austral que Deborah avait gardé pour son ombre, il ne restait plus une seule plante locale. Les buissons de *rata* avaient été énergiquement éradiqués. Or Cat, élevée par une mère prostituée et rongée par l'alcool qui ne se souvenait même plus de son nom de famille, avait choisi cette fleur rouge pour se donner un nom et baptiser sa ferme. Ayant fui à treize ans la station de baleiniers où vivait sa mère, elle avait été recueillie par une tribu maorie et adoptée par la femme du chef, Te Ronga, qui avait été assassinée lors de la tuerie de Wairau.

— Votre jardin est très joli, dit-elle avec politesse. Bien qu'un peu… insolite. Il a tout du jardin anglais, n'est-ce pas ?

Deborah confirma, tout en jetant sur Cat le même regard critique que celle-ci avait eu pour son jardin. Si elle avait été moins bien éduquée, elle aurait pu recourir aux mêmes mots : très belle mais insolite. Catherine était un personnage ne laissant pas indifférent, bien qu'elle se souciât peu de son apparence. Aux yeux de Deborah, sa tenue était même négligée : une robe de coton marron et sans fioriture, malvenue lors d'un thé en bonne société. Elle n'avait même pas mis de crinoline. Deborah se demanda si elle en possédait une.

Bien sûr, une crinoline était peu pratique pour travailler dans les champs et encore moins pour un trajet en barque, et Deborah aurait pu faire preuve d'indulgence. Mais Cat avait aussi renoncé à porter un corset, et cela était impardonnable. Sans même parler de sa coiffure ! Elle avait noué ses cheveux blonds comme les blés en un gros chignon sur sa nuque, ce qui la faisait paraître plus jeune que ses bientôt quarante ans. Une coiffure inconvenante pour une femme adulte !

— Je me suis inspirée de notre parc du manoir de Preston, répondit Deborah d'un ton affecté. Bien plus grand, naturellement ! On pouvait même s'y déplacer à cheval… effectuer de longues promenades.

Elle lança alors un bref regard consentant à son fils qui aussitôt bondit sur ses pieds, impatient de pouvoir bénéficier des quelques minutes d'intimité que la stricte Deborah venait d'accorder au jeune couple.

— Miss Carol, puis-je vous montrer les roses jaunes ? Ma mère en est très fière, elles ne prospèrent généralement pas outre-mer. Vous êtes bien entendu la bienvenue, miss Linda…, proposa-t-il d'un ton peu engageant.

Linda déclina d'un air bon enfant.

— Non merci, je ne m'intéresse guère aux roses.

Ce qui n'était pas tout à fait exact. En réalité, elle manifestait pour toute espèce végétale bien plus d'intérêt que Carol. Elle aimait accompagner Cat et les femmes herboristes de la tribu maorie locale dans leurs recherches de plantes médicinales. Elle était même devenue experte en la matière. Non seulement elle connaissait l'action curative de l'huile et de l'eau de rose, mais on n'avait rien à lui apprendre sur les vertus apaisantes du cynorhodon, vulgairement appelé gratte-cul ou poil à gratter, en cas de règles douloureuses ou de maux d'estomac.

— Ne restez pas trop longtemps ! avertit Cat. Je crois que Georgie sera ici dans une demi-heure tout au plus et je ne voudrais pas le faire attendre.

— Ces deux enfants se voient trop rarement, observa Deborah en versant du thé à Cat, mais sans quitter le couple des yeux.

Oliver ayant offert galamment le bras à Carol, ils s'éloignaient. Cat eut l'impression d'une fuite. Une fuite vaine au demeurant : les plantes anglaises importées en Nouvelle-Zélande ne leur offraient pas un rempart suffisant pour qu'un baiser même furtif échappe à l'œil acéré de Deborah.

— En hiver, aller d'une ferme à l'autre est très pénible, répondit Cat avec flegme, tout en pensant qu'un jeune homme porté par les ailes de l'amour pourrait plus souvent endurer quelques heures de cheval sous la pluie et dans la boue.

Carol elle-même aurait été tout à fait disposée à rendre visite à Oliver, mais elle et Chris le lui avaient interdit. Ils n'avaient aucune peine à imaginer ce que Deborah penserait d'une jeune fille qui, seule, traverserait en deux jours, à cheval, une nature sauvage pour retrouver son fiancé.

— Mais, dans les jours qui viennent, se présente une merveilleuse possibilité pour que le jeune couple se rencontre, poursuivit Cat sur un ton badin. Votre mari nous vend un bélier et Oliver ne laissera certainement pas filer la chance de le mener en personne à Rata Station.

— Mon fils n'est pas gardien de troupeau, répondit Deborah en fronçant le sourcil.

— Ce n'est pas si difficile que ça, sourit Cat. Je suis sûre qu'il y arrivera.

Linda étouffa un rire.

— C'était au demeurant une idée de son père, expliqua Cat. Il pensait qu'Oliver serait ravi de joindre l'utile à l'agréable.

— J'espère qu'il ne laissera pas échapper l'animal, plaisanta Linda un peu plus tard, tout en se dirigeant d'un bon pas, avec Carol et Cat, vers l'embarcadère.

Elle venait de consoler sa sœur en évoquant sa prochaine rencontre avec son fiancé. À Rata Station, le couple échapperait enfin à la surveillance tatillonne de Deborah. Ni Chris, qui vivait avec Cat, ni Cat elle-même n'avaient envie de jouer les chiens de garde. Ils approuvaient sans réserve la liaison entre leur fille adoptive et le fils unique des Butler. Carol apporterait comme dot un grand troupeau et aurait ensuite son propre élevage de moutons. Linda – et un futur mari qu'il restait à trouver – disposerait des mêmes atouts à Rata Station.

— Comme ça nous serons voisines et pourrons continuer à nous voir, s'était réjouie Carol quand elle avait annoncé ses fiançailles à sa demi-sœur. Quelle chance !

Elles ne pouvaient en effet s'imaginer être séparées un jour. Elles avaient grandi comme des jumelles, bien qu'elles n'aient en commun qu'un père biologique, un secret même pour les voisins les plus proches. Des bruits couraient, bien sûr. Les rapports régnant à Rata Station devaient intriguer même la société assez libérale des colons des Canterbury Plains. Plus jeunes, les deux fillettes choquaient quand elles évoquaient leurs deux mamans et leurs deux papas communs. Ida, la mère de Carol, et Cat, la mère de Linda, ainsi que leurs deux partenaires, Karl Jensch et Chris Fenroy, les élevaient en effet ensemble. Deborah Butler avait du mal à accepter cette situation. Elle était indignée qu'Ida ait laissé Linda et Carol pendant des mois sous la surveillance de Cat pour visiter l'île du Nord avec son époux. Elle aurait sans aucun doute été plus que choquée si elle avait appris la véritable ascendance des deux jeunes filles. C'est pourquoi les quatre adultes avaient décidé d'un commun accord de continuer à présenter Carol et Linda comme des jumelles d'Ida issues d'un premier mariage avec Ottfried Brandmann et de parler aussi peu que possible des circonstances dans lesquelles Ida était devenue veuve…

2

— Vous allez vous aussi participer à la course d'aviron ? demanda Cat à Georgie, un homme petit mais vigoureux, aux cheveux roux en bataille, au moment où, à grands coups de rames, il dirigeait son bateau plat vers le milieu du Waimakariri, où le courant lui serait favorable.

— Non, miss Cat, je rame assez toute la journée pour ne pas remettre ça le dimanche.

— Pourtant quelques bateliers de l'Avon participent, eux, observa Carol.

— Bien sûr, il y en a que ça démange de montrer aux jeunes « gentlemen » du club d'aviron comment on s'y prend. Mais je suis au-dessus de ça. Et puis je n'ai pas envie de m'entraîner. Faire du « deux », du « quatre » ou du « huit », ce n'est pas si simple. Les « deux » justement, c'est pas du gâteau. Le truc, ce n'est pas de ramer ensemble, mais…

— Ah vraiment ? s'étonna Linda, tout sucre, tandis que Carol fronçait les sourcils. Comme c'est intéressant ! On aimerait en apprendre plus !

N'ayant pas eu à supporter le bavardage d'Oliver, le batelier ne comprenait goutte à cet intérêt subit de la demoiselle.

— Parlons donc d'autre chose, grogna Carol. Et si tu me demandes maintenant, Linda, où j'en suis de mes travaux d'aiguille, je te flanque par-dessus bord !

Assise à la proue du bateau et contemplant avec plaisir les rives du fleuve défiler sous ses yeux, Cat n'écoutait pas les sœurs se chamailler. Le paysage semblait vierge de toute intervention humaine, car les colons avaient renoncé à cultiver leurs terres. Les villes étaient trop éloignées pour la livraison des récoltes et l'herbe tussack résistait trop aux tentatives d'éradication pour que la culture des céréales devînt rentable. Les Canterbury Plains s'avéraient au contraire idéales pour l'élevage. Par milliers, les moutons broutaient l'herbe des plaines et, en été, rejoignaient les alpages. La montée et la redescente des troupeaux prenaient plusieurs journées.

À l'idée que l'estive soit proche, Cat fut envahie de bonheur. Depuis des années, elle accompagnait Chris et les gardiens dans leur marche en direction des sommets enneigés des Alpes. Elle adorait installer les campements en pleine nature, entendre les oiseaux de nuit et contempler les étoiles tandis que le feu se consumait. Les bouteilles de whisky circulaient, les hommes racontaient leurs aventures, certains jouaient sur un harmonica ou un crincrin. Cela lui rappelait les veillées dans le village des Ngati Toa où elle avait passé sa jeunesse. Elle avait l'impression d'entendre le chant des flûtes *putorino* ou *koauau* et la voix douce de Te Ronga parlant des dieux de son peuple.

Quand le bateau passa devant la maison des Redwood, Cat et les jeunes filles firent signe de la main. Cat était depuis de longues années une amie de Laura Redwood, mais personne ne se montra, ni celle-ci, ni son mari, ni les frères de ce dernier. Laura venait d'avoir son quatrième enfant et devait être débordée puisqu'en plus d'être excellente cuisinière, elle ne rechignait pas à la besogne à la ferme. Elle était très fière de sa maison en pierres, après bien des années passées dans des maisons en bois.

Cat se redressa un peu quand le bateau eut longé la ferme et les hangars. Là commençaient les terres de Rata Station. Cat essaya d'apercevoir quelques-uns de ses moutons au travers de la végétation des rives, du lin sauvage et du *raupo* essentiellement. Elle ne tarda pas à distinguer quelques femelles ruminant à l'ombre de faux palmiers et de *manukas*.

— Mais que font ces moutons ici? demandèrent Carol et Linda. Vous les avez menés au pâturage? Ils devraient en principe partir pour les alpages la semaine prochaine.

— Ils ont vraisemblablement échappé à Chris, présuma Carol. L'herbe fraîche les a attirés. Je pourrai demain faire un saut à cheval et les ramener. Fancy sera ravie.

— Puisqu'il est question d'échapper, intervint Georgie en fouillant dans l'une des sacoches où il mettait à l'abri de l'eau le courrier et les commandes des colons, j'ai tout à l'heure découvert une lettre pour vous. Elle avait dû glisser de la pile que je vous avais apportée. Navré, dit-il en tendant à Cat une enveloppe. J'aurais de toute façon été obligé de m'arrêter chez vous pour réparer l'oubli.

— Ce sont des choses qui arrivent. Oh, regardez, les filles, elle est d'Ida et de Karl.

Karl et Ida étaient partis depuis quelques mois, Karl procédant à des arpentages sur l'extrémité septentrionale de l'île du Nord, accompagné d'Ida et de leur plus jeune fille, Margaret. Ils devraient être bientôt de retour. Cat sourit en jetant un œil sur la missive.

— Ils sont déjà à Lyttelton! s'exclama-t-elle. Ils sont arrivés hier de Wellington par le bateau. Ils veulent se reposer une journée. Ils seront donc là dans quelques jours! Karl sera là pour le départ de l'estive. Ida écrit qu'il a mauvaise conscience d'avoir été absent jusque si tard au printemps. Ils sont porteurs de nouvelles palpitantes !

— Peut-être que Mara s'est fiancée, plaisanta Carol.

— Elle n'a d'yeux que pour Eru, objecta Linda. Et si elle se fiançait avec un *pakeha*, il en aurait le cœur brisé…

— Doucement, les filles ! Mara n'a que quinze ans. Il n'est pour l'instant pas question de fiançailles avec qui que ce soit. Et avec Eru… Que Jane n'en entende surtout pas parler ! Son petit trésor et une fille du voisinage ! Alors qu'il doit aller à l'université…

— Et épouser une princesse maorie qui apportera la moitié de l'île du Nord dans la corbeille de mariage, rigola Linda.

— Ou mieux encore une baronne des moutons ! renchérit Carol. D'origine aristocratique…

— C'est la moindre des choses ! C'est tout de même le fils d'un chef…, susurra Linda en imitant Jane Te Rohi to te Ingarihi, l'épouse de Te Haitara, le chef de la tribu locale.

Jane était une Anglaise et le nom maori que lui avait donné son époux signifiait « rose anglaise ». Avant de tomber amoureuse de Te Haitara, elle était mariée à Chris Fenroy. Un mariage de raison, qu'une doyenne de la tribu avait rompu, au soulagement général.

— … et bien sûr elle sera l'unique héritière d'au moins dix mille moutons, belle comme le jour, d'une grande intelligence, experte en économie…

— Arrêtez, vous êtes exécrables ! s'écria Cat.

Georgie riait dans sa barbe. Jane était connue pour ses talents de femme d'affaires. Elle avait enrichi la tribu maorie en montant une entreprise de fabrication de remèdes traditionnels et de porte-bonheur, puis un élevage de moutons. Ces affaires entraient en conflit avec la mentalité débonnaire et la croyance aux esprits des Maoris et mettaient à rude épreuve les bons rapports du chef avec les siens. Le fils de Jane, Te Eriatara, qu'elle nommait Eric et que tout le monde appelait simplement Eru, était un gentil garçon, d'un an plus jeune que Mara. L'idée de les faire étudier ensemble s'était donc imposée d'elle-même. Jane avait alors engagé comme préceptrice une Anglaise entre deux âges, miss Foggerty, qui avait dispensé avec sévérité à tous les enfants de colons et aux enfants maoris de la région une formation classique. Ses élèves la détestaient et l'attention particulière qu'elle portait au fils du chef et à la « baronne des moutons » avait soudé les deux enfants depuis leur plus jeune âge. Les Jensch avaient donc emmené Mara avec eux pour leur périple dans l'île du Nord avant que cette étroite amitié devînt plus forte encore. Au grand soulagement de Jane, car les jeunes Maoris faisaient très tôt l'expérience de l'amour physique. Elle avait d'autres visées pour son fils qu'une voisine dont elle croyait percer à jour les prétentions à un héritage prometteur.

La barque longeait à présent les bâtiments d'exploitation de Rata Station. La tonte battait son plein, la colonne des tondeurs étant arrivée depuis quelques jours. Des centaines de toisons étaient déjà empilées sur des charrettes. Cat, Chris et Karl avaient commencé leur élevage, des années auparavant, avec trois troupeaux composés de croisements entre mérinos, romneys et rambouillets français. Après les Deans et les Redwood, ils avaient été les premiers à introduire le mouton dans les Canterbury Plains et leur ferme était à présent une des plus importantes de l'île du Sud. Le mérite en revenait en premier lieu à Cat qui, après le divorce de Chris et de Jane, s'était enfin donné un nom, Catherine Rata, maintenant connu bien au-delà de Christchurch, à l'embouchure de l'Avon.

Chris Fenroy, le premier fondateur de la ferme, qui n'était pas aussi célèbre que sa compagne, ne s'en formalisait pas. Il aimait son travail et il aimait Cat. Linda et Carol étaient pour lui comme ses propres enfants. Il entretenait également d'excellents rapports avec Karl Jensch, le troisième associé de Rata Station. Il ne lui tenait pas rigueur d'être désormais plus souvent en voyage que présent à la ferme. Au début de leur association, les revenus que tirait Karl de ses tâches d'arpenteur avaient fortement contribué à l'essor commun. Rata Station était maintenant une entreprise florissante. Chris était un homme heureux.

En tout cas, il abandonna sur-le-champ son travail quand il aperçut la barque approcher du débarcadère et courut, riant et agitant les bras, à la rencontre de Cat et des jeunes filles. Il avait attaché sur sa nuque sa crinière marron avec une lanière de cuir. Il souleva sans peine Cat pour la déposer à terre, aida Linda et Carol à sortir à leur tour de l'embarcation et se défendit en riant des assauts de Fancy qui bondissait contre lui pour le saluer.

— Vous revoilà toutes ! Vous m'avez manqué !

— Nous, ou juste Fancy ? le taquina Cat.

— Comment cela s'est-il passé, chez les Butler ? demanda-t-il après avoir remercié et payé Georgie. Ce bélier, il nous le vend ?

Cat opina.

— Et comment cela se passe-t-il avec belle-maman ?

Carol fit la moue.

— Je crois que je ne réponds pas tout à fait à ses exigences. Je ne me donne pas assez de peine dans les occupations pour dames et qui sait si je satisferai un jour à mes « devoirs de représentation ».

— Elle préférerait sans aucun doute une authentique jeune lady qu'une baronne des moutons, ajouta Linda, imitant la voix de Deborah.

— Pour ce qui est du problème de l'aristocratie, plaisanta Chris à son tour, lui qui descendait d'une famille de la noblesse anglaise, je n'ai qu'à adopter Carol, ou je pourrais aussi exposer à cette brave Deborah ce qu'il arrive quand on épouse quelqu'un juste pour son nom.

Le mariage de Chris avec Jane n'avait été arrangé qu'en raison de son ascendance. Cela n'avait fait le bonheur de personne.

— C'est Oliver que j'épouse, rétorqua Carol d'un ton ne souffrant pas la réplique. Ni sa mère, ni sa ferme, ni son nom, ni je ne sais quoi encore ! Oliver m'aime et j'aime Oliver. Il m'épouserait même si... même si je... enfin bref !

Cat ne dit mot. Elle n'était pas certaine du tout qu'Oliver ne partageât pas un peu les prétentions maternelles. Il valait mieux ne pas confier aux Butler l'histoire des deux jeunes filles, même si Oliver s'était prononcé pour celle des jumelles qui était une enfant légitime.

Oliver accompagna effectivement le bélier de son père à Rata Station. Carol alla à sa rencontre. Mais son espoir d'une chevauchée romantique à deux fut déçu, car son capitaine de père avait adjoint au jeune homme, pour plus de sécurité, deux gardiens de troupeau expérimentés. Alors que, dans toutes les fermes, on avait besoin des bras de chacun ! Carol se dit qu'il y avait du Deborah là derrière. Elle eut pitié d'Oliver. Elle-même aurait eu la honte de sa vie si Chris et Cat lui avaient joué le même tour. Mais Oliver semblait s'en ficher. Il était au contraire heureux d'être accompagné. S'il avait été seul, il aurait été obligé de reprendre sans attendre le chemin du retour, car son père avait échangé le jeune mâle contre trois brebis de Rata Station qu'il comptait adjoindre au troupeau partant incessamment pour l'estive.

— Comme ça, je resterai deux jours chez vous avant de repartir pour Christchurch. Dernier galop d'entraînement avant la course d'aviron. Joe et moi, nous serons imbattables !

— Ton père peut se passer si longtemps de toi à la ferme ? s'étonna Chris quand Oliver annonça ce projet le soir, à la table du dîner en commun. Dans deux jours, les tondeurs seront chez vous. N'a-t-il donc pas besoin de tout le monde ?

— Oh, papa a une vision sportive des choses. Ce sera un honneur si nous remportons l'or pour Butler Station ! D'ailleurs si j'étudiais en Angleterre, je ne pourrais pas aider non plus.

Deborah aurait aimé envoyer son fils à Oxford ou Cambridge. À ce que savaient Cat et Chris, c'était là le seul désir auquel son mari n'avait pas cédé. Il tenait à ce que son fils apprenne sur le tas à diriger un élevage pour lequel il n'avait pas besoin d'une formation universitaire. Qu'il libère son fils pour un entraînement sportif devait faire partie d'un compromis entre les époux.

Les deux jours suivants, en raison du peu d'envie de Carol de passer son temps à boire le thé ou à converser tout en se promenant, Oliver se rendit utile à Rata Station. Elle lui demanda de l'accompagner lors du contrôle des clôtures, et de l'aider à aller chercher les bêtes dans les pâturages et à les y ramener après la tonte. Elle put de la sorte enfin réaliser son rêve d'une promenade romantique à deux. Tandis qu'ils traversaient à cheval les vastes étendues herbeuses, elle lui tenait la main et se croyait voguer sur un océan vert tendre avec, de loin en loin, des blocs de pierre de formes bizarres évoquant des îles.

Et, bien sûr, l'occasion se présentait parfois de laisser les chevaux brouter et d'étendre une couverture à l'ombre tentatrice d'un *manuka*. Carol sortit même de ses sacoches un rôti d'agneau froid et du pain frais empruntés à la cuisine de Rata Station et, luxe suprême, une bouteille de vin.

— Cat va me tuer ! pouffa-t-elle.

Sa mère adoptive aimait le vin, mais il n'était ni simple ni bon marché de le faire venir de Christchurch. Aussi se permettait-elle rarement ce plaisir. Il ne lui plairait guère de constater l'absence d'une bouteille.

Oliver se fichait pas mal de ce qu'il mangeait et buvait dans la mesure où Carol ne se défendait pas quand il passait le bras autour d'elle et l'embrassait. Or, loin des yeux de sa « belle-mère », elle ne se montrait pas prude, répondait à ses caresses, lui permettant même de défaire quelques boutons de son corsage et de poser les lèvres sur son décolleté. Elle, de son côté, passant les mains sous la chemise d'Oliver, caressait sa peau lisse et son corps musculeux. Pour finir, elle lui demanda d'ôter sa chemise. Elle le contempla alors avec un plaisir non feint.

— Je sais à présent pourquoi les hommes font de l'aviron, chuchota-t-elle en suivant du doigt les contours de ses pectoraux et de ses biceps. Ça rend beau. Tu ressembles à l'une de ces statues de marbre. Tu sais bien, les statues grecques du foyer du White Hart.

— Le *David* de Michel-Ange…, dit Oliver en riant et en repoussant un peu plus loin, comme par inadvertance, le corsage de Carol sur ses épaules afin d'apercevoir ses seins. Tu sais que ma mère l'a vu ? Le vrai, à Florence. Ah, l'Europe, ce doit être fascinant. C'est peut-être là que j'aurais dû partir étudier. Ou bien partons-y ensemble ! Qu'en dis-tu ? Ça te plairait ? Nous descendrions dans les meilleurs hôtels.

— Les barons des moutons en voyage ? se moqua Carol. C'est tentant, mais cela prendrait un temps fou !

On ne peut laisser une ferme aussi longtemps, Oliver. Et enlève tes doigts, sourit-elle. Il faut bien garder quelques surprises pour notre nuit de noces, non ?

À leur retour à la station, le soir, Carol et Oliver rayonnaient. Cat observa la fille d'Ida avec attention, tandis que Linda lançait à sa sœur un coup d'œil soupçonneux. Mais personne n'eut quoi que ce soit à leur reprocher. Carol avait inspecté les clôtures et Fancy avait ramené cinq brebis égarées découvertes par la jeune fille. Pour ce qui était des tentations de l'amour physique, Cat faisait confiance aux deux jeunes filles. Elles étaient parfaitement au courant de ce qui se passait au lit entre un homme et une femme. Elles avaient en définitive grandi à proximité d'une tribu maorie et la plupart de leurs amies avaient elles-mêmes déjà fait les expériences voulues en ce domaine. Les Maoris ne partageant pas la pruderie des Européens, ils autorisaient leurs adolescents à faire des essais avant de se décider en faveur d'un partenaire. Quelques garçons avaient déjà fait des avances à Carol et Linda et obtenu quelques attouchements furtifs à l'abri des buissons de *raupo*. Mais rien de plus. Elles obéissaient à Cat qui leur déconseillait d'aller trop loin.

— La chose transpirerait auprès des *pakehas*. Croyez-moi : il suffirait à l'un des gardiens de troupeaux de se vanter et c'en serait fini de votre réputation !

Cat savait de quoi elle parlait. Comme elle avait vécu quelques années dans une tribu maorie, les habitants de la ville de Nelson, où elle avait fini par trouver un travail, s'étaient imaginé de sordides histoires à son sujet. Elle avait dû s'enfuir de la ville.

Linda et Carol bénéficiaient bien sûr de la protection de la famille de Rata Station. Mais, pour Cat, il semblait fort probable qu'elles chercheraient leurs futurs époux parmi les *pakehas* plutôt que chez les Ngai Tahu. Aucune des deux n'avait donné des signes quelconques d'une attirance envers un jeune Maori. Il valait donc mieux respecter les usages des Blancs.

Carol déclina donc l'invitation d'Oliver à une sortie à cheval au clair de lune. Ce dont elle rêvait, c'était d'accompagner, l'année suivante, son époux lors de l'estive.

— Nous nous aimerons alors à la belle étoile, chuchota-t-elle après un dernier baiser au clair de lune, à une distance convenable de la maison en bois de Cat et de Chris. Ce sera fantastique, Oliver. Beaucoup… beaucoup plus beau que… que Florence…

Oliver opina bien que peu convaincu. Il avait envie de Carol, envie de découvrir son corps. Au clair de lune ou en plein soleil. À franchement parler, il préférait un lit confortable à une tente en pleine nature. Mais il ne l'avoua pas. Elle serait plus raisonnable, une fois mariée. Et puis il aimait l'aventure. Si sa mère et lui réussissaient à arracher à son père l'autorisation d'un voyage en Europe comme cadeau de mariage, elle s'y plierait.

Il l'embrassa à nouveau, la pressant contre le tronc d'un arbre. Peut-être allait-elle céder et le laisser ouvrir son corsage. Tandis qu'il luttait contre les boutons, des voix et des bruits de sabots éclatèrent soudain dans la nuit tombante.

— Des chevaux, s'écria Carol en le repoussant. Et je crois…

Sans finir sa phrase, elle s'élança au-devant des trois cavaliers qui approchaient.

— Mamida ! Kapa !

Oliver la suivit à contrecœur. Il savait que Carol et Linda appelaient « mamida » leur mère Ida pour la distinguer de leur seconde mère, Cat, nommée par elles

« mamaca ». Il trouvait tout cela puéril et un peu inconvenant, comme d'appeler « kapa » Karl Jensch, alors qu'il n'était pas son père véritable.

— Mais qu'est-ce que tu fais seule dans le noir ? demanda Ida, une femme svelte enveloppée dans un manteau de voyage. Oh... mais tu n'es pas seule ! dit-elle avec un rien de sévérité dans la voix.

Oliver savait qu'Ida, bien que vivant à Rata Station où les mœurs étaient plus permissives que chez lui, provenait d'une famille allemande très pieuse. Elle devait trouver suspect que sa fille soit seule avec un homme au clair de lune. Il s'inclina dans les règles.

— Mrs Jensch, M. Jensch... Croyez bien que je ne me suis rien permis de...

— Non ? sourit Karl, un homme grand, mince mais vigoureux, des cheveux blonds et frisés un peu longs.

— Alors, il doit y avoir chez vous quelque chose qui n'est pas en ordre, jeune homme ! Une aussi jolie fille que Carol et ce merveilleux clair de lune ! D'autant que vous êtes fiancés depuis quelques mois, n'est-ce pas ? Vous faisiez quoi si vous ne vous êtes rien permis ? Vous comptiez les moutons ?

Oliver se tortilla, mais Carol lui vint en aide, se blottissant en riant contre lui.

— Il s'est bien autorisé quelques petites choses, kapa ! Mais rien de méchant, juste ce qu'il faut.

— On ne pourrait pas avancer un peu ? lança d'une voix claire une cavalière toujours juchée sur sa monture. Rentrer chez nous, descendre de selle, mettre les chevaux à l'écurie et manger ? J'ai une faim de loup !

— Mara, bon Dieu, comme tu as grandi ! s'exclama Carol. Tu connais ma sœur, n'est-ce pas, Oliver ?

Le jeune homme leva les yeux vers Margaret Jensch... et en perdit un instant le souffle. Bien sûr qu'il connaissait la petite Mara, qui avait toujours été mignonne. Mais à présent… Le foyer de l'hôtel White Hart abritait aussi des statues de déesses, mais aucune n'arrivait à la cheville de l'adolescente sur son destrier blanc. Oliver crut se trouver en présence d'une fée.

— Je… je suis ravi…, dit-il, ne quittant pas des yeux le visage de madone de Mara, ses longs cheveux noirs et ses yeux immenses.

— Alors, occupe-toi de mon cheval, ordonna Mara avec indifférence.

Il y eut soudain de l'animation dans la maison de Chris et de Cat. Les Fenroy et Linda n'allaient pas tarder à sortir pour accueillir Ida et sa famille. Mara descendit de selle et donna les rênes à Oliver comme elle l'aurait fait à un garçon d'écurie. Elle n'était pas encore très grande, mais, droite comme un i, elle souriait avec assurance. Elle semblait savoir déjà quel effet elle provoquait sur les hommes… et comment en profiter.

3

Les retrouvailles des habitants et associés de Rata Station furent si gaies et bruyantes qu'Oliver en fut presque incommodé. Sa mère aurait été choquée par tant d'embrassades, de rires, de baisers et de taquineries. Les ladies et les gentlemen avaient à se conduire avec plus de distinction. Il lui fut agréable de voir que Mara observait une certaine retenue et se tenait à l'écart, ne fuyant certes pas les étreintes, mais donnant l'impression de vouloir être ailleurs. Il lui proposa de porter sa sacoche quand ils se décidèrent enfin à entrer dans la maison. Mais elle refusa.

— Elle peut rester dehors, nous dormons en effet dans la maison en pierres.

Encore quelque chose qui paraissait étrange à Oliver. Des deux maisons de la ferme, l'une correspondait à peu près à l'idée que sa mère se faisait de la résidence d'un baron des moutons. Au moins était-elle construite en grès ; elle avait aussi deux étages et la colline où elle était bâtie offrait une belle vue sur le fleuve, les pâturages et le jardin, si on pouvait lui donner ce nom. Personne, à Rata Station, ne s'occupait de plantes décoratives, si bien que les quelques plates-bandes étaient réservées à des plantes utiles et médicinales. Après la fondation de la ferme, Chris Fenroy avait fait bâtir cette maison pour sa femme Jane et y avait habité avec elle. Quand celle-ci était allée vivre chez les Maoris, Chris et Cat avaient emménagé dans la maison en bois, beaucoup plus petite, au bord du fleuve, cédant la grande demeure à Ida et Karl. Carol et Linda y avaient également leur chambre. Ce qui aurait permis à Oliver de s'introduire plus facilement chez sa fiancée, la nuit, si elle avait été consentante. Il surmonta une pointe de regret et se tourna de nouveau vers Mara.

— Je me ferai un plaisir de te porter tout ça plus tard, dit-il.

Tous avaient entretemps pris place, dans la maison de Cat et de Chris, sur les rares sièges qui s'y trouvaient. Mara s'assit sur un des tapis tandis que Carol et Linda aidaient Cat à improviser un repas. Ayant pris place en face d'elle, Oliver l'observa. Elle ressemblait plus que Carol à sa mère Ida, avec le même visage en forme de cœur, mais avec des pommettes plus marquées. Oliver fut fasciné par sa beauté.

Il fut troublé dans sa contemplation quand, ayant pris un coussin, Carol vint s'asseoir à ses pieds, posant délicatement la tête sur ses genoux. Il détourna le regard de Mara, néanmoins trop jeune pour lui en dépit de son charme, et se mit à jouer avec les cheveux de Carol. Cat et Chris ainsi que Karl et Ida parurent ne rien remarquer. Ou du moins le feignirent. Linda sourit in petto de l'audace des fiancés.

Mara, elle, accordait aussi peu d'attention à Oliver et à ses sœurs qu'au reste de la famille. Elle n'avait d'yeux que pour l'assiette de sandwichs que Linda venait de poser devant elle. Elle n'avait sans doute jamais entendu dire qu'une lady devait avoir un appétit d'oiseau. Elle mangea de bon cœur et but trois verres de thé froid. Pour les adultes, Cat était allée chercher une bouteille de vin, tandis qu'Ida, connaissant les penchants de son amie, avait amené de son côté deux bouteilles d'un excellent cru. Karl versa à boire aux adultes et même Ida accepta de trinquer.

— Au manoir de Korora ! dit-il en regardant sa femme d'un air plein d'amour.

— Au manoir de Korora ! répéta Ida en lui rendant son sourire.

— À quoi ? s'étonna Cat. Vous pourriez peut-être expliquer à quoi nous trinquons. Est-ce que cela a un rapport avec les nouvelles que tu as annoncées dans tes lettres, Ida ?

— Oui. Mais tu n'aurais pas dû arriver avec tes gros sabots, mon chéri. Je pensais que nous prendrions le temps d'en parler calmement. Nous ne savons pas ce que Cat et Chris en penseront et donc…

— Allons, Ida ! dit Karl avec un haussement d'épaules. Ce n'est pas un drame. Cat et Chris seront heureux pour nous, ils…

— De quoi devons-nous nous réjouir ? demanda Chris.

Ida et Karl s'entreregardèrent comme si chacun voulait laisser à l'autre le soin de révéler leur secret.

Mara eut un soupir provocateur.

— Mamida et kapa ont acheté une maison, lâcha-t-elle tout de go.

— Mara ! s'écria Ida, indignée.

— Mamida, si nous attendons que vous vous décidiez à cracher le morceau, je ne suis pas près d'aller au lit et j'ai les yeux qui se ferment. Allez, parle de cette maison à Whangarei qui te fait rêver, de la plage, du jardin et de tout le reste. Kapa et mamida s'en vont, ajouta Mara tournée vers Cat, Chris et les « jumelles ». Mais moi, je reste ici. Je n'irai pas sur l'île du Nord. Tu l'as promis, mamida, n'est-ce pas ?

— Oui, avoua Ida avec un soupir, nous avons acheté une maison. Mais pour savoir si tu resteras ici ou non, nous avons besoin d'en parler avec Cat et Chris, conclut-elle d'un ton sec.

Cat eut en direction de son amie un sourire de compréhension. Mara était à l'âge critique et elle se rappelait très bien combien Carol et Linda lui avaient tapé sur les nerfs au même âge. En réalité, ce conflit n'avait rien d'insoluble.

— Qu'est-ce que nous pourrions avoir contre le fait que Mara reste ici ? demanda-t-elle d'un ton amical. Vous êtes ici chez vous !

— J'espère que vous serez toujours de cet avis, quand… commença Karl, embarrassé. Mais il va falloir en parler entre quatre yeux, Cat et Chris.

Ceux-ci n'eurent pas de peine à comprendre de quoi il retournait : si cette maison de Whangarei répondait vraiment aux rêves d'Ida, elle ne serait pas bon marché. Or, l'essentiel de la fortune de Karl était investi dans la ferme.

— Quels que soient vos projets, dit Cat, qui prit Ida par la main, cela ne concerne en rien Mara, pas plus que Carol et Linda. Les enfants sont ici chez eux. Vas-y, raconte Ida ! Vous voulez vraiment nous quitter ? Pour une maison au bord de la mer sur l'île du Nord ? Cette région se trouve bien à l'extrême nord d'Aotearoa, non ?

Karl fit signe que non, heureux d'aborder un sujet moins délicat.

— Non, Whangarei et Cape Reinga sont à bonne distance l'un de l'autre.

Cape Reinga était le point le plus septentrional de la Nouvelle-Zélande, bien connu en raison de la légende maorie voulant que les âmes des défunts en partent pour retourner au paradis, à Hawaiki.

— Mais c'est effectivement au nord, sur la côte est. Notre maison est à Russell, tu connais le lieu sous le nom de Kororareka, Cat, précisa Karl.

Cat acquiesça. Kororareka était en effet l'une des premières colonies *pakehas* en Nouvelle-Zélande et n'avait longtemps pas joui de la meilleure renommée, car elle avait à l'origine été le réceptacle de toute une faune de chasseurs de phoques et de baleines, ainsi que de détenus en cavale. Puis elle avait été le centre des soulèvements maoris. La ville, baptisée Russell en l'honneur du Premier ministre lord John Russell, était désormais pacifiée, une très jolie petite cité nichée dans le paysage somptueux de la baie des Îles.

— C'est un endroit merveilleux, confirma Ida tandis que Mara se mettait à bâiller. Un cottage au-dessus d'une crique, avec vue sur la mer et une petite plage de sable. Le coucher de soleil sur la mer…

— Presque aussi beau qu'à Bahia, compléta Karl en souriant.

Karl et Ida étaient venus en Nouvelle-Zélande sur un brick, le *Sankt Pauli*, qui avait fait escale au Brésil, où Ida était tombée amoureuse du climat et des plages. Karl lui avait alors proposé de rester dans le pays, mais elle n'avait pas osé rompre ses fiançailles avec celui que son père avait choisi pour elle. Le destin l'avait ensuite précipitée dans la pluie de l'île du Sud. Le climat subtropical de l'île du Nord, où elle avait accompagné Karl lors de son dernier déplacement, l'avait séduite, d'où la décision du couple de s'y installer.

— C'est une maison en pierres, comme en Irlande, poursuivit Ida. Le vendeur est d'ailleurs un Irlandais, un prêtre catholique, un des premiers missionnaires. Il officiait maintenant à Russell. L'âge venant, il a le mal du pays et voudrait mourir à Galway.

— Il a dû oublier le temps qu'il y fait, plaisanta Chris qui, né en Australie et venu en Nouvelle-Zélande à dix ans, avec ses parents, avait travaillé un certain temps comme interprète pour le gouverneur et avait eu souvent affaire à des Irlandais.

— Il est assez amer, expliqua Karl. Sa mission chez les Maoris ne s'est pas déroulée comme il l'avait espéré. Et les *pakehas* ne se comportent pas non plus toujours comme de vrais chrétiens… En tout cas, il veut rentrer en Europe. Il a été heureux de trouver preneur pour sa maison, une maison fort bien entretenue.

— Le jardin est formidable ! reprit Ida. Le prêtre cultivait des légumes, des herbes médicinales et autres, ainsi que des fleurs. Bien sûr, je vais apporter quelques changements…

— Mais au moins il n'y a plus de gros travail pour Ida, elle n'aura pas à se surmener, même pour ce qui est du ménage. Le cottage est à notre exacte dimension : un salon, une grande cuisine, deux chambres et une chambre pour amis. On pourra tous vous loger si vous venez nous voir. Il y a même un hangar qu'on peut aisément transformer en une bergerie et une fromagerie.

— Tu veux te remettre à faire du fromage ? s'étonna Cat. Nous avions pourtant constaté que ça n'en valait plus la peine.

Ida avait en effet eu une fromagerie à Rata Station, mais l'avait abandonnée quand il s'était révélé que l'avenir de l'élevage de moutons résidait dans la production de laine.

— Faire du fromage m'a toujours plu, sourit Ida, heureuse. Plus que tout. Ce ne sera bien entendu pas une grosse entreprise, vingt à trente moutons tout au plus, je n'aurai pas besoin d'aide. Comme la maison est proche de la ville, je pourrai soit livrer mes fromages à des détaillants, soit les vendre moi-même au marché. Ce sera formidable !

Si Oliver fronça le sourcil à l'idée que la mère de sa fiancée soit fromagère et vende sur les marchés, Cat fut heureuse pour son amie dont elle savait qu'elle se sentait inutile à Rata Station depuis l'abandon de son activité préférée. En réalité, la ferme était trop éloignée des villes pour que des productions alimentaires soient rentables.

— Mais vous viendrez à mon mariage, n'est-ce pas ? s'assura Carol, surprise et un peu froissée que sa mère décide si soudainement de partir à l'autre bout du pays sans même lui en avoir parlé.

— Mais bien entendu, dit celle-ci. On ne voudrait pour rien au monde manquer cet événement ! Et nous avons donc de la place, pour toi, pour Linda, pour Mara ! Vous avez juste un chez vous de plus…

— Bon, alors trinquons à Ida et Karl, à leur nouvelle maison, à leur nouvelle affaire ! s'exclama Chris en remplissant à nouveau les verres.

— Vous avez une objection à ce que j'aille au lit ? demanda Mara en bâillant une seconde fois. Nous avons été en selle une journée entière, je suis à bout de forces.

— Nous aussi d'ailleurs, dit Linda à son tour en lançant un coup d'œil d'invite à Carol.

Les doigts d'Oliver avaient entretemps glissé des cheveux de sa fiancée jusqu'à son décolleté. Sous l'effet de l'excitation, elle était devenue écarlate. À un moment ou l'autre, un des adultes allait s'apercevoir du manège. Déjà, Mara regardait sa sœur en ricanant. Oliver allait trop loin. Linda avait donc estimé qu'il valait mieux mettre fin à la scène.

— D'accord, dit Cat, allez donc dans l'autre maison. Ton lit vient d'être fait, Mara. Et votre chambre est bien sûr prête aussi, Ida. Bien que Chris n'ait pas fait un large usage de la maison…

À l'origine, Cat et Chris avaient en effet convenu d'habiter séparément et de se « rendre visite » fréquemment. Il disposait donc dans la maison en pierres d'un petit appartement. En réalité, cela faisait des années qu'il dormait chez Cat.

Oliver se leva poliment au départ des filles. Manifestement déçu, il souhaita néanmoins une bonne nuit à sa fiancée et à ses sœurs.

— Je croyais que tu comptais porter mes affaires jusque là-bas, observa Mara avec un regard en coin vers les deux fiancés à qui elle offrait ainsi le moyen de prolonger leur petit jeu.

Mais Karl ne fut pas dupe.

— Nous ne souhaitons pas soumettre ce jeune homme à la tentation, dit-il tranquillement. Ne m'en veuillez pas, M. Butler, mais je ne vous enverrai pas dans une maison, seul avec trois jeunes filles, ajouta-t-il avec un sourire moqueur qui enlevait de leur rigueur à ses propos. C'est moi qui vais porter tes affaires, Mara !

L'intervention de Karl provoqua l'hilarité générale, mais Oliver se sentit chapitré. Il renouvela ses souhaits de bonne nuit d'une voix à peine audible, déçu aussi de ne pas se voir attribuer enfin une chambre confortable dans la demeure principale. Il avait en effet dormi, depuis son arrivée à Rata Station, dans une espèce de réduit en bois, à côté de la maison de Cat, sur une natte maorie. Il savait pourtant qu'il y avait dans l'autre maison des pièces convenables. Mais Cat, pourtant libérale, n'avait pas voulu laisser Oliver, sans la surveillance d'un adulte, passer la nuit sous le même toit que sa fiancée ! Il se retira donc dans son réduit sans mot dire. Ses hôtes ne s'aperçurent pas de sa mauvaise humeur et ne lui souhaitèrent que distraitement une bonne nuit. Cat et Ida avaient trop à se dire et sa présence les aurait gênées. Chris, de son côté, venait de lancer à Karl, sur le point de sortir, un clin d'œil complice.

— Quand tu auras raccompagné les filles, passe donc par l'écurie…

Karl acquiesça. Encore une surprise pour Oliver dont le père se retirait certes aussi avec ses invités au terme d'une soirée conviviale afin d'y boire un whisky et de fumer un cigare entre hommes, laissant les dames à leurs papotages, mais il y avait des fumoirs pour cela ! Chris et Karl, eux, semblaient vouloir se retrouver dans l'écurie pour faire circuler la bouteille comme les gardiens de troupeau. Sa mère avait peut-être raison : Chris Fenroy avait beau descendre d'une famille noble et Cat et les autres être des barons des moutons, ils n'étaient pas à la hauteur de leur statut social. Heureusement que sa mère prendrait bientôt Carol sous son aile !

Il dut s'efforcer de se remémorer les baisers passionnés de Carol, la plénitude et la douceur de ses seins pour surmonter son mécontentement. Il avait d'autant plus de peine à se concentrer qu'il avait sans cesse à lutter contre l'image de son impertinente petite sœur, une petite sœur si sensuelle.

4

Chris attendait effectivement Karl avec une bouteille de whisky. Mais Karl en sortit une autre de sa sacoche, du single malt !

— Tu peux encore te payer ça, après l'achat de la maison ? le taquina Chris.

— Je voulais à vrai dire te parler du financement. À Cat aussi.

— Tu veux hypothéquer Rata Station ? demanda Chris sans plus de détours.

— Pas vraiment. Nous pensions plutôt à… Chris, j'ai un peu de mal à te le dire. J'aime Rata Station, tu le sais, nous l'avons fondé ensemble. Mais la décision de nous installer dans l'île du Nord est définitive.

— Tu parles sérieusement ? s'écria Chris, stupéfait. Tu veux à l'avenir te limiter à traire vingt brebis pour Ida ? Ou bien comptes-tu reprendre tes périples d'arpenteur ? Tu aurais certes de quoi faire pendant des années, mais Ida ne serait pas enchantée de rester seule à Russell.

Karl but une gorgée à la bouteille. Ils n'emportaient pas de verres à l'écurie, qui servait jadis de refuge secret à Chris quand il fuyait les remarques acerbes et blessantes de Jane, sa femme. La tradition, pour leurs rencontres entre hommes, était restée.

— Ni l'un ni l'autre. Ou plutôt les deux. Bien sûr que j'aiderai Ida, en particulier quand il s'agira de monter la fromagerie. Ensuite, je prendrai la route occasionnellement comme arpenteur, mais pas des mois durant. Je ne le faisais déjà presque plus. J'ai récemment davantage travaillé comme… euh… conseiller. Il y a de l'effervescence sur l'île du Nord, Chris. Des embrouilles entre *pakehas* et Maoris.

– Je croyais que Taranaki était pacifiée, s'étonna Chris.

Deux ans plus tôt avait éclaté une véritable guerre entre Maoris et Anglais dans la région de Taranaki. À l'origine, il y avait eu des désaccords à propos d'une vente de terrain près de Waitara. La tension était montée de part et d'autre et, de l'avis de nombreux Néo-Zélandais, les Anglais avaient forcé la dose en envoyant trois mille cinq cents soldats venus d'Australie contre environ quinze cents guerriers maoris mal armés. Les pertes s'étaient néanmoins équilibrées et les deux parties avaient fini par constater que personne ne pouvait véritablement l'emporter. Pour les *pakehas*, les dommages économiques dépassaient les gains éventuels d'une victoire militaire. Des compromis avaient donc été passés et les combats avaient cessé. Pour toujours ?

– Dans un premier temps, oui. Mais il existe toujours des différends concernant les ventes de terres et tout ce qui tourne autour. Le gouvernement continue de confisquer des terres en guise de « punition » pour les soulèvements des dernières années. Et l'impression prédomine que ce sont les propriétaires des meilleures terres qui ont été les pires rebelles, si tu vois ce que je veux dire. Et voilà qu'une espèce de prêcheur se balade un peu partout en incitant les Maoris à chasser les *pakehas* du pays. La guerre peut à tout instant reprendre, ce que le gouvernement veut empêcher. On a donc un grand besoin de médiateurs, et je suis prédisposé à ce travail puisque je vis ici depuis vingt ans et que je connais assez bien les problèmes de l'île. Je suis, de ce point de vue, réclamé aussi bien par des Maoris que par des *pakehas*. Je bénéficie d'une bonne renommée et puis, et oui, je parle aussi un peu le maori, dit pour finir Karl en souriant à son ami qui parlait couramment la langue du pays et lui en avait enseigné les rudiments.

— N'est-ce pas dangereux ? À te situer ainsi entre l'arbre et l'écorce ?

— Non. Jusqu'ici cela s'est passé de manière civilisée, même s'il y a quelques cliquetis de sabres. S'ils font appel à moi, c'est qu'ils recherchent en définitive un accord. Je pense avoir couru plus de risques en tant qu'arpenteur. Et c'est moi, bien sûr, qui déciderai où j'irai ou non. On connaît les chefs aux réactions impulsives et certains fonctionnaires *pakehas*, bien plus dangereux.

Chris opina d'un air entendu. Tous deux demeurèrent muets quelques secondes, se remémorant des affrontements avec des militaires obtus, des fonctionnaires incompétents et des colons agressifs quand ils étaient l'un traducteur, l'autre arpenteur pour le compte du gouvernement. Karl rapporta ensuite leur ultime aventure chez les Ngati Hine.

— Et c'est bien payé ? s'enquit enfin Chris. Cela vous permettra de vivre ?

— Pas aussi bien qu'avec un élevage. Mais avec les revenus d'Ida, nous devrions nous en sortir. Nos besoins ne sont pas grands et tu connais Ida : elle nous nourrira des produits des champs et du jardin. Elle rêve déjà de confitures et de chutneys, de cuire elle-même notre pain. Elle aura enfin tout ce dont elle rêvait : un chez-soi où elle pourra travailler comme à Raben Steinfeld, une paroisse où elle pourra s'intégrer. Ce ne sont pas des vieux-luthériens, bien sûr, mais Russell possède une jolie église anglicane, avec un ecclésiastique sympathique et un cercle féminin actif. On y échange davantage de recettes de cuisine que de citations de la Bible, si tu veux savoir. Des gens bien, pas des dévots. Et puis le climat, la mer, la plage…

— Et toi ! J'espère que tu seras toi aussi heureux. Bon ! Revenons-en au financement. Que comptez-vous faire de Rata Station ?

— Nous aimerions vous vendre notre part. Si c'est possible. Nous ne voulons pas non plus vous ruiner, nous…

— Karl, nous sommes des barons des moutons ! l'interrompit Chris en riant. Le commerce de la laine est florissant, les Anglais n'en ont jamais assez. Les revenus croissent d'année en année. La plupart des investissements ont été faits. Tout ici est en bon état, les granges, les hangars à tonte. Nous n'avons certes pas mis grand-chose de côté, tu le sais, mais nous pouvons toujours prendre une hypothèque. Les banques…

Chris s'arrêta soudain et se redressa.

— Qu'est-ce que c'était ? J'ai cru apercevoir une ombre. Comme si quelqu'un passait devant la fenêtre.

Il se leva, prit la lanterne et sortit de l'écurie. Rien. Il regarda en direction de la maison de pierres où la lumière avait déjà été éteinte puis de la maison de Cat qui était encore éclairée. Ida et Cat discutaient certainement encore.

— Souffrirais-tu de délires de persécution ? se moqua Karl quand Chris reprit sa place, l'air toujours soucieux, ou bien n'as-tu depuis longtemps plus passé de nuit dans l'écurie ? Ou sous une tente ? Dehors, on entend toujours des frôlements, Chris. Je n'ai pour ma part rien vu.

— Tu tournes le dos à la fenêtre, grommela Chris. Mais, pour revenir à nos banques. Il n'y a pas l'ombre d'un problème…

Mara retint son souffle. En réalité, elle savait fort bien se déplacer sans bruit, ayant passé la moitié de son enfance dans un village maori et joué des heures aux « guerriers et aux chasseurs ». Souple et mince, elle avait toujours réussi à approcher Eru sans se faire voir ou entendre. Mais elle n'avait pas pensé que son père et Chris seraient encore dans l'écurie et croyait donc avoir attendu assez longtemps avant de se glisser hors de sa chambre, de descendre l'escalier sur la pointe des pieds et de refermer sans bruit la porte de la maison. Ensuite, elle avait cessé de prendre des précautions. Une erreur, à n'en pas douter.

Par chance, Chris semblait ne pas l'avoir reconnue et son père n'était même pas sorti de l'écurie. Ils n'avaient sans doute vu qu'une ombre glisser devant la fenêtre. Elle se détendit une fois que Chris fut rentré. Elle se risqua alors à quitter le buisson de *rata* derrière lequel elle s'était accroupie. Aux aguets, elle passa entre les bâtiments, prête à une nouvelle mauvaise surprise. Carol n'aurait-elle pas eu l'idée de rencontrer en cachette son fiancé ? Elle-même aurait pu attendre le lendemain matin, mais elle n'était pas si lasse qu'elle l'avait prétendu. Elle était en fait totalement éveillée et ne pouvait plus attendre.

Ayant laissé derrière elle les bâtiments d'habitation et d'exploitation, elle ne chercha plus à avancer à couvert. Elle se mit à courir. Elle connaissait chaque pierre du chemin, qu'elle avait parcouru un nombre infini de fois. Rien n'avait changé en cinq mois. Elle savait bien sûr qu'elle avait grandi et qu'elle était d'une certaine façon devenue adulte. Mais à Rata Station tout était comme avant et il semblait en être de même dans le village maori. Elle aperçut enfin les *tikis*, les statues divines peintes en rouge protégeant la porte du village, menaçantes dans la nuit, mais qu'elle connaissait depuis sa tendre enfance. Elle entra dans le *marae* où les derniers feux étaient éteints depuis longtemps. Indécise, elle parcourut du regard les cuisines et les entrepôts, la salle de réunion et le dortoir, et enfin la maison du chef, un peu à l'écart, un bâtiment beaucoup plus imposant que ne l'étaient les logements des chefs Ngai Tahu.

Ces derniers vivaient généralement seuls, leurs femmes ne leur rendant visite qu'à l'occasion, souvent dans le cadre de cérémonies rituelles. Jane avait fait litière de ces usages quand elle avait épousé Te Haitara. On avait dû faire quelques concessions à ses origines *pakehas*. Elle avait notamment insisté pour habiter sous le même toit que son mari et y élever son enfant. Jamais elle n'aurait accepté de passer la nuit avec les autres membres de la tribu dans le dortoir commun !

Mais où Mara allait-elle trouver Eru cette nuit ? Avec ses presque quinze ans, il était considéré comme un jeune guerrier et devrait vivre avec ses amis et non sous la tutelle maternelle. Mais le dortoir commun abritait au moins dix jeunes filles avides de faire leurs premières expériences amoureuses et Jane devait croire qu'elles rêvaient toutes de mettre le grappin sur un fils de chef.

Mara avait entendu Cat affirmer que Jane rêvait toujours d'un prince charmant, alors qu'un fils de chef n'était pas, pour les jeunes Maories, un parti recherché : les chefs n'étaient pas plus riches que les autres et la charge n'était pas héréditaire. La probabilité que les habitants élisent pour lui succéder un demi-sang n'était pas grande. Et être l'épouse d'un chef présentait plus de contraintes rituelles que d'avantages, soumise à de stricts *tapus* et limitations. Si des filles s'intéressaient à Eru, c'est parce qu'il était beau garçon, bon chasseur et très tendre… Mara espéra qu'il ne leur avait pas donné l'occasion d'apprécier sa tendresse. Elle était extrêmement jalouse !

Elle décida donc de ne pas aller voir dans le dortoir et de se concentrer sur la maison des parents d'Eru. Il était du reste plus aisé de s'approcher de la demeure du chef, car elle était bâtie sous un bosquet de hêtres austraux et entourée d'une haie de tiges de *raupo*. Appuyée à un arbre, Mara sortit sa flûte de sa poche et se mit à jouer un petit air tendre qui aurait pu passer pour un chant d'oiseau.

On se servait en effet de la *koauau* comme d'un appeau et on prétendait que son chant réveillait des souvenirs ensevelis. Mara se dit en souriant que les souvenirs d'Eru ne devaient pas être ensevelis, après cinq mois d'absence…

Quand elle eut joué son air pour la troisième fois, quelque chose bougea dans la maison. Mara vit apparaître l'ombre d'un jeune homme à la forte carrure. Elle s'attendait à reconnaître ses épais cheveux noirs retomber sur ses épaules, cheveux qu'il gardait longs afin de les nouer, la journée, en un chignon de guerrier. Mais il ne les avait sans doute pas dénoués avant de se coucher. À moins que le chignon ait été coupé. Il ne portait qu'un pagne en fibres de *raupo* et avait jeté une couverture sur ses épaules. Maria sentit son cœur battre à toute allure.

Elle reprit son chant pour lui indiquer le chemin, et Te Eriatara se planta soudain devant elle, la contemplant d'un air incrédule.

— Ma… Mara, Marama, le clair de lune ! Est-ce que je rêve ?

— Mais non, c'est toujours Margaret, répondit-elle en riant. Un nom de fleur, une fleur qui ne pousse même pas ici. Fichue idée de me donner le nom d'une plante qui ne pousse pas ici. Mes parents…

— Ne médis pas de tes parents! Comparés aux miens, ce sont des anges. Mais qu'est-ce que tu fais ici, en pleine nuit? Quand êtes-vous rentrés?

— Ce soir même! dit-elle en lui tendant les bras.

Il lui prit les mains et sembla du coup comprendre qu'il ne vivait pas un rêve. Prudemment, prêt à la relâcher, il l'attira contre lui, posa son front et son nez contre les siens. Mara s'abandonna, sentant son odeur familière, ayant enfin le sentiment d'être revenue chez elle.

Eru, en revanche, nota chez elle beaucoup de nouveautés. Ses cheveux avaient gardé la senteur de sel et de mer du voyage et sa peau restait imprégnée des parfums de plantes et de fleurs exotiques. Elle avait en quelque sorte changé d'odeur. La jeune fille qu'il avait laissée partir à mi-chemin entre sœur et amante était devenue une femme. Elle était belle comme une déesse. Eru ne put s'empêcher de penser à la célèbre histoire d'amour dans laquelle la flûte *koauau* indique à la jeune Hinemoa comment atteindre l'île de son amant. Hinemoa et Tutanekai, encore un couple contre lequel le monde entier se liguait... Il soupira.

— Vous venez juste de rentrer? Et tu es venue aussitôt? Tu es folle, dit-il avec un sourire.

— Je sais. J'aurais pu attendre jusqu'à demain. Mais je voulais te voir. Je voulais savoir si... si tout est encore comme avant. Si je... si je sais encore...

Eru la prit par la main et la conduisit au cœur du bosquet.

— Tu n'as donc pas essayé avec d'autres garçons? Avec des garçons *pakehas*?

— Bien sûr que non, dit-elle, vexée. Je te l'avais promis. Et toi...? Je sais bien que les filles de la tribu ne savent pas embrasser. Mais tu pourrais avoir fait d'autres choses...

— Je te l'ai promis moi aussi, protesta-t-il énergiquement. Je tiens ma parole. Je n'ai rêvé que de toi. En rêve, je m'exerçais…

— Moi aussi. Bon, on essaie ?

Elle leva les yeux vers lui, offrant ses lèvres. Il était bien plus grand qu'elle, fils d'un père et d'une mère corpulents et de haute taille. Il ne tarderait pas à dépasser tous les hommes de la tribu. Il se pencha vers elle, l'étreignit et pressa ses lèvres contre les siennes. Ils restèrent ainsi un bref instant, ne sachant qui, dans cette coutume *pakeha*, prenait les devants. Ils ouvrirent finalement la bouche ensemble, firent jouer leurs langues l'une avec l'autre, explorant la bouche du partenaire. Puis les mains de Mara se promenèrent le long du dos nu d'Eru, tandis que celles du garçon cherchaient à tâtons à lui ôter sa robe de cavalière, se battant avec les boutons. Mara se sépara de lui quand il fut sur le point de la dévêtir.

— Ne m'enlève pas ma robe ! le gronda-t-elle, en lui adressant, dans la seconde même, son plus charmant sourire. C'était bon, non ?

— C'était… c'était divin ! Bien meilleur que dans mes rêves.

— Donc nous savons encore tous les deux le faire !

Renouvelant leur étreinte, ils traversèrent ensuite, bras dessus, bras dessous, le bosquet jusqu'à une porte latérale de la haie. Ils suivirent le sentier jusqu'au fleuve. Le baiser qu'ils échangèrent sur la rive était illuminé par la lune.

— Je ne le ferai avec personne d'autre que toi, promit Mara.

— Moi non plus ! Donc nous serons obligés de nous marier.

— De toute façon, c'est que nous envisagions, non ? Ou bien aurais-tu changé d'avis ? demanda-t-elle en le scrutant du regard.

Au clair de lune, elle put l'examiner avec plus de précision. Lui aussi avait grandi. Son visage enfantin était devenu plus anguleux. Il ressemblait à son père, mais sa peau était plus claire que celle des Maoris. Il n'avait hérité de sa mère que les yeux verts. Et, effectivement, il n'avait plus de chignon.

— Qu'est-il arrivé à tes cheveux ? Je croyais que tu les laissais pousser.

— Ma mère..., murmura-t-il avec un profond soupir. Elle m'a harcelé : « Eric, un jeune homme ne doit pas ressembler à une fille ! Tu vas te faire remarquer et tout le monde se moquera de toi ! »

— Mais qui pourrait bien se moquer de toi ? Les autres garçons se laissent eux aussi pousser les cheveux. Bon, presque tous, il y en a qui veulent à tout prix ressembler à des *pakehas*...

Certes, sur l'île du Sud, les mœurs étaient en train de changer : en dehors des cérémonies, les autochtones étaient vêtus à l'européenne, tenue plus appropriée au climat de l'île, beaucoup avaient renoncé aux tatouages, nombre de filles tressaient leurs cheveux et certains garçons les portaient courts. Mais on était loin encore de se moquer des coiffures traditionnelles. Et les jeunes guerriers étaient fiers de leur chignon.

— Mais pas les *pakehas* au *college*, expliqua Eru. Pour l'heure, règne ici une espèce de guerre entre mon père et ma mère : l'un veut que je sois maori, l'autre *pakeha*. Ou les deux si c'est possible. Ils sont d'accord pour qu'un jour je succède à mon père. Mais ce qui lui importe d'abord, c'est la tribu et la dignité du chef. Ma mère me voit plutôt présider l'association des éleveurs. Ce qu'elle appelle « servir de passeur entre deux civilisations ». Je suis donc tiraillé, Mara ! On m'apprend à tailler un javelot et à me servir d'une massue, ce que ma mère trouve superflu, les fusils étant beaucoup plus efficaces. En quoi elle n'a pas tort. Les Anglais ont conquis le monde sans danser de *haka*.

Mara ne put s'empêcher de rire.

— Je t'en prie, c'est sérieux. De toute façon ma mère estime que la guerre n'est plus de ce temps, que c'est l'économie qui régnera sur le monde et qu'au lieu d'apprendre à me battre, je ferais mieux d'aller étudier les théories économiques dans un *college*. Je pourrais alors développer l'élevage, la tribu aurait de l'argent et serait célèbre… Et, quand on a argent et célébrité, on n'a pas besoin de faire la guerre. Là encore, elle n'a pas tort. Mais c'est que moi, je…

— Oui, toi ! Tu veux quoi, Eru ? Tu as envie d'aller à l'université ?

Ils s'étaient assis sur un petit banc de sable au bord de l'eau, serrés l'un contre l'autre pour lutter contre la fraîcheur nocturne.

— Pas vraiment, soupira Eru à nouveau. D'un autre côté, j'aimerais bien qu'on me prenne au sérieux. Et je vois bien comment l'association des éleveurs traite mon père quand nous nous y montrons.

Te Haitara détestait ces rencontres à Christchurch, mais Jane tenait à ce que l'entreprise de la tribu y soit représentée. Les éleveurs appelaient l'entreprise « Maori Station » ou, dans le dos de Jane, « la ferme de Jane, la femme de fer ».

— Ils m'accepteraient mieux si j'avais un diplôme universitaire. Mais je ne veux pas aller en Angleterre ! Même si je ne peux, ici, faire des études d'économie.

Ce qui était exact. On envisageait certes de fonder des universités à Christchurch et Dunedin. Mais il n'existait pour l'heure qu'une *medical school* à Christchurch.

— De quelles connaissances économiques a-t-on besoin pour diriger un élevage de moutons dans les

Canterbury Plains ? demanda Mara en prenant la main de son compagnon pour le réconforter. De ce que je sais, aucun des barons des moutons n'a encore lu Adam Smith.

Les écrits de l'économiste étaient la Bible de Jane. Tous les élèves du village avaient donc eu à connaître de ses théories à l'école, y compris Mara, Carol et Linda.

— Je crois en tout cas qu'il est plus important d'apprendre le plus de choses possible sur les moutons.

— Alors, choisis de travailler durant une année chez les Deans ou les Redwood, proposa Mara. Ou bien chez les Warden, à Kiward Station, cette ferme immense d'où est issu le chien de Carol. Puis tu pourras peut-être aller à Christchurch ou Dunedin. Il y a bien là quelque chose comme des *colleges*, non ?

— Des écoles privées, peut-être. Ma mère a un jour parlé d'une école comme ça à Wellington.

— Wellington…, réfléchit Mara tout haut, hésitant un peu à exprimer l'idée qui lui était venue à l'instant. Nous y sommes passés. Une ville très moderne, où il y a certainement un *college* et une école pour filles ! Dis donc, Eru, si je demandais à mes parents… on pourrait peut-être entrer tous les deux dans quelque chose comme un *college*. Nous irions ensemble à Wellington ! Ça te plairait ?

— J'irai avec plaisir partout si c'est avec toi, dit Eru avec un enthousiasme mitigé.

Mara, elle, était comme électrisée. Plus elle y réfléchissait, plus son plan de Wellington lui paraissait génial. Elle était décidée à épouser Eru. Elle l'avait toujours souhaité, mais depuis qu'elle l'avait pour la première fois embrassé, ses derniers doutes s'étaient envolés. Elle avait certes conscience qu'ils étaient encore trop jeunes et que leurs parents ne le permettraient pas dans l'immédiat. Et même s'ils s'enfuyaient – elle s'était renseignée

– ils n'avaient aucune chance avant d'avoir au moins dix-sept ans. Ils devraient donc s'occuper d'une manière ou d'une autre durant les quelques années à venir.

Pour Eru, cela ne posait pas de problème. Mara était jusque-là partie de l'idée qu'il resterait au village pour parfaire sa formation de guerrier. Concernant son propre avenir, il ne lui était encore pas venu d'idée particulière. Contrairement à Carol et à Linda, elle ne s'était jamais intéressée à une quelconque activité à Rata Station. Elle ne savait ni élever des chiens ni aider des brebis à mettre bas. Elle avait certes toujours exécuté sans problème les tâches routinières, comme contrôler les clôtures, mener les troupeaux ou aider à la tonte. Mais sans plaisir particulier. Heureusement que ses parents avaient assez à faire pour ne pas s'étonner que leur fille veuille rester à la ferme plutôt que de les accompagner à Russell. Cat se le demanderait certainement un jour et Mara ne saurait que répondre. Si, en revanche, elle proposait à sa famille d'entrer dans une école de filles afin d'entreprendre un jour des études universitaires…

Elle se dit soudain que ses parents seraient ravis de son idée. Ils avaient toujours regretté que la rébarbative miss Foggerty n'ait pas réussi à donner l'envie d'apprendre aux enfants. Tous deux avaient passionnément aimé l'école, mais avaient dû la quitter, au Mecklembourg, à l'âge de treize ans. Ils avaient ensuite essayé de rattraper le temps perdu dans la mesure où c'était possible dans un pays sous-développé et compte tenu de leur travail à la ferme. Ils avaient bien entendu contribué aux frais quand Jane avait recruté une préceptrice. Si cet engouement soudain pour les études s'accompagnait de la venue de leur fille sur l'île du Nord, ils se laisseraient aisément convaincre.

Pour Eru, ce ne serait pas si simple. Te Haitara ne verrait pas d'un bon œil son fils partir pour l'île du

Nord, où la plupart des tribus étaient hostiles aux Ngai Tahu. Il n'aurait donc que peu de contacts avec d'autres autochtones et en serait réduit à ses condisciples *pakehas*. Ce qui, en revanche, conviendrait parfaitement à Jane. Il n'y aurait pas le moindre risque de voir Eru tomber sous le charme d'une jeune Maorie dans un internat de Wellington.

— Nous allons alors faire comme ça, dit-elle au terme de quelques minutes de réflexion muette. Il ne faut pas que ta mère sache que je vais moi aussi à Wellington. L'idéal serait que tu partes le premier et que j'attende que mes parents soient partis. Je leur écrirai alors que je m'ennuie à Rata Station et que l'idée de Wellington m'est soudain venue.

— Tu veux que je parte seul sur l'île du Nord ! s'écria Eru d'un ton indigné ? Nous allons de nouveau nous séparer ? Pour combien de temps ?

— Ma foi, on ne peut pas commencer au milieu d'un semestre. C'est pourquoi il faut bien compter trois mois au moins avant ton départ pour Wellington, Eru.

Elle sourit à l'idée du long été durant lequel elle se sauverait de Rata Station chaque fois qu'elle le pourrait et retrouverait Eru.

— Recommençons quand même à nous exercer au baiser, dit-il quand Mara s'apprêta à terminer ce rendez-vous nocturne. Qui sait quand nous en aurons de nouveau l'occasion…

Mara lui offrit ses lèvres, qui rencontrèrent les siennes. Elles s'unirent pour un long baiser qui fit vibrer en elle une infinité de cordes.

5

Jane, née Beit, ex-Mrs Fenroy, et désormais affligée d'un nom maori que personne, à l'exception de son époux, ne prenait au sérieux, avait entendu le chant de l'oiseau elle aussi, mais sans lui attribuer d'importance. Elle ne s'intéressait ni aux oiseaux ni aux instruments de musique des Maoris. La seule chose pour laquelle elle ressentait un vif intérêt, c'était la direction de l'élevage de moutons de la tribu. Elle n'aimait toutefois pas les moutons eux-mêmes. Le premier commerce qu'elle avait monté avec la tribu lui avait davantage plu : la manufacture produisant des médicaments naturels et des porte-bonheur assurait des gains calculables à l'avance, permettait d'investir à long terme et garantissait une croissance continue. Depuis des décennies, le flot incessant de nouveaux arrivants en Nouvelle-Zélande ne s'était pas accompagné d'un afflux parallèle de médecins. Les fermiers, les chasseurs de baleines et de phoques avaient donc arraché ces produits des mains des marchands ambulants.

La production aurait pu croître à l'infini si les *tohungas*, les sages du village, avaient joué le jeu. Or elles devaient accompagner de cérémonies et de rites la collecte afin d'apaiser l'esprit habitant dans les plantes. Soit une énorme perte de temps ! Les efforts de Jane pour élargir l'entreprise avaient été vains. Elle avait donc fini par investir les gains dans l'élevage des moutons, animaux introduits par les *pakehas* et donc étrangers aux esprits locaux.

Les *tohungas* se tenant dans une large mesure à l'écart de l'élevage et les Ngai Tahu manifestant un rare talent dans leurs rapports avec les bêtes, le calcul de Jane s'était révélé judicieux : la tribu avait atteint l'aisance. Son mari en était heureux car il avait enfin pu faire la paix avec les « esprits de l'argent » dont son peuple, depuis qu'il jouissait des agréments du style de vie *pakeha*, exigeait de lui qu'il obtienne leur bénédiction.

Sa position de chef n'était pas contestée dans la mesure où il permettait à chaque membre de la tribu de satisfaire ses envies. Celles-ci se limitant pour l'essentiel à des casseroles, des tissus, des armes de chasse et des équipements de pêcheur à la ligne, il restait de quoi répondre aux besoins en investissements de l'élevage. Jane aurait donc dû être satisfaite. Mais elle ne l'était pas, ce qui expliquait en partie pourquoi, cette nuit encore, elle se tournait et se retournait dans son lit, tandis que son époux dormait comme un enfant à côté d'elle.

Jane, en fait, ne se satisfaisait pas de posséder une ferme prospère. Elle désirait avoir les meilleures bêtes, les meilleures toisons et les troupeaux les plus nombreux, afin d'obtenir les revenus les plus élevés possible, que l'on pouvait alors investir ailleurs. Jane rêvait de placements dans les mines de la côte occidentale ou dans les chemins de fer. On avait en effet trouvé du charbon sur la côte et on envisageait de construire des voies ferrées dans l'île du Nord. Les moyens de faire fortune en Nouvelle-Zélande grâce à des investissements judicieux étaient nombreux. Son père l'avait pressenti mais s'y était mal pris. Elle était bien décidée à dépasser John Nicolas Beit à tous points de vue. Elle prouverait de quoi était capable une fille qu'il n'avait jamais prise au sérieux.

Le problème était que ni Te Haitara ni ses gens ne manifestaient le moindre intérêt pour pareille mission, ne comprenant pas pourquoi elle cherchait à augmenter le nombre de leurs troupeaux, pourquoi elle accordait tant de soin au choix des reproducteurs et à la réduction des coûts.

— Mais nous sommes riches, Raupo, objectait sans cesse le chef en la gratifiant du nom affectueux qu'il lui avait donné en référence à la souplesse et à l'intelligence des esprits habitant cette espèce de roseau. Nous pouvons avoir tout ce que nous voulons.

Il refusait de voir que gagner de l'argent et être en compétition étaient pour elle un plaisir. Il ne comprenait donc pas pourquoi elle était sans arrêt en concurrence avec Cat et Chris, voisins qui, pour lui, étaient des amis. Il ne voyait pas une seconde que leur élevage était plus important que le leur et qu'il rapportait plus. Et il ne les enviait d'aucune façon, ce qui la faisait bouillir de rage.

— Haitara, nous avons vingt jeunes hommes qui n'ont rien d'autre à faire que d'agiter leurs javelots alors qu'il n'y a pas ici l'ombre d'un ennemi ! Sans parler des femmes et des hommes d'un certain âge. Nous pourrions affecter à l'élevage au moins cinquante personnes. Cat et Chris possèdent deux fois plus de moutons et n'emploient que cinq personnes ! Tu ne pourrais pas inciter les gens à travailler tous les jours et pas seulement quand ça leur chante ?

Elle ne provoquait chez lui, par de tels propos, que des hochements de tête. Il ne trouvait pas les membres de sa tribu fainéants. Ils étaient là quand il y avait des travaux importants à accomplir, et les femmes ainsi que les jeunes filles qui avaient choisi de nourrir les moutons les menaient pâturer et les rassemblaient pour la tonte. Il est vrai que, par exemple, elles se donnaient rarement la peine de séparer brebis et béliers. Chaque agneau était une fête, qu'il eût été engendré par un animal sans valeur destiné à la boucherie ou par un bélier primé. On n'estimait par conséquent pas nécessaire d'entretenir les clôtures, sauf celles entourant le *marae* afin que les bêtes n'y pénètrent pas. Les gens de Te Haitara trouvaient horribles les hangars à tonte, vastes bâtiments où les tondeurs pouvaient travailler même par mauvais temps, et les *tohungas* refusaient de les consacrer, à l'instar des autres bâtiments, par les cérémonies habituelles. Elles prétendaient que les esprits ne s'y sentaient pas bien. Cat à qui Jane, à contrecœur, demanda conseil à ce sujet eut un haussement d'épaules.

— Les moutons eux non plus ne s'y sentent pas bien, dit-elle sachant bien que la tonte était traumatisante pour les bêtes. C'est vrai que, du point de vue spirituel, les hangars ne sont pas un lieu recommandable. Mais, par ailleurs, nous voulons vendre la laine des moutons et nous ne pouvons les laisser gambader tout l'été avec cette épaisse toison sur le dos. Tu peux juste essayer de le faire comprendre aux doyennes. Peut-être qu'il existe une formule magique permettant de demander pardon à l'esprit des bêtes. C'est bien ce qu'ils font quand ils chassent et pêchent.

Proposition que Jane avait repoussée avec indignation. Il n'aurait plus manqué que ça ! Retarder la tonte pour, par des chants interminables, apaiser de prétendus esprits ! Mieux valait s'occuper de travailler son époux au corps. Il y avait d'ailleurs déjà un hangar à tonte à Maori Station. Même s'il y en avait trois à Rata Station !

Cat et Chris avaient de meilleures bêtes et de meilleures relations. Un splendide bélier des Butler venait d'ailleurs de rejoindre leur élevage. Exactement ce qui manquait aux troupeaux de Jane. Et c'est ce qui lui ôtait le sommeil cette nuit. Le lendemain, elle irait demander à Cat et Chris de faire couvrir quelques-unes de ses brebis en même temps que les leurs. Elle ne risquait pas l'affront d'un refus, bien sûr. Au contraire, Cat et Chris étaient les voisins les plus accommodants qui soient, toujours prêts à travailler avec elle dans tous les domaines. Aussi Te Haitara ne tarissait-il pas d'éloges à leur endroit. Jane, elle, voyait de la condescendance dans leur attitude. Demain, quand elle devrait jouer les quémandeuses auprès de Cat, celle-ci ne manquerait pas de s'enquérir des projets d'Eru. Si Te Haitara estimait que ces questions étaient dictées par la politesse, elle les interprétait comme des piques. Cat avait, elle aussi, grandi entre deux cultures, les uns voyant en elle une Maorie blanche, les autres une *pakeha* ayant trahi. Peut-être était-ce pour cette raison qu'elle manifestait à l'égard d'Eric intérêt et compréhension, mais peut-être aussi attendait-elle juste de voir échouer ses projets de mère ?

Les pensées de Jane passaient de l'affaire du bélier à la formation universitaire d'Eru, quand elle crut entendre la porte de la maison s'ouvrir et se refermer. Presque sans bruit, mais elle entendit ensuite des pas. Elle eut subitement peur et sentit son cœur s'arrêter de battre. Puis sa raison reprit le dessus. Ici, dans le village, elle n'avait pas à craindre que quelqu'un entre par effraction dans la maison du chef. Ce ne pouvait donc être que…

Soudain résolue, elle sortit de la chambre. Son fils était en train de s'allonger sur une natte.

— Où étais-tu ? demanda-t-elle d'un sévère. Tu m'as fait peur !

— Oh, je regrette, dit-il bien que persuadé que personne au monde n'était en mesure d'effrayer sa mère.

Je suis juste allé… je n'arrivais pas à m'endormir. C'est la pleine lune.

— Et alors ? Depuis quand es-tu somnambule ? Qu'y a-t-il eu, Eric ? Une réunion secrète ? Des rituels d'initiation ? Vous avez joué à la guerre ? Qu'est-ce que je devais ignorer ?

— Il ne s'est rien passé. J'ai juste eu envie de prendre l'air. Parler avec les esprits…, dit-il en souriant.

— Et que vous êtes-vous dit ? demanda-t-elle d'un ton grincheux, n'ayant jamais admis que son fils ne soit pas insensible aux croyances maories.

— Je… euh… je crois que finalement j'irai tout de même dans un *college*…

— Tu parles sérieusement, Eric ? s'exclama Jane, soudain rassérénée. Tu y réfléchis ? Dis-moi, c'étaient des esprits raisonnables, alors ! C'est formidable, fiston, tu ne le regretteras pas ! Mais il faut dormir à présent, demain tu devras choisir les brebis à mener à ce bélier des Butler. Et, moi aussi, j'ai besoin d'un peu dormir. Tu n'as pas tort avec cette histoire de pleine lune…

Résistant à l'envie de border son fils bientôt adulte, elle alla, soulagée, rejoindre son époux. Si déjà le problème Eric trouvait solution…

À peine eut-elle posé la tête sur l'oreiller qu'elle s'endormit.

Il fallut un peu plus de temps à Eru pour s'endormir. Il était certes très fatigué, mais sa rencontre avec Mara l'avait excité et il était encore ému d'avoir failli se faire pincer par sa mère. Il finit pourtant par rêver de baisers au clair de lune…

Mara aurait voulu se gifler : au retour, elle longea de nouveau l'écurie sans prendre de précautions et, cette fois, eut moins de chance. Elle se heurta littéralement à un Chris titubant qui avait raccompagné Karl jusqu'à la maison de pierres, et revenait à l'écurie pour raccrocher la lanterne et enlever la bouteille, de peur que les premiers ouvriers agricoles ne la découvrent le lendemain matin. La rencontre le dégrisa.

— Mara ! Mais qu'est-ce que tu fiches ici ? Tout à l'heure, de fatigue tu tenais à peine sur tes jambes ! Je croyais que tu dormais depuis des heures.

— Euh… euh… en fait j'ai bien dormi, mais je me suis réveillée et j'ai eu besoin de prendre un peu l'air. C'est si beau ce clair de lune…

— Tu as remis ta robe de cavalière et tes bottes pour prendre l'air dans le jardin ? Depuis quand t'est venu cet amour pour les nuits romantiques de pleine lune ? Mon Dieu, si cela avait été Carol avec son Oliver… Mais toi ? Allez, avoue, Mara ! Où étais-tu fourrée ?

Mara eut beau réfléchir à toute allure, elle ne trouva pas d'excuse crédible. Chris avait raison. Elle était ici chez elle. Si elle avait voulu faire un petit tour au grand air, elle se serait contentée de passer quelque chose sur sa chemise de nuit. Chris, à la vue de ses cheveux en désordre et de son visage pleinement réveillé, fut renforcé dans sa conviction première : Mara ne s'était pas couchée. Sans parler de son soudain amour des nuits au clair de lune… Il soupira. Il avait pressenti cela six mois plus tôt déjà.

— Tu es allée au village maori, Mara ? Tu es allée voir Eru ?

Mara eut beau secouer la tête avec énergie, elle ne put cacher qu'elle se sentait prise sur le fait.

— J'ai juste…

— Mara, tu te prépares là de sérieux ennuis ! Et pire encore, c'est ton ami que tu mets dans de beaux draps ! En ce qui te concerne : il est évident que tu es bien trop jeune encore. Tes parents ne vont pas être ravis… Et qu'avez-vous fait, d'ailleurs ? Karl et Ida doivent-ils… s'attendre à devenir grands-parents ?

Mara secoua derechef la tête, mais avec indignation cette fois.

— Nous nous sommes juste embrassés !

— Bon, souffla Chris. Ça n'est pas encore trop grave. Le jeune homme a-t-il été réticent ? Ça ne m'étonnerait pas avec toutes les filles qui courent dans ce village. Il est d'ailleurs très développé… Ou bien Jane l'enferme-t-elle le soir dans son placard à balais ?

Bien que contrite, Mara ne put s'empêcher de sourire. Chris sourit aussi : il avait tapé dans le mille !

— Tu as quinze ans, Mara, lui quatorze. D'ici que vous ayez l'âge de vous marier, il coulera encore beaucoup d'eau dans le Waimakariri. Et si Jane vous surprend… Mara, ce garçon a déjà bien du mal ! S'il fricote à présent avec une *pakeha*, la pression qui s'exercera sur lui de tous les côtés sera plus forte encore.

— Et en quoi suis-je donc un problème ? s'énerva Mara. Bon, d'accord, je ne suis pas une princesse maorie, mais tout de même quelque chose comme une baronne des moutons. En tout cas, pas une fille venue d'on ne sait où. Et pour ce qui est de la dot… j'aurai bien quelques moutons, non ?

— Tu recevras autant de moutons que Carol si tu le désires, assura Chris en souriant. Et tu es une très belle jeune fille, issue d'une bonne famille, tu n'as rien à envier à une princesse. Déjà, les hommes ouvrent de grands yeux quand ils te voient. Oliver était comme paralysé quand tu es descendue de cheval tout à l'heure. Il te suffit d'attendre : dans deux ans tous les hommes en âge de se marier entre Christchurch et l'Australie frapperont à ta porte.

— Et pourquoi, alors, ne pourrais-je pas épouser Eru ? Pas tout de suite, bien sûr, mais dans deux ou trois ans ? Jane et Te Haitara… ils veulent quoi ?

— C'est bien là le problème, soupira Chris. Ils ne le savent pas eux-mêmes. Et tant qu'ils ne le sauront pas, Eru ne pourra rien faire qui leur convienne. Et toi non plus, Mara. Donc, prends patience !

6

Jane s'apprêta avec soin avant d'aller chez les Fenroy. Dans le village, elle s'habillait comme les femmes autochtones, mais là, en ce jour de printemps, les seuls sous-vêtements qu'elle revêtit fut un jupon marron avec un haut tissé, aux couleurs de la tribu. Te Haitara aimait voir se dessiner sous le corsage ses seins plantureux, les Maories ne portant naturellement ni soutien-gorge ni corset, sans même parler de combinaison. Elle n'achetait donc pas ces accessoires quand, de passage à Christchurch, elle achetait tailleurs et robes coupés sur mesure à la dernière mode anglaise. Elle dépensait plus en vêtements que ce que la tribu payait pour la totalité des achats d'étoffes et de tissus, prétextant que ces dépenses étaient indispensables compte tenu de ses rencontres avec des négociants en laine et des éleveurs. Te Haitara ne posait au demeurant jamais la moindre question.

Sur les sous-vêtements, elle avait enfilé une robe de sortie, une élégante création vert foncé avec jupe ample, mais sans crinoline. Un cordon noir et un petit boléro enlevaient à la tenue un peu d'une sévérité destinée à dissimuler les formes rebondies de Jane. Son embonpoint lui avait toujours nui auprès des hommes *pakehas*, mais correspondait aux canons de la beauté féminine maorie, ce qui lui avait permis de conquérir le cœur de Te Haitara. Elle avait relevé ses cheveux, paraissant ainsi plus grande encore.

En la voyant se mettre en route dans cette tenue élégante, son époux eut l'air désemparé. Elle s'attendait à ce qu'il lui demande si elle s'était faite si belle pour Chris Fenroy. Les deux hommes étaient amis depuis leur première rencontre, mais le chef, ne parvenant pas à comprendre comment Chris avait accepté si facilement de se séparer d'une femme aussi attirante, était un peu jaloux. Mais, voyant dans quel état d'énervement elle était, il jugea plus sage de s'abstenir de toute remarque.

Eru, en tenue de guerrier, fit de même. Il allait profiter de son absence pour, avec ses compagnons guerriers et leur éducateur, se rendre sur des endroits *tapus*, endroits sacrés depuis des siècles pour avoir été des lieux où du sang avait été versé. Ils y méditeraient afin de s'imprégner de la force spirituelle qui en émanait. Projet qui ne plaisait pas à sa mère, évidemment. Aussi, malgré sa belle robe, était-elle de mauvaise humeur à son arrivée à Rata Station. Oubliant que Cat vivait dans la maison en bois, elle se dirigea vers la maison de pierres. Ce fut pour tomber sur Ida Jensch en train de suspendre le linge du voyage, qu'elle venait de laver.

— Jane, quelle bonne surprise ! s'exclama celle-ci en souriant malgré son étonnement.

— Tout le plaisir est pour moi, répondit Jane avec froideur, toisant d'un air méprisant la vieille robe d'intérieur que la jeune femme, d'allure toujours aussi jeune, portait depuis des années.

En fait, les deux femmes n'éprouvaient aucun plaisir à se revoir, ayant vécu plusieurs années ensemble à Rata Station sans jamais s'intéresser le moins du monde l'une à l'autre. Surtout que Jane fut soudain frappée par une idée désagréable : si Ida était là, sa fille devait l'être aussi. De quoi jeter une tout autre lumière sur la sortie nocturne d'Eru !

— Quand donc êtes-vous arrivés ?

— Hier soir. Voulez-vous entrer un instant. Je vous fais un café ? Oh non, vous buvez du thé, n'est-ce pas ?

— Ni l'un ni l'autre, répondit Jane, soudain impatiente de rentrer chez elle. Je voulais juste dire un mot à Cat. Où vais-je la trouver ?

— Dans les hangars à tonte, je suppose. On termine aujourd'hui. Les tondeurs ne se rendent-ils pas ensuite chez vous ? En tout cas, Cat et les autres rassemblent les bêtes avant leur départ pour les alpages. Allez-y ! Ah, puisque vous y allez, pouvez-vous leur apporter quelque chose ? Je viens de faire de la pâtisserie.

Avant que Jane ait pu répondre, Ida disparut dans la cuisine et revint avec une cafetière pleine et un grand plat de muffins.

— Une petite collation pour les travailleurs. Vous réussirez à tout porter ? Attendez, je vous apporte un panier…

Jane enrageait d'être ainsi prise pour une commissionnaire. En plus, le panier pesait un bon poids. Quand elle fut hors de vue, elle posa le panier et s'offrit un des gâteaux. Ida, il fallait le lui reconnaître, était une excellente cuisinière. Aurait-elle transmis ce don à son impertinente fillette ? Ce serait alors un bon point pour elle auprès de Te Haitara si la question se posait qu'elle devînt leur belle-fille. Elle eut un rictus de fureur. Il lui fallait toucher deux mots à Eric dès qu'elle serait rentrée chez elle.

Elle fut accueillie avec joie à son entrée dans un hangar. Seul Chris, qui la connaissait bien, sut combien elle se sentait déconsidérée d'être ainsi porteuse de café et de gâteaux. Cat, comme toujours, avait un franc sourire, sa robe de cavalière était sale et elle portait un suroît pour se protéger du soleil. Elle ne paraissait pas son âge, elle non plus. Jane se demandait parfois si elle était la seule à vieillir…

— Formidable ! Un pique-nique ! s'exclama Cat qui sortit du paddock afin de décharger Jane de ses muffins. Veuillez excuser ma tenue peu convenable, dit-elle en souriant avec malice, jouant les fautives et prenant un muffin. C'est vous qui les avez faits ?

Elle ne pouvait le croire un seul instant. Non seulement il n'y avait pas de four au village, mais Jane ne cuisinait pas. Celle-ci laissa donc la question de Cat sans réponse et en arriva de but en blanc au motif de sa venue.

— Je venais parler de votre nouveau bélier. Serait-il possible…

Comme prévu, il ne fut pas difficile d'arriver à un accord. Jane mena la négociation avec promptitude et professionnalisme. Karl, présent, se hâta d'emporter le plat de muffins aux tondeurs quand il vit à quelle vitesse Jane les engloutissait. Il ne participait de toute façon pas aux négociations, ce que Jane trouva étrange : il possédait tout de même un tiers de Rata Station.

— Alors nous allons tondre les vingt brebis les premières, dès demain matin, et nous les amènerons ici, résuma Jane. Merci beaucoup, Cat, Chris… Le bélier des Butler représente un apport de sang nouveau bienvenu pour notre troupeau.

— Pour le nôtre aussi, dit Cat aimablement.

Jane perçut de la condescendance dans cette réponse, impression renforcée encore par une proposition de Cat :

— Faut-il vous envoyer Carol avec sa chienne Fancy ? Elle pourrait du même coup donner un coup de main pour les tondre. Son chien a besoin d'exercice en permanence et, ici, il n'y a plus rien à faire jusqu'au départ pour la montagne.

— Nous avons nos propres chiens, grinça Jane.

— Bon, alors il faut que j'y aille, s'excusa Cat. Les tondeurs ont repris le travail…

Jane prit donc le chemin du retour. Elle aurait dû se sentir soulagée, mais ce n'était qu'en partie le cas. Elle avait un poids sur le cœur, et il ne s'agissait pas de quelques brebis et d'un bélier. Il fallait soumettre à enquête la sortie nocturne d'Eric. Alors qu'il était de nouveau en vadrouille, sans surveillance !

Jane aurait bien aimé savoir où était fourrée la fille d'Ida.

Mara avait été nerveuse toute la matinée, ne sachant trop qu'entreprendre. Elle n'avait envie ni d'aider sa mère à cuire des gâteaux ni d'aider à la tonte. Elle préférait encore s'occuper des chevaux. Elle allait proposer à Cat et Chris de débourrer, les prochains mois, trois jeunes chevaux. Habituellement, c'était Carol qui s'en chargeait en plus de son travail avec les chiens, mais elle avait sans doute à s'occuper de son prochain mariage.

Mara, le matin, avait observé sans grand intérêt les adieux de Carol et de son fiancé. Il partait pour Christchurch, mais n'avait pas manqué, auparavant, de s'entretenir sagement avec Mara, s'efforçant de garder un ton courtois et anodin que démentait son regard enflammé. Elle lui avait répondu avec la même politesse, écoutant avec indifférence ses développements sur la technique de l'aviron.

— Dis donc, il prend très au sérieux ce truc d'aviron, fit observer Mara à Linda tandis que Carol embrassait son fiancé en cachette au moment du départ. Je veux bien que cette course sur l'Avon soit quelque chose de très amusant. Mais n'est-ce pas sans importance de savoir qui va gagner ?

— Oliver croit que ça fera de lui un gentleman, persifla Linda. Ne me demande pas ce que Carol voit d'intéressant en lui. Je trouve juste que leur liaison soit pratique parce qu'il est un voisin.

— Mais ce serait plus pratique encore si elle prenait un Redwood, ricana Mara. Dommage qu'Edward et James soient trop âgés pour elle et Timmy trop jeune.

Timmy était le fils aîné de Joseph et Laura Redwood, mais il n'avait que douze ans. Laura et Joseph avaient deux autres garçons et la première fille venait juste de survenir. Il avait fallu beaucoup de temps avant que Laura ne tombe une première fois enceinte, mais ensuite les naissances s'étaient précipitées. Edward et James, les frères de Joseph, étaient célibataires.

— C'est moi que Timmy aimerait épouser, dit Linda en riant. Il m'a offert des fleurs quand j'étais chez eux, avec mamaca, venue aider Laura à accoucher. Un petit garçon très mignon. Peut-être que ce serait ce qu'il te faut, suggéra-t-elle avec un clin d'œil pour sa petite sœur. Dans quelques années, la différence d'âge ne se verra plus et… ton Eru n'est-il pas d'ailleurs un peu plus jeune ?

Mara prit un air innocent. Depuis le matin, elle attendait que ses parents parlent de sa fugue nocturne, mais, apparemment, Chris avait tenu sa langue. Ce n'était certainement pas elle qui allait la dévoiler maintenant à Linda !

— Un homme du village maori pourrait aussi faire l'affaire, murmura-t-elle comme si elle réfléchissait toujours à de possibles alternatives pour Carol. À vrai dire, je l'imagine mieux avec un guerrier qu'avec ce… euh… gentleman.

— Ollie est assez nul en effet, non ? pouffa Linda, la diversion de Mara ayant réussi. Carol va s'ennuyer à mort avec lui et sa noble de mère… Au fait, as-tu quelque chose en vue aujourd'hui ? Sinon, tu pourrais faire travailler mon cheval. J'ai passé ces derniers jours dans les hangars à tonte et Brianna n'a pas mis un sabot hors de l'écurie.

Brianna, comme Fancy, venait de l'élevage des Warden. Lors d'une visite de cette ferme, Linda était tombée amoureuse de la jument et n'avait eu de cesse que Cat et Chris ne l'achètent. Cat avait trouvé équitable d'acheter à Carol un chien et une jument à sa sœur.

— Je peux, bien sûr, répondit Mara feignant le désintérêt tandis qu'une idée naissait en elle : Eru étant parti avec ses compagnons guerriers, elle arriverait bien, avec un peu de chance, à lui tomber dessus.

Quelques minutes plus tard, elle était assise à califourchon, comme toutes les femmes de Rata Station, sur l'élégante jument baie qui partit au trot en direction des montagnes. Quand elle eut laissé loin derrière elle Rata Station et le village maori et que les premiers sanctuaires maoris furent en vue, elle ralentit à sa monture et chercha à deviner où elle pourrait bien trouver le groupe.

Eru était assis avec ses compagnons autour d'un rocher qui, telle une pointe de flèche, se dressait au milieu des vastes plaines herbeuses. Le *rangatira*, le guerrier expérimenté qui conduisait le groupe, venait de leur raconter l'histoire du lieu : lutte entre deux dieux se disputant une déesse, décès d'un mortel quelconque… Eru n'avait pas vraiment écouté. Il croyait néanmoins sentir les vibrations, le rayonnement du rocher. Ou bien était-ce autre chose qui le titillait ainsi dans son for intérieur ? Tandis que les autres gardaient les yeux fermés et écoutaient les *karakias*, des prières destinées à rassembler leurs forces, Eru, levant les yeux, crut voir, vacillant au loin dans le soleil, telle une apparition, un cheval. Et un cavalier. Le cheval n'était pas celui de Mara, mais il ne put faire autrement que penser à elle. Il ne cessait d'ailleurs de penser à elle. Dans sa tête résonnait l'air qu'elle avait joué dans la nuit sur sa *koauau*.

Le cheval se mit au galop et Eru vit des cheveux noirs flotter au vent. Il ferma les yeux, les rouvrit… Entre-temps, le cheval avait repris une allure modérée. Pas de doute, il s'agissait de Mara. Il prit une décision.

— Est-ce que je peux rester ici ? demanda-t-il au chef de groupe quand celui-ci eut ordonné aux jeunes de se ranger derrière lui avant de repartir.

Le vieux *tohunga* parlait en général plus aux esprits qu'à ses élèves. Il regarda Eru d'un air perplexe, son regard semblant envoûter le jeune homme.

— Je… eh bien… C'est pour moi… je crois que c'est là un endroit particulier, plein d'énergie…

Un sourire narquois illumina le visage du vieux guerrier.

— Le lieu où un garçon devient un homme est toujours un lieu particulier, Te Eriatara. Mais n'offense pas les esprits par un mensonge, dit-il avant de détourner les yeux et de prendre la tête des autres guerriers, en route pour les montagnes.

Eru s'attendait à entendre ricaner ses compagnons, mais aucun d'eux n'osa se retourner vers lui. Il toucha le rocher et ne sentit rien d'autre que la pierre chauffée par le soleil. Puis il vit Mara s'approcher, sa silhouette se préciser. Elle aussi devait à présent l'avoir reconnu.

— Je te cherchais, dit-elle en arrêtant la jument devant lui.

— Tu m'as trouvé, répondit-il.

Glissant à terre, elle se blottit dans ses bras.

Les choses, en cette matinée, n'en resteraient pas au baiser. Mais Eru savait que cela se ferait avec la bénédiction des esprits.

7

Jane n'arrivait pas à dominer sa colère et à modérer ses préoccupations, mais elle ne pouvait qu'attendre. Comme prévu, le groupe d'Eru n'était pas revenu quand elle arriva au village. Elle aurait voulu envoyer quelqu'un à sa recherche mais Te Haitara se montra réticent.

— Jane, il est avec son *taua*. Il perdrait la face devant ses amis et son *rangatira* si ceux-ci apprenaient que sa mère est à ses trousses. Attends donc qu'il revienne. Il ne peut rien lui arriver. Il n'est pas en guerre, il visite quelques lieux sacrés et parle aux esprits.

Propos guère susceptibles de la tranquilliser et son émoi fut à son comble quand elle constata, au retour du groupe, qu'Eru n'en était pas. Elle assaillit de questions le vieux *tohunga* mais celui-ci l'ignora. Il finit pourtant par s'expliquer devant Te Haitara après une nouvelle intervention de Jane auprès de son époux.

— Non, il ne s'est rien passé, relata ensuite Te Haitara à Jane. C'est normal que le groupe se disperse. Les esprits mènent les guerriers aux endroits où ils puisent la force. Il est souvent possible qu'ils y passent la nuit et parlent avec les étoiles. Il reviendra bien. Si ce n'est aujourd'hui, ce sera demain. Arrête de te faire du souci, Raupo ! C'est un homme !

La fierté fit vibrer la voix du chef dans ces derniers mots. Un peu comme si Eru venait en ce jour de franchir le pas entre son état de garçon et celui d'homme.

Jane émit une espèce d'ébrouement, se détourna et quitta le village. Elle n'avait bien entendu pas grande chance de retrouver son fils dans l'immensité des plaines, mais elle devait faire tomber la tension qui était en elle. Elle décrivit un large cercle la menant au fleuve. Un lieu sacré en valant un autre, pourquoi ne pas commencer par le rocher, niché dans la roselière, qui conférait toute son énergie à Te Haitara ? C'est là qu'il adressait ses prières aux esprits du fleuve, persuadé que c'étaient eux qui, jadis, avaient amené Jane jusqu'à lui. Arrivée au rocher, elle se figea : des voix résonnaient là où elle se baignait autrefois.

— Non, il fait bien trop froid ! Non, non, Eru, ne me pousse pas !

Bruits de chute dans l'eau, ébrouements, rires… Jane s'approcha à pas de loup de la petite crique cachée par les roseaux et les fougères. Un ruisseau, du haut d'une petite cascade, s'y jetait dans le Waimakariri, formant une sorte de bassin. Jane y avait pied, ce qui était important pour elle qui ne savait pas nager. Ce qui n'était pas le cas des deux jeunes gens qui s'y baignaient. Mara fendait l'eau comme un poisson, poursuivie par le vigoureux Eru qui n'en nageait pas moins avec souplesse. Jane aurait pu se dispenser de se camoufler car les deux jeunes ne manifestaient pas la moindre gêne, indifférents à ce qu'on les découvre ou non.

Stupéfaite, elle vit son fils attirer la fille contre lui et l'embrasser, tous deux ne cessant de perdre l'équilibre dans l'eau, plongeant et ressortant en riant. Ils se taquinaient et se pourchassaient, nus comme des vers.

— Laisse-moi sortir, Eru, je suis gelée ! cria Mara en essayant de gagner le bord, mais Eru l'attrapa à bras-le-corps et l'embrassa.

Jane, voyant la chair de poule sur les jeunes corps, se dit que son fils et Mara se baignaient dans cette eau glaciale afin de chasser l'odeur qui aurait trahi qu'ils venaient de faire l'amour. Leur comportement ne laissait aucun doute sur ce point. Elle sortit de l'ombre.

— Laisse-la sortir de l'eau sur-le-champ, Eric. Et toi, sors et rhabille-toi ! Nous aurons deux mots à nous dire. Ainsi qu'avec tes parents, Mara. Tout ceci est terminé, et bien terminé !

— Allez, tranquillisez-vous, Jane, où voulez-vous que nous envoyions cette jeune fille ? Surtout comme cela, de but en blanc ?

Cat jouait les conciliatrices, mais il était impossible de parler avec Jane ce soir-là. Une demi-heure plus tôt, elle avait fait irruption dans la cuisine d'Ida au beau milieu d'une joyeuse assemblée : Cat et Chris, Karl et Ida, Carol et Linda ainsi que Joseph Redwood qui avait fait étape à Rata Station, entre Christchurch et sa ferme, à la tête d'un troupeau de vingt bêtes achetées aux Deans, à Lyttelton, qui broutaient au-dessus de la maison en pierres, tandis que tous échangeaient les dernières nouvelles. Jane traînait Mara derrière elle comme une prisonnière. La jeune fille avait l'air bouleversée et furieuse.

— J'exige qu'elle soit éloignée d'ici ! Je ne veux plus la voir dans les parages d'Eric, je…

— Alors, éloignez votre fils, suggéra Joseph Redwood qui semblait amusé par la scène, tandis qu'Ida et Karl étaient comme paralysés et que Chris, lui, était muet comme chaque fois que Jane élevait la voix. Généralement, ce sont les garçons qui commencent…

— Personne n'a commencé ! déclara Mara fièrement. Ça s'est fait comme ça. Eru pense que ce sont les esprits… Donc, nous pensons qu'il doit en être ainsi ! Nous sommes destinés l'un à l'autre et nous nous marierons.

— Pourrions-nous laisser les esprits en dehors de l'affaire ? demanda Cat.

— Vous êtes trop jeunes, souffla Ida en lançant à Karl un regard impuissant.

Il aurait été pure hypocrisie de ne voir dans la conviction de sa fille qu'une sottise puérile. Elle-même avait toujours su qu'elle aimait Karl Jensch et Karl l'avait suivie à l'autre bout du monde. Que cela ait à voir avec Dieu ou les esprits, elle n'aurait su le dire et elle ignorait aussi si Mara et Eru étaient animés des mêmes sentiments. Elle était en tout cas incapable de les blâmer.

— Bien sûr que j'éloigne sans plus tarder mon garçon, reprit Jane avec froideur, tournée vers Joseph Redwood. Il y a à Christchurch une école de la mission qui accueille des enfants maoris et les mène, s'ils ont les dispositions voulues, jusqu'au *college*. Ce n'est pas mon premier choix mais mon époux refuse de l'envoyer en Angleterre et l'école privée de Wellington à laquelle je pensais ne l'admettrait qu'à l'automne. Les missionnaires l'acceptent sans délai. Il est probable qu'ils ne renvoient pas leurs élèves chez eux pendant les vacances afin qu'ils ne s'ensauvagent pas à nouveau. Ils travaillent dans les champs durant l'été. Cela ne fera pas de mal à Eric !

— Mais c'est un guerrier ! s'exclama Cat qui, ayant été élevée chez les Maoris, était seule à comprendre ce que cela signifiait pour le jeune homme et pour son père. Qu'en pense le chef ?

— Te Haitara est d'accord, répondit Jane de plus en plus glaciale. Et Eric se pliera à mes désirs. Mon époux ne souhaite pas non plus une liaison trop précoce avec une fille inconvenante.

— Pourrais-je vous demander ce qui, chez ma fille, ne convient pas ? s'écria Ida, la foudroyant du regard.

— Le fait qu'elle ait quinze ans, Ida, et qu'elle ne soit plus vierge. Cela veut tout dire ! Eric est un fils de chef…

— Jane, soupira Cat, vous ne trouverez pas dans votre village une seule fille de quinze ans qui soit encore vierge. Et personne n'y voit à redire, Te Haitara lui non plus. Les Maories connaissent leurs premières expériences sexuelles au même âge que les garçons.

— Non, ça ne vaut pas pour les enfants de chef, répliqua Jane. J'ai entendu dire qu'on préserve les filles de chef comme… comme si elles étaient des déesses… comme…

— Certainement, concéda Cat. Dans certaines tribus guerrières de l'île du Nord. Mais jamais ces filles n'épouseront le fils d'un petit *iwi* des Ngai Tahu. J'ignore d'ailleurs si on les marie, elles…

— Tu ne le souhaiterais pas toi-même pour ton fils, jeta Chris se mêlant à la conversation. Tu es avec Te Haitara parce qu'il ne respecte pas trop les traditions. Crois-moi, les mœurs des tribus du Nord te révulseraient.

— Nous ne pouvons de toute façon pas nous marier avant que nous ayons dix-sept ans, intervint cette fois Mara, de sa voix claire. Nous attendrons de les avoir. Mais Eru n'épousera pas quelqu'un d'autre que moi, et moi non plus !

— L'idée d'attendre loin l'un de l'autre n'est pas mauvaise, observa Karl. Peut-être que vous êtes destinés l'un à l'autre, je serais le dernier à nier que cela existe. Mais, jusqu'à ce que vous en soyez absolument certains, vous devriez ne plus rester ensemble… du moins pas comme vous l'avez fait aujourd'hui. Vous… vous étiez bien ensemble ?

Mara acquiesça, tête baissée.

— Nous ne le voulions pas, en réalité, murmura-t-elle.

— Ça en avait tout l'air en effet, railla Jane. Quoi qu'il en soit, cela ne se reproduira plus. Je le répète : éloignez cette jeune fille d'ici ! Et le plus tôt sera le mieux.

— Nous l'emmenons sur l'île du Nord, déclara Ida. Pas de discussion, Mara, tu nous accompagneras à Russell. Mais nous ne pouvons pas partir si vite, il y a ici encore bien des choses à régler. Vous devrez donc prendre patience, Jane, et je ne peux pas non plus vous promettre que je vais enfermer Mara.

— Vous ne pouvez pas…, explosa Jane, mais Joseph Redwood leva la main.

— Du calme, dit-il en souriant. Voici ce que je propose : que diriez-vous si Mara passait quelques semaines chez nous ? Laura se réjouirait d'avoir un peu d'aide pour le ménage, maintenant que nous menons les bêtes dans les alpages, la laissant seule avec les enfants. Tu pourrais l'aider à faire manger le bébé. Ça te ferait un peu d'apprentissage puisque tu penses déjà au mariage. Peut-être même que ça t'en fera passer l'envie. Quand un bébé pleure une nuit entière, on perd le goût de tout. En tout cas, ça arrondirait les angles dans un premier temps.

Ida regarda sa fille.

— Ça me semble une bonne idée !

Elle avait en Laura Redwood une confiance illimitée. Elle ne pouvait souhaiter meilleure influence pour sa fille.

— Alors, qu'en dis-tu, Mara ?

La jeune fille haussa les épaules, d'un air résigné quelques secondes, puis, regardant Jane droit dans les yeux, elle dit :

— C'est avec plaisir ! J'aime les bébés !

8

Le père de Franz Lange aurait sans doute préféré voir son fils labourer, semer et tondre les moutons dans sa ferme d'Hahndorf avant son départ pour la Nouvelle-Zélande. Franz avait mauvaise conscience, mais il ne serait pas resté plus longtemps en Australie après qu'Anna, quand il était venu lui faire ses adieux, lui avait glissé un mot portant l'adresse d'Ida.

— Tiens. Peut-être auras-tu l'occasion de passer la voir. Je sais que ton père lui en veut à cause de je ne sais quoi. Pourtant… elle est quand même ta sœur.

Il avait tout de suite vu que Rata Station, sur l'île du Sud, était loin d'Opotiki, sur l'île du Nord. Néanmoins la curiosité l'avait emporté. Bon, lui aussi en voulait à Ida. Elle avait été pour lui comme une mère. Comment avait-elle pu le laisser seul ? Par ailleurs, elle n'avait guère eu le choix, ayant dû se plier aux décisions de son époux, Ottfried Brandmann, qui avait refusé d'émigrer en Australie. Décision qui n'avait eu l'agrément ni du père d'Ottfried ni de Jacob Lange. De plus, Ottfried n'avait pas envisagé de rejoindre une paroisse pieuse. Il avait voulu partir avec Ida dans des contrées inexplorées afin d'y acquérir des terres et de les revendre. Jamais Jacob Lange n'aurait accepté qu'Ida l'emmène, lui Franz. Peut-être l'avait-elle d'ailleurs proposé en vain.

Il espérait, oui il croyait qu'Ida l'aimait ! Pourquoi, alors, ne pas mettre à profit les trois semaines qui lui restaient avant son entrée en service pour lui rendre visite ? La traversée le menait à Wellington et il n'avait pas de quoi se payer le trajet supplémentaire. Mais la chance lui sourit : un bateau allait de Wellington à Lyttelton, le port le plus proche des Canterbury Plains. Le capitaine se montra disposé à emmener le jeune missionnaire à la condition qu'il se rende utile…

Durant quelques jours, il frotta donc le pont, aida à hisser les voiles et accomplit toutes les tâches qui se présentaient en dépit du mal de mer dont il souffrait. Il aida encore à décharger la cargaison à Lyttelton. Il fut donc heureux et soulagé de se mettre en route, à pied, afin de franchir le Bridle Path, un col escarpé entre le port et Christchurch où il comptait dormir à l'école de la mission. Il fallait compter cinq heures de marche. Partant le matin, il espérait arriver pour l'office du soir. Après deux heures de rudes efforts à travers un paysage désolé, le long d'abîmes et même d'un cratère de volcan, il atteignit, épuisé et mort de chaleur dans son habit noir d'ecclésiastique à col droit, un plateau : il était parvenu au col. Il y avait là une petite cabane d'où sortit à sa rencontre un homme d'un certain âge.

— Tiens, un client ! éclata de rire celui-ci en découvrant le peu de dents qui lui restaient. J'allais fermer et descendre à Christchurch. Les compétitions d'aviron vont bientôt commencer. Mais puisque vous êtes là, qu'est-ce que vous désirez ? Une bière au gingembre, un sandwich ?

— Juste de l'eau, s'il vous plaît, répondit Franz, qui avait renoncé à l'alcool à son entrée au séminaire.

— Ça ne va pas être la recette de l'année, dit l'homme en fronçant les sourcils, mais apportant pourtant un gobelet et une cruche d'eau fraîche.

— Vous tenez ici une… euh… une auberge ? Ça en vaut la peine ?

— Un pub, ici, ça ne marcherait pas. Je ne vois pas quelqu'un monter jusqu'ici pour boire deux ou trois bières. Mais presque chacun de ceux qui passent le col s'offre une bière au gingembre ou un sandwich. Et en remercie le Ciel. Ce que je fais ici a donc la bénédiction de Dieu, révérend.

— Mais je suis le seul à franchir le col aujourd'hui. Vous ne pouvez pas en vivre !

— Non, je ne peux vivre de vos deux gorgées d'eau. C'est pourquoi je n'ouvre en général pas le dimanche, je descends et vais dans un vrai pub ! Mais la semaine, il y a plus de passage. Et, une ou deux fois par mois, vient d'Angleterre un bateau plein d'immigrants. Là, je fais de bonnes affaires. Ils sont morts de soif quand ils arrivent ici… surtout après leur interminable traversée.

— Et ça en vaut la peine ? Je ne parle pas de votre affaire, mais de la traversée, pour les colons ?

— Je pense bien ! C'est un beau pays. Jetez donc un coup d'œil ! assura l'homme en indiquant de la main l'autre versant, à quelques pas.

Malgré sa fatigue, Franz contourna la cabane afin d'atteindre le point de vue. Il fut d'emblée émerveillé par le paysage s'étalant sous ses yeux, baigné de soleil. Des plaines immenses entrecoupées de bosquets ou de rochers. Des prairies s'étendant jusqu'à une chaîne montagneuse paraissant proche bien que se dressant à n'en pas douter à des *miles* et des *miles*. Un cours d'eau serpentait au travers de cette immensité verte. Franz sentit s'éveiller en lui le vague souvenir du fleuve Moutere au bord duquel les habitants de Raben Steinfeld avaient fondé un village, Sankt Pauli, que d'énormes et incessantes inondations avaient ravagé, forçant les colons à s'enfuir.

Mais cette rivière, ici, n'était pas bordée de fermes. Elle traversait une ville en plein essor. Il distingua des clochers, des places, des maisons de bois colorées et quelques grands bâtiments en grès, en cours de construction. Il se souvint qu'on envisageait de bâtir une cathédrale. Christchurch serait le siège d'un évêché.

— C'est Christchurch, n'est-ce pas ?

— Oui, c'est là que vous vous rendez, révérend ? À l'école maorie ? Elle est un peu à l'écart. Les braves colons n'aiment pas savoir les sauvages trop près de leur ville. Même si les missionnaires les y apprivoisent.

— En fait, non, je vais servir dans une mission de l'île du Nord. Je ne suis qu'en visite ici. Je... je viens voir ma sœur.

— Où donc habite-t-elle ? Ici, en ville ? Je la connais peut-être. Je connais presque tout le monde à Christchurch. Finalement, ils sont tous passés par ici un jour ou l'autre.

Franz lui tendit le mot avec l'adresse.

— Oh, mais vous n'êtes pas au bout de vos peines, révérend. Rata Station, c'est l'une des fermes au bord du Waimakariri, qui se jette dans la mer au nord de Christchurch. À pied, vous en avez pour plusieurs jours. Le mieux serait de trouver un batelier qui vous emmène. Mais aujourd'hui vous ne trouverez personne parce que, là en bas, si on rame ce n'est pas pour de l'argent mais pour le plaisir. Une course d'aviron. Comme en Angleterre. Je descends avec vous, révérend, dit l'homme en retournant à sa cabane et en la fermant à clef. Moi aussi, je veux voir ça et, de toute façon, il ne passera plus un chat ici. La moitié des gens de Lyttelton ont dû rejoindre Christchurch en bateau. Pour participer ou regarder ! La première course, il y a deux ans, a été disputée à Lyttelton, aujourd'hui ils préfèrent ramer sur l'Avon. Les gentlemen trouvent que ça a plus de gueule. Comme en Angleterre ! Arrivez-vous d'Angleterre, révérend ?

Benny, comme il se présenta à Franz, descendit la pente, pourtant presque aussi escarpée et difficile que sur l'autre versant, avec une vivacité incroyable compte tenu de son âge, tout en entretenant son compagnon de l'événement sportif du soir. Tout cela était un peu étrange pour Franz qui n'avait jamais entendu parler de courses d'aviron et ne connaissait pour ainsi dire pas d'Anglais, sans même parler de gentlemen sportifs. Il trouva un peu absurde l'idée d'efforts physiques comme fin en soi.

— Il est d'ailleurs bien possible que des gens des fermes du Waimakariri assistent au pique-nique, remarqua soudain Benny alors qu'ils venaient enfin d'emprunter un chemin mieux aménagé. Il y a certainement quelques gentlemen-farmers parmi eux. Grâce à leurs moutons, ils sont pleins aux as. Demandez aux gens autour de vous. Peut-être y aura-t-il là quelqu'un de Rata Station ou des environs.

— Les gens font de tels déplacements pour… pour une course d'aviron ?

— Pourquoi pas ? s'amusa Benny. La tonte est terminée, les moutons devraient pour la plupart être déjà dans les montagnes. Pourquoi ne s'offriraient-ils pas une petite distraction ?

Franz s'abstint de tout commentaire. Pour les membres de sa paroisse, le repos et la distraction après le travail consistaient à lire la Bible ou à aller à l'église. Il y avait bien entendu aussi des fêtes collectives, des mariages, des fêtes des récoltes et des baptêmes. Mais rien n'avait préparé Franz à une fête aussi bruyante que celle à laquelle Christchurch s'adonnait en ce jour. Toute la ville semblait s'être donné rendez-vous dans la rue : hommes, femmes et enfants endimanchés, hommes d'affaires exhibant leur aisance, femmes déambulant dans des robes ou des tailleurs bariolés, armées d'ombrelles aux couleurs vives. Les hommes, eux, arboraient d'élégants costumes trois-pièces d'où pendaient de lourdes chaînes de montre en or.

Franz remarqua que la plupart des pubs étaient ouverts alors qu'on était un dimanche ! Les gens rassemblés devant les établissements buvaient et riaient. Benny était salué de toutes parts et invité à boire un verre, ce qu'il fit à quelques reprises tandis qu'il conduisait Franz au bord de l'Avon. Là, dans un vaste parc, la fête battait son plein. On avait monté des stands qui offraient des rafraîchissements ou organisaient des jeux de hasard. Franz fut choqué d'être interpellé par un individu lui proposant une partie de black jack et, un peu plus loin, par une diseuse de bonne aventure.

La prairie était jonchée de couvertures étalées et de paniers de pique-nique. Sur la rivière aussi l'animation régnait : toutes les embarcations participant à la compétition, décorées de fleurs et de guirlandes, défilaient devant les spectateurs aux accents de *God Save the Queen* joué par une fanfare. Elles étaient de toutes les tailles, les plus petites occupées par deux rameurs, les plus grandes par huit.

— Le voilà, le voilà ! Hé, vous… vous pourriez vous pousser un peu ? Vous bouchez la vue !

Franz sursauta d'être ainsi interpellé. Il se retourna et vit deux jeunes filles vautrées sur une couverture. Indifférentes à leur tenue frôlant l'inconvenance, elles ne quittaient pas les bateaux des yeux. L'une venait de s'agenouiller de manière à voir malgré l'obstacle, l'autre s'était mise à plat ventre pour regarder entre ses jambes écartées ! C'est cette dernière qui l'avait rappelé à l'ordre, osant donc adresser la parole à un inconnu !

— Allez, bougez-vous un peu ! Oh, regarde, Linda, des fleurs *rata* ! Il a décoré son bateau avec des *ratas* ! Comme c'est mignon !

Indigné d'être ainsi malmené, Franz fit un pas de côté. La jeune fille alors, se releva et agita les bras.

— Il ne me voit pas ! Je lui ai pourtant dit où nous serions assises…

— Il faut qu'il rame, Carol, l'apaisa la seconde jeune fille en se rasseyant de manière correcte et en recouvrant ses bottines de ses jupons. Et ce n'est pas si simple de garder son bateau dans sa ligne d'eau. Il nous trouvera bien tout à l'heure, ne te fais pas de souci. Qu'il gagne d'abord ! Qu'il n'aille pas dire ensuite que nous l'avons déconcentré !

C'étaient maintenant des « quatre » qui défilaient, ce qui intéressait beaucoup moins les deux demoiselles. L'une d'elles, à la grande confusion de Franz, chercha son regard.

— Vous pouvez vous asseoir sur la couverture, révérend, dit-elle d'une voix douce. Comme ça, vous ne boucherez plus la vue !

L'invitation valait excuse pour l'impertinence précédente. Franz se permit de regarder avec plus d'attention la jeune fille, bien qu'il trouvât inconvenant d'ainsi détailler quelqu'un du sexe faible. Mais il fut comme aspiré par les yeux bleu clair de cette jeune dame, au regard amical et doux. Tout en elle, sa tenue, sa coiffure, la distinguait des sœurs de Franz en Australie toujours strictement vêtues. Jamais encore Franz n'avait vu fille aussi belle.

— Ce… ce ne serait pas… euh… convenable, murmura-t-il. Je… nous… nous n'avons pas été présentés.

— Je suis Linda Brandmann, dit-elle en souriant, prononçant le nom à l'anglaise. Et elle, c'est Carol, ma sœur. D'ordinaire, elle n'est pas si impolie. Mais aujourd'hui elle est un peu nerveuse. Il faut qu'elle croise les doigts pour son fiancé.

Franz se surprit à se demander si Linda avait elle aussi un fiancé. Elle avait l'air si jeune, si douce, si innocente. Il avait déjà réfléchi à l'idée d'un mariage. Il devait se marier. On attendait d'un missionnaire qu'il le fasse et la plupart de ses camarades d'études s'y étaient pliés une fois ordonnés. Ils choisissaient souvent une cousine ou une parente éloignée afin de ne pas être assaillis par des pensées lubriques. Il avait jusqu'ici considéré les femmes du seul point de vue de leur aptitude à être femme de pasteur, ménagère et au mieux compagne. Et voilà que, soudain, il se mettait à rêver d'un foyer chaleureux et confortable, de rires d'enfants et – que Dieu lui vienne en aide – à rêver de prendre dans ses bras et d'embrasser une blonde épouse. Il dut se forcer à quitter Linda des yeux.

— Je suis..., Franz n'eut pas le temps de se présenter car Benny l'interrompit de sa voix tonitruante.

— Ah, vous voilà, révérend. Et déjà vous avez lié connaissance avec des dames ! Quel bourreau des cœurs vous faites ! éclata-t-il de rire tandis que Franz rougissait. Venez, les Redwood sont là derrière. Ils ont une ferme au bord du Waimakariri. Peut-être qu'ils connaissent votre sœur. En tout cas, je vais vous les présenter.

Franz bredouilla un au revoir poli auquel Linda répondit amicalement et Carol distraitement : c'était, sur l'eau, le début des compétitions et elle n'avait d'yeux que pour les embarcations. Franz suivit Benny, qui le conduisit à une charrette équipée de couvertures et de coussins, autour de laquelle campait une famille apparemment nombreuse. Une femme rondouillarde était en train de distribuer des muffins à une horde d'enfants. Des garçons d'âges divers se chamaillaient avec insouciance. À Hahndorf les plus âgés d'entre eux auraient tenu leur place dans les champs à l'égal d'adultes. Ici, ils se disputaient des friandises et jouaient avec trois ou quatre chiens. Une jeune fille divinement belle, aux cheveux noirs, regardait sans grand intérêt le départ de la première course tout en faisant sauter un nourrisson sur ses genoux.

— Auriez-vous un petit moment, Mrs Redwood ? demanda Benny à la femme juchée sur la charrette qui lui sourit.

— Benny O'Rourke ! Cela fait une éternité que je vous avais vu ! Vous surveillez toujours le Bridle Path ? Vous avez envie d'un muffin ? lui dit-elle en lui tendant la boîte contenant les gâteaux.

— Je voudrais d'abord vous présenter quelqu'un, le révérend… Comment vous appelez-vous déjà ? Il veut rendre visite à quelqu'un et je crois que la personne habite dans votre coin. Révérend, je vous présente Laura Redwood…

Franz s'inclina dans les règles en se présentant. La femme ne manifesta rien de particulier, à l'inverse de la jeune fille brune qui dressa l'oreille. Elle le toisa de ses grands yeux d'un bleu vert. Franz eut la fugitive impression d'avoir déjà vu ce visage… Oui, il y avait comme une ressemblance avec Linda ! Puis il se reprit. Quelle stupidité ! Il avait vu cette dernière quelques secondes seulement et voilà qu'il croyait reconnaître ses traits dans chaque joli minois.

— Je cherche ma sœur Ida, dit-il en se retournant vers la femme. Ida Jensch.

— Vous êtes le frère d'Ida, révérend ? Non, ce n'est pas vrai ! Franz, n'est-ce pas ? Vous devez être son frère le plus jeune. Elle a si souvent parlé de vous ! Quels soucis elle s'est faits pour vous ! Dieu, qu'elle va être heureuse ! Et quel dommage qu'elle ne soit pas là. J'ai pourtant essayé de la convaincre…

— Elle est ici ? demanda-t-il, bouleversé à l'idée qu'Ida parlait de lui et s'inquiétait à son sujet.

Laura Redwood sourit d'un air indulgent. Ce jeune homme devait avoir la comprenette difficile.

— Non, elle n'est pas là, répéta-t-elle. Elle n'avait pas vu son amie Cat depuis longtemps et elle a préféré passer un peu de temps avec elle. Mais son mari et ses filles sont ici.

— Mara, dit-elle. Passe-moi la petite Julie. Et mène ensuite ton oncle à ton père. Puis-je vous présenter, révérend, votre nièce Margaret ? Nous l'appelons Mara.

9

Mara avisa assez vite un stand de boissons non loin de la rive. Elle avait la démarche d'une danseuse et avançait si rapidement que Franz avait de la peine à la suivre. Au début elle resta silencieuse, mais sans donner l'impression d'être intimidée. Elle semblait plutôt réfléchir.

C'est Franz qui rompit le silence.

— Tu t'appelles Margaret, mon enfant ? Ma mère s'appelait Margarethe. Tu tiens sans doute d'elle ton nom.

— Je sais, répondit-elle, mamida me l'a dit. C'est le nom d'une fleur qui n'existe pas ici. Je préfère Mara. Ou Marama… *Marama* est un nom maori qui signifie la lune. Vous… euh… vous êtes révérend ? Vous venez prendre en charge une paroisse ?

Sa voix avait soudain retrouvé un peu de vivacité pour cette dernière question.

— Non, je suis missionnaire, répondit-il avec dignité, je…

— C'est bien ce que je m'étais dit ! s'exclama-t-elle d'un ton de triomphe. Vous allez travailler à l'école de la mission ? À Tuahiwi ?

— C'est dans une école d'Opotiki que je vais travailler, sur l'île du Nord.

— Oh…, dit-elle, déçue.

Mais ils étaient arrivés au stand et Mara montra quelques hommes sirotant leur bière et devisant amicalement. Franz eut vaguement l'impression de reconnaître l'un d'eux, un blond dégingandé.

— Voici mon père, dit Mara en tapant sur l'épaule de l'homme en question. Kapa, le révérend dit qu'il est le frère de mamida.

Karl se retourna et dévisagea Franz, incrédule. Puis il eut un sourire.

— Franz, sapristi ! La dernière fois que je t'ai vu, tu avais huit ans et tu avais un mal de mer épouvantable ! Et voilà que... Mon Dieu, qu'est-ce qu'Ida va être contente !

« Tu ne prendras pas le nom de ton dieu en vain. » Franz eut sur le bout de la langue la phrase de la Bible que son père avait l'habitude de citer chaque fois que le nom de Dieu était invoqué à tout propos et hors de propos, mais il se retint.

— Je suis sujet au mal de mer, dit-il en reculant d'un pas quand Karl lui mit les mains sur les épaules, s'apprêtant à l'étreindre. Mais la volonté de Dieu m'ayant conduit en Nouvelle-Zélande, j'ai pensé que je me devais de rendre visite à ma sœur et de lui... transmettre le bonjour... de notre père.

— Chris, as-tu entendu ? C'est le petit frère d'Ida ! Mon ami et associé, Christopher Fenroy, Franz !

Franz salua Chris et les hommes qui lui furent présentés par Karl, Joseph Redwood notamment qui venait de commander une nouvelle tournée de bière et qui tendit généreusement une chope au nouveau venu.

— Buvons au retour de l'enfant prodigue ! s'écria-t-il joyeusement. Ou plutôt du frère prodigue. À la vôtre, révérend !

Franz fit mine de déglutir. En aucun cas il ne boirait d'alcool. Heureusement, les hommes cessèrent vite de s'intéresser à lui. Seul Karl lui posa quelques questions.

— Tu veux donc convertir les Maoris. Une mission ambitieuse. J'ai en permanence l'impression qu'ils sont heureux avec leurs dieux. Tu parles leur langue ?

— Le problème n'est pas d'être en ce bas monde heureux ou malheureux avec sa foi, ce qui est en jeu c'est d'échapper à la damnation éternelle, répondit Franz avec raideur. Et, pour ce qui est de la langue, c'est aux sauvages d'apprendre la langue de Luther et non à nous d'apprendre celle des indigènes.

— Tu veux leur enseigner l'allemand ? Eh bien, je ne te donne guère de chances de succès. Mais si tu le penses…

Karl n'avait pas envie d'engager une discussion théologique avec un représentant de la paroisse de Raben Steinfeld, car c'est bien l'impression que donnait de lui ce jeune homme, vingt ans après l'engloutissement de Sankt Pauli. Il préféra changer de sujet.

— Commence par te faire présenter les filles et, si tu viens juste de franchir le Bridle Path, tu dois être mort de faim. Viens avec moi, nous allons regarder quelques courses tout en pillant le panier du pique-nique. Dans la mesure où ta nièce aînée aura entretemps retrouvé ses esprits. Est-ce que l'enfant prodige Oliver est déjà parti avec son « deux », Mara ?

— Je crois qu'ils ont commencé par les « six » ou les « quatre ». Ils n'étaient pas nombreux. Dans les « deux », il y a une vingtaine d'inscrits, il va donc y avoir des séries. Ce n'est qu'après qu'il y aura du suspense.

— Tant pis, soupira Karl, j'ai quand même faim. Profitons de ce que le champion n'est pas encore là pour déguster quelques friandises d'Ida.

— Je peux vous accompagner ? demanda Mara en riant. Je… Ce n'est pas tous les jours qu'on retrouve un oncle perdu !

Franz en fut tout étonné. Personne ne s'était intéressé à lui avant qu'il ait été question de son activité de missionnaire.

— Si Laura n'a pas besoin de toi, d'accord. Tu ne nous as pas encore dit si tu te plaisais chez elle. Tu aimes vraiment les bébés ?

Franz comprit pour quelles raisons il avait rencontré Mara chez les Redwood. Ida et Karl l'y avaient placée. Les éleveurs de moutons de Nouvelle-Zélande ne jetaient donc pas l'argent par les fenêtres.

— Julie est mignonne et j'aime bien Laura, dit l'adolescente en haussant les épaules. Mais… avez-vous des nouvelles de Jane ?

— Tu veux savoir si nous avons eu des nouvelles d'Eru ? Non, on n'entend plus prononcer son nom au village. Cela doit être dur pour Te Haitara. Ah, voilà les filles ! Et la course semble être entrée dans sa phase décisive.

Le speaker commentait en effet une finale dans laquelle quatre petites embarcations étaient au coude à coude. Les spectateurs hurlaient sitôt que l'une d'elles prenait quelques centimètres d'avance.

Pendant ce temps, Karl, Franz et Mara étaient arrivés sur la prairie en pente légère bordant la rivière, celle-là même où Franz était tombé sur les deux sœurs. Il ne put s'empêcher de les chercher du regard. Il ne pouvait d'ailleurs les manquer : Carol, debout, trépignait et encourageait les rameurs. Linda, debout elle aussi, manifestait plus de retenue. Mais elle exulta et tomba dans les bras de sa sœur quand, quelques *yards* avant la ligne d'arrivée, un « deux » bleu se détacha de ses concurrents.

— Les vainqueurs de la catégorie « deux de couple » sont Oliver Butler et Joe Fitzpatrick ! annonça le speaker dans son mégaphone.

— Ouiiiii ! hurla Carol tandis que, stupéfait, Franz vit Karl et Mara se diriger vers les deux jeunes filles.

— On a gagné ! s'écria Carol en sautant au cou de Mara. Vous avez vu ? Vous avez vu Oliver gagner ?

— Nous ne sommes pas aveugles, grommela Karl. Mais, pour faire écho à ta future belle-mère, je dirai qu'une lady doit garder en toutes circonstances une certaine réserve. Arrête donc de sauter comme un cabri, Carol ! D'ailleurs il y a des nouvelles plus importantes. Nous avons de la visite. Votre oncle vient d'arriver d'Australie ! Puis-je vous présenter le révérend Franz Lange, le frère de votre mère. Franz, je te présente Carol et Linda, nos filles aînées.

Franz ne sut comment définir le sentiment qui l'envahit en apprenant que Linda était sa nièce. Une espèce de voile noir masqua la journée ensoleillée. Il espéra que personne ne s'apercevait de sa déception et tenta de s'expliquer l'attirance qu'il avait ressentie pour la jeune fille par sa ressemblance avec Ida : sa sœur avait la même voix douce et chaleureuse et le même beau visage aux traits réguliers. Son autre sœur, Elsbeth, était blonde et il eut l'impression de trouver en Linda quelque chose d'elle aussi.

Et néanmoins… un pressentiment lui interdisait de croire à cette parenté.

— Ne… ne vous êtes-vous pas présentée à l'instant sous un autre nom que Jensch ? osa-t-il demander.

— Brandmann, oui, acquiesça-t-elle.

Il comprenait à présent : Karl les avait présentées comme les filles d'Ida et de lui, mais elles étaient en réalité issues du premier mariage de sa sœur avec Ottfried Brandmann, et il n'avait pas reconnu le nom de Brandmann prononcé à l'anglaise.

— Si les courses sont à présent achevées, dit Karl qui n'avait pas prêté attention à Franz et donc rien perçu de ses émotions, nous pourrions ouvrir le panier du pique-nique. Votre oncle a certainement faim. Moi, en tout cas, oui !

— Bien sûr ! s'écria Carol. Il faut préparer le pique-nique. Oliver va arriver. J'ai aussi invité Joe Fitzpatrick. Tu n'as rien contre, kapa ? dit-elle en étalant une nappe par terre.

— Mais, c'est la remise des médailles ! protesta Linda.

Ce qui incita Carol à abandonner ses velléités ménagères et à se concentrer à nouveau sur le spectacle qu'offrait l'Avon. Les bateaux vainqueurs avaient accosté à l'appontement d'où les notables de la ville avaient assisté aux courses. Les équipages s'étaient alignés tandis que retentissait le *God Save the Queen*. Mrs Tribe, l'épouse du fondateur du club d'aviron de la ville, les félicitait et leur remettait les médailles.

Oliver se tenait au centre des sportifs, à côté d'un homme plus petit, au corps nerveux, Joe Fitzpatrick apparemment, qui serra la main de la dame et de son époux avec vigueur, comme pour les arracher. Mrs Tribe, réussissant à sauver la sienne, s'empressa de se tourner vers Oliver et de bavarder avec lui. Il y avait aussi, parmi les notables du club, le capitaine Butler et son épouse Deborah qui purent ainsi féliciter leur fils, entourés de tout ce que les Canterbury Plains comptaient de gens importants.

— Comment se fait-il qu'ils soient à la tribune ? s'étonna Linda.

— Et pourquoi ne m'ont-ils pas demandé de les accompagner ? renchérit Carol, blessée.

— Ils ont probablement adhéré au club et financé l'achat de quelques trophées, observa quelqu'un derrière les jeunes filles en qui Franz reconnut Chris Fenroy. C'est comme cela que ça se passe dans les milieux distingués. Les honneurs, ce n'est pas gratuit. Mais je ne vois pas ce qu'il y a d'agréable à être là-bas. Pas de bière mais de sages conversations avec Mrs Tribe qui, paraît-il, n'a pas inventé le fil à couper le beurre.

— De toute façon, tu n'as jamais pratiqué l'aviron, dit en éclatant de rire Mara, qui ouvrait le panier et en sortait des cuisses de poulet. Sans gêne, elle en prit une pour elle avant d'en proposer à son père, à Chris et à Franz.

— Le capitaine Butler n'a certainement plus ramé, lui non plus, depuis qu'il a gravi les échelons entre chasseur de baleines et capitanat, le diable sait comment, répondit Chris. Au fait, servez-vous en bière. Elle est là pour tout le monde. Dites donc, ce gaillard, ce Fitz Machin-Chose qui vient de gagner avec Ollie, lui au moins il rame comme un beau diable, poursuivit Chris sans remarquer que Franz, le diable venant pour la seconde fois d'être évoqué, se signait. Il n'est pourtant pas admis au club, à ce que je viens d'apprendre. De l'avis des messieurs de la haute, ce garçon n'est pas un gentleman.

— Et Weavers en est un ? s'esclaffa Karl en parcourant le ponton des yeux. Ne dit-on pas qu'il a payé sa ferme grâce à ses gains au poker ?

— Non, c'était Warden, de Kiward Station, rectifia Chris. Weavers, à l'en croire, aurait trouvé de l'or en Australie et prétend qu'il n'y a pas été déporté comme bagnard. Celui qui le croira sera sauvé[1], dit-il, paraphrasant la Bible en guise de plaisanterie.

Personne, à part Mara qui l'observait avec étonnement, ne vit Franz se signer à nouveau.

— Quoi qu'il en soit, ce sont maintenant tous des barons des moutons, alors que Fitz Trucmuche surveille

1. Évangile selon saint Marc, XVI 16. (*N.d.T.*)

les bateaux du club. Et au moins trois de ces messieurs ne l'ont pas trouvé digne de leur si noble association. Enfin, peut-être que d'avoir gagné viendra en aide à ce pauvre diable.

Franz se racla la gorge.

— Et qu'est-ce donc, demanda-t-il, prêt à se battre pour sa foi, qui vous autorise à penser que rien ne s'opposerait à votre admission au club ? Un… euh… gentleman qui a sans cesse à la bouche le nom du Malin ?

— Mon nom, répondit Chris sans s'énerver. Et mon argent. Les Fenroy sont une vieille famille noble d'Angleterre et Rata Station est, puisque vous le demandez, une baronnie des moutons. D'un autre côté, bien sûr, on ne peut jamais savoir qui met une boule noire dans l'urne. Le scrutin pour l'admission au club est secret. Chaque membre reçoit une boule noire et une boule blanche : s'il y a trois boules noires dans l'urne, tu as joué de malchance. Mais bon, comme Mara le remarquait à l'instant, je ne suis de toute façon pas un rameur.

— Et Carol, l'année prochaine, aura de toute façon le droit d'être dans la tribune d'honneur. En tant qu'épouse d'Oliver, intervint Linda, calmant le jeu.

La cérémonie terminée, les vainqueurs remontèrent dans leurs bateaux et regagnèrent le hangar du club. Il y eut encore la course des « huit », qui suscita l'enthousiasme général, Chris et Karl n'étant pas les derniers à encourager un équipage dans lequel ils avaient reconnu un ouvrier agricole ayant travaillé à Rata Station. Franz constata avec mécontentement que l'époux de sa sœur et son ami se comportaient comme des écoliers. Sans doute la bière ingurgitée y était-elle pour quelque chose. Il ne redevint de bonne humeur qu'au moment où Linda chercha à rencontrer son regard et lui lança un clin d'œil complice. Elle aussi semblait s'être rendu compte de l'attitude inconvenante des hommes, même si elle ne la condamnait pas avec autant de sévérité que lui.

Carol, s'étant de nouveau intéressée au panier, reprocha à Mara d'avoir fait main basse sur les provisions.

— Nous ne mangeons tout de même pas avec les doigts ! s'exclama-t-elle tandis que Mara, tel un chat, se léchait les babines.

— Comment faire alors ? dit en riant Karl. C'est un pique-nique, Carol, c'est-à-dire que nous mangeons comme si nous étions en pleine nature sauvage. Détends-toi ! Ton Oliver va de toute façon avoir une telle faim après la course qu'il aura oublié les bonnes manières à table.

Carol n'eut pas le temps de répondre car, déjà, des applaudissements et des vivats accueillaient l'arrivée sur la rive d'Oliver qui, saluant joyeusement à droite et à gauche, cherchait des yeux sa fiancée et sa famille.

Carol lui adressa des gestes des bras frénétiques.

Quand Oliver prit dans ses bras sa fiancée, la fit virevolter autour de lui et l'embrassa sans aucune gêne, Franz se sentit fort embarrassé alors que tous les autres applaudissaient.

— Nous avons gagné ! cria le jeune homme. Ne te l'avais-je pas dit ? dit-il à Carol tout lui passant sa médaille autour du cou d'un air triomphant.

La jeune femme se blottit dans ses bras avec fierté.

— Et tout cela uniquement grâce à Joe Fitzpatrick ! exulta-t-il. Mais où est-il au fait ?

10

Durant le passage triomphal d'Oliver à travers la foule, Joe était resté dans son ombre, ce qui n'avait rien d'étonnant, chacun, ici, connaissant Oliver, car Butler Station était l'un des plus anciens élevages de la région, l'un des plus renommés. Joe, en revanche, n'était que depuis quelques mois dans les Canterbury Plains. Il avait l'air un peu perdu quand Oliver salua Carol. Cela ne lui ôtait cependant rien de sa confiance en lui. Il passa en revue du regard les gens de Rata Station. Puis son attention se focalisa sur Linda, qui se tenait un peu à l'écart.

Quand Joe croisa son regard, elle parut s'animer. C'était un homme plutôt petit. À la différence d'Oliver qui dépassait Carol de près d'une tête, Linda jugea qu'il devait être à peine plus grand qu'elle. Ses jambes paraissaient un peu courtes en comparaison de son buste musculeux et de ses bras puissants. Son visage n'avait pas la beauté classique de celui d'Oliver, mais, anguleux et bronzé, il retenait l'attention. Ses lèvres bien dessinées esquissaient en permanence un sourire apaisant, légèrement ironique. Il avait un nez très droit, des sourcils et des cheveux fournis et noirs. Le bleu translucide de ses yeux contrastait étrangement avec son physique de Méridional. Linda n'avait encore jamais vu d'yeux aussi vivants, reflétant non l'impudence ou l'inquisition mais un vif intérêt pour ce qui l'entourait. C'était à n'en pas douter un observateur précis et il paraissait conférer à la personne qu'il examinait un sentiment d'importance. Certes, étudier quelqu'un avec une pareille intensité n'était pas d'un gentleman, mais elle ne se sentit pas importunée. Elle était en réalité flattée d'être ainsi au centre de son attention.

— Vous êtes la jumelle ? finit-il par demander. Je suis le deuxième homme du bateau, du moins aux yeux du public qui ne voit qu'Ollie. Qu'en est-il chez vous ? Avez-vous été la première ou la seconde ?

— En quoi ? s'étonna Linda, un peu déconcertée.

— Lors de la naissance. Qui a... comme dit la Bible... le droit d'aînesse ? Et qui est le barreur ? La barreuse plus exactement ? ajouta-t-il en riant.

Linda ne put elle aussi s'empêcher de rire, alors qu'elle aurait dû s'indigner. Il était tout de même assez inconvenant de poser des questions aussi personnelles dès le premier instant.

— C'est Carol qui est née la première, elle a quelques heures de plus que moi.

En réalité elles étaient nées à quelques jours d'écart, mais elles s'étaient si longtemps considérées comme d'authentiques jumelles qu'infléchir ainsi légèrement la vérité était devenu chez elle comme une seconde nature.

— C'est d'ailleurs elle qui donne le ton, concéda-t-elle. Les gens font plus attention à elle.

Dans la seconde, elle aurait voulu se gifler d'avoir proféré cela. Cela donnait l'impression qu'elle était jalouse de Carol. Elle ne s'était en fait jusqu'ici jamais posé ce genre de questions. Et voilà qu'elle laissait entendre à cet homme qu'elle se jugeait inférieure à sa sœur ! Allait-il la prendre en pitié ?

Mais Fitz se contenta de hausser les épaules.

— Alors nous allons bien ensemble, constata-t-il en changeant aussitôt de sujet : ce pique-nique fantastique nous attend-il ?

Linda acquiesça.

— Permettez que je vous conduise à table !

Fitz s'inclina aussi cérémonieusement que s'ils étaient au bal. Il lui offrit le bras avec un sourire. Avant qu'elle ait pu le lui prendre, Oliver s'exclama :

— Ah, Joe, tu es là ! Je te présente Joe, Carol, ou Fitz comme tout le monde l'appelle… Linda…

— Joe Fitzpatrick. Je suis heureux de faire votre connaissance ! dit Fitz à son tour.

C'était à Carol qu'il s'adressait, mais il parvint à donner à Linda le sentiment qu'il n'avait personne d'autre en tête qu'elle.

Le reste de l'après-midi se déroula aussi merveilleusement que Carol l'avait rêvé. Le pique-nique fut fabuleux même s'il commença par un petit problème. Le révérend remarqua que personne n'avait récité le bénédicité. Karl et Chris lui demandèrent donc de le dire, sur quoi tous durent entendre pendant un quart d'heure Franz remercier Dieu. La bonne humeur en fut d'abord gâchée, jusqu'au moment où Fitz la rétablit au prix de quelques plaisanteries. Linda ouvrit une des deux bouteilles de vin et Karl et Chris reprirent de la bière avant de se jeter sur les victuailles.

Carol constata avec déplaisir que personne ne respectait les règles du savoir-vivre et n'entretenait de conversations polies comme le voulait l'usage chez les Butler, lors des garden-parties. Elle espéra qu'Oliver ne lui en tiendrait pas rigueur. Puis elle se laissa aller à son plaisir de voir tout le monde se régaler. Oliver et Joe étaient affamés et se servaient sans retenue, le premier tenant délicatement sa cuisse de poulet par le pilon, l'autre la dévorant à pleines mains à l'instar de Mara, Chris et Karl. Alors que Carol versait avec affectation un peu de vin dans le verre d'Oliver afin qu'il le goûte et le déclare bon, Fitz préféra se servir une bière au pichet.

Lequel Fitz se permit de faire rire les filles au cours de la conversation et, Oliver ayant entrepris de raconter une nouvelle fois leur course, osa l'interrompre pour raconter quelques anecdotes relatives à la célèbre compétition entre Oxford et Cambridge.

— Vous avez donc fait vos études à Oxford? demanda Linda.

— Si l'on peut dire, répondit-il. La vie d'étudiant m'a vraiment plu.

— Et qu'avez-vous étudié ? s'enquit Carol.

— Un peu tout… le maniement des avirons. J'ai appris à boire et à me disputer comme un homme. À négocier en matière de chevaux et à écrire des poèmes, à chanter, rire et vivre. À faire la cour aux filles…

— Et surtout le *whaikorero*, l'art de baratiner, remarqua Mara pas impressionnée pour un sou. Par hasard peut-être aussi quelque chose permettant de gagner de l'argent ?

— Tu parles comme Jane, la taquina Linda.

— C'est que je veux épouser son fils, dit Mara en pouffant. Peut-être que je lui ressemble plus qu'elle ne le croit. Mais dites-nous, M. Fitz: que comptez-vous devenir ? Médecin, avocat, enseignant ? Et pourquoi ne l'êtes-vous pas devenu ?

— Mara ! supplia Linda à qui était également passé dans la tête que Fitz n'avait pas terminé ses études mais qui n'aurait jamais osé lui demander pourquoi.

— J'ai un jour compris que je ne voulais rien devenir, répondit-il en souriant, sans paraître le moins du monde vexé ou troublé. Je suis en effet déjà quelque chose ! Je suis Joe Fitzpatrick. Et si ce que je suis ne plaît pas à quelqu'un, il n'est pas obligé de me fréquenter.

S'ennuyant à mourir avec Franz dont il fallait tirer les vers du nez à propos de ses études et de sa famille, Karl avait surpris l'éclat des yeux de Linda qui écoutait, fascinée, les propos de ce sympathique écervelé. Il jugea opportun d'intervenir.

— Il faut pourtant bien que vous viviez de quelque chose, jeune homme, dit-il. Que vous gagniez votre vie... Surtout si vous envisagez un jour de conquérir le cœur d'une jeune fille.

— L'argent, ça va, ça vient, rétorqua Fitz. Et, pour ma part, je ne le considère pas comme quelque chose de si important. Je suis heureux d'en avoir, mais je suis également satisfait quand je n'en ai pas. Comment dit la Bible déjà ? Ils ne sèment ni ne moissonnent, mais le Père céleste les nourrit. Ou quelque chose d'approchant.

— La véritable richesse réside dans la foi, glissa Franz sans avoir bien saisi de quoi il retournait. Le vrai bonheur est d'obéir à Dieu.

— Notre Seigneur était pauvre lui aussi, dit Fitz soudain sérieux. C'est ce que je voulais dire, révérend. Nous ne devons pas nous accrocher aux biens de ce monde !

Franz approuva avec ferveur.

Chris saisit sa chope vide et se leva. Depuis le début, les rapports entre le révérend et lui avaient été tendus. Il supportait mal l'air désapprobateur du frère d'Ida à chaque gorgée de bière des hommes. La bigoterie du jeune missionnaire lui était devenue intolérable.

— Heureux sont les pauvres d'esprit, dit-il. Je vais donc continuer mes prières au bar à bières. Tu m'accompagnes, Karl ?

Karl hésita. Il aurait volontiers suivi son ami, mais ne voulait pas se montrer impoli. Ils allaient en définitive avoir à supporter quelque temps son beau-frère.

— Quels sont en fait tes projets, Franz ? Aujourd'hui, je veux dire. Nous passons la nuit chez les Deans, à Riccarton. Je peux bien sûr demander s'il se trouvera encore un lit pour toi. Et demain tu viendrais naturellement à Rata Station.

Les Deans hébergeaient déjà les Redwood. S'ajouteraient cette nuit Linda, Carol et Mara. Karl et Chris prévoyaient donc de dormir dans l'écurie, mais Karl pressentait que le révérend n'apprécierait pas d'avoir comme voisins des vaches et des chevaux, pas plus qu'il n'assisterait avec plaisir aux libations entre amis en conclusion de cette belle journée.

— J'ai annoncé ma venue aux frères de la mission de Tuahiwi, répondit Franz avec raideur. Ils m'ont répondu avec chaleur, se feront un plaisir de me montrer leur école et m'offrent de surcroît le gîte.

Mara dressa l'oreille. Ce missionnaire allait tout de même se révéler utile ?

— Alors tu as encore un bon bout de chemin devant toi, observa Karl. Tuahiwi, ce n'est pas la porte d'à côté. Si tu veux t'y rendre à pied aujourd'hui, il ne faut pas tarder à te mettre en route.

Franz fut déstabilisé. Ayant cru que l'école se trouvait sur le territoire de la ville, il ne s'était pas préparé à entreprendre une autre longue marche. Mais il accepta son destin avec humilité : mieux valait une longue marche que continuer à voir Linda échanger des amabilités avec ce Joe Fitzpatrick qui, certes, semblait un bon chrétien, le seul à citer la Bible en ce lieu. Mais chaque sourire adressé par Linda à ce jeune homme, chaque lueur dans ses yeux quand il la flattait étaient une vraie douleur pour lui. Il avait beau se dire que son statut d'oncle et d'ecclésiastique le lui interdisait, il n'arrivait pas à la quitter des yeux.

Tout en s'expliquant avec Karl, il balançait entre suspicion et jalousie envers Fitzpatrick et Oliver. Il en voulait aussi à Karl de feindre de ne pas voir que Carol et Oliver échangeaient sans cesse des baisers et que Joe flirtait sans vergogne avec Linda. Et cette Mara qui ne cessait de se livrer à des remarques narquoises au lieu de s'occuper des enfants dont elle avait la charge. De cela non plus Karl n'avait cure. Franz était partagé entre incompréhension et colère. Peut-être que la marche en direction de Tuahiwi était la punition que Dieu lui infligeait pour cela.

— Je vais donc suivre ton conseil, déclara-t-il, plein de dignité. Et qui sait, peut-être se trouvera-t-il une âme charitable pour m'accompagner ou me guider en route. Si tu pouvais m'indiquer le chemin à suivre, Karl, et me dire où nous nous rencontrerons demain pour poursuivre notre route ensemble…

Mara bondit sur ses pieds.

— Je vais vous… euh… t'indiquer, révérend, par où passer, révérend… euh… oncle Franz. Je dois de toute façon retourner chez les Redwood. On se retrouve ensuite chez les Deans ! lança-t-elle d'un air innocent à ses sœurs, à son père et à Chris avant qu'ils aient eu le temps d'objecter quoi que ce soit. Viens, mon oncle !

Il la suivit au travers de la foule en fête jusqu'à une route stabilisée menant vers le nord, parallèlement à la côte.

— Tu te contentes de suivre cette route jusqu'au fleuve Waimakariri que tu devras traverser. Il y a des bateliers, tu en trouveras un qui te le fera franchir. Ensuite, c'est toujours vers le nord. Peut-être que c'est indiqué, je ne connais pas. Mais tu trouveras.

Franz acquiesça.

— Et où je vous retrouve demain ?

— Au fleuve que nous remonterons ensuite… Mais ne te fais pas de souci, de toute façon je passe te prendre demain matin.

11

Avant l'aube, Mara sortit en catimini de la maison des Deans. Elle se dit qu'un homme partant pour des régions inexplorées afin de porter la parole de Dieu aux païens devait savoir monter à cheval.

Mara prit donc sa jument et un des chevaux des Redwood, car les gens de Rata Station étaient venus par le fleuve en barque. Le hongre vigoureux qui trottait à ses côtés appartenait à Joseph Redwood et il lui manquerait dans la matinée. Elle avait laissé un petit mot à l'intention de Laura pour lui dire ce qu'il en était. On saurait donc où elle était et elle retrouverait les siens au bord du Waimakariri. Elle espérait que la présence du révérend lui éviterait de se faire incendier. Sa subite apparition avait été un don du Ciel. Ou bien un don des esprits qui se montraient ainsi favorables à sa liaison avec Eru. Cette nuit, elle se serait de toute façon rendue à Tuahiwi, mais Franz Lange lui offrait une bonne raison.

En dépit de l'obscurité, elle eut très vite parcouru les premiers *miles*. La traversée du fleuve présenta plus de difficulté car elle ne trouva pas le gué. La jument s'enfonça dans l'eau si bien qu'elle eut les pieds trempés. Puis elle découvrit une barque attachée à un ponton, la barque d'un passeur sans doute. Sans hésiter trop longtemps, elle monta sur l'embarcation, les deux chevaux nageant de part et d'autre. Elle espéra qu'elle serait de retour avec le révérend avant que le passeur n'ait repris son travail.

Sur l'autre rive, le chemin se rétrécit fortement. Mara avait escompté qu'elle passerait à proximité de fermes, mais en réalité l'école de la mission était très à l'écart de toute propriété *pakeha*. Heureusement qu'elle n'avait pas pris de voiture. De jour, elle aurait pu suivre des traces de roues car l'école s'approvisionnait à Christchurch, mais elle ne les distinguait pas dans le noir. Et cela d'autant moins que le chemin était bordé de fourrés, de buissons et d'une forêt de hêtres.

Elle eut presque pitié du révérend qui, la veille avait dû traverser à pied ce paysage un peu désolé.

Enfin, la silhouette d'un bâtiment se dessina. Ce devait être l'école. Elle trouva effectivement un portail surmonté d'un panneau : « École missionnaire de Tuahiwi ».

Mara eut l'impression d'une forteresse à la vue de la clôture de la hauteur d'un homme qui entourait la propriété. Le portail, à deux battants, était en bois massif. Fermé, naturellement ! Mais il y avait une énorme cloche pour les visiteurs. Mara décida de faire le tour de la clôture. Il devait bien y avoir d'autres entrées, moins bien gardées. La clôture était faite de *raupos* entrelacés, bouchant la vue, et renforcée par des piques acérées empêchant toute escalade. Mara fut horrifiée. Où donc Eru avait-il été enfermé ? Ce n'était pas une école mais une prison !

À un certain moment, elle crut apercevoir, derrière la clôture, une espèce de maison d'habitation. À tout hasard, elle se mit à jouer de sa flûte *koauau*. Les élèves ne la trahiraient pas et les missionnaires croiraient à coup sûr entendre un chant d'oiseau. Mais rien ne bougea. Déçue, Mara continua son exploration le long de la haie. En vain. Mais au moins savait-elle que la propriété était immense et qu'à l'intérieur il y avait des champs et des vergers, sans doute entretenus par les élèves. Elle retrouva courage. On les laissait donc sortir de temps en temps, même sous surveillance. Une fuite devait être possible. Mais comment entrer ?

Puis le jour se leva et il y eut du mouvement derrière la clôture. Mara entendit des voix, des ordres, des chuchotements. Une cloche d'église se mit à sonner, sans doute l'appel à la prière du matin. Il y aurait certainement ensuite le petit déjeuner.

Revenue à son point de départ, Mara prit son courage à deux mains et actionna la cloche de l'entrée. Au bout d'un petit moment, elle entendit qu'on tirait un verrou, mais seul un Fenestron s'ouvrit sur un homme en soutane la regardant avec méfiance à travers le grillage les séparant.

— Que voulez-vous ?

— Bonjour, répondit-elle poliment. Je suis navrée d'être un peu en avance. Je suis Margaret Jensch et je viens chercher mon oncle, le révérend Lange.

Peu après Mara était assise dans l'église de la mission, d'une taille surprenante, où avaient pris place les missionnaires, le personnel séculier ainsi qu'une cinquantaine d'élèves. Un missionnaire récitait une prière à un autel sans décoration devant une croix en bois.

Mara était assise sur l'un des premiers bancs à côté de son oncle. Elle ne voyait pas Eru mais croyait sentir dans son dos son regard déconcerté. Il devait être assis tout au fond parmi les élèves les plus âgés.

Avant l'office, elle n'avait pu jeter qu'un bref regard sur les élèves, mais avait pu constater que tous étaient des Maoris ou des métis, vêtus d'un uniforme qui avait tout de la tenue d'un bagnard. Les garçons avaient les cheveux coupés court, les filles des tresses. Tous restaient sagement assis.

Le silence, avant la première prière, était sinistre en comparaison de l'agitation bruyante régnant dans les villages maoris où ces enfants avaient grandi en toute liberté. Mara se sentit mal quand elle songea à ce qu'on avait dû infliger à des gosses de six ou sept ans pour qu'ils restent immobiles et la tête basse sur leurs bancs et entonnent ensuite un chant d'Église. Mara qui avait appris auprès de miss Foggerty quelques-uns de ces chants les entonna elle aussi et sa jolie voix trancha sur le ton résigné et morne des écolières. Elle gagna ainsi le cœur des missionnaires et du personnel maori, cuisinière et jardinier compris, qui, chrétiens convaincus, n'en entendaient pas moins pour la première fois ces hymnes de la bouche d'une chanteuse douée.

Le seul qui ne parut pas satisfait de son talent fut Franz Lange.

— Dieu t'a donné une jolie voix, Margaret, dit-il d'un ton quelque peu aigre. Mais le talent porte en lui le danger de la fierté et de l'orgueil.

Le supérieur de la mission les invitant alors à prendre le petit déjeuner dans le réfectoire des missionnaires, Mara n'eut pas à répondre, ce dont elle se serait de toute façon gardée. Après avoir dévoré deux toasts au fromage et à la confiture anglaise, elle s'excusa et quitta le bâtiment des missionnaires. Elle avait observé dans quel bâtiment les élèves se rendaient à la fin de l'office et avait supposé qu'il s'agissait du réfectoire des élèves. Effectivement, elle entendit les cliquetis des couverts sortant de la basse maison en bois, d'où ne sortaient ni rires ni bruits de voix ! Il devait donc être interdit de parler pendant les repas. Elle profita de ce silence pour, à l'abri d'un hêtre aux rameaux retombants, lancer un appel à Eru sur sa flûte.

Le jeune homme ne tarda pas à apparaître. Il devait avoir d'avance préparé une excuse. Il la prit dans ses bras, posant un doigt sur sa bouche et, de la main, lui fit signe de le suivre. Se dissimulant derrière des bâtiments, des arbres et des buissons, ils gagnèrent une remise à outils, remplie d'instruments de jardinage. Eru referma la porte derrière lui.

— Nous devrions pouvoir rester seuls ici un petit moment, chuchota-t-il. Pas longtemps malheureusement. Le petit déjeuner terminé, ils envoient les enfants dans les champs après leur avoir distribué des outils.

— Je croyais que c'était une école !

— Pour les semailles, nous sommes dispensés de cours. Et puis les vacances d'été approchent. Tu ne m'avais pas parlé de trois mois merveilleux avant que nous ne nous retrouvions ensemble à l'école de Wellington ?

— L'idée n'était pas mauvaise, protesta-t-elle.

— Nous aurions dû être plus prudents… mais cessons de parler de corvées ou de projets avortés. Comment es-tu entrée ici ? J'ai cru rêver en te voyant au milieu de cette bande de corbeaux !

— Je voulais te voir. Et je me disais que tu m'embrasserais à nouveau.

— Bien sûr, dit-il en la serrant contre lui.

Mara lui offrit ses lèvres et frémit de bonheur en sentant contre elle le corps de son ami, sa langue dans sa bouche, la peau rêche de ses joues, sa chaleur… Seule son odeur avait changé : ici le savon dur avait remplacé le savon à la lavande de Jane et Eru avait perdu le parfum de sa sueur de guerrier.

— Tu es si belle, Marama… mais comment t'es-tu débrouillée pour entrer ici ?

— Quelqu'un peut-il empêcher le clair de lune de te rendre visite ? Quelqu'un peut-il empêcher les étoiles de lui montrer le chemin menant à toi ? demanda-t-elle en maori. Toi aussi tu es magnifique, Eru, il fallait absolument que je te revoie.

— Tu es une poétesse, dit-il en l'embrassant de nouveau. Et comme c'est bon d'entendre à nouveau ma langue. Elle est ici strictement interdite, tu sais ?

— C'est pour cela que les enfants sont si silencieux, s'indigna Mara. Ils ne savent sans doute pas encore l'anglais.

— C'est exact, à part quelques garçons. Les plus âgés… Nous parlons bien sûr, mais uniquement quand les corbeaux ne peuvent nous entendre. Le plus souvent en anglais, car ceux qui sont là depuis qu'ils sont petits ont beaucoup oublié le maori. Finalement, les missionnaires essaient à longueur de temps de faire de nous des *pakehas* bronzés et noirs de poil.

— C'est affreux ! Oublier sa propre langue… Comment ces enfants pourront-ils parler à leurs parents, aux membres de leur tribu quand ils rentreront chez eux ?

— Ils ne rentreront plus chez eux. Ce n'est du moins pas prévu, c'est d'ailleurs pour cela que l'école est ouverte pendant les vacances. Les enfants apprennent alors à cultiver et jardiner, à s'occuper du bétail, à cuisiner et à faire le ménage, à la manière *pakeha* bien entendu. Et dès qu'ils sont assez âgés, on les place. Les colons de Christchurch cherchent désespérément du personnel qualifié. Au point qu'ils ont fait venir d'Angleterre des orphelins. Ça n'a pas vraiment marché. Ils sont arrivés à demi morts de faim et terrorisés, quand ils ne sont pas décédés en route, et ils ne sont bons à rien. Cette école, elle, forme chaque année dix vigoureux travailleurs maoris, sages, pieux et habitués à trimer. La mission encaisse la moitié de leurs salaires en guise de dédommagement pour les bienfaits qui leur ont été dispensés !

— Ce sont donc des orphelins ? demanda Mara, sidérée. Ils doivent pourtant bien appartenir à une tribu !

— Très peu sont des orphelins. La plupart sont issus de tribus évangélisées. On persuade les parents qu'ils devraient être reconnaissants de ce que leurs enfants sont admis dans cette école. Il est vrai qu'il est important de parler anglais, de savoir lire, écrire et compter ! Jusqu'ici les tribus ont été roulées par les *pakehas* quand il s'est agi de vendre des terres ou de faire du commerce. Elles veulent donc mettre un terme à ces pratiques et il leur semble qu'une formation scolaire *pakeha* sera bénéfique à leurs enfants. S'ils savaient ce qui se passe ici… Et ce qu'il advient de leurs enfants !

— Pour finir, ils ne sont plus des Maoris et ne sont pas devenus *pakehas* pour autant…, murmura-t-elle.

— Exactement, ce ne sont que des esclaves dociles. Si rien n'est fait contre cela. Mais crois-moi, le peuple des Maoris n'acceptera pas ça indéfiniment ! À Taranaki…

— À Taranaki, il y a eu des soulèvements. Maintenant, le calme est revenu. Nous y étions justement. Bien sûr, il y a encore des désaccords…

— Des désaccords ? Ça bouillonne, Mara, mon peuple se mobilise ! Même dans les missions ! Il y a un homme, sur l'île du Nord, Te Ua Haumene… Au début, il était un brave bougre comme les enfants d'ici. Mais il a eu des visions. Il a vu le peuple des Maoris se soulever et chasser du pays ceux qui s'en sont emparés ! Nous allons lutter pour Aotearoa, pour le droit du sang, comme autrefois les Israélites pour la Terre promise !

Mara se demanda si elle allait parler de sa rencontre avec le prophète.

— D'où tiens-tu tout ça ? préféra-t-elle demander. Ce ne sont pas les missionnaires qui vous parlent des émeutiers de l'île du Nord. Et ta tribu…

— Ma tribu ne s'intéresse pas à la politique. Ma mère ne pense qu'à l'argent et mon père à la manière dont il maintient le calme de ses gens. Du pain et des jeux, comme chez les anciens Romains.

— Du pain et des jeux ? s'étonna Mara qui avait du mal à associer les innocents efforts de Te Haitara pour permettre à chacun des membres de la tribu de satisfaire ses envies à la décadence romaine et aux combats de gladiateurs.

— Cela revient au même ! On empêche les gens de penser et ils oublient leurs traditions. Te Ua Haumene nous obligera à les respecter, nous rendra notre honneur…

— Eru, tu… franchement, tu me fais peur. Ton peuple, mon peuple… J'ai toujours pensé qu'Aotearoa appartenait à nous tous. Qui donc te raconte ces balivernes ?

— Il y a ici un garçon de l'île du Nord. Il était dans une école de missionnaires, puis il a entendu la parole de Te Ua Haumene. Et elle l'a éclairé. Comme il avait à son tour apporté la bonne parole aux autres élèves, les corbeaux l'ont envoyé ici.

— Et maintenant il convertit ceux d'ici, conclut Mara, étonnée de la myopie des missionnaires.

Elle n'avait pas accordé grande importance à ce Te Ua Haumene lors de sa visite chez les Ngati Hine, contrairement à son père qui avait jugé l'homme dangereux. Eru, en tout cas, cessa de prêcher. Peut-être lui était-il venu à l'esprit que chasser les *pakehas* signifierait chasser Mara elle-même.

— Tu ne m'as toujours pas dit comment tu as réussi à venir jusqu'ici.

Elle lui raconta donc l'histoire de Franz Lange.

— Et il va bientôt falloir que je reparte, regretta-t-elle. Toi aussi, ils vont bientôt partir à ta recherche.

— Cela a été merveilleux de te voir encore une fois, soupira-t-il après avoir de nouveau embrassé Mara.

— Te voir encore une fois ? l'interrompit Mara, soudain alarmée. Qu'est-ce que ça veut dire ? Eru, qu'as-tu derrière la tête ?

— Oui, avoua Eru, sans grande conviction au demeurant. Je projette de m'enfuir. Si on se bat sur l'île du Nord, si nous nous soulevons contre la domination des Anglais… Il faudra que j'en sois !

— Eru, mais tu es à moitié *pakeha* toi-même ! Tu ne vas pas tout de même te jeter dans une lutte, tu…

— Je suis en priorité un Maori ! dit le jeune homme, plein de dignité. Sinon, je ne serais pas ici ! Et je ferai ce que je dois faire.

— Je vais te sortir d'ici ! l'interrompit Mara. Je ne sais pas comment, mais j'y arriverai. Tu vas sortir d'ici. Rentrer chez toi ! Sûr et certain ! Je te le promets ! Mais toi, promets-moi de ne pas commettre de bêtise. Reste ici, Eru !

Eru la prit par la main.

— Je ne t'abandonnerai jamais, dit-il, mais…

— Il n'y a pas de « mais », Eru ! Jure-moi de tenir ici jusqu'à ce que tes parents te ramènent chez toi !

— Ils ne le feront jamais !

— Jure-le-moi !

— *Ki taurangi*, finit-il par murmurer, vaincu. Je te le jure. On pourrait peut-être sceller cet engagement… en nous embrassant ?

Mara courut, soulagée, jusqu'au bâtiment des missionnaires, tandis qu'Eru se joignait aux autres élèves. Elle espéra qu'on la croirait quand elle prétendrait s'être égarée en cherchant à voir les chevaux. Elle espérait surtout qu'Eru se sente engagé par sa promesse. Jusqu'au moment où elle réussirait à le libérer.

12

— Aussi Te remercions-nous, Dieu notre père, d'avoir béni notre pain et notre boisson…

Baissant la tête, Ida était heureuse qu'un nouveau dîner avec son frère fût passé : quelques jours encore et Franz partirait enfin pour l'île du Nord ! Malgré la honte qu'elle en avait, Ida attendait ce départ avec impatience. Elle avait été folle de joie de revoir son frère, riant et pleurant elle l'avait pris dans ses bras et assailli de questions sur lui et son père, sur ce qu'ils étaient devenus en Australie. Elle avait obtenu un premier silence paralysant quand elle avait demandé si Jacob Lange, Anna, les enfants et lui-même y avaient été heureux. Il l'avait regardée sans comprendre avant de répondre par un exposé onctueux sur le fait qu'un chrétien était heureux partout où il pouvait entendre la parole du Seigneur et le servir par ses prières et le travail de ses mains. Que la terre d'Australie était fertile, qu'ils s'en étaient rendus maîtres et qu'on ne pouvait rien souhaiter de mieux.

— Si frère Franz ne souhaitait rien de mieux que de piocher la terre sous le joug de son père, pourquoi est-il donc allé au séminaire ? se moqua Karl, qui ne croyait pas une seconde à la vocation de son beau-frère, quand Ida lui eut raconté la scène.

— Il lui manque tout ce qui est le lot d'un bon prédicateur, renchérit Chris. Certes, il semble connaître la Bible par cœur et il est bien sûr croyant. Mais il est dénué de tout rayonnement, de tout mordant. Comment voulez-vous qu'il décrive le royaume de Dieu avec suffisamment de couleurs pour que les Maoris abandonnent, en faveur de celui-ci, leurs esprits et la perspective d'une fête éternelle sous le soleil d'Hawaiki ?

Même pour Ida, la perspective d'une vie éternelle sur une île ensoleillée des mers du Sud paraissait plus attrayante que le Ciel qui lui était promis en tant que chrétienne. Se sentant coupable de nourrir de telles pensées, elle avait passé le plus clair des deux dernières semaines à défendre la vocation de son frère, sans qu'elle ait trouvé argument plus convaincant que « les voies du Seigneur sont impénétrables… »

— Il aurait mieux valu préparer Franz à les emprunter, avait répondu Karl quand elle lui avait fourni cet argument pour la première fois. J'ignore ce qu'ils lui ont appris, mais, pour porter la parole de Dieu dans la nature sauvage, il faut d'abord y arriver. Or il ne sait pas monter à cheval.

Effectivement, Franz avait fait bouillir de rage Mara sur le chemin entre Tuahiwi et l'embouchure du Waimakariri. Il avait prétendu savoir monter, mais il n'avait cessé de glisser d'un côté à l'autre de sa selle et, si le sage hongre l'avait néanmoins porté, jamais Mara n'avait pu forcer l'allure. Ils n'étaient donc arrivés qu'en fin de matinée au fleuve, ce qui avait valu à Mara de très fortes réprimandes de son père, mais aussi de Joseph Redwood. Franz n'avait pas échappé lui non plus au mécontentement des adultes pour s'être d'abord attardé lors de la fête et d'avoir ensuite accepté sans autre forme de procès qu'une adolescente de quinze ans vînt le chercher. Une adolescente qui avait dû, de ce fait, accomplir une longue chevauchée dans la nuit.

— Il ne pense pas à ce genre de choses, l'avait excusé Ida. Il n'a qu'une chose en tête, apporter la parole de Dieu aux Maoris…

— Ah bon ? répliqua Karl un jour alors qu'elle venait de renouveler cette excuse. J'ai plutôt l'impression qu'il a peur d'eux. Même de Te Haitara. Il a eu une attitude étrange, hier, quand le chef est venu chez nous.

Ida avait ensuite observé le comportement de son frère de ce point de vue et constaté que son mari avait raison : Franz ne conversait pas avec les Maoris travaillant à la ferme, comme repoussé par leurs tatouages. Il ne faisait de même aucun effort pour apprendre au moins quelques mots de leur langue, rejetant l'offre de Cat de l'aider en ce domaine.

Chris, lui, se refusait à l'aider en quoi que ce soit depuis que Mara lui avait décrit ce qui se passait dans l'école des missionnaires. Il avait expliqué sans tact à Franz que les Maoris avaient assez de dieux à eux et qu'il était donc superflu de les convertir à un nouveau.

Cela s'était produit lors d'un dîner à la maorie préparé par Cat : poisson, patates douces et racines du pays, le tout assaisonné de baies et d'herbes aromatiques des Plains. Le mets préféré de Mara, qui était venue passer le week-end, prétextant avoir besoin de se reposer. Aussi se servait-elle abondamment tout en racontant force anecdotes sur la vie familiale chez les Redwood jusqu'au moment où elle s'aperçut que Franz ne mangeait que du bout des lèvres la nourriture inconnue pour lui. Il répondit qu'à Tuahiwi, chez les missionnaires, on ne lui avait pas servi ce genre de choses, mais du pâté d'agneau et que l'alimentation des enfants consistait en porridge et ragoût, comme dans les institutions correspondantes en Angleterre.

Mara le contredit aussitôt. Depuis son équipée à Tuahiwi, elle rejetait tout ce qui avait trait à la mission, oncle y compris.

— Eru dit que la nourriture est infecte et que les enfants, au début, la refusent.

Franz lui lança un regard mauvais. Depuis qu'il était au courant de l'arrière-plan de sa venue à l'école de la mission, il ne voyait plus en elle qu'une pécheresse.

— Nous sommes tenus de remercier Dieu pour toute nourriture qu'Il nous accorde et cela vaut aussi pour les enfants de païens que…

Chris ne le laissa pas poursuivre son prêche.

— Vous ne rendez pas service aux Maoris, révérend, en leur imposant votre foi et votre culture. Ça ne marche d'ailleurs pas. En définitive, ils se contentent d'ajouter Dieu le père, son fils et le Saint-Esprit à la liste de leurs propres dieux. Je doute en particulier très fort que le prêche du fameux Te Ua Haumene ait quelque rapport que ce soit avec le christianisme.

Quelques jours auparavant, en effet, Chris avait lu un texte qui l'avait inquiété. C'est en réalité le chef d'une tribu itinérante faisant halte au village qui l'avait remis à Te Haitara. Il y était question d'une nouvelle Église qui s'appellerait Hauhau, nom tiré du dieu du vent, Te Hau. Le rédacteur du texte, Te Ua Haumene, disait avoir eu une révélation au cours de laquelle les dieux et les anges chrétiens s'étaient présentés aux Maoris.

Chris et Cat s'étaient livrés à une lecture approfondie de la brochure, un méli-mélo de légendes chrétiennes et maories. Pour l'essentiel, Haumene appliquait aux Maoris le sort du peuple d'Israël tel qu'il avait été décrit dans l'Ancien Testament. Les Maoris étaient désormais le peuple élu, Canaan était devenu la Nouvelle-Zélande.

— Il ne faut bien entendu pas tolérer pareille falsification de l'Évangile ! déclara Franz quand Chris lui eut exposé les principaux points de la religion prônée par Haumene.

— Comment voulez-vous vous y opposer? Il y a belle lurette que cette stupidité s'est répandue, répondit Chris.

— On pourrait même dire que la mèche est allumée, renchérit Karl qui, certes, s'efforçait, ne serait-ce que pour Ida, de jouer les conciliateurs entre Franz et Chris, mais avait lui aussi reçu des nouvelles inquiétantes.

Le gouverneur et l'arpenteur en chef de Nouvelle-Zélande lui avaient demandé de revenir de toute urgence afin de servir de lien entre le gouvernement et les tribus.

— Des désaccords interviennent de plus en plus souvent. Il ne manquait plus que les prêcheurs qui persuadent leurs partisans que Dieu est de leur côté, quoi qu'ils fassent !

— Les missionnaires de la Church Mission Society ne prêchent que la paix, objecta Franz, offrant ainsi à Chris un nouvel angle d'attaque.

— Pendant les guerres des mousquets, ils vendaient des armes à feu aux Maoris. Cela n'avait pas grand-chose à voir avec l'amour.

— Jamais je ne vendrai d'armes à qui que ce soit ! se défendit maladroitement Franz, dépassé par ce genre de discussions. Il ignorait tout des Maoris ainsi que de l'histoire de sa propre organisation. Je suis devenu missionnaire pour apporter aux hommes la lumière, leur apprendre à lire et à écrire…

— Ils connaissent déjà la lampe à huile, ironisa Chris. C'est l'argent qui leur manque pour en acheter. Lire et écrire sont certes utiles pour en gagner, mais apporter aux Maoris les bienfaits de la civilisation n'est pas votre objectif principal, révérend !

— Non, dit à son tour Karl. C'est plutôt le contraire. L'objectif est d'expliquer aux gens la place qui est la leur. Et, dans le cas des Maoris, elle est tout en bas. Les *pakehas* proclament l'Évangile, les Maoris écoutent. Les *pakehas* savent lire et écrire, les indigènes doivent d'abord abandonner leurs dieux pour l'apprendre à leur tour. Et assez pour comprendre les textes qui fixent à tout jamais leur infériorité. Tout ça, je l'ai compris à Raben Steinfeld déjà. J'ai été obligé de quitter le village comme un voleur, en pleine nuit, parce que je n'acceptais pas la place que Dieu m'avait donnée. Je comprends donc que les Maoris ne se laissent pas faire.

— Tu comprends ce Te Haumene ? s'étonna Mara qui avait lu le texte du prêcheur. Tu le trouvais dangereux il n'y a pas si longtemps !

— Non, je comprends sa stratégie, certes, mais elle ne se distingue pas fondamentalement de celle des missionnaires. Ce qui n'est pas surprenant puisqu'il a été formé dans une mission. Il inverse juste les rôles. Les Maoris doivent soudain se sentir supérieurs aux *pakehas*. Pour finir, on aura face à face deux armées croyant l'une et l'autre avoir Dieu avec elle. Là, tu n'amènes la lumière à personne, dit-il tourné vers son beau-frère. Tu attises juste le feu !

Ida fut soulagée d'entendre Linda changer de sujet et narrer un incident comique arrivé au village. Comme la préceptrice anglaise avait donné son congé, c'est elle qui, trois fois par semaine, instruisait les enfants. Ensuite, ce fut l'heure de la prière. Le repas était terminé et, comme il en avait pris l'habitude, Franz se retira dans la chambre d'hôte de la maison en pierres.

Ida put enfin respirer ; elle était lasse des disputes et ne souhaitait plus qu'une chose : que son frère se lance enfin dans l'activité qu'il avait choisie ou que Dieu lui avait assignée. Elle ne se faisait pas trop de souci pour lui, en dépit du sombre tableau qu'avait dressé Karl de la situation sur l'île du Nord. Opotiki, la station attribuée à son frère, avait été fondée il y avait bien longtemps et, de l'avis de Karl lui-même, n'était pas en danger. Ida et lui l'avaient visitée et son supérieur, un missionnaire allemand du nom de Völkner, semblait être un homme pacifique, peut-être un peu simplet. Il n'était pas homme à provoquer une tribu.

Ici, à Rata Station, le départ de Franz rétablirait la paix, la paix au sein de la famille mais aussi sa paix intérieure. Ce n'étaient pas les frictions entre Franz et les deux hommes qui lui pesaient le plus. Non seulement Franz ne lui avait donné que des réponses hésitantes et fragmentaires sur la vie qu'il avait menée depuis leur séparation, mais elle-même était incapable de lui parler avec franchise. Pourtant, dans un premier temps, elle avait eu très envie de lui parler à cœur ouvert, de lui parler de son premier mariage, de l'implication d'Ottfried dans le conflit de Wairau et de ses autres manquements, envers elle et Cat notamment.

Mais il se montrait si entêté et loin des réalités du monde, enfermé dans sa foi et ses convictions, qu'Ida avait l'impression de parler avec son père. Et, bien sûr, jamais elle n'aurait raconté à celui-ci les viols d'Ottfried perpétrés sur elle et Cat qui s'étaient retrouvées enceintes du même homme. Ce qui avait conduit à mentir, à déclarer Carol et Linda jumelles d'Ottfried et d'Ida. Elle ne révéla donc pas le secret à son frère. Elle resta également dans le vague à propos de la mort d'Ottfried. Elle prétendit qu'Ottfried, convaincu d'avoir dérobé du bétail, avait été tué quand il avait tenté d'échapper à l'arrestation. Ce qui était vrai grosso modo, à l'exception du fait que c'était Ida qui avait tiré le coup de feu mortel.

N'aimant pas mentir, elle souffrait de ce silence et ne parvenait pas à profiter du temps passé avec Franz. À cela s'était ajoutée une remarque de Cat qui, indifférente à ce que Franz sût ou non la vérité sur les filles, avait laissé Ida libre de l'en informer ou non. Mais, une semaine plus tard, elle avait interpellé Ida après avoir vu Linda proposer à Franz une promenade à cheval afin de lui apprendre à monter.

— Tu es sûre, Ida, que Franz croit que Linda est sa nièce ? Si je te pose cette question, c'est que… je les ai vus souvent ensemble et la manière dont il la regarde… Je veux dire qu'il ne la regarde pas comme une jeune parente. Ida, excuse-moi, mais… il la regarde avec… désir.

Ida n'avait d'abord fait qu'en rire. À l'en croire, le jeune missionnaire que Mara n'appelait plus que « le corbeau » était au-dessus de tous les besoins humains. Elle avait bien remarqué qu'il fréquentait plus Linda que les autres habitants de Rata Station, mais n'en avait pas été surprise car Linda avait toujours eu un faible pour les êtres perdus et rejetés. Elle devait voir en Franz un enfant malheureux, abandonné et blessé, ayant besoin d'aide et d'affection. Ou bien elle avait pitié de lui et de son désarroi face aux attaques verbales de Karl et de Chris. Il ne savait que leur répondre…

Linda l'écoutait avec patience quand il parlait de sa formation à la Church Mission Society. Elle l'accompagnait dans ses promenades à pied et, à force de conviction, l'emmena même un jour au village maori. Elle y brisa vite la glace en faisant chanter à ses élèves quelques chants religieux et réciter des poèmes anglais. Le voyant enfin détendu, elle lui proposa d'assumer lui-même l'enseignement, ce qui, étonnamment, lui réussit fort bien. Il perdait de sa rigidité dès qu'il était avec des enfants. Ceux du village parlaient un peu l'anglais et Franz gagna leur confiance en leur racontant avec simplicité l'histoire de Jonas et de la baleine. Jamais il ne perdit patience, même lorsqu'un garçon observa que les baleines ne mangeaient pas les hommes.

— Alors, c'était un autre gros poisson, admit-il.

— Comme celui que Maui a pêché, déclara une fillette.

Ce qui donna l'occasion aux enfants de raconter au missionnaire l'histoire de Maui, le demi-dieu, dont la pêche miraculeuse forma l'île du Nord. Linda œuvra pour la paix civile en omettant de traduire le mot demi-dieu, métamorphosant ainsi Maui en simple héros. Ensuite Franz donna une leçon de calcul, si bien que Jane lui proposa aussitôt une place d'instituteur. Proposition qu'il déclina, bien sûr, mais c'est plein de fierté qu'il regagna Rata Station.

Ida avait jusque-là vu d'un bon œil ces rapports chaleureux entre oncle et nièce. Il fallut la remarque de Cat pour qu'elle observe à son tour la lueur dans le regard que Franz portait sur Linda. Elle perçut alors la cour qu'il faisait à sa fille et l'ombre qui envahissait son visage dès que Linda gratifiait les ouvriers agricoles et les auxiliaires maoris du même sourire sans contrainte qu'à lui.

Scène qui soulagea un peu le cœur d'Ida : Linda manifestait à Franz de l'amitié, sans plus. Le missionnaire s'était entiché d'elle et devait certainement souffrir de sentiments de culpabilité. Linda, elle, ne pleurerait sans doute pas son départ pour l'île du Nord.

13

Franz avait déjà repoussé à plusieurs reprises son départ. Ce n'est pas qu'il se sentît à l'aise à Rata Station. Sa sœur n'était plus la femme pieuse dont il avait gardé le souvenir. Son père avait eu raison : ce Karl refusait que toute chose ait été voulue par Dieu et voulait toujours mieux savoir que les autres. Quant à Chris, il était totalement athée ! Si seulement il n'y avait eu Linda dont il ne parvenait pas à se séparer ! Elle était si amicale, si compréhensive et si pleine d'assurance, surtout dans ses rapports avec les autochtones, alors que lui était inhibé par ces grands gaillards tatoués, n'osant les regarder dans les yeux. Ils ne manifestaient en aucune façon le désir de la parole de Dieu qu'on lui avait promis au séminaire. En fait, Te Haitara et ses gens paraissaient très satisfaits de leurs dieux et de leurs esprits et ne pas craindre la damnation éternelle. L'épouse anglaise du chef n'exerçait qu'une influence terriblement réduite sur eux. Quand il lui en avait parlé, elle s'était contentée de rire.

— Révérend, je n'ai encore jamais vu les esprits de Te Haitara, mais je n'ai aussi jamais vu Dieu. Donc, les uns ou l'autre pourraient exister ou les deux ou aucun. Je pense que je tirerai la chose au clair quand je serai morte. En attendant, j'ai à diriger un élevage et, de ce point de vue, je suis heureuse que mes gens ne passent pas leur temps à prier. Si cela vous chante, vous pouvez rester ici et faire l'école aux enfants. Qu'ils additionnent dix dieux ou dix patates douces m'est égal. Mais laissez les adultes tranquilles. N'allez surtout pas diviser la tribu ! Mon époux et moi-même sommes heureux quand tout le monde est satisfait.

Après cet entretien, il avait voulu interrompre sur-le-champ son séjour dans cette contrée impie. C'est Linda qui l'en avait dissuadé.

— Demain nous faisons une excursion en famille à Christchurch. Chris et kapa doivent aller chez le notaire, tandis qu'Oliver et Carol vont chercher une église pour leur mariage. Carol penche pour l'une, Deborah Butler pour une autre. Le pasteur doit aussi plaire aux futurs époux. Veux-tu nous accompagner ? Nous irons au club d'aviron auquel est associé un restaurant de bonne qualité. Après le repas, Oliver pourra enfin faire faire un tour de canot à Carol sur la rivière comme cela est d'usage en Angleterre. Peut-être que je trouverai moi aussi quelqu'un qui ramera pour moi…

Franz se demanda si ces derniers mots étaient un appel et, un instant, il se laissa aller à rêver : Linda assise en face de lui, sur une barque, en robe d'été claire, tenant négligemment une ombrelle, ses cheveux d'or luisant au soleil. Puis il refoula cette vision. Il n'avait pas le droit de penser épouser un jour Linda. De plus, l'imaginer légèrement vêtue pour une distraction futile était manquer de respect envers sa nièce. L'épouse d'un révérend devait avoir une apparence digne, les cheveux cachés sous une coiffe décente, une robe noire montant jusqu'au cou. Et puis il ne savait pas ramer.

L'excursion le tentait tout de même, d'autant plus que l'alternative était de rester seul avec Cat à Rata Station. Cette femme qui tenait les rênes de la ferme lui inspirait presque autant de crainte que les Maoris. Elle traitait ces derniers et les commandait sans aucune gêne.

Elle allait jusqu'à porter des pantalons ! C'était bien sûr une large jupe-pantalon qui ne laissait rien voir de ses jambes. Mais il était choqué aussi par le fait que les femmes montaient ici à califourchon. À cela s'ajoutait qu'elle vivait avec Chris Fenroy en union libre, tandis que l'ancienne épouse de celui-ci était liée au chef de la tribu. Aucun d'eux n'échapperait, c'était certain, à la damnation éternelle. Le pire était que Cat refusait d'assister aux prières qu'il organisait le soir et le week-end. Ida et Karl y assistaient au moins le dimanche. Chris, pour avoir la paix, s'y montrait de même que Jane et Te Haitara. Les Redwood y venaient en famille, Laura estimant que ses enfants pouvaient se trouver bien d'assister de temps à temps à un office dominical. Cat, elle, croyait à quelques esprits selon ses propres dires, mais elle ne leur accordait pas grande attention dans la vie quotidienne, ayant expliqué sans détour à Franz, le jour où il lui avait reproché son impiété, qu'elle avait eu deux mères adoptives, l'une chrétienne, l'autre une *tohunga*, c'est-à-dire une prêtresse des esprits, et que ni Dieu ni les esprits ne lui étaient venus en aide quand elle en avait eu besoin. Que, de plus, rien ne lui avait été donné. Si Franz se souciait de son âme, qu'il se contente de prier pour elle.

— Alors, Franz, qu'est-ce que tu décides ? demanda Linda, revenant à la charge. Tu viens ou tu ne viens pas ?

Sans perdre de sa raideur, il acquiesça.

— J'aurai grand plaisir à faire connaissance des pasteurs. Et je profiterai de l'occasion pour me renseigner sur les bateaux menant à l'île du Nord.

Linda acquiesça à son tour. Il n'aurait bien sûr pas été nécessaire d'aller à Christchurch pour ça, Georgie, le batelier, aurait pu lui fournir les informations nécessaires. Mais Franz se sentait obligé de justifier à ses propres yeux le moindre plaisir.

— Alors, à demain, vers midi. Georgie, à son retour, nous embarquera !

Le lendemain, Franz faillit perdre le souffle en regardant Linda arriver sur l'embarcadère. Les filles s'étaient endimanchées pour l'excursion et Linda était en tout point semblable à la femme dont il avait rêvé, avec sa robe de coton blanc, sa jupe à crinoline, une coiffure soignée et un petit chapeau orné de fleurs. Elle était rayonnante au point que même Karl s'en aperçut.

— Eh bien, Lindie, tu es aussi belle que si tu allais au bal, la taquina-t-il. Aurais-tu un admirateur secret à Christchurch ?

Karl riait, mais Ida examina sa fille d'un air mécontent. Désapprouvait-elle sa tenue ? En bonne chrétienne de Raben Steinfeld, elle le devrait certes. Leur mère n'aurait jamais acheté à ses filles ce genre d'habits et de chapeaux ! Mais le regard d'Ida se porta alors sur lui, Franz. Craignait-elle donc sa réprobation ? Y avait-il encore en elle assez de vertu vieux-luthérienne pour au moins avoir honte, devant son frère, de la tenue de sa fille ? Franz eut envie de le croire et il aurait aimé éprouver lui-même cette réprobation. Mais il en fut incapable, il ne pouvait se lasser de dévorer Linda des yeux. Elle était si ravissante qu'il ne réussissait pas à voir en elle l'incarnation du péché.

Carol, pour sa part, s'était habillée de manière plus décente que le jour de la course d'aviron, sans doute parce qu'elle devait entrer dans des églises. Même Ida avait sacrifié à une certaine décence, sa tenue n'ayant bien entendu plus rien à voir avec celles des femmes d'Hahndorf. Une tenue simple mais fort élégante. Franz savait maintenant que Rata Station avait apporté la richesse à ses propriétaires.

— Bon, je ne voudrais pas me montrer pressant, mais nous devrions ne pas tarder à partir. Vous aurez bien le temps de roucouler quand vous serez mariés, lança Georgie à Carol et Oliver qui avaient de la peine à se séparer. Le mariage, c'est pour bientôt, non ?

Carol opina, mais l'évocation de la noce fit passer une ombre sur son visage. Elle avait souhaité la célébrer le jour de Noël, en plein été, afin d'organiser la fête dehors. Mais Deborah avait décrété que, d'ici là, les préparatifs ne seraient pas achevés. Elle avait en effet commandé en Angleterre des meubles, des tapis et des tissus afin d'aménager l'appartement du jeune couple et le bateau n'arriverait pas avant janvier. Il avait donc fallu trouver une date en février et la fête n'aurait pas lieu à Rata Station, mais à Christchurch.

— Nous allons aujourd'hui choisir une église, déclara-t-elle, vite rassérénée, avant d'importuner pendant au moins une demi-heure le batelier à force de détails concernant les préparatifs.

Franz ne l'écoutait pas. Si, deux semaines plus tôt, il avait été trop contrarié pour jouir du paysage, aujourd'hui, assis à côté de Linda, il se rattrapait, admirant l'immensité des plaines, les montagnes au loin et la végétation luxuriante des rives du Waimakariri.

— Dieu a créé ici un paradis, finit-il par dire. Mais l'a-t-il donné sans conditions à l'homme ? Au village de Sankt Pauli, il y avait aussi un paradis. Si seulement le fleuve n'avait pas débordé…

— La vallée du Moutere était une terre marécageuse, expliqua avec patience Karl qui avait dû à plusieurs reprises rassurer Franz quand il pleuvait et que le Waimakariri montait. Elle l'avait été de tout temps. Et, pour la cultiver, il aurait fallu endiguer le fleuve, comme on avait endigué l'Elbe dans le Mecklembourg. S'installer et faire confiance à Dieu, ça ne pouvait pas marcher.

— Oui, mais si on ne se fie pas à Dieu…, commença Franz en se signant.

— Franz, en fonction de certaines caractéristiques du territoire, on peut savoir si un cours d'eau est susceptible de déborder ou non. Dieu n'a rien à voir dans l'affaire, répondit Karl à voix un peu plus haute.

Avant que les choses ne s'enveniment, Linda posa une main apaisante sur les bras de Franz et de son père.

— Les Maoris verraient cela tout à fait autrement, dit-elle. Bien sûr qu'on peut se fier aux dieux du fleuve. Ils l'ont créé d'une certaine manière. Si, de mémoire d'homme, ils le font régulièrement déborder, on peut être certain qu'ils le referont lors de la première grosse pluie. Et c'est ainsi qu'on peut être sûr qu'ils ne feront pas déborder le Waimakariri quelle que soit la pluie. C'est très rassurant, Franz ! Dieu n'est pas d'humeur changeante. C'est lui qui fait sans arrêt pleuvoir afin que l'herbe pousse, qui fait succéder un printemps à chaque hiver. Imagine que les dieux changent sans arrêt d'avis : on ne saurait pas quand les brebis mettent bas et quand les patates douces sont mûres.

Franz parut un peu décontenancé, mais Ida sourit à sa fille adoptive.

— Voilà des paroles sensées, observa même Chris. Et on pourrait ajouter qu'il est raisonnable, de la part des dieux, de ne pas exaucer toutes les prières. Imaginez une seconde que Jane puisse déterminer l'épaisseur des toisons de ses bêtes et le moment de les tondre. Elle ferait prier tout le village afin d'être la première à porter sa laine au marché et les autres éleveurs en seraient pour leurs frais.

Franz pinça ses lèvres, tandis que tous riaient de bon cœur.

— Tiens, voilà la ferme des Deans, s'écria Linda afin de changer de sujet.

Sur quoi, tous se mirent à discuter de choses et d'autres : de l'état des moutons qu'on voyait brouter sur les rives, du club d'aviron qui avait à nouveau rejeté la demande d'adhésion de Fitz, des habits qu'on allait confectionner sur mesure en vue de la noce. Ida et Linda se demandèrent si elles auraient le temps d'aller chez une couturière de Christchurch.

— Autrefois, tu confectionnais toi-même tes robes, remarqua Franz d'un ton de reproche.

— Oui, mais ce n'était pas un plaisir, répondit sa sœur.

Franz s'apprêtait à prêcher l'humilité quand son regard tomba sur Linda. Non, décidément il n'arrivait pas à se la représenter vêtue de la sombre tenue des paroissiennes du Mecklembourg. Il préféra se taire, répondre au sourire de la jeune fille et s'abandonner un instant à ses pensées.

Il avait eu vent que Chris, Karl et Ida avaient un rendez-vous chez un notaire, Karl désirant vendre ses parts de Rata Station et déménager sur l'île du Nord avec Ida. Celle-ci l'avait invité à venir leur rendre visite là-bas, mais trois cent cinquante *miles* séparaient Russell d'Opotiki. Cela ne se ferait donc pas de sitôt. Mais Ida avait déclaré qu'il était impensable qu'ils restent de nouveau vingt ans sans se voir. Déclaration qui lui avait fait chaud au cœur. Ida n'était plus la femme dont il avait gardé le souvenir, mais elle était toujours sa sœur et elle l'aimait en dépit de tout.

— Mets le champagne au frais ! dit Chris à Oliver quand Georgie les déposa sur l'embarcadère du club. Nous serons là pour le repas et nous aurons quelque chose à fêter !

Franz eut l'air indigné. Tandis que Chris, Ida et Karl partaient chez le notaire, il entra au club avec Oliver et les filles. Projetaient-ils réellement de boire de l'alcool avant de visiter les églises ? Oliver en tout cas ne semblait pas y voir malice. Il opina sans réserve et les mena tous au garage à bateaux où, à leur grande surprise, une table avait déjà été mise sur laquelle du champagne et des verres les attendaient.

Joe Fitzpatrick émergea, radieux, de dessous un « huit », suspendu aux poutres du toit, qu'il venait d'enduire de goudron. Franz eut l'impression qu'il avait fait semblant de peindre, ni sa chemise ni son pantalon ne portant la moindre trace de goudron.

— Bienvenue ! lança-t-il aux filles. J'ai pensé que je devais rendre la pareille après le pique-nique de l'autre jour. Miss Linda..., dit-il en s'inclinant cérémonieusement et Linda, ayant le sentiment que c'était à elle seule qu'il s'adressait et piquant un fard, fut heureuse de l'obscurité des lieux. Miss Carol, révérend... poursuivit-il. Et enfin te revoilà, Ollie ! Je ne t'ai pas vu depuis la course. Ton paternel t'a-t-il à ce point attelé au travail ou bien est-ce qu'une médaille te suffit ?

Oliver lui assura qu'il comptait toujours s'entraîner mais Linda eut l'impression que Fitz ne l'écoutait pas. Chaque fois que ses yeux se tournaient vers elle, elle y voyait une lueur. Quand il lui tendit un verre de champagne, elle se perdit dans son regard.

— Tu aurais maintenant un bateau pour moi, Fitz ? demanda Oliver quand les jeunes gens eurent trinqué à leurs retrouvailles.

Franz refusa bien sûr de boire de l'alcool, mais Fitz et Oliver l'ignorèrent. Oliver avait certes été satisfait de la présence de l'oncle des filles, sans laquelle il n'aurait bien entendu pas pu les accompagner au garage à bateaux. Mais maintenant personne ne lui adressa plus la parole. Même Linda semblait l'avoir oublié.

— Il faut tout de même que je fasse traverser l'Avon à Carol..., s'amusa Oliver avec un clin d'œil à l'adresse de sa fiancée et de son ami.

— Mais bien entendu, mon vieux ! dit Fitz en souriant. Et il n'y a personne sur l'eau qui puisse te voir pénétrer avec ton bateau dans les roseaux de la rive. Tiens, prends celui-ci... Et peut-être que le révérend désire faire un tour avec miss Linda ? s'enquit-il poliment en montrant deux barques qu'il avait mises à l'eau.

— Je... je n'ai jamais ramé ! se défendit Franz, terrorisé.

— Alors, dans ce cas, le plaisir sera pour moi, déclara Fitz qui semblait n'avoir attendu que ça.

Franz resta sans voix.

— Miss Linda..., invita Fitz en sautant dans l'embarcation et tendant la main à la jeune fille pour l'aider à le rejoindre.

Comme la petite embarcation tanguait un peu, Fitz soutint la jeune fille sans la serrer de trop près, mais il eut le sourire de l'homme sachant combien ils auraient aimé l'un et l'autre qu'elle lui tombe dans les bras. Confuse, Linda retira sa main. Fitz attendit alors qu'elle fût assise face à lui pour prendre les rames.

— Attendez... Vous ne pouvez tout de même pas...

Bien trop tard, Franz se souvint de son devoir de surveillance. La barque était déjà en plein courant.

— Suivez-nous depuis la rive ! cria le jeune homme avec un clin d'œil vers Linda. Un bon chien de garde, lui souffla-t-il, ce qui la fit rire.

En compagnie de Fitz, elle se sentait légère alors même qu'elle se conduisait de manière peu décente et discourtoise envers Franz. Il continua à plaisanter, faisant signe de la main au révérend qui les suivait le long de la rive.

— Vous avez le droit au fait ? demanda Linda quand Fitz passa devant le bâtiment du club sans chercher à se cacher. Je veux dire… n'êtes-vous pas employé ici ?

— Chère miss Linda, le club a plus besoin de moi que moi de lui. Si ces vieux trognons… excusez-moi, si ces messieurs du comité directeur en prenaient conscience ! C'est d'ailleurs la raison pour laquelle ils n'acceptent pas mon adhésion. Un gentleman se trouverait sans doute trop au-dessus d'un pareil travail.

— Ma foi… balbutia Linda, qui ne trouvait cet avis pas tout à fait erroné.

Elle n'avait jamais entendu parler d'un gentleman peignant des bateaux. C'étaient des employés qui se chargeaient de ces tâches. Du moins en allait-il ainsi dans les livres anglais qu'elle lisait.

— Vous pourriez chercher un autre travail. Qu'est-ce… qu'est-ce vous aimeriez faire ?

— Pour l'instant, je ne trouverais rien de plus agréable que d'être assis avec vous dans ce bateau, de voir glisser le paysage et de bavarder, dit-il en riant. Vous ai-je déjà dit combien vous êtes ravissante aujourd'hui ? Ce petit chapeau vous fait paraître vraiment audacieuse. Est-ce intentionnel, miss Linda ? Vous comptiez aujourd'hui risquer un peu plus ?

— Moi… non… je…, balbutia-t-elle en rougissant.

— Allez, avouez-le tranquillement ! Car c'est un fait ! Vous êtes là dans une barque, avec un étranger. Ou bien préféreriez-vous autre chose encore, miss Linda ?

Elle fit non de la tête. Elle se demanda comment cet homme arrivait à connaître ses pensées et ses sentiments.

— Je ne voudrais pour l'heure rien d'autre au monde qu'être assise dans ce bateau, avoua-t-elle.

— Alors, cessons de nous soucier du club, mais profitons de l'instant, dit-il avec un sourire satisfait. *Carpe diem*, miss Linda, comme on dirait en latin.

Bien que peu experte dans l'art du flirt, Linda aurait classé les compliments de Fitz et son aveu pour le moins au rang du badinage. Aussi s'étonna-t-elle qu'il ne mît pas la situation à profit, ne cherchant pas à prendre sa main et, pire encore, à l'embrasser. Si elle ressentait les regards qu'il lui adressait comme autant de caresses, cela tenait à elle seule. Il demeura parfait gentleman, courtois, prévenant. Un merveilleux auditeur. Quand, au bout d'une heure enchantée, il ramena le bateau au garage où les attendait un Franz en sueur et furieux, elle ne savait rien sur son compte. Lui, en revanche, en savait plus sur Linda Brandmann que quiconque n'appartenant pas à sa famille. Il savait qu'elle s'intéressait à la médecine, mais qu'elle redoutait un peu d'entrer à la *medical school*, si elle était admise, car elle y serait sans doute la seule fille. Il savait ce qu'elle pensait d'Oliver, connaissait l'histoire de Mara et d'Eru et, bien sûr, elle lui avait aussi raconté qu'elle hériterait un jour de Rata Station. Information à laquelle il n'avait pas réagi. Qu'elle soit riche ou pauvre semblait lui être indifférent.

Carol avait l'air non moins heureuse que sa sœur, mais sa tenue avait beaucoup souffert. Oliver n'avait pas été sage et avait caché sa barque à un endroit de la rive où les feuilles des fougères, retombant jusque sur l'eau, formaient comme un rideau végétal. Ils s'étaient embrassés et, enivrée par cette atmosphère romantique, Carol l'avait autorisé à se livrer à des caresses et à des gestes qu'elle lui avait jusqu'ici refusés. Il avait été beaucoup plus beau de lui donner son amour en cette journée ensoleillée que d'attendre l'obscurité d'une chambre de noces. Folle de bonheur, elle chuchota à sa sœur qu'elle avait hâte d'être seule avec elle pour tout lui raconter.

Ni l'une ni l'autre ne remarqua que Franz se tut durant le déjeuner qui suivit. Linda eut néanmoins la politesse de s'excuser auprès de lui. Elle n'avait pas eu une pensée pour lui dans la barque, mais elle eut ensuite pitié de lui et honte d'avoir ri aux moqueries de Fitz.

Il avait écouté ses excuses le visage fermé, sans un mot. Qu'aurait-il d'ailleurs pu dire ? Que ce n'était pas seulement l'indignation devant l'impertinence de Fitz qui le faisait bouillir de rage, mais plus encore la jalousie ? Ignorant tout de ces pensées, Linda sut gré à son oncle de ne pas dénoncer son incartade à ses parents. Ils ne l'auraient sans doute pas réprimandée, mais cela aurait amené Karl et Chris à faire jouer leurs relations pour s'informer sur le jeune homme. Elle se demanda fugitivement pourquoi elle le redoutait. Joe ne devait rien avoir à cacher et, si leur relation prenait de l'importance, il devrait tôt ou tard se livrer. Mais elle avait envie de s'adonner quelque temps encore au sentiment d'avoir Fitz pour elle toute seule.

Ida, Karl et Chris attribuèrent le mécontentement de Franz pendant le repas à la bonne chère et à la consommation de mousseux en pleine journée.

Ida fut un peu étonnée du refus de son frère de s'associer à la rencontre avec les ecclésiastiques des deux églises. Elle avait jusqu'ici cru que, s'il avait participé à l'excursion, c'était afin d'avoir un échange avec eux. Se gardant de lui en parler, elle fut soulagée de ne pas avoir à traîner avec elle son rabat-joie de frère.

C'est finalement Chris qui accompagna Franz à Lyttelton où il s'informa des moyens de gagner Wellington par la mer. Il s'inquiétait de savoir comment il payerait sa traversée, ne souhaitant pas exécuter à nouveau des travaux pénibles à bord.

— Laissez-nous nous charger de ça, lui dit Chris quand il lui eut exposé son problème. Ida a été tellement heureuse de vous revoir ! Nous n'allons pas vous laisser travailler pour payer votre traversée !

Chris paya aussi le trajet en bateau entre Christchurch et Lyttelton en dépit des protestations du missionnaire. À pied, ils auraient en effet été dans l'impossibilité de faire l'aller-retour dans l'après-midi.

— Je partirai vendredi prochain sur le *Princess Helena*, annonça-t-il, toujours rigide, à leur retour à l'hôtel White Hart où les autres prenaient le thé.

Ida eut honte de se sentir soulagée.

— Et nous, nous nous marierons à l'église St. Michael, s'écria Carol. Je trouvais St. Luke plus belle, mais la mère d'Oliver a raison, elle est trop petite.

— Quand on a l'intention d'inviter la moitié de l'île du Sud, grogna Karl à qui la petite église et son pasteur libéral avaient plu, à l'inverse du révérend de St. Michael qui n'avait pas fait mystère de sa volonté de postuler pour le titre d'évêque quand Christchurch aurait sa cathédrale.

Franz fut étonné et presque ému quand Ida insista pour l'accompagner à Lyttelton. Karl n'avait pas le temps car il profitait de chaque occasion pour aider Chris dans son travail à la ferme. De plus en plus souvent, il regrettait sa décision. Il avait vécu ici des moments tellement heureux ! Il avait aussi mauvaise conscience de laisser Chris et Cat seuls à Rata Station.

Linda, en revanche, se joignit à Franz et à Ida, ce qui apporta au jeune missionnaire un peu de chaleur. Durant la dernière semaine à la ferme, il avait fait son possible pour éviter sa nièce. Il interprétait son humiliation de Christchurch comme une punition divine d'avoir eu le béguin d'une parente et priait le soir pour son pardon.

Il dut pourtant se défendre une nouvelle fois contre des pensées immorales quand il vit arriver à l'embarcadère Linda en robe d'été fleurie. La lueur de ses yeux lui fut pourtant douloureuse. Elle n'était visiblement pas peinée par son départ. Ida paraissait plus affectée. Quand, à l'arrivée à Lyttelton, il fut temps pour lui de monter à bord, elle l'étreignit, des larmes dans les yeux.

— Bonne chance à toi, Franz ! Écris-moi ! Souvent ! Je voudrais savoir comment tu vas. Et… et, s'il te plaît, accepte ça ! Je sais, tu vas le trouver dispendieux, mais, je t'en prie, conserve-le ! dit-elle en enlevant de son décolleté un bijou.

Franz fut surpris car elle ne portait habituellement pas de parure. Elle lui mit dans la main une lourde chaîne en or à laquelle était fixée une croix sertie de diamants.

— Je ne peux pas l'accepter ! C'est… ce serait une croix pour un évêque ! Un vrai péché d'orgueil pour un simple missionnaire de se promener avec ça…

— Alors cache-la quelque part ! Je t'en prie, je veux que tu la conserves. Comme souvenir de moi. Je la tiens d'une amie très chère et, en fait, c'est Carol qui aurait dû la recevoir un jour. Mais je pourrai lui léguer d'autres bijoux. Celui-ci est pour toi !

Franz se demanda une seconde pourquoi ce serait Carol et non Linda à qui était destinée cette croix, mais il finit par prendre la chaîne à contrecœur.

— Je la garderai précieusement, répondit-il avec raideur.

Soulagée, Ida l'embrassa sur la joue.

— Et nous nous reverrons bientôt ! Nous passerons par Opotiki sur la route de Russell. Nous verrons où tu travailles. M. Völkner est quelqu'un de sympathique, il…

— Ida, ne te fais pas de souci pour moi. Dieu étendra sa main sur moi. J'accomplirai son œuvre. Même s'il se produit des troubles sur l'île du Nord. Dieu défendra sa maison !

Ida aurait voulu pouvoir le croire, mais, depuis les inondations de Sankt Pauli, elle se fiait moins à l'aide divine. Elle approuva néanmoins de la tête, s'associa de bonne grâce à une prière d'adieu et fit longtemps des signes de la main à son frère qui, sur le bateau, s'éloignait du quai.

Linda l'imita en agitant son châle coloré. Franz la voyait encore tandis que le navire quittait le port. Il avait le cœur lourd. Puis il décida d'oublier la jeune fille. De grands devoirs l'attendaient…

— Ah, enfin ! soupira Linda, quand le bateau eut disparu à l'horizon. Je l'aimais bien, vraiment. Les quelques minutes où il cesse de prier, de se refermer sur lui-même et d'expier des péchés imaginaires, c'est un garçon très gentil. Mais j'avais fini par croire qu'il avait décidé de ne pas nous quitter. Arrête de pleurer, mamida, il est toujours de ce monde ! Comme tu le lui as dit, tu le reverras bientôt.

— J'espère qu'il conservera la croix, renifla Ida. C'est l'un des deux bijoux que m'a donnés Cat sur l'héritage de sa vieille amie et mère adoptive, Linda Hempelmann. Pourvu qu'il ne la vende pas pour distribuer l'argent à ses pauvres ! Les missionnaires n'ont en effet pas le droit de posséder quoi que ce soit…

— Tu lui poseras la question chaque fois que tu iras le voir. Et maintenant… Bon, j'ai faim. Que dirais-tu de nous faire conduire au club d'aviron en bateau et de nous offrir un lunch solide ?

Depuis Lyttelton, elles remontèrent donc l'Avon avec le bateau loué par Ida. Le batelier, sur les indications de Linda, longea le garage à bateaux. Ida était encore trop bouleversée par ses adieux avec Franz pour remarquer que ce n'était pas le chemin le plus court pour parvenir au restaurant. Pendant qu'elle payait le batelier, Linda se mit à la recherche de Joe. Mais il resta introuvable. En revanche, un jeune homme blond était en train de mettre à l'eau un « huit ». Elle osa lui adresser la parole, craignant que Fitz ait justement congé ce jour-là.

— Où est donc M. Fitzpatrick ?

— Parti, dit l'homme, avare de ses mots, en haussant les épaules.

— Comment ça, parti ?

— Eh bien, parti, quoi ! Il était devenu trop insolent. Trop bavard !

— Vous voulez dire qu'il a été renvoyé ?

L'homme opina.

— Et… savez-vous peut-être où il se trouve à présent ? Ou ce qu'il fait ? Il a dû chercher un nouvel emploi…

L'homme haussa à nouveau les épaules.

— Non, miss. Il a fait du grabuge quand il a été viré, il a braillé et menacé. Tout le cirque, quoi ! Puis il a mis les bouts.

— Il n'entraîne plus, alors ?

— Non ! Il a interdiction de remettre les pieds ici après ce qu'il a servi à la direction. Insolent, je vous l'ai dit. Et maintenant il s'est barré, conclut le type en se remettant à l'ouvrage.

Il n'y aurait plus rien à tirer de lui. Le cœur lourd, Linda suivit sa mère adoptive au restaurant, l'appétit coupé. À ce qu'il semblait, son idylle avec Fitz s'était terminée avant d'avoir commencé.

PERTE

Canterbury Plains, Lyttelton, Christchurch,
Campbelltown (île du Sud)

1863-1865

1

— Bien sûr que tu viens avec nous, c'est hors de question ! affirma Cat, tournée vers Carol qui, pour la troisième fois, voulait prouver que ni elle ni Oliver ne pourraient supporter une séparation de trois semaines deux mois avant leur mariage. Tu peux dire ce que tu veux, Carol, mais nous ne te laisserons en aucun cas seule à la ferme. Et apprendre un peu à connaître le monde ne te fera pas de mal. Linda et toi, c'est à peine si vous êtes sorties de Rata Station.

Le motif de la dispute était un voyage envisagé en direction du Southland, l'extrémité méridionale de l'île du Sud, un paysage extraordinaire de fjords et de montagnes. Un éleveur de moutons local avait invité les gens de Rata Station à l'occasion du mariage de son fils aîné. Non sans arrière-pensées, comme le supposait Cat : étant venu à Rata Station l'année précédente pour acheter quelques bêtes, il avait rencontré Linda et Carol qui étaient invitées elles aussi tout à fait officiellement.

— Il s'agit de faire la connaissance des fils de ce Halliday bien plutôt que de visiter le Southland ! répliqua Carol.

— Je ne dirais pas cela en ces termes, mais il n'y a pas non plus d'objections à ça, dit Cat. Oui, je sais, tu as ton Oliver et jamais plus tu ne regarderas un autre homme. Mais Linda n'a pas de liaison et rien ne s'oppose à ce qu'elle rencontre un jour les jeunes fils de cet éleveur. S'ils ne lui plaisent pas, elle leur accordera une seule danse et les oubliera. En revanche, s'ils sont aussi sympathiques et bien élevés que leur père, il pourrait arriver que Linda tombe amoureuse de l'un d'eux. Tu ne peux la priver de cette chance.

— Alors emmenez Linda sans moi ! Je resterai ici et je garderai la ferme. Il est toujours préférable qu'un membre de la famille soit présent…

Karl et Ida, quelques jours auparavant, étaient partis pour l'île du Nord. Mara vivait toujours chez les Redwood, s'étant violemment révoltée à l'idée de suivre ses parents. Elle refusait de mettre une telle distance entre elle et Eru, même s'il n'y avait que très peu de chances qu'elle le revoie dans un avenir prévisible.

— Nous apprécions beaucoup que tu te soucies de la ferme, Carrie, observa Cat avec un sourire ironique, mais je pense que les gardiens nous suppléeront sans problème quelques jours. En cas de besoin, ils pourront toujours s'adresser à Jane et Te Haitara. Mais il ne se passera rien, sois-en sûre. La plupart des bêtes sont d'ailleurs déjà dans le Haut-Pays. Tu n'as donc pas à te sacrifier, tu n'es pas indispensable ici. Et Oliver survivra à ces trois semaines, même sans toi. Si tu restais seule à la ferme, il n'aurait de toute façon pas le droit de venir te voir. Cela te compromettrait. Sérieusement, Carrie, je préfère de beaucoup que vous ne passiez pas le plus clair de votre temps ensemble.

En été, Oliver effectuait sans déplaisir le trajet jusqu'à Rata Station. Et cela d'autant plus qu'il n'allait plus s'entraîner au club de Christchurch. Lui aussi ne savait pas ce qu'était devenu Fitz, mais ne regrettait pas trop son ami. Oliver n'était pas homme à prévoir à long terme. Il y avait encore neuf mois avant les prochaines compétitions d'aviron. Mais Carol, c'était tout de suite qu'il la voulait ! Depuis qu'ils avaient anticipé leur nuit de noces, il était prêt à accepter les pires ennuis afin de renouveler l'expérience. C'est ainsi qu'il avait passé les dernières semaines de manière quasi permanente à Rata Station, si pressant auprès de Carol qu'il l'empêchait d'effectuer son travail.

Cat ne savait d'ailleurs pas pourquoi elle n'appréciait guère de voir Carol et Oliver ensemble. L'argument selon lequel Carol devait ne pas tomber enceinte prématurément n'était plus recevable. L'enfant serait de toute façon un enfant légitime et personne n'irait vérifier s'il était né sept ou neuf mois après le mariage. Mais, plus Cat connaissait Oliver et sa famille, moins elle voyait d'un œil favorable leur union. Pas pour des raisons matérielles bien sûr, fermes et fortunes étant comparables. Elle savait de même depuis longtemps qu'Oliver n'était ni le plus futé ni le plus travailleur. Pourtant elle était de plus en plus soucieuse devant l'égoïsme du jeune homme, son indifférence après la disparition de son prétendu meilleur ami Fitz, sa versatilité et son total désintérêt pour la ferme et le travail de son père. De plus, elle s'inquiétait de l'attitude de Deborah Butler. Ses manières distinguées lui tapaient sur les nerfs et sa prodigalité l'affolait. Certes les Butler étaient riches, car, comme Rata Station, leur élevage était florissant et permettait à ses propriétaires un train de vie luxueux. Mais cela suffirait-il, à la longue, à entretenir leur gigantesque demeure, une armée de personnels, un parc et les jardiniers anglais ?

La nouvelle installation de la suite destinée à Oliver et Carol venait justement d'arriver d'Angleterre. Ayant été autorisée à l'admirer, Carol avait trouvé que les meubles massifs en acajou, les sièges rembourrés et les horloges à pied richement décorées étaient oppressants. Sans parler de la vaisselle en porcelaine, de la literie et du linge de table en satin, damas et lin fin !

— Il suffira que Fancy dorme une ou deux fois avec moi pour que tout ça soit fichu, s'était-elle inquiétée.

Cat se souciait plus du prix de ces objets de luxe. Les Butler venaient de dépenser une fortune et voilà qu'ils voulaient participer aux frais des noces à Christchurch ! Ce à quoi Ida et Karl s'étaient opposés. Ils pouvaient s'accommoder de l'église St. Michael et de l'hôtel White Hart. Mais plus d'une centaine d'invités, un repas de cinquante plats, du champagne français coulant à flots ? Karl avait déclaré sans ambages qu'il ne pouvait ni ne voulait payer cela. De plus, Oliver ne parlait-il pas d'un voyage de noces en Europe ? Deborah soutenait l'idée. Si le capitaine ne mettait pas un coup d'arrêt, ce n'est pas d'une baronnie qu'hériterait Carol, mais d'une entreprise endettée avec, à sa tête, un Oliver fanfaron et incapable. Permettrait-il à Carol de prendre les rênes en main ? Aux yeux de Cat, il se montrait aussi étroit d'esprit et vieux jeu que sa mère en ce qui concernait le partage des tâches entre hommes et femmes.

Carol ne voulait rien savoir de ces préoccupations. Elle était aveuglément amoureuse et la noce en février semblait inéluctable. Cat n'en nourrissait pas moins le secret espoir que le voyage dans le Southland produirait un miracle. Carol n'allait-elle pas tomber amoureuse de Frank ou de Mainard Halliday ? Ou bien les deux sœurs allaient-elles trouver chez ces deux garçons le bonheur de leur vie ? Ce serait trop beau pour être vrai !

— Tu peux en tout cas commencer à faire tes bagages, Carol, je ne changerai en aucun cas d'avis. Ni toi ni ta sœur ne devraient manquer d'habits. Ce que Deborah vous a fait faire sur mesure pour la noce devrait suffire pour les dix ans à venir.

La mère d'Oliver avait en effet accompagné les jeunes filles à Christchurch et n'avait pas rechigné à la dépense pour la tenue de la mariée et de sa demoiselle d'honneur. À vrai dire, les factures avaient été envoyées à Rata Station ! Bien que mécontents, Chris et Cat les avaient réglées : elles n'étaient en définitive rien comparées à ce qu'avait déboursé Deborah pour la « dot ».

S'étant elle-même acheté de nouveaux habits en vue du mariage de sa fille adoptive, Cat se réjouissait à l'idée de les porter lors des noces de Ralph Halliday. Le trajet sur le *General Lee*, un voilier ultramoderne qui les mènerait à Campbelltown, offrirait l'occasion de les essayer lors de soirées dansantes ou de dîners élégants.

— Des premières classes n'auraient pas été nécessaires, objecta Cat quand elle entra dans la luxueuse cabine où Chris et elle dormiraient pendant les quelques jours en mer. Vraiment, Chris, c'est incroyablement cher !

— Nous pouvons tout de même nous offrir quelque chose de bien de temps en temps. Nous n'avons encore jamais voyagé ensemble, abstraction faite des montées à l'estive. Et je sais pourtant combien tu aimes les lits moelleux et le champagne. Considérons qu'il s'agit de notre voyage de noces.

— C'est une demande en mariage ? Tu veux vraiment me gâcher ma bonne humeur ? s'irrita Cat qui, des années auparavant, s'était juré de ne jamais renoncer à sa liberté.

— Il me faudrait pour ça obtenir un divorce dans les règles d'avec Jane. Mais cela serait possible, Cat. Peut-être devrions-nous à nouveau y réfléchir.

— Non, Chris, répondit Cat en riant. Je suis satisfaite de ce que j'ai. Et n'oublie pas qu'un mariage digne de ce nom signifie, entre barons des moutons, une fête avec des centaines d'invités. Nous endetterions Rata Station à jamais.

— Je connaissais ta réponse, soupira Chris de manière théâtrale. Il n'empêche que nous voyageons aujourd'hui sous les noms de M. et Mrs Fenroy, car nous n'aurions, sinon, pu obtenir une cabine en première classe.

Carol et Linda qui n'étaient pas moins luxueusement logées retrouvèrent Cat et Chris sur le pont quand le voilier quitta le port une heure plus tard. Sur le chemin de Lyttelton, Carol était restée maussade et taciturne et elle commençait juste à trouver quelque charme à sa nouvelle situation. Les deux jeunes filles avaient choisi des ensembles bleus, tailleur bleu clair pour Carol avec des boutons et des parements noirs, tailleur bleu avec des bordures jaunes pour Linda. Elles avaient des ombrelles, accessoires décoratifs pour des jeunes filles habituées à travailler en plein air. Leur peau légèrement bronzée offrait un charmant contraste avec leurs cheveux blonds. Elles avaient déjà fait une conquête masculine, un jeune homme en tenue d'officier qui leur parlait du Southland.

— C'est certain, ladies, vous ne serez pas déçues ! Les fjords sont d'une beauté extraordinaire, quand les montagnes se reflètent sur la mer… On se croirait dans un conte, on s'attend à voir des elfes et des nains danser au soleil et se baigner au clair de lune…

— Mais vous êtes un authentique poète, lieutenant Paxton ! le taquina Carol.

— Juste un homme qui aime son pays et qui ne l'a pas vu depuis longtemps, dit-il avec simplicité.

— Vous êtes donc de Campbelltown ? demanda Chris, se mêlant de la conversation. Christopher Fenroy. Je suis en quelque sorte le père de ces deux jeunes dames à qui vous vantez les charmes du pays qui est la destination de notre voyage.

— William Paxton, se présenta le jeune homme en saluant Chris et Cat dans les formes. Ou plutôt Bill, car personne ne m'appelle William. Lieutenant Bill Paxton.

J'ai effectivement de la famille à Campbelltown, bien que je n'y sois pas né. Mes parents habitent au bord du Milford Sound. Le plus beau coin de Nouvelle-Zélande, sir, et je sais de quoi je parle, dit le jeune officier.

L'air ouvert, de taille moyenne, mince mais vigoureux, élégant dans son uniforme fait sur mesure, il avait un regard presque trop aimable et doux pour un militaire.

— Le lieutenant Paxton était en poste sur l'île du Nord, compléta Linda. Il nous a parlé de Taranaki et des combats contre les Maoris.

— Je croyais que Taranaki avait retrouvé le calme, objecta Cat qui n'aimait pas entendre parler de conflits entre *pakehas* et Maoris et surtout pas d'effusions de sang, en raison de son appartenance aux uns et aux autres.

— C'est exact, Mrs Fenroy, confirma Paxton, l'air à vrai dire peu convaincu. Il demeure certes des conflits, mais je ne voulais pas ennuyer ces jeunes dames avec ces histoires peu réjouissantes. Je parlais effectivement des beautés du Milford Sound. Avez-vous déjà vu des phoques, miss… ?

— Linda et Carol Brandmann. Non, jusqu'ici nous n'avons pas croisé la route de phoques. Nous venons d'un élevage de moutons, précisa Carol tout en regardant Lyttelton qui disparaissait au loin, le bateau prenant la direction du Sud.

— Peut-être pourrions-nous poursuivre cette conversation lors du dîner, proposa Cat à qui le trajet jusqu'à Lyttelton avait ouvert l'appétit.

— Ce sera pour moi un plaisir de pouvoir mener ces jeunes dames à table, dit le lieutenant en offrant un bras à l'une et à l'autre. Il paraît que le cuisinier est un génie. Bien sûr, j'ai un préjugé favorable puisqu'il est mon cousin.

Tout en conduisant les sœurs à la salle à manger, il expliqua avec entrain qu'il devait son billet de première classe à l'intervention de ce cousin.

— La Royal Army ne paye que la moins chère des traversées, mais, ayant appris que j'étais à bord, Tommy m'a aussitôt procuré une meilleure cabine. Quoiqu'il me soit assez indifférent de dormir dans un lit plus ou moins moelleux. Il me serait beaucoup plus difficile de renoncer au merveilleux repas de Tommy.

— Pourquoi l'Army vous envoie-t-elle dans le Southland ? demanda Chris en reculant galamment la chaise de Cat, imité par Paxton pour les sièges de Carol et de Linda. Les Ngai Tahu sont des gens pacifiques.

— Bien sûr. Et il me serait de toute façon difficile de les combattre seul. S'il y avait des soulèvements, Wellington enverrait aussitôt toute une armée. Il y a deux ans, le général Pratt a engagé deux mille soldats contre les tribus. Nous nous marchions littéralement sur les pieds, alors que les Maoris ne disposaient que de mille cinq cents guerriers qui, en revanche, se battaient bien. Lors de mon premier engagement dans cette guerre nous avons bombardé toute une nuit une de leurs forteresses. Comment les appellent-ils déjà ?

— Des *pas*, dit Cat.

— Exactement, des *pas*. Et, le lendemain, quand notre général voulut y entrer en vainqueur, nous avons constaté qu'ils avaient quitté les lieux dès les premiers obus. Comment ils ont réussi à sortir de là sans être vus, personne ne le sait. Il n'y a heureusement pas eu de morts. Je ne devrais pas m'exprimer ainsi, mais j'avais trouvé assez déloyal de bombarder un endroit dont les habitants ne pouvaient se défendre qu'avec des javelots et des massues.

— Ils n'avaient donc pas de fusils ? s'étonna Cat.

— Si, mais globalement ils étaient très inférieurs aux troupes anglaises. Et je crois qu'ils n'aimaient pas vraiment se battre…

— Ils se battent autrement, expliqua Cat. Certains chefs sont très belliqueux. Si vous pensez qu'ils manquent de courage, c'est que vous ne vous êtes pas heurtés aux bons. Ils mènent leurs guerres autrement que les Anglais. Pas de longues campagnes avec des milliers de soldats, plutôt de brèves escarmouches. Et, quand vient le moment de cultiver les champs, ils repoussent la guerre le temps que la récolte soit finie.

— Les bruits de sabre jouent aussi un grand rôle, ajouta Chris. Ils commencent en général par une grande démonstration de force, mais sans attaquer ensuite, à moins qu'ils ne disparaissent soudain, comme vous en avez fait l'expérience. Ce qu'ils aiment, c'est user de ruse. Aucun d'eux n'a bien entendu lu de livres sur l'art militaire. Les chefs sont néanmoins pleins d'imagination.

— Il paraît qu'un guerrier s'est enfui, accroché à un cerf-volant, survolant une falaise alors qu'il avait été fait prisonnier, raconta Linda.

— Vous semblez très bien connaître les traditions maories, dit Paxton avec un sourire, ce qui amena Chris à évoquer son passé de traducteur pour la New Zealand Company et Cat sa vie chez les Ngati Toa.

— Vous n'avez toujours pas dit pourquoi vous revenez dans l'île du Sud, insista Carol. Que faites-vous ici pour l'armée ? De l'espionnage, peut-être ? plaisanta-t-elle.

— Vos parents s'en tireraient mieux que moi pour espionner les Maoris, miss Carol, répondit Paxton sur le même ton badin. Je ne parle pas un mot de leur langue et je ne me suis en réalité jamais vraiment battu contre eux. J'étais officier de liaison entre les troupes de volontaires indigènes et l'armée d'Australie. Ça n'allait pas sans heurts. Les uns préféraient régler entre eux leurs différends, mais se montraient d'une rare indiscipline. Les données locales leur étaient en revanche familières. Chez les Australiens, les officiers désiraient se distinguer, tandis que les troupes se demandaient ce qu'elles faisaient là. Maintenant, Dieu soit loué, on les a renvoyés…

— Avant d'éventuellement les rappeler au cas où les conflits renaîtraient ? s'enquit Chris.

— Non, ce n'est pas envisagé. On recrute plutôt de nouvelles troupes en Nouvelle-Zélande. Projet qui a un nom : Taranaki Military Settlers. Et c'est précisément pour cela, miss Carol, qu'on m'a envoyé, ainsi que d'autres officiers, dans l'île du Sud. Nous devons recruter des hommes pour ces nouvelles unités, dans les stations de pêche, dans des lieux comme Lyttelton où débarquent les immigrés ou, depuis peu, dans les camps de chercheurs d'or. Partout où des hommes jeunes tentent leur chance.

— Et vous leur promettez qu'ils la trouveront ? demanda Chris, sceptique.

— Je leur promets de la terre, de la terre à mettre en valeur, comme le nom du régiment l'indique. Et ils ne seront pas déçus. Dans la région de Taranaki, il y a des hectares et des hectares de bonne terre cultivable. Le gouvernement est disposé à en attribuer gratuitement à de nouveaux colons.

— À condition qu'ils soient bien armés, objecta Cat. Si j'ai bien compris, les candidats à la terre doivent la conquérir, non ?

— D'une certaine manière, oui. Les terres sont confisquées à des tribus rebelles. Au nom du New Zealand Settlement Act. Malheureusement, les Maoris ne l'acceptent pas toujours…

— Une formulation plus que prudente, ironisa Chris. D'après ce que m'en a dit mon ami Karl Jensch, il n'est guère fait de différences, quand on confisque les terres, entre tribus rebelles et non rebelles. Le gouvernement prend en fait ce dont il a besoin. On peut concevoir que cela crée du mécontentement.

— Il serait effectivement possible de résoudre la plupart des conflits de manière pacifique, concéda Paxton du bout des lèvres. Il y a assez de terres pour tous. Si l'on usait d'un peu de diplomatie, les tribus vendraient certainement. Hélas, tous les fonctionnaires ne font pas preuve de prévenance. Et puis il y a maintenant ce mouvement hauhau. Je ne sais pas si vous en avez déjà entendu parler…

— Oui, un prédicateur aux visions étranges, confirma Cat. Il joue vraiment un rôle ?

— Un rôle ? s'étouffa Paxton. Vous n'êtes apparemment pas informés des derniers développements. Même si ce n'est pas un sujet convenant à un dîner avec des dames, je peux résumer en quelques mots : il est grand temps de mettre un terme aux agissements de Haumene. On ne peut laisser courir en liberté un fanatique, un cannibale. Il y a certainement eu des erreurs commises à l'encontre des Maoris, mais si vous voyiez les victimes après le passage des Hauhau ! J'ignore si le « prophète » les envoie en expédition dans ce but ou s'ils se contentent d'interpréter sa doctrine de manière trop… euh… conséquente, mais il y a en tout cas des bandes de pillards. Aussi le gouverneur souhaite-t-il que les colons ne soient pas abandonnés à leur fureur lors des assauts contre les fermes. On envisage donc de bâtir des forts et des installations défensives autour des nouvelles régions colonisées. Et les terres seront accordées en priorité aux gens capables de se servir d'une arme. Les membres de ces nouveaux régiments reçoivent une formation, apprennent à se battre, et se voient ensuite attribuer vingt hectares pour qu'ils fondent une ferme.

— Le compte sera bon. Les gens combattront avec beaucoup plus de courage pour leur terre que pour une simple solde, observa Cat d'un ton acerbe. Et les Maoris resteront sur le carreau.

— Je n'y peux rien, Mrs Fenroy, répondit Paxton, désemparé. Les tribus, elles, pourraient faire quelque chose en retirant leur soutien au mouvement hauhau – au lieu de laisser prêcher Haumene dans leurs villages – et en interdisant à leurs fils d'abattre des colons au nom de la paix et de l'amour. Mais changeons de sujet ! Qu'est-ce qui vous amène dans le Sud, miss Linda et miss Carol ? Un mariage, disiez-vous ? Mais pas le vôtre, tout de même ?

Cette première soirée en mer se déroula donc dans une grande harmonie, Paxton célébrant avec flamme les beautés de son pays, décrivant les curiosités à ne pas manquer et accompagnant enfin Linda et Carol pour une petite promenade sur le pont. La nuit était claire et on apercevait au loin la côte qui resterait visible durant tout le trajet. Quand il fut tard, tous les passagers regagnèrent leur cabine.

2

Cat et Chris passèrent sur le *General Lee* des journées merveilleuses. Cat avait parfois l'impression d'être en voyage de noces. L'eau était claire et la côte, avec ses falaises abruptes, avait de quoi couper le souffle. Par ailleurs Paxton n'avait pas menti au sujet des talents culinaires de son cousin, qui régala ses hôtes d'authentiques festins. Le soir, un orchestre invitait à la danse.

Linda et Carol profitèrent elles aussi de ce voyage au-delà de leurs attentes, en dépit des sombres pensées de Linda quand elle songeait à Fitzpatrick. Que serait devenu son flirt s'il n'avait pas disparu ? Carol, de son côté, avait eu de la peine à se séparer d'Oliver. Les attentions de Bill Paxton les distrayaient de leur morosité. D'ailleurs, quand cela lui était possible, George Wallis, le second du *General Lee*, s'associait à leur groupe. Il était un remarquable danseur, bien plus agile qu'Oliver. Fervente danseuse elle aussi, Carol se laissait entraîner par lui dans des tourbillons fous. Elle riait quand un soupçon de tangage lui donnait l'impression de perdre la mesure. Pendant ce temps, Paxton dansait avec Linda mais laissait transparaître, tout à fait décemment, qu'il préférait sa sœur. Dès le début du bal, il réservait la dernière danse avec elle et Carol ne refusait pas, flattée de ses attentions, du moins dans la mesure où cela ne blessait pas Linda.

— Tu n'es pas amoureuse de lui? lui demanda-t-elle le deuxième soir quand elles se mirent au lit. Ou de M. Wallis?

— Non, dit Linda. Ils sont tous les deux très gentils. Mais… enfin, je ne sens pas de picotements, tu me comprends? Parfois je me demande si je ne suis pas privée de ce sens. Toi, tu sembles tomber amoureuse si facilement, et tous les hommes sont fous de toi. Moi, par contre, j'ai l'impression que je me fiche un peu des hommes. En tout cas de la plupart…

Elle ne le disait pas, mais elle ne pouvait se débarrasser de l'idée que, jusqu'ici, seul Fitz avait réussi à toucher son cœur. Expression qu'elle avait lue et trouvait stupide au demeurant, mais qui décrivait exactement le sentiment que Fitz, par son originalité, avait éveillé en elle. Son regard, son sourire, son rayonnement: il ne l'avait pour ainsi dire jamais véritablement touchée, mais elle ressentait à présent encore l'étrange proximité et la familiarité ressenties en sa présence. Un mot, une idée de lui avaient suffi pour la faire rire ou pleurer, à sa guise. Elle ignorait si c'était de l'amour. Mais ce dont elle était certaine, c'est qu'elle ne ressentait rien de tout cela en pensant à Bill Paxton ou George Wallis.

— Alors tout va bien! se réjouit Carol qui trouvait plaisir à être courtisée par les deux officiers.

Paxton comme Wallis, en parfaits gentlemen, se gardaient de négliger Linda. George n'était visiblement amoureux ni de l'une ni de l'autre jeune fille, aussi aimable avec l'une qu'avec l'autre. C'est ainsi qu'il demanda à Linda de l'accompagner au bal donné le dernier soir, après un dîner de gala. Le *General Lee* devait arriver à Campbelltown le lendemain après-midi. Il s'agissait bien entendu d'un coup monté, puisque Paxton, de son côté, adressait la même demande à

Carol : il voulait avoir la dame de son cœur pour lui seul le dernier soir.

Afin de respecter le protocole exigeant des dames qu'elles revêtent des robes du soir, Linda, Carol et Cat étrennèrent leurs tenues de noces. Cat avait même, en dépit de la minceur de sa taille, mis un corset, si bien que Chris ne fut sans doute pas le seul à trouver que sa femme supplantait en beauté toutes les dames du bateau. Il la mena fièrement à la table du dîner, ne pouvant se rassasier de la contempler.

— Tu ne vas pas pouvoir m'admirer très longtemps, le prévint-elle quand il lui eut avoué son émoi. Ce corset me tue. Je ne comprends pas comment les femmes arrivent à porter ce genre de truc ! De plus, c'est à peine si on peut avaler quelques miettes de ce succulent repas. Ce soir, je ne tarderai pas à faire retraite.

— Nous ferons retraite très tôt, la corrigea Chris en souriant. Car, en toute honnêteté, je brûle d'envie de t'ôter cette robe du corps…

Effectivement, Cat résista à l'épreuve du dîner, mais abandonna la piste après sa première danse avec Chris.

— Partons, mon chéri. Emportons une bouteille de champagne dans notre cabine afin de fêter l'heureuse fin de notre voyage. Un voyage merveilleux, Chris, au-delà de toute description ! Réserver des premières classes a été la meilleure idée de ta vie. Mais maintenant, il faut à tout prix que je me débarrasse de ce truc à baleines, sinon je vais me mettre à hurler !

— Je suis désolé pour les filles, dit Chris, elles auraient certainement aimé rester plus longtemps.

Carol et Linda étaient encore sur la piste avec leurs cavaliers. Elles ne semblaient pas gênées par leur corset et leur crinoline et avaient apporté beaucoup de soin à leur tenue ainsi qu'à leur coiffure. Tout ce travail pour quelques danses seulement ! Chris avait raison, leur déception serait grande. Cat se demanda si elle pouvait les laisser seules au bal, mais renonça car ce serait faire fi de l'étiquette. Soupirant, elle leur signifia leur intention et la nécessité pour elles deux de se retirer également.

— Mais il n'est que neuf heures, protesta Carol. Nous n'avons eu que deux danses ! Tu ne peux nous imposer ça, mamaca ! Allez, asseyez-vous et buvez un verre ! Vous pouvez bien nous accorder une heure au moins.

— Plus que ça ! renchérit Linda. Il ne sera alors que dix heures et le feu d'artifice est à onze heures ! On ne peut pas manquer ça. S'il vous plaît, mamaca, Chris. Nous ne ferons pas de bêtises, c'est promis !

— Nous surveillerons vos filles, assura Bill Paxton, et nous nous garderons de leur manquer de respect. Vous pouvez vous fier à nous !

Cat et Chris se regardèrent, navrés. Certes, Linda et Carol bénéficiaient de toute leur confiance, ainsi que leurs cavaliers d'ailleurs. Mais il y avait, parmi les passagers, quelques connaissances de Christchurch. Leur laxisme ne tarderait pas à se retrouver au centre des conversations de la ville.

— Ce n'est pas possible, les filles, à mon grand regret, finit par dire Cat. Je sais, je n'aurais pas dû acheter cette robe. Je plaide coupable volontiers, mais je ne peux plus rien changer. Prenez congé de vos cavaliers. Vous ne manquerez pas de bals à l'avenir.

Bill et George insistèrent néanmoins pour accompagner leurs dames au moins jusqu'au pont.

— Quel dommage qu'il n'y ait pas d'étoiles ce soir ! observa Linda. Le ciel était déjà couvert cet après-midi.

— Et puis il fait froid, ajouta Carol en s'entourant les épaules de son châle. Et il y a beaucoup de vent…

George acquiesça et offrit son bras à Linda quand le bateau se mit brusquement à tanguer.

— Oui, il semble bien se préparer quelque chose. J'aurais peut-être dû interrompre la soirée avant l'heure. Il est bien possible que le capitaine convoque les officiers sur la passerelle d'un instant à l'autre.

— Il n'y a pas de danger, si ? s'inquiéta Cat en s'accrochant au bras de Chris.

— Non, Mrs Fenroy ne vous faites pas de soucis. Nous sommes fort proches de la côte. Mais il est vrai qu'il pourrait y avoir un coup de chien. J'espère que vous n'avez pas le mal de mer.

Les deux jeunes gens prirent alors congé, de Cat et Chris avec courtoisie, de Linda et Carol avec galanterie. Celle-ci chuchota quelques mots à Bill Paxton, avec un sourire complice, avant que Linda et elle, Cat et Chris ne regagnent leurs cabines.

— Tu ne vas tout de même pas être infidèle à Oliver ? demanda d'un ton taquin Linda à qui n'avait pas échappé la scène entre Carol et Bill. Qu'est-ce que c'était que cet échange de conspirateurs. Dis donc, tu pourrais m'aider à enlever ce corset... poursuivit-elle en commençant à déboutonner sa robe.

— Non. Conserve ta robe ! Nous allons remonter sans attendre, M. Paxton nous attend sur le pont. Nous deux, bien entendu. Il n'est question que de quelques danses. Jamais je ne tromperais Oliver ! assura Carol qui faillit trébucher en allant vérifier sa tenue dans le miroir tant le bateau était maintenant agité.

— Tu veux retourner sur le pont ? Sans Cat et Chris ?

— Bien sûr ! Le bal vient à peine de commencer, Linda. On ne va pas se laisser gâcher notre plaisir !

— Mais les Heston et les Wesserly... Cat a raison. Ils vont nous faire mauvaise réputation à Christchurch ! objecta Linda qui pensait moins à elle qu'à ce que dirait

Mrs Butler à propos des bavardages sur sa future belle-fille.

— Si tu veux mon avis, ils ne se sont même pas aperçus que Cat et Chris étaient partis. Et, avec l'état de la mer, ils doivent être sur le point de regagner leurs cabines. Comme, de plus, nous allons rester ici une demi-heure, le temps que Chris et Cat se soient endormis… ou trop occupés pour nous entendre passer dans le couloir. Alors ? Tu viens ? Seule, cela m'est impossible.

— Bon, d'accord ! Je ne veux à aucun prix rater le feu d'artifice. Je n'en ai vu qu'un jusqu'ici, c'était magnifique…

Elles passèrent une demi-heure dans la cabine, trompant leur impatience à se coiffer à nouveau et à arranger leur tenue. Carol avait d'ailleurs raison : la mer était de plus en plus forte et on entendait s'agiter dans le couloir. Les personnes les plus âgées se retiraient prématurément dans leurs cabines.

— Il va juste falloir saisir le bon moment, quand plus personne ne foncera aux toilettes, chuchota Carol, l'œil aux aguets après avoir entrouvert la porte. Les premiers ont déjà vomi, c'est sûr. Mais quelle tempête ! On dirait que le bateau se cabre. Tu as ton châle ?

Faisant signe que non, Linda prit dans l'armoire deux amples manteaux à capuche.

— Mieux vaut prendre ça, il pleut sans doute déjà et, le temps que nous arrivions à la salle à manger, nous serons trempées. Allons-y ! dit-elle en mettant d'autorité le vêtement sur les épaules de sa sœur avant de se faufiler derrière elle dans le couloir.

Elles étaient projetées d'une paroi à l'autre, tant le bateau tanguait. Quand elles grimpèrent sur le pont, elles faillirent être rejetées dans le ventre du navire. Elles furent aussitôt cinglées par une pluie glaciale. Paxton les attendait à l'abri d'une superstructure.

— J'ai bien craint que vous ne veniez pas, dit-il avec satisfaction. Par une tempête pareille. Je vois que vous avez du cran !

— Un peu de vent ne saurait nous empêcher de danser, répondit Carol en riant. Mais j'ai bien peur qu'il n'y ait pas de feu d'artifice ! Il sera impossible de l'allumer et il n'y aura pas de spectateurs.

Effectivement, les officiers et les membres de l'équipage chargés de le préparer étaient désormais occupés à des tâches plus urgentes, essayant d'amener les voiles et d'encorder tout ce qui était susceptible d'être jeté par-dessus bord par le vent.

Seuls quelques rares passagers étaient restés dans la salle à manger, des gens jeunes trouvant la situation excitante. Le barman et les sommeliers restaient eux aussi mobilisés tandis que l'orchestre jouait encore, bravant les hurlements du vent et le fracas des rafales de pluie contre les fenêtres de la pièce. Il devint vite impossible de danser.

Puis, soudain, les musiciens cessèrent de jouer. Un matelot, trempé des pieds à la tête, hors d'haleine, entra en trébuchant.

— Ordre du capitaine : interdiction à toute personne d'aller sur le pont. Désolé, vous allez devoir passer la nuit ici. Le danger d'être projeté par-dessus bord est trop grand. Nous allons aussi obturer les hublots des cabines pour empêcher l'eau d'entrer.

— Projeté par-dessus bord ? s'écria Linda, soudain refroidie. Mais on nous a dit à l'instant que ce n'était pas grave !

— Personne n'est passé par-dessus bord. Mais ça souffle pas mal. Donc, restez ici. Vous ne mourrez pas de soif, en tout cas, répondit le matelot avec un regard en coin sur le bar.

Carol eut un rire étouffé, mais quelques jeunes gens le prirent avec moins d'humour.

— Quel malotru ! s'exclama le fils d'un baron des moutons de Queenstown. Pour qui nous prend-on ? Non seulement il faut passer la nuit ici, mais le capitaine n'a même pas la décence de nous le signifier par la voix d'un officier.

— Les officiers sont occupés ailleurs, répondit Bill Paxton dont le regard inquiet confirma Carol dans ses craintes.

D'autres passagers, pris du même doute, se mirent à crier. Des femmes se réfugièrent dans les bras de leurs époux. Bill, homme d'action, prit sa veste et s'apprêta à sortir.

— Restez ici, recommanda-t-il à Carol et Linda. Je vais demander à George ce qui se passe vraiment.

— Mais c'est peut-être dangereux, s'effraya Carol.

— Je ferai attention à moi, lui sourit Bill.

Le vent claqua la porte derrière lui. Les serveurs et le barman entreprirent de fixer les chaises et les tables qui, regroupées dans un coin pour dégager la piste, commençaient à glisser dans la pièce. Bien que tenant à peine sur leurs jambes, les deux sœurs s'efforcèrent de les aider. Bill, trempé à son tour, ne tarda pas à revenir, l'air tranquillisé.

— George s'occupe des instruments de mesure dans la timonerie. Il dit que c'est une très forte tempête, plus forte que prévu, sinon le capitaine aurait annulé le bal. Mais il n'y a rien à craindre, le *General Lee* est un bon bateau et n'est pas près de sombrer. On change juste de cap, ce qui va prolonger notre séjour en mer. D'un jour au moins.

— Bah, tenta de plaisanter Linda, si ce n'est que ça nous assisterons au feu d'artifice demain.

Certains, trompant leur peur, firent mine de poursuivre la fête, mais en vain. Ce n'était plus seulement le vent et la pluie qui frappaient aux carreaux, mais d'énormes paquets de mer. Le pont était sans arrêt balayé par les vagues. Beaucoup vomissaient où ils pouvaient. La joyeuse fête tournait au cauchemar.

— Courage ou pas, j'aimerais bien être ailleurs, murmura Linda. J'espère que Chris et Cat ne vont pas aller voir dans notre cabine comment nous allons. Ils prendraient peur de ne pas nous y trouver.

— Demain, ils apprendront de toute façon que nous étions ici. Mais je parie que les Heston et les Wesserly garderont le lit jusqu'à midi s'ils ont vraiment le mal de mer.

— Ça dure combien de temps une tempête comme ça ? demanda Linda à Bill.

— Pas la moindre idée. Une nuit ? Plusieurs jours ? Je l'ignore.

— J'aimerais qu'il y ait au moins un peu de lumière. Le pilote ne peut rien voir par un temps pareil. Qui sait où…

Carol n'avait pas terminé sa phrase qu'un choc épouvantable ébranla tout le bateau qui s'immobilisa quelques secondes avant d'être repris et ballotté par les vagues.

— Nous avons touché le fond ? demanda Linda.

On entendit des cris sur le pont, on vit par les fenêtres des matelots s'arc-bouter contre le vent et ouvrir les protections des écoutilles menant aux cabines.

Bill Paxton se saisit des manteaux de Linda et de Carol.

— Enfilez-les vite ! Au cas où nous devrions sortir. Ce… ce n'était pas un bon signe. Et n'avez-vous pas l'impression que le bateau a de la gîte ?

Tout en revêtant leurs manteaux, les filles aperçurent comme dans un brouillard des hommes en train de défaire les canots de sauvetage de leurs fixations.

— On met les canots à la mer !

— Nous coulons !

Les autres passagers avaient eux aussi remarqué l'agitation sur le pont et se pressaient pour sortir.

— Gardez votre calme ! ordonna Bill qui était resté en arrière. Nous ne ferions que gêner dehors. Laissons les marins faire leur travail.

Le capitaine apparut alors sur le pont, donnant ses instructions. Des premiers passagers sortirent des écoutilles et on les mena à un canot, ce qui déclencha de nouveaux cris chez les gens de la salle à manger. Le capitaine sembla remarquer alors leur présence et ordonna de la main à ses hommes de s'occuper d'eux aussi. Ce fut George Wallis qui, une caisse en bois sous le bras, entra.

— Écoutez-moi ! Vous allez me suivre. Combien êtes-vous ? Une vingtaine, je suppose. Vous tiendrez dans le canot deux. Nous allons sortir. Accrochez-vous fermement les uns aux autres. Les hommes tiennent les femmes ! Il n'y a aucune raison de faire vite et de paniquer. Le bateau ne s'enfonce que lentement. Nous avons heurté un récif et une voie d'eau s'est ouverte au milieu de la coque. Mais il y a des canots pour tout le monde et le temps que nous les mettions à l'eau et que tout le monde y soit monté, le *General Lee* n'aura pas sombré. Donc, pas de panique et gardez votre calme !

Puis George Wallis tint la porte ouverte. Bill et les deux jeunes filles furent parmi les premiers à quitter la salle.

— Mais… mais où sont Chris et mamaca ? s'écria Linda tout en avançant en trébuchant dans les bourrasques. Est-ce que… ?

Le vent emporta sa question.

Chris et Cat, heureux de leur soirée et un peu éméchés, s'étaient endormis malgré la tempête. Mais ils furent réveillés par le tangage et le roulis.

— Est-ce bien normal ? s'inquiéta Cat en allumant une lampe.

Ayant derrière lui pas mal de traversées mouvementées, Chris la rassura.

— C'est certainement une forte tempête, mais les bateaux ne sombrent pas comme ça. Rappelle-toi ce qu'Ida et Karl ont raconté de leur traversée sur le *Sankt Pauli*. Et ils étaient en plein Atlantique, pas à quelques centaines de *yards* de la côte.

— Je vais quand même voir si les filles ne sont pas trop inquiètes, dit-elle en jetant sur ses épaules une robe de chambre.

Quand elle revint aussitôt, ce n'était plus l'état de la mer qui la préoccupait.

— Ces petites chipies ! La cabine est vide. Elles sont retournées au bal !

— J'aurais fait comme elles, dit Chris en riant. Le problème, c'est de savoir pourquoi elles ne sont pas déjà revenues.

— Effectivement, il est trois heures du matin. Tu as raison, elles devraient être là depuis longtemps. Lève-toi ! Il faut aller les chercher.

— On les punira de manière à les priver de l'envie de recommencer. S'il y a une chose dont je n'ai pas envie en cet instant, c'est de faire un tour sur le pont, dit Chris tandis qu'ils avançaient le long du couloir, évitant des flaques de vomi.

Quelques passagers erraient en titubant. Personne, à part Cat et Chris, n'essayait de sortir au grand air. Cat ne s'étonna pas de trouver les écoutilles fermées, mais paniqua quand elle ne put les ouvrir.

— Mais Chris, c'est quoi, ça ? Nous sommes enfermés, nous… cria-t-elle tout en tapant du poing contre le bois.

Chris lui saisit la main.

— Arrête ! Personne ne nous entend là dehors ! Et ça risque de déclencher la panique ici si quelqu'un t'entend. On a fermé les écoutilles pour éviter que l'eau n'y pénètre. On a aussi voulu éviter que les passagers se hasardent sur le pont, risquant d'être projetés par-dessus bord. Si les choses se gâtent vraiment, ils les rouvriront…

Il n'avait pas fini de parler qu'une secousse ébranla le bateau. On aurait dit un énorme coup de marteau contre la coque du voilier. Il y eut le craquement du bois qui éclata et, aussitôt, le bruit de l'eau pénétrant dans le bateau.

— Il y a une voie d'eau ! dit Cat, affolée.

Chris opina. Ils entendirent crier derrière eux et sur le pont. Cat fut rassurée d'entendre que quelqu'un, au-dehors, s'affairait sur l'écoutille.

— Gardez votre calme, attendez en bas dans un premier temps, on prépare les canots de sauvetage…

Cat et Chris avaient devant eux le visage sérieux mais reflétant le sang-froid du Premier officier :

— … Vous pourrez sortir dans un instant… il y a de la place pour tout le monde… !

— Allez, arrivez ! intima Bill à Carol qui hésitait, tout en lui tendant la main.

Un matelot indiquait aux passagers le chemin pour atteindre l'échelle de corde permettant de descendre dans le canot deux. Une partie des canots était déjà à l'eau. Dans d'autres, les passagers pouvaient déjà prendre place avant que l'embarcation ne soit descendue dans la mer à l'aide d'un treuil, ce qui nécessitait moins de mobilité de la part des naufragés. Oser descendre le long d'une échelle de corde n'était pas donné à tout un chacun. George, en conséquence, avait attribué aux jeunes danseurs un canot déjà à l'eau.

— Mais mamaca et Chris... s'ils ne nous trouvent pas... Mamaca refusera de partir sans nous !

— Mais les filles ! dit Cat, hésitant à monter dans un canot, sur le pont, alors que le Premier officier voulait l'aider. Mes filles... je ne sais pas où elles sont...

— Elles s'en sortiront bien, la tranquillisa le jeune homme. Il y a des canots pour tous, on n'oubliera personne. Mais dépêchez-vous de monter maintenant !

— Ne pouvons-nous attendre, nous... je voudrais être dans le même canot que mes enfants ! supplia Cat tandis que Chris, ayant gardé son calme, parcourait le pont du regard avec attention.

On entendait quelques cris, des femmes pleuraient, mais, au total, tout se passait dans l'ordre. Il finit par voir Carol et Linda de l'autre côté du bateau.

— Elles sont là, Cat. Regarde, en face !

— Pourrions-nous attendre nos parents ? demanda Carol. Que nous montions dans un canot ou dans un autre n'a pas d'importance, nous...

— C'est tout à fait important. Si chacun ici se met à chercher le canot de son choix, ce sera le chaos, déclara George Wallis sèchement. Montez dans ce canot, miss Carol, c'est un ordre.

— Mais mamaca...

— Je vois Chris ! Et mamaca. Nous sommes ici ! cria Linda dans la tempête comme si elle avait la moindre chance que ses parents l'entendent.

— Montez ! hurla Wallis. Bill, fais quelque chose. Si besoin est, prends-la sur ton épaule. Montez maintenant !

— Vous allez monter dans ce canot et que ça saute ! ordonna l'officier en prenant Cat par le bras.

Mais elle n'était toujours pas décidée à quitter le bateau sans ses filles. Elle savait bien sûr maintenant qu'il ne leur était rien arrivé, mais elle ne pouvait toujours pas se résoudre à les perdre de vue.

— Est-ce que les canots restent groupés ? demanda-t-elle en se disposant néanmoins à prendre place sur un des bancs.

— Nous faisons ce qu'il est possible de faire, madame !

— Nous les retrouverons de toute façon à terre, intervint Chris en aidant Cat à prendre place. Ne te fais pas de soucis !

Pendant que le treuil mettait le canot à la mer, Cat vit ses filles descendre le long de l'échelle de corde. Elle en fut rassurée. Elles n'étaient donc plus à bord. Et, si près de la côte, il ne pourrait quasiment rien arriver aux canots de sauvetage. Ils n'auraient sans doute à ramer que durant quelques minutes.

Le canot se posa sur l'eau sans trop de difficultés en dépit de la violence des vagues. Les passagers se mirent à crier quand de l'eau glacée se déversa dans le canot. Cat s'arma de patience : elle n'aurait pas à lutter contre le froid pendant des heures…

3

— Écopez ! ordonna George Wallis. Il y a des écopes sous les bancs !

Il avait été le dernier à sauter dans le canot, qui, s'éloignant, embarquait de l'eau.

— Sommes-nous encore loin de la côte ? demanda Linda tout en écopant.

Wallis qui, avec les cinq autres matelots, ramait de toutes ses forces pour échapper au tourbillon qu'allait créer le bateau en sombrant, hocha la tête.

— J'ignore où nous nous trouvons, miss. Le *General Lee* a dérivé et, à la fin, nous n'avons pas réussi à faire le point. Ce qui explique notre naufrage. Sur la voie normale, il n'y a pas de haut-fond.

— Alors comment pouvons-nous nous diriger ? s'inquiéta Carol qui n'avait jamais eu si froid de sa vie, sa robe de bal étant depuis longtemps trempée et les vagues ne cessant de jeter des paquets d'eau dans le canot.

— L'urgent, c'est de s'éloigner du bateau pour ne pas être aspiré dans le tourbillon, hurla Wallis. Après, nous attendrons que le jour se lève et que la tempête s'apaise.

— Y a-t-il des signes le laissant prévoir ? demanda Edward, l'arrogant jeune homme de Queenstown.

— Bien sûr, sir. La tempête a déjà pas mal perdu de sa force. Heureusement. En pleine tempête, nous n'aurions pas réussi à mettre les canots à la mer.

— Le jour, lui, finit toujours par se lever, plaisanta Bill qui lui aussi maniait les avirons avec ardeur. Il ne va pas tarder. On rentre les rames, George ?

Les hommes commencèrent par cesser de ramer et aidèrent les femmes à écoper. Ils virent, de loin, le *General Lee* s'enfoncer lentement dans les flots. On entendit, venant des autres canots, des cris d'horreur.

— J'espère que tout le monde a pu quitter le bateau sain et sauf, s'écria Linda.

— En fait, tout le monde a dû réussir, estima Wallis. Je ne pense pas que nous ayons subi des pertes jusqu'ici.

— Jusqu'ici ? s'effraya Carol.

— Nous ne sommes pas encore à terre, dit le jeune officier.

Enfin, le jour se leva. La tempête n'étant pas encore apaisée, le soleil ne dispensait qu'une lumière diffuse à travers un ciel gris. Le canot était toujours le jouet des vagues et la côte restait invisible. Il fallait toujours écoper, il n'y avait pas assez d'écopes et de seaux pour tous. Linda et Carol se blottissaient parfois l'une contre l'autre et, d'épuisement, s'endormaient un bref instant. La mer forte et le froid les réveillaient bien vite.

La pluie ne cessa que vers midi et, enfin, la mer s'apaisa un peu. Le canot tanguait toujours mais n'embarquait plus d'eau. On aurait désormais pu recommencer à ramer. Oui, mais dans quelle direction ? Aucune côte à perte de vue. Pas de traces non plus d'un autre canot.

— Mais… mais ils n'ont tout de même pas tous sombré ? paniqua soudain Linda.

— Non, c'est invraisemblable. Nous avons en fait tous dérivé dans des directions différentes, la rassura Wallis. Ne vous inquiétez donc pas. Nous…

— Ne pas nous inquiéter ? cria d'une voix aiguë la jeune femme d'Edward. C'est une plaisanterie ou quoi ?

Nous dérivons sans eau et sans vivres, à moitié morts de froid, en pleine mer. Nul ne sait où nous nous trouvons. Mais tout ça n'est pas grave ?

— Ce n'est pas ce que j'ai dit, Mrs Dunbar, répondit Wallis en se contenant. Notre situation est sans aucun doute sérieuse. Mais à quel point ? Cela, je ne pourrai vous le dire que lorsque j'aurai établi notre position, dit-il en prenant sous son siège une caissette en bois. Dès que la mer sera assez calme pour installer le sextant, nous saurons à quel point nous nous sommes éloignés de notre route, si la terre est proche. Dans le cas contraire, il restera à espérer que d'autres bateaux nous viennent en aide. Vous ne pouvez que prendre patience.

George Wallis procéda finalement à ces mesures en profitant de la dernière lumière du jour. Il sembla que des heures s'écoulaient jusqu'à ce que, abaissant enfin son sextant, il annonçât d'un air grave aux occupants du canot :

— Ladies et gentlemen, je dois hélas vous dire que nous nous sommes beaucoup éloignés de notre route. J'estime que nous nous trouvons à environ cent cinquante *miles* au sud-est de Campbelltown. En pleine mer donc, et à l'écart des routes maritimes habituelles…

— Et ça veut dire quoi ? demanda Dunbar sur un ton agressif.

— Nous allons tous mourir ! hurla sa femme.

Linda et Carol furent comme paralysées par la révélation : cent cinquante *miles* entre eux et l'île du Sud ! Par ce froid glacial !

— Nous allons ramer, déclara Wallis avec détermination, et prier pour que les courants et le vent soient de notre côté. Si nous arrivons à parcourir cinq *miles* à l'heure… nous pourrions toucher terre dans deux jours.

— Nous pourrions aussi fabriquer une voile, réfléchit Bill à haute voix. Ce n'est pas le tissu qui manque, dit-il en montrant les robes de bal des femmes. Quelqu'un aurait-il des aiguilles et du fil ?

La question ne se voulait pas sérieuse, mais, à la surprise générale, une des dames sortit d'un réticule de sa robe de bal un minuscule nécessaire à couture.

— Alors, je proposerais que les hommes se mettent aux avirons et les femmes au travail, dit Wallis.

— Et oublier les questions de décence, ajouta Paxton. Le mieux est que vous sacrifiez vos dessous, ladies, à condition qu'ils soient en lin et non en soie.

Les jours suivants furent un cauchemar, les naufragés souffrant du froid, de la faim et de la soif. La première nuit, la pluie avait recommencé. Les femmes se serrèrent les unes contre les autres tandis que les hommes, trempés, continuaient à ramer. Par chance, le canot placé sous la responsabilité de Wallis était occupé par des gens jeunes, vigoureux et assez optimistes, à l'exception de deux sœurs d'Auckland qui pleuraient et priaient sans arrêt et de l'héritier des Dunbar qui refusait tout effort important. Deux femmes se révélèrent couturières émérites et Bill démontra ses capacités de navigateur à voile. Quand la pluie cessa, le deuxième jour, il fut possible de hisser la voile improvisée qui s'avéra très utile par vent favorable.

Le temps ne s'améliora que le troisième jour. Le soleil se montra, si bien que les femmes, oubliant toute pudeur, purent se débarrasser de leurs jupes trempées et faire sécher sur elles leurs sous-vêtements. Ayant eu la sagesse de recueillir de l'eau de pluie dans les écopes et les seaux, les naufragés échappèrent à la mort en étanchant leur soif. Les hommes ramaient avec persévérance, en dépit de leurs mains rongées par les ampoules et l'eau salée. Au bout de quatre jours, tout le monde était épuisé. Linda et Carol sommeillaient, totalement apathiques. Les prières et les pleurs des deux autres jeunes filles avaient cédé la place à un faible gémissement. Bill n'en exigeait pas moins énergiquement des hommes qu'ils continuènt à ramer et il ne cessait d'orienter la voile afin de profiter du moindre souffle de vent. La seule lueur d'optimisme provenait du dernier relevé de Wallis.

— Nous ne sommes plus qu'à trente *miles*. Si nous tenons encore une nuit, bon, disons une nuit et une journée, nous aurons réussi.

Il était désormais possible de s'orienter, le jour en fonction du soleil, la nuit grâce aux étoiles. On gardait le cap du nord-ouest.

À l'aube du cinquième jour, Linda, s'éveillant d'un bref sommeil fiévreux, crut avoir une vision, quand, dans la brume matinale, elle aperçut des mâts et des voiles fantomatiques. Ce ne devait être qu'un rêve. Elle secoua néanmoins Carol.

— Un bateau..., murmura-t-elle. Je crois... je crois que je vois un bateau...

Une demi-heure plus tard, les femmes, enveloppées dans des couvertures, une tasse de thé bouillant à la main, étaient à bord de la goélette *Prince Albert*. George Wallis rendait compte au capitaine du naufrage du *General Lee*.

— Nous avons entendu parler de sa disparition, confirma ce dernier. Nous avons levé l'ancre de Campbelltown hier. On y attendait depuis plusieurs jours votre arrivée...

— Alors... alors, aucun canot n'est encore arrivé ? balbutia Carol. On... on n'est pas au courant du naufrage ?

— Non, miss, répondit le capitaine qui s'était aussitôt déclaré prêt à ramener les naufragés à Campbelltown. Le capitaine du port était certes inquiet, d'autant plus que sévissait une très violente tempête. J'ai été heureux de la laisser passer dans le port. Mais on ne savait encore rien de certain… Après tant de temps… eh bien, vous êtes certainement les ultimes survivants.

— Ce n'est pas obligatoirement le cas, temporisa Bill. Les autres peuvent avoir eu la même chance que nous. Il leur a peut-être fallu un peu plus de temps pour revenir. Il est d'ailleurs possible qu'un canot ait touché terre cette nuit. Il faut attendre d'être arrivés à Campbelltown avant de nous désespérer.

— Est-ce que les autres avaient le moyen de déterminer leur position ? demanda Carol. Avaient-ils eux aussi un sextant, M. Wallis ?

— Seul le capitaine avait un sextant lui aussi, avoua George. Mais… il existe d'autres moyens de s'orienter en mer. Pas si exacts, c'est vrai. Le soleil, les étoiles… On ne peut en aucun cas exclure qu'il y ait d'autres survivants.

— Mamaca s'y connaît pour ce qui est des étoiles, tenta de se réconforter Linda. Les Maoris sont d'anciens navigateurs. Et Chris…

— Chris est un fermier, Linda, il n'a jamais navigué. Et mamaca, c'est vrai qu'elle connaît les étoiles. Mais Te Ronga lui a-t-elle appris à naviguer ? Les Ngati Toa vivaient au bord d'un fleuve. Cela fait des siècles qu'ils n'ont plus vu la mer.

— Ne soyez pas si pessimiste, miss Carol. Ce n'est pas pour rien que le capitaine a confié la direction de chaque canot à un officier. Ces marins savent ce qu'ils ont à faire. Gardons courage et réjouissons-nous d'avoir sauvé notre peau. Pour le reste, on verra quand nous serons arrivés à Campbelltown.

Sur ces mots, Bill se jeta sur la soupe chaude préparée par le cuisinier du *Prince Albert*, imité par Linda et Carol malgré leur inquiétude ainsi que par tous les autres rescapés. Tous ne tardèrent pas à s'endormir, enfin au chaud et en sécurité.

Ils se réveillèrent quand le *Prince Albert* entra dans le port de Campbelltown, au sud d'une presqu'île.

— C'est la colonie la plus méridionale de la Nouvelle-Zélande, expliqua Bill.

Le jeune officier avait repris meilleure mine. Il n'avait pas fait que dormir, mais, comme George, avait profité des quelques heures de repos pour se laver et se raser. Les marins du *Prince Albert* avaient équipé d'une tenue correcte les rescapés hommes. Ayant perdu son aspect d'aventurier barbu des derniers jours, il offrit aux deux sœurs son visage amical habituel qui les réconforta davantage que ses propos rassurants.

— Peut-être que les autres canots sont déjà arrivés eux aussi, murmura Linda.

Espoir vain. Les habitants de Campbelltown apprirent avec consternation le naufrage du *General Lee*. Il n'y avait pas d'autres survivants.

4

Les habitants réservèrent aux rescapés un accueil chaleureux, leur offrant avec beaucoup de naturel des vêtements et les hébergeant. En fait, ils furent peu à profiter longtemps de cet accueil. À part Linda et Carol ainsi qu'un jeune couple ayant embarqué avec les parents de l'épouse, aucun des rescapés n'avait perdu un proche. La plupart purent donc poursuivre leur voyage dès qu'ils eurent remplacé leurs affaires personnelles disparues lors du naufrage.

Pour Linda, Carol et le jeune couple, il n'était pas question de quitter la ville avant que toutes les chances de retrouver leurs proches n'aient été épuisées. Le couple descendit dans une pension, tandis que Bill insista pour loger les deux sœurs chez une tante, une dame d'un certain âge, veuve, qui fut heureuse d'avoir de la compagnie et s'occupa d'elles avec amour. Elles passèrent les premiers jours dans un état second, comme en transe. Linda était fiévreuse, ayant pris froid sur le canot, tandis que Carol était si épuisée qu'elle passait son temps à manger et dormir. C'est Bill qui gardait le contact avec les autorités. Il était hébergé par d'autres parents et avait renoncé pour un temps à ses activités de recruteur. Il n'y avait toujours pas de traces d'autres canots de sauvetage, sans qu'on ait par ailleurs retrouvé de débris ni de cadavres. C'est ce que rapportait Bill aux deux sœurs pour leur remonter le moral.

— Comment pourrait-on retrouver quoi que ce soit ? objectait Carol. Il suffit de penser à quelle énorme distance nous avons nous-mêmes été retrouvés. Nous n'avons pas été les seuls à dériver. Et le *General Lee* était lui aussi déjà sorti de sa route. Personne ne sait donc avec exactitude où il a sombré. J'aurais dû insister pour rejoindre Cat et Chris dans leur canot. Cela aurait été possible, puisque nous les avons vus.

— J'aurais pu effectivement le faire, regretta Bill. Il nous aurait suffi de nous diriger vers le canot. Ni George ni l'autre officier n'auraient pu s'y opposer.

— Et nous serions à présent disparus comme les autres, objecta Linda qui supportait mieux que Carol l'incertitude sur le sort de sa famille, persuadée que Cat était encore en vie.

Elle n'en démordait pas :

— Je le sais, Carrie, je le sens. Si mamaca était morte, je le sentirais. C'est ma mère !

— C'est aussi la mienne !

— Bien sûr, mais c'est moi qu'elle a mis au monde. Tu connais la manière de voir des Maoris : ta famille, c'est l'ensemble de la tribu, mais tu gardes une relation particulière avec tes parents naturels. Donc, je le saurais. Il y a entre mamaca et moi un *aka*. J'ignore où est mamaca, mais je sais qu'elle n'est pas morte.

L'*aka* était pour les Maoris un lien spirituel entre deux êtres, lien qui pouvait s'étirer à l'infini mais ne se rompait pas avant la mort de l'un d'eux. Carol opina, un peu soulagée. Elle aussi croyait à l'*aka*, car un tel lien existait aussi entre elle et sa sœur. La certitude de Linda lui ayant redonné du courage, elle passa des heures au port à interroger des marins sur les possibilités d'un sauvetage, toujours accompagnée du fidèle Bill qui éprouvait des sentiments de culpabilité. C'est surtout auprès d'un ancien pêcheur de baleines qu'elle trouva une véritable source de renseignements. Il passait le plus clair de son temps dans les pubs et se plaisait en compagnie de cette jolie jeune femme.

— Eh bien, au large de Campbelltown, il y a l'île Stewart. Mais s'ils avaient réussi à s'y réfugier, ils seraient maintenant réapparus, expliqua-t-il en bourrant sa pipe.

— Nous-mêmes nous sommes retrouvés à cent cinquante *miles* au sud-est d'ici. Y aurait-il, par là, une île où ils auraient pu échouer ?

— Par là, c'est la pleine mer, dit le vieux après quelques secondes de réflexion. Mais, à deux cent cinquante *miles* d'ici, il y aurait bien les îles Auckland.

— Sont-elles habitées ?

— Non ! Il y a eu jadis une station de pêche aux phoques. Puis, un jour, il n'y a plus eu de phoques. Il s'est ensuite trouvé quelques Maoris et colons blancs pour s'y installer. Mais ils ont finalement trouvé le pays trop hostile, trop froid, trop de vent. Il n'y pousse pas grand-chose, de l'herbe, des buissons, des *ratas*.

— Et des animaux ?

— Des chèvres, des moutons, des cochons. Ça dépend des îles et de ce qui y a survécu. Nous les avions laissés exprès pour servir de nourriture aux équipages des bateaux passant à proximité. Mais aussi pour des naufragés. Il arrive de temps en temps que des gens s'y réfugient.

— C'est vrai ? s'exclama Carol. Alors… alors il vaudrait la peine d'y envoyer un bateau de secours pour vérifier s'il y a des survivants ?

— Les îles sont tout de même très loin et personne ne sait si des canots de sauvetage du *General Lee* ont pu dériver si loin. Et puis elles sont nombreuses, cinq ou six qui ont un nom et, en plus un paquet de plus petites. Et chacune a une infinité de baies et de criques. Il vous faudrait des années, petite miss !

— Et comment se fait-il qu'on y a retrouvé des rescapés ?

— Le hasard, fillette, la chance… La grâce divine… Vous avez le choix. Mais ne partez pas à la recherche des vôtres, c'est inutile. Résignez-vous. Cela me crève le cœur de vous le dire, mais je crois que vos parents ne sont plus en vie.

Carol n'en harcela pas moins à nouveau le capitaine du port et ceux des bateaux en partance, cette fois afin d'engager des recherches ciblées. En fait, les îles Auckland se trouvaient à l'écart des voies maritimes habituelles. Quel voilier irait s'aventurer en direction du pôle Sud ? Elle tenta également sa chance auprès du jeune couple, mais celui-ci, trouvant les îles trop éloignées et un succès par trop incertain, se montra non intéressé par l'entreprise.

— Et puis ma femme devra de toute façon arrêter de nourrir des espoirs insensés. Nous venons d'apprendre qu'elle est enceinte. Nous donnerons à l'enfant le nom de mon beau-père ou de ma belle-mère. Nous les garderons dans notre souvenir, mais nous n'allons pas chercher plus longtemps.

5

Finalement, Carol et Linda estimèrent qu'elles n'avaient aucune raison de rester plus longtemps à Campbelltown. Elles avaient épuisé toutes les possibilités d'apprendre quelque chose sur le sort de Chris et Cat.

Ida et Karl, à qui ils avaient écrit sitôt sauvés, de même que les Halliday qui avaient manifesté une grande compassion aux deux jeunes filles et les avaient aidées financièrement, leur conseillaient de rentrer chez elles.

Si Cat et Chris devaient finalement être retrouvés, vous l'apprendriez en quelques jours à Rata Station, avait écrit Ida. Elle était inconsolable. À l'annonce de ce malheur, elle aurait voulu pouvoir se mettre aussitôt en route pour l'île du Sud afin d'être aux côtés des filles. Cat et Chris étaient les personnes les plus importantes de leur vie, outre leurs filles bien entendu. Mais, quelque temps auparavant, Karl était parti pour Taranaki avec une délégation gouvernementale chargée, pendant plusieurs semaines, de servir d'intermédiaire entre Maoris et colons. Il était question d'obtenir de nouvelles terres pour ces derniers, si possible en accord avec les tribus. Karl espérait que tout se déroulerait de manière pacifique. Ida, en tout cas, était seule et ne pouvait informer son mari, ce qui lui interdisait de partir pour l'île du Sud et l'obligeait à se contenter de lettres pour réconforter ses filles: *Comprenez-moi, je vous en prie. Je partage votre espoir de retrouver Cat et Chris. Je souhaite de tout mon cœur qu'ils soient vivants. Mais ce ne serait être fidèle à ce qu'ils sont de laisser péricliter Rata Station. Il faut que quelqu'un s'occupe de la ferme et c'est pour l'heure l'unique chose que vous puissiez faire pour eux. Soyez fortes. Je vous aime et suis avec vous en pensée, mamida.*

Entretemps, une nouvelle année avait commencé. Janvier touchait à sa fin et le mariage de Carol aurait dû avoir lieu deux semaines plus tard, début février. Pour l'heure elle avait la tête ailleurs qu'à la fête, et Deborah Butler l'avait d'ailleurs elle-même incitée à repousser le mariage.

Les Fenroy n'étaient certes que tes parents adoptifs, mais si peu de temps après cette perte cruelle, ce serait manquer de piété de célébrer la fête comme prévu, avait-elle écrit. *J'en ai informé Oliver, bien que tu lui manques beaucoup et que ma décision le rende malheureux.*

— Sa décision ? s'indigna Carol, manifestant pour la première fois depuis longtemps une émotion sans rapport avec la recherche de Cat et Chris. Comment peut-elle se permettre de décider à notre place, Oliver et moi ?

— Elle a sans doute en tête les frais de la fête à l'hôtel White Hart, commenta Linda. Frais que notre famille devait au moins en partie couvrir, non ?

— Et alors ? Ça ne serait maintenant plus le cas ?

— Bien sûr que si ! Mais il faut que quelqu'un vire l'argent. Il faut que quelqu'un reprenne l'affaire à la place de Cat et Chris et Mrs Butler a visiblement quelques soucis à ce sujet. Et puis, ne sois pas trop agressive, Carrie ! Tu ne comptais pas te marier tout de suite quand même ? Tu ne peux pas me laisser seule avec la ferme sur le dos ! Je me demande… je me demande ce qui va maintenant se passer…, dit Linda en se mettant à pleurer, pour la première fois depuis la disparition de ses parents.

Carol la prit dans ses bras. Elle ne la comprenait que trop bien. Linda avait beau croire à la survie de Cat et Chris, elle se sentait dépassée à l'idée de devoir diriger Rata Station.

— Je ne te laisserai pas seule jusqu'à ce que tout soit réglé, la consola Carol. Je suis juste en colère contre Mrs Butler. Mamida a raison, nous devons retourner à Rata Station avant la fin de l'été. Il faut régler les problèmes du retour d'estive, du fourrage pour l'hiver…

— En sommes-nous capables, toutes seules ?

— Bien entendu ! Toi, moi et Fancy ! Et peut-être qu'Oliver nous aidera. Il n'a pas grand-chose à faire dans la ferme paternelle…

Bill Paxton était inconsolable de ne pouvoir accompagner Carol et Linda lorsqu'elles retournèrent dans les Canterbury Plains. Ayant longtemps négligé son travail, il devait maintenant s'efforcer d'enrôler des recrues. Il fit néanmoins son possible pour leur venir en aide. Comme elles se refusaient à remonter à bord d'un bateau, il organisa leur retour en compagnie d'un marchand ambulant. Bert Grisham et sa famille, des gens aimables et honnêtes, fournissaient aux fermes isolées le long de la côte des provisions et des objets de luxe. Voyageant dans deux charrettes et achetant leurs marchandises à Dunedin, Oamaru et Timaru, ils se livraient à ce commerce depuis des années.

Ce fut un voyage interminable. Jamais les Grisham ne roulaient plus de cinq à dix *miles* par jour. De plus, ils passaient presque autant de temps dans les cuisines des fermiers à échanger des nouvelles que sur les routes. Au bout de trois jours, c'en fut trop pour Carol. Ne faisant ni une ni deux, elle demanda deux chevaux à la halte suivante !

— Deux jeunes dames seules sur la grand-route ! Vous n'y pensez pas ! C'est dangereux et indécent, s'écrièrent en chœur les fermiers et les Grisham.

— Le lieutenant Paxton vous a confiées à notre garde ! protestèrent les seconds.

— Quel danger pouvons-nous donc courir ? répliqua Carol. Et le lieutenant ne dispose d'aucun pouvoir légal à notre égard, il n'est ni de notre famille, ni fiancé à l'une de nous deux. Ce fut très gentil de sa part de se soucier de nous, mais maintenant nous nous prenons en main. Vendez-nous donc deux chevaux, M. Baker, sinon nous devrons nous en procurer ailleurs. À Dunedin, il se trouvera bien un marchand, mais cela nous fera perdre un temps précieux.

Le fermier finit par se séparer de deux jeunes hongres. Linda et Carol laissèrent tout leur argent liquide dans l'opération. Mais elles s'en soucièrent peu, sachant qu'à Dunedin il y avait un poste télégraphique qui leur permettrait de demander à Ida l'argent nécessaire au reste du voyage. En attendant, elles laisseraient chez un prêteur sur gages le médaillon de Linda.

— Nous le reprendrons dans deux ou trois jours, déclara-t-elle au prêteur. J'y tiens absolument.

La coquette somme ainsi obtenue leur permit d'organiser leur séjour à Dunedin. Si les pensions refusèrent d'accepter deux dames voyageant seules, le meilleur hôtel de la ville, le plus cher, leur loua des chambres sans leçon de morale. C'est ainsi qu'elles apprirent qu'à partir d'une certaine fortune on acceptait que les femmes soient indépendantes.

Quand elles purent enfin reprendre leur route, elles chevauchèrent côte à côte, muettes le plus souvent, chacune plongée dans ses propres pensées, sans un regard pour le paysage. Pour l'heure, tout était à leurs yeux recouvert d'un voile gris. Leur seul désir était d'arriver le plus tôt possible à Rata Station.

Il leur fallut trois semaines éprouvantes pour enfin atteindre leur ferme. Elles n'eurent alors pas le temps de s'abandonner à leur chagrin. Certes, il n'y avait pas grand-chose à faire dans la ferme en plein été. Mais plus de deux mois sans direction n'étaient pas restés sans conséquences. Carol dut affirmer son autorité face au contremaître, Patrick Colderell, qui, après l'annonce de la disparition des patrons, avait mis en application ses propres conceptions de l'élevage. Elle le congédia sans plus de procès. Ce qui n'alla pas sans problèmes, l'homme disant qu'en dehors de Chris Fenroy personne n'avait ici le pouvoir de le remercier et qu'au demeurant il était indispensable.

— Personne ici n'est indispensable, M. Colderell, répondit-elle. Comme vous le voyez, nous devons pour l'heure faire sans M. Chris et miss Cat. Si vous voulez néanmoins continuer à travailler à Rata Station, je vous en prie, personne ne vous en empêchera. Mais personne n'obéira à vos ordres et je ne vous payerai pas. Vous auriez donc intérêt à trouver un autre emploi.

Finalement, deux gardiens se joignirent à lui et démissionnèrent. Les autres, dont beaucoup avaient des années durant travaillé pour Cat et Chris, restèrent. C'est à Linda qu'échut le pensum de s'expliquer avec Jane. La première chose que les deux sœurs avaient découverte à leur arrivée, c'étaient les moutons de Jane broutant sur les prairies de Rata Station. Te Haitara s'en excusa en expliquant que Colderell et ses hommes n'avaient pas chassé les bêtes.

— Et il ne vous est pas non plus venu à l'esprit de rappeler Colderell à ses devoirs ? s'était étonnée Linda.

Je suis déçue, *ariki*. Chris aurait souhaité avoir des amis et des voisins plus fidèles.

Te Haitara fit amende honorable en fournissant des remplaçants pour les trois gardiens démissionnaires. Jane piqua une colère noire, mais les trois Maoris, heureux d'échapper à la férule de Jane, se montrèrent parfaits, ne laissant s'exprimer aucune protestation contre la participation de Carol et de Linda à la descente d'estive. Du fait de leurs traditions maories et de leurs vingt ans passés sous la coupe de Jane, il était naturel pour eux d'être aux ordres d'une femme. Seuls les voisins blancs s'irritèrent de voir Linda et Carol prendre la direction de la ferme.

— Il est certain que quelqu'un doit prendre les décisions…, jugea Deborah Butler venue rendre visite aux deux jeunes femmes sous le prétexte de leur présenter ses condoléances, mais en réalité afin de faire subir un examen à sa future belle-fille. J'ai toute la compréhension du monde pour votre courage, vous et votre sœur, à prendre en charge ces tâches pénibles. Mais il m'est venu aux oreilles que votre comportement, ce faisant, n'est pas toujours celui d'une dame, ma chère Carol. Et je regrette de constater que cette appréciation est fondée ! Déjà, la tenue dans laquelle vous vous montrez, mon enfant…

Les sœurs n'avaient pas eu le temps de se changer. Carol n'aurait d'ailleurs pas consenti de grands efforts si elle avait été avertie de la visite. Tout était devenu assez indifférent aux deux sœurs, à l'exception de ce qui concernait l'exécution immédiate des travaux de la ferme. Elles y consacraient toute leur énergie et n'avaient ni le temps ni la force de réfléchir et de s'abandonner à leur chagrin. Alors, se friser les cheveux ou choisir une tenue « adaptée aux circonstances », comme l'exigea Deborah d'un air pincé, n'était pas à l'ordre du jour !

Linda réfuta avec vigueur toute idée de porter le deuil.

— Catherine Rata et Chris Fenroy sont en vie! asséna-t-elle d'un ton tranchant à la future belle-mère de Carol. Mamaca et Chris ont disparu, mais nous n'avons aucune preuve de leur décès. Et maintenant je dois prendre congé, Mrs Butler, je dois préparer un transport de moutons. Je vais inspecter les charrettes, Carol, je crois que quelques-unes doivent être réparées. Toi, bien sûr, tu dois tenir compagnie à Mrs Butler. Mrs Butler, veuillez m'excuser.

Carol suivit sa sœur des yeux avec un air de grand respect. Linda devenait de jour en jour plus efficace. C'était d'ailleurs nécessaire si elle devait un jour reprendre seule l'exploitation, elle-même n'ayant pas renoncé à ses projets de mariage. Elle avait oublié Bill sitôt qu'elle avait revu Oliver. Elle n'était pas tombée amoureuse du jeune lieutenant, mais la cour obstinée quoique discrète qu'il lui avait faite, son engagement pour elles l'avaient impressionnée. Elle l'avait d'ailleurs autorisé à l'embrasser sur la joue lors de leur séparation. Il avait le droit de lui écrire.

Mais le premier baiser d'Oliver fit pâlir l'image de Bill. Elle éprouvait pour Oliver un profond attachement qui, seul, la tirait de sa sombre humeur. L'espoir de le voir les aider à la ferme ne se réalisa pourtant pas. Deborah interdit à son fils de passer la nuit, sans la surveillance de parents, dans une ferme dirigée par deux jeunes femmes célibataires.

— Ici, c'est moi qui surveille, dit Carol, amère, quand il lui fit part des objections de sa mère. Dis-lui que je suis aussi attachée qu'elle à ma bonne réputation. Tu pourrais par exemple dormir dans les logements des gardiens ou dans le village maori. Tu ne serais pas seul. Tu aurais une foule de gens pouvant témoigner que tu ne t'es pas glissé dans ma chambre.

La tête que fit alors Oliver aurait persuadé tout spectateur de la scène qu'il se serait bien plus volontiers glissé dans sa chambre que travailler toute une journée pour elle. Carol n'en remarqua rien. Elle s'efforça de ne pas montrer son mécontentement quand il lui exposa ses propres arguments.

— Je ne peux pas t'aider, Carol, comprends-le. Déjà dormir ici… De quoi aurais-je l'air si je dormais chez les domestiques ! Ce n'est d'ailleurs pas ma ferme. Les gardiens refuseraient d'obéir à mes ordres.

— Les ordres, c'est moi qui les donne !

— Et moi, je devrais me soumettre à ton commandement ? explosa-t-il, indigné. Moi, ton futur mari ? Impossible, Carol, je serais la risée des gens. Personne ne me prendrait plus au sérieux, pas même dans ma propre ferme.

— De toute façon, personne ne l'y prend au sérieux, trancha Linda plus tard.

Avant le naufrage, elle n'avait critiqué qu'avec précaution le fiancé de Carol et sa famille. Elle avait changé de ton. Contrairement aux Deans et aux Redwood qui avaient offert leur aide avec chaleur et exprimé avec tact leur compassion pour la perte des deux sœurs, les Butler s'étaient complu dans le dénigrement. Le capitaine s'était plaint de ce que son bélier ne lui ait pas encore été rendu. Bien que subodorant que Cat avait en réalité acheté la bête, Linda avait aussitôt chargé Oliver de ramener le bélier chez lui après cet entretien désagréable avec Carol. Elle espérait bien qu'il passerait de longues heures en chemin et que l'animal rétif lui échapperait sur les terres des Redwood, ce qui, aux yeux des éleveurs, serait bien plus compromettant que le fait de passer quelques nuits dans les logements des gardiens.

6

Linda et Carol avaient souvent participé à la descente d'estive, Linda aidant Cat et Ida à assurer l'alimentation des gardiens et à surveiller les bêtes déjà rassemblées, Carol assistant Chris et Karl dans la recherche des troupeaux dispersés. Ayant à assumer désormais seules cette tâche, elles réussirent donc à en venir à bout sans grandes difficultés, d'autant plus aisément que Jane et Te Haitara leur avaient envoyé d'autres aides. Il était de tradition que Rata Station et Maori Station organisent la descente d'estive en commun et ne trient les bêtes qu'une fois celles-ci revenues dans la plaine. Les deux sœurs notèrent avec reconnaissance la présence de plusieurs femmes parmi ces renforts, soulagées de n'être pas seules au milieu de tant d'hommes.

Elles partageaient, la nuit, une charrette bâchée avec deux jeunes Maories, deux couples montant leur tente à proximité. Même Deborah ne pourrait trouver trace d'une quelconque inconvenance au cours de l'opération. En dépit de la dureté de la tâche, l'estive avait ses bons moments, les chevauchées au travers d'un paysage accidenté, sauvage, avec ses vallées secrètes, ses lacs enchanteurs où se reflétaient les sommets enneigés, des ruisseaux poissonneux à l'eau limpide. Linda, Carol et Mara avaient aimé ces heures de découverte. Parfois, Cat partait avec elles, leur montrant des sanctuaires maoris cachés, leur racontant les histoires qu'elle tenait de sa mère adoptive Te Ronga, leur apprenant à chanter des *karakias* et à sentir la présence des esprits. Le soir, autour du feu, Cat évoquait les légendes attachées aux montagnes, chaque sommet ayant pour les Maoris une personnalité, et des rapports, amicaux ou non, avec d'autres sommets, leurs dieux ou leurs esprits. Souvent aussi, les gardiens irlandais et écossais faisaient partager leurs contes et leurs chants traditionnels. La nuit, les filles contemplaient le ciel et ses étoiles dont elles apprenaient le nom.

Cette année, ces souvenirs avaient le goût de l'amertume pour Carol et Linda. Elles se retiraient dans leur charrette alors que les bouteilles de whisky passaient encore de main en main autour du feu de camp. Elles dormaient parfois enlacées comme elles le faisaient durant leur enfance. Le jour, elles ne laissaient rien paraître de leur désarroi. C'était Linda qui donnait les ordres, Carol les respectant de manière ostentatoire même en cas de désaccord entre elles. Les hommes peu à peu l'acceptèrent pour chef, reconnaissant son ardeur au travail et constatant que tout se déroulait de manière harmonieuse sous sa direction.

Au bout de dix jours dans les montagnes, le retour à la ferme se fit à la satisfaction générale. Les moutons avaient très bien supporté leur long séjour en altitude, les brebis et les agneaux étaient florissants, avec une toison magnifique. Les pertes avaient été minimes. Mais ce n'était pas encore l'heure du repos, il fallait trier les bêtes et ensuite les nourrir et les garder dans les pâturages tout l'hiver, l'herbe poussant dans les Canterbury Plains même durant la mauvaise saison. Une bonne utilisation des pacages permettait de réduire fortement l'alimentation en fourrage, mais obligeait à déplacer fréquemment les bêtes, parfois à les ramener à la ferme quand il pleuvait fort, afin d'éviter qu'elles ne piétinent l'herbe. Les gardiens et les chiens de berger étaient donc très sollicités. Carol était dehors avec Fancy la journée entière et élevait de surcroît dix petits chiots que cette dernière venait de mettre au monde.

En juin, Ida et Karl réussirent enfin à venir à Rata Station et se montrèrent enthousiasmés par l'état florissant de la ferme. Linda tomba en larmes dans les bras d'Ida en dépit de sa conviction persistante que Cat et Chris étaient en vie. Karl évoqua les événements inquiétants opposant Maoris et *pakehas* sur l'île du Nord. Le mouvement hauhau avait le vent en poupe et, en dépit des protestations de paix et d'amour de son chef, Te Ua Haumene, il se produisait sans cesse des exactions quand ses partisans entraient en transe.

— Ils ont inventé un rituel particulier. Jadis déjà, nous en avions eu un premier aperçu chez les Ngati Hine, mais cela s'est encore aggravé : ils plantent un poteau qu'ils appellent *niu* et autour duquel ils dansent et courent des heures durant, en scandant des bribes de mots incompréhensibles et en invoquant l'esprit de Dieu. Cela est censé les rendre invulnérables et, effectivement, ils combattent comme des tigres. Bien entendu, ils sont tout de même frappés par les balles des soldats quand on en arrive là, ce qui n'est pas toujours le cas, les Hauhau préférant attaquer des fermes isolées, les piller et massacrer les habitants. Votre ami Bill n'a pas tort.

Linda et Carol avaient évoqué Bill Paxton et son recrutement de militaires et étaient en souci pour lui qui, dans une dernière lettre, avait annoncé qu'il serait affecté de nouveau sur l'île du Nord.

— Il parlait de guerre, observa Carol.

— On ne tardera pas à en être là, répondit Karl.

Karl et Ida rendirent aussi visite aux Butler afin de fixer une nouvelle date pour le mariage. Oliver désirait se marier le plus tôt possible, Carol préférant attendre la fin de la tonte et le départ pour l'estive.

— C'est bien mieux en été, répondit-elle à son fiancé qui trouvait insupportable d'attendre encore six mois ou plus.

Proposition qui, en revanche, rencontra l'approbation des parents.

— D'ici là, remarqua le capitaine, la situation à Rata Station sera éclaircie.

— Que voulez-vous dire ? s'emporta Linda.

— On ne pourra déclarer que Christopher Fenroy et Catherine Rata sont morts qu'un an après leur disparition.

— Ils ne sont pas morts !

— Mon enfant, même si vous n'acceptez pas de vous rendre à la réalité…, commença Deborah.

— Cela n'a rien à voir avec une acceptation ou non, s'emporta à nouveau Linda. Je sais qu'ils vivent. Il n'y a pas lieu de déclarer quoi que ce soit.

— Il y a matière à discussion à ce sujet, il convient tout de même d'éclaircir les questions d'héritage, observa d'un ton sec le capitaine.

— Carol bénéficiera de sa dot comme prévu, assura Karl tout aussi sèchement. Ne vous faites pas de soucis. Et sinon…

Il s'abstint de préciser que les affaires de Rata Station ne regardaient pas les Butler. Cela n'empêcha pas la rencontre de se terminer sur un désaccord.

— Je ne peux pas souffrir cette Deborah Butler, s'énerva Ida sur le chemin du retour. Et le capitaine regarde l'héritage de Rata Station comme un chat regarde une souris. Il est vraisemblable qu'il envisage de poursuivre Linda en justice en ton nom, Carol. Tu veux vraiment épouser ce garçon ?

— J'aime Oliver, mamida ! et, comme tu le dis toujours, c'est lui que j'épouse, pas ses parents. Jamais Oliver ne traînerait Linda devant un tribunal. Et surtout pas en mon nom !

— Nous serons alors obligés de veiller à ce que le contrat de mariage prévoie tout ça, dit Karl d'un ton résigné. Ne m'incendie pas, Linda ! Moi non plus, je ne peux croire à la mort de Cat et Chris. Mais Butler n'a pas tort : la situation juridique n'est pas claire, il peut y avoir des problèmes.

L'hiver s'écoula sans événements particuliers. Linda et Carol travaillaient toujours dur, Linda surtout qui voulait renforcer sa position à la ferme. À vrai dire, elle préférait s'occuper dans la maison et dans les étables qu'à l'extérieur, à garder et déplacer les bêtes, à éduquer les chevaux et les chiens. Elle voulait être partout à la fois. Quand enfin vint le printemps, la jeune femme était à bout de forces.

— Quand je pense que je vais à présent cuisiner pour les tondeurs, veiller à ce qu'ils se sentent bien et me rendre dans les hangars à tonte le plus souvent possible…, soupira-t-elle, un jeune Maori venant d'annoncer l'arrivée de la colonne des tondeurs. On aura cette année à coup sûr un résultat record. Les moutons sont magnifiques. Je n'ai qu'un désir : que la tonte soit enfin derrière moi.

— En été, ce sera plus calme, la réconforta Carol, omettant de dire qu'il faudrait, jusque-là, encore supporter l'anniversaire de la disparition de Cat et de Chris. En outre, elle se marierait en mars, la date ayant enfin été fixée, si bien que Linda se retrouverait seule.

Mais elles n'eurent pas le loisir de se lamenter plus longtemps, car se firent entendre des bruits de sabots et des cris joyeux. Des hommes descendaient de selle dans la cour où entraient maintenant des charrettes. La brigade de douze tondeurs, des hommes jeunes, pleins de force et fiers de leur savoir-faire, prenait d'assaut Rata Station.

Elles sortirent afin d'accueillir la troupe et récoltèrent maints compliments sur leur beauté, des exclamations de surprise à la vue de Fancy et de ses chiots. Linda offrit du whisky, s'efforçant de sourire, quand soudain son regard tomba sur un visage connu. Elle crut d'abord à une hallucination. Ce sourire sympathique et plein d'assurance, ces rides autour de la bouche rieuse, les dents d'une blancheur éclatante et les cheveux noirs et bouclés, tout cela pouvait appartenir à quelqu'un d'autre, mais les yeux bleu clair qui l'ensorcelèrent aussitôt appartenaient à Joe Fitzpatrick.

— F… Fitz ? dit-elle, oubliant que lors de leur dernière rencontre elle appelait le jeune homme M. Fitzpatrick.

— Miss Linda ! s'exclama Fitz, rayonnant. Ça vous en bouche un coin, hein ? Je peux juste espérer que c'est une heureuse surprise. Ou bien m'en voulez-vous d'avoir jadis disparu si soudainement ?

— Eh bien… bien sûr que non, M. Fitzpatrick. Et ce n'était pas votre faute, bafouilla-t-elle.

— Les avis sont partagés sur ce point. Les types du club ont estimé que je n'avais pas le droit d'utiliser un canot du club pour faire un tour avec la plus belle fille du monde.

— Oh non ! s'exclama Linda, rougissante. Alors c'était moi la fautive…

— Allons donc ! Je n'étais de toute façon pas satisfait. Ces arrogants n'appréciaient pas mes efforts à leur juste valeur. Alors que j'aurais pu amener leur « huit » au niveau international. Je leur avais proposé d'entraîner leurs rameurs, pas de repeindre leurs bateaux. Perdre ce job n'était pas grave. Ce n'est que pour vous que je serais volontiers resté un peu plus longtemps, miss Linda. J'aurais attendu que vous repassiez à nouveau. Une semaine plus tard peut-être, sous le prétexte d'accompagner à son bateau votre oncle spécialiste de la Bible.

— Je… qu'est-ce qui… qu'est-ce qui vous fait dire ça ? murmura-t-elle, rougissant à nouveau d'avoir ainsi été percée à jour. C'est exact, je suis allée à Christchurch avec ma mère. Mais je…

— Ne parlons plus de cela, miss Linda, dit-il avec chaleur. C'est le passé. Parlons plutôt d'aujourd'hui. Je…

Elle sut qu'il allait évoquer Cat et Chris et, sans plus de précautions de langage qu'autrefois, aborder un sujet sensible. Mais elle ne put lui en vouloir. Au contraire. Elle allait sans doute tout lui raconter, peut-être même plus qu'à Ida et Karl, lui livrer ses sentiments plus qu'elle ne le faisait avec Carol. Elle brûlait d'envie de tout lui dire, de sentir son attention, sa compassion, sa compréhension.

Mais elle n'en avait pas le temps. Il lui fallait s'occuper des autres tondeurs. Elle tenta de se libérer de cet envoûtement.

— Au fait, comment êtes-vous arrivé jusqu'ici, M. Fitzpatrick ? Vous faites partie de la brigade ? Alors, c'est que vous êtes bon aussi pour débarrasser les moutons de leur toison ? C'est à Oxford que vous l'avez appris ?

— Non, dit-il en riant, c'est quelque chose que j'ai en quelque sorte acquis encore au sein de ma mère. J'ai bien sûr fait des études mais je viens d'une ferme. Chevaux… moutons… je connais tout ça !

— Alors vous allez participer à notre concours ! Nous accordons une prime, chaque année, au tondeur le plus rapide. Puis nous fêterons l'événement…

Le sourire déjà un peu contraint de Linda s'effaça.

— Bien que vous n'ayez guère le cœur à la fête, dit Fitz soudain sérieux à son tour. Je suis au courant du naufrage, miss Linda. Mais cela ne signifie pas obligatoirement le pire. Il arrive qu'on retrouve des survivants après plusieurs mois, voire des années.

Linda sentit un grand poids l'abandonner. Aucun de ceux qui avaient entendu parler de sa perte n'avait réagi avec autant d'optimisme. Ses défenses en elle se brisèrent.

— Moi aussi, je veux le croire, chuchota-t-elle. Mais c'est souvent très dur…, ajouta-t-elle en baissant la tête.

Joe, avec douceur, lui releva le menton d'un doigt.

— C'est nous-mêmes qui rendons les choses dures ou non, dit-il d'un ton amical. Regardez un peu autour de vous ! Nous sommes dans un endroit magnifique, la journée est radieuse et le soleil brille.

Linda le regarda dans les yeux et les ombres qui assombrissaient le monde à ses yeux depuis le naufrage se dissipèrent. Elle vit à nouveau les fleurs rouges des buissons de *rata*, le ciel bleu et la neige des sommets au loin. Elle eut pour Fitz son premier sourire véritable, non contraint, depuis la disparition de Cat et Chris.

— Vous avez raison !

— J'ai toujours raison !

7

Si Linda eut la conviction que c'était le Ciel qui lui avait envoyé Fitz, cela n'avait chez elle rien de romantique car elle n'était pas folle amoureuse de lui, mais parce qu'il lui facilitait l'existence. Pour cet homme, il n'existait pas de problème qui n'eût sa solution.

Ce qui se vérifia dès le premier jour. Les tondeurs avaient été répartis dans les hangars et Linda eut très vite le sentiment d'être coupée en deux. La tradition voulait qu'elle en surveille un, alors que, dans la cuisine, les ingrédients du ragoût du soir destiné aux hommes attendaient ses bons soins. Ayant estimé que les moutons avaient la priorité, elle passa la journée dans son hangar. Le soir, rentrant épuisée chez elle, elle faillit tomber en larmes. Carol et elle se retrouvaient devant des monceaux de légumes et de viandes à préparer, faire cuire et servir. Et sans perdre une seconde car, le travail fini, les hommes avaient pour habitude de ne se laver que sommairement afin de manger sans attendre. Fitz la trouva dans la cuisine en train d'éplucher de premiers légumes.

— Miss Linda, je me demandais où vous étiez passée. Je comptais m'asseoir un moment avec vous devant un feu et parler du bon vieux temps. Et je vous trouve où ? De nouveau en plein travail. Est-ce que je peux vous aider ?

— Si vous savez peler les pommes de terre, oui… Carol sera là dans un instant, elle est encore dans les enclos.

— Mais c'est avec plaisir ! dit-il en même temps qu'il épluchait une patate douce avec son couteau de poche en moins de temps qu'il n'en faut pour le dire. Mais il vous restera encore à laver les légumes, non ? Et, épuisée comme vous devez l'être, vous vous endormirez avant d'avoir fini. Non, nous allons nous y prendre autrement. Vous avez des palmiers au jardin ?

Peu de temps après, il avait mis la viande, les pommes de terre et les patates douces dans des paniers qu'il porta jusqu'aux feux que les gardiens de la ferme et les tondeurs avaient allumés en vue de la soirée en plein air.

— Hé les gars ! Écoutez-moi ! cria-t-il, debout sur une botte de foin. Miss Linda a prévu pour nous, ce soir, une surprise : un barbecue maori ! Comment appelle-t-on ça déjà ? Ah oui, un *hangi* ! Au boulot, les gars, on a besoin de votre aide. Il faut ramasser des feuilles de palmier, des feuilles de *raupo* peuvent aussi faire l'affaire. Quatre personnes par feu !

Linda resta interdite. Il n'y avait pas, dans les Canterbury Plains, d'activité volcanique nécessaire au fonctionnement des fosses de cuisson ! Comment allait-on s'y prendre ? Fitz, lui, toujours flegmatique, regardait ses compagnons avec un large sourire ravi comme si se préparait quelque chose de tout à fait spécial, une fête originale. Pendant que les hommes étaient partis en quête de feuilles, il entretint et nourrit les feux jusqu'à obtenir assez de cendres incandescentes. Puis il enveloppa les morceaux de viande dans les feuilles que les gars rapportaient, les assaisonnant d'un mélange d'épices à sa façon, montrant aux hommes comment déposer ensuite les paquets sur le feu éteint et les recouvrir de cendre chaude. Il procéda de même avec les légumes, fournissant une quantité d'explications plus ou moins fantaisistes qu'il disait tenir de Catherine Rata, qui avait vécu de nombreuses années au sein d'une tribu comme chacun, ici, le savait.

Linda le regardait agir, muette et stupéfaite. Ce que Fitz préparait n'avait pas le moindre rapport avec la cuisine maorie. En revanche, Karl, dans sa jeunesse au Mecklembourg, avait déjà, lors de la récolte de pommes de terre, allumé un feu afin de brûler les feuilles et les tiges avant de jeter quelques tubercules dans la cendre chaude. Lui et Ida l'avaient quelquefois raconté à leurs enfants et cette tradition appartenait à leurs souvenirs d'enfance.

Les tondeurs qui connaissaient eux aussi cette tradition gardèrent le silence : pourquoi cette manière de cuire les légumes aurait-elle été inconnue des Maoris ? Et puis l'idée de préparer la viande dans des feuilles était tout de même originale. Linda espéra qu'elle porterait ses fruits. Fitz était sûr de lui. Il alla jusqu'à arroser de bière et de whisky des morceaux d'agneau, évoquant des esprits du feu dont on s'attirait ainsi les faveurs.

— Ce sont eux qui, alors, rendent la nourriture savoureuse et digeste. On chante aussi, à l'occasion du *hangi*, des chants spéciaux, des *karakias*, n'est-ce pas, miss Linda ?

Les hommes, qui avaient déjà fait honneur au whisky dans l'attente du festin, entonnèrent des chansons à boire anglaises et irlandaises. La viande finit par arriver sur la table ainsi que les légumes. Tout n'était pas d'une cuisson parfaite, loin s'en fallait, viande brûlée au-dehors et quasi crue à l'intérieur, mais personne ne s'en formalisa. Fitz, d'ailleurs, indiqua que telle était la recette.

— Les Indiens d'Amérique font brûler certains bois et mélangent les cendres avec du sirop d'érable, affirma-t-il sans rire. Il paraît que c'est très sain et fort nourrissant.

Éméchés et de bonne humeur, les hommes entreprirent ensuite de se barbouiller de cendre et d'ainsi se tatouer à la maorie, selon leurs dires. Le repas tourna à la fête à laquelle Linda et Carol assistèrent, à la fois étonnées et réconfortées. Carol qui buvait de temps à autre volontiers une gorgée de whisky ne refusa pas la bouteille qu'on lui tendait. Linda, elle, n'aimait pas cet alcool fort.

Fitz, préoccupé, la regarda laisser passer la bouteille pour la troisième fois sans la toucher.

— Vous devriez boire un coup, miss Linda. Vous êtes si sérieuse, si tendue. Ce n'est pas bon pour vous. Il est bien normal que vous soyez en souci pour miss Cat et M. Chris, mais miss Cat n'aimerait pas vous voir si malheureuse.

— Je n'aime pas le whisky, il me rend malade. Mais je bois assez volontiers un peu de vin.

— À la bonne heure ! Cela convient d'ailleurs bien mieux à une lady. Mais où le prendre sans le voler ? Auriez-vous ici des provisions secrètes ?

Linda hésita. Cat avait toujours en réserve quelques bonnes bouteilles, mais ni elle ni Carol n'avaient envisagé de s'en servir un jour.

— Le voler… ce serait possible…

Quand il fut mis au courant des réserves de vin de Cat, Fitz tomba des nues.

— Mais ce n'est pas du vol, miss Linda. Vous ne parlez pas de vol quand vous récoltez les patates douces de miss Cat. Non, non, miss Linda, vous n'avez pas à avoir mauvaise conscience. Prenons donc une bouteille et vous boirez un verre à la santé de miss Catherine.

Si elle n'était pas à l'aise quand elle alla chercher la bouteille, elle ne put ensuite s'empêcher de rire quand Fitz l'ouvrit avec la mine blasée d'un sommelier, renifla d'un air professionnel et eut quelques mots d'approbation où il était question de robe et de bouquet. Elle se sentit le cœur plus léger dès la première gorgée et quand, fatiguée mais libérée de ses soucis, elle se mit au lit, elle dormit sans cauchemar et sans être réveillée, au petit matin, par de sinistres pensées.

Le lendemain, Fitz aida à faire cuire du jambon et des œufs, prenant possession de la cuisine de la maison en pierres comme un chef professionnel.

— J'ai déjà été cuisinier, déclara-t-il en riant. J'avais un café, à Oxford.

— Je croyais que vous ramiez, à Oxford, rétorqua Carol, impressionnée malgré elle.

La mise en scène du barbecue lui était parue outrancière et prétentieuse et elle avait été irritée de le voir persuader Linda d'ouvrir une bouteille de vin. Pour Cat, sa réserve de vin était sacrée et Linda aurait au moins dû la consulter avant de l'ouvrir. Mais, ce matin, Fitz se rendait utile, sans discussion possible.

— Vous n'étudiiez donc pas ? demanda Linda.

— Ma foi, l'un et l'autre n'excluent pas le troisième, éluda-t-il avec son sourire habituel. Asseyez-vous donc, miss Carol et miss Linda, et mangez quelques œufs. Vous allez bientôt devoir faire vos preuves dans les hangars. Pour ce qui est de la cuisine, ne vous en souciez pas, c'est mon truc !

Finalement, elles prirent le petit déjeuner en compagnie des hommes, mais l'enthousiasme de Carol pour Fitz faiblit un peu quand elle dut passer une heure à ranger et nettoyer la cuisine avant de rejoindre son poste dans son hangar. Elle eut le temps, dehors, de jeter un œil sur ce diable d'homme en train de manier les ciseaux. Avec une grande habileté. Il n'était certes pas le plus rapide des tondeurs mais il entretenait la bonne humeur par ses plaisanteries et ses remarques, ce qui ne plaisait pas au contremaître qui le gourmandait de temps en temps, mais les critiques semblaient rebondir sur lui.

Il se fit encore remarquer vers midi quand la jument de Linda perdit un fer. Le seul gardien de Rata Station capable de ferrer était précisément parti dans un herbage lointain afin de ramener un troupeau. Linda était furieuse, car il lui fallait soit faire chercher cet homme et perdre du temps, soit rentrer Brianna à l'écurie et seller un autre cheval, quand Fitz s'aperçut de l'incident.

— Si vous me trouvez des clous et un marteau, je remettrai le fer, proposa-t-il.

Il y avait justement un petit équipement de maréchal-ferrant dans un hangar. Après avoir calmé Brianna par quelques mots amicaux, Fitz serra le sabot entre ses jambes et recloua le fer avec assurance.

— Et voilà, dit-il, c'est comme neuf ! Ce n'est pas parfait, mais ça devrait tenir une journée.

— C'est… c'est encore à Oxford que vous avez appris ça ? s'étonna Linda.

— Non, en Irlande, mon oncle était forgeron. Je suis heureux d'avoir pu vous être utile, expliqua-t-il avant de se remettre à tondre.

Le soir, Linda raconta avec enthousiasme l'incident à Carol qui se montra beaucoup moins impressionnée.

— J'aurais pu faire aussi bien, estima-t-elle après être allée jeter un œil sur le sabot. Robby devra arranger tout ça. Et puis ce matin, j'ai passé quelques heures à nettoyer la cuisine. J'aurais tout aussi bien pu cuire les œufs moi-même.

— Au moins, lui, il fait quelque chose, répliqua Linda, vexée.

Elle s'expliqua la sévérité des commentaires de sa sœur par la mauvaise humeur qui l'habitait depuis l'après-midi : Oliver était venu demander quand la colonne de tondeurs arriverait à Butler Station. Occupée à la tonte, Carol n'avait pu lui consacrer un long moment. Bon cavalier, il aurait pu rendre de grands services en menant les moutons à la tonte. Mais l'idée ne lui en était pas venue et il était reparti chez lui fort mécontent du peu d'attention qu'elle lui avait accordé.

Les jours suivants, l'enthousiasme de Linda pour Fitz intrigua de plus en plus Carol qui se mit à observer le jeune homme et finit par interroger à son sujet le chef de la colonne. Elle relata à sa sœur le fruit de ses investigations.

— Son chef n'est pas très satisfait de lui, il n'est pas parmi les plus assidus. Il parle plus qu'il ne tond et distrait ainsi les autres de leur travail.

— Pas parmi les plus assidus ? Mais il a terminé troisième du concours d'hier !

— Il ne fait pas de doute que, quand il le veut, il est capable. Et la compétition le stimule. Il a ramé comme un fou, rappelle-toi, quand cela lui a paru important. Cet homme est un joueur.

Effectivement, Fitz excellait aux cartes. Les tondeurs jouaient au poker, le soir, avec les gardiens. Le troisième jour, Fitz délesta ainsi deux gardiens maoris de l'équivalent d'un mois de salaire. Ils se plaignirent auprès de Te Haitara qui, lui, se tourna vers Linda. À contrecœur, elle admonesta Fitz.

— Les Maoris ne connaissent pas les jeux et nous ne les autorisons pas. Du moins aucun de ceux dont les mises dépassent quelques pence. Ces hommes ont été désemparés de vous devoir soudain dix livres !

— J'ai gagné cet argent sans tricher, dit-il avant de baisser le ton. Excusez-moi, miss Lindie…

Quand ils étaient seuls, il employait désormais ce diminutif familier, ce qui la gênait un peu. Mais, par ailleurs, elle l'appelait bien Fitz, son surnom. En outre, cela ne lui déplaisait pas vraiment, à condition qu'il garde, comme il le faisait, les formes en présence de Carol et des autres.

— Je ne voulais pas créer de problèmes. Je les rembourserai, naturellement.

— C'est… c'est très aimable de votre part, murmura-t-elle, soulagée. Vous comprenez, nous avons de bons rapports avec les Maoris et je ne voudrais pas qu'ils s'enveniment, je…

— Je ne voudrais pas faire quoi que ce soit susceptible de vous gâcher la vie, miss Lindie, dit-il d'un ton grave, la regardant droit dans les yeux. Au contraire. Je ne vous veux que du bien. Dites-moi en quoi je peux vous être utile.

— Je voudrais qu'il reste.

Des odeurs de grillades embaumaient la cour tandis que Linda et Carol sortaient de la cuisine, chargées de plats de légumes et de corbeilles pleines de pain qu'elles portaient aux tables où les tondeurs prenaient leur repas, un festin de fête qui terminait dignement la tonte. La colonne partirait ensuite pour le village maori, avant de travailler chez les Redwood puis les Butler. Linda ne pouvait plus longtemps taire à Carol sa décision concernant Fitz.

— Je lui ai proposé l'emploi de contremaître.

— Linda, tu ne pouvais pas m'annoncer cela autrement qu'entre deux portes ? Nous aurions pu en discuter à tête reposée.

— C'est mon travail d'embaucher des gens !

— Certainement, convint Carol une fois qu'elles furent rentrées dans la cuisine, où elles pouvaient discuter plus librement. Je ne veux pas me mêler de tes affaires. Je sais que tu vas devoir bientôt diriger seule la ferme. Mais contremaître d'emblée ? Tu vas heurter des gens qui travaillent pour nous depuis des années.

— Comme tu le dis, je vais devoir diriger l'exploitation toute seule. J'ai donc besoin d'avoir à mes côtés quelqu'un à qui je puisse me fier.

— Tu ne fais donc pas confiance à Robby et David, à Tane et Hemi ?

— Si, bien sûr, bafouilla Linda. C'est juste que… j'ai besoin de quelqu'un avec qui je pourrai parler. Quelqu'un qui pense comme moi, qui me comprenne. D'un ami, quoi !

— Tu ne peux pas embaucher quelqu'un parce qu'il est un ami, Linda. Et arrête de te raconter des histoires. Tu ne cherches pas une âme sœur. Tu es fine folle amoureuse. Voilà pourquoi tu veux le garder. Laisse-moi deviner : M. Fitz a refusé de rester comme simple ouvrier agricole ?

— Tu racontes n'importe quoi, répondit Linda, soudain écarlate. Il n'est pas question d'amour là-dedans. Nous… nous comprenons bien l'un l'autre. Et un emploi d'ouvrier agricole… il devrait alors accepter de gagner moins que comme tondeur !

Voyant ses craintes confirmées, Carol regarda sa sœur un long moment.

— Un ami, dit-elle à voix basse, n'en aurait pas fait une histoire !

— Ma sœur a peur que les ouvriers ne vous respectent pas, fit savoir Linda à Fitz, le lendemain, après l'avoir conduit à travers l'exploitation et présenté aux gardiens comme leur nouveau contremaître.

Effectivement, nombre d'entre eux étaient restés interloqués. Fitz haussa les épaules. Il émanait de lui un grand calme. Linda, comme toujours en sa présence, était détendue, plus assurée et moins fragile.

— Je n'accorde pas trop d'importance aux autres. Ne vous faites pas de soucis. Je m'en sortirai avec eux, dit-il, cherchant à croiser son regard. La seule chose qui m'importe est que vous me respectiez, miss Lindie.

— Je... bien sûr que je vous respecte, tenta-t-elle d'éluder, ne sachant que répondre. Je... je vous ai tout de même offert ce travail.

Il eut son habituel sourire espiègle.

— C'est vraiment dommage, miss Lindie, dit-il feignant d'être déçu, qu'il n'y ait entre nous que du respect. J'ai en effet un peu peur d'agir comme ça avec une femme que je respecte trop...

Il l'attira alors dans ses bras et l'embrassa. Un long et tendre baiser qui devint passionné quand elle répondit à son tour au baiser. Il la serra à lui faire mal, comme pour s'assurer que jamais rien ne viendrait s'immiscer entre eux. Elle avait perdu le souffle quand il la lâcha enfin.

— Alors ? demanda-t-il avec douceur. Toujours juste du respect ?

— Non. Je... je crois... que je t'aime.

8

Abstraction faite de sa peine après la disparition de Cat et Chris, Linda fut heureuse durant les semaines qui suivirent. Fitz lui fit découvrir l'amour avec lenteur et patience, lisant dans ses yeux chacun de ses désirs, se montrant tendre, prévenant et passionné, n'allant jamais au-delà de ce qu'elle voulait. Il l'embrassait et la caressait, défaisait sa robe et habituait son corps au contact de ses mains. Dès qu'elle se retirait un peu ou se crispait, il s'interrompait. Elle se sentait protégée dans ses bras, prise au sérieux. Ils pouvaient parler des heures ensemble. Elle lui racontait sa vie, il l'écoutait avec attention, lui donnant l'impression d'être le centre de son univers.

Lui-même se livrait beaucoup moins, sans pourtant lui donner à penser qu'il avait des secrets pour elle. Elle avait le sentiment de connaître sa vie antérieure et était malheureuse et honteuse quand elle ne savait répondre à Carol qui, à l'occasion, lui demandait où il avait appris et fait ceci et cela. Mais ce n'étaient que broutilles au regard de la félicité dans laquelle elle se perdait.

D'ailleurs, Rata Station florissait en tous domaines. La récolte de laine dépassait celle de l'année précédente, l'agnelage croissait de manière continue si bien qu'il était possible de vendre des troupeaux entiers de jeunes bêtes qui intéressaient les éleveurs les plus renommés de l'île du Sud. Même les préventions de

Carol à l'égard des dispositions de Fitz aux fonctions de direction ne s'étaient pas vérifiées.

Les hommes de l'équipe traditionnelle n'avaient certes pas été ravis de se voir imposer comme contremaître l'amant de la patronne, Linda n'ayant pas réussi plus de trois jours à garder secret son amour. Mais, très vite, Fitz les impressionna en raison de ses connaissances sur l'élevage des moutons et la gestion d'une entreprise agricole. Personne ne put dire ce qu'il savait d'emblée et ce qu'il apprit dans les livres spécialisés de Chris. De plus, il était aimable, sociable et plein de compréhension envers les travailleurs de la ferme. Du moins donnait-il l'impression de ne pas bénéficier de privilèges grâce à sa liaison avec Linda. Plaisantant volontiers avec eux, il manifestait toutefois l'autorité et le pouvoir de persuasion nécessaires quand besoin était. Au bout de quelque temps, même Carol se demanda si elle n'avait pas eu de lui une fausse opinion. Peut-être était-il l'homme qu'il fallait pour diriger l'exploitation avec Linda.

C'est uniquement avec les Maoris que les rapports n'étaient pas chaleureux. Te Haitara lui en voulait toujours d'avoir dépouillé ses gens au poker. Il n'en parla pas à Linda, mais, lors de la restitution de l'argent, il y avait encore eu des désaccords. Jane se méfiait a priori de tous ceux qui traversaient l'existence avec insouciance, même si, parfois, le jeune homme lui en imposait : il comptait aussi vite qu'elle et, dans les négociations, se montrait plus habile. Il avait réussi à faire baisser le prix du transport de la laine entre leurs deux stations et Christchurch au point que Te Haitara en fut gêné, sans que, pour autant, le transporteur en fût chagriné. Bien au contraire : les deux négociateurs se quittèrent bons amis.

— C'est le vendeur né ! constata Joseph, l'aîné des frères Redwood, Fitz lui ayant montré les moutons de Linda qui étaient à vendre. En trois minutes, il te convainc qu'on peut tondre les brebis de Rata Station trois fois dans l'année sans les empêcher de donner naissance à cinq agneaux. Où êtes-vous allée le pêcher, Linda ? Il est certes très utile. Mais... hum... je le trouve en même temps un peu trop... policé.

Joseph avait recherché une formulation prudente. La liaison entre Linda et son contremaître s'était ébruitée. La jeune femme avait accepté avec réticences que Fitz ne fît pas partie des négociations entre Joseph, Carol et elle. Il aurait voulu en être, mais Joseph avait été formel sur ce point.

— Il... il est venu avec les tondeurs, répondit-elle en rougissant. Il était... il est... sympathique.

— Sympathique ? Tu embauches des gens parce qu'ils sont sympathiques ? Bon, c'est ton affaire. Je...

— Es-tu intéressé par ces agneaux ? coupa Linda afin de changer de sujet de conversation. Nous avons pensé à vous les proposer en premier. Ils sont tous du bélier des Butler.

— Ils sont... magnifiques, il n'y a rien à redire. Je serais certes intéressé..., hésita l'éleveur.

— Et qu'est-ce qui te retient de les acheter, Joseph ? Le prix ? je le trouvais correct. À l'exposition agricole de Christchurch, les parents ont obtenu des prix !

— Bien sûr, bien sûr, fillette, le prix est tout à fait correct. C'est juste que... Je me demande si nous pouvons conclure l'affaire avec toi... avec vous. Non que j'aie quoi que ce soit contre vous, les filles. Vous dirigez l'élevage à merveille. Chris et Cat seraient fiers de vous. Mais la situation à Rata Station... Bon Dieu, vous ne me rendez pas la tâche facile !

— C'est quoi, la situation à Rata Station, intervint Carol qui se rappelait soudain la conversation que le capitaine avait eue, en hiver, avec Karl.

— Elle n'est pas claire, Carol. Linda et toi, vous dirigez l'affaire, mais personne ne sait si c'est vraiment légal. Quand Cat et Chris seront déclarés morts... un éventuel autre héritier pourrait vouloir tout faire annuler...

— Mais qui cela pourrait-il être ? À part Carol et moi, il n'y a pas d'autre héritier. Et Carol va bientôt se marier. Elle recevra bien entendu comme dot les moutons prévus. Chris a également promis à Mara une dot de valeur équivalente et nous nous y tiendrons. Nous sommes d'accord sur ce point.

Carol acquiesça de la tête.

— C'est là que ça se gâte, objecta Joseph. Vous avez beau être d'accord, Linda et toi, les Butler en réclameront davantage. Tel que je connais le vieux Butler, il exigera pour Carol la moitié de Rata Station. Et que vient faire là-dedans Mara Jensch ? Bon, vous vous arrangerez entre vous. Cela ne concerne pas notre problème. Nous redoutons plutôt que Chris ait de la famille en Angleterre qui voudrait, elle aussi, avoir sa part. C'est certes assez invraisemblable, mais il faut mettre ce point au clair. Le mieux pour vous est que vous fassiez déclarer Chris et Cat décédés. Le naufrage date à présent d'un an.

— Mais ils peuvent être encore en vie ! s'écria Linda. On a déjà retrouvé des naufragés au bout de plusieurs années. Survivre sur une île ne devrait pas être un problème. Cat a vécu chez les Maoris et Chris s'est longtemps sorti d'affaire tout seul... Si nous les abandonnions maintenant. Ce serait... ce serait une trahison !

— Linda, cela n'a pas de sens ! Quoi que vous fassiez ou non ici n'influera en rien sur la survie de Cat et de Chris. S'ils devaient un jour être retrouvés, ce que je souhaite du fond du cœur, les certificats de décès seront déclarés nuls et non avenus. Mais, présentement, vous avez besoin d'éclaircir la situation à Rata Station. Existe-t-il seulement un testament ?

Linda et Carol durent avouer qu'elles l'ignoraient.

— Il vous faut alors tirer ça au clair le plus vite possible. Tant que cela ne l'est pas, je dois, malgré tout le regret que j'en ai, renoncer à l'achat des agneaux. Les autres éleveurs agiront de même.

La première réaction de Carol fut de proposer les agneaux à d'autres éleveurs. Mais leur vieil ami avait raison. Les voisins, à mots plus ou moins couverts, leur conseillèrent de mettre en règle la situation de Rata Station. Linda consulta Fitz, Carol Oliver. Elle avait enfin trouvé du temps pour son fiancé.

— Ma chérie, c'est à vous de savoir ce qu'il faut faire, répondit-il entre deux baisers. Mon père pense que vous devriez faire déclarer Cat et Chris pour morts. Cela permettrait de mettre un point final à l'affaire. Moi, je serais peut-être pour laisser les choses en l'état. Tout ce tralala avec le notaire, l'administration…

— Le notaire et tout le truc, ce n'est pas ce qui nous préoccupe, objecta Carol. C'est davantage de savoir comment Cat et Chris auraient agi. Si nous les… enfin, Linda a le sentiment que nous les laissons tomber si nous faisons à présent comme s'ils étaient morts.

Elle se tut soudain en lisant l'incompréhension sur le visage de son fiancé.

Fitz, en revanche, se montra beaucoup plus sensible aux scrupules de Linda.

— M. Redwood a totalement raison, dit-il quand elle lui rapporta sa conversation avec leur voisin. Tout papier sera déclaré nul et non avenu si ta mère et

M. Fenroy reviennent. Et ce n'est pas comme si vous vouliez modifier ici quelque chose. Vous n'avez pas l'intention de vendre la ferme, ni de la partager, ni de changer son nom, ni d'entreprendre quoi que ce soit que miss Cat et M. Fenroy n'auraient pas fait.

— Mais nous devons faire la demande. Nous... si nous la signons, c'est comme si nous les déclarions nous-mêmes morts !

— Pas du tout ! Vous vous contentez d'écrire un nom sur une feuille de papier. Cela n'a aucune valeur devant l'univers, devant les esprits, le destin ou devant tout ce que tu peux craindre. Brûle-le et les cendres s'envoleront au vent. Lindie, ma chérie, il y a sur cette terre des milliers et des milliers de gens incapables de lire ce genre de formulaire ! Ce serait différent si vous faisiez ériger une stèle ou célébrer un office pour vos parents. Vous n'y êtes pas obligées, non ?

— Certains laissent entendre qu'ils l'attendent de nous.

— Oublie-les ! Oublie aussi le papier. Une fois signé, plus personne ne demandera à le voir. Si tu veux, nous irons la nuit à un sanctuaire maori et nous le brûlerons. Réfléchis à tout ça, Linda. Et ne te figure pas que tu agis mal envers Cat et Chris. Demande-toi ce qui est le mieux pour toi, comment tu te débrouilleras au mieux dans la vie. Cat et Chris n'ont-ils pas toujours voulu le meilleur pour toi ?

Les arguments de Fitz furent décisifs. C'est aussi lui qui rendit moins triste la démarche chez le notaire et dans les bureaux. Deborah lui avait en effet conseillé de revêtir une tenue de deuil et Fitz avait jugé cela inutile.

— Tu n'as pas besoin de ressembler à un vieux corbeau pour signer un bout de papier sans importance. Et ne vous morfondez pas à Christchurch. Profitez-en pour passer une bonne journée, faites un bon repas…

Il n'accompagna pas les deux sœurs. En revanche, Deborah délégua Oliver afin de les « soutenir dans cette rude épreuve ». Il réussit d'ailleurs à rendre Carol heureuse. Tout Christchurch en parla ensuite, les gens prétendant que les héritières des Fenroy avaient fait la fête au club d'aviron après avoir déposé leur demande.

— Nous ne ferons néanmoins pas célébrer de messe des morts ! déclara Linda à Laura Redwood qui venait de lui rapporter les bavardages et avait proposé ce moyen de limiter les dégâts. Cat et Chris vivent ! J'en suis certaine !

Le juge de Christchurch se montra d'un avis différent. En quelques jours il eut vérifié le témoignage des jeunes filles et recueilli celui de l'armateur du bateau. Il n'y avait eu aucun autre rescapé et le *General Lee* n'avait pas sombré à proximité d'une île. Les bateaux n'accostaient certes que rarement aux îles Auckland, les plus proches, à deux cent cinquante *miles* du lieu du naufrage, mais, interrogés, les capitaines de voiliers étant passés au large n'avaient pas remarqué de signes de vie.

Sur la base de ces informations, le juge déclara que Catherine Rata et Christopher Fenroy étaient décédés le 10 janvier 1865. Déclaration qui avait déjà été faite pour les autres disparus.

— Le testament, s'il y en avait eu un, pourrait maintenant être ouvert, expliqua à Linda et Carol M. Whitaker, leur avocat. Malheureusement, ni l'un ni l'autre n'en ont laissé.

— Mais nous savons très bien ce qu'ils auraient voulu, objecta Carol.

— Ce n'est pas si simple. Même si nous pouvons espérer une certaine compréhension de la part du juge.

M. Fenroy était honorablement connu ainsi que… heu… d'une certaine manière les rapports qui vous unissaient. Par ailleurs ces dernières semaines, vous ne vous êtes pas comportées d'une manière, disons, appropriée. On parle beaucoup de vous, miss Carol et miss Linda, on prétend que vous n'auriez pas manifesté de tristesse lors des démarches pour l'avis de décès. Vous ne prévoyez pas de cérémonie de deuil…

— Pour nous, Chris et Cat ne sont pas morts, s'emporta Linda.

— Je sais, je sais, miss Linda, vous m'avez déjà raconté cela quand nous avons rédigé notre demande. Je vous comprends, croyez-moi, mais cela ne change rien au fait que nous devons respecter les formes. Il nous faut, au moins officiellement, rechercher d'autres héritiers. Si personne ne se présente, le juge de paix et le gouverneur régleront le problème par des voies non bureaucratiques. Peut-être après enquête auprès d'amis et de connaissances. Il existe sûrement des gens au courant de l'intention de M. Fenroy et Mrs Rata de vous léguer la ferme.

— Certainement ! confirma Carol. Les Redwood, les Deans, mes futurs beaux-parents, les Butler et, bien sûr aussi, Karl et Ida Jensch.

— Jane et Te Haitara, ajouta Linda. En fait, tous ceux qui les connaissaient d'assez près.

— Bien ! Cela ne devrait donc pas faire de problème. Et nous n'allons pas nous livrer à une recherche approfondie. Je ne pense par exemple pas nécessaire de chercher en Angleterre. Chris Fenroy vit en Nouvelle-Zélande depuis des décennies, tandis que Catherine Rata n'avait de toute façon pas de famille. Nous ferons paraître une annonce dans le *Timaru Herald* et dans l'*Otago Daily Times* ainsi que dans des journaux d'Auckland et de Wellington. Puis nous attendrons, disons, quatre semaines au maximum. Cela vous convient-il ?

— C'est très aimable à vous, assura Linda. Et, pour ce qui est de… des bavardages… notre contremaître a eu une excellente idée : organiser à Rata Station une espèce de cérémonie en l'honneur de Cat et Chris, avec quelques invités, pour penser à eux, pas pour nous souvenir, voyez-vous !

— Votre… contremaître, sourit l'avocat qui avait déjà sans doute entendu parler à Christchurch de sa liaison avec Joe Fitzpatrick, est quelqu'un de très intelligent.

Une semaine plus tard, Linda et Carol invitèrent donc leurs amis et voisins afin « d'entretenir ensemble le souvenir de Cat et Chris vivants » selon l'expression de Fitz. La cérémonie fut émouvante. Les Redwood, les Deans et Te Haitara racontèrent des anecdotes sans jamais employer le mot « mort ». Makuto, la prêtresse des Ngai Tahu, invoqua les esprits et envoya à Chris et Cat, là où ils étaient, les salutations de tous les présents. Elle évoqua aussi le lien existant entre Linda et sa mère, chanta des *karakias* et confia ses pensées et ses bénédictions à l'*aka*, le fil unissant la jeune femme à Poti, le nom de Cat dans sa tribu adoptive. Linda fut émue aux larmes. Elle avait elle-même cessé de croire à ce lien. Que Makuto « voie » de surcroît Cat, la renforça dans sa conviction.

Mara joua de sa flûte *koauau* et, accompagnée par des musiciens maoris et des ouvriers irlandais, chanta les chants préférés de Cat. Toutes les femmes avaient l'œil humide. Certains hommes reniflaient. Laura Redwood récita une prière. Seule Deborah assista à la cérémonie sans émotion apparente : ce n'était pas là ce qu'elle se représentait sous le nom de cérémonie.

Son mari, en revanche, semblait satisfait après avoir interrogé longuement les jeunes femmes à propos de leurs démarches relatives à l'héritage.

— Nous devrons bien entendu nous entretenir encore des détails, observa-t-il toutefois.

Oliver dévorait Carol des yeux. Elle était trop au centre de l'attention pour qu'il pût la toucher, sans même parler de l'embrasser. Il parvint néanmoins à lui chuchoter :

— Plus que quelques semaines ! Je meurs d'impatience.

N'ayant pas en ce jour le cœur aux cajoleries, Carol regretta qu'il ne lui ait pas simplement pris la main comme le faisait Fitz avec Linda. Une main consolatrice, au vu de tous. Fitz, lui, s'entendait à se comporter de manière que personne n'y voie une attitude inconvenante ou dominatrice, à exprimer l'affection et la compassion.

Deux jours après la fête, Georgie apporta une lettre de l'avocat. M. Whitaker demandait à Linda et Carol de venir le voir à Christchurch.

— À mon grand regret, je dois vous informer que quelqu'un revendique ses droits à l'héritage de Christopher Fenroy, lut Carol à haute voix.

— Qui ? demanda Linda, effrayée.

— Jane Fenroy-Beit, sa femme, annonça Carol, folle de rage. En son nom et en celui d'Eric Fenroy, son fils !

9

— Mrs Fenroy a un certificat de mariage en règle, expliqua l'avocat, dans son bureau, à Carol et Linda. Et un certificat de naissance pour son fils, établi par la municipalité de Christchurch. C'est inattaquable.

— Elle a divorcé de Chris, il y a bien des années déjà, elle est l'épouse de Te Haitara ! argumenta Linda.

— Où cela figure-t-il ? Disposez-vous d'un quelconque document à ce sujet ? Un décret du Parlement anglais ? À ce que je sais, un divorce doit passer par l'Angleterre, c'est une affaire très longue et très coûteuse. Il devrait y avoir des pièces justificatives dans la succession Fenroy.

— Ils divorcèrent selon le… euh… le *rakia toka*, un rituel maori. Le divorce est valable pour les tribus. Jane s'est ensuite remariée. Toujours selon les rites maoris, expliqua Carol, un peu embarrassée.

— Hum… réfléchit l'avocat un instant. Il se peut que, chez les Maoris, le nouveau mariage soit valable, mais il ne l'est pas au regard des lois de la Couronne. C'est d'ailleurs sur quoi s'appuie aujourd'hui Mrs Fenroy. Elle réclame l'héritage pour elle et son fils Eric.

— Mais il n'est pas le fils de Chris ! s'exclama Linda. Il est…

— D'un point de vue officiel, il est un enfant légitime, Mrs Fenroy a fait établir un certificat de naissance à son nom. Alors que vous, miss Linda et miss Carol, vous n'avez, à ma connaissance, aucun lien de parenté avec M. Fenroy, répondit l'avocat avec embarras.

— Nous sommes les filles de Catherine Rata, objecta Carol.

— Votre nom propre est Brandmann et, d'après vos extraits de naissance, vous êtes les filles d'Ida Brandmann, née Lange, entretemps remariée à un certain Karl Jensch. Vous seriez donc les héritières de Karl Jensch. Malheureusement, votre père, votre père adoptif plutôt, a vendu ses parts à Christopher Fenroy. Il n'est fait mention de Catherine Rata dans aucun de ces documents. D'après les titres de propriété, elle ne possédait qu'un morceau de terrain entre le village maori et Rata Station. Celui-ci lui avait été cédé par Ida Brandmann car le défunt époux de celle-ci l'avait acheté aux Maoris. Mrs Fenroy prétend qu'il avait floué la tribu et que les Ngai Tahu veulent le récupérer. Officiellement, Catherine Rata n'a pas d'héritier.

— Quelle vipère, s'indigna Carol. Elle sait à qui Chris voulait léguer ses terres et ce que Cat a fait pour la ferme ! Que Cat et Chris vivaient ensemble…

— Le terme correct pour cela est « concubinage », dit l'avocat en haussant les épaules. Tout le monde a accepté cette situation, mais, officiellement, elle ne fut malheureusement jamais confirmée. Elle aurait dû au moins établir un testament. En tout état de cause, je suis navré, mesdames. Je ne peux vous laisser aucun espoir. Une plainte serait vaine. Vous devrez quitter la ferme.

— Une semaine de délai seulement ? s'écria Linda, désemparée, en contemplant le papier qu'elle venait de lire, alors qu'elles étaient encore devant la maison de l'avocat. Mais où aller ?

— Jane s'en moque ! Mais cet avocat est-il le nôtre ou celui de Jane ? ironisa Carol.

— Il n'y peut rien. Jane a tout planifié. Elle a même fait établir pour Eru un certificat de naissance *pakeha* !

— Je me demande ce que va dire Te Haitara quand nous le lui dirons ! Qu'est-ce que tu veux dire par… planifier ? On croirait, à t'entendre, que Jane a quelque chose à voir avec le naufrage !

— Non, pas ça. Mais elle a envisagé que Chris pourrait mourir avant elle et, dans ce cas, a réfléchi aux moyens qui lui permettraient de mettre la main sur Rata Station. Cat non plus n'aurait eu aucune chance contre elle ! Et Karl et Ida auraient dû se résigner à l'avoir pour associée.

— Elle doit avoir jubilé quand elle a appris que la ferme lui appartiendrait en entier. Elle ignorait sans doute encore que Karl avait vendu sa part. Je vais dès aujourd'hui lui parler entre quatre yeux. Et à Te Haitara ! Il n'est pas comme elle. Je n'arrive pas à m'imaginer qu'il approuve ça.

— Mais comment pouvez-vous nous faire une chose pareille ?

Carol s'abstint de toute salutation quand, descendant de la barque de Georgie, les deux sœurs tombèrent sur Jane, la « nouvelle propriétaire » en train d'inspecter les étables et les hangars à tonte. Fitz la suivait, pareil à un pitbull que seule une laisse empêche de se jeter à la gorge d'un intrus. Il devait avoir tenté de lui interdire l'entrée, mais avait dû capituler au vu des papiers légitimant sa prise de possession des lieux.

Jane était en tenue négligée, comme pour bien signifier qu'elle était chez elle.

— Je ne fais que bénéficier de mes droits. Tu n'as aucune raison, Carol, de t'énerver.

— Je n'ai pas à m'énerver ? Alors que vous nous dépouillez de notre héritage ? Cela fait des années que vous n'êtes plus mariée avec Chris. Et Te Eriatara n'est pas son fils…

— Tout comme vous, Carol et Linda, n'êtes pas les filles de Chris. Eru, en revanche, est son héritier selon le droit anglais, car il est né pendant notre mariage. Savoir qui est le géniteur n'a pas d'intérêt. Alors, faites-vous une raison ! L'avocat a dû vous informer : vous disposez d'une semaine pour quitter la ferme. Toi, Carol, tu seras près d'être mariée. Et Linda… tu pourras mener la petite Margaret aux Jensch, sur l'île du Nord. La fillette, compte tenu des circonstances, ne voudra certainement pas rester éternellement chez les Redwood.

Jane continuait donc à mettre en œuvre ses desseins. Sa mainmise sur Rata Station lui permettait de se débarrasser de Mara. Elle allait faire d'Eru un baron des moutons. Les terres et l'élevage de la tribu, avec le renfort de Rata Station, constitueraient une des exploitations les plus importantes du pays. Sans compter le nom de Fenroy ! Tout le monde, sur l'île du Sud, devrait désormais compter avec le fils de Jane.

— Et que dit votre vrai mari de tout ça ? Te Haitara était l'ami de Chris, dit Linda.

— Vous pouvez le lui demander si ça vous chante. Mais ne me détournez pas plus longtemps de mon travail. J'ai à établir l'inventaire, objets et bêtes, de Rata Station. Je ne voudrais pas que quelque chose disparaisse, si vous voyez ce que je veux dire…

Linda aurait souhaité tout laisser tomber et se recroqueviller dans un coin, mais Carol la traîna en direction du village maori.

— Qu'est-ce qu'elle s'imagine, cette furie ? fulmina-t-elle. Que nous volerions quelque chose ?

— Nous allons devoir passer au crible tous les papiers. Je garde en tout cas Brianna car Mrs Warden a inscrit mon nom dans le contrat. Chris trouvait que ce n'était pas nécessaire, mais elle a dit que, jeune fille, elle ne serait pas venue en Nouvelle-Zélande si elle n'avait pu emmener son cheval. Et cela avait été possible parce qu'Igraine lui appartenait. Il en était allé de même pour son chien, Cleo. Regarde les papiers de Fancy, Carol : elle t'appartient certainement.

— Et donc aussi Amy et les autres chiots. C'est déjà ça. Nous pourrions monter un élevage de chiens et de chevaux…

— Sans terres ?

— À Butler Station. Tu viendras bien entendu avec moi, quand je serai mariée. La propriété est immense, il y aura toujours de la place pour toi.

Linda ne répondit pas car elle venait d'apercevoir le chef en vive discussion avec les doyens de la tribu qui se retirèrent aussitôt à la vue des sœurs. Seule Makuto, la vieille *tohunga*, resta assise, un peu à l'écart mais assez proche pour entendre ce qui allait se dire. Linda la salua avec respect. Te Haitara les regarda venir à lui avec une grande tristesse sur le visage.

— Je suis vraiment désolé, dit-il.

— Et alors ? lança Carol en maori, langue qui n'utilisait pas de salutation formelle. C'est tout ? Tu n'as rien d'autre à dire ? Ou à faire ? Jane est ta femme. Elle ne peut être mariée avec deux hommes.

— C'est ce que je lui ai dit. Et les *tohungas* le lui ont reproché. Mais elle a répondu que c'était une affaire de *pakehas*, une histoire de papiers, que ça ne nous concernait pas.

— Qu'Eru ne soit pas ton fils ne vous concerne pas ? s'étonna Linda.

Le chef éluda :

— Tout le monde peut voir de qui Eru est le fils.

— Même s'il doit maintenant s'appeler Eric Fenroy ? *Ariki*, Jane l'a fait enregistrer à Christchurch, après sa naissance, comme l'enfant de Chris !

— Un bout de papier…, murmura le chef. Je… je ne comprends pas très bien.

Excuse que contredisait la tristesse de ses traits. Il comprenait très bien le jeu qu'avait joué Jane entre lui et Chris.

— L'héritage de Chris n'est pas pour Eru, *ariki* ! affirma Linda. Tu dois bien l'admettre.

— Eru n'hérite pas tout de suite, argumenta-t-il, toujours aussi embarrassé. C'est Jane qui hérite. Et je ne peux rien y faire. Même si j'allais à Christchurch dire qu'elle est mariée avec moi.

— Parce que les juges *pakehas* ne reconnaissent pas les mariages maoris, c'est ça ? dit Linda.

— Exactement ! renchérit Carol. Sauf si les deux partenaires n'étaient auparavant pas unis. Mais Jane et Chris n'avaient pas divorcé. Si, bien sûr, par le *karakia toko*, je le sais, *ariki*. Mais un mariage conclu à la manière *pakeha* doit être rompu à la manière *pakeha*. Sans divorce – encore un papier finalement – il ne peut y avoir de nouveau mariage.

— C'est ce que m'a expliqué Chris à l'époque, mais j'ai cru qu'il ne voulait pas me la donner. Cela m'a même mis en colère. Alors qu'en fait je ne comprenais pas… je ne les comprendrai jamais, les *pakehas*. Et pourtant je les connais depuis longtemps. Je suis avec Jane depuis… Il s'interrompit, se détournant des deux sœurs qui attendaient la suite. En tout cas, je ne peux pas vous aider, reprit-il, s'étant repris. D'après nos lois, je ne peux revendiquer les terres de Jane. Elle peut en faire ce qu'elle veut.

En effet, à l'inverse de l'Angleterre où les biens de la femme revenaient à l'homme quand ils se mariaient, la femme, chez les Maoris, pouvait en disposer à sa guise.

— Jane dispose des lois à sa convenance, remarqua Linda d'un ton amer.

— Je pourrais à la rigueur vous offrir des moutons de notre élevage, comme compensation.

— Non, laisse tomber, *ariki*, lâcha Carol, furieuse. Qui sait quelle surprise désagréable tu devrais encore encaisser ! Il est probable que vos moutons, sur le papier bien sûr, appartiennent aussi tous à Jane. Nous nous débrouillerons toutes seules.

— Vous pouvez aussi rester ici, proposa le chef. Chris, Cat, Karl, Ida, vous les enfants… nous avons célébré le *powhiri*, vous avez dansé et appris avec nos enfants. Nous sommes une seule et même tribu.

— Non, nous ne resterons pas ici pour garder les moutons de Jane, décréta Linda. Et nous ne faisons pas non plus partie de la tribu. Nous l'avons peut-être cru, mais maintenant les choses ont changé. Votre Te Ua Haumene l'a dit en toute clarté : vous êtes des Maoris et nous des *pakehas*. Et le pays ne peut appartenir qu'à un des deux. Reste à savoir ce qu'est Jane.

Makuto avait jusque-là gardé le silence. Elle avait de l'affection pour Linda et l'avait initiée à bien des secrets de son peuple. Elle se leva et fit face à Te Haitara. Bien que plus petite que le chef d'au moins deux têtes, c'est elle qui avait le port majestueux.

— Elle a raison, *ariki*. Elle doit partir. La fille de Poti doit trouver son chemin et Jane fera le sien. Un jour Linda saura qui elle est. Jane ne le saura jamais aussi longtemps qu'elle ne sera pas dirigée. Alors, cherche en toi les forces qui te manquent, *ariki* ! Montre à Jane qui elle est avant qu'elle ne te détruise toi aussi.

10

— Tu aurais peut-être mieux fait d'accepter l'offre de Te Haitara, dit Linda à sa sœur, à leur retour à Rata Station. Quelques moutons comme *utu*. Au cas où les Butler tiendraient au paiement de ta dot.

— Non. Te Haitara n'aurait pas pu me donner autant de moutons, leur troupeau est bien plus petit que celui de Rata Station. Il aurait dû se séparer de plus de la moitié de ses bêtes pour ma dot. Et la moitié t'en serait revenue de toute façon. Non, Linda, Oliver me prendra comme je suis. Il m'aime. Pour lui, que j'apporte ou non quelques centaines de moutons ou non dans ma corbeille de mariage n'a pas d'importance.

Linda se demanda si cela était vrai aussi pour Fitz. Bien sûr, il n'avait encore jamais été question de mariage entre eux deux, mais qu'elle fût une riche héritière ou une jeune femme sans ressources ne jouerait-il aucun rôle ?

Fitz s'était retiré quand elles arrivèrent à la ferme. Était-ce une attention pleine de tact ou une fuite ? Jane lui avait obligatoirement fait connaître ce qui venait de se modifier dans le sort des deux sœurs.

— As-tu faim ? demanda Carol quand elles entrèrent dans la maison de Cat, où elles aimaient parfois se retrouver plutôt que dans la maison de pierres qu'elles occupaient pourtant.

— Pas vraiment. Mais il faut tout de même manger quelque chose et laisser aussi peu que possible à Jane, dit Linda avec un pâle sourire.

— Donc, un mouton par jour à partir de demain, tenta de plaisanter Carol en prenant du pain et du fromage dans un placard. Ah, Linda, nous n'aurions pas dû faire cette déclaration.

— Jane aurait un jour ou l'autre eu l'idée de la faire. Ne te reproche rien. Regarde plutôt dans les papiers de Fancy si elle t'appartient. Si nous conservons au moins nos chiens, ce sera déjà ça ! Je vais les chercher, au fait. On ne les a pas vus, à notre retour de Christchurch. Fitz a dû les enfermer dans l'étable.

Effectivement, les chiens l'accueillirent comme si elle s'était absentée une semaine. Elle en eut les larmes aux yeux.

— Je les ai mis à l'abri, dit Fitz en sortant d'un coin de l'étable. Pour qu'il ne vienne pas l'idée à cette garce de Jane de les réclamer. Elle a enregistré chaque cheval, chaque chien, chaque vache et jusqu'à la dernière poule traînant dans la cour. J'ai donc enfermé Brianna et Shawny ainsi que les chiens, dans l'annexe de l'étable, qu'elle n'a pas fouillée.

— Cela est gentil de ta part, et malin, dit Linda en s'approchant de lui. Mais ce n'était pas nécessaire. Brianna m'appartient et les chiens appartiennent, espérons-le, à Carol. Shawny, sa jument, n'a pas une grande valeur. Jane ne doit pas y tenir.

— Je n'en suis pas si sûr, dit Fitz en attirant Linda contre lui. C'est un vrai rapace ! Ma pauvre chérie…

— Je ne sais ce que je vais à présent devenir, chuchota-t-elle contre sa poitrine, en fondant en larmes. Rata Station était tout pour moi. C'est ici que je voulais rester jusqu'à la fin de mes jours. Ici, j'étais heureuse.

— Lindie, ne pleure pas ! Tu pourras être heureuse partout. Si tu n'as plus la ferme, eh bien, tu feras autre chose.

— Je ne sais rien faire d'autre…

— Allons donc ! Tu peux faire tout ce que tu veux. Tu pourrais par exemple venir avec moi. Je ne vais pas rester ici et travailler pour cette sorcière. Lindie ! On a trouvé de l'or sur la côte Ouest ! Obtenons une concession et devenons riches ! Nous reviendrons alors et nous rachèterons ta ferme. Allez, retrouve ton sourire et ton rire, ma petite !

— Tu parles sérieusement ?

— Bien sûr ! Je décrocherais la lune pour toi. Tu le sais bien ! dit Fitz en l'embrassant.

Lui rendant son baiser, Linda sentit la peur et la tension la quitter. Avec Fitz, tout semblait simple, il paraissait si sûr de lui, invincible, même si, bien entendu, il racontait parfois des balivernes. Jamais ils n'iraient sur les champs aurifères. Mais il trouverait peut-être un emploi à Butler Station. Oliver était son ami. Elle pourrait alors rester avec lui.

Le certificat de vente pour Fancy était bien au nom de Carol Brandmann, si bien que les chiots lui appartenaient aussi. La plus grande partie de la portée avait certes déjà été vendue et Carol ne croyait pas que Jane lui restituerait la somme. Mais elle avait encore deux petits mâles et une chienne qui avaient été dûment éduqués et rapporteraient quelques centaines de livres.

— Je n'arrive donc pas totalement sans ressources, plaisanta Carol quand, le lendemain, Oliver arriva à Rata Station, heureuse qu'il soit venu aussi vite la voir après avoir eu vent de ce qui lui arrivait.

Cherchant à être consolée, elle se blottit dans ses bras.

— En fait, *nous* n'arrivons pas sans ressources, ajouta-t-elle après avoir noté qu'il ne l'embrassait que du bout des lèvres. Car Linda doit bien entendu me suivre. Au moins provisoirement. Peut-être qu'à terme elle préférera rejoindre mamida et kapa dans l'île du Nord. Ils viennent en effet pour le mariage et on pourra en parler. Pour le moment, il y a tant de choses à quoi penser…

— Il faut que j'aie avec toi une conversation, coupa Oliver en se dégageant de leur étreinte. Je… tu sais, je regrette vraiment.

— Bien sûr que tu regrettes, je le sais, je…

— Non… non, tu ne me comprends pas. Carol… maintenant, après ce qui s'est passé, avec… avec Rata Station… tu… tu n'es plus l'héritière de Chris Fenroy… donc pas la fille de…

— Mais tu le savais bien, répliqua-t-elle. Je suis la fille d'Ida, née d'un premier mariage. Ce n'était pas un secret.

— Non, bien entendu, se tortilla Oliver. C'est juste que jusqu'ici tu semblais être l'héritière de Rata Station…

— Et alors ? s'enquit Carol d'un ton cassant.

— Eh bien… je t'en prie, Carol, ne m'en veux pas. Mais ma mère pense… mes parents donc… Il y a aussi la question de la dot qui entre en jeu…

— Oliver ! s'écria Carol essayant de garder son calme. Oliver, es-tu en train de me dire que tu ne veux plus te marier ?

— Oui, oui, exactement. Je… je savais que tu comprendrais. Et je suis vraiment navré, je… je t'aime, tu sais, je…

— Oliver, nous sommes déjà liés. Nous avons anticipé notre nuit de noces ! Si tu m'aimes, épouse-moi, tout simplement. Peu importe que ta mère ne me voie pas d'un bon œil et que ton père se soucie avant tout de la dot. Butler Station est une ferme riche. Quelques milliers de moutons en plus ou non, cela n'importe pas vraiment.

— Mais je ne peux pas… la fête à Christchurch…

— Nous n'avons pas besoin d'une fête à Christchurch ! Il suffit d'un juge de paix. Reste ici, et demain nous partons pour la ville, à cheval ou en bateau. Après-demain, au plus tard, nous serons mariés !

— Mes parents me déshériteront…

— Allons donc, Oliver. Tu es leur seul fils. Il est même possible qu'ils ne puissent pas. Ils devront bien s'y faire, crois-moi, Oliver !

— Non. Non, ça ne m'est pas possible. Et ce serait d'ailleurs peu loyal envers Jennifer Halliday…

— Jennifer Halliday ? s'étonna Carol, car si les Halliday avaient une fille en plus de leurs trois fils, jamais il n'avait été question d'elle.

— Mr… M. Halliday en avait parlé avec mes parents lors de sa venue chez nous, l'année dernière. Il cherchait un époux pour… pour Jennifer. Et ma mère vient de lui écrire.

Incrédule, Carol dévisagea l'homme qu'elle avait aimé jusqu'ici.

— Elle m'a aussitôt cherché une remplaçante ? Et tu es d'accord ? Tu te sens déjà des devoirs envers elle ? Une fille que tu ne connais pas ?

— Elle… elle est belle, paraît-il, murmura Oliver.

Carol lui asséna une gifle. La marque, sur sa joue, rougit instantanément. Portant la main à son visage, il resta planté là, ahuri.

— Mais tu es cinglée ! Je ne voulais pas le croire, mais ma mère disait… elle disait toujours que vous les gens de Rata Station étiez un peu loufoques… Et maintenant… je suis… je suis vraiment désolé, Carol…

Quand Oliver se retourna et s'éloigna, Carol s'aperçut que le bateau de Georgie était toujours amarré. Oliver lui avait donc demandé d'attendre. Le batelier lança un regard en sa direction, elle lui avait sans nul doute procuré de quoi alimenter les bavardages des habitants de Christchurch. Elle se demanda si elle devait crier quelque chose à Oliver, le menacer peut-être, prétendre être enceinte. Mais elle se tut. Il ne méritait pas tant d'effort, ne valait même pas un mensonge. Aucun des Butler ne valait quoi que ce soit. Stoïque, elle resta de marbre. Elle ne fondit en larmes qu'en entrant dans la cuisine, où se tenait Linda.

— Nous devrons donc aller chez mamida et kapa, dit Carol quand elle eut retrouvé son calme, après avoir pleuré une bonne heure.

Linda l'avait prise dans ses bras et caressée, réfrénant elle-même ses larmes. Si, pour Carol, le reste de son monde venait de s'écrouler, un de ses derniers espoirs était du même coup tombé à l'eau : il n'y aurait pas de place pour Fitz chez les Butler et il n'allait pas la suivre sur l'île du Nord, ses premiers contacts avec Karl n'ayant pas été chaleureux. Il voudrait aller là où le vent le poussait et elle le perdrait. À moins que…

— J'irai avec Fitz chercher de l'or.

Les deux sœurs se disputaient rarement, mais la colère l'emporta alors chez Carol.

— Tu ne peux pas partir à l'aventure avec un homme que tu ne connais que depuis quelques mois ! Et Fitz ne me paraît pas fiable. Il est versatile, Lindie. C'est un escroc…

— La moitié de Christchurch le prenait pour un escroc au mariage ! Et devine quoi ? Il me demande en mariage le jour même où je ne suis plus rien. Il est non seulement fiable, Carol, il est pour moi un rocher dans la tempête !

— Tu appelles ça une demande en mariage ? explosa Carol. Est-il tombé à genoux à tes pieds te suppliant de passer ta vie avec lui ? Non, Linda, il t'a juste demandé si tu n'aurais pas envie de l'accompagner dans sa prochaine aventure. Depuis que nous le connaissons, il a déjà exercé trois métiers ! Il expérimente à gauche et à droite, se tire d'affaire en baratinant, il ment…

— Les Maoris appellent ça *whaikorero* !

— Ah bon ? L'art du beau discours ? Eh bien nos employés maoris l'appelaient plutôt un *ngutu pi*…

Un *ngutu pi* était un beau parleur, quelqu'un racontant n'importe quoi. Les Maoris avaient sans doute été rebutés par son invention du barbecue maori.

— Tu ne peux en tout cas pas appeler ça mentir ! Fitz est convenable. Je… je le sais tout simplement…

Carol, se maîtrisant, retint à temps une réplique cinglante.

— C'est aussi ce que je pensais d'Oliver, concéda-t-elle. Tu sais sans doute ce que tu fais, Linda. C'est juste que… tu ne peux pas te rendre sur les lieux de prospection en femme célibataire. Bon Dieu, Linda, les camps de chercheurs d'or ! Tu sais bien tout ce qui se raconte à leur propos ! Des milliers d'hommes se vautrant dans la saleté. Le paradis des arsouilles et l'enfer des sans-espoirs. Les seules femmes, là-bas, sont des… des femmes faciles.

— Il y a aussi des familles et des couples qui sont partis pour l'Otago quand on y a trouvé de l'or. Rappelle-toi les Chatterley.

Le couple des Chatterley, employé chez les Redwood, était parti chercher de l'or du jour au lendemain, avec trois enfants.

Carol hésita un moment avant de livrer ce qu'elle avait sur le cœur.

— Des familles et des couples. Justement, Linda. J'ai de la peine à te le dire : Fitz ne me plaît pas. Mais si tu tiens à le suivre en Otago ou sur la côte Ouest, il faut d'abord qu'il t'épouse.

11

Linda ne savait comment s'y prendre afin d'obtenir de Fitz une demande en mariage. Elle décida de recourir à un pique-nique. Ni elle ni Carol n'ayant plus de raisons de continuer à travailler à la ferme, elle donna un jour de congé à son contremaître et l'invita à faire une promenade à cheval.

— Voilà qui est bien ! la félicita-t-il. Profite de ces derniers jours à la ferme. On va encore se régaler, nous allons fêter notre départ !

Linda acquiesça bien que ne voyant aucun motif à fêter quoi que ce soit. Mais peut-être s'en trouverait-il un si elle parvenait à arracher à Fitz des fiançailles. Le temps s'y prêtait merveilleusement. Elle guida son compagnon jusqu'à un lac dans les contreforts des Alpes. Le soleil dorait les montagnes et réchauffait les deux amants qui, après le repas, s'étaient allongés sur une couverture et se cajolaient.

Se reprochant de se montrer mesquine et calculatrice, elle permit à Fitz, en cet après-midi, plus de caresses qu'auparavant. Elle eut peur de perdre le contrôle de la situation quand elle laissa Fitz caresser et embrasser ses seins. Mais celui-ci resta maître de lui-même et la ravit une nouvelle fois en usant de préliminaires amoureux pleins d'imagination. Sortant de ses sacoches une des dernières bouteilles de vin de Cat, il plaisanta :

— Ne m'en veux pas, chérie, de l'avoir piquée. J'estime qu'il est temps de la boire. Ou bien préfères-tu la laisser à Jane ?

Puis il remplit deux verres, mais ne se contenta pas de boire. Trempant son doigt dans son verre, il dessina sur les seins de Linda des marques humides qu'il enleva du bout de la langue et des lèvres. D'abord choquée, elle ressentit une intense excitation quand il lécha le vin de son nombril et caressa tendrement son mont de Vénus. Il y eut ensuite une explosion de tous ses sens, elle se cabra sous les mains expertes de Fitz, son cœur battait à se rompre et elle se sentit heureuse comme jamais.

Elle prit courage. Détendue sur la couverture, Fitz appuyé sur les coudes à ses côtés lui chatouillant les seins avec un brin d'herbe, elle s'ouvrit à lui :

— Je... je me demande si je ne vais pas tout de même partir avec toi chez les chercheurs d'or.

Fitz s'assit et, ne laissant pas à Linda le temps de poursuivre, il la redressa et la prit entre ses bras.

— Enfin, ma véritable Lindie ! triompha-t-il. Envolée, la mélancolie, envolées les lamentations ! Nous serons riches et je te couvrirai d'or, Linda Brandmann !

— Mais Carol pense que je ne peux aller dans l'Otago en tant que Linda Brandmann, dit-elle à voix basse.

Fitz la lâcha en fronçant les sourcils.

— Qu'est-ce qu'elle veut dire par là ? Tu as un autre nom ? s'étonna-t-il avant de soudain comprendre : Diable ! Tu veux m'épouser ? Ta sœur t'a chargée de me faire une demande en mariage ?

Linda opina d'un air embarrassé, soudain écarlate.

— Et moi qui croyais que miss Carol ne pouvait pas me souffrir ! s'écria-t-il en éclatant de rire.

— Si tu ne veux pas..., souffla-t-elle en baissant la tête.

Quand Fitz la prit par la taille et roula dans l'herbe avec elle en riant, elle fut prise au dépourvu.

— Bien sûr que je veux, et comment ! Je n'avais jusqu'ici jamais pensé à me marier, mais il faut tout essayer, n'est-ce pas ?

Heureuse de le voir accepter aussi facilement, Linda aurait cependant souhaité qu'il prît la chose plus au sérieux.

— Le mariage c'est... pour toujours, observa-t-elle.

— Jusqu'à ce que la mort vous sépare ! cita Fitz en l'embrassant. Mais je le sais, ma chérie. C'était pour plaisanter. Bon alors, comment s'y prend-on ? Je crois que je vais prendre le premier bateau pour Christchurch et faire publier les bans. Afin que ça se fasse dans les temps. Avant de devoir quitter Rata Station. Nous partirons ensuite. Et puis nous ne voulons pas vivre dans le péché, ajouta-t-il d'un air moqueur.

Linda essaya d'avoir un air triomphant quand elle raconta ses fiançailles à Carol, mais ne parvint pas à cacher l'arrière-goût amer que lui avait laissé la réaction de Fitz. Elle était certes heureuse qu'il tienne à elle. Il n'avait pas accepté de se marier avec elle en raison de sa richesse, bien au contraire, il le faisait alors qu'elle était pauvre et il ne cachait pas son enthousiasme. Elle se demandait juste s'il n'aurait pas dû être un peu plus question d'amour. Lui avait-il jamais déclaré son amour ? Elle repoussa cette pensée : il n'avait pas à le dire, il le montrait.

— Alors je vais le télégraphier à mamida, dit Carol après l'avoir félicitée. Ça et l'affaire de Rata Station. Il faut également informer Mara, au cas où les Redwood ne l'auraient pas encore fait. Ils doivent bien avoir eu vent de quelque chose. Espérons qu'elle ne fera pas de difficultés si elle est désormais obligée de partir pour l'île du Nord.

– Elle n'aura pas le choix, elle devra bien s'y résoudre. En tout cas, Jane ne la laissera plus s'approcher d'Eru à portée de fusil. Dommage qu'il soit si jeune. S'il aime vraiment Mara, il pourrait défier Jane et l'épouser. Rata Station ne serait alors pas totalement perdu.

Ida télégraphia en réponse au télégramme de ses filles. Furieuse du comportement de Jane, elle avait consulté son avocat de Russell qui, hélas, confirmait les dires du juriste de Christchurch. La vente de la ferme peu avant le naufrage avait été une malheureuse coïncidence. Elle ne pouvait que les inviter à venir les retrouver à Russell dès que cela leur serait possible. Elles seraient chez elles au manoir de Korora et pourraient envisager un nouveau départ dans la vie. Karl était de nouveau en tournée et n'avait donc pu joindre son point de vue à celui de sa femme. Ils avaient eu l'intention, à son retour, de venir assister au mariage de Carol. Pour celui de Linda – Fitz ayant réussi à obtenir une réduction à trois jours du délai entre publication des bans et cérémonie nuptiale – il était déjà trop tard bien entendu.

Ida ne laissa en outre pas le loisir à Mara de décider elle-même de son sort. Elle télégraphia aux Redwood de l'envoyer sans plus attendre dans sa famille de l'île du Nord.

Laquelle Mara arriva deux jours plus tard à Rata Station, en compagnie de Laura Redwood. Maussade, elle semblait néanmoins disposée à obéir à sa mère. Elle n'avait d'ailleurs d'autre choix, Laura et Joseph n'ayant pas l'intention de s'opposer à la décision d'Ida.

Laura, femme au fort tempérament, dit ses quatre vérités à Jane, lui annonçant que les Redwood renonçaient à l'avenir à toute collaboration dans le domaine de l'élevage. Ce qui n'émut guère celle-ci, la taille de son exploitation lui permettant désormais de se développer en autarcie. Dans le cas contraire, elle n'aurait pas l'embarras du choix pour trouver un baron des moutons prêt à coopérer avec Rata Station.

— Elle aura tout de même besoin de ses voisins, expliqua Laura, furieuse, à Linda, Carol et Mara quand elle leur rapporta la réaction de Jane, avant de prendre congé d'elles en pleurant toutes les larmes de son corps.

Linda et Fitz se marieraient sans organiser de fête, les moyens leur faisant défaut. Certes, Linda n'était pas dénuée de ressources puisque Carol lui avait versé la moitié de la vente des derniers chiots de Fancy et qu'Ida avait mis à sa disposition l'argent versé d'avance pour les noces de Carol au White Hart. Si Fitz avait aussitôt envisagé d'utiliser l'argent pour une fête, Linda s'y était opposée.

— Fitz, nous en avons besoin pour monter notre ménage. On ne peut le dilapider et se retrouver ensuite sans casserole ni couverture. Tu ne crois tout de même pas que tu vas trouver de l'or dès ton premier jour dans l'Otago !

Ils se mirent donc d'accord pour un petit dîner en famille au White Hart. Le patron de l'hôtel, d'abord réticent, dut ensuite rendre le reste de l'acompte qu'il avait touché pour le mariage de Carol. Une somme qui permit l'achat d'une petite charrette bâchée que pourrait tirer Brianna et d'ustensiles de ménage indispensables.

La veille au soir de la fin du délai accordé par Jane et un jour avant le mariage à Christchurch, tout le monde était donc prêt pour le départ. Fitz était sur le point d'ouvrir les deux dernières bouteilles de Cat afin de réchauffer l'atmosphère quand Linda objecta :

— J'aimerais en garder une, pour le jour où… au cas où ils reviendraient.

— S'ils reviennent, nous boirons du champagne ! déclara Fitz en remplissant les verres. Il est impossible d'emporter la bouteille avec nous et tu ne comptes pas non plus la laisser à Jane, n'est-ce pas ?

Les sœurs acceptèrent donc de boire, sans grand enthousiasme, dans la cuisine de Cat, vidée de ses petits souvenirs familiers qu'elles s'étaient partagés. Linda reçut de surcroît le médaillon, le seul bijou de valeur de Cat qui avait survécu au naufrage. Elle avait aussi chargé dans la charrette les quelques ustensiles de cuisine de sa mère, qui n'avait jamais été une cuisinière émérite. Au bout de deux ou trois verres, alors qu'ils mangeaient avec des appétits divers le pain, le fromage et la viande froide préparés par Carol et Linda, on frappa à la porte.

— J'espère que ce n'est pas encore un voisin venu nous dire combien il est navré, soupira Linda. C'est gentil de leur part, je le sais, mais je crois qu'aujourd'hui je vais fondre en larmes.

Fitz alla ouvrir la porte. Linda le vit reculer d'un pas à la vue du visiteur. Puis elle entendit quelqu'un parler à l'extérieur. Sur quoi Fitz fit entrer dans la pièce un jeune homme en uniforme de l'armée britannique.

— C'est le lieutenant Bill Paxton. Il désire parler à Carol.

Carol regardait Bill fixement, bouche bée, n'arrivant pas à concevoir qu'il était venu jusqu'à elle. Il s'inclina devant les deux sœurs.

— Je rends également visite à miss Linda, rectifia-t-il. Je retourne dans mon régiment et nous faisons escale quelques jours à Lyttelton. J'ai donc eu l'idée de passer vous saluer.

— Vous prenez un voilier pour aller de Lyttelton à l'île du Nord ? s'étonna Fitz qui n'ignorait pas que le chemin le plus court entre Campbelltown et Wellington ne passait ni par Lyttelton ni par Christchurch.

— Je suis pris sur le fait, avoua Bill avec son franc et juvénile sourire, Mister… quel est votre nom déjà ? Je concède que j'ai un peu modifié l'itinéraire que me proposait l'armée.

— Le lieutenant est originaire du Southland, expliqua Linda, et nous a beaucoup aidées après la disparition de Chris et Cat. M. Bill, je vous présente M. Joe Fitzpatrick, mon fiancé. Nous… nous nous marions demain.

Ce fut au tour de Bill de tomber des nues.

— Vous vous mariez, miss Linda ? N'était-ce pas miss Carol qui était fiancée ? L'homme le plus envié de l'île du Sud, mais suivi de près par vous-même, M. Fitzpatrick.

— Appelez-moi Fitz, dit celui-ci, sans perdre de sa jovialité.

— J'ai rompu mes fiançailles, avoua Carol, embarrassée.

Bill réprima l'éclair qui illumina son regard une fraction de seconde et exprima ses regrets.

— J'en suis navré. D'autant plus que le mariage était prévu pour bientôt, n'est-ce pas ? Ne me l'avez-vous pas écrit ?

— Vous êtes cordialement invité au mien, dit Linda afin de faire dévier la conversation. Ce ne sera au demeurant pas une grande fête. Pas mal de choses ont changé ici. Tu veux en parler, Carol, ou bien dois-je le faire ?

En peu de mots, se relayant, elles mirent Bill au courant de la trahison de Jane, livrant plus de détails sur leur famille que n'en connaissait Bill jusqu'ici. Il compatissait visiblement.

— Donc, vous partez pour l'île du Nord ? Si vous en êtes d'accord, vous pouvez voyager en ma compagnie puisque je retourne à ma garnison, à Whanganui.

Traverser l'île du Nord n'est pas sans danger à l'heure actuelle. Même si, bien sûr, vous bénéficiez de la protection de M. Fitz…

— Mon futur mari et moi ne partons pas pour l'île du Nord, l'interrompit Linda. Nous allons tenter notre chance dans les champs aurifères.

Le regard de Bill passa de Linda à Fitz – un regard étonné.

— Vous comptez aller sur la côte Ouest ? Avec votre jeune épouse ?

— Dans l'Otago, répondit Fitz, c'est moins loin. À Gabriel's Gully.

— Il n'y a plus une once d'or à Gabriel's Gully, dit Bill. Des milliers et des milliers d'aventuriers y ont retourné le sol de fond en comble. Tous les chercheurs s'en vont, car on a trouvé de nouveaux filons sur la côte Ouest. On ignore encore s'ils sont prometteurs. Il est donc douteux qu'il vaille la peine de faire toute cette route par les montagnes. Une région inhospitalière…

— C'est bien pourquoi je veux aller dans l'Otago. Voir un peu ce qui s'y passe. Qui sait ? Peut-être que nous découvrirons des filons restés cachés, n'est-ce pas, Lindie ?

— D'autres l'ont déjà essayé, dit Paxton en riant. Seriez-vous par hasard géologue, M. Fitz ? Read en était un et n'a pourtant rien trouvé…

— Il n'a pas cherché assez à fond, répondit Fitz d'un ton insouciant, il était déjà riche.

— Bon, si c'est là votre opinion…, se résigna Paxton. Mais il est d'autant plus important à mes yeux de vous renouveler mon offre, miss Carol et vous aussi, miss Margaret.

— Mara, rectifia sèchement celle-ci.

Que ce jeune et beau garçon ne lui accorde pas un regard n'était pas de nature à améliorer son humeur.

Il n'avait d'yeux que pour Carol, ce qui néanmoins la rendait heureuse pour sa sœur. Le lieutenant lui plaisait en effet beaucoup plus qu'Oliver. Et malgré le plaisir qu'elle éprouvait à voir les hommes à ses pieds, elle ne voulait pas flirter, fidèle à la promesse faite à Eru.

— Je vous en prie, joignez-vous à moi pour gagner Taranaki. L'armée assurera votre protection.

— Nous n'en avons pas besoin, déclina Mara. Nous parlons le maori couramment et nous connaissons les usages des tribus. Je suis déjà allée chez les Ngati Hine avec mes parents, de même que chez les Ngati Takoto. Tout s'est bien passé.

— D'après ce que j'entends dire, miss Mara, la situation s'est considérablement modifiée sur l'île du Nord. Nous ne sommes plus face à diverses tribus mais à une… hum… véritable force armée. Et le mouvement hauhau…

— Il prend vraiment de l'ampleur ? s'inquiéta Mara qui n'avait pas oublié les projets de fuite d'Eru.

— Il est devenu une véritable menace. Croyez-moi, il est de votre propre intérêt d'accomplir votre voyage sous la protection de l'armée.

— Oui, nous allons le faire, déclara Carol. Je vous remercie infiniment de votre offre, M. Bill. Peut-être trouverons-nous deux places sur votre bateau, quand bien même je me sens mal à l'idée d'entreprendre une traversée.

— Vous savez qu'avec moi, il ne peut rien vous arriver, miss Carol. Le cas échéant je vous ramènerais de l'autre bout du monde à la rame.

Il fallut partir longtemps avant l'aube afin de rallier dans la journée Christchurch avec la charrette. Linda et Carol, en pleine nuit, n'eurent pas un regard pour la ferme si chère à leur cœur. Linda n'arrivait plus à se persuader qu'elle reverrait un jour Cat et Chris et donc le lieu de son enfance dans des circonstances plus heureuses. Il lui fallait se résigner : ils étaient morts, selon toute probabilité.

Refoulant ses souvenirs, elle tenta de se réjouir à l'idée de son mariage. Être aux côtés de Fitz sur le banc la réconfortait. La monture de Fitz trottait, attachée à la charrette. Tous les autres étaient à cheval. Linda aurait été plus sereine si elle ne se souvenait pas des propos inquiétants de Bill, la veille. Que feraient-ils s'il n'y avait plus d'or dans l'Otago ?

— Et si nous allions tout de même sur la côte Ouest ? chuchota-t-elle.

— Ce serait de la folie, ma chérie. Le chemin qui y mène est beaucoup trop difficile pour que je t'impose pareille épreuve. C'est dans l'Otago que la chance nous attend ! Fais-moi confiance !

Ils arrivèrent à Christchurch dans l'après-midi et Linda eut juste le temps de changer, dans la charrette, sa robe de voyage contre sa robe du dimanche, trop grande pour elle qui avait maigri durant les derniers mois. En effet la garde-robe des deux sœurs avait été engloutie en même temps que le *General Lee*. Elles n'avaient eu ensuite ni le loisir d'abord, ni les moyens ensuite, de la renouveler. Carol, afin de donner un peu de lustre malgré tout à la tenue de sa sœur, lui posa une écharpe bleue sur les épaules, lui prêta une barrette et insista pour qu'elle mette à son cou son médaillon en or. Mara, de son côté, lui donna des bas encore jamais mis. Toutes trois s'efforçaient de faire contre mauvaise fortune bon cœur, alors qu'elles n'avaient même pas un miroir…

Fitz, cependant, était allé acheter deux anneaux de mariage. En pyrite bien sûr !

— Dès que nous aurons trouvé une première pépite, j'en ferai fabriquer d'autres, la consola-t-il.

Malgré tous ses efforts, Linda ne réussit pas à le croire.

La cérémonie religieuse se déroula devant quelques personnes déprimées, épuisées, aux vêtements trempés. Mara et Carol n'avaient pas eu le temps de se changer. Fitz portait une veste en cuir au demeurant assez correcte. C'est Bill, dans son uniforme, qui présentait le mieux. Quand il s'avança vers le prêtre en sa qualité de témoin, celui-ci le prit pour le fiancé. Carol était le second témoin. Le prêtre avait associé la cérémonie à un office de fin d'après-midi afin de grossir un peu l'assistance.

Avant leur entrée dans l'église, Carol fit à Linda la surprise d'un bouquet de fleurs et d'une couronne de *ratas*. Puis le jeune couple s'avança vers l'autel entre des rangées de chaises presque vides. Mara entonna un chant de noces maori, tentant de créer une atmosphère de fête dans une église très sombre, en cette journée pluvieuse, en dépit de quelques cierges.

Puis Linda répéta après le prêtre, d'une voix ferme, les formules de la parole de Dieu, irritée de le voir lever les yeux d'un air gêné quand la porte de l'église s'ouvrit sur des retardataires. Pourtant, loin d'en paraître fâché, il sourit aux arrivants avant de se tourner vers Fitz.

— Vous pouvez maintenant embrasser la fiancée.

Fitz attira Linda contre lui et quelques membres de la paroisse applaudirent. Tout le monde attendait la prière terminale et la fin du service religieux, mais le révérend se retourna vers ses ouailles.

— Ils arrivent un peu tard, mais à temps pour la bénédiction, dit-il en désignant du menton les retardataires qui prirent place au dernier rang. Saluez avec moi

John Baden, de l'école des missionnaires de Tuahiwi, qui s'efforce de faire des enfants de nos concitoyens maoris de bons chrétiens. C'est à l'école que reviendra aujourd'hui le produit de notre quête. Révérend Baden, auriez-vous l'obligeance d'expliquer à notre paroisse votre travail.

Mara se détourna, écœurée à l'idée d'entendre prêcher un de ceux qui gardaient Eru prisonnier. Puis elle se figea. À côté du petit homme rondouillard étaient assis deux garçons maoris. L'ecclésiastique prit par la main l'un d'eux, qui avait peut-être douze ans, vêtu d'un costume noir trop grand, et le conduisit à la chaire. Le petit le suivit d'un air résigné.

L'autre garçon était Eru.

12

Mara et Eru se figèrent quand leurs regards se croisèrent. Puis, ils sourirent. Eru ne tenta pas de trouver un motif pour se lever. Quittant le banc, il fit signe à Mara de le suivre.

Si la scène n'échappa pas à l'ecclésiastique en train de présenter l'enfant comme un exemple de la civilisation des indigènes, il n'entreprit rien pour arrêter Eru, qui ne portait pas l'uniforme de l'école, comme le remarqua Mara, mais un simple costume, la tenue d'un fils de fermier en visite en ville.

Mara s'excusa auprès de Carol qui, de même que Linda, ne s'était aperçue de rien. Carol opina distraitement et Mara s'éclipsa. Eru l'attendait un peu à l'écart de la place de l'église. Il ouvrit les bras et Mara s'y jeta. Bien que brûlant de lui parler, elle voulut d'abord sentir son corps et l'embrasser après une si longue séparation. Ses mains parcoururent son corps. Il était là, vraiment là. Pour la première fois depuis qu'elle l'avait quitté à Tuahiwi, elle se sentit libérée de toute inquiétude.

Il semblait en aller de même pour Eru. Il desserra à regret leur étreinte, mais garda ses mains dans les siennes, quand enfin ils se firent face.

— Comment t'y es-tu de nouveau prise ? demanda-t-il, admiratif.

— Que veux-tu dire ?

— Eh bien, tu me l'avais promis, tu avais dit que je devais prendre patience, et cela n'a pas toujours été facile. Tu avais dit que tu te débrouillerais pour que mes parents me rappellent. Et voilà, ça a marché ! Hier une lettre est arrivée, disant que je devais revenir à mon *iwi*. Tout de suite. Alors le vieux Baden m'a encore une fois emmené dans une église.

— Tu n'auras pas d'ennuis, de t'être aussitôt défilé ?

— Mais non, les corbeaux ne peuvent plus rien contre moi. Je suis libre, je viens de te le dire. Un batelier me mènera demain à Rata Station. Et nous serons de nouveau ensemble. Mais raconte-moi maintenant : quels esprits as-tu invoqués pour faire changer d'avis ma mère ?

— Jane ne t'en a pas dit plus ? demanda Mara. Juste que tu dois revenir chez toi ?

— Pas beaucoup plus, elle a écrit qu'elle a besoin de moi à la ferme. C'est un peu étrange puisqu'on est en été et qu'il n'y a pas tant de travail que ça.

— Je n'ai rien invoqué du tout. Et nous ne serons pas ensemble. Ta mère… ta mère nous chasse tous. Nous devons quitter Rata Station.

Elle lui raconta toute l'histoire en quelques phrases. Elle tenait moins à la ferme que ses sœurs. Pour elle, Rata Station, c'était avant tout Eru. C'est au village qu'elle avait toujours passé le plus clair de son temps. Elle pensait faire presque partie de la tribu, avait dansé et chanté avec les filles de son âge, appris à jouer de la flûte et, sans même y penser, invoquait les esprits quand elle cultivait un champ ou cueillait des plantes. Ces derniers mois, Eru lui avait manqué, mais elle croyait la séparation de courte durée. De plus, durant son séjour chez les Redwood, elle s'était parfois aventurée jusqu'au village, avait rendu visite aux danseurs et aux musiciens, appris les derniers potins du village.

Te Haitara le savait, naturellement. Il n'ignorait rien de ce qui se passait dans sa tribu, mais il ne l'avait pas trahie. Au contraire. Mara avait toujours eu le sentiment que le chef l'aimait bien et l'accueillerait avec joie comme belle-fille. Mais maintenant, après l'annexion de Rata Station et le départ forcé des trois sœurs, elle serait définitivement séparée des Ngai Tahu.

Ces nouvelles horrifièrent Eru.

— Mara, j'ai de la peine à croire une telle chose ! Mais comment ma mère peut-elle ? Et pourquoi y a-t-il un certificat de naissance dont ni moi ni mon père n'étions au courant ? Je ne peux pourtant pas prétendre que je suis le fils de Chris ! Même si je le désirais. Je suis maori. Je ressemble à mon père. C'est dingue, cette histoire !

— Ce n'est hélas que trop vrai, tu le verras de tes propres yeux, demain, à ton retour. C'est toi, mon chéri, l'héritier légitime de Rata Station.

— Je ne participerai pas à ce jeu. Je vous rendrai la ferme, je…

— Jane ne va pas te la transmettre tout de suite. Elle n'est pas sotte, et tu es trop jeune encore.

— Je suis trop jeune pour tout ! constata Eru avec amertume.

— Non, pas pour tout, murmura Mara en se blottissant à nouveau dans ses bras et en lui offrant ses lèvres.

Le baiser fut bref car Eru réfléchissait et dressait des plans.

— Mara, c'est toujours d'accord ? demanda-t-il. Tu es toujours décidée à m'attendre ? Tu n'embrasseras aucun autre homme, tu…

— C'est pour toujours ! Au moins, tant que tu m'es toi-même fidèle. Si Jane, dès que tu auras dix-sept ans, te marie avec une baronne des moutons…

— Ma mère ne me mariera pas. Je vais rentrer chez moi et voir ce qu'elle manigance. Et, bien entendu, parler avec mon père. Je resterai peut-être et prendrai mon mal en patience deux ans. Quand j'aurai dix-huit ans, j'irai te chercher. Je te le promets. Comme toi tu as promis de venir me chercher.

— Espérons qu'il ne faudra pas une nouvelle catastrophe pour ça, plaisanta Mara. La perte de Cat et Chris est bien la dernière des choses que j'aurais souhaitée pour te voir revenir chez toi, dit-elle en jetant un œil sur la porte de l'église qui venait de s'ouvrir.

Quelques participants à l'office se placèrent à droite et à gauche de l'escalier et bombardèrent de grains de riz Linda et Fitz, qui traversèrent en souriant cette haie d'honneur.

— Il faut que j'y aille, dit Mara. Et toi aussi, Eru. Il vaut mieux que ton corbeau ne nous voie pas ensemble. Je penserai à toi !

Ils s'embrassèrent avant que le missionnaire et son protégé soient sortis de l'église.

— À bientôt ! dit Eru quand ils se séparèrent.

Le dîner à l'hôtel White Hart offrit à ses participants une fin de journée plus agréable. Tous étaient affamés après le voyage sous la pluie et une cérémonie qui avait duré plus longtemps que prévu. Mara mangea comme quatre et Carol se sentit enfin réchauffée. Elle fut aussi sensible aux petites attentions de Bill, dont elle avait presque oublié la courtoisie et la prévenance. Elle se détendit à l'entendre converser avec gentillesse, sans contrainte, comme s'ils vivaient une soirée agréable et non le début d'une vie nouvelle, la précédente n'étant plus que ruines.

Seule Linda ne prisa le bon repas et les vins qu'avec réserve. La nuit de noces était devant elle et, bien que sachant ce qui l'attendait, elle était nerveuse. Elle la passerait avec Fitz dans la charrette, décision qui avait fait hocher la tête à Carol.

— Mamida et Karl nous ont tout de même envoyé de l'argent, insista-t-elle à la fin du repas. Et il reste une chambre libre dans la pension où nous passons la nuit avant de partir pour Lyttelton. Vous n'êtes pas obligés de dormir dans cette charrette humide et malcommode.

— Carrie, nous allons y dormir pendant quelques semaines. Pourquoi irions-nous gaspiller de l'argent pour une seule nuit ?

Bien qu'hésitant à parler de leur pauvreté car cela indisposait Fitz, Linda redoutait de se retrouver un jour sans ressource et conservait ses quelques sous comme la prunelle de ses yeux.

— N'aie pas peur, je vais tenir chaud à ma femme, intervint Fitz. Une chambre ne vaut pas le coup car nous partirons demain de très bonne heure !

Plein d'énergie, il brûlait de partir à la recherche d'or, semblant ne pas douter un instant du succès. Il avait bu plus et plus vite que les autres durant un repas dont il avait profité au maximum. Cela aussi rendait Linda nerveuse. Elle ne voulait pas que son mari soit ivre durant leur première nuit. Il sentit ses craintes.

— Chérie, je ne suis pas près d'être saoul, se vanta-t-il. Ne te fais pas à nouveau du souci. Tu es ma femme, je veux que tu sois heureuse ! s'écria-t-il en soulevant Linda et en la portant de l'autre côté du seuil du restaurant, vers minuit. La charrette n'a pas de seuil, il faut donc improviser !

Linda essaya de rire, tandis que Bill lançait un regard sceptique à Carol.

— Je ne m'y connais pas bien, mais ne faut-il pas faire entrer sa femme et non la porter au-dehors ?

— Exactement, répondit-elle, la faire entrer dans une existence assurée, et pas l'inverse.

En dépit de l'incommodité de la charrette, Fitz rendit sa jeune femme heureuse durant leur nuit de noces. Rien de ce dont elle avait parfois entendu parler, de douloureux ou d'humiliant, ne se produisit. Mais rien non plus de l'extase sauvage dont se vantaient certaines de ses amies maories.

Elle lui avait demandé de rester au pied de la charrette jusqu'à ce qu'elle ait enfilé sa chemise de nuit, mais il eut ensuite tôt fait de la lui enlever de ses mains expertes. Elle brûlait à leur contact. Il explora d'un doigt ses parties les plus intimes après avoir caressé délicatement la peau sensible de son cou, de ses poignets, du creux de ses coudes et de ses jarrets. Il finit par la porter au sommet de l'excitation en introduisant en elle un doigt auquel il imprima un doux mouvement circulaire. Et soudain, elle sentit sa tête entre ses cuisses qu'il embrassa avant de la pénétrer de sa langue. D'abord confuse, Linda s'abandonna à ses sensations et se tortilla sous l'effet du plaisir. À un moment, toutefois, elle se demanda quand viendrait la chose avec le sexe devenu très dur dont les jeunes filles maories parlaient à voix basse quand elles comparaient en riant leurs amants. Elle essaya de rendre à Fitz ses caresses et finit par saisir avec hésitation son pénis. Il se mit à vibrer dans sa main tandis qu'elle le frottait, se raidit légèrement et redevint vite si mou qu'il ne put entrer en elle.

— J'ai tout de même dû boire un peu trop, dit-il d'un ton insouciant.

Bien que ne comprenant pas exactement ce qui venait de se passer, Linda n'eut pas envie de se plaindre. Il n'était guère possible de procurer à une femme plus de plaisir que celui que Fitz lui avait donné cette nuit. Elle s'endormit, réchauffée et comblée, blottie contre lui et, même durant son sommeil le plus profond, sentit son bras entourant ses épaules.

Linda aurait très volontiers repris ces jeux de l'amour le matin, mais Fitz la réveilla dès potron-minet et attela Brianna pendant qu'elle s'extrayait à regret de sa couverture.

— Nous ne pourrions pas d'abord prendre quelque part notre petit déjeuner ? demanda-t-elle. Ça m'aiderait à me réveiller.

Fitz, en riant, tira la couverture.

— Nous nous arrêterons quelque part et ferons du café, promit-il en dépit de la pluie qui rendrait difficile d'allumer un feu. Tu ne l'entends pas, toi, Lindie ma chérie, l'appel de l'or ?

SIGNES

Canterbury Plains, Otago (île du Sud)
Wellington, Taranaki, Opotiki, Maketu
(île du Nord)

1865

1

La colère d'Eru grandissait à mesure qu'il s'approchait de Rata Station. Georgie lui confirma ce que lui avait raconté Mara.

— Assez dégueulasse ce qu'a fait ta mère. Les autres éleveurs lui en veulent. Mais les hommes de loi pensent qu'on ne peut rien faire. Elle est dans son droit. Une chance pour toi, Eru, ou bien dois-je à présent t'appeler Eric ? Tu hérites d'une ferme gigantesque !

L'idée qu'il devrait se réjouir de l'expropriation de Linda et de Carol fut la goutte d'eau qui fit déborder le vase. Sitôt débarqué à Rata Station, il se mit en route pour le village, empli d'une fureur noire.

Il régnait dans le village l'animation habituelle. Les enfants jouaient, les femmes tissaient ou épluchaient. Te Ropata, le vieux guerrier, entraînait les jeunes hommes au maniement de la massue. Eru sentit la nostalgie monter en lui. Bon, se dit-il, j'y participerai bientôt de nouveau. Il salua respectueusement son ancien maître, qui lui répondit d'un signe de tête.

Auprès d'un feu, à l'écart des autres, Te Haitara et Makuto étaient assis. La vieille femme brûlait des herbes, elle devait invoquer les esprits. Eru aurait en principe dû respecter le rituel, mais sa colère était trop grande. Il s'approcha du feu.

— *Ariki*… *matua* .. Chef, père…

— Eru ! s'exclama Te Haitara en bondissant sur ses pieds, un sourire illuminant son visage.

Il alla vers son fils, lui posa les mains sur les épaules et lui donna le *hongi*. Eru se sentit soulagé quand son nez et son front touchèrent ceux de son père. Te Haitara lui serrait les épaules à lui en faire mal.

— Je peux t'appeler père ? Ou bien doutes-tu de mon ascendance ? Confirmerais-tu, par hasard, que je suis le fils de Chris Fenroy ? Un petit bobard contre des milliers de moutons ? Laisse-moi deviner : mère t'a dit qu'un certificat de naissance comme ça n'était qu'un bout de papier ?

— Dans ce cas, c'est exact. Eru, allons-nous nous parler ainsi ? Tu es mon fils, je suis ton père. Il n'y a pas le moindre doute. Si tu veux, brûlons ce certificat.

— Mère n'est pas près de nous le montrer. Et, de toute façon, il y aura une copie à la mairie de Christchurch. Les *pakehas* prennent leurs précautions. Mais où est mère, au fait ? Je suis désolé de t'avoir blessé. Mais je voudrais savoir pourquoi tu ne fais rien contre ce qui se passe ici. Cela ne peut avoir ton agrément !

— Je ne puis rien faire, avoua Te Haitara, baissant la tête. L'âme de Jane est empoisonnée, Makuto essaie de la purifier, dit-il, montrant le feu et les herbes. Mais les esprits de l'argent sont les plus forts.

— Où est mère ? On va voir si je ne lui enlève pas quelques-uns de ces esprits de la tête !

— Elle est à Rata Station. Tu aurais pu la croiser. Elle… elle aménage la maison…

— Quoi ? Père, tu ne peux peut-être pas l'obliger à renoncer à cet héritage, mais tu ne vas tout de même pas lui permettre de te quitter et d'habiter dans la maison en pierres ?

— Non, elle habite avec moi. Elle revient le soir. Mais elle estime que la maison devrait être prête pour… pour je ne sais quelle cérémonie des *pakehas*…

— Elle doit envisager de donner un bal ou quelque chose de ce genre pour fêter la transmission des biens. Bien, père, je retourne à la ferme et je vais lui dire ce que je pense de son idée !

Il trouva Jane dans l'étable de Rata Station où elle donnait ses directives à des gardiens. Elle avait bonne mine, portait une jolie robe de lin et avait relevé ses cheveux en une sorte de chignon. Elle était plus mince. Sans doute n'avait-elle plus eu le temps de tant manger… Elle l'accueillit, à sa grande surprise, par un franc sourire après avoir congédié les gardiens.

— Eru, mon garçon ! Que je suis heureuse de te voir !

Elle conserva son sourire sous l'averse de reproches qu'il lui délivra.

— Je ne comprends pas pourquoi tout le monde fait une telle affaire de ce certificat. Bon, ce fut le point sur le i pour couper l'herbe sous les pieds de l'avocat des filles Brandmann. Mais j'aurais pu m'en passer. Il suffit du papier qui indique que je suis toujours l'épouse de Chris pour prouver que tu es son fils. Si, à l'époque, j'ai fait établir ce certificat, c'était afin de faciliter les choses un jour, si tu étudiais en Angleterre. Oxford et Cambridge s'ouvrent plus facilement à un Fenroy qu'à un Te Haitara. Voilà tout. Et peut-être que tu t'en trouveras bien. La ferme rapporte beaucoup. Il faut réfléchir à cette idée de l'Angleterre. L'exploitation, ici, a moins besoin d'un gardien supplémentaire que de… eh bien un vétérinaire ou un avocat…

— Pour rouler d'autres amis et voisins ?

— Eric, mon cher, j'ai agi ainsi pour toi. Mon garçon, tu devrais m'en être reconnaissant. Le monde s'ouvre à toi… Viens, regarde un peu autour de toi !

— Non, je connais Rata Station.

— Les dépendances, tu les connais bien sûr. Je voulais dire la maison. Déjà, à l'époque, Chris s'était surpassé. Pour me satisfaire. Il avait une peur bleue de moi. C'est en tout cas une véritable petite maison de maître. Qui conviendra très bien à des réceptions.

— Tu as vraiment l'intention d'organiser une fête ? De danser sur les tombes de Cat et de Chris ? Je peux t'assurer que ça ne marchera pas. Aucun de nos voisins ne viendra. Tu t'es rendue infréquentable, mère. Père et moi aussi par-dessus le marché. Personne ne t'adressera la parole, ne fera d'affaires avec toi.

— Ne sois pas si mélodramatique, dit Jane en riant. Bien sûr, cela fait des vagues pour l'heure, tout le monde est indigné. Alors que je n'ai rien fait d'autre que d'user de mon bon droit. Cette ferme, Eru, a jadis été ma dot.

— Sur ce point, les versions divergent, mère ! répliqua Eru qui connaissait l'histoire de la ferme, fondée sur des terres achetées aux Maoris par le père de Jane pour servir de dot à sa fille, des centaines d'hectares contre des casseroles et des couvertures.

Le gouverneur n'avait pas légitimé l'achat et les Maoris s'étaient sentis floués, mais Chris avait su s'entendre avec la tribu, renonçant aux droits de propriété et payant à Te Haitara un fermage annuel. Quand le chef avait voulu épouser Jane, il avait offert ces terres à Chris pour le dédommager.

— La ferme m'appartient, répéta Jane. Les autres fermiers devront s'y faire. Ont-ils le choix ? Recruter leurs propres colonnes de tondeurs ? Vendre à d'autres intermédiaires ? Ce serait ridicule, Eric. Et, pour ce qui est de la maison, je n'ai pas l'intention d'y organiser des festivités dans un premier temps. Mais elle me sera utile, par exemple pour négocier avec des marchands de laine ou des représentants de machines agricoles en dehors d'un *marae*. Vois dans cette maison une espèce de comptoir. Plus tard, quand tu seras marié…

— Je n'épouserai pas une stupide petite baronne des moutons parce que les reproducteurs du père t'intéressent !

— Tu n'y seras pas obligé, sourit à nouveau Jane. Prends ton temps ! Quand tu seras en Angleterre pour quelques années, peut-être qu'une authentique baronne te plaira. Tu es tout de même le fils d'un chef. Mais nous reparlerons de tout ça, Eric, à tête reposée. Crois-moi, je sais ce qui est le mieux pour toi.

Eru, abattu, retourna au village. Toujours résolu, bien entendu, à ne pas aller en Angleterre et à ne pas mettre la main en personne sur Rata Station. Mais, une fois de plus, il n'avait pas réussi à faire entendre son point de vue à sa mère. Elle n'écoutait pas, tant elle était convaincue de la justesse de ses décisions. Ni Eru ni Te Haitara n'avaient la moindre chance contre elle. Le chef était un guerrier et n'avait pas été formé pour soutenir des disputes avec une aussi forte personnalité que Jane. Elle surpassait les deux hommes pour ce qui était de la rhétorique.

Le jeune homme n'en fut pas moins heureux de se retrouver dans le village. Le lendemain matin, quand Te Ropata réunit les jeunes guerriers, il se joignit à eux. Le *rangatira* se garda de tout commentaire, mais fit entonner un chant de bienvenue à la troupe. Eru rougit de joie et d'embarras d'être ainsi réadmis dans la communauté des jeunes hommes. Sa vigueur naturelle lui permit d'assez vite rattraper son retard dans sa formation guerrière et il en fut félicité par Te Ropata.

Sur le chemin du retour au village, Eru était heureux comme il ne l'avait plus été depuis longtemps. Il était enfin chez lui. Il y resterait jusqu'à ce qu'il soit un adulte. Ensuite, il irait chercher Mara et vivrait avec elle. Peu importait ce qu'en dirait sa mère.

Son enthousiasme dura jusqu'à l'instant où Jane aperçut le groupe de jeunes gens. Elle s'était, le matin, aperçue de l'absence de son fils et avait réagi en observant le mutisme le plus complet à l'égard de Te Haitara. Elle savait en effet que celui-ci était heureux que son fils veuille devenir un guerrier et que la fuite de celui-ci, très tôt le matin, ne lui avait pas échappé. Elle ne put pourtant se contenir devant Eru. Folle de rage, elle se planta devant lui.

— Je ne te comprends pas, Eric ! Tu es le maître d'un élevage gigantesque, tu vas bientôt jouer un rôle important au sein de l'Association des éleveurs de Christchurch. Tout le monde te respectera. Bon Dieu ! Je t'ai même procuré des papiers qui seront reconnus par toutes les autorités *pakehas* ! Et tu fais quoi ? Tu te promènes à moitié nu en jupe raphia, comme une danseuse, tout en chantant des chansons stupides et en brandissant des armes ridicules.

— Je suis un guerrier, mère ! dit Eru avec dignité, soutenant son regard.

— Ici, tu n'as pas d'ennemi, Eric ! Heureusement, car même Ida Jensch avec quelques coups de pistolet pourrait anéantir vos forces militaires. Quand on veut aujourd'hui tuer quelqu'un, on prend un fusil ou un revolver, pas un javelot, pas une massue ! On n'est plus à l'âge de pierre ! Et maintenant, va t'habiller correctement, nous allons examiner quelques moutons. Et puis, ce serait une bonne chose aussi que tu choisisses un cheval. Il y en a quelques-uns à Rata Station. Tu sais monter, non ?

Eru aurait voulu disparaître sous terre ! Et voilà qu'il était obligé d'avouer qu'il était un piètre cavalier en dépit des efforts de Mara pour le former. Mais il n'avait jamais aimé ça. De toute éternité, les guerriers maoris allaient à pied. Contrairement aux Indiens d'Amérique, ils n'avaient pas emprunté aux Européens la technique du combat à cheval.

— Nous trouverons peut-être quelqu'un qui te l'apprendra, trancha Jane en haussant les épaules. Voilà qui serait au moins utile. Viens maintenant !

Eru quitta son groupe la tête basse. Ses camarades ne se moquèrent pas de lui, ce que n'auraient manqué de faire ses condisciples de Tuahiwi. Jane était réputée pour disposer d'une forte *mana* et on savait qu'elle était la conseillère du chef. La tribu savait lui être redevable de son aisance et chacun des apprentis guerriers se serait soumis comme Eru. Le ton qu'elle avait employé envers lui n'était toutefois pas admissible. Il ne put que souhaiter que ses compagnons n'aient pas tout compris, car Jane avait parlé en anglais. Mais il ne se fit guère d'illusion à cet égard, miss Foggerty, l'institutrice, n'ayant pas dispensé son enseignement en maori. Il leur était resté de quoi saisir l'essentiel de l'admonestation maternelle.

Eru passa une journée à inspecter des enclos à moutons et des hangars de tonte. Il rentra le soir au village, fatigué et abattu. Pourtant, il retrouva ses envies de vivre en reconnaissant une ombre familière derrière les arbres entre la maison du chef et la clôture du *marae*, exactement là où Mara l'avait attendu lors de leur dernière rencontre au village.

Te Ropata l'attendait, immobile, sa silhouette se fondant dans la végétation autour de lui. Eru fut fier de l'avoir découvert. Quand Jane eut disparu à l'intérieur de la maison, il alla vers lui l'air de rien.

— *Rangatira*, dit-il, attends-tu mon père ?

— Non, c'est toi que j'attends, Te Eriatara. Je veux que tu me suives.

— Est-ce que je dois... est-ce que je dois m'habiller comme il faut ? s'inquiéta Eru, sachant bien que le vieil homme tenait à ce que ses élèves portent la tenue traditionnelle lors de l'entraînement au combat ou de séances de méditation.

— Tu peux venir comme tu es, ainsi tu sauras qui tu es, déclara-t-il de manière elliptique en se mettant en route.

Sortant du *marae*, il prit la direction d'un étang, un lieu donnant de l'énergie pour la tribu. Eru avait de la peine à le suivre. Te Ropata, malgré son âge, avait un corps nerveux, musculeux et souple. Il avançait en silence. Arrivés à l'étang, ils s'assirent au bord de l'eau. Te Ropata ne disait toujours rien, il unissait son esprit aux divinités du lieu. Ce fut finalement Eru qui rompit le silence.

— *Rangatira*, je suis désolé de ce qui s'est produit ce matin. Si ma mère t'a blessé...

— Une femme ne peut pas me blesser. Un homme, je le tuerais pour cela. Il ne s'agit pas de moi, Te Eriatara, mais de toi. Qui es-tu ?

— Tu le sais bien, *rangatira* ! Je suis Te Eriatara, le fils de Te Haitara de la tribu des Ngai Tahu, entre le fleuve et les montagnes, qui est autrefois...

— Je n'ai pas besoin d'entendre ta *pepeha*. Je sais qui t'a engendré, je sais avec quel canot tes ancêtres sont venus à Aotearoa. Te Eriatara, tu as en toi du sang maori et du sang *pakeha*. Ton corps les reflète, ton esprit a été marqué par les deux. Mais qu'est-ce qui détermine ton âme ?

— Je suis un Maori ! déclara Eru sans hésiter une seconde, car, s'il avait eu quelque doute à ce sujet, on l'avait chassé à Tuahiwi. Et je veux être un guerrier. Je t'en prie, Te Ropata, ne me rejette pas, laisse-moi dans le *taua*. Même s'il n'y a pas d'ennemi, si...

Le vieux guerrier tourna avec lenteur son regard vers le garçon.

— Il y a toujours des ennemis, mon fils. Et le premier ennemi qu'un guerrier doit vaincre, c'est l'ennemi qui est en lui.

Eru réfléchit un instant.

— Cela signifie qu'il doit… développer son courage ?

Te Ropata opina.

— Dans les temps anciens, dit-il, il devait prouver son courage. Longtemps avant qu'il rencontre un ennemi étranger, ajouta-t-il en passant un doigt sur les tatouages de son visage.

Eru le regarda fixement. Enfin, il comprit.

2

Au village de Te Haitara, il n'y avait plus de *tohunga-ta-oko*, du moins aucun possédant une bonne renommée au-delà de la tribu. Un des doyens du village qui, d'après Te Ropata, savait pourtant tatouer, refusa.

— Tu n'es pas n'importe quel guerrier, Te Eriatara, tu es le fils d'un chef. Tu dois donc te confier à un maître en la matière et pas à un vieil homme qui n'a plus touché à un visage depuis vingt ans.

Il existait un de ces hommes dans une tribu amie installée au nord-ouest, dans les contreforts des Alpes, au bord du lac Whakamatua.

— Nous rendrons visite à cette tribu quand nous ramènerons les moutons de l'alpage, déclara Te Ropata. Je participerai à l'estive avec mes jeunes guerriers. Cela devrait convenir à Jane Te Rohi.

Jane ne sut si elle devait se réjouir de cette aide, trouvant étrange que le vieux *tohunga* guerrier s'abaisse à une occupation utile. C'est en tout cas ce qu'elle déclara à Eru qui ne pipa mot. Mais elle ne pouvait refuser l'offre du vieil homme, car elle se plaignait toujours au chef qu'elle manquait d'aide au sein de la tribu quand il en allait de l'élevage des moutons. Et ces quinze jeunes gens en pleine force de l'âge, experts dans l'art de relever les pistes, représenteraient un apport non négligeable, surtout pour retrouver les brebis égarées.

Elle ne put au demeurant se plaindre cette fois-ci, car suite à la décision de Te Ropata, la moitié de la tribu fut volontaire pour partir dans les montagnes. Le chef finit par lui avouer que l'estive permettrait de rendre visite, par la même occasion, à un *iwi* ami.

— Nous pourrions y aller, proposa-t-il, tu ne nous as encore jamais accompagnés.

— Et je n'ai pas l'intention de le faire. Il faut ramener les moutons et ce n'est pas une excursion familiale. Je dois ensuite répartir les bêtes dans les étables et les enclos. J'aurais d'ailleurs besoin d'aide en plus des trois gardiens *pakehas*.

Les hommes restés à Rata Station après le départ de l'ancien contremaître avaient en effet donné leur congé quand Linda et Carol avaient abandonné la ferme. En revanche, Patrick Colderell était revenu et avait repris son job de gérant. Il avait recruté deux autres *pakehas* qui jouissaient d'une mauvaise réputation chez les éleveurs des rives du Waimakariri. Il n'avait pas été possible d'en recruter d'autres, personne ou presque ne souhaitant travailler pour Jane.

Colderell jura quand il vit la troupe de guerriers, de femmes, d'enfants et de doyens prendre la route des montagnes sous sa direction.

— Ils vont nous faire perdre notre temps !

— Non, répondit Jane, ils sont plus rapides que vous en montagne, à ce que je sais. Et puis, même si vous mettez un jour de plus à arriver là-haut, ça n'a pas d'importance, vous rattraperez le temps perdu sans problème à la redescente si les Maoris s'en donnent la peine, ce dont je doute. Alors, ayez un œil sur les hommes que je paye, afin qu'ils n'en profitent pas pour jouer les filles de l'air.

Sur son ordre, Eru montait un doux petit moreau et devait rester en compagnie des *pakehas*, à l'écart de son groupe de guerriers ! Cette fois encore, personne ne se moqua de lui. Tous ses compagnons étaient au courant de ses intentions. Il était même question, maintenant, de Te Ua Haumene et des hommes qui luttaient avec lui, dans l'île du Nord, pour leur liberté. Tous se faisaient tatouer. La jeune génération, au sein de la tribu de Te Haitara, brûlait de fournir elle aussi cette preuve de courage.

Les jeunes guerriers s'étaient d'abord montrés prêts à aider, ce dont ils étaient capables, la tribu se livrant à l'élevage depuis des années. Les enfants avaient grandi en gardant des moutons et la plupart des Maoris avaient un excellent rapport avec les animaux. Aussi Colderell ne s'aperçut-il pas de la disparition de Te Ropata et d'Eru dès le premier jour. Pour l'ours mal léché qu'il était, tous les Maoris se ressemblaient et il n'avait pas l'intention de jouer les bonnes d'enfants, ayant assez d'aides à sa disposition. Qu'Eric Fenroy en fasse à sa guise.

Eru aurait pu, comme les autres jeunes guerriers, attendre le retour de l'estive pour participer à la cérémonie du *moko*. Mais il avait d'autres ambitions que ses amis qui désiraient de petits tatouages, à peine visibles. Il allait prouver à son *rangatira* et à son père qu'il était un homme. Un guerrier maori, aussi fort que les meilleurs défenseurs de son peuple.

C'est ce qu'il expliqua au *tohunga-ta-oko*, un petit homme obèse au corps à peine tatoué. L'artiste avait conduit le jeune homme et Te Ropata un peu à l'écart du village, au bord du lac. La rive était couverte de gravier noir. Les hommes respirèrent avec plaisir l'air pur et glacé. L'hiver, sur ces hauteurs, arrivait plus vite que dans la plaine.

— Tu veux tout le même jour ? demanda l'homme, incrédule, qui examinait avec attention et concentration le visage de son patient.

Aucune expression, aucun mouvement ne semblait échapper à son regard. Il était connu bien au-delà des frontières de sa tribu. Les guerriers de son *iwi* portaient tous des *mokos* exécutés avec une propreté extraordinaire, avec des motifs divers et originaux, tels qu'Eru n'en avait encore jamais vus.

— Le visage tout entier ? C'est impossible, mon garçon. Personne ne supporte cela.

— Moi, oui, déclara Eru. Je supporte n'importe quelle douleur.

— Il me faut parfois plusieurs années pour tatouer un visage entier. Pas seulement à cause de la douleur, mais aussi parce que le guerrier change. J'incise dans ton visage ta vie, ce que tu es.

— Je n'en ai pas le temps. Et on dit de toi que tu sais lire dans l'âme des gens dont tu tatoues le visage. Mon âme ne changera pas avec les années et je peux supporter les douleurs. Je t'en prie, essaye avec moi !

— Je peux aussi l'étaler sur trois ou quatre jours…

— D'accord, pourvu que ce soit terminé quand les gens de notre tribu repasseront, je voudrais les surprendre.

— Tu es à la croisée des chemins. Dès que j'ai regardé ton visage, j'y ai vu des lignes qui se croisent sur ton front. Elles se sont maintenant révélées être une *koru*.

La feuille de fougère symbolisait l'espoir et le renouveau.

— Je veux que l'on voie en moi l'homme et le guerrier !

— Donc le *toki* et le *mere*, sourit l'artiste. Nous allons voir comment tu te tiens. Je vais commencer par les yeux et le nez. Je vais poser des signes qui rendront visible ton rang. Tu es de haute naissance, dit le *tohunga* en dessinant des lignes au fusain sur la peau d'Eru.

— Ma naissance m'est égale, protesta le jeune homme. Je veux un tatouage qui ne soit qu'à moi.

— Je vais tracer sous ton nez un dessin aussi original que celui de ton visage en entier. Tu ne seras semblable à personne d'autre.

Pendant que le *tohunga* travaillait, Te Ropata commentait avec admiration.

— Un jeune guerrier avec beaucoup de *mana*, dit-il du signe que l'artiste venait de dessiner sur le menton.

Eru réprima un sourire de fierté. Il ne se reconnut pas quand, ayant rempli d'eau une demi-courge creuse, le maître lui proposa de s'y regarder.

— Est-ce ce que tu avais en tête ?

— C'est merveilleux ! C'est exactement cela ! Tu peux commencer tout de suite ?

— Non, il faut d'abord te préparer, méditer, converser avec les esprits. Laisse les dessins agir sur ton âme, peut-être que tu voudras tout de même changer quelque chose. Nous commencerons demain.

Eru passa la nuit en respectant les directives du *tohunga*. Il n'eut le droit ni de manger ni de boire. Le maître jeûna lui aussi. Au petit matin, les trois hommes retournèrent au lac, accompagnés de trois élèves du *tohunga*. L'un d'eux alluma un feu où il fit brûler des coquillages et de la résine d'arbres *kauri*. L'odeur forte qui s'en dégagea faillit faire tousser Eru, mais il parvint à vaincre l'irritation.

— C'est à cet endroit que s'unissent la lumière et la force, déclara le *tohunga*.

Quand le feu fut consumé, celui-ci fabriqua une espèce de pâte en mélangeant la cendre avec de l'huile. Les choses sérieuses commençaient. Eru déglutit.

— Prêt ? demanda le *tohunga* en prenant une sorte de scalpel acéré taillé dans un os de baleine. Dans l'autre main, il tenait un petit marteau.

Eru opina.

Rien ni personne n'aurait pu le préparer à la douleur qui le traversa quand le *tohunga* inséra le scalpel au-dessous de son œil droit. Les tatouages devaient être incisés, on devait par la suite les voir, bien sûr, mais un aveugle devait pouvoir les lire au toucher. Eru le savait, mais il faillit hurler de douleur. Avant qu'il ait eu le temps d'ouvrir la bouche, Te Ropata et les élèves entonnèrent un chant, invoquant le courage du jeune guerrier, appelant les esprits à l'aide. Eru se mordit la langue et se maîtrisa. Il ne proférerait pas un son.

Au bout de quelques instants, il avait le visage dégoulinant de sang. Le *tohunga* l'essuya dès qu'il eut tracé une première ligne puis, du bout du scalpel, il enduisit l'incision de pâte noire. Une nouvelle brûlure traversa le corps d'Eru. Sans s'arrêter, le *tohunga* délimitait déjà de son scalpel, autour des yeux, une zone où la peau est très sensible. Eru s'accrocha pour ne pas s'évanouir. Il était un guerrier ! Il était fort !

Les chants invoquèrent cette force. Le maître lui-même chanta le *karakia* de la force. Eru eut envie de vomir. Heureusement qu'il avait l'estomac vide. Il avait la bouche sèche, il avait soif. Et toujours le marteau frappait le scalpel ! Eru eut l'impression qu'il n'y avait plus un bout de peau intact autour de ses yeux que l'enflure allait boucher.

— Je… n'y verrai bientôt plus, arriva-t-il à dire.

— C'est normal. Tu seras aveugle quelques jours. On a fini l'*uitere*. Veux-tu continuer ?

Bien qu'ayant l'impression que sa tête avait doublé de volume, il fit signe que oui.

— Tu es fort, admira le maître tout en s'attaquant à la mâchoire du jeune homme.

Les hommes reprirent leurs chants. Eru serra les dents.

— C'est… c'est fini ? demanda Eru d'une voix rauque quand son tortionnaire l'abandonna au bout d'une éternité.

— Non. Je te l'ai dit, nous étalons l'opération sur trois jours. Demain, je travaillerai les joues et le front. Je réfléchirai une nouvelle fois aux motifs, si tu en es d'accord. Tu es plus courageux et plus fort que je ne le pensais.

En dépit des félicitations, pas un muscle ne bougea sur le visage du jeune guerrier quand on l'emmena, tant il était enflé et douloureux. L'idée de supporter cette torture le lendemain était intolérable.

— Je peux boire ?

Il ne voyait plus rien, mais, aux bruits autour de lui, il supposa qu'ils étaient arrivés au village : des voix d'hommes et de femmes, des paroles d'admiration. La plupart des gens, ici, étaient tatoués et savaient donc ce qu'il venait d'endurer. Te Ropata le conduisit dans une maison et lui conseilla de s'allonger sur une natte.

— L'eau est autorisée, dit-il, tourné vers les élèves.

— Oui, mais il faut boire dans la corne.

Peu après, Eru sentit quelque chose de dur contre ses lèvres. Ce récipient en corne ou en bois servait traditionnellement à nourrir un *ariki* : qu'un chef mange avec ses mains était considéré comme *tapu*. De là cet instrument dont le petit bout était placé dans la bouche du chef, un aide enfournant la nourriture par l'autre bout. Sur l'île du Sud cette tradition était abandonnée depuis longtemps, mais Eru la connaissait.

L'eau coula dans sa bouche desséchée. Jusqu'à sa guérison, il serait *tapu*. Et jusqu'à la fin du tatouage, il resterait à jeun, ce qui ne le chagrinait en rien, incapable d'avaler quoi que ce soit de solide. Il était épuisé, accablé par la douleur incessante. Quand il fut seul, il s'accrocha à l'espoir de se sentir mieux le lendemain et finit par tomber dans un sommeil agité.

Le lendemain, ses blessures palpitaient et son visage avait encore enflé. Quand le *tohunga* entreprit la seconde partie de son travail, Eru gémit et pleura mais se retint de crier. Il finit par perdre connaissance. Il supporta la seconde puis la troisième journée de torture sans manifester d'autre faiblesse.

Le tatoueur s'inclina devant lui après avoir incisé les dernières lignes sous son nez. *Raurau*, la signature. Te Ropata décrivit à Eru le geste respectueux du *tohunga* qu'il n'avait toujours pas pu voir.

— Cela va guérir vite, affirma Te Ropata en l'aidant à s'allonger. Tu ne vas pas tarder à voir de nouveau. Et la prochaine fois que tu te regarderas dans une glace, tu verras un homme !

Eru fut profondément déçu. Ce qu'il finit par apercevoir dans la demi-courge, ce fut un visage rouge et bleu, défiguré par des boursouflures et des inflammations. Il avait été pendant plusieurs jours dévoré par la fièvre. Les soignants de la tribu chantaient jour et nuit des *karakias* devant sa cabane. Mais le tatoueur ne les laissa pas entrer.

— S'ils apposent leurs plantes et leurs pommades, ça apaisera les douleurs mais brouillera les lignes, décolorera les dessins et aplanira les sillons que j'ai creusés dans ton visage. Ce n'est pas ce que nous voulons.

Eru acquiesça. Le maître n'autorisa qu'une tisane de feuilles de *manuka* contre la fièvre.

— Mais ça ne va pas rester comme ça ? demanda le guerrier, horrifié.

— Non, bien sûr que non. C'est affreux à voir pour l'instant, mais ça guérit très bien. Ce sera vite très beau.

— J'ai bien peur que ma mère ne soit pas de cet avis, dit Eru en tentant de sourire.

Cela faisait presque dix jours qu'il était maintenant au bord du lac Whakamatua. Le rassemblement des moutons de Rata Station et de Maori Station sur les hautes terres était achevé et ses compagnons de la *taua* revenaient ce jour-là au village. Eru avait attendu avec impatience de les retrouver, imaginant se présenter à eux triomphant, avec un visage nouveau. Mais pas dans cet état ! Il n'eut d'ailleurs pas à se montrer, car il fut obligé d'assister au *powhiri* en l'honneur des visiteurs depuis sa cabane construite à l'écart, à son intention, car il était *tapu*.

Le lendemain, toutefois, il eut de la visite. Certains des guerriers de sa *taua* profitèrent de leur présence au village pour se livrer eux aussi au scalpel du *tohunga-ta-oko*, pour de petits tatouages. Aussi est-ce avec un grand respect qu'ils considérèrent Eru après avoir supporté leur propre épreuve.

— Tu seras leur nouveau chef, prédit Te Ropata à leur départ de la tribu du lac. S'il y a vote un jour, ils se souviendront de cette journée, de ton courage et de tes paroles ! Ton esprit aussi est fort !

Ces paroles martiales trouvèrent un écho chez Eru et les jeunes tatoués qui avaient passé leurs deux ou trois jours de convalescence à lire à haute voix l'Évangile de Te Ua Haumene. Eru leur avait aussi parlé de l'école de Tuahiwi et du garçon de l'île du Nord qui avait entendu le prophète. Te Ropata lui-même avait trouvé dans les écrits de Haumene un écho de quelques-unes de ses propres convictions, même si beaucoup d'allusions bibliques lui échappaient. Mais il était lui aussi d'avis que les *pakehas* devaient être bannis d'Aotearoa.

Eru rougit de fierté. Il n'avait jusqu'ici jamais envisagé de succéder à son père. Son ascendance de *pakeha* et l'emprise de sa mère à laquelle il n'avait pas vraiment résisté ne favorisaient pas un vote de la tribu en sa faveur. Mais il venait de prouver sa *mana*. Courage, force et solidité de l'esprit. Il serait désormais un des hommes les mieux considérés de la tribu.

Il éprouvait néanmoins un peu d'angoisse à l'idée de rencontrer sa mère. Ses plaies étaient à présent refermées et les symboles bleu foncé dessinés sur son visage rayonnaient. Une cérémonie purificatrice l'avait délivré du *tapu*, et la tribu avait organisé une grande fête en l'honneur des nouveaux tatoués.

La guérison n'en avait pas moins duré trois semaines ! Jane devait exploser de fureur !

3

— Avoue ! Il y a une femme là derrière !

Une nouvelle fois, Jane harcelait son époux. Les gardiens et les moutons étaient rentrés des hautes terres depuis deux semaines déjà. Une semaine plus tard, les femmes et les enfants étaient rentrés de leur visite au village du bord du Whakamatua. Mais pas de nouvelle d'Eru depuis lors. Pour Jane, il n'y avait pas le moindre doute : Eru avait dû rencontrer une fille qui le retenait dans les hautes terres.

— Je l'ignore, répondit patiemment Te Haitara. Demande à Makuto. Je n'ai pas fait partie de l'expédition, tu le sais.

La vieille *tohunga* était revenue avec les premiers Maoris. Elle tissait, en compagnie de quelques femmes, pendant que Jane étudiait les livres de comptes tout en se querellant avec le chef. En entendant prononcer son nom, Makuto leva la tête mais ne se mêla pas du conflit.

— Elle ne me dit rien ! se plaignit Jane. Elle t'a en revanche parlé. Ne le nie pas, je vous ai vus. Vous avez à nouveau invoqué je ne sais quels esprits. Ou bien s'est-il passé quelque chose ? Est-ce qu'elle me ment ?

Elle avait certes interrogé le contremaître *pakeha*, qui lui avait à plusieurs reprises assuré qu'il n'y avait eu ni accidents ni combats, qu'Eru avait disparu avec quelques Maoris, mais qu'il n'en savait pas plus.

— Si elle ne te dit rien, elle ne peut en même temps te mentir, dit le chef avec flegme. Elle m'a dit ce qu'elle t'a sans doute dit : Eru est en route pour devenir un homme. Il est pour l'instant frappé d'un *tapu*. Il reviendra dès que ce *tapu* sera levé. Tu vas devoir te satisfaire de ça, Jane, comme moi.

— Mais tu devines quelque chose ! Ne me raconte pas que tu n'as aucune idée. Tu as toi aussi suivi ces drôles de rites initiatiques.

Dernier mot qui appartenait depuis peu au vocabulaire de Jane. Depuis qu'elle avait pressenti qu'Eru pourrait lui échapper, elle avait commandé des livres sur les mœurs des indigènes à travers le monde.

— C'était une autre époque, répondit son époux. De nos jours, on rompt avec pas mal de traditions qui nous paraissaient pourtant normales. J'ignore ce que Te Ropata a exactement derrière la tête, mais c'est un bon *rangatira*. Il ne fera rien qui nuise aux jeunes guerriers. D'ailleurs Eru n'est pas le seul jeune homme à n'être pas encore rentré. Il les ramènera sains et saufs, tu peux être tranquille.

— Je reste persuadée qu'il y a une fille dans l'histoire ! Et cela peut le mettre dans une sale situation. Imagine qu'une de ces petites malignes tombe enceinte de lui…

— … alors nous accueillerons notre petit-enfant avec joie. Tranquillise-toi, Jane, il n'y a pas d'histoire de fille. Je ne sais ce que tu t'imagines, mais la première rencontre d'une fille ne fait pas partie des épreuves imposées à un guerrier. Ce serait trop simple. Coucher avec une femme ne fait pas d'un garçon un homme.

— Parfois cela fait au contraire d'un homme un esclave, observa Makuto.

Jane la foudroya du regard. Puis, soudain inquiète, elle tendit l'oreille. On entendait des cris venus de la place du village ainsi que le son d'une conque marine. Habituellement, le signal donné pour l'attaque, mais la tribu n'avait pas d'ennemis. Te Ropata n'apprenait à ses jeunes à jouer de la conque marine qu'en raison de la tradition, afin de les appeler à l'entraînement ou pour signaler leurs allées et venues.

Le son de la conque se mêlait à présent à des chants : *Merci aux esprits, merci aux ancêtres ! Nos guerriers sont revenus victorieux. Les feux de nos femmes ne sont plus désertés, personne n'a plus à craindre l'irruption d'ennemis ! La tribu est renforcée ! La joie remplit nos cœurs et les maisons.*

— Eh bien, voilà, Jane ! À ce qu'il paraît, Eru est de retour.

Jane s'efforça de suivre à pas mesurés son époux qui allait souhaiter la bienvenue à Te Ropata et à sa *taua*. Elle avait décidé de se contenir. Te Haitara serait choqué si elle se précipitait sur Eru. Que la tribu célèbre à sa guise les cérémonies d'accueil, elle aurait ensuite bien le temps de passer un savon à son fils.

Les jeunes guerriers s'étaient rangés sur la place, face aux villageois enthousiastes. C'était habituel. Les Ngai Tahu aimaient fêter bruyamment l'arrivée de parents ou d'amis. Mais cette fois, la place était pleine de cris d'admiration. Les femmes et les jeunes filles louaient la beauté des guerriers, les hommes leur courage. Pourtant, au premier coup d'œil, ils semblaient n'avoir pas changé. Ils étaient bien sûr demi-nus, avaient le javelot à la main et la massue à la ceinture, leurs longs cheveux étaient noués en chignons de guerriers. Mais quand le regard de Jane se porta sur leurs visages, ses yeux s'écarquillèrent.

Le menton de Tane, un neveu du chef, était orné de spirales bleues. Au-dessus des yeux d'Arama, une deuxième et une troisième barre de sourcils semblaient avoir poussé. Elle vit aussi sur le front de Heni une espèce d'éventail…

— Te Haitara…, gémit-elle en plantant ses doigts dans le bras de son mari… Ils… ils ont… Dieu merci ils ne l'ont pas fait à Eru… Où est-il donc ?

— Je suis là, mère, dit Eru en avançant.

Elle vacilla. Elle faisait face à un visage recouvert de spirales bleues, de cercles et de lignes ondulées. Les tatouages allaient du nez au menton, des dessins artistiques ornaient son front, les yeux étaient entourés de lignes fines. Quand les lèvres d'Eru esquissèrent un sourire, Jane fut terrifiée. C'était la fin de ses rêves de *college* en Angleterre, de présidence de l'Association des éleveurs.

Te Haitara fut le plus prompt à reprendre ses esprits. Se détachant de la poigne de sa femme, il fit un pas vers son fils et le dévisagea avec admiration.

— Un enfant a quitté ma maison, dit-il avec dignité, un homme est revenu. Tu as prouvé ton courage, mon fils. Plus de courage et plus de force que j'aie jamais vus chez un guerrier. Sois le bienvenu dans ta tribu, Te Eriatara.

Les femmes plus âgées, conduites par Makuto, étaient maintenant arrivées sur la place elle aussi. La *tohunga* découvrit les visages des guerriers avec satisfaction, mais la vue de celui d'Eru fit passer sur ses traits un soupçon d'inquiétude et de désapprobation.

— Tout un visage sculpté en quelques jours ? Les images d'une existence insérées sur le front d'un jeune homme ? lui dit-elle en passant la main sur ses propres tatouages. C'est bien qu'un guerrier démontre son courage, mais un enfant ne devient pas un homme en une nuit. Il a besoin de temps pour mûrir. Et il est téméraire de forcer la maturité. Ton *rangatira* aurait dû le savoir,

Te Eriatara. Et j'aurais espéré plus de sagesse de la part d'un *tohunga-ta-oko*. Cela a été une erreur ! Tu vis à présent avec un visage qui, dans dix ans, ne sera peut-être plus le tien. Tu crois qu'il reflète le courage, mais en réalité il ne reflète que la rébellion et la vengeance. J'espère que ton âme le surmontera et triomphera de ton visage.

Sur ces paroles elle se détourna d'Eru qui demeura abasourdi. Et qui reçut sans plus attendre un second coup, asséné cette fois par sa mère qui n'éprouvait plus qu'une colère froide et rentrée.

— Tu as entendu ? Je n'aurais jamais cru que Makuto et moi serions un jour d'accord dans cette existence. Mais cette fois elle a raison. Tu n'es pas un guerrier, Eric ! Juste un petit garçon gâté et entêté !

— Je te prouverai, mère, que je suis un guerrier, dit-il d'une voix ferme. Je le prouverai à vous tous ! poursuivit-il en tirant de son baluchon un petit livre froissé, l'*ua rongo pai* de Te Ua Haumene. Regarde ! Sur l'île du Nord, il y a la guerre, une guerre que nous allons gagner, annonce Te Eriatara. Cela lui a été révélé et il en sera ainsi. Nous devons sentir en nous cet appel, dit le prophète. Et aujourd'hui, je l'entends, moi, Te Eriatara, le guerrier ! Dès aujourd'hui, je vais partir le rejoindre !

Jane vit Te Haitara pâlir.

— Eru… mon garçon…, cette intention t'honore. Mais tu ne vas pas vraiment… Ce n'est pas notre combat, Eru ! Ce n'est pas la guerre des Ngai Tahu ! dit le chef en faisant un pas vers le jeune homme comme pour le retenir.

— La guerre ? s'exclama Jane qui avait jeté un jour un œil sur le papier de Te Ua Haumene et avait pensé que c'était le fruit d'un esprit malade.

— C'est le combat de nous tous ! Le combat de tous les Maoris ! répondit Eru en regardant autour de lui.

Une partie de sa *taua* écoutait ses propos le regard brillant, d'autres baissaient la tête avec honte.

— Il ne va tout de même pas passer sur l'autre île et se joindre à je ne sais quelles hordes de rebelles ? demanda Jane à son époux.

Te Haitara se cacha le visage derrière ses deux mains. Son silence fut pour Jane une réponse.

— Tu dois le lui interdire ! cria-t-elle d'une voix aiguë.

— Je ne peux pas, avoua-t-il, tête basse. Il a réussi le passage, avec plus de courage et plus de force que moi jadis. C'est un guerrier. C'est un homme.

— Mais tu es son chef !

— Je ne suis que son père. Je lui ai enseigné ce qu'il devait savoir. Je l'ai éduqué pour en faire un guerrier. C'est contre toi qu'il se rebelle. Et c'est bien qu'il s'en aille car, sinon, il nous séparerait.

— Tu n'as qu'à continuer comme ça, *ariki* ! lui lança-t-elle en anglais, furieuse.

Elle se retourna vers son fils et le dévisagea avec répugnance, un éclair de méchanceté dans le regard.

— Eh bien, maintenant que tu es tatoué et qu'en plus tu pars pour chasser de ton pays les méchants intrus, voilà au moins réglée l'affaire avec la fille Jensch, dit-elle d'un ton volontairement placide. Il n'y a plus une fille *pakeha* qui supportera de te regarder.

Eru fit de son mieux pour soutenir son regard, puis il prit avec lenteur son javelot, salua respectueusement les doyens du village, échangea le *hongi* avec son père et son *rangatira*. Puis il traversa les rangs des membres de sa tribu. Ils le laissèrent passer, fascinés, certains avec compassion. Il fut soulagé quand deux autres jeunes guerriers se joignirent à lui, l'un d'eux se mettant à danser un *haka* de guerre quand ils se furent un peu éloignés. Eru chanta avec lui, mais sans avoir la tête à ça. Pour la première fois, il se demanda quelle serait la réaction de Mara face à son nouveau visage. Le reconnaîtrait-elle ? Lui plairait-il ?

La réponse, il la savait, elle était au plus profond de son cœur. Mara l'aimait sans se soucier de son apparence. Mais s'il massacrait des gens de son peuple, comme le faisaient, semble-t-il les guerriers *hauhau*, elle le mépriserait.

4

Carol supporta sans problème la traversée de Lyttelton à l'île du Nord en dépit de la fatigue des derniers jours, de la perte de Rata Station et de la séparation d'avec Linda. Elle avait aussi pris pleine conscience de la perte de son fiancé. Jusqu'ici, elle avait devant elle une existence toute tracée, assurée. Or elle était désormais seule, Linda était mariée et l'avenir incertain. Elle n'était pas loin de sombrer dans la dépression.

Bill Paxton s'employa à la distraire. Il insista pour qu'elle se tienne avec lui contre le bastingage et jouisse du vent et des embruns. Le soir, il l'accompagna dans la salle à manger de première classe et la traita à l'égale d'une princesse. Il dut, pour cela, corrompre un steward, car Mara et elle n'avaient pas eu de quoi payer une première classe. Le lieutenant ne remarquait pas qu'elle commentait ses histoires et ses plaisanteries avec moins d'insouciance que sur le *General Lee*. Il était heureux d'être avec elle et essayait de lui plaire.

Mara se révéla une agréable compagne de voyage, de bonne humeur contrairement à ses habitudes, parlant de ses précédents voyages maritimes, afin de tranquilliser sa demi-sœur quand la mer devenait par trop agitée.

— C'est toujours comme ça, Carrie, cela ne veut rien dire. Et, dans quelques heures, nous serons arrivés.

À Wellington, Carol fut assaillie par tant de nouveauté qu'elle en oublia de temps en temps sa tristesse.

La ville était beaucoup plus grande que celles qu'elle connaissait et elle admira les commerces, les restaurants, les hôtels, les bâtiments administratifs et les églises. Mara, elle, fut frappée par la présence militaire, bien plus importante que lors de ses précédents séjours. On ne voyait en revanche pas un Maori.

— En raison de votre deuil vous n'y avez sans doute pas prêté attention, miss Mara, expliqua Bill, et moi-même je n'ai des combats qu'une connaissance orale. Mais ici, on est en guerre. Il y a eu des soulèvements à Taranaki et Waikato, ce qui a amené une violente réaction du gouverneur. Il a organisé une véritable campagne militaire qui, conduite par le général Cameron, a duré jusqu'au printemps dernier, obtenant de grands succès, puisque les guerriers maoris ont été refoulés dans des territoires réduits.

— Alors, c'est terminé à présent ? s'inquiéta Carol. Les combats ont cessé ?

La route pour Russell traversant l'île du sud au nord, elle prit conscience de l'importance d'être accompagnées par le lieutenant, au moins sur une partie du chemin.

— Pourquoi tous ces soldats si maintenant la paix règne ? s'étonna Mara.

— On procède désormais à des réquisitions dans les régions des émeutiers. Le gouverneur Grey se réclame de sa proclamation de 1863.

— Sa quoi ? demanda Mara.

— Il avait posé un ultimatum aux chefs maoris de Waikato. Celui qui resterait dans son village ou irait avec sa tribu là où le gouvernement songeait à la transférer n'aurait rien à craindre. Mais celui qui s'en prendrait aux colons ou offrirait refuge ou libre passage aux émeutiers perdrait les droits qui lui avaient été accordés par le traité de Waitangi. En d'autres termes, il pourrait à tout moment être exproprié. J'ignore dans quelle mesure les chefs maoris ont alors été informés de cette proclamation. Cela n'a en tout cas eu aucun effet sur le cours des hostilités.

— Et il la met à exécution maintenant ? Deux ans plus tard ? s'étonna Carol à son tour. Mais qui sait encore qui était du côté de qui ? Et quel chef et quelle tribu ont participé ou non ? Pour les Anglais, tous les Maoris se ressemblent.

— Je ne suis pas, moi non plus, très à l'aise avec cette affaire, avoua Bill. Le général Cameron lui-même a des doutes. Il rassemble néanmoins des troupes entre Whanganui et le fleuve Patea. C'est là que je vais, j'y suis affecté en tant qu'officier de liaison. C'est à nouveau un assemblage hétéroclite d'Anglais, de Néo-Zélandais et d'Australiens. Les Kiwis étant apparemment en passe de bientôt être les plus nombreux. Les Anglais, à l'initiative de Cameron, se retirent, et Grey les remplace par des colons armés et autres volontaires. Puis-je vous accompagner à votre pension ? Je dois ensuite me présenter au quartier général. Plus tard, je serai heureux de vous inviter une dernière fois au restaurant, si vous le permettez. Demain nous serons en route.

Après une brève hésitation, Carol acquiesça. Elle ne sortirait pas seule en ville le soir et retrouver Bill serait préférable à une soirée dans une chambre d'hôtel en compagnie de Mara et de Fancy. D'un autre côté, elle voyait que le lieutenant lui faisait une cour assidue et elle trouvait déloyal de l'encourager. Pour l'instant, il n'y avait pas de place dans son cœur pour un nouvel amour. Après sa déception avec Oliver et sa mauvaise opinion de Fitz, la méfiance l'habitait et Bill n'avait en rien mérité d'être abusé. Mais, après tout, le trajet jusqu'à Waikato où il les quitterait ne durerait que quelques jours. Alors, pourquoi pas une amitié sans engagement ?

— Nous serons heureuses que vous veniez nous chercher. Mais, je vous en prie, ne choisissez pas un restaurant trop cher. Toute votre solde y passerait. J'en suis gênée.

— À partir de demain, je ne dépenserai plus rien pendant des mois, dit-il en riant. Alors, profitons encore de quelques moments de luxe. Il y a ici d'excellents restaurants de poissons.

Le début du déplacement fut en effet pénible, mais pas aussi exténuant que Carol l'avait craint. Bill avait été rattaché à un groupe de soldats envoyés dans le campement de Cameron, vingt hommes à cheval, suivis d'une charrette de ravitaillement, qui avançaient sur une route très bien bâtie entre Wellington et le nord, spécialement construite pour les transports de troupes. Ce travail n'avait pas dû être simple au travers d'un pays parfois montagneux. Il arrivait à Carol d'avoir le souffle coupé quand la route longeait des abîmes ou empruntait des ponts vertigineux.

Mara qui était passée par là avec ses parents alors que la route était en construction n'avait pas ces angoisses. Elle évoquait des voies beaucoup plus difficiles quand on se rendait à Auckland.

— À Taranaki et Waikato, toutes les routes traversaient des régions maories. Nous avons souvent passé la nuit dans des tribus. Et vous savez ce qu'entendent les Maoris sous le nom de route. Ce n'étaient souvent que des tranchées coupant la forêt vierge.

— L'idéal pour des attaques et des guets-apens, observa le chef de la troupe, un capitaine ayant connu le feu. C'est pourquoi nous avons commencé à nettoyer. L'ouverture de ces voies était un projet à long terme.

Elle fut difficile. Les soldats rechignaient à ce travail. Plus tard, ils en ont compris le sens ! Quand on s'est un jour retrouvé en pleine jungle face à ces gaillards tatoués et agitant des javelots, on apprécie la civilisation. Cela avait déjà été le problème lors de la première guerre de Taranaki. Nous avons trop longtemps accepté leurs règles du jeu. Cette fois, Grey et Cameron s'y prennent autrement. Nous avons combattu selon nos règles et nous avons gagné !

— Mais le pays était alors plus beau, répondit Mara.

Le paysage avait en effet été ravagé par les travaux. Les arbres abattus étaient souvent restés sur place, à gauche et à droite de la chaussée, où s'accumulaient des tas de détritus abandonnés par des milliers de soldats passés par là.

— Aujourd'hui, il est plus sûr, répliqua le capitaine.

Le long de la nouvelle route, on trouvait de loin en loin des postes militaires et des forts : parfois d'anciens *pas* maoris pris par les Britanniques et transformés ; parfois des constructions neuves mais rudimentaires. Le premier soir, le groupe passa la nuit dans un camp, près de Paekakariki.

— Un ancien fort maori, prétendit le capitaine. Nous nous en sommes emparés il y a quelques années, avant que la région ait été colonisée et la route pour Porirua construite.

— Ce n'était pas un *pa*, objecta Mara.

— Ici, c'était un *marae*, confirma Carol. Un village. Des familles y ont vécu, dit-elle en montrant les maisons communes, les dortoirs et les cuisines qui servaient aujourd'hui de logements et de bureaux. Où sont ces gens ?

Le capitaine répondit par un haussement d'épaules de désintérêt.

Bill, le lendemain matin, demanda au commandant du poste ce qui était arrivé aux Maoris ayant jadis vécu ici.

— On les a installés ailleurs, rapporta-t-il, tandis qu'ils suivaient une route plus ancienne, aménagée par des colons, bordée de terres agricoles, avec des moutons broutant à droite et à gauche. Quelque part dans la région de Taranaki.

— Taranaki ? s'étonna Mara. Y a-t-il donc là-bas des tribus appartenant aux Ngati Raukawa ? Je croyais que n'y vivaient que des Nga Rauru et des Nga Ruahine ! Or la plupart des tribus de l'île du Nord sont ennemies entre elles.

— On ne s'en est pas aperçu, se gaussa le capitaine. Quand il s'agit de combattre les Anglais, ces gens savent s'unir.

— Ce n'est pas tout à fait exact, objecta Bill, qui s'efforçait de ne pas contredire son supérieur malgré le malaise que lui causaient certains de ses propos. Il y a eu beaucoup de guerriers maoris qui se sont battus à nos côtés et se battent encore. J'ai entendu dire qu'ils sont entre mille cinq cents et deux mille.

— Je n'ai pour autant jamais fait confiance à ces gaillards !

Bill resta coi.

Le deuxième jour, les voyageurs, après avoir dépassé Otaki, couchèrent dans une station de missionnaires. Ils virent des Maoris pour la première fois depuis leur départ, des femmes et des enfants intimidés proposant des rafraîchissements au bord de la route. La plupart portaient des croix autour du cou et s'adressaient d'un ton servile aux soldats, « au nom de Jésus ». Les femmes expliquèrent à Mara qu'elles appartenaient aux Ngati Raukawa. La mission était proche de leur *marae* et, « naturellement », elles étaient chrétiennes.

— Sous Te Rauparaha, quand il est venu ici après Wairau, ils faisaient sans doute moins triste figure, observa Mara à l'intention de sa sœur. Regarde ce vieil homme. D'après ses tatouages, il était jadis un guerrier. Et le voilà qui vend des croix en *pounamu* !

La nuit suivante, les soldats dressèrent leurs tentes au bord de la route, en rase campagne. La région, colonisée depuis longtemps, passait pour être sûre. Les fermiers y cultivaient essentiellement du lin. On ne retrouvait de postes militaires que plus au nord, là où les champs et les prairies de la région de Manawatu laissaient la place à un paysage vallonné où la construction de routes avait dû être une gageure, au milieu de monts et de vallées, des méandres du fleuve Whanganui, des étangs et des cascades. Les Maoris ne s'étaient jamais installés dans cette région.

— Mais ils l'ont traversée, jugea Carol. Ils avaient leurs sanctuaires dans les forêts.

— Autour de la ville de Whanganui, ils s'étaient en revanche installés nombreux, intervint Mara. Mon père a arpenté le pays voici quelques années et il lui a fallu revenir à plusieurs reprises pour apaiser des conflits portant sur la propriété des terres. Nous avons passé la nuit chez les Ngati Hauiti, qui en voulaient beaucoup à la New Zealand Company. Mon père était de leur avis. On était bien chez eux.

— Bien ? s'exclama le capitaine. Chez les Hauhau ? Vous déraillez ou quoi ? Ce sont des cannibales !

— Les Ngati Hauiti vivent en paix avec les colons de Whanganui, répondit Mara impavide. Ils n'ont rien à voir avec Te Ua Haumene. En tout cas, pas plus que d'autres tribus. Il y en a d'autres dans cette région, les Ngati Rariri et les Ngati Paki… et j'en passe. Il y en a au moins six ou sept.

— La similitude des noms est le fait du hasard, précisa Carol. *Hau* désigne le vent.

Whanganui était pour l'heure un poste militaire. Mara avait gardé en mémoire une ville entourée de forêts, mais ils traversaient en ce jour d'immenses zones défrichées.

— Quelqu'un veut cultiver quelque chose ici ? demanda Carol, désemparée et consternée devant pareille coupe rase. La ville est pourtant à pas mal de *miles* encore. Et là-bas, ça a brûlé ?

— Il y avait ici des villages. Des tribus y avaient leur *marae* ! constata Mara, sidérée, à la vue de champs couverts de cendres et de troncs calcinés.

— Ils constituaient une menace permanente pour les colons, répondit le capitaine, pas impressionné pour un sou. Je t'en fous qu'ils n'avaient rien à voir avec les Hauhau ! Ils nous ont posé pas mal de problèmes. Ce furent des actions punitives.

— Et où sont les gens, à présent ? s'inquiéta Carol qui avait l'impression de se répéter.

Elle reçut la même réponse qu'à Paekakariki.

— On les a installés ailleurs, dit le capitaine.

Bill évita le regard de Carol.

Après cette région dévastée, le bourg de Whanganui bouillonnait de vie. Il avait été fondé par la New Zealand Company et peuplé d'Anglais, honnêtes et profondément croyants, qui s'étaient saignés aux quatre veines pour acquérir des terres. Maintenant, la ville était devenue un poste militaire, avec toutes les conséquences positives et négatives propres à ce genre d'évolution. L'économie connaissait un grand essor, les commerces étaient florissants, mais, à la suite des militaires, toute une racaille s'était installée dans la ville, avec l'ouverture de pubs et de bordels. Carol fut heureuse que Bill l'accompagne dans sa quête d'une pension convenable, beaucoup d'hôtels n'étant que des maisons de passe.

Une fois installée avec Mara dans une chambre simple mais propre, elle fut assaillie par de noires pensées. Ainsi, l'île du Nord s'était profondément modifiée depuis le voyage de sa sœur et de ses parents. Quelques jours plus tôt, Mara avait été certaine de pouvoir se rendre seule de Wellington à Russell, ne s'inquiétant pas de devoir trouver où passer les nuits. Karl et Linda avaient donc été partout accueillis avec chaleur, dans les *maraes* comme dans les fermes. À présent, à ce qu'il semblait, les fermiers avaient peur et se montraient méfiants tandis que les Maoris avaient de la peine à trouver un endroit paisible pour eux-mêmes. Comment allait donc se passer le reste de leur voyage quand Bill les laisserait seules ? Elle dormit d'un sommeil agité et, le lendemain, elle était fourbue et démoralisée à l'arrivée de Bill.

— Excusez cette visite très matinale, s'excusa-t-il. Mais il y a urgence. J'ai besoin de votre aide. Hier, une tribu de Maoris expropriés de leurs terres au bord du fleuve Patea est arrivée ici. Le général Cameron a fait évacuer leur village. Si j'ai bien compris, on a indiqué à ces gens un endroit où se rendre, mais ils s'y refusent et ne veulent pas partir. La situation est tendue, le missionnaire chargé de traduire n'est pas à la hauteur. Comme vous parlez le maori…

— Bien sûr, mais j'ignore si je comprends le dialecte local. Mara s'y prendra bien mieux que moi. Où sont ces gens ?

— La police militaire les a parqués en dehors de la ville, dans un élevage de moutons. Il paraît qu'il s'agit d'une tribu hostile.

— Quand on vient d'être expulsé de chez soi, il est rare qu'on nourrisse des sentiments amicaux envers les responsables de cette expulsion, observa Carol en se levant. Viens, Mara, allons voir ce qui se passe là-bas.

La police militaire avait entouré le hangar à tonte et les enclos d'une multitude de gardiens. Des hommes armés patrouillaient autour du lieu. Il pleuvait et les gens s'étaient réfugiés dans le hangar. Ils devaient aussi craindre les soldats. Carol et Mara se sentirent mal à l'aise lorsque, à la suite d'un officier de la police militaire et de Bill Paxton, elles franchirent le cordon des gardes. À leur entrée dans le local, rempli de l'odeur familière de la lanoline mais aussi de la sueur de la foule entassée, elles ne virent presque que des femmes et des enfants. Les rares hommes étaient des vieillards ou des malades.

— C'est une seule tribu ? s'étonna Carol. Il en existe de si importantes sur l'île du Nord ?

Mara haussa les épaules ainsi que l'officier. Il ne s'était pas encore demandé à qui il avait affaire.

— Mais qui est le responsable ou le porte-parole ? demanda à nouveau Carol. Il ne semble pas y avoir ici d'*ariki*.

Un chef, sur cette île, ne se serait pas mélangé à ses gens et il serait aussitôt venu à la rencontre des visiteurs.

— Il y avait hier deux vieux, répondit l'officier en regardant autour de lui. Ce sont apparemment eux qui commandent, mais ils ne parlent pas un mot d'anglais. Puis, se tournant vers la foule, il hurla : « Hé, vous autres ! Nous avons maintenant des interprètes. Si quelqu'un a quelque chose à dire, qu'il avance. Vous comprenez ? Des tra-duc-teurs ! »

— *Kaiwhakamaori*, traduisit Mara d'une voix forte.

Trois personnes âgées, allongées dans un coin, se levèrent et se dirigèrent dignement vers l'officier et les deux jeunes femmes. Elles portaient la tenue traditionnelle, les femmes un haut tissé et de longues jupes. Le seul homme avait posé sur ses épaules un manteau au tissu orné de plumes d'oiseau. Un vêtement de grande valeur. Il devait s'agir d'un Maori de haut rang, peut-être un ancien chef.

Mara eut un geste de grand respect et se montra disposée à échanger le *hongi* avec les femmes mais attendit que celles-ci fassent le premier pas. Elles s'en abstinrent, gardant une certaine distance entre elles et les *pakehas*.

— C'est cette enfant qui va décider de notre sort ? demanda la femme la plus âgée, très droite et digne, pas tatouée, une prêtresse donc, une femme occupant le rang le plus élevé dans sa tribu, un rang si haut que même un *tohunga-ta-oko* n'était pas autorisé à la toucher et à verser son sang.

— Bien sûr que non ! Je dois juste traduire dans votre langue les paroles de l'*ariki* des *pakehas* !

— Que dit-elle ? s'impatienta l'officier.

Carol lui exposa ce que Mara et la femme venaient de se dire.

— Et je vais lui répéter dans sa langue ce que vous avez à dire, reprit Mara.

— Tu es *tohunga* ? demanda le vieil homme. Les dieux t'ont donné le don de parler plusieurs langues ?

— Non, je suis juste la femme d'un guerrier maori, dit-elle avec fierté. Et je parle la langue de mon *makau*.

Elle avait employé un mot signifiant aussi bien amant qu'époux. Carol lui lança un regard de mise en garde et s'abstint de traduire cette déclaration. Les Maoris semblèrent satisfaits.

— À quelle tribu appartient ton *tau* ? s'enquit la prêtresse.

— Je viens de l'île du Sud. Nous appartenons à la tribu des Ngai Tahu.

— Les Ngai Tahu ne sont pas nos amis, observa l'homme d'un ton perplexe.

— Ils ont peut-être été un jour nos ennemis, mais c'est il y a bien longtemps, objecta la plus jeune des femmes. Nous allons parler avec cette fille. Elle comprend au moins nos mots, même si elle ne comprend peut-être pas leur sens. C'est déjà plus que l'homme d'hier qui accompagnait *l'ariki pakeha*.

— Moi aussi, *karani*, je comprends vos mots, intervint Carol, qui appela grand-mère la vieille femme, comme c'était l'usage chez les Maoris. Et je crois que je comprends aussi votre douleur. On m'a chassée de mon pays il y a peu de temps.

— Que dit-elle ? demanda l'officier en se tournant vers Mara qui ne prit pas la peine de traduire.

— Je vous en prie, dit-elle en s'adressant au contraire à la vieille *tohunga*, racontez à ma sœur et à moi ce qui vous est arrivé.

— Je m'appelle Omaka Te Pura et j'appartiens à la tribu des Ngati Tamakopiri. Voici Aka Te Amiri des Ngati Whitikaupeka et Huatare Te Kanuba des Ngai Te Ohuake. Ce sont toutes des *iwis* de Mokai Patea. Nous sommes venus autrefois à Aotearoa sur l'Aotea…

— Ce n'est pas une tribu, mais trois, signifia Carol à l'officier. Elles ne sont pas ennemies entre elles, car elles sont venues en Nouvelle-Zélande sur le même canot.

— Et puis ?

— Nous vivions au bord du Patea depuis que nos ancêtres l'ont remonté sur l'Aotea. Nous vivions des poissons et des coquillages que le fleuve nous offrait…

— *Ko au te awa. Ko te awa ko au !* entonnèrent alors les deux autres.

— Je suis le fleuve. Le fleuve, c'est moi, traduisit Carol à l'intention de l'officier qui s'impatientait.

La prêtresse, pendant ce temps, poursuivait.

— Jusqu'au moment, il y a quelques jours, où des *pakehas* sont venus nous dire que nous devions partir de notre pays.

— Oui, il a été réquisitionné. En vertu du New Zealand Settlement Act, déclara l'officier quand Mara eut traduit. Vous devez aller ailleurs, vous entendez, ailleurs ! cria-t-il si fort que des enfants se mirent à pleurer.

— Nous avons compris, dit la prêtresse. On nous a ordonné d'aller au mont Tongariro. Mais c'est impossible.

— Et pourquoi ? Je vous préviens : si vous continuez à refuser, nous pouvons aussi recourir à la force…

— Mais laissez donc cette femme s'expliquer, intervint Bill, qui était jusque-là resté en retrait. Elle ne donne pas l'impression d'être récalcitrante, elle a peut-être de bonnes raisons.

— Si nous allons au Tongariro, nous mourrons tous. Nous sommes un peuple du fleuve. Nous sommes des pêcheurs. La région du Tongariro est le pays des montagnes de feu. Nous n'y trouverons rien à manger.

— À ma connaissance, plusieurs tribus y vivent. Faites-vous montrer par elles comment cultiver le sol. Il paraît que la terre volcanique est très fertile.

— C'est là le second problème, traduisit Carol quand le vieux chef eut répondu à la remarque de l'officier. Dans cette région vivent les Ngati Tuwharetoa avec lesquels les Nga Rauru Kiitahi sont en conflit depuis des siècles. Si ces derniers entrent sur le territoire des autres sans un motif valable et sans la protection de leurs guerriers, il est fort probable qu'ils seront massacrés.

— Quoi ? s'écria l'officier en riant. En plus, ils se disputent entre eux ? Mais braves gens, vous êtes tous des Maoris ! Un seul peuple !

— Comme les Britanniques et les Français, par exemple ? s'exclama Mara. Ou les Anglais, les Irlandais et les Écossais ? Ce sont tous des *pakehas* qui jamais ne se feraient la guerre…

— Ce n'est pas la même chose, prétendit l'officier, qui s'énervait.

— Laisse tomber, Mara, dit Carol. L'ironie ne nous mènera pas loin. N'y a-t-il pas une autre région, monsieur l'officier, où ces gens pourraient aller ?

— Le lac Taupo, proposa ce dernier d'un ton indifférent. Ils pourront pêcher.

Les Maoris secouèrent de nouveau la tête quand la proposition leur fut traduite.

— Ils ne sont pas non plus en bons termes avec les Ngati Toa du lac, expliqua Carol. Sans la protection de leurs guerriers…

— Mais pourquoi leurs guerriers ne sont pas ici pour les protéger, hein ? dit l'officier, provocateur. Je vais vous le dire ! Parce que leurs guerriers sont partis pour le fort de Wereroa afin de s'allier aux émeutiers. N'est-ce pas, la vieille ? ajouta-t-il en agitant un doigt devant le visage de la prêtresse tout en imitant le cri de guerre des Hauhau. C'est pour cette raison que leurs terres ont été confisquées. Tout effet a une cause ! Et maintenant je vais fournir à ces gens une escorte qui les accompagnera jusqu'au lac Taupo. Nous expliquerons aux Gattitua qu'ils doivent accueillir amicalement leurs compatriotes. Il y a assez de poissons pour tous dans le lac. Merci beaucoup, mesdames, pour votre travail de traduction.

Puis il fit demi-tour et Paxton le suivit. Carol et Mara s'efforcèrent de transmettre la décision avec ménagement.

— Il a dit que vous serez sous la protection de la Couronne, voulut les rassurer Carol. Les Ngati Toa n'oseront pas vous attaquer.

— Tant que les *pakehas* les menaceront de leurs fusils, dit la prêtresse d'un ton amer.

— Et après non plus ! s'exclama en se levant un garçon assis jusque-là avec sa mère et ses frères et sœurs.

Le vieux chef le toisa d'un air indigné, mais l'adolescent ne se laissa pas intimider.

— Le *pakeha* a raison sur un point : nous sommes un seul peuple ! Le peuple élu ! Nous allons dans le pays des Ngati Toa, mais nous y allons avec le message de Te Ua Haumene ! Il y aura des guerriers chez les Ngati Toa et ils seront nos guerriers. *Pai Marire, hau hau !*

Quelques autres jeunes gens reprirent le cri de guerre. Carol remercia le Ciel que l'officier ne fût plus là.

— Il vaut mieux disparaître d'ici, dit Mara.

Elles rencontrèrent Bill devant l'enclos.

— J'ai essayé de faire entendre raison à cet homme, dit-il, l'air malheureux. Que, si ces gens doivent se rendre au lac, on leur assure le temps nécessaire la protection d'hommes armés. Cette femme a raison, la tribu ennemie les attaquera dès qu'ils seront sans défense. Mais rien à faire. Cet homme ne comprend pas que…

— Il semble bien que les Maoris aient déjà trouvé une solution, dit Mara en haussant les épaules.

— Laquelle ?

— Une solution biblique, soupira Carol. L'officier a semé le vent, il récoltera la tempête.

5

Carol se demanda s'il était judicieux de continuer de voyager avec Bill Paxton. Il devait partir en direction du fleuve Patea deux jours après l'incident avec les tribus délogées de leur pays. Il y rencontrerait les troupes du général Cameron. Bill estimait comme allant de soi que les femmes se joignent à lui. Mais Carol était sceptique.

— Cela nous fait passer très loin à l'ouest. Il vaut mieux se rendre à Auckland en passant par l'intérieur. C'est finalement à Russell que nous nous rendons.

— Vous voulez traverser le district Waikato ? s'effraya Bill. C'est impossible, miss Carol. La région n'est pacifiée que sur le papier, en réalité des bandes de Hauhau y rôdent. Non, je vous en prie, croyez-moi, le mieux est de m'accompagner et, ensuite, de poursuivre vers le nord en suivant l'offensive de Cameron.

— Que doit-on comprendre sous le nom d'offensive ? demanda Carol.

— Le général est chargé de mettre en œuvre la loi du Settlement, c'est-à-dire de chasser les Maoris de la région autour du Patea. Les terres doivent alors être mises à la disposition de colons blancs. Là où les Maoris se soumettent, cela se fait rapidement. Ailleurs… Je ne sais rien de précis, miss Carol. J'en saurai plus sur place. Et peut-être… peut-être pourriez-vous nous aider ! Les interprètes sont à coup sûr trop peu nombreux parmi les troupes. À supposer qu'il y en ait.

— Nous pourrions retourner à Wellington et prendre un bateau, proposa Mara, qui n'avait aucune envie de se laisser embrigader et de traduire de mauvaises nouvelles à des femmes et à des enfants maoris. Je n'ai pas jusqu'ici trouvé le trajet dangereux. Sur ces routes, nous pourrions chevaucher seules.

— Un bateau ? Faire le tour de la moitié de l'île ? Je… je suis navrée, Mara, mais je ne suis pas prête à affronter ça.

— Eh bien moi, je ne traduirai pas pour ce général, déclara Mara. S'il veut chasser les gens de leurs villages, qu'il le leur dise lui-même.

— Personne ne t'y obligera, concéda Carol. Alors, d'accord, M. Bill. Nous vous suivrons jusqu'au Patea.

À l'inverse du Waimakariri, le Patea ne traversait pas un pays de prairies mais d'épaisses forêts. Pour l'heure, le défrichage allait bon train autour de l'embouchure du fleuve, car il fallait offrir des terres cultivables à de nouveaux colons. Le général Cameron avait, de son côté, besoin de place et de bois pour son campement. Il était arrivé quelques semaines plus tôt, avec ses troupes anglaises, à l'embouchure du Patea, et avait construit un camp pour deux cents hommes, qui était vite devenu le quartier général. Ce camp était situé entre la mer et la colonie de Patea, sur une colline qui offrait une vue exceptionnelle sur le fleuve. Maintenant, il abritait six cents soldats, un mélange hétéroclite de soldats professionnels anglais et australiens mais aussi de volontaires néo-zélandais. Ces derniers étaient soit des guerriers maoris alliés aux *pakehas* pour combattre des tribus rivales, soit des membres des nouveaux régiments, les Military Settlers. Ils recevaient ici une formation militaire élémentaire ; les gradés anglais qui en étaient chargés se précipitèrent sur Bill.

— Mais qui nous a-t-on envoyés là ? s'énerva un Australien. J'ai soit des trouillards qui se réfugient sur le premier arbre venu à peine ont-ils entendu un hurlement. Comment les mettre en face de guerriers hauhau ? Et, à leurs côtés, l'exact contraire, des bagarreurs et des escrocs arrivant directement des champs aurifères, ou bien des bagnes de Tasmanie. J'ai parfois l'impression de les voir encore enchaînés.

— Que dois-je faire à votre avis ? demanda Bill.

— Il faut leur remettre les idées en place ! exigea un Anglais. Ils sont à présent au service de la Couronne. Même s'ils ne se sont enrôlés que pour obtenir gratuitement de la terre. Qu'ils se mobilisent un peu et fassent alors ce qu'il faut pour l'obtenir !

— Et qu'ils obéissent ! ajouta l'Australien. Dans mon régiment, chacun fait ce qu'il veut.

Bill organisa alors des discussions, mais il ne put pas changer grand-chose, en dépit de ses efforts de médiateur entre les Kiwis pleins d'aplomb et les Anglais soumis à une stricte discipline.

— Les types des stations de chasse à la baleine et au phoque se sentent forts, car ils n'ont jusqu'ici jamais eu le dessous lors de rixes, exposa-t-il deux jours plus tard au général Cameron, qui l'avait invité à dîner ainsi que les deux dames l'accompagnant. Que quelqu'un ordonne et que les autres obéissent n'appartient pas à leur monde.

Cameron, un homme grand et mince, dans la cinquantaine, aux cheveux clairsemés et aux favoris grisonnants, éclata de rire. Soldat expérimenté ayant participé à la guerre de Crimée, il avait jusqu'ici mené avec succès le combat contre les Maoris avec des troupes hétéroclites. Mais sa mission actuelle ne lui plaisait pas. Il estimait que c'était le gouverneur Grey qui avait provoqué les troubles récents. C'est dans ce contexte qu'il s'expliquait le recours aux Military Settlers.

— Ce sont peut-être là justement les gens dont le gouverneur a besoin, ironisa-t-il. À long terme ils devront défendre eux-mêmes leurs terres. Moi, en tout cas, je mets en œuvre les plans de Grey et j'expédie les tribus d'ici dans le désert ou je ne sais où, là où Grey veut les voir. Ensuite, je me retirerai avec mes troupes. Définitivement. On désire donc vivement que les Military Settlers se sentent sûrs d'eux. Mais n'ennuyons pas plus longtemps ces jeunes dames avec nos problèmes administratifs. Miss Brandmann et miss Jensch, n'est-ce pas ? Êtes-vous satisfaites de votre logement ? Je regrette que vous ne puissiez poursuivre votre voyage plus directement.

Carol et Mara assurèrent qu'elles ne pouvaient souhaiter logement plus confortable.

— Et elles ne s'ennuient pas du tout, mon général, ajouta Carol. Au contraire. Nous nous intéressons beaucoup à ce qui se passe dans le camp.

— Que font par exemple ici tous ces Maoris ? demanda Mara, qui s'étonnait du nombre de visages tatoués en uniforme de l'armée néo-zélandaise.

— Ils sont tous des engagés volontaires, répondit le général. Ils appartiennent à des tribus hostiles à celles d'ici.

— Et comment se comportent-ils ? s'informa Bill.

— Ils sont sans aucun doute utiles et loyaux dans la mesure où on sait contre qui il faut les engager. Si c'est contre le bon adversaire, ils se battent alors comme des lions. C'est assez bizarre avec ces gens-là. Si leurs ancêtres, il y a huit siècles, sont venus dans le même canot, ils se considèrent toujours comme des frères. Mais malheur à celui qui est venu en pagayant sur une autre embarcation ! À franchement parler, je n'aime guère les engager dans un combat direct. Ils sont pour moi… trop… trop cruels. Mais ce n'est pas là un sujet à aborder devant de jeunes dames.

— J'ai entendu dire que les Hauhau coupent la tête de leurs ennemis, observa Mara d'un ton détaché.

— Ils ont ce penchant en effet, répondit le général, interloqué par tant de flegme de la part d'une toute jeune fille. Nos supplétifs aussi. Et ils… euh… ils fument ces têtes par certains moyens. Pour les emporter et les montrer… Bien entendu, nous ne les y autorisons pas en tant que militaires ! Je les emploie de préférence comme éclaireurs et pisteurs.

— Ils ne doivent pas être de fameux traducteurs, remarqua Bill.

— Nous n'avons encore jamais utilisé de traducteurs, prétendit le général.

Bill lui rapporta alors l'incident avec les tribus maories à Whanganui ainsi que le rôle joué alors par Carol et Mara.

— Je l'ignorais, avoua le général, quelque peu embarrassé. J'en suis navré. Je ne voulais pas envoyer ces gens en pays hostile. Mais comment savoir qui est l'ennemi de qui… ? Vous pourriez nous être d'une grande utilité, miss Brandmann et miss Jensch ! Moyennant rémunération, bien entendu. Les missionnaires, d'ailleurs, ne le font pas gratuitement. Et nous ne vous exposerions pas au danger. Vous n'interviendriez qu'une fois la bataille livrée…

— S'ils faisaient d'abord intervenir des médiateurs, ils n'auraient peut-être pas à livrer bataille, observa plus tard Carol à l'intention de Mara qui affectait l'indifférence, ce qui finissait par taper sur les nerfs de sa sœur. Mara, je me demande si c'est bien de nous engager ainsi. Mais le général me semble ouvert et assez bien intentionné à l'égard des Maoris. Davantage en tout cas que l'officier de Whanganui. Moi, en tout cas, je l'aiderai. Ça ne peut pas entraîner le pire pour ces pauvres gens ! Du mieux tout au plus !

Le général Cameron avait pour mission de réquisitionner les terres à gauche et à droite du Patea, en d'autres termes d'exproprier chacune des tribus qu'il rencontrait sur son chemin. D'après le général Grey, elles avaient toutes choisi le parti des émeutiers dans leur lutte contre les *pakehas*.

— Comment peut-il le savoir, alors qu'il ne sait même pas combien ils sont et où ils vivent exactement ? demanda Mara, qui avait fini par se déclarer prête à au moins accompagner sa sœur dans son activité d'interprète.

Après deux semaines au camp, elle s'ennuyait. Elles n'y avaient aucune occupation et on n'aimait pas les voir se promener seules dans la région. Non qu'il y eût de danger particulier aux environs du camp, mais leur présence aurait distrait les hommes qui défrichaient, traçaient des chemins et transportaient du matériel de construction. Cameron remontait le fleuve avec ses troupes, chassant les Maoris qui se trouvaient là. Dans les territoires confisqués pour les colons, il faisait construire des fortins avec de l'artillerie et une petite garnison afin de couvrir les arrières des troupes qui progressaient, et d'empêcher les tribus de revenir. Ces constructions exigeaient de plus en plus de bois, le chemin longeant le fleuve devait être empruntable par les charrettes transportant munitions et vivres. Les travailleurs du bâtiment et les terrassiers constituaient donc plus de la moitié des troupes. Les formateurs affectaient à ces travaux les hommes les moins aptes au combat.

Bill trouvait que ce n'était pas vraiment conforme à l'esprit de la loi du Settlement.

— Ce sont justement eux qui devraient un peu humer la fumée du canon, disait-il. Quant aux missions actuelles du général… eh bien, il est difficile de se tromper davantage !

En effet, les troupes *pakehas* ne rencontrèrent d'abord que peu d'opposition armée. La plupart des villages dans lesquels ils entraient, souvent des villages de pêcheurs prospères, n'abritaient que des femmes et des enfants. Les hommes avaient disparu.

— Ils nous aperçoivent bien avant notre arrivée, expliqua un des éclaireurs *pakehas*, un homme né dans l'île du Nord est capable, certes moins qu'un guerrier maori, de s'orienter dans les forêts. Alors, les types s'enfuient dans un quelconque *pa* hauhau. Je doute que les faire ainsi s'enfuir soit la bonne stratégie. Ils deviennent incontrôlables. Si nous recourions davantage aux éclaireurs maoris, nous attraperions quelques-uns de ces fuyards. Mais le général a des scrupules sur ce point.

Les femmes et les enfants attendaient les *pakehas* avec stoïcisme. Souvent, ils avaient déjà préparé leurs bagages. Sinon, les soldats les brusquaient pour qu'ils l'aient fait avant que le village ne soit brûlé et les champs dévastés. Si les vieilles femmes pleuraient et gémissaient, il arrivait parfois que des femmes plus jeunes et des adolescents essaient de défendre leur village avec des massues.

— Pourquoi n'attend-on pas qu'ils soient partis avant de détruire leurs maisons ? demanda Carol un jour où le sang avait à nouveau failli couler.

— Cela fait partie des mesures punitives, lui déclara un jeune colonel, pas ému pour un sou. Il faut qu'ils voient et racontent autour d'eux ce qui attend celui qui aide les émeutiers.

— Vous êtes donc sûr que ces tribus ont vraiment participé aux combats ? osa demander Bill, car le village en question paraissait si pacifique, sans aucune installation défensive, sans même une haie.

— S'ils n'avaient rien à se reprocher, les hommes n'auraient pas à s'enfuir, prétendit le colonel.

En réalité, que les hommes restent ou non ne changeait rien à l'affaire. Les guerriers de la tribu que les éclaireurs de Cameron découvrirent peu après ne se sentaient coupables de rien. Le chef alla au-devant des soldats en tenue de fête, portant devant lui ses armes de cérémonie et accompagné de ses guerriers – l'amorce pacifique d'un *powhiri*.

Carol fut horrifiée quand les soldats passèrent tout de même à l'attaque, désarmèrent les Maoris et les rassemblèrent comme du bétail. Quelques hommes tentèrent naturellement de résister, mais c'était une cause perdue d'avance. Cameron alla jusqu'à faire bombarder le village par une canonnière patrouillant sur le Patea. Finalement, les villageois furent enfermés à l'intérieur du camp. Quand, le lendemain matin, Carol, rouge de honte mais toujours soucieuse de servir d'intermédiaire, s'approcha de l'enclos où les villageois étaient parqués, elle fut accueillie par le cri de guerre des Hauhau. Quelques guerriers avaient réussi à s'enfuir pendant la nuit.

Carol resta alors quelque temps en retrait, mais recommença bientôt à suivre les soldats. Plus tard, tous prétendraient, bien sûr, n'avoir rien su de ces « épurations » impitoyables. Elle se dit qu'elle témoignerait un jour, car la politique de Grey ne faisait pas l'unanimité et, à Auckland, il y aurait bien des journaux qu'intéresserait ce qui se passait dans la région de Taranaki.

— Pour cela, il te faudra d'abord arriver à Auckland, se moqua Mara. Et nous sommes loin d'y être. Les chemins sont de moins en moins sûrs.

6

Eru et ses deux amis projetaient de rejoindre Blenheim et d'y prendre le ferry pour Wellington. Eru avait quelques économies, sa mère ayant tenu à ce qu'il sache se servir d'argent. Il avait payé le tatoueur du lac Whakamatua et dépensé le reste à Christchurch pour l'achat de vêtements *pakehas*, les jeunes gens ne pouvant traverser le pays dans leur tenue de guerrier.

— Normalement, il devrait être possible de se montrer en tenue traditionnelle, fulmina-t-il. Il y a cinquante ans on l'aurait fait et on nous aurait respectés. Et maintenant, c'est exactement comme Te Ua Haumene le proclame : notre pays est devenu leur pays. Nous avons honte de notre tenue.

— C'est bien vrai, approuva Tamati, l'un de ses compagnons. Seulement, d'après ce que je sais, il n'y a pas de canot assurant un passage régulier de l'île du Sud vers l'île du Nord. Il faudra prendre le ferry. Et ils ne nous embarqueront pas vêtus ainsi.

Eru dut donc acheter quelques pantalons de coutil et des chemises à carreaux. Ils gagnèrent l'argent nécessaire au voyage grâce à de petits travaux. Les tatouages d'Eru se révélèrent un obstacle en la circonstance. Les fermiers le considéraient avec méfiance, voire avec crainte. Souvent son anglais parfait et l'air soumis qu'il affectait de prendre ne suffisaient pas à aplanir les choses. Eru en était furieux et cela renforçait son ressentiment. Et pourtant ils étaient encore sur l'île du Sud où peu de *pakehas* avaient eu de mauvaises expériences avec les autochtones. Sur le ferry, en tout cas, Eru plongea deux femmes et une fillette dans la terreur. Le capitaine pria alors les trois jeunes Maoris de rester dans l'entrepont le temps de la traversée.

— Je ne peux pas vous l'ordonner, mais la petite et sa mère ont survécu à une attaque hauhau. Le père, en revanche, est mort. Ils viennent de passer six mois dans de la famille, sur l'île du Sud. Mais la fillette n'a rien oublié, vous venez de le voir. Elle est terrorisée par votre visage, dit-il à Eru. Si vous pouviez être assez aimables…

Eru se résigna bon gré mal gré, mais il était déchiré entre la fierté de ses tatouages et le regret d'avoir terrorisé un enfant. L'ancien Eru prenait en pitié la fillette qui avait hurlé de frayeur à sa vue. Mais, par ailleurs, le nouvel Eru devait être heureux de terrifier les *pakehas*, qui n'en partiraient que plus vite d'Aotearoa.

À Wellington, les trois jeunes suscitèrent des réactions plus marquées par l'agressivité que par la peur. Les gens crachaient à leur pied et les insultaient, si bien qu'ils renoncèrent à l'idée de gagner ici aussi un peu d'argent avant de s'enfoncer dans la nature sauvage. Ils partirent donc pour Taranaki dès le lendemain, à l'écart des routes, contraints de vivre, comme leurs ancêtres, des produits de la chasse, de la pêche et de la cueillette. Plus d'élevage, plus de luxe, couvertures, casseroles, savon et vêtements chauds ! Juste une bouteille de whisky achetée à Blenheim qu'ils vidèrent dès le premier soir, devant un feu. Plus de parents non plus, plus de *rangatira*, plus de *tohunga* voulant leur faire part de leur savoir ! Ils avaient revêtu leurs tenues de guerriers et étaient heureux de traverser « leur » pays sans que les *pakehas* les voient.

En quoi ils avaient eu de la chance, car ils se trouvaient encore dans les environs de Wellington, région «nettoyée» de ses Maoris dans laquelle personne ne se souciait désormais de patrouiller. Situation qui perdura les jours suivants, quand ils dépassèrent Porirua et Paraparaumu, toujours au cœur de forêts profondes, aux arbres si hauts qu'ils leur cachaient souvent la vue sur le sommet du mont Taranaki, lequel leur servait de point de repère. Ils virent pour la première fois de leur vie des lézards, des geckos et des *tuataras*, l'île du Sud où ils avaient jusque-là vécu n'abritant pas de reptiles.

Ils ne rencontrèrent d'êtres humains qu'à l'approche d'Otaki, quelques Maoris creusant le sol dans la forêt, à la recherche de tubercules comestibles, vêtus comme des *pakehas*, hâves et craintifs. Seul un vieux guerrier accepta de leur parler.

— Surtout, évitez la ville, les missionnaires signalent tout Maori errant dans la région. Ils ont terriblement peur d'être attaqués. Alors qu'il n'y a plus ici de *marae* depuis longtemps. Les tribus sont parties. Les Te Ati Awa ont hérité de terres ailleurs. Il ne vit plus ici que des membres dispersés d'autres tribus, plus mal que bien. Mais où comptez-vous aller?

— Nous cherchons Te Ua Haumene, répondit Eru. Nous voulons nous joindre à ses troupes.

— Le prophète est à Wereroa, dit le vieux guerrier, au grand *pa* près de Waitotara, au nord d'ici, à quelques journées de marche. Mais les *pakehas* concentrent des troupes. Soyez donc vigilants. Si vous faites autant de bruit que la nuit dernière, les Forest Rangers vous trouveront, car ils patrouillent dans les régions pacifiées. Et ne racontez pas au premier Maori venu que vous vous rendez à Wereroa. Nous ne vous trahirons pas, mais il y a des tribus qui sont en guerre avec les Ngati Taahinga et qui se sont alliées aux *pakehas*. Bonne chance!

Les jeunes hommes restèrent stupéfaits, atteints dans leur honneur, ayant cru ne pas avoir été remarqués, dans les forêts.

— Mais… mais qui sont ces Ngati Taahinga ? demanda Kepa, penaud, après le départ du vieil homme et de ses compagnons.

— Sans doute la tribu qui occupe le *pa* Wereroa, supputa Eru. Cet homme a raison, il existe un grand nombre de tribus sur cette île. Et certaines se font la guerre. C'est pourquoi mon père ne me voyait pas partir d'un bon œil à l'école de Wellington. La plupart des tribus de là-bas n'aiment pas les Ngai Tahu.

— Alors, mieux vaut ne dire à personne d'où nous venons ? demanda Tamati.

— On l'entendra à notre accent, répondit Eru. Non, la seule solution, c'est de passer inaperçus jusqu'à notre arrivée au *pa*. Il n'y a pas de tribu pour le prophète. Pour lui, nous sommes tous un seul peuple.

Les trois amis firent donc preuve de prudence, suivant les instructions que Te Ropata leur avait données s'ils devaient un jour se trouver sur le chemin de la guerre : se déplaçant sans un bruit, inspectant les sentiers avant de s'y engager. C'est ainsi qu'ils arrivèrent sains et saufs dans les environs de Whanganui. Là, le danger était grand. L'endroit était une importante position des *pakehas*, d'où partaient les offensives dans la guerre de Taranaki. Ils furent par conséquent très fiers de parvenir à le contourner de loin. Ils franchirent la rivière à la nage, au plus profond de la forêt, là où ils étaient sûrs de ne pas être découverts, afin de poursuivre leur route vers Taranaki.

— Jamais ils ne trouveront le prophète ! claironna Tamati, assis auprès du feu. Il leur faudrait pour cela amener ici des milliers de colons.

— Et ils devraient être d'excellents tireurs ! approuva Kepa en riant. Non, c'est et cela restera un pays maori, quoi qu'en dise le gouverneur.

Deux ou trois jours plus tard, ils rencontrèrent une patrouille de guerriers maoris qui, par chance, étaient des sympathisants de Te Ua Haumene.

— Nous ne combattons pas pour lui, mais nous ne le trahissons pas, dit le plus vieux du groupe, à l'image du vieil homme d'Otaki.

Il tenait d'ailleurs à l'œil ses jeunes guerriers afin qu'ils ne se joignent pas aux trois aventuriers.

— Ses dieux ne sont pas les nôtres, même si nous avons sans doute le même objectif. Nous aussi nous aimerions que les *pakehas* quittent Aotearoa. Mais nous avons vu ce que leurs fusils et leurs canons sont capables de faire, argumenta le vieux guerrier, qui laissa sans réponse les objections des trois amis.

Il se contenta de hausser les sourcils, ce qui fit danser les *mokos* de son visage aussi tatoué que celui d'Eru. Derrière les dessins ornant son front et ses joues se cachait pourtant une vie entière. Il avait indubitablement plus qu'une fois regardé la mort dans les yeux. Il ne croyait donc pas à l'invincibilité que conférerait le cri de guerre des Hauhau.

Ses jeunes guerriers éprouvaient assez de respect à son égard pour ne pas suivre Eru et ses amis, mais ils leur indiquèrent le chemin menant au *pa*.

— Il est au bord du Waitotara, vous ne pouvez pas le manquer, expliquèrent-ils avant de laisser partir les trois jeunes vers le nord.

Ils étaient donc déjà très proches de leur but et quand, le surlendemain matin, ils se réveillèrent, ils constatèrent que leur campement était encerclé par des guerriers à la mine moins qu'amicale.

— Qui êtes-vous et que faites-vous ici ? demanda d'un ton rogue leur chef, qui portait les armes traditionnelles mais avait aussi un pistolet à la ceinture.

Eru, encore à moitié endormi, se frotta les yeux : on les avait donc découverts, alors qu'ils avaient choisi leur campement avec tant de soin et passé tant de temps à le dissimuler.

— Nous… euh… Nous sommes des guerriers hauhau ! répondit Kepa, qui déclencha un tonnerre de rires.

— Nous souhaitons le devenir, précisa Eru. Nous voulons nous rendre au *pa* Wereroa et rejoindre les troupes du prophète. *Pai Marire !* entonna-t-il.

— *Hau hau !* répondirent sagement ses deux amis.

Les rires redoublèrent.

— On avait justement besoin de vous, se moqua le chef.

— Ne te moque pas, Aketu, ce sont à coup sûr ceux qui ont fiché une telle frousse au vieux Cameron qu'il a laissé Wereroa sur sa gauche sans l'attaquer, renchérit un autre.

Cameron, lors de son offensive d'été, avait contourné le quartier général de Te Ua Haumene, ce qui lui avait valu de violentes critiques de la part du gouverneur et suscité l'enthousiasme des Maoris ainsi qu'un afflux de combattants se réclamant du prophète. Si même les Anglais le tenaient pour invincible, il devait bien y avoir quelque chose de vrai dans sa doctrine.

— Vous êtes de Wereroa ? demanda Eru, plein d'espoir.

— Exactement, dit le chef en riant. Je suis Aketu Te Komara et voici Ahia Te Roa.

Eru se présenta ainsi que ses compagnons.

— Vous êtes des Ngai Tahu, de l'île du Sud ? Eh bien, voilà qui va réjouir Te Ua, car nous recevons peu de soutien de là-bas, observa Aketu qui abaissa enfin son javelot.

— Vous nous acceptez donc ? intervint Kepa.

— Si nous vous laissions ici, vous ne tarderiez pas à attirer les éclaireurs *pakehas*, vu la manière dont vous vous déplacez en forêt. Nous vous avons à l'œil depuis hier midi. C'est bien ce que nous nous sommes dit, car, finalement, vous n'êtes pas les premiers nourrissons qui veulent nous rejoindre. Toi à vrai dire, dit Aketu se tournant vers Eru, tu as le visage d'un guerrier. Malgré tes yeux étranges…

Depuis qu'il était tatoué, on ne pouvait plus voir en lui un métis. Seuls ses yeux verts intriguaient.

— J'ai le visage et l'esprit d'un guerrier, répondit Eru. Sans doute pas encore le savoir-faire. Il est possible que nous trébuchions comme des enfants perdus en traversant votre pays. Le nôtre est très différent et notre tribu n'a jamais combattu. Mais cela ne veut pas dire que nous ne soyons pas courageux. Ne nous offensez donc pas. Nous sommes ici pour apprendre et pour combattre. Nous chasserons d'Aotearoa les *pakehas*.

— C'est ce que voient tes yeux verts ? s'enquit Aketu, soudain attentif, visiblement superstitieux.

— Non, je ne suis pas un prophète. Mais n'est-ce pas ce que voit Te Ua ?

— Il dit que cela dépend de nous, expliqua Ahia, de la façon dont nous croyons, dont nous combattons, dont nous tuons.

— Alors, je le vois avec mes yeux clairs, déclara Eru d'un ton solennel. Car personne ne pourrait croire plus profondément, combattre plus courageusement et tuer sans scrupule que toi, Ahia, que toi Aketu, que vous tous.

— Oui, et que nous ! ajouta Kepa.

— *Rire, rire !* s'écria Tamati avec enthousiasme.

— *Hau hau !* répondirent cette fois tous les guerriers.

7

Le *pa* de Wereroa était un site militaire imposant. Le fort, construit sur une colline dominant le fleuve, hébergeait pour l'heure plus de deux mille hommes. Il était entouré de palissades faites de poteaux en bois profondément enfoncés dans le sol et liés les uns aux autres par des cordes de lin. Cette enceinte protégeait des maisons semblables à celles d'un *marae* : maisons communes, cuisines et même un édifice religieux. Les bâtiments étaient reliés entre eux par des tranchées permettant aux guerriers de se déplacer sans être vus de l'extérieur et de rester à l'abri des tirs qui pourraient traverser l'enceinte. Au premier coup d'œil, le site paraissait donc inhabité. Il y avait aussi des terrains d'exercice assez vastes, avec en leur milieu un *niu* autour duquel les guerriers, au début et à la fin de chaque exercice, se rassemblaient pour chanter et prier.

Eru et ses amis furent les témoins d'une de ces cérémonies dès leur entrée dans le *pa*. Des centaines de guerriers alignés devant le *niu*, tapaient le sol du pied et de leurs javelots au rythme de leurs cris :

Kira, wana, tu, tiri, wha – Teihana !
Rewa, piki rewa, rongo rewa – Teihana !
Tuez, un, deux, trois, quatre – Attention !
Fleuve, grand fleuve, long fleuve – Attention !

Tous ces hommes invoquaient les fleuves, les montagnes, les buissons et les arbres de leur patrie. C'est du moins ainsi qu'Eru interpréta ces cris de guerre. Puis, cessant de réfléchir, il se laissa entraîner. Kepa fut le premier à s'insérer dans les rangs des guerriers, suivi par Tamati. Finalement, tous trois crièrent et dansèrent avec les autres. Ils se sentirent pleins de force quand le rituel cessa au coucher du soleil.

Aketu et Ahia parurent satisfaits d'eux et d'autres guerriers échangèrent le *hongi* avec les nouveaux arrivants. Le fait qu'ils appartiennent à d'autres tribus, voire à des tribus autrefois ennemies ne fut pas évoqué. Ils étaient tous comme un seul homme derrière leur prophète.

— Est-ce que… est-ce que nous verrons Te Ua ? demanda Kepa quand Aketu, qui semblait désormais les parrainer, les mena à leur cantonnement.

— Bien sûr, au moment du chant matinal. Tous les matins il parle à ses guerriers. Et peut-être qu'il vous convoquera. Comme je vous l'ai dit, nous comptons peu d'hommes de l'île du Sud et peu qui te ressemblent, répondit Aketu tourné vers Eru qui rougit sous le compliment.

— Je ne veux pas être quelqu'un de particulier, se défendit-il.

— Ce que tu veux ne compte pas !

Les jeunes hommes se virent attribuer une place dans un dortoir aménagé comme les maisons communes des Ngai Tahu. Cette partie du *pa* ne se différenciait en réalité pas d'un *marae* ordinaire, en dehors des chemins de ronde en partie souterrains et de l'absence de décoration des maisons. Avant le coucher, il y eut un repas simple, sans viande rôtie, juste un ragoût vite cuit, presque uniquement composé de patates douces. Ensuite, personne ne s'assit auprès du feu. Au contraire, on fit l'obscurité dans le *pa*, afin de ne pas attirer l'attention d'un éclaireur ennemi.

Eru eut du mal à s'endormir. Il n'avait pas l'habitude de partager la maison commune avec tant d'hommes. Il pensa alors à Mara, pour la première fois depuis des jours, se demandant où elle pouvait bien être, et se sentit heureux à l'idée de s'être rapprochée d'elle en entreprenant cette équipée dans le nord du pays. À un moment, à moitié endormi, il se dit qu'après avoir gagné leur guerre, il irait la chercher à Russell, juste avant que le prophète n'ait chassé les *pakehas* du pays.

Il s'endormit en s'imaginant la joie qu'elle éprouverait à le revoir s'il lui épargnait l'exil.

L'appel d'un *rangatira* réveilla les guerriers à l'aube. Les trois compagnons eurent un peu de peine à s'orienter avant de se précipiter au-dehors et de respirer profondément, après l'atmosphère étouffante du dortoir.

— Il doit y avoir maintenant quelque chose à manger, supposa Tamati quand ils virent les hommes hâter le pas dans la même direction.

— Non, c'est le chant matinal, chuchota un guerrier à côté de lui, tout en montrant du doigt le terrain d'entraînement.

Cela rappela fâcheusement à Eru le temps qu'il avait passé dans l'école des missionnaires, où les enfants à moitié endormis se traînaient à l'église pour prier. Alors aussi, il aurait préféré se rendre dans un local accueillant pour y prendre son petit déjeuner. Il eut aussitôt honte d'une pareille pensée. Ici régnait l'esprit du prophète et, si Aketu avait raison, Te Ua Haumene leur parlerait en personne.

En fait, tout le monde se rassembla autour de plusieurs *nius*. Quand la prière commença, tous les hommes levèrent la main droite à hauteur de la tête et un officiant se mit à crier :

— Dieu, prends pitié de moi !

— Pitié ! Pitié ! Dieu, fils de Dieu, prends pitié de moi !

Prières que répétaient les hommes rassemblés.

Eru, Kepa et Tamati se regardèrent, stupéfaits. Ils connaissaient ces prières, ou du moins des prières semblables, pour les avoir récitées avec miss Foggerty pendant les heures de classe. Franz Lange les avait lui aussi insérées dans les sermons interminables qu'il tenait à Rata Station. Eru, de plus, les avait entendues et répétées à Tuahiwi. Les jeunes hommes auraient attendu du prophète d'autres propos.

Effectivement, la prière matinale du *pa* se différencia dans sa partie finale des prières chrétiennes : le mot « amen » fut remplacé par le cri *rire, rire, hau !*

Les amis, ayant oublié qu'on leur avait annoncé un discours du prophète, eurent le vain espoir de déguster enfin un petit déjeuner. En réalité, les autres guerriers se rassemblèrent sur la place de réunion centrale où se dressait un podium sur lequel était planté un *niu*. Devant le poteau se tenait Te Ua Haumene, immobile, la tête baissée.

— L'archange lui parle, chuchota un jeune homme à côté d'Eru.

C'est à une vitesse étonnante que les hommes se rassemblèrent autour du podium. Il régnait un silence total, impressionnant après les prières à haute voix de plusieurs centaines de personnes. Te Ua Haumene leva alors la tête.

Eru aperçut une large face sous des cheveux courts. Le prophète n'était pas tatoué. Eru se souvint que, petit, il avait été enlevé et réduit à l'esclavage par une tribu ennemie. Les esclaves ne portaient pas de *moko*. Ensuite, il avait été élevé dans une mission chrétienne. Il était néanmoins vêtu comme un chef, un manteau magnifique orné de plumes de *kiwi* insérées dans le tissu recouvrait une robe blanche. Tout en parlant, la main toujours levée, il écartait l'index et le majeur. Le signe anglais pour la victoire ? Eru se souvint alors que Jésus-Christ était lui aussi parfois représenté exécutant ce même geste.

— *Pai Marire, hau hau !* lança l'homme, grand et massif, d'une voix sonnant clair.

Ses guerriers répondirent et la forteresse sembla vibrer sous leur clameur.

— Je vous salue pour cette nouvelle journée dans votre… dans notre pays ! Notre terre promise, le pays que Dieu et tous les anges nous ont attribué. À nous, rien qu'à nous !

Les hommes exultèrent.

— Un pays dans lequel notre peuple vivra en paix, comme me l'a annoncé l'archange Gabriel. Dans les temps anciens, notre peuple s'est parfois perdu dans des luttes fratricides. Nous en avons été affaiblis. Dieu et ses anges en ont été contrariés. Mais maintenant que les jours ultimes sont là, ils sont de nouveau à nos côtés ! Gabriel, Tama-Rura, et Michel, Te Ariki Mikaera !

— Riki ! crièrent les guerriers.

L'archange Michel était, à entendre la vigueur de leur cri, le favori dans leur Olympe.

— Dieu et ses anges nous aideront à bâtir la société pacifique empreinte d'amour et de justice dont m'a parlé Tama-Rura. Le lait et le miel couleront dans notre Terre promise – Aotearoa, notre pays !

— *Rire, rire, hau hau !* exulta la foule.

— Mais avant, mes amis, nous avons une œuvre à accomplir ! Car nous, le peuple élu de Dieu, nous gémissons dans la servitude. Notre pays est aux mains de l'ennemi. Nos gens sont persécutés, chassés et massacrés, comme jadis le fut le peuple d'Israël en Égypte. Mais Dieu est à nos côtés ! Avec son aide nous allons reprendre possession de notre pays, de notre héritage. Jéhovah en personne combattra à nos côtés quand nous rejetterons les *pakehas* dans la mer par laquelle ils sont venus.

Le prophète s'interrompit un bref instant, parcourant du regard la foule de ses fidèles, avant de poursuivre d'une voix menaçante.

— Vous allez dire : les *pakehas* sont forts. Les *pakehas* sont nombreux. Les *pakehas* ont des armes qui crachent le feu. Nous ne pouvons les vaincre. Mais je vous le dis : Rura est fort. Riki est fort. Et ils nous donnent leur force. Les anges sont légion. Les armes de Dieu sont l'éclair et le tonnerre et la parole du prophète rendra chacun de vous invulnérable quand nous rencontrerons les armes à feu des *pakehas*. Votre foi détournera les balles, votre foi transformera les canons en une masse de fer inoffensive. Non seulement nous pouvons les vaincre, mais nous les vaincrons ! Alors, armez-vous ! Priez ! Combattez ! Vainquez !

— *Kira !* Tirez !

Les guerriers répétèrent le cri et ne cessèrent de le répéter jusqu'à atteindre comme une ivresse.

— *Rire, rire, hau hau, rire, rire, hau hau !*

C'est en trépignant et en criant que les guerriers saluèrent leur prophète quand celui-ci se retira. Eru, Kepa et Tamati avaient oublié leur faim et leur étonnement devant l'étrange prière du matin. Ils brûlaient de faire leurs preuves au combat et de s'offrir, sans craindre de mourir, aux balles de l'ennemi anglais.

Il y eut ensuite du pain plat et du poisson séché. Le renfort spirituel ne saurait permettre à un guerrier hauhau d'aller au combat le ventre vide. Les trois amis retrouvèrent d'ailleurs l'appétit et engloutirent leur part. Soudain, Ahia fut à côté d'eux.

— Sitôt prêts, venez à la maison du chef, dit-il. Te Ua Haumene veut vous parler.

Le prophète était assis sur un rocher devant l'une des maisons où vivaient les chefs et les commandants des forces stationnées dans le *pa*, à l'écart des cantonnements de la troupe. Les *arikis* étaient porteurs de tant de *tapus* qu'il leur aurait été difficile de vivre au milieu de leurs gens. Eru et ses amis ne connaissaient ces histoires que par les récits des anciens de la tribu. Chez les Ngai Tahu, ces rites n'étaient pas observés avec autant de rigueur. Avant que les *pakehas* aient donné à l'île du Sud un nouveau visage avec leurs élevages et leurs semences, les tribus y avaient souffert de mauvaises récoltes, de la faim et du froid. Il fallait de l'énergie pour survivre. Le temps manquait pour des expéditions militaires et des cérémonies compliquées. Te Haitara et Jane avaient fini par se débarrasser des derniers rites garantissant la dignité du chef. Personne ne se souciait de procéder à des cérémonies de purification si, d'aventure, son ombre tombait sur un membre de la tribu.

Ici, il devait en être autrement. C'est donc intimidés et inquiets que les trois garçons s'approchèrent du prophète, ne sachant quels rites ils devaient respecter. Par chance, ils n'étaient pas les premiers à avoir été convoqués ce matin-là. Te Ua était en train d'écouter un groupe d'une vingtaine de guerriers épuisés et effrayés.

— Nous avons couru toute la nuit, rapportait le chef. Non, non, n'aie pas peur, nous n'avons pas laissé les *pakehas* suivre notre piste, nous…

— Je n'ai pas peur, dit Te Ua, car j'ai la force de ma foi. Les *pakehas* savent où je suis. Mais ils redoutent ma puissance. Notre puissance. *Pai Marire, hau hau !*

— Mais les hommes du fortin n'ont pas eu peur eux non plus. Ils étaient vigilants et, quand nous avons attaqué, ils ont tiré.

— Ils ne pouvaient rien vous faire, déclara le prophète avec flegme.

— C'est ce que nous pensions aussi ! laissa échapper un guerrier dont le bras était enveloppé d'un bandeau sanglant. Nous avons prié, invoqué le vent, Jéhovah et les anges. Nous avons crié et nous sommes jetés sur eux, les paroles sacrées aux lèvres.

— *Hapa, hapa !* Passez, passez ! ajouta un autre ! c'est ce que nous devions crier pour détourner les balles. Mais ça n'a servi à rien.

— Ça n'a servi à rien ? grogna Te Ua. Vous n'êtes pas ici ? Presque indemnes ?

— Nous, oui, dit le chef. Mais nous étions cinquante pour donner l'assaut. Les autres…

— Les autres sont morts, vint en aide un de ses camarades.

— Eh bien, s'ils sont morts, c'est de leur faute, s'étrangla le prophète. Ils n'étaient pas assez fermes dans leur foi. Ils n'ont pas eu confiance dans la puissance du *karakia*.

— Mais, *ariki*…, tenta de protester le guerrier d'un ton pitoyable.

— Partez maintenant ! Et plongez en vous-mêmes ! Surtout ceux qui n'ont pas complètement réussi à détourner les balles. Partez et implorez de recevoir la force du *niu* ! Demandez pitié ! Demandez grâce d'avoir aujourd'hui déçu Rura et Riki ! Vous aviez pour mission d'empêcher la construction de ce fortin. Vous n'avez pas réussi. Vous ne m'apportez pas les têtes de nos ennemis. Partez et repentez-vous !

D'un geste de la main il congédia les hommes, qui s'éclipsèrent. Il lui fallut un peu de temps pour se ressaisir. Puis il appela Eru, Kepa et Tamati.

— Vous êtes les guerriers de l'île du Sud ? demanda-t-il en examinant leurs visages tour à tour. Son regard s'arrêta sur celui d'Eru.

— Toi ! Tu as les yeux d'un *pakeha* !

— J'ai le cœur d'un Maori ! Et le courage d'un guerrier !

— Tu as le visage d'un guerrier, d'un vieux guerrier, mais tu es jeune. Est-ce que tu as déjà tué, Te Eriatara ?

Eru se raidit, étonné et flatté que le prophète connaisse son nom.

— Je suis prêt à tuer pour mon peuple !

— Et tu sais ce que je prêche ? Je n'ai pourtant encore jamais envoyé de prophète dans votre pays.

— J'ai lu ton évangile.

— Tu sais lire ? demanda Te Ua, une lueur d'intérêt dans les yeux.

— Je l'ai lu aux hommes de ma *taua*. Nous savons tous ce que tu prêches et ce que nous croyons tous !

Il s'était efforcé de parler d'une voix claire et ferme, bien qu'ébranlé par la conversation qu'il venait d'entendre.

— Raconte-moi ton histoire, exigea le prophète. Raconte-moi ce qui t'amène ici.

D'abord hésitant et prudent, Eru se laissa soudain aller à sa colère, évoquant la vénération de sa mère et de son père pour les dieux de l'argent auxquels tout était subordonné, la pression à laquelle l'avait soumis sa mère et finalement sa décision d'être un Maori à part entière, un guerrier à part entière.

Te Ua ne l'interrompit qu'une fois, quand il parla de sa mère *pakeha* et des heures d'école à Rata Station.

— Toi parler langue *pakeha* sans chercher mots ? demanda-t-il dans son mauvais anglais.

— Bien sûr, répondit Eru en anglais aussi. C'est la langue de ma mère. Je la parle couramment, sans accent.

— Et vous autres ? demanda Te Ua, le regard comme à l'affût.

— Nous parlons bien l'anglais, répondit Kepa en s'appliquant. Pas aussi bien qu'Eru, mais bien. Nous avons appris l'anglais à l'école.

Le prophète approuva de la tête et signifia à Eru de poursuivre son récit. Celui-ci exposa donc sa vie entière sans rien taire.

— Nous sommes ici pour faire la guerre pour notre peuple ! conclut-il. Nous rejetterons les *pakehas* à la mer, nous…

Le prophète, de la main, lui ordonna de se taire.

— Votre intention vous honore, mais ce n'est pas comme guerriers que j'ai besoin de vous.

— Comment ? crièrent d'une seule voix les jeunes garçons, effrayés et déçus.

Puis Eru baissa la tête, se souvenant des mots d'Aketu : *Ce qui compte, ce n'est pas ce que tu veux*. Il se souvint aussi de la parole biblique…

— Te Ua, notre prophète et notre père ! Que ta volonté soit faite !

— *Rire, rire, hau hau !* dit l'homme, un large sourire reconnaissant aux lèvres. Je n'ai pas besoin de vous comme guerriers. Vous êtes trop précieux. J'ai besoin de vous comme ambassadeurs. Vous allez m'aider à répandre ma doctrine dans le pays.

8

Frappée de la même stupéfaction que Carol et Mara à la vue des terres brûlées de l'île du Nord, Linda, six cents *miles* plus au sud, contemplait la vallée dévastée qu'on appelait Gabriel's Gully. Aussi loin que l'œil portait, plus un arbre, plus un buisson. La terre avait été si souvent tournée et retournée qu'aucune racine n'y avait résisté. Même sur les claims abandonnés plus aucun brin d'herbe ne se risquait à percer le sol. Jamais Linda n'avait vu spectacle aussi déprimant. Et pourtant, cinq ans plus tôt, avant que l'Australien Gabriel Read y eût découvert de l'or, le paysage avait été aussi idyllique que partout dans l'Otago.

Depuis plusieurs jours, Fitz et Linda traversaient cette région montagneuse où alternaient prairies, broussailles et forêts clairsemées Linda se plaisait dans l'Otago. Elle se voyait bien posséder ici une ferme et enviait les fermiers qu'ils croisaient, sans jamais qu'une conversation s'engage. Les chercheurs d'or n'étaient pas les bienvenus. Quand Fitz et Linda s'arrêtaient pour acheter des vivres, les gens les accueillaient souvent un fusil à la main. Ils voulaient voir l'argent avant de sortir des œufs, du jambon ou des céréales.

— Ne le prenez pas mal, leur déclara une fermière qui ne leur permit de puiser de l'eau de son puits qu'en leur mettant une winchester sous le nez, mais, ces dernières années, il est passé ici une telle faune que nous sommes obligés de nous protéger. Certes, les choses s'améliorent, les filons sont pour l'essentiel vides et les types vont voir ailleurs. Et vous, que venez-vous faire ici ? Vous croyez qu'on aurait laissé quelques pépites pour vous spécialement ?

— Spécialement pour nous, milady ! confirma Fitz avec son plus charmant sourire. Mais pour l'instant, nous sommes un peu fauchés. Y aurait-il ici quelque chose que je pourrais faire pour vous ?

En réalité, le jeune couple avait très peu dépensé. En dépit de la méfiance des gens Fitz parvenait toujours à trouver de petits jobs dans les fermes. Parfois aussi il se livrait à quelques menus larcins, poules ou œufs, qui remplissaient Linda de honte. Mais, hormis ces désagréments, elle était heureuse de son mariage. Le voyage était agréable, Fitz le plus souvent de bonne humeur, plaisantant avec elle et ne se lassant pas de lui décrire leur future richesse. La nuit aussi, il la rendait heureuse, même si c'était d'une manière qui n'avait rien à voir avec les récits de ses amies. Il avait une langue très habile, jouait avec son corps et l'excitait avec ses doigts experts. Son sexe, pourtant, n'avait que de rares érections, trop courtes pour qu'il puisse entrer en elle. Linda saigna néanmoins un jour. Fitz devait avoir déchiré la membrane dont avait parlé Cat.

Linda en fut heureuse aussi. Au moins elle n'était plus vierge. Ce qui ne l'empêchait pas de se demander ce qui n'allait pas chez Fitz. Elle finit par lui en reparler.

— Je pense que ton plaisir m'importe plus que le mien, ma chérie. C'est là que réside l'art de la chose. Tu es satisfaite, non ?

Satisfaite, elle l'était certes, mais elle aurait bien aimé recevoir son mari en elle. Ses nuits, malgré le plaisir qu'elles lui apportaient, laissaient en elle un goût amer. Fitz parvenait à l'exciter, mais le contraire n'était pas vrai. N'était-elle pas assez jolie, pas assez excitante ? Lui manquait-il quelque chose pour devenir une femme accomplie ? Commençant à douter d'elle, elle s'efforça avec ardeur d'être une ménagère parfaite. Durant le voyage, cela avait été possible, mais les choses devinrent plus difficiles quand ils eurent atteint Gabriel's Gully.

— C'est épouvantable, résuma-t-elle ses impressions.

La terre semblait avoir été retournée par des pelles géantes. On voyait encore quelques silhouettes, hommes et femmes, grises et dévastées comme le paysage alentour, armées de pelles et de tamis, plongées jusqu'aux genoux dans la boue après les pluies de la veille.

— Fitz, il n'y a plus d'or, ajouta-t-elle d'une petite voix. La fermière avait raison ainsi que Bill Paxton. Il n'y a plus une pépite d'or ici.

— Allons, allons, tu vois tout en noir, comme toujours, Lindie. Ris donc un peu ! Nous sommes là, nous avons réussi ! Nous avons devant nous Gabriel's Gully.

— Réussi, Fitz ? Tu veux rester ? Tu veux essayer de gratter encore quelque chose de ce sol ? s'exclama-t-elle, incrédule pendant que, sous ses yeux, une jeune femme épuisée posait à côté d'elle son tamis afin de donner le sein à un nourrisson qu'elle portait sur son dos durant le travail.

— Mais évidemment, ma chérie. D'abord nous allons chercher à nous loger. Nous ne pouvons pas passer notre vie dans une charrette. Comment s'appelle le trou qui a changé trois fois de nom ces dernières années ? Peu importe. C'est là que nous allons. Et nous apprendrons très vite comment on obtient la concession d'un claim. Notre claim, Lindie !

Linda, à vrai dire, ne voyait rien d'attirant à la perspective d'enfoncer de nouveaux pieux dans cette terre martyrisée. Jamais ils ne trouveraient ici un endroit qui n'ait déjà été exploré. Mais, pour l'heure, trop euphorique, Fitz était imperméable à ces arguments. Linda espéra que la licence n'allait pas coûter trop cher.

Le chemin menant de Gabriel's Gully à Tuapeka était défoncé, parfois la charrette restait bloquée dans de profondes ornières. Ses bords étaient jonchés d'ordures, de loin en loin on rencontrait une cabane abandonnée, les restes d'une tente, les traces d'un ancien feu de camp. Partout des souches d'arbres abattus, des buissons arrachés. À l'apogée de la ruée vers l'or, les camps de tentes s'étendaient de la bourgade de Tuapeka aux champs aurifères. Linda frémit en imaginant les conditions dans lesquelles ces aventuriers avaient vécu. Quelques femmes encore cuisinaient devant leur tente, sur des feux en plein air, des enfants jouaient dans la boue.

Fitz paraissait ne rien voir de tout cela. Croyant rencontrer des acheteurs d'or à tous les coins de rue, il cherchait un comptoir où on l'aiderait à acheter un claim et à trouver un logement. Mais, dans ces quartiers miséreux de la périphérie, il n'y avait ni commerces ni bureaux. Une femme leur indiqua la direction du centre de la bourgade.

— À côté de la banque, il y a un comptoir, dit-elle. Le propriétaire s'appelle Oppenheimer.

La banque ne fut pas difficile à trouver. Le bourg consistait en une petite dizaine de bâtiments : la banque, une poste, une épicerie… Les trois édifices les plus voyants étaient des pubs aux façades de couleurs vives. Les clients devaient être des chercheurs d'or et non les quelques habitants sédentaires. Deux jeunes femmes au fard et aux vêtements criards sortant de l'un d'eux, une lady changea ostensiblement de côté de la rue. Linda voulut la saluer, mais la dame l'ignora superbement. Les chercheurs d'or et les putains jouissaient donc ici de la même réputation.

Il y avait bien, entre la banque et la poste, un comptoir où officiait un vieil homme. Il ne leva pas les yeux à l'entrée de Fitz et de Linda. Face à lui se tenait un homme, plus très jeune, aux vêtements sales, les yeux rivés sur une délicate balance. Sur un plateau scintillaient de minuscules plaquettes. Le commerçant chargeait l'autre plateau de poids, peinant à en trouver d'assez petits. Levant enfin les yeux, il fixa l'homme à travers un monocle.

— Désolé, Bob, mais je ne peux te donner plus de dix livres.

— Dix livres, Oppenheimer ? explosa l'homme. Le produit d'une semaine. Pour ça, autrefois je... j'ai obtenu jusqu'à cent livres !

— Je ne paye pas à l'heure, Bob, je paye au poids. Et il n'y a là pas même un gramme, c'est à peine si la balance bouge. Si tu gagnais davantage avant, c'est que tu trouvais plus d'or.

— Avant, tu avais des concurrents, répliqua le chercheur. Vous étiez dix, vingt ! Tu payais mieux !

— Pas vraiment, Bob. Bien sûr, il y avait entre nous de légères différences, mais nous nous orientions tous en fonction du prix de l'or à Londres.

— Je recevrais plus à Londres, hein ? maugréa l'homme. Vous autres Juifs, vous vous en mettez la moitié dans la poche, vous...

Le vieil homme fit glisser les raclures d'or dans une feuille de papier qu'il plia soigneusement et donna à son client.

— Tiens, Bob, va à Londres ! Tu toucheras peut-être treize ou quatorze livres, à supposer qu'ils acceptent de si petites quantités.

L'hésitation se lut sur le visage de l'homme.

— Ma foi... euh... je ne le pensais pas, dit-il d'un ton conciliant.

— Alors, tu veux tout de même ton argent? dit l'acheteur en haussant les épaules. Moi, ça m'est égal. Mais si tu veux qu'on fasse affaire ensemble, il faut nous mettre d'accord sur ce point: moi, je ne te gruge pas et toi, tu ne m'insultes pas!

Le chercheur se contenta d'un grognement tandis qu'Oppenheimer le réglait.

— Et que puis-je pour vous? demanda le vieux commerçant d'un ton amical à Fitz et Linda.

Fitz lui ayant exposé son problème, il fronça les sourcils.

— Vous voulez jalonner un claim? Ce n'est pas nécessaire. Prenez simplement un de ceux qui ont été abandonnés. Je dois avoir un plan quelque part, dit-il en se levant et en farfouillant un peu partout, sans rien trouver. Ma foi... peut-être à la banque? Ou à la poste?

Quittant le comptoir, il se rendit au bureau de poste voisin.

— B'jour, Jeff! Tu comptabilises toujours ceux qui ont un claim?

Linda et Fitz virent le postier montrer du doigt une affiche sur la façade du bureau, à côté de la porte d'entrée. On pouvait y distinguer un plan délavé des parcelles. Oppenheimer l'arracha sans plus de façons et le parcourut des yeux.

— Ici, dit-il en montrant une tache sur le plan. Au début, Roberts a gagné beaucoup d'argent, puis il est parti pour Dunedin. Ensuite, c'est Bernard qui a repris le claim, il a trouvé encore quelque chose qu'il a aussitôt dilapidé. Il est à présent reparti pour la côte Ouest. Le claim est libre. Ou bien celui-ci, Peterson. Au début, il a été prometteur, mais il a été très vite épuisé. Peterson s'est obstiné, essayant, essayant. Il s'est tiré une balle dans la tête l'hiver dernier. Personne, ensuite, n'a voulu de son claim... En voilà encore un autre... Wenders... il a commencé par pas mal gagner, mais il trouvait que cela n'allait pas assez vite. Il a cédé le claim à Feathers qui s'en est vraiment mis plein les poches. Il a aujourd'hui un élevage de moutons dans la région de Queenstown. Ensuite, deux ou trois autres ont continué à creuser. Si vous voulez mon avis, il n'y a plus une trace d'or dans le claim, mais il est libre.

— Est-ce qu'il y a ici encore de l'or quelque part dans le sol ? interrompit Linda le flot de paroles du vieil homme.

— Miss, quand Read a commencé ici, Gabriel's Gully était vingt pouces plus haut que maintenant. On a transporté ailleurs la terre déjà fouillée et on a de nouveau creusé le sol, et tamisé. Il est possible que quelques traces soient restées inaperçues. Bob extrait encore chaque semaine pour dix livres d'or. On peut aussi orpailler dans les ruisseaux de la région, c'est le jeu préféré des petits garçons d'ici. Ils viennent ensuite me voir, tout fiers, et échangent leurs bribes d'or contre quelques pence. Leur argent de poche. Mais ce n'est pas ici que vous deviendrez riche, lady. J'en mettrais ma tête à couper. Puis, tourné vers Fitz : si vous n'êtes pas trop bête, mister, cherchez un autre job. Ou bien allez sur la côte Ouest, c'est peut-être là que se font aujourd'hui les grosses fortunes. Mais ce n'est pas un lieu très recommandable, surtout avec votre dame. Vous êtes bien mariés, n'est-ce pas ?

Linda opina en montrant fièrement son anneau.

— Vous ne pouvez tout de même pas infliger cela à une femme honorable, conclut Oppenheimer.

— Je vais de toute façon essayer d'abord ici, répondit Fitz. Peut-être aux environs de Gully. Personne ne doit avoir encore cherché par là.

— Je ne peux pas vous en empêcher, dit le commerçant en riant. Si vous avez un jour quelque chose à vendre… vous savez où me trouver. À part ça, puis-je encore faire quelque chose pour vous ?

— Où pourrions-nous loger ? Quelqu'un loue-t-il des cabanes ?

— Prenez une de celles-ci, dit le vieil homme en montrant la direction du campement des chercheurs d'or, à l'orée de la ville. Elles sont abandonnées. Bien sûr, ce ne sont pas des châteaux, elles ont été montées rapidement avec du bois de récupération. Personne ne voulait perdre son temps à bâtir du solide. Quand les gens arrivaient, ils étaient trop pauvres pour s'installer convenablement. Quand ils repartaient, ils n'avaient dans le meilleur des cas plus besoin de rien. Mais c'était rare…

L'homme retourna à sa boutique, qu'il n'avait même pas pris la peine de fermer à clef. Elle ne devait pas contenir beaucoup d'argent, se dit Linda. Ni d'or. Elle le remercia poliment. Fitz aussi.

— On se reverra ! annonça celui-ci joyeusement. À partir de demain, nous allons faire des affaires, vous et nous, lança-t-il encore en tournant la charrette en direction du campement.

La pluie avait repris et Linda, découragée, resta dans la voiture avec la chienne Amy tandis qu'il partait jeter un coup d'œil dans les environs. Il fut bientôt de retour, d'excellente humeur.

— Ça y est, j'ai une maison. Rien de magnifique, mais elle ne coûte rien. Ou presque rien, j'ai promis à la propriétaire quelques pence la semaine.

Linda retrouva un peu d'optimisme : si c'était une location, elle devait bien avoir au moins un toit. Mais, à la vue de la cabane devant laquelle la charrette s'arrêta, elle perdit de nouveau courage.

— C'est… c'est la maison ? demanda-t-elle.

La cabane permettait tout juste à deux personnes de coucher côte à côte. Deux matelas crasseux étaient posés sur le sol, le reste du mobilier consistant en une table branlante et une unique chaise. Les murs, faits de planches disjointes, ne pourraient être un obstacle au vent. Le toit, en revanche, était étanche.

— Est-ce que je peux vous aider ? À rentrer vos affaires ?

Se retournant, Linda reconnut la jeune femme qu'elle avait vue un peu plus tôt allaiter son enfant sur un claim. Elle le portait maintenant sur son dos.

— Non, merci beaucoup, nous y arriverons bien tout seuls. Rentrez plutôt, sinon le petit sera trempé. Ou bien la petite ? répondit Linda, essayant de sourire.

La femme, maigre comme un clou, ne répondit pas à son sourire.

— Le petit, dit-elle, là au moins il a eu de la chance. Ce n'est pas une fille.

Interloquée, Linda s'approcha du gamin et tenta de le faire sourire en lui agitant son médaillon sous le nez.

— Comment s'appelle-t-il ?

— Paddy. Comme son père. Je sais qui c'est, au cas où ça vous intéresse. Même si personne ne me croit. Et ça là, dit la femme montrant le médaillon, je le cacherais. Ici, tout le monde cherche de l'or, partout où il y en a.

— Merci ! Je ne le porterai plus. Au fait, je m'appelle Linda Fitzpatrick. Vous êtes… une voisine ?

— On pourrait dire que je suis votre propriétaire, se moqua-t-elle. Cette cabane m'appartient et aussi celle d'à côté. Bien qu'ici rien n'appartienne à personne ! Nous avons simplement construit ici et personne ne nous a chassés.

À ce moment, Amy entra dans la cabane et se coucha sur un matelas.

— Il est mignon, dit la femme. Mais ne le laissez pas se balader partout. Tarderait pas à se retrouver au bout d'une broche. Les types d'ici bouffent n'importe quoi.

— Les gens mangent… des chiens ?

— Des chiens, des chats, des rats. Le peu d'or que vous trouvez encore ici vous permet d'acheter de quoi manger ou du whisky. Devinez ce qu'ils choisissent ! Et quand on peut l'arroser d'assez de whisky, tout a bon goût.

— Mais c'est horrible ! paniqua Linda qui aurait voulu être à cent lieues de là. Elle… elle s'appelle Amy, c'est un chien de berger, un border collie, elle…

— Moi, c'est Ireen, Ireen Sullivan. Ou Miller. Je ne suis pas sûre que le type qui m'a mariée était vraiment un révérend.

À cet instant, Fitz fit irruption.

— Voilà, c'est fini, ma chérie ! Bienvenue dans notre nouveau foyer !

Pendant que les deux femmes conversaient, il avait sorti de la charrette leurs maigres biens qu'il rentrait à présent dans la cabane. Son premier geste fut de déboucher une bouteille de whisky.

— Fêtons notre emménagement !

Ayant bu une bonne gorgée à la bouteille, il la passa à Ireen. Contrairement à ses habitudes, Linda la porta aussi à ses lèvres en dépit de son dégoût, se disant que l'alcool dissiperait peut-être son angoisse et l'aiderait à se faire à cette nouvelle vie.

— On a encore quelque chose à manger ? demanda Fitz à sa femme.

Un peu à contrecœur, Linda partagea leurs dernières provisions avec Ireen et le petit Paddy, qui avala goulûment du pain trempé. Ireen, pas moins goulue que lui, fit honneur au pain et au poisson séché.

— Votre mari a-t-il ici un claim, Mrs Miller ? s'enquit Fitz en partageant avec un optimisme intact les derniers restes de pain et de fromage.

Linda était partagée : certes, elle était heureuse de voir Paddy et sa mère manger à leur faim, mais elle savait que, le lendemain, elle devrait faire des courses et que leurs économies fondaient à vue d'œil.

— Mon mari n'est plus là ! Et je creuse un peu où ça me chante. Quand je ne lave pas de l'or dans un ruisseau. Mais ça commence à devenir trop froid pour moi. Rester si longtemps pieds nus dans l'eau…

— Et vous gagnez assez pour vous et le petit ? demanda Linda avec précaution.

Ireen la foudroya du regard, soudain furieuse.

— Oui, madame, merci pour votre curiosité ! Je ne prétendrai pas que je dis non quand une occasion se présente. Il faut bien vivre ! Mais je ne fais pas le trottoir ! L'enfant ne doit pas entendre dire que sa mère est une putain !

— Je ne… je posais juste une question, dit doucement Linda avec un geste d'apaisement.

Jamais, en effet, ne lui serait venu à l'esprit qu'Ireen pourrait être une fille de joie. La jeune femme était l'exact contraire des femmes au fardage criard qu'elle avait vues à Tuapeka. Pâle, décharnée, ses cheveux blonds étaient clairsemés et poisseux, on avait l'impression qu'elle n'avait pas de cils. Il n'y avait rien d'attirant en elle. Fitz la regardait avec une totale impassibilité.

— Il faut à présent que j'y aille, dit la jeune femme avec un regard de regret vers le reste de whisky dans la bouteille. Si je bois davantage, je serai incapable de quoi que ce soit demain. Est-ce que je dois passer te prendre demain pour chercher de l'or, demanda-t-elle à Linda, passant sans transition du vous au tu moins compliqué. Parce que… si un seul de vous travaille, il aura du mal à trouver assez pour deux.

9

Te Ua Haumene affecta Eru, Kepa et Tamati à un groupe de guerriers devant jouer les missionnaires à l'intérieur et sur la côte Ouest de l'île du Nord. C'était un long trajet et les trois jeunes hommes devaient servir d'intermédiaires s'ils tombaient sur des *pakehas*. Les guerriers avaient l'intention, dans ce cas, de se montrer amicaux et, éventuellement, de se faire passer pour des troupes maories supplétives. Le prophète leur ordonna de s'équiper de tenues *pakeha*, ce qui suscita une violente protestation de la part de Kereopa qui, avec Patara Raukatauri, commandait le groupe.

— Je ne vais pas me commettre avec eux !

Ces hommes étaient des guerriers hauhau de la première heure. On les qualifiait souvent eux-mêmes de prophètes. Kereopa, orateur né, était plein de haine envers les *pakehas*. L'année précédente, sa femme, ses enfants et sa sœur avaient péri au cours de combats contre les troupes de Cameron.

— Tu ne peux exiger de moi que je rampe devant eux !

Eru rentra la tête dans les épaules. Cela faisait déjà plusieurs jours qu'il vivait à proximité du prophète. Avant de laisser partir ses jeunes ambassadeurs, il les avait fait instruire et avait vérifié la fermeté de leur foi. Eru n'avait pas tardé à constater combien le prophète appréciait peu la contradiction et même les questions.

Pour ces Ngai Tahu, c'était nouveau. Les anciens de la tribu avaient toujours fait preuve de patience avec les jeunes. Les questions étaient autorisées, voire suscitées.

Le comportement de Te Ua lui rappelait en revanche celui des missionnaires de Tuahiwi. Mais Te Ua usa de patience envers Kereopa. Peut-être considérait-il le vieux guerrier davantage comme un égal que comme un élève.

— Alors, utilise la puissance de ta foi et rends-toi invisible, déclara-t-il. Mais n'oublie pas, Kereopa : il est important d'atteindre les tribus de l'est. Beaucoup n'ont jamais entendu parler de nous ou n'ont pas eu la preuve de notre force. Ta mission est de les gagner. Si, pour cela, tu dois simuler et te cacher, ce sera utile à notre cause. Peut-être plus que d'attaquer et détruire leurs fortins. Ce n'est qu'ensemble, comme un seul peuple, que nous combattrons les *pakehas* avec efficacité.

— Si, en chemin, nous rencontrons un *pakeha*, il connaîtra le même sort que celui-ci ! déclara Kereopa en plongeant la main dans un sac.

Eru et ses compagnons furent saisis d'effroi quand il en sortit la tête d'un soldat. Ils avaient entendu dire que les Hauhau avaient remis en vigueur l'ancienne coutume qui voulait que les guerriers coupent la tête des ennemis après leur mort et les conservent comme trophées, mais ils n'avaient jamais vu pareil spectacle. Kereopa, tenant la tête par ses cheveux blonds, la brandit. Le sac semblait en contenir d'autres.

— Ces types voulaient détruire nos champs près d'Ahuahu, expliqua-t-il aux garçons qu'il avait vus pâlir. Il y a un an. Nous les avons chassés et emporté sept têtes !

Eru eut envie de vomir et remercia tous les dieux du Ciel quand l'homme remit la tête dans le sac.

— Kereopa, tu sais que votre mission est pacifique, le réprimanda le prophète, pourtant indifférent à l'horreur de la scène. Nous apportons la bonne nouvelle. Les gens doivent eux aussi croire à la Terre promise, où régneront la paix et l'amour. Il est de notre devoir de faire la guerre, mais nous ne le souhaitons pas. Nous tuons sans pitié, mais sans plaisir non plus.

— Te Ua, il n'y a pas deux manières d'être mort, rétorqua Kereopa. Plus il y aura de *pakehas* morts, mieux ce sera. Les tuer est notre mission prioritaire et c'est aussi ce que je vais dire aux gens. Nous parlerons plus tard de paix et d'amour. Ou bien, après tout, que tes petits missionnaires en parlent, eux ! dit-il en montrant les trois garçons avec mépris.

Depuis qu'il avait appris la présence d'Eru dans le camp, il ne décolorait pas. Il était de même hostile à leur mission de traducteurs. À son avis, il n'avait pas besoin d'intermédiaires. Bien qu'ils aient devant eux une équipée longue et dangereuse à travers l'île, où ils devraient se faire remarquer le moins possible, il misait davantage sur le combat que sur le camouflage.

— Vous avez entendu, dit le prophète tourné vers les « missionnaires », Kereopa vient de vous préciser votre tâche. Lui prêchera la guerre et vous la paix. Tenez, ajouta-t-il en se levant et en leur tendant un exemplaire de son Évangile, relisez-le pendant votre expédition, apprenez-le par cœur et prêchez !

— Les gens nous écouteront-ils ? demanda Kepa.

— Si tu ressens en toi la force des paroles de l'archange, le morigéna Te Ua, tu seras capable de la transmettre. La seule chose qui compte, c'est ta foi. C'est elle qui te rendra invulnérable, c'est elle qui donnera à ta voix la puissance du tonnerre et à ton discours la douceur du miel. Mais, si tu doutes…

— Je… je ne doute pas !

— Bien ! Vous partirez donc demain !

Les jours suivants, les trois jeunes hommes apprirent à apprécier Kereopa et ses guerriers. Le groupe traversa le district de Whanganui occupé par les *pakehas* et déboucha dans la région volcanique de Tongariro sans apercevoir l'ombre d'un Blanc. Kereopa, respectant les consignes de Te Ua, sut se rendre invisible sans avoir recours aux invocations hauhau. Ses guerriers glissaient sans bruit en pleine forêt, sentant plus que ne les voyant les patrouilles ennemies, et se fondaient dans les arbres et les buissons dès qu'ils s'approchaient un tant soit peu des Blancs.

Kereopa et Patara se montrant aussi bons pédagogues que meneurs d'hommes, Eru et ses amis apprirent vite à les imiter. Après leur malheureuse première rencontre, Eru craignait d'être abreuvé de moqueries durant leur périple. Mais Kereopa s'en abstint. Il semblait ne pas être mécontent que Te Ua ait chargé ces jeunes hommes plutôt que lui d'une mission missionnaire. Il ne devait pas être un fervent prêcheur. Il les laissa tranquilles quand ils travaillaient et répétaient leurs discours. Ils connaissaient l'évangile de Te Haumene presque par cœur bien qu'ils n'aient pu le lire et le relire le soir, les guerriers se gardant d'allumer le moindre feu de camp en territoire ennemi. La tension baissa un peu quand le groupe eut laissé les forêts derrière lui. Le sol volcanique n'autorisait désormais qu'une maigre végétation, dégageant ainsi la vue.

Ils rencontrèrent leur première tribu sur les rives du lac Taupo, une tribu qui n'avait pour ainsi dire pas encore eu à souffrir des exactions *pakehas*. À l'arrière du *marae* se profilait un merveilleux paysage, vallonné et couvert de zones broussailleuses et de bois, alors que la tribu avait devant elle le plus grand lac d'Aotearoa, aux eaux poissonneuses. Les habitants du *marae*, après avoir considéré les guerriers inconnus avec quelque perplexité, leur souhaitèrent pourtant la bienvenue et les restaurèrent de poisson frais, de céréales et de patates douces. Le pays était fertile. Que les *pakehas* cherchent à s'en emparer n'était plus qu'une question de jours.

C'est sur cette menace que Kereopa, ayant commencé à parler des Hauhau aux membres de la tribu, mit tout de suite l'accent, les archanges ne jouant dans son prêche qu'un rôle subalterne. Il y fut en revanche beaucoup question d'invincibilité, de combativité, de courage et d'esprit conquérant.

— Et maintenant Te Eriatara va vous parler des visions de notre prophète, dit-il en conclusion.

Il avait déjà gagné à sa cause au moins les membres de la tribu les plus jeunes qui, aussi dégoûtés que fascinés, ne quittaient pas des yeux les têtes fumées que Patara avait disposées autour du feu, après le coucher du soleil. La lumière dansait autour des orbites vides et des bouches grimaçantes.

— Jéhovah et Tama-Rura et Riki ont chassé leurs esprits, chuchotaient les présents.

Eru comprit qu'il ne pouvait maintenant leur parler de paix et d'amour. Aussi débuta-t-il son discours par une citation de la Bible: « Qui sème le vent récolte la tempête. » Il leur parla avec une grande force évocatrice du vent qui avait inspiré Te Haumene, de ses visions d'Aotearoa libre et du peuple élu. Il fit entonner aux gens *hau hau* et *mai merire*, ce qui lui valut un signe de tête reconnaissant de Kereopa. Il ne parla de paix et d'amour entre les tribus que tout à la fin.

— Tama-Rura et Riki, Jéhovah et son fils, tous veulent une Aotearoa unie. Maintenant dans la guerre et demain dans la paix. Ce n'est qu'ensemble que nous vaincrons et réaliserons des visions plus grandes encore:

une vie éternelle dans un pays où couleront le lait et le miel ! *Rire, rire, hau hau* !

— Ton truc de la vie éternelle, tu viens de l'inventer, hein ? lui chuchota Tamati quand il se rassit avec ses amis, rayonnant.

— Ma foi, si nous sommes invulnérables, de quoi pourrions-nous mourir ?

Kereopa et Patara n'avaient pas remarqué ce léger écart avec la vision de Te Haumene. Les autres Maoris encore moins. Le lendemain matin, pleins d'enthousiasme, ils dressèrent un *niu*. Seuls quelques *tohungas* et surtout les doyennes de la tribu se tinrent à distance. Patara gagna à sa cause le conseil des anciens en leur montrant les têtes coupées. Eru ne comprit pas d'emblée – cela ne se produisit qu'avec le temps – ce qui se cachait derrière cette exhibition macabre. Cette « chasse aux têtes » rappelait aux vieillards les jours glorieux de leur jeunesse, une époque où les tribus de l'île du Nord se combattaient sans merci. Cette pratique n'était pas rare à l'époque, tournant même parfois au cannibalisme.

En la remettant en vigueur, les Hauhau se posaient en gardiens de la tradition. On leur pardonnait leurs nouveaux dieux et leurs prières étranges dans la mesure où ces rites suscitaient la combativité des jeunes. De nombreux anciens voyaient en effet d'un mauvais œil la jeune génération préférer faire du commerce avec les *pakehas* que leur couper la tête, des jeunes gens préférer des couteaux de chasse aux massues sculptées, les filles se pavaner dans des tenues *pakehas* et porter des perles de toutes les couleurs. Ces jeunes ne voyaient souvent dans la tribu voisine que des gens avec qui discuter du prix des terres colonisables et essayer de comprendre les étranges coutumes des Blancs.

Et voilà que ces mêmes jeunes dansaient avec enthousiasme autour du *niu* ! Ils étaient prêts à rallier le combat et les troupes des guerriers hauhau ! Eru et ses deux amis constatèrent assez vite que leur entreprise missionnaire avait pour seul but ce recrutement militaire.

Comme dans cette première tribu, bon nombre de jeunes de celles chez qui se rendirent ensuite Kereopa et sa troupe se décidèrent à gagner l'ouest de l'île, ce qui ne plaisait pas toujours aux chefs et encore moins aux femmes. Mais leurs arguments étaient ignorés ou dévalués.

— Oui, bien sûr que les jeunes guerriers partent pour l'ouest, expliquait ainsi Patara, mais ils reviendront plus mûrs dès que nous aurons vaincu les *pakehas*.

— Et d'ici là ? demanda une jeune femme qui n'avait pas froid aux yeux. Qui défendra notre tribu ? Qui épousera nos filles ? Qui engendrera nos enfants ?

— Ma sœur, répondit Patara avec un gros rire, on n'a pas besoin d'un homme pour chacune. Dans ses visions, Te Ua voit aussi bien le passé que l'avenir d'Aotearoa. Dans les temps anciens où nous avions encore en mémoire les temps heureux d'Hawaiki, chaque guerrier avait plus d'une femme. Et ils vivaient heureux et en paix. Alors, rappelez-vous et acceptez les temps jadis qui déterminent ce qui viendra. *Rire, rire, hau hau !*

Les femmes se taisaient avec embarras à l'écoute de pareils discours, tandis que les hommes acclamaient ces perspectives de polygamie en terre promise. Eru n'appréciait pas. Mara ne voudrait pas le partager avec d'autres femmes et lui-même ne s'imaginait pas en aimer plus qu'une.

Parfois de jeunes femmes partaient avec leur mari pour l'ouest et Kereopa ne les dissuadait pas. Eru se demandait s'il se souvenait des guerrières traditionnelles ou s'il laissait le soin au prophète de régler ce problème. Les « missionnaires », en tout cas, ne se souciaient pas une seconde de l'avenir des troupes qu'ils recrutaient. Le lendemain, ils quittaient tout simplement la tribu pour aller en voir une autre. Avant qu'Aotearoa s'unisse, il faudrait ériger bien des *nius* encore.

Aux environs de Rotorua, un endroit fascinant avec ses sources d'eau bouillante jaillissant à plusieurs mètres de hauteur, Kereopa convoqua les trois amis.

— Nous avons atteint le territoire qui est le but de notre expédition ! À partir de maintenant nous allons non seulement rendre visite aux tribus qui se trouvent sur notre chemin mais aussi évangéliser toute la côte. Nous allons donc nous répartir la tâche. Patara, Eru et moi allons partir pour Whakatane puis suivre la côte jusqu'à Opotiki. Les autres resteront à l'intérieur du pays avec Ruatahuna et Wairoa comme destination.

Les hommes, Kepa et Tamati en premier lieu, eurent l'air effrayés. Kepa voulut objecter quelque chose, mais Kereopa ne lui en laissa pas l'occasion.

— Pas de discussions ! C'était convenu avec Te Ua. Bon, jusqu'à présent, ce sont surtout Patara, Eru et moi qui avons prêché, mais vous pouvez tout aussi bien le faire.

Outre Kepa et Tamati, le groupe comprenait deux guerriers plus âgés, plus calmes mais pas moins expérimentés et décidés que les chefs de l'expédition.

— Nous allons bien entendu partager les têtes, quatre pour vous, les trois autres pour nous. Utilisez-les. Vous avez vu qu'elles sont un important moyen de persuasion. C'est la preuve que les *pakehas* ne sont pas invincibles. Quand nous aurons réussi notre mission, nous nous retrouverons. *Pai Marire, hau hau !*

Seul Eru répondit avec enthousiasme ; il avait été choisi pour accompagner les chefs dans des régions où évangéliser serait difficile. Opotiki hébergeait l'une des plus importantes missions du pays, avec le missionnaire Carl Völkner et l'oncle étrange de Mara, Franz Lange. Les tribus alentour devaient être christianisées depuis longtemps, leurs hommes désarmés et les enfants enfermés dans des établissements comme celui de Tuahiwi. Mais maintenant, ils arrivaient, eux, les envoyés de Te Ua Haumene ! Prêts à porter la guerre dans la mission, décidés à remplacer la croix par le *niu* !

Eru brûlait d'impatience.

10

À l'idée d'envoyer Linda chercher de l'or avec Ireen le lendemain matin, Fitz fut presque vexé.

— Mais bien sûr, ma chérie que je trouverai assez d'or pour nous deux ! Ma petite baronne des moutons n'a pas à fouiller dans la boue.

— Et qu'est-ce que je ferai ici toute la journée ? Ranger la maison et nettoyer l'argenterie ?

Ireen éclata de rire. Elle s'était jointe à eux, avec son bébé, auprès du feu allumé par Fitz devant la cabane. Ils n'avaient pas de quoi se payer du bois de chauffage mais Fitz avait stocké quelques bûches dans la charrette. Il n'y avait plus rien à manger, mais Linda prépara un café bien fort. Elle invita Ireen en cachant à la jeune femme combien elle-même et Fitz avaient besoin de cette boisson remontante. La pluie avait cessé durant la nuit, mais pas le froid. Dans l'Otago, l'hiver arrivait plus tôt que dans les Canterbury Plains. Qu'en serait-il dans deux ou trois mois, se demanda Linda en frissonnant. Vivrait-elle encore dans ce taudis et devrait-elle faire la cuisine dehors ?

— Tout le monde ici met la main à la pâte, les hommes, les femmes, les enfants… expliqua Ireen. Avant, il s'agissait de ramasser aussi vite que possible avant qu'un autre arrive. Aujourd'hui, c'est une question de survie. Il n'y a plus d'or. Tous ceux qui le peuvent filent sur la côte Ouest.

Un peu plus tard, équipée d'une bêche et d'une poêle d'orpailleur, Linda suivait Ireen en route pour Gabriel's Gully. Au lieu de les suivre, Fitz sella le cheval afin d'explorer les lieux un peu plus loin et de tenter sa chance là où moins de gens avaient fouillé le sol et où se trouvait peut-être un coin où personne n'avait creusé.

— Des coins comme ça, il n'en manque pas, observa Ireen à qui Linda venait d'expliquer le projet de son mari. En fait, parce qu'il n'y a là rien à trouver. Je ne sais pas pourquoi, mais un champ aurifère a des limites très précises. Et celui-ci a été exploité à fond, crois-moi. Ce serait bien le diable si ton Fitz trouvait encore un coin qui aurait échappé aux plus de vingt mille types qui farfouillaient par là il y a deux ans encore.

Avec un soupir, Linda la suivit en direction du nord. Elle allait apprendre comment laver de l'or dans un ruisseau. En chemin, elles passèrent devant pas mal d'hommes et de femmes travaillant dans leurs claims, les hommes creusant des trous profonds, les femmes tamisant la terre qu'ils recueillaient.

— Ça ne rapporte rien, remarqua Ireen. Ici, l'or n'est pas enterré si profondément. Oui, je sais, il y a des mines. On creuse des galeries souterraines, tout ça… Ici aussi, on a essayé, un ou deux hommes sont morts quand les galeries se sont écroulées. Ici, l'or était dans les couches supérieures, sans doute amenées par l'eau depuis les montagnes. Il en arrive d'ailleurs encore dans les ruisseaux. On en trouve toujours un peu.

— Tu es là depuis longtemps ? demanda Linda, hors d'haleine.

— J'suis arrivée avec la première troupe de chercheurs. Mon daron avait un pub en Irlande. Trafiquait pas mal et était endetté jusqu'au cou. Il avait déjà vendu mes sœurs en Irlande, ce n'est pas ici que l'idée lui en est venue. Quand il a entendu dire qu'on avait trouvé

de l'or, nous sommes partis à la cloche de bois, toute la famille, père, mère, quatre enfants. De nouveau à crédit. À l'époque, on remplissait de chercheurs d'or des bateaux entiers. Les armateurs avançaient l'argent de la traversée. Il fallait ensuite le rembourser à tempérament chaque fois qu'on avait trouvé assez d'or. Cela ne valait bien entendu pas pour les enfants. C'est notre vieux qui devait payer. Mes sœurs ont rapporté le double et le triple pendant la traversée.

— Rapporté ? demanda Linda. Elles ont... travaillé ?

— Mais tu es une vraie oie blanche ! glousse Ireen. Il y a pas longtemps que tu es sur les chemins avec ton Fitz, hein ? Comment t'as fait pour tomber sur lui ? Y a comme une erreur, ce type et toi, petite enfant de Marie débarquée de sa campagne...

Linda voulut protester, mais Linda ne se laissa pas arrêter :

— Mon père a vendu mes sœurs, figure-toi, aux types qui voyageaient seuls. Trois mois en mer, y en a plus d'un qui n'y tenait plus. Et tous survoltés à l'idée qu'ils puissent être riches en trois jours une fois sur place. Ils pouvaient bien dépenser leurs derniers pence pour une putain.

— Et toi ?

— Je n'avais que douze ans.

Linda fit un rapide calcul. Elle n'avait donc que seize ans tout au plus. Elle lui en aurait donné vingt-quatre ou vingt-cinq.

— Ma mère veillait sur moi. Elle est hélas morte du typhus. Sur le bateau. J'ai tout de même bénéficié d'un sursis. À Dunedin, les types ont commencé à comprendre qu'à Otago on ne trouvait pas l'or sous les sabots d'un cheval. Ils avaient besoin d'un minimum d'équipement, de bêches, de poêles, d'une tente... Il ne

leur restait pas de quoi se payer une putain. Ici, il y a eu de l'or au début. Notre vieux nous a envoyées sur le claim. Crois-moi : chacune de nous, les filles, rapportait autant que deux types. Nous savions très bien ce qui, sinon, nous pendait au nez.

Elles avaient entretemps atteint le ruisseau. Linda était perdue. Les ruisseaux qu'elle connaissait coulaient au milieu de prairies, leurs rives étaient souvent couvertes de *raupo*. Mais celui-ci se frayait un chemin au travers d'un véritable désert. Ses rives étaient aussi grises et boueuses que le terrain alentour. Ireen avait raison. On avait creusé partout.

Ireen retroussa sa jupe jusqu'au-dessus du genou sans se soucier de savoir s'il y avait quelqu'un dans les parages. Linda l'imita. Puis, comme sa compagne, elle ôta ses chaussures et ses bas. Ireen lui montra comment retirer avec la poêle du sable du fond du lit pour ensuite, en la secouant avec prudence et en lui imprimant un mouvement circulaire, séparer le sable des particules d'or. On reversait ensuite le plus de sable et d'eau possible, jusqu'au moment où ne restait plus, déposée au fond de la poêle, que de la poussière d'or.

Linda eut tôt fait de saisir la technique et, ayant trouvé dans sa poêle des traces d'or, elle les lava avec entrain. Ireen reprit son récit, un récit qui touchait Linda au plus profond de son être, tant paraissait incroyable l'énergie avec laquelle cette toute jeune femme maîtrisait son existence.

— Mais l'argent glissait entre les doigts de mon père. Et quand il y eut moins d'or, nous les filles, nous avons dû remettre le couvert. Mais je suis tombée amoureuse. De Paddy, un Australien. Toujours joyeux, de bonne humeur, me promettant monts et merveilles. Ce n'est pas que je le croyais. Même s'il avait voulu me racheter à mon père… il n'aurait jamais eu l'argent nécessaire.

— Ton père voulait te vendre à Paddy ?

— Une jeune putain sur un champ d'or, ça vaut de l'or ! Mais nous lui avons fait un pied de nez. Je suis tombée enceinte. Et le petit Paddy s'est accroché comme un beau diable. Mon vieux a tout essayé, crois-moi. Il m'a tabassée et tabassée. Mais j'ai tout de même eu le petit, dit-elle avec un brin de fierté.

— Et tu as épousé ton Paddy ?

— Oui. Au début, ça a été formidable. Il m'a même construit une cabane. Celle où vous logez. Je vis dans celle de mon père et de mes sœurs. Puis Paddy junior est né. Une naissance difficile, je suis si frêle et la sage-femme était trop chère. Au début, le petit a beaucoup crié. Et je ne voulais pas avoir tout de suite un autre enfant. Alors Paddy l'a fait avec une de mes sœurs et il y a de nouveau eu du grabuge avec mon vieux. Finalement, mon vieux est parti sur la côte Ouest avec mes sœurs. Il n'y avait plus guère d'or ici. Quelques jours plus tard, Paddy s'est tiré lui aussi. Maintenant il n'y a plus que moi. Et le petit. Et à présent, c'est à toi de raconter. C'est vrai que tu viens d'un élevage de moutons ?

Le soir, elles avaient recueilli un peu d'or et étaient devenues amies. Ireen avait écouté Linda avec empathie, et celle-ci, quand elle comparait ses malheurs avec ceux de l'Irlandaise, se sentait privilégiée. Elle avait au moins Fitz avec elle. Quand elles rentrèrent épuisées et frigorifiées, Fitz avait déjà allumé un feu et préparait des légumes pour un ragoût. Un peu de mouton mijotait sur le feu. Il avait dû faire des achats à Tuapeka. Linda préféra ne pas poser de question sur ce qu'il avait fait toute la journée. Mais Ireen n'avait pas de ces pudeurs.

— Et alors ? Tu as trouvé de l'or ?

Il entreprit alors de raconter avec sa verve habituelle. Il n'avait bien entendu pas jalonné de claim demeuré

intact, mais avait en revanche noué des tas de contacts, recueilli les théories de divers chercheurs sur la possibilité de trouver encore de l'or à Gabriel's Gully. Il avait pris rendez-vous avec l'un d'eux pour, le lendemain, se mettre à creuser.

— C'est comme si c'était gagné ! lança-t-il, se refusant à entendre la moindre objection de la part d'Ireen qui avait levé les yeux au ciel en découvrant son projet.

Fitz passa les jours suivants à creuser un trou au-dessous d'un rocher à la lisière de Gabriel's Gully dans l'intention d'y allumer un feu qui le rendrait friable. On pourrait ensuite plus facilement le démolir. Sous ce bloc, d'après Sandy, son nouveau partenaire, il y avait à coup sûr de l'or. Fitz travailla comme un forcené et, le quatrième jour, le rocher se désintégra effectivement. Ils ne trouvèrent que de la terre noire.

Sur quoi Sandy et Fitz se réfugièrent dans le pub le plus proche afin d'y noyer leur déception. Quand Linda rentra, il n'y avait personne dans la cabane, rien à manger et plus d'argent non plus. Fitz devait l'avoir emporté…

— Où peut-il bien être ? se demanda Ireen qui arrivait, chargée de deux seaux d'eau puisée dans la rivière. À coup sûr au pub. J'ai rencontré Bob et Freddy, tout le monde se paye la tête de Sandy, de Fitz et de leur rocher. Ils ont bien réussi à le démolir aujourd'hui, mais sans découvrir le moindre filon. Je parie qu'ils arrosent ça. Ne te fais pas de soucis !

Linda se faisait moins de souci pour Fitz que pour leur argent. Et puis elle avait faim. Elle finit par monter sur Brianna, fit asseoir derrière elle Ireen et Paddy sur le cheval non sellé et prit la direction de Tuapeka afin d'y vendre leur poussière d'or.

Par chance, Oppenheimer était dans sa boutique, où il accueillit les « ladies » de manière très prévenante.

Il offrit même un sucre d'orge à Paddy. En revanche, il ne versa aux femmes que quatre livres pour le fruit de leurs cinq jours de travail. Encore avait-il arrondi au chiffre supérieur. Il était visiblement bien disposé à l'égard d'Ireen et Linda lui inspirait de la pitié.

— Peut-être devriez-vous tenter votre chance sur le cours supérieur des ruisseaux, leur conseilla-t-il. Vous avez un cheval pour vous y rendre. Il vaudrait en effet mieux que vous constituiez quelques réserves : en hiver, vous ne pourrez pas rester une journée entière les pieds dans l'eau froide !

— Il a raison pour ce qui est du cheval, dit Linda un peu plus tard. Nous aurions pu y penser nous-mêmes. Il ne sert à rien de chercher de l'or si près du camp. Mais constituer des réserves… Nous sommes mal parties.

Ireen opina, l'air sombre. Elle aussi était soucieuse à l'approche de l'hiver. Si Linda disposait encore de bottes et de vêtements chauds, elle et son enfant ne possédaient en revanche guère plus que ce qu'ils avaient sur le dos. En tout cas, ce n'est pas avec leurs quatre livres qu'elles allaient mettre quoi que ce soit de côté. Cela suffisait juste pour quelques vivres. Si elles voulaient avoir de quoi manger la semaine suivante, elles devaient dès le lendemain se remettre à trimer.

Quand Linda se glissa sous ses couvertures, au moins était-elle rassasiée et, pour la première fois, seule depuis son mariage. Amy, sa chienne, en profita pour sauter sur son matelas comme elle le faisait à Rata Station. Elle la caressa, se blottit contre elle et se réchauffa à son contact. Mais elle ne réussit pas à s'endormir, trop absorbée dans de sombres pensées. Leur expérience de chercheurs d'or était un échec et Fitz s'en apercevrait vite lui aussi. Mais qu'allaient-ils faire ? Fitz trouverait-il une issue ? Et où était-il d'ailleurs ? Elle commençait à s'inquiéter de son absence. Et puis il y avait cette question posée par Ireen: comment deux êtres aussi dissemblables qu'elle et Fitz avaient-ils pu se mettre ensemble ? Elle songea à la soif d'aventures de Fitz et à sa propre frilosité, au rapport particulier de son mari avec la vérité et sa propre honnêteté, son goût pour l'improvisation et la conscience qu'elle avait de son devoir. Ces qualités étaient-elles complémentaires ou s'opposaient-elles ?

Elle entendit enfin des pas devant la cabane et quelqu'un s'escrimer avec la porte. Fitz avait donc bu leur dernier argent. Elle sentit la colère monter en elle. Elle n'eut aucun doute qu'il s'agissait bien de Fitz. Sinon, Amy aurait aboyé. Elle se demanda si elle allait lui adresser des reproches ou faire semblant de dormir quand, du coin de l'œil, elle le vit se pencher sur elle et déverser sur sa tête et celle d'Amy une pluie de billets.

— Réveille-toi, Lindie ! Regarde un peu, ton mari a découvert une mine d'or !

Elle ouvrit les yeux et se redressa. Quand il l'embrassa, elle sentit son haleine chargée de bière, mais il ne semblait pas ivre. Il raconta alors à Linda sa vaine recherche d'or comme si ce n'avait été qu'une vaste blague.

— Tu aurais dû voir la tête du vieux Sandy quand le rocher a explosé et qu'on n'a trouvé dessous que quelques larves de cafards.

— Et ça, d'où ça vient ? demanda-t-elle en essayant de ramasser les billets épars. Ça fait au moins dix livres…

— Black jack, expliqua-t-il d'un air triomphant. Ils y jouaient au pub. Et je me débrouille pas mal aux cartes, poursuivit-il, se rengorgeant.

Linda fronça les sourcils. À sa connaissance, le black jack était un pur jeu de hasard où la stratégie ne jouait qu'un rôle très limité.

— C'est très bien, finit-elle par dire en se contrôlant. Cet argent sera le bienvenu. Mais tout de même, Fitz, on ne peut pas continuer comme ça. Tu l'as toi-même constaté aujourd'hui, nous ne trouverons pas d'or ici.

Il la prit dans ses bras en riant.

— Nous n'avons ici pas encore trouvé d'or, la reprit-il. Ma chérie, la vie, c'est comme ça. Des fois, ça marche, des fois non. Un jour, on perd, le lendemain, on gagne. Le truc, c'est de s'accommoder de l'un et de l'autre. Être heureux, Lindie… avec et sans argent. De toute façon, la vie continue, d'une manière ou d'une autre. Et jusqu'à présent, tu n'as pas eu à souffrir de la faim avec moi, non ?

Linda se retint. D'abord, le « jusqu'à présent » ne lui plaisait pas. Et puis… n'avait-on pas besoin, pour être heureux, d'un peu plus qu'un estomac plein ?

Comme ayant lu dans ses pensées, Fitz commença à l'embrasser et à l'exciter.

— Tu te fais beaucoup trop de soucis, murmura-t-il. Tu te poses beaucoup trop de questions…

Elle s'abandonna à ses caresses avec un peu de mauvaise conscience : elle n'arrivait plus, à la longue, à prendre plaisir aux jeux de l'amour avec lui sans se poser de questions. Comme toujours, il la menait à l'extase avec habileté, mais son sexe restait flasque. Était-ce de sa faute, à elle ? Ne l'aimait-il pas ? Ou Fitz se retenait-il pour ne pas la rendre enceinte ? Dans leur situation actuelle, un enfant était la dernière chose à souhaiter. Elle essayait de se convaincre de cette hypothèse quand, après l'amour, elle reposait à côté de lui, épuisée et cependant insatisfaite.

Peut-être ruminait-elle vraiment trop ? Peut-être devrait-elle tout simplement s'efforcer d'être plus insouciante et plus gaie ? Elle chercha à laisser de côté ses idées noires. À partir de demain, elle serait comme Fitz, elle s'efforcerait d'être heureuse de ce qu'elle avait.

11

Franz commença par être heureux à la mission d'Opotiki. Carl Völkner, le directeur, l'avait accueilli à bras ouverts. Völkner et sa femme Emma étaient amicaux, chaleureux, très différents des êtres durs et bigots qu'il avait connus à Hahndorf. Franz comprenait mal comment cet homme bienveillant, doux et indulgent, était parvenu à monter une mission aussi florissante. La tribu des Te Whakatohea l'adorait et, sous son égide, avait construit une église et une école. Presque tous les enfants étaient baptisés et apprenaient l'anglais. De l'argent venait on ne savait trop d'où, alors que Völkner n'était pas un génie de l'économie. Mais, dans son activité pastorale, il faisait montre d'une riche expérience. Il était missionnaire en Nouvelle-Zélande depuis quinze ans et il dirigeait cette station depuis trois ans.

Franz se voyait ainsi offrir les meilleures conditions pour mettre ses talents au service de Dieu sans avoir à affronter ses angoisses de toujours : les Te Whakatohea, dociles et studieux, étaient en effet tout le contraire de sauvages dangereux. C'est Völkner en personne qui célébrait les offices, si bien que Franz n'avait pas à prêcher. Mais il confia à son nouveau collaborateur la direction de l'école. Franz fut surpris de constater qu'il avait plaisir à enseigner. Il s'efforçait d'intéresser les enfants tout en les instruisant. Se rappelant le bon souvenir qu'avait gardé sa sœur Ida de son ancien instituteur de

Raben Steinfeld et les histoires grâce auxquelles il avait captivé ses élèves, il se mit à la recherche d'histoires de ce type, ce qui l'amena à lire autre chose que la Bible, à se plonger dans *L'Odyssée* ou les aventures de Robinson Crusoé, suivre les expéditions du capitaine Cook. Plus tard, il lut des livres à ses élèves, heureux quand ceux-ci se montraient impatients de connaître le chapitre suivant ou s'exerçaient avec zèle à lire eux-mêmes. Il n'avait pas réussi à les captiver de la sorte avec les histoires tirées de la Bible. Les Maoris étaient depuis toujours un peuple de marins. Les contes se passant sur la mer les intéressaient bien plus que les errances des Israélites au travers des déserts.

Plus que la lecture et l'écriture, c'était le calcul qui lui tenait à cœur. Les chiffres l'avaient toujours fasciné. Il était meilleur en calcul que ses camarades de classe. Malheureusement, cela était aussi peu prisé à Hahndorf qu'au séminaire. Ses maîtres avaient toujours regardé un peu de travers ce fils de paysans pieux qui savait additionner, calculer les pourcentages et les remises plus vite que le maquignon local. Le jeune homme avait fini par apprendre tout seul, au séminaire, des rudiments de comptabilité et avoir un aperçu sur le monde de la finance grâce à un ouvrage de la bibliothèque sur le meilleur moyen, financièrement, d'utiliser les dons des fidèles.

Il voulut en faire bénéficier ses élèves, mais se heurta au fait que la tribu des Whakatohea vivait chichement de la culture de patates douces, de pêche et de chasse. Les quelques ustensiles, les semences et le bétail dont il avait désormais besoin lui étaient fournis par la mission sous la forme d'aumônes. Un moyen parmi d'autres de les assujettir, de forcer leur reconnaissance. Aussi les enfants, n'ayant jamais été en possession du moindre penny, montraient-ils peu d'intérêt, le calcul ne représentant pour eux qu'une opération abstraite et ennuyeuse. Il lui fallut recourir à divers expédients, dont, à son corps défendant, les jeux de hasard, pour rendre l'apprentissage des chiffres et des calculs plus attrayants à leurs yeux.

Cette vie studieuse et passionnante ne lui laissait guère de temps pour se rappeler le temps passé à Rata Station. Il arrivait maintenant à mieux comprendre le mode de vie de Cat et Chris, de Karl et Ida. La fréquentation de Völkner et des enfants lui avait enlevé de sa raideur. Il veillait désormais à moins ennuyer les gens par ses prières. Il se distanciait peu à peu de Raben Steinfeld et de Hahndorf. Il gardait néanmoins un contact avec Rata Station grâce aux lettres qu'Ida lui envoyait et il n'arrivait pas à détourner ses pensées de sa nièce Linda qui, à la différence des autres habitants de la station, avait toujours manifesté à son égard compréhension et patience. Ida lui donnait des nouvelles des filles, bien sûr, et c'est par elle qu'il apprit la disparition de Cat et Chris et les manœuvres perfides de Jane. Il envoya même à celle-ci une lettre faisant appel à sa conscience. Lettre restée sans réponse.

Dans sa dernière lettre, Ida lui avait annoncé le mariage de Linda, le plongeant dans un tourbillon de pensées contradictoires. Il devait bien entendu se réjouir pour elle mais aussi pour lui-même, car il pouvait désormais espérer que la tentation lui serait épargnée. Il ne devait plus, ayant rêvé d'elle, se réveiller avec une érection. Mais, d'un autre côté, il avait de la peine pour elle et il craignait pour sa sécurité en Otago.

Il n'accordait à Joe Fitzpatrick qu'une confiance très limitée, se souvenant de la manière dont le jeune homme s'était joué de lui à Christchurch. Il aurait souhaité à Linda un époux plus fiable, mieux équilibré. Ida, du reste, semblait être du même avis. Il priait pour sa nièce chaque fois qu'il en avait le loisir, ce qui était de plus en plus rare depuis que des catastrophes successives avaient assombri le monde paisible de la station.

La guerre faisant rage à Taranaki et Waikato avait mis un terme à la vie tranquille de Franz, à ses études personnelles et à ses classes pleines de gaîté. On n'avait tout d'abord rien remarqué de tout ça à la station. Tout le monde continuait à vaquer à ses occupations habituelles. On cultivait les champs et les Maoris faisaient baptiser leurs enfants. Mais il y avait un bouillonnement souterrain. On discutait, dans les tribus de la côte Ouest, pour savoir s'il fallait prêter assistance à celles des régions en proie aux combats.

Quelques semaines plus tôt, une troupe de volontaires s'était mise en route pour Waikato, essentiellement des guerriers adolescents, ayant soif d'aventures, sous la conduite de Te Aporotanga, un jeune chef belliqueux qui s'était toujours montré indocile. Völkner, bien qu'hostile aux tribus rebelles, s'était dans le fond réjoui d'être débarrassé de lui. La troupe tenta d'abord d'atteindre Waikato par la voie directe, à travers l'intérieur de l'île. Mais, à Rotorua, ils se heurtèrent à une tribu ennemie qui leur interdit le passage. Te Aporotanga fit demi-tour et emprunta la voie longeant la côte. Ici encore il joua de malchance. Dans les environs de Maketu, à deux journées de marche d'Opotiki, il dut livrer bataille à des troupes britanniques. Fait prisonnier, il se retrouva, par un concours de circonstances défavorables, aux mains de Maoris ennemis. La femme d'un chef des Te Arawa le fit tuer. Dans quelles conditions exactement ? On en fut réduit à des conjectures.

Quand le drame fut connu, Völkner décida de prier pour le jeune chef. Il n'avait jamais dit de mal d'un défunt, mais au son de sa voix, Franz devina ses pensées :

le jeune homme portait sans doute une responsabilité dans sa mort, ayant eu la réputation d'être un coureur de jupons. Il se disait qu'il avait approché de trop près la fille de la femme du chef en question, peut-être même de la femme elle-même.

Cette prière ne suffit pas à apaiser le courroux des Te Whakatohea qui estimaient que le gouverneur aurait dû empêcher son assassinat.

De plus, cette équipée aventureuse amena la guerre à Opotiki. Il n'y eut pas de combats à proprement parler, mais les Anglais suivirent la même politique qu'à Taranaki. Les tribus s'étant révoltées virent leurs terres confisquées. Certes la station, considérée comme sacro-sainte, permit aux tribus environnantes d'être pour l'essentiel épargnées. Seuls quelques champs furent expropriés ou détruits avant que les missionnaires aient le temps de mettre leur veto. La démarche des *pakehas* n'en attisa pas moins la fureur des Maoris.

Puis le typhus se déclara.

— Il va bientôt aller mieux, dit Franz à la Maorie assise en pleurs au chevet de son fils de trois ans.

Il espéra qu'il ne lui mentait pas. Il n'avait aucune idée sur les chances de survie de l'enfant malade. Il ignorait même si la mère comprenait ce qu'il disait. Sa connaissance du maori était toujours insuffisante, même s'il s'efforçait depuis quelque temps de l'apprendre.

— Nous allons prier ensemble.

La femme acquiesça de la tête, et Franz récita le *Notre Père*, qu'il connaissait en maori. Il n'y mit pas la ferveur qu'il mettait jadis à le réciter à Rata Station car il avait désormais trop prié en vain au chevet de malades sans obtenir la moindre réponse. Il doutait que la survie du petit dépende de la ferveur de sa requête. Elle dépendait sans doute plus de la rapidité avec laquelle arriverait d'Auckland Völkner, porteur de nouveaux médicaments. Si tant est qu'il revenait…

Soupirant, il se tourna vers le patient suivant, un enfant encore, une petite fille. Kaewa était très fiévreuse et il ne savait pas si elle avait le typhus elle aussi ou bien si elle était atteinte de rougeole. Les deux maladies sévissaient depuis des mois à Opotiki. Les missionnaires n'en venaient pas à bout, ni par leurs prières ni à l'aide des rares médicaments dont ils disposaient. Franz entreprit sans enthousiasme de déshabiller et de laver l'enfant. Il accomplissait ce travail tout en sachant fort bien, depuis le début de l'épidémie, qu'il n'avait les talents ni d'un médecin ni d'un soignant.

Ni Völkner ni lui n'avaient pu découvrir qui avait apporté à Opotiki ces deux maladies. Bien que se rendant souvent à Auckland, Völkner ne se sentait aucune responsabilité, car aucun Blanc de la station n'avait été frappé par une des deux maladies. En peu de temps, l'école et les salles de réunion des tribus avaient été transformées en hôpitaux provisoires. Franz voyait ses petits élèves mourir les uns après les autres. On avait, durant les trois derniers mois, enterré près d'un tiers de la population maorie d'Opotiki et la fin de l'épidémie n'était pas en vue.

Au spectacle de tant de misère, Franz perdait peu à peu sa foi en la puissance de la prière, tandis que les Maoris perdaient la leur en la bienveillance des missionnaires. Alors qu'au début ils avaient demandé son aide à Dieu et rendu visite avec leurs malades au médecin de la mission, des bruits circulaient à présent. Les Blancs n'étaient-ils pas en train d'empoisonner les Maoris ? Les chrétiens avaient-ils suscité la colère des anciens dieux ? Que fabriquait Völkner si souvent à Auckland ? S'y cachait-il pour éviter la contagion ?

L'animosité envers les missionnaires ne cessait de grandir. Franz comprenait fort bien que Völkner, après s'être rendu à Auckland avec sa femme, soit revenu seul. Il avait expliqué qu'elle y serait plus en sécurité, tout en rejetant l'idée qu'il pourrait lui-même être menacé, prétextant qu'il s'était toujours bien entendu avec les Maoris et qu'ils ne lui feraient rien. Il avait ajouté qu'avec l'aide de Dieu ils surmonteraient ensemble cette épreuve et qu'ils en sortiraient plus forts encore.

Franz se demanda alors si la décision de rester était sage. Les amis de la mission à Auckland conseillèrent à Völkner de se retirer d'Opotiki et de laisser les choses se calmer. Lorsque l'épidémie serait terminée, ce que chacun prévoyait avec l'arrivée de l'hiver, cesserait aussi la chasse aux sorcières contre lui. Mais il ne voulut rien savoir et Franz espéra lui aussi en secret que le missionnaire reviendrait cette fois encore à Opotiki. Il ne voulait en aucun cas rester seul face à cette misère et à ces êtres en colère. Au bout de deux mois seul, il s'était senti complètement dépassé par le fardeau de la direction de la mission. Le prêche dominical était une torture : que dire à des gens obligés de porter en terre les membres de leur famille les uns après les autres, sans qu'il y ait eu à cela la moindre raison, la moindre cause visible, et en dépit de toutes leurs prières ?

Franz recouvrit la fillette et leva les yeux quand un jeune Maori éveillé, de treize ans environ, lui adressa la parole.

— Révérend Lange… je me suis dit que je devais vous en parler. Il vient d'arriver des gens de Taranaki. La tribu leur a réservé un excellent accueil.

Ce garçon, Paora, n'appartenait pas aux Te Whakatohea. Il était un enfant trouvé qu'un chasseur de baleines avait déposé à la mission quelques années plus tôt. Il y vivait. Il donnait l'impression d'être un Maori à part entière, mais Völkner pensait qu'il s'agissait d'un métis dont la mère maorie vivait peut-être avec un *pakeha*. Elle n'était certainement pas morte dans le *marae* de sa tribu car l'enfant y aurait été pris en charge.

Franz opina.

– C'est très bien, mon fils, même si, pour le moment, ce n'est pas très judicieux. La dernière chose dont nous avons besoin, c'est que l'épidémie s'étende au-delà des frontières d'Opotiki.

– Ce serait une mauvaise chose en effet. Mais ce n'est pas pour ça que je suis venu vous voir. C'est plus grave, parce que… Je crois que ces hommes prêchent en faveur de Te Ua Haumene !

12

— Ce Völkner est un espion ! déclara Kereopa de manière catégorique. Je ne comprends pas qu'aucun de vous n'y ait encore pensé. Alors que ça crève les yeux. Regardez un peu comme sa mission est florissante. Ce qu'a bien pu coûter la construction de cette église et de cette école...

Kereopa, Patara et Eru avaient été amicalement accueillis, dans l'après-midi, par les Te Whakatohea et comptaient tenir leurs discours le soir, mais, alors qu'ils avalaient un maigre repas, les gens leur avaient déjà livré ce qu'ils avaient sur le cœur. Le principal sujet de leurs récriminations concernait Carl Völkner. Que faisait-il à Auckland ? Avait-il pris parti contre les Maoris ? Et quelle était sa responsabilité dans toutes ces morts ?

Et voilà que Kereopa apportait un aspect des choses tout à fait différent. Et si Völkner n'avait jamais été un ami des Te Whakatohea, s'il s'était introduit en douce chez eux et s'il avait dès le début transmis au gouverneur ce qu'il apprenait sur les Maoris de la côte Est ?

— C'est nous qui avons construit l'église et l'école, objecta un vieil homme. Cela n'a pas coûté très cher. Et même si Völkner a de suite été un espion, quel sens cela aurait-il eu qu'il dépense son salaire pour le bien-être de ceux qu'il espionnait ? Qu'est-ce que cela lui aurait rapporté ?

— Vos âmes, répondit Patara d'un air sombre. Regardez un peu comment vous êtes habillés. Vous portez les vêtements des *pakehas*. Vous apprenez leur langue. Vous lisez leurs livres, vous allez dans leurs églises. Völkner a toujours veillé à ce que vous lui en soyez reconnaissants.

— C'est aux Anglais que nous ne sommes pas reconnaissants ! s'emporta une femme. Ce sont eux qui ont brûlé nos champs ! Nous n'avons presque plus rien à manger. Si Völkner n'avait pas…

— Eh bien voilà, justement ! l'interrompit Kereopa. Voilà que, de nouveau, vous vous en remettez à Völkner. Les *pakehas* vous ont réduits à la misère, et lui vous donne juste de quoi survivre afin que vous lui en soyez reconnaissants. Mais il est un *pakeha* ! Il est des leurs, il travaille pour eux ! Leurs objectifs sont aussi les siens. Il est simplement plus malin. Jusqu'ici aucun coup de feu n'a été tiré dans cette région et, pourtant, la moitié d'entre vous sont morts alors que cela n'a coûté la vie à aucun *pakeha*. Ça ne vous donne pas à réfléchir ?

Les gens s'entreregardèrent, gênés.

— Tu veux donc dire qu'il nous a apporté le typhus et la rougeole ? demanda l'un des anciens. Une malédiction ?

— C'est bien possible, admit Patara. De même que notre foi nous rend invincibles, une mauvaise croyance peut empoisonner, expliqua-t-il, comme enflammé par cette hypothèse ingénieuse. En tout cas, nous sommes là pour mettre fin à cette malédiction !

— *Rire, rire !* l'encouragea Kereopa.

— *Hau hau !* cria Eru à son tour.

— Écoutez ce que le prophète a à dire sur ce point, conclut Kereopa en se levant. Comprenez sur quel mauvais chemin vous vous trouviez quand vous suiviez votre Völkner sur la route menant à l'obscurité !

Les gens, regroupés autour du feu, écoutaient, fascinés, son discours qui leur décrivait le déchaînement des Blancs à Taranaki et à Waikato, mais qui soulignait aussi la force des Hauhau et de leur prophète.

— Ce général Cameron a, avec ses assassins et ses voleurs, rayé les *maraes* de la carte, mais aucun de ces tueurs n'a osé s'approcher de Wereroa ! À elle seule, la présence du prophète dans la forteresse la rend invisible et invincible. La foi ardente de deux mille guerriers – ah, que dis-je, entretemps nous sommes déjà trois ou quatre mille – dresse un cercle de feu autour de la forteresse.

Eru se dit in petto qu'invisibilité et cercle de feu étaient quelque peu incompatibles. Mais il avait depuis longtemps cessé de prendre au pied de la lettre les discours de Kereopa. Certes, il éprouvait pour le guerrier un grand respect, mais il ne le prenait pas pour le prophète qu'il prétendait être. Il ne proclamait pas ce que lui dictaient les archanges, mais ce que ses auditeurs souhaitaient entendre.

Les auditeurs ici présents, Eru ne mit pas longtemps à le comprendre, n'étaient pas de chauds partisans du combat et de la guerre. Ce qui les préoccupait, c'était la peur de l'épidémie, la peur de voir mourir leurs enfants, la tristesse d'avoir perdu leurs proches déjà morts. Ils cherchaient un responsable de tout cela, et Kereopa leur en offrait un en la personne de Völkner. Lui préféra leur ôter cette peur :

— Vous avez tous été baptisés au nom du Dieu que les *pakehas* ont amené avec eux à Aotearoa. Ce n'est pas une erreur. C'est un dieu puissant. Te Ua Haumene l'a lui-même servi pendant des années. Et vous avez entendu les histoires qui se racontent sur le fils de ce dieu, les guérisons qu'il a opérées d'après la Bible…

— Nous avons prié Jésus, cria une femme. Pour qu'il guérisse nos enfants. Mais il ne l'a pas fait.

— C'est que vous n'avez pas prié le bon, répondit Eru. Dieu le Père a envoyé Jésus aux Israélites. À nous, il a envoyé l'archange Gabriel, Tama-Rura, qui a parlé à Te Ua Haumene. Et vous avez entendu parler des guérisons que Te Ua a opérées en son nom.

— Alors, il ne pourrait pas venir guérir nos enfants ? demanda une mère.

— Vous pouvez les guérir vous-mêmes, intervint Kereopa avec un signe de tête reconnaissant pour Eru. En accueillant en vous la foi du prophète, en ouvrant votre cœur à la paix et à l'amour pour votre peuple, à la haine envers vos ennemis. Anéantissez ces ennemis, mes amis ! C'est avec leur sang que vous allez laver vos enfants de la maladie. Plantons un *niu* ! Dès aujourd'hui ! Apprenez les mots magiques ! Apprenez les mots qui guérissent !

— *Rire, rire, hau hau, Pai Marire, hau hau*, commença-t-il à scander.

Eru et Patara joignirent leur voix à la sienne et, peu après, la plupart des membres de la tribu. Quelques hommes se mirent à la recherche d'un poteau et les gens exultèrent quand fut enfin dressé un *niu*.

— Dieu le Père, *mai merire* ! Tama-Rura, *mai merire* !

— Te Ariki Mikaera ! cria Patara. Conduis notre main quand nous tuons ! *Kira, wana, tu, tiri, wha !*

— Tuez, un, deux, trois, quatre…

Paora, l'élève préféré de Franz, répétait à celui-ci les paroles de Patara. Franz devina la pâleur de son jeune interprète. Il l'avait accompagné au *marae* des Te Whakatohea après ses révélations. À leur arrivée, la réunion avait déjà commencé et ils n'avaient pas osé pénétrer sur la place. Ils étaient donc accroupis depuis des heures dans l'ombre de la clôture du *marae*, écoutant avec une terreur croissante les discours des recruteurs hauhau que Paora traduisait. Franz n'eut pas besoin de traduction pour comprendre les derniers cris des guerriers.

— Disparaissons d'ici, chuchota-t-il, tandis que les habitants s'étaient mis à danser autour du *niu*.

— N'est-ce pas de l'idolâtrie, révérend ? répondit le garçon.

— Oui, et la pire qui soit. Ils dansent autour d'un poteau comme jadis les Israéliens autour du veau d'or !

— Ne devrions-nous pas, alors… Je veux dire… Moïse…

Tout en se renfonçant prudemment dans l'ombre protectrice, Franz fut accablé par la honte. Le jeune avait raison. Il devrait, tel l'ange à l'épée de feu, fondre entre les membres de sa communauté et les recruteurs hauhau. Un homme plus courageux que lui, comme l'était son père, l'aurait certainement fait. Il en imposait par son autorité aux membres de sa paroisse. Lui, Franz, n'avait en revanche jamais fait peur à qui que ce soit. Et il ne savait toujours pas si Dieu l'avait vraiment choisi pour agir en son nom. Ce qu'il savait en tout cas maintenant, c'est qu'il n'était ni Moïse, ni un martyr.

— Intervenir à présent aurait été suicidaire, dit-il franchement quand ils se trouvèrent à l'abri dans la forêt entre le *marae* et la mission. La seule chose que nous puissions faire est d'avertir Völkner. Il faut partir aussitôt pour Auckland et l'intercepter en route. S'il revient ici, il signera son arrêt de mort.

Franz aurait de loin préféré se mettre en route pour Auckland dans la nuit, mais il en fut empêché par sa peur de chevaucher dans le noir ainsi que par le sentiment de son devoir. Quatre-vingts malades lui avaient été confiés, dont de nombreux enfants. Il ne pouvait les abandonner à la foule fanatisée sans au moins informer le médecin et les autres soignants, les mettre en garde. Le médecin, un *pakeha*, pourrait décider de s'enfuir lui aussi. Les soignants étaient des Maoris. Au prix de quelques explications, ils seraient en mesure d'assurer le quotidien à la station jusqu'à l'arrivée de secours. Il était clair, pour Franz, qu'il devait alerter l'armée. Elle seule serait capable de neutraliser les recruteurs.

Il passa donc une nuit très agitée sur un lit de camp dans l'école où il dormait depuis le début de l'épidémie afin d'être en permanence disponible pour les malades. Il se leva au petit matin afin de prier, de réveiller les autres surveillants et de quitter la mission au plus vite.

Il se mit à la recherche de Paora qui dormait généralement dans un réduit à côté de la maison des missionnaires. Mais pas trace du jeune homme. Franz se dit que, aussi inquiet que lui pour sa peau, il n'avait pas craint de s'enfuir en pleine nuit à travers la forêt.

Après s'être aspergé le visage d'un peu d'eau, Franz se rendit à l'église. Mais, s'attendant à y trouver le calme le plus parfait à une heure aussi matinale, il entendit pourtant des voix venir de la maison de Dieu, le seul endroit qu'on n'avait pas transformé en hôpital. Franz n'en crut pas ses oreilles : Carl Völkner avait entonné à pleine gorge un chant de remerciement à Dieu. Ahuri, il entra et vit le vieil homme s'agenouiller devant l'autel, accompagné d'un homme plus jeune en costume sombre à col droit. Völkner se retourna et sourit à Franz.

— Révérend Lange ! Déjà réveillé ? Quelle chance ! Vous allez pouvoir vous associer à notre petit office, puis nous aider à décharger. Nous avons une pleine charrette de médicaments et de nourriture pour les enfants. Ah oui, je vous présente le révérend Thomas Gallant. Il est venu nous prêter main-forte.

— Révérend Völkner, s'écria Franz après un bref salut au visiteur, il faut s'enfuir d'ici ! Les gens sont devenus fous. Mais, au fait, que fichez-vous déjà ici ? Je comptais aller à votre rencontre pour vous arrêter en route. Votre vie est en danger ici !

— Ma vie, se mit à rire Völkner, est entre les mains de Dieu, mon cher frère. Nous sommes venus le plus vite possible, car les médicaments commençaient à manquer à notre bon docteur.

— Frère Völkner, vous ne me comprenez pas…, tenta Franz tout en racontant ce dont il avait été témoin la veille au soir. Les gens ont perdu la tête, ils ne savent plus ce qu'ils font, conclut-il.

— Mon pauvre frère, dit Völkner en posant une main apaisante sur l'épaule du jeune missionnaire. Tout cela a été un peu trop pour vous, d'autant plus que vous n'avez certainement pas compris tout ce que vous avez entendu.

— Paora traduisait à mon intention. J'ai tout très bien compris. Frère Völkner, ils veulent votre tête ! Au vrai sens du terme !

— Il se dit des guerriers hauhau qu'ils décapitent effectivement leurs ennemis, intervint le révérend Gallant. Si notre frère dit vrai…

— Quelle étroitesse d'esprit ! Quel manque de foi ! Si les esprits de nos ouailles sont troublés, c'est à nous de leur redonner la lumière. S'ils tournent contre nous leur colère, nous devons leur opposer notre amour. S'ils nous menacent, nous devons faire face, car la force du Seigneur est avec nous !

Franz écarquilla les yeux. Il croyait entendre les mots mêmes qui sortaient la veille des bouches des guerriers hauhau. Chacun, ici, se sentait invulnérable, à part lui et, peut-être, Thomas Gallant qui, baissant la tête sous l'admonestation, se mit à prier.

— Allez, prions et ensuite mettons-nous au travail. Plus tard, j'irai au *marae* et parlerai à ces gens, conclut Völkner en se tournant vers l'autel et reprenant son chant.

Il avait une belle voix de basse, mais, pour Franz dont les sens avaient été aiguisés après cette nuit agitée, elle ne recouvrait pas le chant matinal des Hauhau qui, porté par des dizaines de voix, arrivait jusqu'à eux.

— *Niu* glorieux, *mai merire* ! Dans les montagnes, au bord des rivières, au bord des lacs, tuez !

Les guerriers arrivèrent alors que Franz, un sac de farine sur le dos, venant de la charrette, se dirigeait vers la cuisine de la mission. Völkner et Gallant étaient encore près de la charrette. Le missionnaire, sur un ton amical, demandait à quelques auxiliaires maoris de transporter les marchandises à la cuisine, à l'hôpital ou dans le magasin des effets.

— Beaucoup de dons des braves gens d'Auckland, leur expliquait-il.

Franz constata qu'ils étaient plus silencieux qu'à l'ordinaire. Même s'ils n'avaient pas assisté à la scène de la veille, ils connaissaient sans aucun doute la menace planant sur la mission.

Puis les hommes de la tribu franchirent le portail de la mission, menés par Kereopa et Patara, tous armés et portant la tenue traditionnelle des guerriers. Ils formèrent en silence un cercle autour des missionnaires. Le cœur de Franz se mit à battre la chamade. Völkner, en revanche, restait calme et souriant.

— Quel accueil ! s'écria-t-il. Cela ressemble à un *powhiri*. Mais ne sommes-nous pas depuis longtemps une seule et même tribu ?

— Nous ne serons jamais une seule et même tribu, déclara Kereopa en crachant au pied du missionnaire. Comment pourrions-nous nous lier à des voleurs et des traîtres ?

Il parla en maori, mais le très jeune guerrier qui avait la veille pris lui aussi la parole, traduisit en un anglais sans accent.

Völkner s'avança vers Kereopa et ses hommes.

— Ce sont là des mots très durs, mon ami. Alors que je ne te connais même pas. Et que tu ne sais rien de moi. Ne faudrait-il pas que nous parlions d'abord ensemble ? Prier ensemble aussi, peut-être ? On m'a dit que vous étiez des partisans de Pai Marire. Te Ua Haumene ne prêche-t-il pas l'amour et la paix tout comme mes frères et moi-même ?

Le missionnaire leva le visage pour échanger le *hongi* avec Kereopa. Franz se demanda si c'était du courage ou de l'inconscience. Kereopa réagit avec la vitesse de l'éclair. Il frappa Völkner et le jeta à terre.

— *Rire, rire, hau hau !* cria Patara.

Les guerriers répétèrent le cri. Pour la première fois disparut du visage de Völkner l'expression de sérénité et de confiance.

— Que vous ai-je fait ? demanda-t-il.

Un jeune homme s'avança.

— Je suis Pokeno, un fils de Te Aporotanga.

Franz eut le souffle coupé. Te Aporotanga, le chef tué par les Te Arawa et dont sa tribu pensait que le gouverneur était responsable de sa mort.

— Je le sais, Pokeno, je te connais. Je t'ai baptisé.

— Je t'accuse d'avoir assassiné mon père. C'est toi qui l'as livré aux troupes *pakehas*. Tu as espionné pour le compte du gouverneur. Tu as fait savoir à l'armée ce que nous projetions.

— Vous projetiez quelque chose, Pokeno ? Qu'est-ce que toi et mes autres paroissiens aviez à me cacher ?

— Écoute ! Tu as trahi mon peuple. Tu l'as empoisonné ! Et vendu ! Des colons *pakehas* attendent déjà notre terre, et… et…

— *Rire, rire, hau hau, rire, rire, hau hau !* se mit à crier Kereopa quand le jeune commença à bafouiller, ne sachant plus que dire.

Völkner secoua la tête, désemparé. L'accusation était insensée. La mission avait plutôt protégé la tribu.

— Arrêtez-le ! ordonna Kereopa. Arrêtez-les tous !

Les hommes poussèrent les missionnaires en direction de l'église.

— Que va-t-il nous arriver ? demanda Franz d'une voix rauque, en anglais, au jeune interprète dont la voix lui était vaguement familière.

— On va vous faire un procès. Et vraisemblablement vous tuer.

La journée se passa, cauchemardesque, au milieu des prières à l'intérieur de l'église et des chants à l'extérieur. Völkner ne perdait pas courage, en dépit de la menace. Il priait et chantait devant la croix tandis qu'à l'extérieur, sur la place de l'église, on dressait un *niu* devant lequel se rassemblaient les anciens et les nouveaux partisans hauhau. Kereopa et Patara s'adressaient aux habitants du village. Les guerriers dansaient autour du poteau et criaient des invocations tandis que certaines mères allaient chercher leurs enfants dans l'hôpital pour les déposer devant le *niu*. On ne voyait ni le médecin ni ses soignants. Peut-être étaient-ils parvenus à s'enfuir à temps.

— Les prières peuvent-elles guérir les enfants ? demanda une femme avec angoisse, sa petite fille gémissant à vous serrer le cœur.

— Non, *wahine*, répondit Kereopa, ce qui la guérira, ce ne sera que le sang qui sortira du cœur du traître.

— Tuez !

Le cri arrivait par vagues incessantes jusqu'aux oreilles des prisonniers.

Franz, prostré dans un coin de l'église, s'abandonnait à la panique, certain de mourir le lendemain.

13

Fasciné, Eru observait un troupeau d'ouailles dociles se muer en une meute de loups assoiffés de sang. Il n'était pas peu fier de sa participation à cette métamorphose. Te Ua avait en effet dit de cette tribu qu'elle serait difficile à évangéliser, tellement les missionnaires chrétiens l'avaient bien en main. Il exultait quand les hommes, la veille, avaient enfermé les trois ecclésiastiques.

Pourtant, au terme d'une nuit d'enthousiasme et d'invocation des archanges, il fut pris d'une peur bleue, alors que les chants matinaux cessaient peu à peu et que des hommes amenaient du bois et des outils devant l'église. La veille au soir, on avait mis en scène un procès, comme Eru l'avait annoncé à l'oncle de Mara. Personne n'en avait encore parlé quand Franz Lange lui avait adressé la parole. Il avait improvisé comme si souvent durant les derniers jours. Le soir, d'autres avaient eu la même idée et avaient pris plaisir à tourner en ridicule la justice *pakeha*. Au milieu des rires, on avait nommé des jurés, des avocats et des juges et, à la fin, on avait condamné Völkner, en son absence, à la mort par pendaison. Pris par l'ivresse de ces instants, Eru avait lui aussi crié son approbation à ce verdict.

Mais il ne pouvait plus se masquer la réalité : les Whakatohea édifiaient une estrade sous le saule du parvis. Une corde avec un nœud coulant pendait déjà d'une des branches. Les femmes sortaient leurs enfants de l'hôpital pour les guérir dans le sang de Völkner. Eru fut horrifié. Bien sûr, lui et ses compagnons avaient promis à ces gens la guérison par le sang, mais ils ne pouvaient tout de même pas l'avoir pris au pied de la lettre !

— Tuez, un, deux, trois ! cria Kereopa, incitant les guerriers à faire le tour du *niu* en agitant leurs javelots.

— Et maintenant, allez le chercher ! cria Patara.

Les guerriers se ruèrent, ouvrirent la porte de la chapelle latérale où étaient enfermés les missionnaires et en sortirent Völkner.

— Kereopa, qu'est-ce que cela veut dire ? demanda Eru, horrifié. Pourquoi les lances-tu contre lui ? Que vont-ils faire de lui ?

— Mais qu'est-ce que tu te figures, grand guerrier ? répondit le chef avec un rire moqueur. Ils vont le tuer ! Nous allons le tuer ! *Rire, rire, hau hau !*

Eru ne sut que dire. Bien sûr qu'ils allaient le tuer. C'était la guerre. Il était l'ennemi et maintenant il allait payer de sa vie sa trahison. Il tenta de chanter et de danser comme les autres quand Völkner suivit ses bourreaux jusqu'au gibet, calme, droit, sans se défendre ni se lamenter. Mais il ne put ni chanter ni danser. Tout, jusqu'ici, n'avait été qu'un jeu, une aventure. Bon, il y avait les têtes dans le sac de Patara, mais elles paraissaient n'être que des accessoires d'une mise en scène. Or le sang allait maintenant couler. Kereopa ne plaisantait pas. L'ennemi, contrairement à ce que croyait Eru, n'était pas que le soldat anglais. C'était à présent un homme seul, un homme au doux regard. Un corbeau, bien sûr, comme il avait souvent maudit ses semblables à Tuahiwi. Et pourtant ! On ne pouvait tout de même pas tuer quelqu'un comme ça !

Paralysé par l'horreur, Eru vit le jeune Pokeno suivre Völkner, Kereopa et Patara sur l'estrade. Le missionnaire la gravit sans se courber, apparemment sans peur. Devant le gibet, il s'agenouilla et pria. Il tendit la main à ses bourreaux pour se relever.

— Je vous pardonne ! dit-il à voix haute et claire, puis, tourné vers Pokeno : Je suis prêt !

Eru réussit encore à voir Pokeno passer la corde autour du cou de Völkner. Puis il se détourna, pris de nausées. Il tituba jusque derrière un bâtiment où il vomit, tandis que les Te Whakatohea applaudissaient au spectacle de l'agonie de Völkner. Quand il revint, agité de spasmes, plein de honte, le cadavre du missionnaire se balançait au gibet. Les guerriers entourèrent à nouveau le *niu* en chantant et en poussant des cris de joie. Des femmes amenèrent de quoi manger.

Espérant que ses chefs ne l'avaient pas cherché, Eru se tint à l'écart de la fête, en pensant avec terreur à Mara. Son oncle, retenu prisonnier dans l'église, serait peut-être la victime suivante de cette farce macabre dont il était en partie responsable. Comment pourrait-il la regarder dans les yeux, ou bien Ida Jensch qui lui avait toujours témoigné de l'amitié ?

Puis, au bout d'une heure de fête fanatique, les choses empirèrent. Impuissant, Eru vit Kereopa et quelques hommes décrocher le missionnaire. Patara le décapita sous les cris de guerre hauhau avant d'arroser les malades de son sang.

— Cela va vous guérir, cela va vous guérir ! criait-il tandis que les enfants se bouchaient les yeux en gémissant.

Kereopa, ivre d'avoir dansé, invoqué et bu, énucléa le mort en riant. Eru faillit vomir à nouveau en le voyant avaler les globes.

— Voilà ce que je fais du parlement anglais ! hurla-t-il, les lèvres souillées de sang. Et là de la reine et du droit anglais !

Eru, titubant, s'éloigna. Tremblant, il se roula en boule à l'ombre d'un bâtiment et attendit que finisse le cauchemar. Peut-être allait-il se réveiller. Tout redeviendrait comme avant. Au bout de quelques heures, son estomac ayant fini de se calmer et sa tête ayant retrouvé la faculté de penser, il se souvint de Franz Lange. Il ne pouvait permettre que l'oncle de Mara connût à son tour une mort aussi horrible.

Sur la place, la fête continuait. Personne ne s'aperçut qu'Eru se faufilait dans l'église. Lange et l'autre missionnaire étaient encore dans la chapelle latérale. La veille, il avait aidé à les y enfermer. Il brisa les planches clouées devant la porte menant à la chapelle. Sa peur et son désespoir lui donnaient une force quasi surhumaine. C'est néanmoins couvert de sueur qu'il se retrouva face aux deux prisonniers.

— Que Dieu nous protège du diable ! murmura Thomas Gallant d'une voix chevrotante.

Franz ne dit rien, se contentant de fixer Eru avec les yeux d'une bête traquée…

Il vint soudain à l'esprit d'Eru combien il était peu digne, pour un guerrier, de tourner sa colère, aussi légitime soit-elle, contre de pareilles mauviettes. Te Ua Haumene pouvait prétendre ce qu'il voulait, mais des gens comme Lange et Gallant ne présentaient aucun danger pour son peuple.

— Ne faites pas de bruit ! dit-il à Gallant avec un geste apaisant de la main. Suivez-moi. Je vais vous tirer de là.

Franz ne sut ce qui lui arrivait quand le jeune homme tatoué qui, la veille, avait attisé par ses propos la soif de sang de la foule leur ouvrait soudain la voie vers la liberté. Il avait dit adieu à la vie. Il avait les genoux qui tremblaient, la tête vide de toute pensée, de toute prière. Il n'éprouvait qu'un grand vide, la peur. Il se ressaisit néanmoins et suivit le guerrier dans l'église. Le jeune homme, indécis, lança un regard circulaire, cherchant une autre issue que le porche.

— Y a-t-il un moyen de sortir d'ici sans se faire voir ? demanda-t-il.

Ce fut Franz, connaissant les lieux, qui répondit d'une voix rauque :

— Oui, par la sacristie, dit-il montrant une porte en bois discrète, cachée par un paravent car l'église avait servi de salle d'hôpital, la sacristie étant le lieu où étaient stockés les médicaments et la literie. Elle ouvre sur les écuries.

— C'est bien, dit le guerrier. Sortez donc par-là, prenez des chevaux et filez. Bonne chance !

Franz eut envie de demander au guerrier pourquoi il les libérait, à quelle circonstance ils devaient pareil retournement et si ce n'était pas un piège. Mais Gallant avait déjà pris les devants sans un mot pour le jeune homme. Franz eut à nouveau l'impression que le visage de ce dernier lui était vaguement connu. Il ressentit une certaine honte, la fuite lui paraissant peu digne. Auraient-ils dû dire quelque chose, des mots de pardon, comme Völkner les avait eus ? Mais, à parler franchement, il n'avait pas la tête au pardon. Il n'éprouvait que du soulagement mêlé de la peur de tomber, au-dehors, dans les bras des sbires de Te Haumene.

La voie était pourtant libre. Les Maoris avaient certes fouillé et pillé les maisons des missionnaires, mais ne s'étaient pas intéressés aux chevaux. Gallant jeta en toute hâte une selle sur la première monture venue, imité par Franz.

— Je ne suis pas un bon cavalier, avoua celui-ci.

— Moi non plus, dit Gallant. Dieu guidera les chevaux. De même qu'il a éclairé ce jeune sauvage et l'a mené jusqu'à nous. Nous… devrions prier.

— Non, il faut partir, répliqua Franz dont la foi, en ce jour, avait été ébranlée et il s'apprêta à sortir de l'écurie.

Pourtant, devant la porte ouverte, il fut pris de terreur en prenant conscience du trajet qui les attendait : pour quitter la mission, ils n'auraient certes pas à traverser le parvis, mais le longeraient. Une partie des Maoris les verraient et tenteraient peut-être de les poursuivre et de tirer sur eux. Dieu devrait alors, en plus de tout, détourner les balles.

Il réfléchit quelques secondes. Puis, enlevant la selle du paisible hongre qu'il avait déjà monté à l'occasion, il sella un élégant petit étalon alezan que Paora avait récemment débourré et dont il avait dit qu'il filait aussi vite que le vent. Peu après, son cheval sortit de l'écurie au grand galop, Franz l'ayant éperonné un peu trop vivement. Il se déroba brièvement en passant à proximité du gibet, effrayé par les hommes en train de danser et par l'odeur du sang. Avec l'énergie du désespoir, Franz se maintint sur la selle, puis s'agrippa à la crinière du cheval quand il entendit derrière lui des cris et des coups de feu et qu'il vit le grand moreau de Gallant le dépasser. Celui-ci, aussi peu assuré que lui en selle, s'accrochait de son mieux. Tomber équivalait à une mort certaine.

Gagnés par l'émulation, les deux chevaux passèrent comme des flèches entre les bâtiments de la mission. Leurs cavaliers virent des hommes pillant les maisons mais aucun d'eux n'eut la présence d'esprit de se placer sur leur chemin. Quand ils eurent franchi le portail de la mission et le *marae* pratiquement désert à l'exception de quelques vieillards, les cris et les tirs, derrière eux, s'affaiblirent peu à peu.

— Où va-t-on ? hurla Gallant.

— À Maketu… en longeant la côte !

Il y avait une base militaire à Maketu, mais elle était à plus de cinquante *miles* de la mission ! Franz était déjà brisé. S'il restait en selle, il le devait aux quelques séances d'équitation que lui avait dispensées Linda à Rata Station.

La nuit était sur le point de tomber quand Franz eut la désagréable surprise de constater que leur route les ramenait quelque peu vers l'intérieur du pays, parallèlement à la côte qui, entre Opotiki et Whakatane, était très accidentée. Le chemin qu'ils suivaient était certes bien entretenu mais il traversait d'épaisses forêts où les cavaliers n'y voyaient pratiquement rien. Heureusement, le petit étalon avançait imperturbablement.

— Qu'y a-t-il à Whakatane ? demanda Gallant qui, après une heure de selle, n'en pouvait plus.

Whakatane était la bourgade la plus proche d'Opotiki, un ancien campement des Ngati Awa. Il y avait là aussi depuis longtemps une mission, dirigée par des prêtres catholiques. Les Ngati Awa avaient autant profité que les Te Whakatohea des bons soins des pasteurs anglicans. Une bourgade florissante, avec de l'agriculture, de l'élevage, un moulin et une école. Jusque-là, les rapports entre Maoris et *pakehas* étaient bons. Qu'en était-il à présent ? Franz se demanda s'il était judicieux de se rendre à la mission. Des recruteurs hauhau y sévissaient-ils aussi ?

C'est finalement le petit étalon qui décida. Au bord de la rivière Whakatane, il y avait non seulement la mission et un *pa* des Maoris, mais également quelques fermes *pakehas*. Dans un pré de la première qu'ils rencontrèrent paissaient des juments. Franz n'eut ni l'énergie ni l'adresse nécessaires pour empêcher son cheval de prendre la direction de la ferme. C'est à peine s'il tenait encore en selle quand son alezan démonta la clôture avec un hennissement de triomphe.

Gallant suivit Franz. À cet instant, le fermier, accompagné de ses fils et de quatre chiens menaçants, sortit de chez lui, alerté par le bruit. Il portait une torche à la lumière de laquelle il découvrit les missionnaires plus morts que vifs.

— Par le dia…, mais que fichez-vous ici ? lança-t-il, éberlué.

Quelques minutes plus tard, encore tremblants d'émotion et de fatigue, Franz et Thomas avaient pris place devant la cheminée des Thompson, buvant un thé chaud, tandis que le fermier et son aîné sellaient deux chevaux. Eux aussi étaient prêts à chevaucher à bride abattue, mais, de plus, ils en étaient capables. La nuit n'était pas finie qu'ils avaient atteint les avant-postes de Maketu. Le jour se levait quand un régiment de cavalerie anglais partait pour Opotiki au triple galop.

Eru se réveilla en fin de matinée, allongé auprès de Kereopa et de Patara, dans la maison commune de la tribu. Les Maoris, revenus dans leur *marae*, avaient terminé leur fête tard dans la nuit. Ils paraissaient dégrisés à leur réveil. Eru aperçut quelques femmes qui, l'air penaud, allumaient des feux et cuisaient leur pain. D'autres pleuraient et préparaient des tombes car plusieurs enfants étaient morts dans la nuit. Le sang du missionnaire assassiné ne les avait pas guéris, pas plus que la croyance de leurs pères en Te Haumene. Au contraire. L'agitation et le froid nocturne avaient aggravé leur état. Ils avaient été mieux à l'abri dans les salles d'hôpital improvisées qu'autour du *niu*. Personne d'ailleurs n'entonnait le chant matinal. Les quelques guerriers réveillés semblaient plus inquiets qu'invulnérables.

Eru renonça à les apostropher, se disant que c'était à Kereopa de les rassembler et de les remotiver. Il préféra demander un peu de pain à une vieille femme qui lui en donna et s'assit en face de lui. Il vit alors que c'était l'une des doyennes du village qui, comme quelques autres personnes âgées, s'étaient retirées quand Kereopa avait commencé à prêcher.

— Que va-t-il à présent se passer ? demanda-t-elle.

— Je ne sais pas, je... je n'avais encore jamais vu ça... jamais vu, jamais fait... décapiter un homme... manger ses yeux...

— Non, dit la femme avec un rire sans joie. Tu es trop jeune pour ça. Quand j'avais ton âge, cela arrivait souvent. C'est *tikanga*, tu sais. C'est une tradition de guerre. La force de l'ennemi se transmet au guerrier qui le tue et mange une partie de son corps. C'est en tout cas ce qui se disait. Ensuite, nous avons appris des *pakehas* que c'était un péché.

— Et toi, qu'est-ce que tu crois, *karani* ?

— Je crois qu'il vaut mieux ne pas faire la guerre. On n'a alors pas besoin de la force de l'ennemi qu'on a tué. Et, surtout, on ne fait pas la guerre à des tribus qui ont plus de guerriers et des javelots plus pointus.

— Tu parles des *pakehas* ? Mais nous devons nous défendre ! Nous ne pouvons pas les laisser s'emparer de notre pays, nous...

— Les Blancs nous ont donné des semences, l'interrompit la femme. Ils ont apporté des moutons dont nous mangeons la viande et dont la laine nous tient chaud. Ils voulaient bien sûr une partie de notre pays, mais en échange ils nous ont donné des couvertures, des casseroles et des poêles. Puis les missionnaires sont venus qui nous ont dit que c'était trop peu, que nous étions trompés. Ils ont appris à nos enfants la valeur de la terre chez les *pakehas*. Ils leur ont appris à parler, lire et écrire leur langue. Maintenant personne ne peut plus les tromper.

— Mais, pour cela, nous avons dû abandonner nos dieux, nos mœurs…

— Tu as abandonné tes dieux pour ton prophète. On verra bien s'il te donne pour cela plus que des moutons et des semences. Et tu n'aimes pas non plus ses mœurs, dit-elle avec un coup d'œil significatif en direction de Kereopa qui, sortant en titubant de la maison commune, cherchait de l'eau pour laver le sang de son visage.

— On peut bien sûr se demander si nous n'aurions pas dû garder plus de distance avec les Blancs, comme le dit ton prophète. Mais nous voulions des couvertures, des casseroles, des poêles… Quant aux dieux, je ne sais pas si leurs dieux sont plus forts que les nôtres et je ne connais pas la force de ceux de votre prophète. Mais je sais que jamais encore un dieu n'est descendu du ciel afin de conduire la main de guerriers au combat. Et, votre prophète peut vous faire croire ce qu'il veut, cela n'arrivera pas non plus maintenant.

— Maintenant ? s'écria Eru désemparé.

— Maintenant, oui. Crois-tu donc que les *pakehas* vont accepter ce que vous avez infligé à Völkner ? Vous avez apporté la guerre à notre village, mon fils !

— Nous ? demanda d'un ton ironique Patara, derrière Eru et la femme âgée. Oh non, *karani*, ce sont vos gens qui ont mis à ce type la corde au cou ! Nous n'avons rien à voir avec ça !

Eru le regarda avec indignation. La femme garda son calme.

— Vous allez donc partir et nous, nous allons mourir, dit-elle.

— Non, s'emporta Eru. Nous allons vous défendre, bien entendu, nous…

Il s'interrompit quand il imagina soudain ce qui les attendait alors. Même s'il n'avait pas libéré les deux missionnaires, la mort de Völkner serait vite venue aux oreilles des autorités de Wellington. Des soldats étaient peut-être déjà en route.

— Nous devrions nous rassembler aussitôt autour du *niu*. Les guerriers…

— Les guerriers qui veulent s'associer à nous, partent aujourd'hui pour l'ouest, afin de rejoindre Te Ua Haumene, déclara Kereopa en s'asseyant lui aussi, sur quoi la femme abandonna le feu. Nous les accompagnerons un moment, puis nous partirons vers le sud jusqu'au Turanganui, pour apporter aux tribus vivant au bord du fleuve la parole du prophète. Comme nous l'avions prévu.

— Mais les Anglais vont arriver ici ! s'écria Eru stupéfait. Ils vont vouloir se venger !

— Ça ne rendra nos gens que plus furieux contre eux et accroîtra le nombre de guerriers qui se joindront à nous, répondit Kereopa avec indifférence.

Eru fut incapable d'en entendre plus. Il s'en alla chercher refuge dans son petit abri derrière l'église. Il ne savait que faire, ne savait toujours pas à qui il appartenait. Devait-il rester ici et livrer un combat sans espoir, prendre sur lui la responsabilité de la mort de Völkner et donc mourir ? Fallait-il s'enfuir, regagner l'île du Sud et désormais garder sagement les moutons de sa mère ? Avec le visage d'un guerrier qu'il n'était pas ?

Kereopa avait entretemps rassemblé ses nouveaux partisans. Eru les entendit entonner le chant matinal et piétiner le sol autour du *niu*. Il ne quitta sa cachette qu'au moment où Kereopa fit jouer la conque marine afin d'appeler au départ. Il fut encore le témoin d'une scène affreuse, Kereopa et Patara interdisant au jeune Pokeno de s'associer à eux.

— Quel âge as-tu ? Treize ans ? demanda Kereopa. Je suis vraiment désolé, mon garçon. Mais on n'a pas besoin d'enfants au *pa*. Dans quelques années, tu seras assez âgé pour combattre, mais maintenant…

— Les Anglais vont le tenir pour responsable…, tenta Eru.

— Cache-toi pendant quelques jours, dit Patara au jeune garçon. Ça ne prendra pas de telles proportions !

— Ils vont le tuer, dit la femme avec qui Eru avait parlé un peu plus tôt. Il ne sera en sécurité ni ici, ni sur la côte Est.

— Alors qu'il aille dans une tribu amie. Vous devez en connaître dans le Waikato ou plus au nord encore, répondit Kereopa impitoyable. En tout cas, il ne partira pas avec nous. Nous n'emmenons que des guerriers adultes.

Eru crut voir le garçon pleurer quand ils s'en allèrent. Il était à la fois indigné et désespéré. Pokeno était condamné à mort, il allait payer pour ce que Kereopa, Patara et lui-même avaient déclenché.

Passant la main sur son visage tatoué, il se rendit à l'évidence. Makuto avait eu raison, les *mokos* n'avaient pas fait de lui un homme. S'il était un homme, il resterait, combattrait et mourrait avec Pokeno. Il tenta de rassembler tout son courage. En vain. Il voulait vivre !

Tête basse, il suivit la troupe qui prit la direction de Gisborne.

Deux heures plus tard à peine, la cavalerie anglaise arrivant à Opotiki trouva une station dévastée, un *niu* sur le parvis et le cadavre de Carl Völkner. Quelqu'un avait exposé sa tête énucléée sur l'autel. Les Anglais entrèrent dans une fureur noire. Les Maoris qui ne s'étaient pas enfuis, femmes, enfants, vieillards, assistèrent à la destruction de leurs champs, à l'abattage de leurs arbres fruitiers et à l'incendie de leurs maisons. Les soldats les rassemblèrent sur le parvis et obligèrent quelques garçons à parler… Pokeno qui fut alors arrêté, pétrifié, entendit ses proches et ses amis le déclarer responsable de l'exécution de Völkner.

Seule la vieille femme intervint en sa faveur.

— Vous ne pouvez l'emmener, ce n'est qu'un enfant. Même les guerriers hauhau n'ont pas voulu de lui parce que trop jeune.

— Trop jeune ? répondit en riant le commandant du détachement. Tu n'y crois pas toi-même, la vieille ! Ces salopards voulaient juste ne pas être mouillés. Quand nous les attraperons, ils prétendront être innocents ! Bien sûr que ce jeune a été entraîné par eux. Mais ça ne le sauvera pas. Il sera pendu à Auckland !

Les soldats emmenèrent Pokeno ainsi que d'autres jeunes près d'avoir l'âge de devenir des guerriers.

Les terres de la tribu furent confisquées et la mission provisoirement dissoute, la tribu des Te Whakatohea étant désormais dispersée à tous les vents.

DESTRUCTIONS

Otago, Campbelltown (île du Sud)
Waikato, Otaki (île du Nord)

1865

1

— Où est votre mari, Mrs Fitzpatrick ?

Linda, en train de ramasser du linge suspendu à une corde, se retourna et reconnut Tom Lester, le maréchal-ferrant de Tuapeka, l'air fort mécontent. Pressentant pourquoi, elle eut un sourire d'excuse.

— Je le croyais chez vous, M. Lester.

— Dans ce cas, je ne serais pas en train de le chercher ! aboya l'homme. Hier, il n'est pas venu, prétextant que son cheval boitait. Il croirait déchoir d'aller à pied. Et aujourd'hui il ne s'est pas montré non plus. Il faut pourtant terminer l'écurie avant la neige, Mrs Fitzpatrick ! Je ne peux pas attendre en permanence que M. Fitzpatrick ait envie de travailler !

Linda soupira. Ils étaient à Tuapeka depuis plus de trois mois et, en dépit de tous ses efforts, elle était loin de se sentir heureuse. L'enthousiasme de Fitz dans sa recherche d'or avait baissé les derniers temps. Au début, il débordait de projets qu'Ireen trouvait stupides. Il avait creusé des galeries avec d'autres chercheurs. Puis il était parti dans les montagnes, avec marteau et burin, dans l'espoir de mettre au jour un filon. Surpris par deux Maoris armés avant même de s'être mis à l'œuvre, il avait appris de leur bouche que la falaise en question était un sanctuaire de leur tribu. Il avait été sur le point de commettre un sacrilège qu'il aurait pu payer de sa vie !

En définitive, il n'avait pas dégoté la moindre once d'or et, découragé, il louait ses services chez des commerçants ou des artisans pour des travaux occasionnels. Adroit, il avait acquis une bonne réputation avant de céder peu à peu à la négligence. Linda comprenait donc le mécontentement de cet homme, car Fitz avait accepté de l'aider à bâtir une écurie de louage.

— Je suis sûre que… que quelque chose d'important s'est produit entretemps, bafouilla Linda sans en croire un mot.

Il était probable que Fitz, une nouvelle fois, s'était laissé distraire par une futilité, une partie de cartes, une conversation avec un chercheur d'or australien porteur de tuyaux sensationnels ou avec des spécialistes des paris hippiques. Linda en avait pris son parti : Fitz, aux cartes ou à l'occasion de paris, gagnait plus souvent qu'il ne perdait. Sans sa passion pour le jeu, ils auraient dû, ces dernières semaines, tirer le diable par la queue plus souvent qu'à leur tour. Jusqu'ici il avait donc tenu sa promesse de ne jamais laisser sa femme avoir faim.

Ils n'en vivaient pas moins essentiellement de ce que gagnait Linda au prix d'un travail de plus en plus pénible à l'approche de l'hiver. S'il n'avait pas encore neigé, il pleuvait sans arrêt, les ruisseaux devenaient des torrents tumultueux ne permettant plus l'orpaillage. Linda et Ireen parcouraient donc les claims abandonnés, tamisant de la boue et de la terre. À leur retour, elles étaient trempées jusqu'aux os et Ireen n'avait même pas de quoi se changer. Elle et son enfant reniflaient et toussaient depuis des semaines. Linda sacrifia un de ses rares vêtements chauds et un châle afin d'y emmailloter le bébé. L'humidité était telle qu'il devenait quasi impossible d'allumer un feu qui, du reste, dispensait plus de fumée que de chaleur.

Après avoir jeté un regard mi-furieux, mi-compatissant sur la misérable cabane, Tom Lester dit en partant :

— Je suis désolé, Mrs Fitzpatrick, mais, quand vous verrez votre mari, dites-lui, s'il vous plaît, que je vais chercher quelqu'un d'autre pour m'aider. Quant à ce que vous me devez pour avoir ferré vos chevaux, j'aimerais bien récupérer mes deux shillings à l'occasion.

Linda frémit. Fitz ne rendrait certainement pas l'argent. Elle était, ces derniers jours, de plus en plus souvent abordée par des gens envers qui Fitz avait des dettes. Ce n'étaient que de petites sommes. Mises bout à bout, elles représentaient néanmoins une somme coquette, compte tenu de leur situation présente. Elle n'avait aucune idée de la manière dont il comptait les rembourser.

Linda s'apprêtait à se mettre au lit seule, car, plus leurs finances étaient en mauvais état, plus il passait de temps aux tables de jeu et rentrait tard. Mais il devait en aller autrement. Tandis qu'elle s'efforçait d'entretenir le feu le temps de cuisiner quelque chose et de sécher son linge, Ireen apparut. Linda vit aussitôt qu'elle portait des bottes neuves et Paddy une veste bien chaude. Elle allait lui demander ce que cela signifiait quand elle entendit des bruits de sabots. Fitz rentrait au galop. Il descendit de selle sans un mot joyeux ou un rire.

— Lindie, je suis désolé, mais il faut faire les bagages. J'ai bien réfléchi, nous partons pour la côte Ouest.

— Quoi ? Il faut partir ? Maintenant ?

— Dépêche-toi, Lindie, répondit Fitz en allant détacher Brianna pour l'atteler. Nous pourrons peut-être partir avant la nuit.

— Est-ce vraiment une bonne idée, Fitz ? se moqua Ireen. Il vaudrait peut-être mieux que tu disparaisses pendant la nuit ? Ou bien ta décision soudaine a-t-elle à voir avec les types qui ont défouraillé au pub ?

Linda regarda de plus près son mari qui avait effectivement une lèvre enflée et un œil à demi fermé.

— Fitz, tu es blessé ! Quelqu'un a tiré sur toi ?

— Allons, allons ! Juste une… petite divergence d'opinions au pub. Deux ou trois sales types… Tu as raison, Lindie. Ce trou n'est pas fait pour nous.

D'un regard, Linda demanda de l'aide à Ireen.

— Je ne sais rien de précis, dit celle-ci. Nous avons juste entendu des coups de feu, Oppenheimer et moi. Il y a eu une bagarre. Le postier est allé prévenir le policier, mais, quand il est arrivé, tous les types étaient partis. Il faut dire qu'il avait pris son temps, il n'a pas envie de se faire descendre. Le barman était blanc comme la neige et a parlé d'une partie de cartes et de tricherie. Les coups de feu n'étaient qu'un avertissement, n'est-ce pas, Fitz ? Sinon, tu serais mort à l'heure qu'il est. Impossible de se rater dans un local aussi petit !

Entretemps, Fitz avait fini d'atteler et lançait le linge sec de Linda dans la charrette. Cela sentait la fuite.

— Ma foi, ces types de Queenstown, je n'aurais pas dû jouer avec eux. J'aurais dû voir que c'étaient des voyous. Mais j'ai du mal à résister à une petite partie de poker.

— Tu avais pourtant un travail. Le forgeron est venu ici.

— Ils m'ont provoqué, prétendit-il du ton de l'homme d'honneur indigné. Je te l'ai dit, je regrette. Ce fut une erreur. En tout cas, les types avaient des cartes truquées. Je te jure, Lindie, ce n'était pas seulement un coup de malchance, ce…

— Tu as donc perdu et tu leur as reproché d'avoir triché.

— J'étais furieux, Lindie. Ce n'était tout de même pas une raison pour commencer une bagarre, et encore moins de sortir les flingues, jeta Fitz tout en continuant à charger en toute hâte la charrette de tout ce qui lui tombait sous la main.

— Et pourquoi, alors, veux-tu partir si vite ? Ils t'ont flanqué une raclée. Il ne devrait plus y avoir de problème.

— Eh bien… euh… c'est qu'ils veulent avoir d'ici demain matin… dix mille livres.

Pour embarrassé qu'il fût, l'aveu eut l'effet escompté. Linda, à son tour, se sentit traquée.

— Nous ne pouvons pas payer une telle somme, dit-elle, effondrée. Même pas en vendant les chevaux.

— Je ne vais pas vendre ton cheval, s'indigna Fitz. Je sais combien tu tiens à lui.

— C'est pourquoi tu les as perdus au jeu, lança Linda qui, prise de panique, osa entamer une dispute avec son mari. Fitz, ces gens ne sont pas du genre à renoncer. Qui sait s'ils ne sont pas déjà à ta poursuite ?

— Allons, allons, intervint Ireen, ce n'étaient pas des tueurs, juste des pauvres types qui se sont égarés jusqu'ici. Je ne crois pas qu'ils voient bien plus loin que le bout de leur nez. Ils vont sans doute interroger les gens à droite et à gauche. Je disparaîtrais moi aussi de la cabane, mais ils ne sont pas dangereux. S'ils avaient eu un peu de jugeote, ils ne l'auraient pas laissé filer. Ils ont sans doute vu qu'il n'y avait pas grand-chose à tirer de lui. Ou bien ils sont recherchés pour je ne sais quoi et ils n'avaient pas envie de rencontrer un policier. Le mieux est que vous mettiez rapidement le plus de *miles* entre eux et vous et que, demain, Fitz reste dans la charrette pendant que Linda conduit. Si vous les rencontrez par hasard, ils n'y verront que du feu, à moins qu'ils ne reconnaissent le cheval de Fitz.

— Le cheval de Fitz va rester ici, décréta Linda. Je te fais confiance, Ireen. Vends-le, rembourse nos dettes et, s'il reste quelque chose, garde-le. Ce sera pour la location…

Ireen n'avait en effet jamais accepté le loyer convenu.

— Je pourrai aussi vous l'envoyer si vous vous installez quelque part, répondit-elle. Je… en effet je n'en ai plus besoin.

— Tu n'as plus besoin d'argent ? Mais que s'est-il passé ? Je comptais d'ailleurs te le demander…, dit Linda avec un regard en coin sur les bottes neuves de son amie. Ireen… tu ne te vends pas tout de même ?

— Si, à vrai dire, mais on appelle ça autrement. Je me marie, précisa Ireen avec un sourire embarrassé.

— Hein ? s'écria Linda en laissant Fitz s'occuper des bagages. Qui veut donc si subitement t'épouser ? Tu n'avais même pas un ami, tu…

— Oppenheimer, dit Ireen tout bas. J'épouse Ely Oppenheimer. Il m'a posé la question aujourd'hui. Il va fermer son comptoir car il ne gagne plus assez. Ces dernières années, il a mis pas mal de côté. Il peut prendre une retraite tranquille. Il a une belle maison à Queenstown. Il dit que c'est une belle ville. Il m'aime bien, et Paddy aussi.

— Ireen… tu… es si jeune, soupira Linda. Et quel âge a Oppenheimer ? Soixante ans ?

— Je ne le lui ai pas demandé, répliqua sèchement Ireen. Il peut bien en avoir cent, je m'en fiche. Et pour ce qui est de moi : oui, je suis jeune, et j'aimerais bien vieillir encore un peu, voir Paddy grandir. Mais si nous restons ici, il pourrait bien mourir durant l'hiver. Regarde comme il est maigre, faible et fatigué. Et le pire serait encore que je meure avant lui. Cela n'est pas impossible, je tousse la nuit à fendre l'âme. Chez Oppenheimer, j'aurai une maison chauffée, de quoi manger à ma faim et Paddy pourra ensuite aller à l'école. Ely dit qu'il l'adoptera. Je serais folle de refuser, Linda.

— Mais il pourrait vous adopter tous les deux !

— Il m'aime bien, Linda, mais pas à ce point. À vingt ou à soixante ans, un homme, c'est un homme. Il veut avoir quelque chose contre son argent. Ce quelque chose, c'est moi. Corps et âme, jour et nuit. Cela n'ira pas jusque-là ! Et puis, il est propre, Linda, il sent bon.

Linda ne sut qu'objecter. Ireen avait pris la seule décision possible.

— Tu vas me manquer, dit-elle.

— Toi aussi, répondit Ireen en l'embrassant. Je regrette tant que tu ne puisses être là pour mon mariage. De vraies noces, tu sais ? À l'église. Je vais avoir une robe de mariée. Tous vont venir, le postier, le banquier et leurs femmes. Je vais devenir une femme honorable, Linda. Tu t'imagines ?

— Je te souhaite en tout cas bonne chance ! répondit Linda en serrant son amie contre elle. J'aurais aimé venir à ton mariage.

— Ce ne sera malheureusement pas possible, observa Fitz en passant à Ireen les rênes de son cheval. C'est trop bête que je n'aie pas eu l'idée de passer chez le maréchal-ferrant qui fait à l'occasion commerce de chevaux. J'aurais peut-être pu l'échanger contre un autre.

Linda fut à nouveau déçue. Si Fitz se ralliait sans protester à sa proposition de se défaire de sa monture, c'était uniquement en raison de sa crainte de tomber sur les types de Queenstown certainement déjà en route pour la côte Ouest. Il n'était pas le moins du monde soucieux de rembourser ses dettes.

— Allez, viens maintenant, Lindie. Fichons le camp d'ici.

Sur le chemin du retour à Christchurch, d'où ils prendraient ensuite la direction de la côte Ouest en franchissant les montagnes, Linda eut un avant-goût de ce qui les attendait alors, en plein hiver, dans les Alpes du Sud. Après une nuit et une journée de fuite quasiment ininterrompue, la neige s'était mise à tomber. Frigorifiée, elle se blottit contre Fitz pour se réchauffer.

— Ne pourrions-nous pas passer l'hiver à Christchurch ? lui demanda-t-elle.

— Je ne suis pas sûr, chérie. J'étais en effet très content de quitter cette ville…

Soudain alarmée, Linda se redressa.

— Fitz, y aurait-il à Christchurch aussi des gens à qui tu dois de l'argent ?

— En tout cas, il devrait y avoir prescription, répondit-il, pas gêné pour un sou.

— Tes créanciers ne doivent pas voir ça du même œil, gémit Linda. Fitz, qu'est-ce qu'on va devenir ?

Fitz lui entoura les épaules de son bras.

— Tu recommences ? dit-il avec un peu d'irritation dans la voix. Ça ne sert à rien de se faire des cheveux blancs, je te l'ai déjà dit cent fois ! La vie continue. Et puis, Lindie, la côte Ouest regorge d'or !

Linda se détourna de lui. D'après ce qu'elle avait entendu dire, la côte Ouest regorgeait plutôt de types louches. Elle ne voulait pas y aller, mais ne savait pas non plus que faire d'autre. Devait-elle tenter de convaincre Fitz de passer sur l'île du Nord ? Elle se languissait tellement d'Ida et de Karl ! De Carol aussi ! Que devenait-elle là-bas ?

2

— Si j'ai demandé à vous rencontrer, outre le plaisir que me procure votre présence, c'est parce qu'enfin s'offre la possibilité de poursuivre votre route ! dit le général Cameron, levant son verre.

Il avait une nouvelle fois invité Carol et Mara à dîner, en compagnie de Bill Paxton dont il semblait apprécier le travail. Les deux sœurs, elles, n'appréciaient guère la politique du général à l'égard des Maoris. Ayant assisté aux déportations sur les rives du fleuve Patea, Carol estimait qu'elle était un échec complet. Bill répondait en assurant que Cameron était au fond de leur avis.

— Il ne se satisfait pas de réquisitionner des terres par la force pour le gouverneur, expliquait-il encore, la veille au soir. Il lui a plus d'une fois déclaré que telle n'était pas sa mission.

— C'est quoi, alors, sa mission ? avait demandé Mara, qui n'en pouvait plus des opérations de Cameron.

— C'est un soldat. Un général. On lui a dit que se déroulait ici une guerre. Et il veut la gagner. À sa manière.

— En chassant des tribus pacifiques et en épargnant par ailleurs la forteresse de ce Haumene ? ironisa Carol.

— La déportation des tribus se fait sur ordre du gouverneur. Cameron ne procéderait pas de façon aussi systématique. Bien qu'elle corresponde à sa stratégie. Son objectif est en effet d'isoler le *pa* et de l'affamer. L'attaque frontale n'a pas payé : Cameron a subi quelques échecs ces dernières années. Il n'aime pas les sièges qui prennent beaucoup de temps et restent improductifs. Or l'expérience montre que les guerriers maoris n'ont pas la patience d'attendre indéfiniment. À un moment ou un autre, ils engagent le combat et, si l'on parvient à les attirer en terrain découvert, on a alors l'avantage. En revanche, on peut bombarder les palissades du *pa* pendant des mois sans le moindre résultat.

— Le signal qu'il donne ainsi aux tribus est erroné malgré tout, avait insisté Carol.

Malgré ses préventions à l'égard du général, Carol, ce soir-là, fut soudain intéressée. Elle attendit néanmoins la fin des toasts avant de se manifester.

— Qu'entendez-vous par « poursuivre votre route » ? Vous nous donnez une escorte pour rejoindre Auckland ?

— En quelque sorte, oui. Je ne peux certes pas détacher des hommes pour vous accompagner, je vous l'ai dit dès votre arrivée. Mais nous avons arrêté ces derniers jours quelques guerriers hauhau. Ils venaient de la côte Est où circulent des recruteurs pour les troupes de Te Ua Haumene. Wereroa reçoit d'ailleurs sans cesse des renforts. Nous allons conduire ces gens à Auckland, les éloigner de la région, les interroger, les effrayer si possible afin qu'ils retournent dans leurs tribus et abandonnent la cause hauhau. Ce sera un détachement de vingt hommes, ce qui devrait suffire à la sécurité, à la vôtre aussi. Si cela vous agrée, vous pouvez l'accompagner.

— Bien entendu, affirma Carol, rayonnante.

— Pardon mais… peut-être ne devriez-vous pas… euh… décider aussi vite, miss Carol, objecta Bill Paxton, l'air plus que préoccupé. Je ne veux pas vous contredire, général, mais le trajet n'est pas sûr du tout ! Bien sûr, il passe le long du fleuve, en zone… pacifiée, et même si des tribus se cachent encore dans les forêts, elles ne se risqueront pas à une attaque. Mais il faut aussi passer non loin du *pa* Wereroa.

— Qui perd de plus en plus de son importance stratégique, contesta le général qui était satisfait de voir la forteresse désormais isolée au milieu d'un territoire contrôlé par les Anglais.

— Haumene y rassemble toujours des guerriers, insista Bill. Comprenez-moi bien, général, je soutiens votre décision de mener ces prisonniers à Auckland…

— C'est un grand honneur pour moi, ironisa Cameron. Il est heureux que vous approuviez les décisions de la direction de l'armée !

— Pour miss Carol et miss Margaret, je trouve néanmoins très risqué de les associer à cette expédition, reprit Bill qui avait rougi. Et inutile, puisque, comme vous l'indiquez vous-même, Wereroa est isolée. On peut donc s'attendre à ce que la forteresse soit bientôt prise d'assaut ou à ce que les Maoris l'abandonnent. En attendant, le mieux serait que vous restiez ici, miss Carol ! Je vous en prie, ne vous mettez pas en danger !

— Je ne suis pas en danger en pays maori, protesta Mara. J'entendrai certainement, avant vos hommes, un guerrier s'approcher.

— Et alors ? demanda sèchement Bill. Vous ferez disparaître par un coup de baguette magique les prisonniers et vingt soldats, miss Mara ?

— Nous ne sommes pas obligées de nous décider sur-le-champ, intervint Carol d'un ton apaisant. Remercions d'abord le général de son offre et consacrons-nous aux délices que nous a préparées son cuisinier. Quand souhaitez-vous connaître notre décision, général ?

— Le transport partira après-demain, répondit celui-ci. Puis-je vous conduire à table, miss Carol ?

— C'est extrêmement dangereux, Carol ! Quoi qu'en dise le général. Tu ne devrais pas accepter !

Bill, ayant raccompagné les deux sœurs après le dîner, avait sollicité de Carol un entretien, Mara s'étant retirée pour faire ses bagages. Ils faisaient donc un tour en compagnie de Fancy.

— Bill, nous ne pouvons rester ici indéfiniment, dit la jeune fille en adoptant le prénom et le tu comme ils en avaient pris l'habitude ces dernières semaines quand ils étaient seuls. Et si le général estime que la route est sûre…

— … elle passe tout de même à côté d'une forteresse où deux mille guerriers assoiffés de sang et armés jusqu'aux dents se marchent sur les pieds ! Certes, Haumene ne se fait pas remarquer pour l'instant et laisse passer nos troupes. Mais s'il a vent de ce transport de prisonniers, il peut changer d'avis. Ce sont tout de même des gens à lui ! S'il les laisse tomber, il perd de sa crédibilité. Crois-moi, Carol, ne prends pas ce risque !

— Cela décevrait beaucoup Mara…

— Mara est encore une enfant. Tu ne peux la laisser décider. Et puis… Carol…, dit-il en retirant sa veste d'uniforme pour en couvrir les épaules de sa compagne. Carol, il y a longtemps que je voulais te parler. Écoute, je… tu… nous… On pourrait dire que, ces dernières semaines, nous sommes devenus d'assez bons amis.

— Pourquoi ? Nous ne l'étions pas avant, Bill ? Je t'ai toujours bien aimé.

— Je peux donc nourrir quelque espoir, Carol ? Tu… tu le ressens toi aussi ? Nous nous sommes beaucoup rapprochés l'un de l'autre ces derniers temps.

— Tu veux dire, rapprochés comme un homme et une femme ?

— Comment sinon ?

Carol réfléchit un instant.

— Bill, dit-elle enfin, je n'avais jamais envisagé cela, très franchement ! Tout au début peut-être, sur le *General Lee*. Comme un jeu, quand Linda me taquinait, me disant que tu étais séduisant, que je devrais t'échanger contre mon fiancé…

— Et alors ?

— Pour moi, alors, il n'en était pas question. J'aimais Oliver. Avec toi, je voulais juste un peu flirter. Bien sûr, tu étais gentil, plus tard aussi, après la catastrophe. Je t'aime vraiment beaucoup. Mais…

— Tu n'es pas amoureuse de moi !

— Non. Je n'en suis pas encore à tomber de nouveau amoureuse, Bill. J'ai la tête trop pleine d'autres choses. D'Oliver…

— Tu l'aimes encore ?

— Non ! C'est un… un… Je l'ai chassé de mon cœur, Bill, tu peux me croire. Je suis juste tellement déçue, blessée… Pour l'instant je n'ai pas envie d'un mari. Je veux retrouver ma mère, pleurer un peu et lécher mes blessures. Je veux rentrer chez moi. Dans la mesure où j'ai encore un chez-moi.

— Carol, je pourrais te donner un chez-toi, dit Bill en la prenant tendrement par les bras. Si tu m'épousais, je n'aurais à dire qu'un mot. Dans six mois au plus tard sera mis en place ici le Military Settlement Program. Dès que Wereroa sera pris, des parcelles seront distribuées. Nous pourrions rester et avoir une ferme. J'aurai été promu d'ici là, nous recevrions beaucoup de terres.

— Nous danserions sur les tombes des Maoris qui ont été expropriés ? Tu ne dis pas ça sérieusement, Bill ?

Bill se maudit intérieurement. Il aurait dû prévoir cette réaction.

— Quelqu'un occupera cette terre, tenta-t-il de se justifier. Que ce soit nous ou un autre, les Maoris ne la récupéreront pas. Réfléchis-y, Carol ! Tu pourrais avoir de nouveau des moutons, nous pourrions repartir de zéro…

— Bill, dans ces conditions, jamais je ne t'épouserai ! De la terre volée ne peut apporter que de la malédiction ! Et puis, je te l'ai déjà dit, je n'ai présentement pas besoin d'un mari, dit Carol en faisant demi-tour.

Bill la rattrapa et la tint d'une main ferme.

— Je ne peux donc pas te faire changer d'avis ? Ne puis-je donc rien faire ? s'écria-t-il en la tirant à lui et en essayant de l'embrasser.

— Considère les deux années écoulées comme nulles et non avenues, dit-elle en se libérant. Fais en sorte que tout redevienne comme avant. Nous pourrons alors reparler de ça. Mais comme ça…

Elle courut jusqu'à son logement.

Le surlendemain, Carol et Mara se joignirent au transport de prisonniers. La demande de Bill de pouvoir accompagner le transport fut déclinée par le haut commandement.

— Vous nous êtes trop précieux, lui expliqua le commandant qui transmit la décision. Vous fournissez ici en votre qualité d'officier de liaison un travail formidable. Le général ne veut pas qu'il vous arrive quelque chose…

3

Le général avait affecté vingt soldats lourdement armés à la garde des huit guerriers maoris, ce qui sembla plus que suffisant à Carol. Elle trouva la chevauchée le long du Patea sans danger aucun. La visibilité sur la large route n'était guère favorable à une embuscade. Les craintes de Bill étaient exagérées, peut-être étaient-elles de simples excuses destinées à l'inciter à rester. Elle avait pourtant mauvaise conscience, regrettant d'avoir décliné avec rudesse son offre et de lui avoir reproché la politique de colonisation du gouverneur. Il n'avait en définitive eu que de bonnes intentions. Quant à savoir si elle l'aimait ou non : la demande de Bill l'avait en fait prise de court.

En y réfléchissant, elle voyait les choses sous un autre jour. Elle n'était bien entendu pas encore prête pour un nouvel amour. Les blessures étaient encore trop fraîches. Mais Bill était l'un des hommes les plus agréables qu'elle ait jamais rencontrés, fiable, beau garçon et amical. Et jadis, sur le bateau, le courant était passé entre eux. Elle avait apprécié son étreinte pendant les danses et les compliments qu'il lui chuchotait à l'oreille. En fait, elle n'avait eu aucune raison de le décourager comme elle l'avait fait. Elle aurait dû au moins l'inviter à venir la voir un jour à Russell.

Ce matin, elle avait espéré jusqu'au départ qu'il passerait prendre congé. Elle se serait alors excusée et l'aurait invité. Mais elle avait attendu en vain.

Déçue, elle finit par mettre son cheval au trot pour rejoindre la troupe qui avançait avec une lenteur désespérante. Les prisonniers traînaient les pieds.

— Vous ne pourriez pas faire avancer un peu plus vite les guerriers ? demanda Mara, excédée, au capitaine. Il n'y a pas de raison pour qu'ils aillent si lentement. Quand ils se déplacent, en temps normal, ils marchent au pas de course. Pour les suivre, il fallait quasiment mettre sa monture au trot.

— Ces gaillards ne sont pas pressés et, d'ailleurs, marcher enchaîné n'est pas aisé. Pour l'instant, il n'y a pas de motif particulier de les faire se hâter. Nous n'avons pas de date fixée pour l'arrivée à Auckland. Tâchez donc de voir les choses ainsi, miss Jensch : la lenteur des prisonniers nous offre le temps de bavarder, ce qui m'est un grand plaisir.

— Qu'est-ce donc qui vous plaît tant ? demanda Mara, provocatrice. Pour ma part, je ne vois rien dont je souhaiterais m'entretenir par un froid pareil. En plus, il bruine.

Carol, qui l'entendit, ne put s'empêcher de sourire. Mara avait de nouveau eu le mot juste. Le voyage était tout sauf agréable. Elle aussi aurait volontiers mis sa monture au trot. Les soldats aussi sans doute. D'un autre côté, elle comprenait les Maoris, le chemin était praticable mais boueux. Le parcourir pieds nus n'était certes pas une partie de plaisir. En effet, les guerriers avaient gardé la tenue qu'ils portaient quand ils avaient été arrêtés. Quand la pluie redoubla, ils continuèrent à cheminer à tâtons, la tête basse, la pluie ruisselant de leurs chignons sur leurs dos nus. Ils devaient être gelés mais n'en laissaient rien paraître.

— Vous voulez vraiment poursuivre aujourd'hui ? s'étonna le chef de la dernière redoute sur la rive du fleuve, que la troupe avait longée à l'heure du thé et où Carol et Mara avaient pu se réchauffer. Vous pouvez passer la nuit ici, dans l'écurie certes, mais nous ne disposons que de peu de locaux couverts, à part les deux postes de garde. Ce serait toujours plus confortable que des tentes. Et plus sûr. Vous savez que vous vous approchez de Wereroa ?

Le capitaine opina mais refusa l'offre.

— Il faut que nous fassions encore un peu de chemin. Nous ne sommes pas particulièrement pressés, mais jusqu'ici… Bon Dieu, il nous a fallu une journée pour parcourir ce qu'on parcourrait en deux heures à cheval. En fait, j'aurais voulu dépasser Wereroa dès aujourd'hui.

— C'est trop tard pour aujourd'hui, observa le sergent. À moins que vous ne tentiez de le faire de nuit.

— Vous nous le conseillez ou pas ? demanda le capitaine.

— Ce que nous conseillons, c'est de passer rapidement et le plus loin possible du fort. Ils patrouillent à coup sûr. Ce serait une illusion de penser qu'ils ne nous voient pas. Certes, les éclaireurs n'ont certainement pas reçu l'ordre d'attaquer nos gens. Il faut d'abord qu'ils retournent au fort prendre les directives de leur prophète. Ce qui laisse habituellement le temps de se retrouver en territoire sous notre contrôle.

— Habituellement…, murmura le capitaine.

Carol comprit soudain le problème qui se posait à lui. Le transport avançait trop lentement, ils étaient une cible trop facile.

— Si vous traversez la zone la nuit, vous avez de bonnes chances d'y arriver, réfléchit tout haut le sergent. Mais vous courez le risque de vous égarer. Les chemins ne sont pas très bien tracés. Si quelque chose se produit, vous êtes fichus. Donc, à votre place, je resterais cette nuit ici et je repartirais très tôt demain matin. Peut-être se trouvera-t-il parmi nous quelques volontaires pour vous accompagner.

Après réflexion, le capitaine ne suivit pas l'avis du sergent.

— Je pense que nous allons encore avancer de quelques *miles*, installer notre campement et passer la zone dangereuse au petit matin. Ils ne doivent pas s'aventurer trop loin de leur forteresse. Si nous faisons halte à cinq *miles* d'eux… par ce temps… cela devrait suffire.

— Je ne peux vous le confirmer. Nous ignorons leur organisation. Ces derniers mois, on n'a pas vu un seul de ces gaillards. Tout au plus les entend-on quand le vent est favorable. Des chansons qui vous font froid dans le dos. Je ne peux que vous souhaiter bonne chance.

La décision du capitaine se révéla malencontreuse. Une demi-heure après leur départ, ils se retrouvèrent sous une pluie torrentielle qui les ralentit. Puis la nuit tomba. Le capitaine finit par donner l'ordre d'installer le camp, sans allumer de feu. La nuit se passa sans événement particulier, Carol ne s'endormant d'un sommeil agité que sur le matin, très vite réveillée par les soldats levant le camp dès l'aurore.

— Je suis navré, miss Carol, il faut partir le plus rapidement possible, s'excusa le capitaine pour l'absence de petit déjeuner. Mais je vous le promets, après cette journée, tout ira mieux.

La pluie avait tout de même cessé, et un pâle soleil perça le brouillard montant du sol. Bien que sachant la forteresse éloignée de cinq bons *miles*, Carol croyait la voir se profiler dans la brume. Elle eut beau tendre l'oreille en direction de la forêt afin d'entendre les chansons des Hauhau, elle n'entendit que le bruit des sabots et quelques mots échangés à voix basse par les cavaliers.

L'atmosphère était angoissante, la tension intense. Carol n'avait qu'une envie, se retrouver loin d'ici, alors que la colonne avançait avec une lenteur exaspérante. Il leur faudrait des heures encore avant d'être en sécurité.

Même Mara qui pensait avoir les sens suffisamment aiguisés par ses jeux avec les enfants maoris pour ne pas se laisser surprendre n'entendit pas arriver les guerriers. La pluie de javelots venant des fourrés fut une surprise pour tous. Les chevaux se dérobèrent et les soldats n'eurent pas le temps de se saisir de leurs armes.

— *Rire, rire ! Kira, kira !*

Les Maoris tatoués surgirent comme des démons hors de leur cachette.

— *Hau hau, hau hau !*

Les prisonniers entonnèrent à leur tour le cri de guerre et frappèrent les pattes des chevaux avec leurs chaînes tandis que les assaillants frappaient les cavaliers avec leurs javelots et leurs couteaux. Durant quelques minutes, ce fut une cacophonie de coups de feu et de cris de guerre, de hennissements et d'ordres lancés à l'aveuglette. Les ordres cessèrent bientôt, Carol voyant avec horreur un javelot transpercer le corps du capitaine, dont le cheval s'enfuit au grand galop. Mara lança sa monture pour le suivre dans sa fuite.

— Essaie de te tirer d'ici ! hurla-t-elle à Carol.

Carol poussa un cri en voyant un guerrier donner un coup de pied à Fancy. Puis, galopant de concert, les deux sœurs franchirent un rideau d'arbres et faillirent réussir à contourner un autre groupe de guerriers. Puis Carol, affolée, aperçut comme dans un cauchemar l'un d'eux saisir les rênes de son cheval. Il évita sans peine le coup qu'elle tenta de lui donner. Elle entendit Mara crier quand un homme l'arracha à sa monture, puis hurla à son tour quand l'homme qui la brutalisait lança son couteau sur Fancy qui s'était jetée sur lui. La chienne gémit et Carol eut le temps de la voir sans vie sous un buisson avant d'être à son tour arrachée de son cheval et frappée. Des cris de triomphe s'élevèrent alors de la clairière où avait eu lieu l'embuscade, les Hauhau célébrant leur invincibilité et leur force. Les coups de feu avaient cessé. Carol et Mara échangèrent un regard horrifié. Les soldats n'avaient pu surmonter l'effet de surprise, ils étaient vaincus et elles se trouvaient entre les mains des Hauhau.

Les deux sœurs n'oublieraient jamais le spectacle qui s'offrit à elles quand on les ramena sur le lieu du combat. Le brouillard s'était à présent dissipé, dévoilant le carnage en train de se terminer. Elles virent des soldats agonisants ou grièvement blessés bredouiller des suppliques ou hurler d'épouvante en voyant les Hauhau s'acharner à décapiter leurs camarades, coupant os et tendons à grand-peine avec leurs couteaux, puis, parvenus à leurs fins, brandissant par les cheveux leurs trophées avec des cris d'allégresse. D'autres allaient d'un blessé à l'autre et les égorgeaient. Les Hauhau ne faisaient pas de prisonniers.

Le chef, un guerrier d'un certain âge, au visage tatoué, trouva dans la poche du cadavre du capitaine une clef avec laquelle il libéra de leurs chaînes les prisonniers. Ceux-ci se mirent à danser et participèrent au massacre des survivants.

— Le prophète Kereopa nous a montré comment manger leurs yeux, dit l'un d'eux en enlevant avec un couteau les yeux d'un mort et en les portant à sa bouche.

— Vous pouvez les manger ! Leurs yeux, leurs cœurs ! Offrez leurs cœurs au dieu de la guerre ! dit le chef en riant, ouvrant la cage thoracique d'un cadavre, en arrachant le cœur et se mettant à danser.

— Tuez ! Tuez ! Tuez !

Les guerriers se regroupèrent autour de lui et l'accompagnèrent en rythme en frappant le sol de leur javelot.

Paralysées par l'horreur et ignorées par les guerriers, Carol et Mara ne pouvaient détacher leurs yeux de la scène atroce. Jusqu'au moment où un prisonnier les aperçut.

— *Hau !* jubila-t-il. Vous avez attrapé les femmes, vous avez attrapé les femmes, répéta-t-il en se ruant sur Carol et en ouvrant son manteau. Vous ne la voulez pas ? demanda-t-il, se tournant vers les deux guerriers encadrant les sœurs. Alors, je la prends ! *Rire, rire !* Peau blanche, engeance de *pakeha* ! cria-t-il en ôtant la robe des épaules de la jeune femme !

Aussitôt, un cercle de guerriers se forma autour d'elles. Ils attrapèrent la jeune femme, la jetèrent à terre.

— Vous… vous êtes des guerriers maoris ! leur cria-t-elle. Vous… vous ne faites pas ce genre de choses. Ma mère m'a dit que vous ne le faites pas, que c'est… que ce n'est pas *tikanga*…

Les guerriers restèrent interloqués un bref instant en entendant la femme blanche parler leur langue. Puis ils éclatèrent de rire.

— Peut-être que vous nous avez appris quelque chose, dit l'un d'eux en quittant son pagne et en montrant son sexe en érection à Carol.

Elle poussa un cri quand il entra en elle sans crier gare, elle se cabra et tenta de lui donner un coup de pied. Mais elle n'avait aucune chance contre les guerriers assis sur ses bras et cramponnés à ses jambes pendant que le premier la violait. Ne pouvant plus remuer, elle geignait de douleur. Elle chercha à mordre l'homme, à lui cracher dessus, mais elle avait la bouche sèche, trop sèche aussi pour crier. Elle pensa avec désespoir à Mara. Elle était si jeune… Elle ne put la voir, malgré ses efforts, son tortionnaire étant toujours sur elle, suant et puant. Il riait…

Carol avait envie de vomir et tout tournait autour d'elle jusqu'au moment où l'homme la laissa enfin. Les autres se mirent à se disputer pour déterminer qui serait le suivant. Cela lui offrit un bref répit avant qu'elle assiste au martyre de Mara qui, debout contre un arbre, frappait et mordait les hommes qui s'approchaient d'elle. Cela amusait fort les guerriers. Un des prisonniers libérés, barbouillé de sang, entra en titubant dans le cercle des violeurs.

— Cette fille a dit qu'il fallait nous frapper. Elle a demandé au chef des *pakehas* de nous aiguillonner, dit-il en s'approchant de Mara avec un couteau, le visage déformé par la haine. Je vais la tuer. Laissez-moi la tuer !

— Je n'ai pas dit ça, se défendit Mara en maori. Je voulais juste qu'on avance plus vite. Je suis la femme d'un guerrier, je n'ai rien contre votre peuple. Laissez-moi tranquille, je…

— Tuez, tuez !

Les hommes se mirent à danser autour d'elle, aucun ne semblant croire que le guerrier était sérieux. Mara tenta de parer le coup mais se blessa à la main et hurla quand l'homme la saisit et la retourna pour lui trancher la gorge.

— Tu ne préférerais pas la piquer d'une autre manière, Koto ? plaisanta un guerrier. Morte, elle ne donnera plus de plaisir.

— Je veux la voir m'implorer ! dit l'homme qui, changeant soudain d'avis, la projeta au sol. À genoux ! dit-il en riant. À genoux ! et dis : Koto, je t'en prie, aie pitié de moi ! Allez, dis-le !

Mara lui cracha au visage. Carol retint son souffle quand elle vit le couteau lancer un éclair. Mais quelqu'un le lui arracha des mains à temps. Le chef des guerriers se planta devant elle.

— Laisse-la ! Tu ne la mérites pas !

Mara fixa le visage tatoué de son sauveur. L'homme répondit à son regard, vit ses cheveux noirs en désordre, son doux visage rougi par la lutte et ses yeux bleus. Il défit lentement la jupe en lin qui protégeait son sexe.

— Elle est à moi !

4

— Où sommes-nous ? demanda Carol quand, revenant à elle, elle entendit pleurer Mara.

Son corps douloureux lui indiquait que l'attaque des Maoris n'avait pas été un mauvais rêve. Elle avait mal partout, depuis son bas-ventre affligé d'une douleur aiguë jusqu'aux hématomes de ses jambes et de ses bras. Même sa tête la faisait souffrir, alors qu'elle ne se souvenait pas avoir été frappée. Elle avait perdu connaissance quand le quatrième ou le cinquième guerrier s'était affalé sur elle. Elle chercha à s'orienter dans la pénombre du local qu'elle partageait avec Mara, une petite pièce aux parois en bois, sans mobilier, de style maori, sans doute un réduit à provisions. Ou une prison ?

— Est-ce qu'il y a… de l'eau ? réussit-elle à demander encore.

— Non, ni eau ni de quoi manger, répondit Mara d'une voix éraillée. Nous sommes dans un *pa*. Wereroa certainement, où ils nous ont traînées. Moi à pied, toi, ils t'ont jetée sur un cheval. Tu en es tombée deux fois. Et tout ce sang… J'ai cru que tu étais morte. Comme les autres. Ils sont tous morts… tous…

Suivant son regard, Carol découvrit la jupe de sa robe trempée de sang. Mara avait mis ce qui restait de son corselet pour lui recouvrir tant bien que mal les seins. Eux aussi étaient douloureux. Carol se souvint vaguement qu'un guerrier les avait mordus.

— Ensuite, ils nous ont enfermées ici. Je ne sais pas ce que c'est. Sans doute le quartier des esclaves. Ils ont parlé d'esclaves. Celui… l'homme avec qui… qui m'a… a parlé… d'esclaves. Il fait si froid, Carol !

Carol sentit elle aussi le froid. Mais elle souffrait surtout de la soif. Et elle aurait aimé se laver. Même à l'eau froide. Elle sentait encore la sueur et le sperme des hommes sur sa peau et sur son pubis.

— Alors ils veulent nous garder en vie ? dit-elle.

— Je ne sais pas…, souffla Mara.

Carol tenta de se redresser. Lentement les souvenirs revenaient.

— Fancy…, murmura-t-elle. As-tu vu Fancy ?

— Je crois qu'elle est morte. Ils sont tous… ils sont tous morts…

Carol tourna les yeux vers sa sœur qui, assise contre le mur, encerclant ses genoux de ses bras, se balançait d'avant en arrière.

— Tous morts… tous morts…

— Mara, arrête ! voulut crier Carol mais elle n'émit qu'un murmure. On croirait entendre les Hauhau !

— Tous morts… tous morts…

Mara avait le regard vide. Elle semblait perdre l'esprit. Carol se releva, rassembla ses forces et frappa sa sœur en plein visage. Une douleur transperça son corps martyrisé, mais son geste avait atteint son but. Mara se tut.

Les deux sœurs sursautèrent en entendant un bruit près de la porte. Un très jeune homme l'ouvrit, portant un seau.

— Lavez-vous ! Le prophète veut vous voir, dit-il, ressortant avant que les jeunes femmes aient eu le temps de dire un mot.

Carol se traîna jusqu'au seau, prit de l'eau dans ses mains et se mit à boire avec avidité. L'eau, pas fraîche, avait un goût fade. Elle fut prise d'un accès de toux dès les premières gorgées. Mais elle désaltérait et Carol se sentit un peu mieux. Puis, apercevant une louche, elle la remplit et la présenta à Mara.

— Tiens, il faut que tu boives aussi un peu. Ressaisis-toi, Mara ! Tu n'es pas encore morte !

— Peut-être que si tout de même…

— Combien étaient-ils ? demanda Carol après avoir vidé la louche sur le visage de Mara.

— Sur toi ? Je ne sais pas. C'était épouvantable, ils… ils ne t'ont pas laissée une seconde tranquille, ils…, la jeune fille se tut et reprit son balancement.

Carol traîna le seau jusqu'à elle, l'immobilisa et porta la louche jusqu'à ses lèvres.

— Bois ! Je ne t'ai pas demandé combien ils étaient pour moi. Ils étaient combien pour toi ?

— Un seul, dit tout bas Mara. Seul leur… leur chef. Ce… ce n'a pas été trop terrible. Mais ce qu'il a fait ensuite… C'était si horrible que je… j'aurais voulu que celui qu'ils appellent Koto m'ait tuée. Je n'aurais pas eu à voir tout ça. Au moins tu n'as pas eu à le voir, toi.

Carol pressentit que son évanouissement lui avait épargné d'autres horreurs. Elle se souvint des propos du chef : *Vous pouvez tous les manger*…

— Ils ont mangé les cadavres ?

— Ne pose pas de questions, répondit Mara, prenant enfin la louche. Je… je vais à présent me laver de ce sang. Ce n'est pas… ce n'est pas mon sang, tu sais… Et ensuite, peut-être que le prophète va nous tuer. Cela ne fait rien s'ils me tuent. Je veux juste… je veux juste qu'ils ne me mangent pas.

Mara éclata en sanglots. Carol l'attira à elle et la berça jusqu'au retour du Maori. C'était presque encore un enfant, pas un de leurs bourreaux. Elle se demanda combien de temps s'était écoulé depuis l'embuscade et

— Il n'était guère possible de les libérer sans tuer les *pakehas*. Et nous avons pris leurs têtes. Nous te les avons apportées, Te Ua Haumene. C'est *tikanga* !

— Nous avons assez de têtes, affirma le prophète. Et nous n'avons à coup sûr pas besoin d'esclaves.

— Alors, laissez-moi la tuer ! s'écria Koto qui s'aperçut le premier de la présence de Carol et de Mara. Elle a excité les Anglais contre nous. Elle a dit…

— On ne va pas s'occuper de ce que dit une femme, coupa le prophète.

— Tu ne vas pas la tuer ! ajouta l'autre dignitaire. Imagine un peu la réaction des *pakehas* en découvrant leurs cadavres. Et toi, Te Ori, tu ne vas pas en faire une esclave. Des femmes *pakehas* comme esclaves… ça ressemblerait à quoi ?

— Qui s'en soucie ? maugréa le chef de la troupe. On va maintenant devoir faire des mamours à Cameron ?

Te Haumene hésita, cette affaire lui était à l'évidence fort désagréable.

— Vous n'aviez pas à être là ! répéta-t-il.

— Vous n'allez tout de même pas les laisser s'en aller ! s'emporta Koto.

— La plus jeune m'appartient ! s'obstina Te Ori.

— Elles sont jeunes toutes les deux, dit le chef assis à côté de Te Ua. Elles ne devraient pas être ici. Mais on ne peut pas les laisser aller. Pas après ce qu'elles ont vu.

— Tout ça, déclara le prophète, n'aurait jamais dû arriver ! Je ne l'avais pas prévu, ça ne faisait pas partie de ma vision. *Pai Marire*, dit-il en se tournant vers Carol et Mara, signifie paix et amour.

— L'amour pourrait être une solution, observa l'autre dignitaire. Si nous permettions à Te Ori de garder la fille… il pourrait un jour ou l'autre l'épouser, elle ne serait alors plus une esclave. Il resterait alors à trouver un mari pour l'autre.

— Je n'épouserai pas Te Ori, jamais ! s'écria Mara. Je préfère mourir que devenir sa femme, je…

— Tais-toi ! ordonna Te Ua. Tu as raison, Tohu, cela serait possible. Nous allons marier ces femmes. Tu la veux, Te Ori, tu l'as. L'autre… Le premier qui l'a prise hier, la recevra. Trouve qui c'était, Tohu !

Tohu Kakahi secoua la tête.

— Te Ua, ce n'est pas possible, osa-t-il objecter, fort de son haut rang. Cela doit se faire sur la base du volontariat. Il faut qu'elles veuillent épouser ces hommes. Sinon elles se sauveront dès qu'elles le pourront. Mais ainsi, elles parleront en notre faveur quand elles auront un jour un contact avec des *pakehas*. Sinon, ceux-ci ne reconnaîtront pas les mariages.

— Et pourquoi auraient-ils ce droit ? brailla Te Ori.

De nouveau ses paroles tombèrent dans l'oreille de sourds. Or Carol se posait la même question. Te Ua paraissait très soucieux de ne pas exciter l'ennemi. Il n'avait pas ordonné d'attaquer les soldats et il était mécontent de l'incident.

— Nous misons donc sur… l'amour ? demanda Te Ua.

Tohu sourit. Comme Te Ua il n'était pas tatoué. Il y avait dans son regard une lueur d'amusement.

— Comme tu le disais, déclara-t-il en s'inclinant légèrement, *Pai Marire* c'est l'amour. Peut-être que Te Ori réussira bientôt à en persuader son esclave. Gardons-les comme *taurekareka*. Te Ori, tu l'as capturée. Elle est à toi jusqu'à nouvel ordre.

Il se révéla vite que Te Ori Porokawo ne savait que faire de ses esclaves. Les loger était déjà un problème. Te Ori dormait avec ses hommes dans la maison de réunion.

Il n'y avait pas de maison pour des femmes et, surtout, aucun lieu où il aurait pu les enfermer. Pour les prisonniers de guerre maoris, c'était en général inutile. Celui qui était fait prisonnier et asservi au lieu de succomber sur le champ de bataille perdait sa *mana* aux yeux de sa tribu qui désormais le rejetait. Le seul *marae* où il pouvait vivre était celui de son propriétaire. Les *pononga*s maoris restaient donc volontairement, alors que Mara tenta de s'enfuir dès que Te Ori la prit par la main pour l'emmener. Poussant des cris hystériques, elle essaya de s'arracher à cette étreinte. Te Ori la jeta par terre, l'insulta et la bourra de coups de pied jusqu'à ce que Tohu Kakahi intervînt.

— Ce n'est pas comme ça que tu vas toucher son cœur. Laisse-la reprendre ses esprits et réfléchir à sa situation. Que lui as-tu donc fait pour la terroriser à ce point ? Maintenant, emmène-les toutes les deux à…, puis il se tut, cherchant où les loger.

— Où étaient-elles donc cette nuit ?

Les guerriers qui les avaient amenées au prophète se manifestèrent.

— Nous les avons enfermées dans un réduit à provisions, à côté de la cuisine.

— Bien. Si tu en es d'accord, Te Ori, on va les y reconduire. Tu leur apporteras plus tard de quoi manger et demain elles pourront travailler à la cuisine. Mais sois bon à leur égard ! N'oublie pas qu'on attend de toi que, dans un proche avenir, l'une d'elles t'épouse. Alors, fais-toi aimer !

Mara pleura jusqu'à leur prison. Te Ori ne la toucha plus mais suivit les hommes de l'escorte. Il était d'excellente humeur, répondant en riant aux plaisanteries des autres guerriers.

— Les *pakehas* louent les filles, dit l'un. Tu payes et elles sont à ta disposition.

— C'est sans doute parce que les *pakehas* sont repoussants. Je n'ai jamais dû payer pour une fille, ajouta un autre.

Chez les Maoris, la prostitution n'existait pas et l'amour entre hommes et femmes non mariés ne posait aucun problème à personne. Ils pouvaient faire l'amour à leur gré, à condition que le partenaire soit d'accord.

— Dans ton *marae*, peut-être, reprit le premier, mais ici, dans le *pa*… Là où il n'y a pas de femme, tu ne peux pas en avoir une, consentante ou non. J'aimerais bien, moi…

— Alors, prends celle-là, dit Te Ori en montrant Carol. On s'entendra pour le prix. Ou bien épouse-la tout de suite. Moi, c'est l'autre que je veux, la sauvageonne…

Carol fut soulagée quand la porte de la prison se referma derrière elles. L'homme n'avait pas accepté l'offre de Te Ori. Il n'aurait d'ailleurs pas eu le temps, car, dès qu'elles furent de nouveau enfermées, les Hauhau se livrèrent à leurs prières sur les terrains d'exercice. Pendant des heures retentirent leurs cris, leurs incantations, leurs trépignements.

Recroquevillée dans un coin du réduit, Mara était secouée par les sanglots. Carol voulut la prendre dans ses bras, mais elle ne se laissa pas toucher.

— Je veux mourir, gémit-elle. Je ne mangerai pas et je ne boirai pas, je mourrai.

— Ce serait stupide. Mara, tout ça ne va pas durer longtemps. Très bientôt, les Anglais vont donner l'assaut au *pa* et nous libérer. Cet horrible prophète n'a rien à leur opposer. Et il pense déjà à des négociations, sinon il n'aurait pas été si furieux de la libération des prisonniers.

— Mais ils recrutent encore des guerriers. Tu as entendu : ce Kereopa longe la côte Est…

— … et obéit aussi peu que Te Ori aux ordres du prophète. Ce qui n'a rien d'étonnant. Cet homme ne sait pas ce qu'il veut. D'un côté, il appelle les guerriers à tuer, mais, d'un autre côté, ils doivent prêcher l'amour et la paix. Le général Cameron a raison, ils vont bientôt abandonner le *pa*. Nous pourrons alors peut-être nous enfuir. Si le général n'est pas déjà au courant de l'embuscade. Bill Paxton ne lui laissera pas le moindre répit. Peut-être qu'ils vont donner l'assaut dès demain ! Ne désespère pas, Mara. Nous nous en sortirons.

5

Bouleversé, Bill Paxton contemplait la scène du massacre. La nouvelle était vite parvenue au quartier général, le sergent de la dernière redoute ayant donné l'alerte quand, au cours de la matinée, les premiers chevaux démontés étaient apparus, encore sellés et bridés. Le sergent avait aussitôt envoyé des éclaireurs qui eurent tôt fait de trouver le lieu du combat. Sur quoi le général Cameron avait dépêché une patrouille en direction du nord sous la conduite de Bill, à la demande de ce dernier. Quelques heures plus tard, donc, le jeune homme découvrait ce qui restait de l'escorte des prisonniers. Il garda le contrôle de ses émotions tandis que trois de ses hommes gagnaient les buissons afin d'y vomir.

— C'est… c'est… Jamais encore il n'y a eu un truc comme ça, dit un sergent blanchi sous le harnais. Ceux qui… ceux qui ont fait ça ne sont plus des hommes ! J'ai déjà vu des guerriers qui, se souvenant des mœurs polynésiennes, opèrent de vrais bains de sang, parfois entre eux, mais çà…

— C'est encore pire que ce qu'ils ont fait subir au missionnaire, à Opotiki, murmura Bill. On peut juste espérer que les malheureux étaient déjà morts quand… quand on leur a infligé ça. Avez-vous trouvé les… les femmes ?

— On ne fait pas ça à des femmes, sir, lui répondit l'éclaireur, un Maori, d'un ton convaincu. Le guerrier mange l'ennemi pour avoir sa force et prend la tête pour contrôler son esprit. Les *wahine* n'ont pas tant de *mana*. Ça ne sert à rien de les manger.

— Mais alors, où sont-elles ? Elles ne peuvent s'être échappées, leurs chevaux sont arrivés à la redoute. Y a-t-il des traces ?

Bill, avec les éclaireurs, ratissa la zone et ses environs afin de reconstituer le déroulement de l'embuscade. Opération peu aisée, car les guerriers avaient parcouru les lieux en tous sens et avaient tenu une cérémonie. Le sol avait été piétiné et il y avait partout des traces de pied pleines de sang. Les éclaireurs trouvèrent néanmoins les endroits où les assaillants s'étaient cachés avant l'assaut.

— Il y avait certainement plus de deux fois dix hommes, estima l'un d'eux.

Bill, fouillant le buisson, s'immobilisa. N'avait-il pas entendu un chien gémir ?

— Fancy ? s'écria-t-il, son cœur s'emballant : Carol et Mara se seraient-elles cachées, prenant les troupes auxiliaires pour des Hauhau ? Carol, vous êtes là ? C'est toi, Fancy ?

Bill retint sa respiration en voyant Fancy sortir du buisson, boitant, tachée de sang. L'apercevant, elle remua la queue et vint vers lui. À part une plaie ouverte au-dessus des yeux et sa patte blessée, elle paraissait ne souffrir de rien d'autre. Mais pas la moindre trace de Carol ni de Mara.

— Où est Carol, Fancy ?

Après être entré dans le buisson en rampant, il fit fouiller à nouveau par ses hommes toute la zone. Ils ne trouvèrent qu'un creux dans l'herbe au-dessous d'un arbuste.

— C'est le chien qui l'a laissé, déclara le Maori. Trop petit pour un homme.

— Mais là, il y a du sang ! annonça un soldat en indiquant un endroit, derrière un arbre, où l'herbe avait été piétinée. Quelqu'un était allongé là !

— Et tiens, un bouton ! dit un autre. Et pas un bouton d'uniforme…

Bill pâlit en reconnaissant le bouton recouvert d'un tissu bleu : la robe de cavalière de Mara était bleue !

Fancy flaira des traces de sang et gémit. Bill la rejoignit et trouva un lambeau d'étoffe dont il ne put dire s'il venait d'une robe de Carol ou de Mara. Mais ce qui s'était passé ici, il pouvait sans peine l'imaginer.

— Aux filles, on enlève autre chose que la tête, constata-t-il d'un ton amer. Que fait-on des prisonnières ?

— Je ne sais pas, les femmes restent au village. Ce sont les hommes qui combattent, répondit un guerrier.

— Ma foi, qu'est-ce qu'ils peuvent bien avoir fait aux femmes, lieutenant ? intervint le sergent qui ignorait combien Bill avait été proche des filles. Ils les ont violées et entraînées avec eux. Si nous menons une opération de représailles et approchons du *pa*, nous trouverons leurs cadavres. Mais c'est tout de même ce que nous allons faire, n'est-ce pas, sir ? Après ce truc, le général ne peut faire autrement !

— Les femmes peuvent être encore en vie, répondit Bill, incapable de réfléchir plus avant pour l'instant.

— C'est possible, admit le sergent. Mais peut-on le leur souhaiter… ?

— Je veux en tout cas le savoir ! s'écria Bill. Nous allons y aller, nous…

— Nous, sir ? Nous cinq et les deux Maoris ? Vous comptez donner l'assaut au *pa* ? C'est exclu, sir ! Revenons au quartier général et vous rendrez compte au général. C'est à lui d'agir !

Bill opina, bien que toujours hésitant. D'une part, l'homme avait raison. Il fallait mettre le général au courant le plus vite possible. D'un autre côté, abandonner les jeunes filles à leur destin le répugnait. Il fallait aussi enterrer les morts, on ne pouvait les laisser ainsi.

— Certainement. C'est juste que…

— Nous pouvons tout de même nous approcher un peu du fort, proposa un soldat plus jeune.

— Nous pouvons suivre les traces, expliqua un des éclaireurs. Tenez, regardez. Les guerriers ont bougé, d'un endroit à l'autre. Ils ont fêté leur victoire, ils ont coupé les têtes. C'est ce que font les Hauhau. Puis ils sont partis vers le *pa*…, ajouta-t-il en montrant une trace de pieds ensanglantés. Beaucoup d'hommes, un cheval.

— Ils se sont emparés d'un cheval ? s'étonna Bill qui connaissait le peu d'intérêt des Maoris pour l'équitation.

L'éclaireur confirma de la tête.

— Nous pouvons suivre la piste. Les autres enterreront…

— Bien, accepta Bill en sortant son fusil de son étui.

Puis il se tourna vers ses hommes.

— Enterrez vos camarades. Nous prierons à mon retour. Puis nous retournerons au quartier général le plus vite que nous pourrons.

Bill et les deux éclaireurs n'eurent qu'à suivre la piste sur quelques centaines de *yards* pour en apprendre davantage. Le groupe de guerriers ayant dû traverser un ruisseau, ils trouvèrent sur le sable des traces fort nettes d'un grand nombre d'hommes aux pieds nus, de sabots d'un cheval – et d'une paire de bottes de femme.

— Ils ont emmené les femmes et une au moins était vivante, rapporta Bill quelques heures plus tard au général. L'autre peut-être aussi. Nous supposons qu'ils l'ont installée sur le cheval. Pourquoi, sinon, se seraient-ils embarrassés d'un cheval ? Elle était peut-être blessée. Il faut faire vite, mon général. Nous pouvons encore la sauver !

Le général, tout en réfléchissant, ouvrit une bouteille de whisky et remplit deux verres avant de répondre.

— Lieutenant Paxton, je suis désolé, mais, compte tenu de la situation générale, je dois donner une réponse négative à votre demande.

— Comment ? s'écria Bill, furieux, d'une voix si forte qu'il fit peur à Fancy qui ne le quittait plus. Mon général, ce n'est pas une demande, c'est une nécessité. Nous ne pouvons tout de même pas laisser ces deux femmes aux mains des Hauhau !

— C'est une décision qui me coûte à moi aussi, même si je ne pense pas que ces femmes soient encore en vie. Il est possible que ces types les aient emmenées de force sur quelques *miles*, mais ensuite… Quoi qu'il en soit, lieutenant Paxton, ce serait, d'un point de vue stratégique, une sottise et une perte inutile d'hommes et de matériel de donner maintenant l'assaut au *pa*. Réfléchissez une seconde, je vous prie : pour les Hauhau, cette région, ici, est perdue. Nous contrôlons le fleuve et la région de Waikato, Taranaki pour la plus grande partie aussi. J'ai rempli ma mission qui était de pacifier le Waikato. Comme vous le savez, nous réduisons nos troupes depuis des semaines…

— Mais cela n'a rien à voir avec votre mission ! protesta vivement Bill. Il s'agit de deux femmes qui ont été enlevées. C'est notre devoir de les libérer. Votre devoir !

— Buvez donc votre verre, Paxton, et calmez-vous, avant de dire quelque chose que vous regretterez plus tard. Mon devoir était de libérer le Taranaki et le Waikato des Maoris révoltés pour le Military Settlement Program…

— Et vous aurez accompli votre devoir en laissant derrière vous une région contrôlée par un *pa* plein de cannibales ? Où les colons devront s'attendre chaque jour à voir enlever leur femme et leurs enfants ?

— Te Ua Haumene va abandonner Wereroa. Toute son attitude, ces derniers temps, le montre. À l'exception de cette embuscade. Nous présumons que l'un de ses lieutenants a, dans ce cas, agi de son propre chef. Du côté du prophète il y avait plutôt des approches. Il semble envisager des négociations. Mais qu'il le fasse ou non, une chose est certaine, il va s'en aller. De là où il est, il ne peut plus opérer. J'ai donc rempli ma mission.

— Et c'est donc un autre général qui va régler le problème des Hauhau ? C'est bien imaginé, mon général ! lança Bill ivre de fureur.

— Vous êtes énervé, lieutenant, et amoureux. Comme nous sommes entre nous, j'oublierai que vous êtes mon subordonné. Comme je l'ai déjà dit, je suis désolé pour miss Carol et miss Mara. Mais essayez donc de réfléchir un peu. Si j'assiège le fort avec les quelques centaines d'hommes qui me restent, je retarde la solution du problème car nous devons nous préparer à des combats de plusieurs semaines. Le fort est facile à défendre et il n'est guère possible de l'isoler complètement du monde extérieur. Nous finirions peut-être par vaincre, mais nous n'arrêterions certainement pas Haumene qui, avant la capitulation, serait exfiltré d'une manière ou d'une autre. Il est aussi possible qu'ils fichent tous le camp par une belle nuit. Ce ne serait pas la première fois que nous prendrions possession d'un fort vide. Les deux femmes auraient depuis longtemps cessé de vivre. Je ne peux pas m'engager là-dedans, Paxton. Admettez-le !

— Le gouverneur pourrait voir les choses d'un autre œil !

— Il le pourrait. C'est probablement ce qu'il va faire, d'ailleurs. Nous n'avons jamais partagé la même opinion sur ce point. Donc, si vous ne renoncez pas, allez le voir ! Il est même peut-être en train d'envoyer des troupes. Le général Chute pourrait s'être laissé convaincre. C'est de toute façon lui qui sera chargé du problème « Haumene ». Mais cela va prendre du temps, lieutenant. Et, d'ici là, croyez-moi, le *pa* sera abandonné. Ils sont sans doute déjà en train de se préparer au départ, car ils redoutent des mesures de rétorsion. Je vous le redis, Paxton, je suis désolé. Il n'y a rien, absolument rien que moi, le gouverneur ou vous puissions faire pour ces femmes. Vous devez vous résigner.

Bill ne fut pas convaincu. Cameron pourrait bien entendu faire quelque chose, ne serait-ce que pour punir les Hauhau du massacre de ses hommes. Mais il ne pouvait l'y contraindre. Quant à agir seul…

Le général sembla avoir lu dans ses pensées.

— Je vous conseille instamment, vraiment instamment, de renoncer à entreprendre je ne sais quelles négociations ou tentatives de libération. Tâchez donc de considérer les choses du point de vue d'Haumene : ces derniers mois, il a évité toute confrontation. Il ne va bien sûr pas annoncer à ses partisans qu'il a perdu la bataille pour Waikato. Mais il sait que c'est le cas. Il avait l'intention de se retirer le plus discrètement possible et voilà que survient cette embuscade. Croyez-moi : le prophète n'aurait pas de vœu le plus cher que de coller le chef responsable de l'attaque à son propre *niu*. Et supposons que ces types lui aient de surcroît amené deux filles dans son fort. Le voilà compromis à jamais. Il ne pourra plus se tirer d'affaire comme il l'a fait en automne à propos de ce missionnaire…

Après la mort de Carl Völkner, il avait fait répandre le bruit que la faute en incombait à Kereopa et Patara qu'il avait envoyés dans le seul but de prêcher la paix et l'amour.

— Il va sans doute essayer de se débarrasser des femmes, poursuivit le général. Vite et définitivement. S'il ne l'a pas encore fait, il le fera à coup sûr au moment où vous enverrez des intermédiaires ou quand vous vous présenterez en personne au *pa*, avec un drapeau blanc. Il prétendra n'avoir vu ni l'une ni l'autre, ce que confirmeront tous ses guerriers. Dans la mesure où vous réussiriez, Paxton, et que vous ne finiriez pas vos jours comme plat principal d'un festin ! Renoncez ! Vous n'avez pas la moindre chance.

— Je le concède, mon général, déclara Bill, la tête basse. Mais non sans protester. Je ferai mon rapport au gouverneur, même si c'est peine perdue. Vous auriez pu investir le *pa* depuis des mois déjà. Mais peu importe : je ne peux plus continuer à œuvrer ici. Je n'approuve ni votre lâcheté ni la politique du gouverneur. Carol a eu raison du début à la fin. Ce qui s'est passé ici n'a pas été régulier. Nous avons jeté les Maoris dans les bras d'Haumene. Ce dont je porte ma part de responsabilité. Je vais quitter le service, mon général. Vous pouvez me chasser pour ce que je viens de dire, ou bien accepter ma démission. Faites ce que bon vous semble. Je quitterai Patea par le prochain bateau.

Le général poussa un long soupir.

— J'accepte votre démission de l'armée de Sa Majesté. Faites établir vos papiers, faites-vous régler votre dernière solde et que Dieu vous accompagne, Paxton. Je comprends votre attitude, mais je n'ai rien à me reprocher. Sauf, peut-être, de n'avoir pas repoussé de quatre semaines ce transport de prisonniers. Cette idée me poursuivra longtemps encore. Je le répète une dernière fois : je suis désolé.

Bill passa encore deux nuits sans sommeil dans son logement de Patea, rejetant l'un après l'autre tous les plans se présentant à son esprit. Tout en lui le poussait à au moins tenter de retrouver Carol et Mara, mais la raison l'en dissuadait. Haumene ne négocierait pas avec lui, il l'admettait maintenant et s'introduire dans le *pa* était voué à l'échec. Ce serait un suicide.

Quand, trois jours plus tard, un bateau quitta Blenheim, Bill était à bord, triste et habité d'un sentiment de culpabilité. Une nouvelle fois, il n'avait pu aider Carol. Il n'y aurait pas de troisième chance !

6

Pour Carol, sa captivité signifia d'abord un dur travail, un froid glacial et le désespoir devant la destruction de Mara. Elle-même ne subissait que rarement des brutalités sexuelles. Elle ne plaisait pas à Te Ori que n'excitaient apparemment que les femmes très jeunes. Ses tentatives de la louer « à la manière *pakeha* » ne rencontraient que peu d'intérêt. Une ou deux fois par semaine tout au plus, Te Ori la traînait derrière un bâtiment où l'attendait un jeune guerrier timide, porteur souvent d'un cadeau ou formulant des excuses amicales. Aucun n'était brutal. Les viols d'après le combat s'expliquaient sans doute par l'excitation des guerriers. Carol voyait tous les jours les hommes se plonger dans une espèce de transe en poussant des cris hystériques et en dansant frénétiquement autour du *niu*. Cela ne les rendait pas invulnérables mais leur ôtait leur identité et le sentiment de leur responsabilité. De plus, les hommes qui l'avaient violée étaient des prisonniers libérés, qui avaient grandi dans la mission de Völkner et avaient été éduqués selon les principes *pakehas*. Avant qu'elle soit tombée entre leurs mains, ils n'avaient probablement jamais eu de femme et s'étaient alors défoulés sur elle. Les jeunes hommes qui dépensaient quelques pence pour s'offrir une *pakeha* blonde étaient d'une autre espèce. Ils avaient très tôt appris l'amour physique avec les filles de leur tribu. Ils étaient donc déçus de constater que Carol restait passive.

Elle avait observé que les choses se passaient rapidement quand elle restait sans bouger, allongée sur le dos. Un peu de graisse empruntée à la cuisine rendait la douleur physique supportable. Contre l'humiliation il n'y avait pas de remède. Elle avait beau se raisonner et se dire que Mara endurait le pire toutes les nuits, elle pleurait chaque fois qu'un des hommes se couchait sur elle. Pour la plupart, c'était désagréable et, à coup sûr, ils ne recommandaient pas autour d'eux l'esclave de Te Ori. Peu à peu, ils devinrent moins nombreux.

Te Ori obtenait beaucoup plus d'argent et d'avantages en la louant au cuisinier. Elle trimait du matin au soir, transportant de l'eau, coupant des légumes et touillant le contenu de gigantesques chaudrons alors qu'elle devait se contenter d'une tranche de pain pour toute nourriture. Les vivres étaient rares au *pa* et le rationnement sévère. Il ne restait rien pour les deux esclaves. Carol craignait de mourir de faim et de froid à la longue. Il n'y avait toujours ni nattes ni couvertures pour Mara et elle. L'habillement était lui aussi rudimentaire. Carol portait de vastes pantalons de lin et une chemise à carreaux, des vêtements *pakehas* usagés offerts par un de ses « clients ». C'était en tout cas mieux et plus chaud que sa robe de cavalière déchirée et le corselet taché de sang. En tout cas, ces habits et les morceaux de pain que lui donnaient parfois les clients la maintenaient en vie. Le printemps reviendrait un jour et, à ce qu'elle entendait dire, un transfert de Wereroa dans un autre fort était pour bientôt. Ce serait peut-être une occasion de s'enfuir…

Toutes les nuits, attendant avec angoisse et pitié que Te Ori ramène Mara dans leur prison, Carol, à l'aide d'une pierre, gravait dans la paroi en bois des lettres. Bill et le général devaient être persuadés de leur mort, sinon ils auraient entrepris quelque chose pour les libérer. S'ils découvraient son appel à l'aide, ils les rechercheraient. Elle était loin d'avoir perdu l'espoir. Elle avait horreur de cette existence, mais elle pouvait encore la supporter.

Ce n'était pas le cas de Mara. Elle n'était pour ainsi dire jamais appelée à travailler dans la cuisine, car elle s'y était montrée inutile. Après ses nuits avec Te Ori, elle était trop faible, trop abîmée et trop désespérée pour suivre la moindre consigne. Te Ori recommandait au cuisinier de la frapper, mais ce dernier n'en était pas capable. D'autant moins que Mara se jetait à terre, se recroquevillait et ne bougeait plus dès qu'il levait la main sur elle. Seul un homme éprouvant du plaisir à torturer autrui aurait pu frapper cette malheureuse. Ce qui était le cas de Te Ori, Carol en était certaine.

Mara ne racontait jamais ce qu'il advenait d'elle quand il venait la chercher, soir après soir. Carol voyait juste qu'elle avait de plus en plus de peine à tenir la louche dans laquelle elles buvaient. Elle avait le visage enflé et Carol n'arrivait pas à distinguer si c'était sous l'effet des coups ou des larmes. Sa jeune sœur si courageuse et dégourdie, grognon parfois mais jamais pleurnicheuse, n'arrêtait pas de pleurer durant ces semaines, passant ses journées prostrée dans un coin. Carol devait la forcer à manger sa maigre ration de pain. Elle s'était mise à maigrir et n'était plus que l'ombre d'elle-même, émaciée et livide, cachant son visage derrière ses longs cheveux sales. Elle n'ouvrait pour ainsi dire pas la bouche.

Carol n'y pouvait rien. Mara ne supporterait plus très longtemps ce régime. Elle mourrait des mauvais traitements de son tortionnaire ou de maladie, si elle n'avait pas mis auparavant fin à ses jours. Elle trouverait à coup sûr le moyen de le faire. Aussi Carol ne la quittait-elle pas des yeux, favorisée en ceci par la proximité de la cuisine. Te Ori, en effet, ne les enfermait pas durant la journée, persuadé que le personnel de la cuisine surveillait Carol et que Mara était trop épuisée pour tenter de fuir.

Carol, bien entendu, cherchait des chemins d'évasion dès qu'elle en avait le loisir. Elle obligerait Mara à la suivre, le cas échéant. Mais le *pa* était trop bien gardé et trop habité pour qu'elles aient la moindre chance de passer inaperçues, même si elles avaient connu les passages secrets qui existaient à coup sûr. Le seul moment favorable était celui des prières communes. Carol pensait donc à chercher une issue quand les guerriers entraient en transe. Mais c'était impossible avec Mara. À peine les premiers cris des Hauhau avaient-ils retenti que sa sœur, pétrifiée d'angoisse, se renfonçait plus loin encore dans son coin. Parfois elle recommençait à se balancer et à répéter interminablement son « tous mort, tous morts… », les pupilles dilatées, le regard si terrifié que Carol elle-même revivait la scène épouvantable qui hantait l'esprit de sa sœur. Il était donc impossible de quitter leur réduit pendant les cérémonies.

Un jour où, profitant d'une cérémonie réunissant tous les hommes, évitant ainsi les bousculades, voire les attouchements de la part de guerriers qui semblaient avoir oublié les traditions des tribus maories, Carol était allée puiser de l'eau à l'unique puits situé non loin des cabanes du prophète et des chefs de tribu, elle se retourna en s'entendant brusquement interpellée au moment où elle était en train de remonter un seau du puits.

— Comment t'appelles-tu, au fait ?

Elle s'apprêtait à reprendre la manivelle pour faire descendre le deuxième seau quand des mains plus puissantes que les siennes s'en emparèrent, les mains de Tohu Kakahi. Stupéfaite, Carol s'écarta.

— Tu n'as pas à m'aider ! Je me débrouille toute seule.

— C'est justement ce que je voulais savoir, dit le dignitaire. Comment vas-tu ? Est-ce qu'on te traite bien ?

— Tu me demandes ça sérieusement ? fulmina Carol. Et ensuite tu vas me demander si nous avons déjà rencontré l'amour dans votre charmante communauté ? Et quand ma sœur épousera le salopard qui la viole chaque nuit et la roue de coups ?

— Je suis désolé, ma fille. C'est le seul moyen de vous sauver que j'aie trouvé, puisque vous étiez là et que vous aviez vu des choses qui... que personne ne devrait voir. Sinon, on vous aurait tuées, en essayant de laisser croire à un accident. Cela avait été ma première idée et Haumene l'aurait sûrement eue lui aussi. Mais il est satisfait comme ça, d'autant plus que personne ne vous a réclamées, que les dieux en soient remerciés. Vous n'auriez jamais dû être ici.

— Je dois donc t'être reconnaissante ? Et ma sœur aussi ? Ma sœur dont je pense chaque jour qu'elle va se suicider parce qu'elle ne supporte plus les nuits avec son tortionnaire ?

— Non, rassure-toi. J'ai vu ses yeux. Elle vit un enfer, mais elle est une guerrière. À la fin, ce pourrait être elle qui tue Te Ori. Mais dissuade-la de manger ses yeux. On dit qu'on obtient ainsi pour soi la force de l'ennemi, mais on ne reprend que sa haine.

Carol le regarda comme s'il était fou.

— Nous sommes des gens civilisés !

— Ceux-là l'étaient aussi autrefois, dit l'homme en embrassant d'un geste le *pa*. Regarde-les un peu ! Presque tous les chefs de Pai Marire ont été éduqués dans des écoles de la mission. C'est vous, les *pakehas*, qui avez fabriqué vos propres démons.

— Et à présent ils veulent nous jeter à la mer, dit Carol en reprenant son seau. Pour que nous retournions en Angleterre à la nage. Oui, c'est ce que j'entends tous les jours… Comment dois-je t'appeler ? *Poua* ? Grand-père ? Non sans doute ! Monsieur ? Prophète ?

— Appelle-moi Tohu. Un jour viendra où nous nous appellerons tous par notre nom. Nous serons égaux, toi et moi.

— N'étais-je pas à l'instant encore une esclave ? Ne vouliez-vous pas à l'instant encore nous tuer ?

— Nous avons tous commis des erreurs, soupira Tohu. Il est temps de les corriger. Mon peuple doit continuer à combattre les *pakehas*, même si cette guerre doit être perdue. Nous devons juste trouver d'autres moyens. Nous devrons un jour ou l'autre conclure une paix. Une paix véritable…

— Vous pourriez commencer par nous rendre la liberté, non ? Comme signe de bonne volonté ? Nous pourrions témoigner en votre faveur. Pour toi au moins.

— Non, nous n'en sommes pas encore là, hélas. Nous partons d'ici après-demain, ma blonde esclave, puisque tu ne veux pas me dire ton nom. Pour Waikoukou où nous nous retrancherons à nouveau. Taranaki n'est pas encore totalement aux mains des Anglais. Nous n'enfermerons pas les guerriers dans la forteresse. Je… je veillerai en personne à ce que Te Ori n'y soit pas en permanence. Je le tiendrai éloigné de vous. Pas tout le temps, mais aussi souvent que je le pourrai. Est-ce que ça aidera ta sœur ?

— Bien entendu. Elle te sera reconnaissante pour chaque nuit durant laquelle il ne la touchera pas.

— Je ferai ce que je peux, dit Tohu, puis il fit demi-tour.

Carol le suivit des yeux et lui dit à voix basse :
— *Poua*… mon nom est Carol.

Deux nuits plus tard, Carol et Mara furent réveillées par le bruit du verrou qui s'ouvrait. Le soir précédent, Te Ori n'était pas venu chercher Mara. Elle s'était crue sauvée pour la nuit et se mit à gémir en apercevant la silhouette de son tortionnaire sur le pas de la porte.

— Toi, dit-il tourné vers Carol, lève-toi !

Puis il lui lia les mains sans ménagement, serrant les liens si fort qu'elle crut que son sang s'arrêtait de circuler. Comme elle protestait, il la bâillonna. À Mara, qui s'était réfugiée en tremblant dans un coin, il lia les mains mais aussi les pieds avant de la bâillonner à son tour. Puis il la jeta comme un sac sur son épaule.

— Toi, passe devant, ordonna-t-il à Carol en sortant un couteau pour l'effrayer. Descends jusqu'au fleuve !

Puis il fit traverser le *pa* aux deux femmes jusqu'à une porte latérale où un chemin menait au fleuve. Il y avait des guerriers partout. Les Hauhau se déplaçaient dans un silence total. Le *pa* serait abandonné dès cette nuit, comme l'avait annoncé Tohu. La plupart des hommes semblaient vouloir gagner Taranaki à pied, mais quelques canots étaient visibles au bord du fleuve. Les dignitaires et le prophète y effectueraient donc une partie du trajet. Te Ori commandait aussi une embarcation. Il s'apprêtait à jeter Mara dans un canot pas encore plein quand, dans l'embarcation voisine, une silhouette s'éleva. Carol reconnut Tohu Kakahi dans son manteau de chef.

— Te Ori Porokawo ! lança celui-ci d'une voix qui transperça le silence nocturne. Pourquoi ta *taua* n'est-elle pas encore au complet ? Nous attendons le départ de ton canot. Il bloque le ponton.

Te Ori laissa glisser Mara à terre.

— Il a fallu que je m'occupe des esclaves, *ariki*. Je ne pouvais tout de même pas les laisser ici.

— Non ? Ce n'aurait peut-être pas été la pire des solutions, maintenant que nous sommes de toute façon partis d'ici. Ou bien prétends-tu qu'elles te suivent volontairement ?

Un rire étouffé accueillit la remarque du dignitaire.

— Elles m'appartiennent ! C'est le prophète qui me les a attribuées.

— Je ne le conteste pas, Te Ori. Mais les conditions étaient quelque peu différentes. Il t'avait été demandé de bien les traiter. Elles devaient apprendre à comprendre et à aimer Pai Marire. Tu n'y parviendras pas par des liens et des bâillons. Et, aujourd'hui, tu avais pour tâche de rassembler ta *taua*, de pourvoir ton canot d'un équipage et de transporter le prophète en toute sécurité à Waikoukou. Tu aurais pu envoyer un guerrier chercher les femmes. De plus, il ne sied pas de faire partager le canot de Te Ua Haumene à deux esclaves. Maintenant, détache-les. Elles feront le trajet dans mon canot et, tu peux en être certain, elles ne m'échapperont pas. Tu les récupéreras à Waikoukou. Fais ce que tu es chargé de faire. C'est un honneur, Te Ori, de commander le canot du prophète. Montre-t'en digne !

Carol eut de la peine à se rendre compte de ce qui lui arrivait quand Te Ori défit brutalement les liens de ses mains et lui laissa le soin de libérer Mara. Sa sœur s'agrippa à elle, tremblant et pleurant après que Te Ori l'eut poussée jusqu'à l'autre canot. Tohu Kakahi leur signifia de prendre place en poupe, loin du banc sur lequel il trônait. Pour lui, en sa qualité de chef, les esclaves étaient *tapu* et il interdit également aux rameurs tout contact avec elles. Il était néanmoins impossible de s'enfuir, les canots naviguant ensemble et le chef ne les quittant pas des yeux. Même si Mara en avait été capable, elles n'auraient pu se laisser glisser dans l'eau sans être vues.

Plus tard peut-être, se dit Carol. Ils avaient sans aucun doute à traverser à pied une région contrôlée par les *pakehas* avant d'atteindre Waikoukou. Mais elle ne croyait pas, au fond d'elle-même, avoir la moindre chance sachant que Tohu, bien que de leur côté, avait promis à Te Ori de les lui ramener. C'était une question de *mana* et il ne trahirait pas sa parole.

Carol jeta un dernier regard sur Wereroa. Le *pa* tomberait donc sans combat aux mains des Anglais, ainsi que l'avait prévu le général Cameron. Il avait accompli sa mission : les soulèvements du Waikato étaient vaincus, les responsables punis et personne ne parlerait des innocents qui avaient été chassés de leurs terres.

Le gouverneur avait obtenu ce qu'il voulait. La région bordant le Patea était libre pour les Military Settlers.

7

Bill Paxton ne savait trop que faire de sa peau quand, après une traversée tempétueuse, il débarqua à Blenheim. Il n'y connaissait personne et n'entendait de toute façon pas y rester. Il avait envie de regagner le sud-ouest de l'île du Sud, là où il était chez lui. Mais il ne trouva pas de bateau en partance pour Campbelltown.

— Depuis Lyttelton, il y en a davantage, lui confia un des capitaines.

Encore fallait-il y arriver ! Bill se demandait s'il allait acheter un cheval et s'y rendre par la terre, quand Fancy se mit à aboyer et se rua sur un homme trapu, aux cheveux roux, en train de discuter avec le capitaine du port. Il avait sur lui un ciré et une tenue de cavalier. Il reconnut aussitôt Fancy quand elle lui fit fête.

— Fancy ! Mais qu'est-ce que tu fais là ? Je te croyais avec Carol sur l'île du Nord. Elle serait revenue ? s'interrogea-t-il en regardant autour de lui, son regard devenant méfiant quand Fancy rejoignit un homme qui s'avança pour se présenter. N'est-ce pas là la chienne de Carol Brandmann ? Que fait-elle avec vous ? tonna-t-il avant que Bill ait pu dire un mot. Et n'allez pas prétendre qu'elle ne vient pas de chez Kiward, une fille de Fantasy ! Je connais la chienne depuis qu'elle était encore un chiot. Et j'ai un fils d'elle, précisa-t-il en montrant un chien noir et blanc, attendant patiemment, allongé sur le quai.

Fancy, qui ne boitait presque plus, trottina vers son congénère.

— Évidemment que c'est Fancy, répondit Bill en se présentant et en entreprenant de s'expliquer :

— Carol..., mais il s'arrêta, ne sachant s'il devait révéler le destin de Carol à cet homme qui la connaissait certainement.

L'étranger le scruta du regard, percevant son hésitation.

— William Deans, finit-il par se présenter à son tour, éleveur de moutons dans les Canterbury Plains, ami et voisin, disons éloigné, de Chris, Cat et des Jensch. Pour les filles, quasiment un oncle. Si vous pouviez à présent me dire, s'il vous plaît, ce qu'il en est de Carol ? Il doit s'être passé quelque chose, jamais elle ne se séparerait de son chien. Est-elle... Est-elle morte ? demanda-t-il d'une voix sans timbre.

— Elle a disparu. C'est une longue histoire...

— ... une histoire qu'on ne supporte qu'avec un whisky dans l'estomac, grommela Deans en montrant un pub. Venez, le bateau m'apportant des moutons d'Australie n'est pas encore entré au port. Buvons quelque chose et prenez tout votre temps pour me la raconter.

Son interlocuteur lui prêtant une oreille attentive et bienveillante, Bill fut un peu rasséréné et termina sur une note plus optimiste.

— Je n'arrive tout simplement pas à croire qu'elles sont mortes. Pourquoi les Hauhau les auraient-ils entraînées de force dans leur *pa* pour ensuite les assassiner ?

— Peut-être en tant qu'otages ? Ils peuvent menacer de les exécuter s'ils sont assiégés. Ou bien ces types ont-ils tout simplement trouvé leur plaisir avec elles. On ne sait pas ce qu'ils ont dans la tête. Quoi qu'il en soit, la probabilité qu'elles aient survécu au siège est plutôt mince. Votre général, en l'occurrence, n'a pas tort. Il ne pouvait mettre en branle une armée entière pour ne trouver ensuite que des cadavres. L'espoir peut être trompeur, jeune homme. Surtout si l'on aime quelqu'un. Quels espoirs n'avons-nous pas placés dans le retour de Cat et de Chris ! Les jeunes filles ne voulaient pas non plus croire à leur mort.

— Et comment les choses se passent-elles à la ferme ? demanda alors Bill plus pour changer de sujet que par réel intérêt. Et avez-vous des nouvelles de Linda ?

— Linda a écrit les premières semaines. Depuis l'Otago. C'en était fini de la fièvre de l'or. Elle s'exprimait avec beaucoup de précautions, mais elle n'était pas devenue riche et ses lettres ne respiraient pas le bonheur. C'est du moins ce que dit ma femme. Moi je ne lis pas tellement entre les lignes. Quant à la ferme, eh bien Jane doit constater que voler la terre de ses voisins n'est pas de tout repos. Ses Maoris traînent la jambe, car ils n'ont jamais compris pourquoi travailler plus alors qu'ils ont depuis longtemps tout ce qu'ils désirent. De plus, ils aimaient Chris et Cat, et les filles avaient grandi dans leur village. Il se murmure que c'est d'ailleurs la raison pour laquelle son fils est parti. Jane parle d'une école sur l'île du Nord quand il est question du jeune homme. Mais la rumeur parle d'une fuite. Sous l'effet de la colère à la suite de l'affaire de Rata Station. Il existait en effet un amour de jeunesse entre lui et la petite Jensch.

— Mara ? demanda Bill, soudain rappelé au souvenir de la jeune beauté blonde.

— Oui, dit William Deans avec un sourire triste. Il y a eu des tempêtes dans un verre d'eau. Jane était contre cette relation alors que Mara aurait apporté quelques brebis dans sa corbeille de mariage. Dommage pour elle – et pour lui. Car, si celui-ci s'est enfui sur l'île du Nord, lui un jeune guerrier… Je ne peux que me dire : Hauhau… Mais quelles sont à présent vos intentions ? demanda Deans, préférant changer de sujet. Vous rentrez dans le Fjordland ?

Peu après, Bill se voyait offrir l'occasion de se rendre à Christchurch et même un travail. William n'avait avec lui qu'un berger. En trouver un autre, avec une chienne comme Fancy par-dessus le marché, était une aubaine. Il mit avec plaisir un cheval à la disposition de l'ex-lieutenant.

— Mais je suis un novice, objecta l'apprenti berger.

— Bah, on apprend vite, jeune homme, rigola Deans. Ce n'est d'ailleurs pas très différent de l'armée. Vous êtes le général, les chiens sont les officiers et les moutons la piétaille. Parfois un peu plus stupides que vos soldats. Ils sont beaucoup plus bruyants, mais, en revanche, ils ne picolent pas.

Bill eut la surprise de constater que l'éleveur avait raison. Il sut vite s'y prendre avec les chiens et les moutons, il y trouva même du plaisir. Plaisir décuplé par l'attrait du paysage sauvage de la côte Est de l'île du Sud, où ils ne rencontraient que de loin en loin des champs ou des prairies, mais jamais de camps militaires. Nulle part, les forêts n'avaient été dévastées, nulle part les habitants n'avaient été déportés. Il retrouva un peu de paix intérieure, perdant de sa fureur même si subsistait la tristesse. Plus ils approchaient de Christchurch, plus il envisageait de s'installer dans les Plains, de s'engager chez les Deans.

L'idée de se retrouver si près de Rata Station ravivait pourtant sa douleur. C'était idiot, mais il avait l'impression d'avoir failli, de ne pas avoir envisagé tous les moyens qui auraient permis à Carol de disposer de sa ferme. Aussi prit-il congé de Deans et de son berger, comme prévu, à l'embouchure du Waimakariri, pour se rendre à Lyttelton où il ne tarda pas s'embarquer pour Campbelltown. Il effectua la traversée enfermé dans sa cabine, s'efforçant de ne pas penser au merveilleux voyage avec Carol et Linda, à la fin si tragique. À Campbelltown, Bill prit une chambre dans un hôtel, avec l'intention de se procurer un cheval dès le lendemain et de rentrer chez lui. Dans un premier temps, il donnerait un coup de main dans la ferme de ses parents. Il verrait plus tard ce qu'il aurait envie d'entreprendre…

Il avait eu l'intention d'aller tôt au lit, mais, sitôt dans sa chambre, il eut le sentiment d'étouffer. À côté de l'hôtel, un pub lui offrit le moyen de lutter contre l'insomnie. Il y commanda un whisky et s'assit à l'écart, dans un coin du bar. La dernière chose dont il ait eu envie c'était de la compagnie. Aussi ne cacha-t-il pas son mécontentement quand quelqu'un l'aborda.

— Excusez-moi… Je vous confonds peut-être, mais n'étiez-vous du nombre des survivants du *General Lee* ?

— Oui, mais ce n'est pas, très franchement, ce dont j'ai envie de parler en ce moment.

— Je comprends. Vous avez perdu des proches. Je ne veux surtout pas raviver vos blessures. Je vous ai reconnu parce que vous étiez sans arrêt sur le quai quand j'étais à la recherche de survivants avec mon bateau. Peut-être vous souvenez-vous de moi ? Capitaine Rawley, du *Hampshire*, se présenta-t-il en tendant la main à Bill.

Bill se souvenait du nom du bateau, mais avait oublié les visages de tous ceux qui avaient participé aux vaines opérations de sauvetage.

— Cette affaire m'a bouleversé, reprit Rawley. Puis-je m'asseoir auprès de vous ?

Bill ne voulut pas se montrer discourtois. Sans un sourire, il indiqua à l'homme de prendre place à sa gauche.

— J'ai moi-même été victime d'un naufrage, poursuivit l'homme au visage ouvert et aux yeux noirs pétillant d'intelligence, j'ai passé trois jours sur un îlot avant d'être sauvé.

— Vous avez été un naufragé ? s'intéressa brusquement Bill. Et vous estimez possible qu'un passager du *General Lee* soit encore vivant ?

— Non, pas vraiment, car, à l'époque, nous avons inspecté toutes les îles envisageables. Mais c'est bien entendu possible d'un point de vue théorique, les canots ayant pu dériver beaucoup plus loin, en direction du sud. Mais quelqu'un a-t-il pu y survivre un an et demi ? En tout cas, nous allons en avoir le cœur net. Au pire, nous pourrions y trouver un canot.

— Le cœur net ? Comment ça ?

— J'ai obtenu du gouvernement une subvention pour une opération maritime en direction des îles Auckland, des îles des Antipodes et de l'île Bounty. Des îles inhospitalières le long du trajet suivi par les bateaux se rendant de l'Australie du Sud à l'Europe.

— Et alors ? Vous allez y faire quoi ? Chercher des naufragés ? Y a-t-il donc tant de naufrages que ça dans ces parages ?

— Pas mal de bateaux y sombrent, croyez-moi. Mais, dans ces contrées, peu de naufragés survivent plus de quelques jours. Ils manquent de vêtements chauds, de nourriture, d'abris. Même si, comme vous avez pu jadis l'apprendre, il y a quelques chèvres ou quelques porcs, ils n'ont pas d'armes pour les chasser. Et c'est là que je compte intervenir avec mon opération ! Le *Hampshire* abordera le plus grand nombre possible d'îles et y constituera des dépôts de survie, des caisses avec des vêtements, des couvertures, des boussoles, des outils, des allumettes, des ustensiles de cuisine et du matériel de pêche. Un peu de viande séchée et de biscuits de marin pour les premiers jours. Des fusils et des munitions sur les îles où il y a des animaux. Si nous avons encore un peu de place, nous embarquerons quelques têtes de bétail pour des îles où elles pourraient paître. C'est un beau projet, n'est-ce pas ? Il ne m'a plus quitté depuis le jour où je me suis retrouvé sur ma petite île et où j'aurais tant aimé rencontrer un mouton ou deux.

— Un très beau projet ! approuva Bill entrevoyant une chance de faire quelque chose de sensé qui apaiserait peut-être un peu sa conscience. Auriez-vous par hasard du travail pour moi sur votre bateau ? Je ne suis pas un matelot, mais un navigateur à voile expérimenté. Je sais me servir d'une boussole et je suis habitué à vivre dans peu d'espace. J'ai été soldat…

— Et vous seriez bon comme chroniqueur ? La comptabilité et le reste ? Le gouvernement veut en effet savoir où on aura déposé tout le fourbi qu'il aura financé. Or les écritures, ce n'est pas mon truc.

Cette fois, Bill eut un sourire qui n'avait rien de contraint.

— Ce n'est pas un problème, déclara-t-il. Je noterai tout ça volontiers dans votre journal de bord. Et, sinon, je ne rechigne pas à la besogne et j'ai le sens pratique. Vous n'aurez qu'à me dire ce qu'il y aura à faire et je le ferai. Je sais même conduire des moutons. Au moins avec l'aide de celle-ci, ajouta-t-il en montrant Fancy couchée sous sa chaise.

— Vous comptez l'emmener ? demanda Rawley, sceptique.

Bill opina.

— Elle n'aura pas le mal de mer ? Par là-bas, le vent souffle à décorner les bœufs…

— Sur la route de Cook aussi et elle a résisté sans problème. Je ne peux en tout cas pas la laisser ici. Elle n'a personne en dehors de moi.

Après un instant de réflexion, Rawley tendit la main au nouveau membre de son équipage et gratouilla le crâne de la chienne.

— C'est bon, vous voilà engagé. Vous tiendrez les livres et j'espère que votre compagnon s'entend à chasser les rats. Avec tous les vivres que nous aurons à bord, ils peuvent être une vraie plaie. Votre nom, déjà, c'est… ?

— Paxton. Bill Paxton. Et elle, c'est Fancy.

Le lendemain matin, Bill se présenta pour prendre son service sur le *Hampshire*, un deux-mâts. L'équipage serait donc réduit. Il avait déjà recruté trois matelots expérimentés auxquels s'ajoutait désormais Bill, le plus jeune à bord. Il fut accueilli par des plaisanteries, lui et son chien, mais avec bonhomie, l'équipage se réjouissant d'avoir du renfort. Généralement, l'équipage d'un brick comportait une dizaine d'hommes, mais il ne s'était pas trouvé assez de marins prêts à s'engager pour cette longue et inconfortable équipée. Comme Bill, aucun d'eux n'avait choisi d'être à bord pour un salaire. Peter avait jadis chaviré en même temps que Rawley et n'avait sauvé sa peau que de justesse. Gus avait perdu deux amis lors de naufrages et Ben avait survécu à deux accidents de navigation.

Tous se souvenaient du naufrage du *General Lee*. Peter et Gus avaient participé aux recherches de survivants. Ben, alors en mer, en avait entendu parler plus tard. Bien qu'approuvant l'engagement de Bill, ils ne partageaient pas son maigre espoir de retrouver des survivants, estimant que si certains avaient dérivé jusqu'aux Auckland, ils seraient morts de froid en route. Bill n'essaya pas d'expliquer qu'eux aussi, sur leur canot, avaient littéralement gelé. Il ne servait à rien de discuter. Mieux valait vérifier de visu s'il avait été possible de survivre sur ces îles.

Leur premier travail fut de transporter à bord les caisses de survie, la plupart trouvant place sur le pont inférieur. Ce qui pouvait supporter l'humidité fut amarré sur le pont supérieur afin de gagner le plus de place possible à l'intérieur. Fancy se rendit utile en poussant à bord un petit troupeau de chèvres. Les hommes transportèrent également un clapier bourré de lapins. Quand le bateau fut chargé, Bill fut gagné par l'excitation. Pour la première fois depuis le naufrage il avait l'impression de faire quelque chose d'utile et d'avoir pris la bonne décision.

Il ne regarda pas derrière lui quand le bateau gagna la haute mer. On était en juillet, la journée d'hiver était claire, fraîche en dépit du soleil. Il ne sentit pas le vent lui fouetter le visage. Enfin, il ressentait comme un espoir.

Quelque huit cents *miles* plus au nord, les troupes du général Cameron s'emparaient ce même jour du *pa* abandonné par les Hauhau. Les hommes fouillèrent de fond en comble l'installation et, vers le soir, un lieutenant se fit annoncer auprès de la direction de l'armée.

– Il s'agit des femmes enlevées ! expliqua-t-il, fort excité quand le général l'eut reçu. Le lieutenant Paxton avait raison. Elles sont vivantes ! Ou, du moins elles l'étaient quand le fort fut abandonné. Nous avons trouvé un message ! dit-il tendant au général une feuille de papier sur laquelle il avait noté l'appel au secours de Carol. C'était gravé dans la poutre d'une cabane.

Mara Jensch
Carol Brandmann
Esclaves
Au secours !

Le général lut les quelques mots d'un air pensif.

— Eh bien…, dit-il lentement. Ça, personne n'aurait pu le deviner… Mais maintenant l'affaire n'est plus de ma responsabilité. Informez le gouverneur ! Et le général Chute. À eux de résoudre le problème des Maoris à Taranaki.

8

— J'ai appris que vous songiez à quitter le service !

L'assassinat de Carl Völkner datait de quatre mois et Franz Lange, tête basse, se tenait devant George Selwyn, l'évêque d'Auckland. Après sa fuite d'Opotiki, il avait trouvé refuge dans une tranquille paroisse de banlieue. L'ecclésiastique du lieu, autrefois lié d'amitié avec Völkner et ayant appris sa mort par Franz, lui avait offert un toit et proposé de l'assister durant les offices et à l'école du dimanche. Mais, à long terme, il ne pourrait le garder auprès de lui, la paroisse étant trop petite pour deux ecclésiastiques. Franz n'avait donc pas été étonné de sa convocation chez l'évêque. En revanche, il ne s'attendait pas à être accueilli de manière aussi abrupte. Il rougit. Il s'était certes ouvert au prêtre de ses réflexions, mais sous le sceau du secret.

— Je…, bredouilla-t-il, cherchant désespérément des excuses, ne pouvant avouer qu'il était mort de peur à l'idée d'entrer un jour dans le *marae* d'une tribu.

Mais l'évêque ne lui laissa pas le temps de parler.

— Et abstenez-vous de m'expliquer pourquoi vous voulez abandonner la mission. De toute façon je n'accepterai pas votre demande. On ne quitte pas le service de Dieu, révérend Lange ! Je vais aujourd'hui vous attribuer une nouvelle tâche et vous vous en acquitterez avec joie et confiance en la bonté divine. Nous sommes-nous bien compris ?

— Oui… non… je…, bredouilla derechef Franz qui ne pouvait tout de même pas avouer à son évêque à quel point il doutait désormais de la bonté divine.

— Bien, venons-en alors à votre nouvelle mission. Elle vous plaira. Vous avez été choisi parce que vous réussissez avec les enfants et les adolescents. C'est du moins ce que m'a appris votre dossier. Avez-vous déjà entendu parler de la station de Waikanae ?

— N'a-t-elle pas été abandonnée ? demanda Franz, dont l'espoir d'être affecté à une école telle celle de Tuahiwi s'estompait.

— C'est exact. Elle n'avait plus de raison d'être après le départ des Te Ati Awa pour Taranaki, où ils disposaient traditionnellement d'une terre que le gouverneur aurait aimé attribuer à des colons anglais. C'est pour l'en empêcher que le chef a décidé de s'y installer avec sa tribu.

— Et puis, il y avait eu aussi une épidémie de grippe, n'est-ce pas ? Beaucoup de Maoris en sont morts, précisa Franz qui avait encore en tête, avec horreur, les suites de l'épidémie de typhus à Opotiki.

L'évêque rejeta d'un geste de la main cette observation, refusant l'idée que des épidémies pouvaient décimer des populations, alors que les *pakehas*, et notamment les missionnaires, avaient introduit en Nouvelle-Zélande des maladies comme la grippe, le typhus et la rougeole.

— Vous envisagez donc de rouvrir la station ? demanda Franz afin de changer de sujet. Il y a de nouveau des gens là-bas ?

— Non, les Maoris sont partis, mais leurs maisons sont encore là. Et le gouverneur ne voit pas d'objections à ce que nous les utilisions.

— Comme bâtiments d'une mission ?

— Pas exactement. Il s'agit en fait d'installations militaires. Un ancien *pa*, à dix *miles* au sud-ouest d'Otaki. Idéal pour ce que nous projetons, une enceinte en bon état.

— Une prison ? s'épouvanta Franz.

— Mais non, s'amusa l'évêque. Excusez-moi, je croyais vous l'avoir déjà dit. Un orphelinat. Révérend Lange, vous allez diriger un orphelinat ! En raison des guerres et des conflits territoriaux de ces dernières années, nous avons à faire de plus en plus souvent à des enfants maoris, des orphelins, des enfants rejetés…

— Il y a des tribus qui rejettent leurs enfants ? s'étonna Franz, qui connaissait à présent la culture des autochtones.

— Disons qu'au cours des combats beaucoup d'enfants sont séparés de force de leurs parents. Quelqu'un doit les prendre en charge et les colons ont de moins en moins envie d'adopter des enfants maoris, tous craignant d'abriter un futur guerrier hauhau. Nous avons donc besoin d'une station pour les recueillir. Otaki est favorablement situé, appartenant au district de Kapiti, resté en dehors des conflits, mais assez proche de Taranaki et de Waikato pour qu'on puisse y mener les enfants sans trop de problèmes. Pour l'heure, il y a déjà une dizaine d'enfants à Otaki, sous la garde de l'ecclésiastique local. Mais il est débordé. Mettez-vous par conséquent aussi vite que possible en route, révérend Lange. Allez visiter ce *pa*…

— Il est vraiment abandonné ? Je ne voudrais pas qu'un régiment de guerriers déments vienne en reprendre possession et…

— Aujourd'hui, on ne peut exclure d'attaques de guerriers hauhau en aucun point de l'île du Nord, dit l'évêque d'un ton impatient. Nous vivons des temps difficiles. Ce n'aurait pas été possible jadis. On aurait dû enfumer ce faux prophète dès le début. Mais les Te Awi Awa qui ont bâti cette forteresse sont partis de leur plein gré. Il n'y a plus rien à reconquérir. De plus, le territoire nous a été offert par ce chef – comment s'appelle-t-il donc déjà ? – ah oui, Te Rauparaha. Donc…

— Le chef nous a offert le territoire où se trouvait la forteresse ?

— Comme je vous l'ai déjà dit, répondit l'évêque d'un ton pincé, c'est comme ça que nous voyons les choses. Et le gouverneur nous soutient. Ne soyez donc pas si pusillanime, Lange. Allez là-bas, rendez le lieu habitable par des enfants et installez-vous-y avec eux. Vous réglerez sur place le problème du personnel, vous disposerez d'un petit budget. Et je vous enverrai un ou deux missionnaires en renfort dès que je le pourrai. Au début, vous devrez vous débrouiller seul. Vous y arriverez ?

— Avec l'aide de Dieu, j'y arriverai, affirma Franz d'un ton résigné.

— Alors, prions ensemble pour qu'Il nous assiste. Et aussi pour l'âme du révérend Völkner qui nous a été si cruellement enlevé dans l'exercice de ses fonctions. Ayez pitié de nous, Seigneur !

Quelques jours plus tard, Franz se mit en route pour Otaki. Afin d'éviter l'intérieur de l'île du Nord toujours en proie aux combats, il prit d'abord un bateau pour Wellington, ensuite il se joignit à un transport militaire pour atteindre Waikato. Il y vit peu de Maoris. Il n'était resté que quelques personnes âgées qui n'avaient pas suivi leur tribu dans son exode. On voyait surtout des colons blancs exploitant des fermes alentour ou tenant des boutiques dans la ville. C'est l'église qui constituait le centre de la localité. Franz s'y arrêta pour une brève prière avant de se rendre au presbytère afin d'y rencontrer le révérend Bates, espérant pouvoir aussi apercevoir ses futurs pupilles. Il se préparait à se trouver face à des adolescents maoris sans doute hostiles. Mais c'est une jeune fille en tenue de servante, avec tablier et coiffe, qui lui ouvrit.

— Vous désirez ?

Elle avait les yeux bleus, des taches de soleil sur le nez. Une Anglaise bon teint à n'en pas douter. D'abord rasséréné, Franz s'étonna. La maison était silencieuse. Pouvait-elle réellement héberger dix enfants ?

Elle fit la moue quand Franz lui eut exposé les motifs de sa visite.

— J'informe tout de suite mon père. Ou plutôt ma mère. Je crois que père est sorti.

Peu après, Franz se retrouva dans un petit salon propret, buvant le thé léger de l'épouse du pasteur, une femme maigre à l'air sévère. Louisa Bates n'avait guère en commun avec sa jolie fille. Ses cheveux noirs et son regard d'aigle rappelèrent un peu son père à Franz.

— Ces enfants sont butés ! expliquait-elle, ne cessant depuis l'arrivée de Franz de se plaindre de la présence de ces enfants auprès d'elle et de son mari. Ils ne veulent ni manger, ni parler et ils sont sales. Ils font leurs besoins là où ça leur chante. La grange pue…

— Vous ne logez pas ces enfants dans la grange, en plein hiver ?!

— Mais si ! Devrions-nous les prendre chez nous ? Vous allez faire la connaissance de ces gosses, révérend. De petits sauvages mal élevés !

— N'est-ce pas notre mission de les civiliser ? répartit Franz.

Mrs Bates le regarda comme s'il n'avait pas tous ses esprits.

— S'il en est ainsi, c'est alors votre mission, répondit-elle sèchement. Nous n'avons rien à faire de cette racaille ! Nous avons certes rempli notre devoir de chrétiens. Mais, maintenant que vous êtes ici…

Emmenez-les, révérend, et civilisez-les ! Dès demain si possible !

Bien qu'un peu effrayé par ce tableau, Franz éprouva de la pitié pour ces enfants. Il aurait souhaité une mère nourricière plus chaleureuse à ces orphelins séparés de leur tribu et confrontés à des nouvelles mœurs, une langue nouvelle.

— Je ne suis pas sûr que j'aurai rendu habitable le *pa* d'ici demain, mais j'aimerais prendre contact avec ces enfants. Aujourd'hui si possible…

— Eh bien, mon mari dira l'office du soir dans une demi-heure et nous tenons à ce que les enfants y assistent. De même que nos invités. Vous passerez bien la nuit chez nous, révérend ? Après l'office, je porte leur repas aux enfants. Accompagnez-moi, si vous le désirez, comme ça vous verrez à qui vous aurez affaire.

Franz n'avait guère envie de goûter à l'hospitalité des Bates. L'idée même d'être « tenu » à assister à l'office lui déplaisait. Mais la localité était sans doute dépourvue de la moindre auberge. Il n'avait d'ailleurs pas de quoi se payer une chambre. Et il était trop tard pour se rendre au *pa* et tenter d'y trouver un abri pour la nuit. Il accepta donc, remercia et s'installa dans une chambre à l'arrière de la maison. De la fenêtre il put découvrir la grange. Sans fenêtre et elle était fermée ! Comment pouvait-on loger des enfants là-dedans ? Il se demanda s'il n'allait pas passer la nuit en compagnie de ses futurs pupilles. Certains devaient avoir peur dans le noir. Mais il décida de commencer par les examiner de plus près dans l'église. Il avait certes a priori de la pitié pour les orphelins en général, mais ceux-ci étaient des Maoris. Et, depuis la mort de Völkner, il savait de quoi ce peuple était capable.

Après s'être lavé le visage et peigné, Il rencontra le révérend Bates, un rouquin, de petite taille, à la face ronde, mais de foi aussi stricte que celle de sa femme et aussi mal disposé qu'elle à l'égard des orphelins.

— Il en allait tout autrement chez les Te Ati Awa, expliqua-t-il d'emblée. Ils étaient fréquentables. Bien entendu, le fait d'être christianisés depuis vingt ans faisait beaucoup à l'affaire… Mais ces enfants… On dit que les membres des tribus de l'intérieur, dans les forêts, là où un missionnaire est mort récemment, sont cannibales. Je ne l'avais jamais cru. Maintenant, pourtant… Bon, vous verrez par vous-même…

Il se rendit ensuite dans l'église, précédant Franz. Elle était moyennement remplie, seules les vieilles personnes assistant en semaine aux offices du soir, si bien qu'il y avait de nombreuses places vides dans les rangs de devant. Mais Mrs Bates fit prendre place tout à l'arrière aux dix enfants maoris. Quatre garçons à droite, six filles à gauche. Ils commencèrent aussitôt à se chamailler, l'un refusant d'être assis à côté de l'autre. Deux filles se disputaient en maori et deux garçons semblaient sur le point d'en venir aux mains. Attitude qui n'aurait pas été tolérée à Opotiki.

L'apparence des enfants n'avait également rien à voir avec celle des enfants des écoles d'Opotiki et de Tuahiwi. Les garçons et les filles, dont Franz estima qu'ils devaient avoir entre cinq et onze ans, douze au maximum, portaient des vêtements *pakehas*, mais le plus souvent pas à leur taille. La plus jeune ne portait qu'une courte jupe et était torse nu, tenue absolument scandaleuse en plein hiver et indécente pour assister à une messe. N'y tenant plus, Franz se leva, ôta sa veste et alla la mettre autour des épaules de la gamine. Un enfant plus âgé essaya aussitôt de la lui arracher, ce à quoi Franz s'opposa avec énergie.

— Non, c'est pour elle. Elle a froid, baragouina-t-il en maori.

Les enfants levèrent alors les yeux vers lui avec curiosité.

— *Ingoa* ? demanda-t-il à la gamine.

— Pai, murmura-t-elle.

— *Kia ora*, Pai ! dit-il, puis se tournant vers les autres et se montrant du doigt. Mon nom est révérend Franz Lange. Je viendrai tout à l'heure vous parler. Suivons maintenant ensemble l'office divin.

Les visages des enfants redevinrent hermétiques. Mrs Bates avait raison, ils ne comprenaient pas un mot d'anglais. Ils se désintéressaient tout autant de l'office. Mais, maintenant que Franz était assis parmi eux, ils n'osèrent plus se battre, se contentant de se lancer des regards hostiles. Franz les examina à la dérobée. Ils étaient effectivement sales et sentaient mauvais. Certains d'entre eux étaient d'ailleurs trop jeunes pour prendre soin de leur corps. Il semblait qu'il n'y eût pas de frère et sœur parmi eux.

À la fin de la messe, Mrs Bates ramena les enfants à la grange.

— Vous allez tout de suite avoir à manger ! leur cria-t-elle, en refermant la porte derrière eux. Et vous, venez avec moi, ordonna-t-elle à Franz sur le même ton. Vous m'aiderez à porter la casserole. Sinon, ma fille doit m'aider et je n'aime pas trop la montrer à ces sauvages.

À la cuisine, Franz demanda à pouvoir goûter le ragoût destiné aux enfants, beaucoup de légumes et peu de viande. Il le trouva fade.

— Les épices coûtent cher, expliqua Mrs Bates. Et de toute façon, ils sont incapables d'apprécier.

Franz fut horrifié quand il entra dans la grange. Les enfants avaient construit de véritables forteresses de paille afin de se protéger les uns des autres. Ils s'y étaient retranchés, parfois seuls, parfois à deux. Ils s'approchèrent timidement quand Mrs Bates eut posé la casserole sur l'unique table.

— Mettez-vous en rang ! ordonna-t-elle en haussant le ton.

Les enfants parurent avoir compris mais tinrent leurs distances entre eux. Mrs Bates distribua à chacun un bol de ragoût et un morceau de pain, mais la loi du plus fort ne tarda pas à entrer en vigueur. La petite Pai se vit subtiliser son pain par un garçon avant d'avoir pu se réfugier dans son coin. Tous engloutirent leur part de ragoût à la hâte sans se soucier d'en faire tomber des bribes sur eux.

— Vous voyez ? remarqua Mrs Bates. Aucune éducation, aucune bonne manière !

Tant que la casserole ne fut pas vide, elle resservit ceux qui se présentèrent. Les enfants devaient donc avaler leur ration le plus vite possible s'ils voulaient obtenir plus que leur première louche. Les plus jeunes étaient à tout coup les perdants. De là leur maigreur !

— Et maintenant ? Vous voulez toujours faire leur connaissance ? demanda Mrs Bates à Franz sur un ton d'impatience.

Celui-ci ne fit pas mine de partir. Il réfléchissait. Il avait déjà renoncé à sa première idée qui était de rassembler les enfants en rond autour de lui et d'obtenir de chacun son nom et un bonjour. Il lui vint une idée.

— Toi, dit-il s'adressant à l'un des garçons les plus âgés. D'où viens-tu ? Comment s'appellent tes *iwis* ?

Le garçon répondit aussitôt.

— Les Ngati Tamakopiri, dit-il, puis il ajouta toute une tirade incompréhensible en maori tout en montrant un ou deux autres garçons qu'il qualifia de Ngati Toa.

Franz eut froid dans le dos. Ses soupçons se vérifiaient.

— Mrs Bates, à ce qu'il paraît, quelqu'un a mis dans le même groupe des enfants provenant de tribus hostiles entre elles. Les plus petits ne le comprennent pas encore, mais les grands savent d'où ils viennent et avec quel acharnement leurs pères se sont battus entre eux. Pour arriver à gérer cette situation, nous avons besoin de quelqu'un parlant le maori. Y a-t-il ici un interprète ?

— Au village, il y a pas mal de Maoris, grogna Mrs Bates. Mais aucun ne veut nous aider…

Franz soupira. Les Te Ati Awa étaient donc des ennemis des tribus de ces enfants.

— Je m'en occuperai demain, constata-t-il avec résignation. Et j'inspecterai le *pa*. Il faut que ces enfants sortent d'ici dès que possible. Si on les garde enfermés ensemble, le sang va couler.

9

Le lendemain, Franz commença par visiter l'ancien fort. L'enceinte était en assez bon état pour empêcher les enfants de s'enfuir. Jusqu'à la veille il se serait refusé à installer un foyer pour enfants avec, comme priorité, de rendre impossibles les évasions. Il pensait désormais que ses pupilles les plus âgés pourraient tenter de rejoindre leurs tribus. Ce serait bien entendu une fuite sans issue, tous les enfants provenant de tribus rebelles dépossédées de leurs territoires. Franz préférait ne pas imaginer ce qui se produirait quand, seuls et terrorisés, ils traverseraient des zones hostiles. Il valait mieux, dans un premier temps, les obliger à rester.

La disposition des bâtiments rappela à Franz la mission d'Opotiki. Il n'y manquait que l'église plantée en plein milieu. Les logements étaient loin d'être aussi sinistres que des casernes, les maisons étant pour la plupart habitables, au prix bien sûr de quelques travaux d'amélioration qu'il serait à même d'effectuer avec l'aide des enfants les plus âgés dès qu'il aurait trouvé le moyen de se faire comprendre d'eux. La langue était sans conteste le problème numéro un. Il avait tenté, dès le réveil, de trouver un interprète mais Mrs Bates avait eu raison. Il avait posé la question aux Maoris venus assister à l'office du matin et la réponse était négative : personne en ville n'accepterait de lui servir de traducteur. Cela s'expliquait en partie par les rivalités entre tribus, en partie parce que les missionnaires avaient appris l'anglais à leurs ouailles si bien que les Maoris qui restaient, vieux et nécessiteux pour le plus grand nombre, n'osaient pas dévoiler qu'ils parlaient encore leur langue natale.

— Ce sont des enfants hauhau, lui déclara une Maorie dans une épicerie de la ville. Nous ne voulons pas avoir affaire à eux. Un jour, ils tueront un missionnaire et on nous fera porter le chapeau !

Sur son chemin, il tomba sur l'un des trois pubs d'Otaki. En temps ordinaire, il évitait ce genre d'établissement. Mais il ne put cette fois passer outre, car le patron du Blue Horse se querellait devant sa porte avec un client indésirable.

— Déguerpis, Kahotu, je n'ai pas de gnôle pour toi ! Tu sais lire, non ? dit-il en montrant un panneau à côté de l'entrée. Ici, on ne sert pas d'alcool aux Maoris !

— Ça ne me concerne pas, répondit l'autre homme. Je ne suis pas maori. Enfin, pas vraiment. Peut-être que j'ai une gouttelette de sang maori du côté de ma mère…

— Cette gouttelette, tu la sues par tous les pores, railla le tenancier. Mais même si tu étais blanc, je ne te servirais pas. Parce que tu ne payes pas ce que tu dois. Ton ardoise va atteindre le plafond.

— Allez, Stan ! la semaine dernière j'ai payé ma bière, mendia Kahotu, qui avait le visage des buveurs invétérés et qui était à n'en pas douter un autochtone, au moins à moitié.

— C'est Harolds qui te l'a payée, pour ta traduction sur les effets de sa médecine miracle. Les escroqueries qu'il pratique se payeront d'ailleurs un jour ou l'autre. En tout cas, il se garde bien de remettre les pieds dans les villages *pakeha*.

— Son produit n'est pas si mauvais que ça, dit Kahotu, prenant la défense du marchand ambulant. Il n'agit peut-être pas contre les maladies, mais il aide à les oublier quelques heures.

— Et après, on a en plus mal à la tête. Tu vois, Kahotu, si tu te mets un jour à faire autre chose qu'à picoler, toi aussi tu en seras débarrassé.

— Pour l'instant, rien de raisonnable ne me vient à l'esprit, répondit, se dirigeant vers le prochain pub, l'homme vêtu d'un pantalon sale et d'une chemise à carreaux sous une veste en cuir élimée, chaussé de bottes aux semelles percées, la tenue d'un homme vivant sans doute dans la rue.

Il fallut quelques secondes à Franz pour surmonter sa répugnance, puis il suivit l'homme et, pour la première fois de sa vie, franchit le seuil d'un débit de boissons.

— M. Kahotu ? interpella-t-il le métis avant que le tenancier ne le chasse à son tour. Pourrais-je… euh, accepteriez-vous que… que je vous invite à boire quelque chose ?

— Un révérend sur la mauvaise pente ? répondit le vieux soiffard avec un regard moqueur. Ou bien depuis quand prêche-t-on dans les pubs ? Mais bon, pourquoi pas ? Même avec le diable j'accepterais de prendre un petit verre, à condition qu'il y ait du whisky dedans. C'est de toute façon Dieu qui a créé ce truc, du moins à ce que prétendent les Irlandais. Whisky se dit aussi eau-de-vie, vous le saviez ? demanda Kahotu en se traînant vers le comptoir.

— J'ai été par hasard témoin de votre conversation avec… euh… M. Stan, répondit Franz, choisissant d'ignorer les blasphèmes du poivrot et d'entamer sans attendre les négociations. Pour moi, de l'eau seulement, dit-il au tenancier en repoussant un des deux verres de whisky que celui-ci venait de poser sur le comptoir.

— Ici, on a de l'eau que pour les chevaux, rétorqua le patron. Dehors ! Et elle coûte rien. Pour les hommes, y a du whisky ou de la bière.

— Les deux, Jim ! ordonna Kahotu.

Deux verres de bière firent leur apparition sur le comptoir.

— Alors ? s'enquit-il.

— J'ai cru comprendre de votre conversation que vous maîtrisiez la langue des Maoris. Est-ce exact ?

— Bien sûr, rev'. Ma mère était maorie. Ça se voit, non ? J'ai grandi dans un *marae*, ensuite à la mission. C'était encore le révérend Williams. Il voulait tous nous sauver. Sauf que ça a pas marché. Pas avec moi en tout cas. Et avec d'autres trop bien, si je pense à ce Haumene…

— Et vous faites des traductions ?

— Si c'est pour traduire la Bible, c'est déjà fait. Vous devez le savoir. Ou bien n'êtes-vous pas missionnaire ? On a l'impression que vous avez le don d'arriver trop tard. La mission, ici, est fermée, vous savez ?

— M. Kahotu, je suis un Mecklembourgeois, un Allemand, et la ponctualité est dans notre nature, objecta Franz sans le moindre humour. Et la fiabilité. Autre qualité qui serait pour moi d'une extrême importance si vous vous décidiez à travailler pour moi.

— Que puis-je donc faire pour vous ? demanda l'homme en vidant son whisky.

Franz le lui exposa.

— Si vous étiez d'accord, je vous offrirais un logement dans l'orphelinat, conclut-il. De toute façon, j'aurais besoin de vous tous les jours et vous pourriez vous rendre utile d'autre manière. Il va falloir réparer certains bâtiments, et nous devrons faire la cuisine et la lessive pour les enfants. Je n'ai pas l'impression qu'on puisse ici se faire aider par des femmes. Les gens ne veulent pas avoir affaire avec ces enfants maoris. J'espère vraiment que vous n'êtes pas comme ça.

Kahotu vida son verre de bière.

— Eh bien, je n'ai pas peur des Hauhau, dit-il. Et encore moins de petits comme ceux-ci. Et je me fous aussi de ce que pensent les gens du village. Mais j'ai mes conditions, révérend : je ne prierai pas avec vous et je n'adhérerai pas à la ligue contre l'alcoolisme. J'exige une bouteille de whisky par jour…

— Une bouteille entière ? s'indigna Franz.

— Ce truc est pas cher, je vous ferai un prix de gros, observa le patron.

— Mais… mais vous serez ivre en permanence ?

— Mais non ! Juste en début de soirée. Les petits seront alors au lit. Et, croyez-moi, c'est ivre que je suis le plus facile à vivre. Alors, vous topez ?

— Je n'ai pas le choix, murmura Franz.

— Vous prenez les choses comme elles sont, lui dit Kahotu, en lui tapant sur l'épaule. Ça me plaît. Bon, alors maintenant trinquons à notre bonne collaboration !

— Je ne bois pas !

— Et moi, je ne prie pas… Et pourtant vous allez me faire traduire des tas de prières, non ? Alors, faisons un marché : vous buvez un whisky et moi je dis une prière ! dit l'homme en levant son verre que le tenancier venait de remplir à nouveau.

Franz prit le sien à contrecœur, en avala d'un trait le contenu et fut émerveillé par la sensation de chaleur bienfaisante se répandant dans son estomac.

— Très bien, révérend ! Et maintenant, allons à votre *pa*. À moins que vous ne vouliez d'abord passer prendre les enfants. Vous comptez les évangéliser dès aujourd'hui ?

Franz ne s'était en fait pas encore demandé ce qu'il dirait aux enfants. Il accompagna donc son collaborateur jusqu'au *pa* et lui montra les lieux. Kahotu rigola quand Franz lui dit sa crainte de voir les enfants s'enfuir.

— Les Maoris n'enferment jamais leurs prisonniers de guerre car ils ne peuvent pas revenir dans leur tribu. Ils ont en effet perdu leur *mana* pour s'être laissé arrêter et leur tribu les rejette.

— Mais ce sont des enfants ! Des orphelins !

— Non ! Ils ne sont pas orphelins ; ils ont été volés, comme mesure de répression ou pour je ne sais quelle autre raison. On peut poser la question aux plus grands. Je ne serais pas étonné que vous ayez sous votre aile quelques princes et princesses.

Prévision qui s'avéra. Les visages des deux aînés s'illuminèrent en entendant quelqu'un leur parler dans leur langue. Ils étaient des fils de chefs et appartenaient à deux tribus brouillées à mort. Leurs pères, avant la guerre contre les *pakehas*, s'étaient entrebattus. Ils n'avaient jamais été des partisans d'Haumene.

— Mais alors pourquoi a-t-on puni ces tribus ? s'étonna Franz.

— Parce que le gouverneur convoitait leurs terres, je dirais, suggéra Kahotu avec une grimace amère. La petite là, Paimarama, dit-il en montrant celle qui s'était présentée à Franz comme étant Pai, eh bien, elle est aussi la fille d'un chef et elle était dans sa tribu si *tapu* que personne n'avait le droit de la toucher. C'est pourquoi elle est si négligée. Avant que ces enfants sachent se peigner eux-mêmes, personne ne le fait pour eux. C'est sans doute aussi pourquoi aucune des filles plus grandes n'a aidé ce pauvre bout de chou. On devrait en fait la nourrir à l'aide d'une corne, car, si elle touche de la nourriture, celle-ci devient *tapu*. C'est pourquoi elle est ici servie la dernière. Ahuru, précisa-t-il en montrant un des deux fils de chef, en est très malheureux, mais il ne veut pas enfreindre un *tapu*. Les autres encore moins.

— Mais d'où viennent-ils ? demanda Franz déconcerté.

Kahotu s'entretint quelques minutes avec les enfants et présenta ensuite à Franz un garçon et une fille d'une dizaine d'années.

— Haini et Aku sont vraiment des orphelins. On a tué leurs parents quand ils ont résisté au nettoyage de leur village. Ils sont restés terrorisés, croyant qu'on allait les tuer eux aussi. Pour les autres, tous les enfants ont été enlevés aux tribus à titre de sanction. Afin d'éviter que les enfants ne se révoltent, on les a envoyés dans des lieux d'accueil différents. Et, bien entendu, eux aussi appartiennent à des tribus différentes dont certaines se détestent. Ça ne va pas être facile, révérend !

Franz réfléchit puis se tourna vers les enfants.

— Je m'appelle Franz Lange, révérend Lange. J'ai été envoyé ici pour…

Il déglutit : cela n'allait pas, les enfants ne sachant pas ce qu'était un orphelinat, ce qu'était une école et ne voulant pas non plus qu'on les civilise. Il reprit donc depuis le début.

— Je suis le révérend Lange. Je viens du Mecklembourg, loin, très loin au-delà des mers. Le bateau sur lequel je suis venu à Aotearoa s'appelait le *Sankt Pauli*. Mais, pour nous, les *pakehas*, ce n'est pas si important que ça. Certains sont venus d'Angleterre, d'Écosse ou d'Irlande. Mais ici nous ne formons qu'une seule tribu. Et on m'a envoyé pour que je fasse de vous une seule tribu aussi.

Les enfants protestèrent quand Kahotu traduisit. Ahuru ne voulait à aucun prix être de la même tribu qu'Aika. Deux filles soulevèrent également des objections, prononçant à plusieurs reprises le mot de *tapu*.

— Bon, vous pouvez ne pas vouloir tout cela, poursuivit Franz, mais vous ne pourrez faire autrement. Vous ne pouvez pas retourner dans vos tribus, on ne vous y accepterait pas car vous avez perdu votre *mana*. Mais je vais vous en donner une nouvelle ! Je vais vous rendre forts grâce à l'amour de Dieu ! Car je vous apporte un nouveau dieu ! Vous n'avez plus à craindre de rompre des *tapu*, dit-il en prenant la petite Pai dans ses bras pour appuyer son propos. Vous voyez ? Il ne se passe rien. Au contraire, car mon Dieu a dit : « Laissez venir à moi les petits enfants car le royaume des cieux leur appartient. »

Aika objecta quelque chose, ce qui fit ricaner Kahotu.

— C'est pour ça que vous nous avez enlevés ? traduisit-il. Pour que nous vous apportions le Ciel ?

— Ce qui vous est arrivé était une injustice, concéda Franz avec un soupir. Mais peut-être que cela a eu son bon côté. Si vous apprenez à vivre en paix les uns avec les autres, cela sera agréable à Dieu, mais cela aidera aussi votre peuple. Mon dieu veut lui aussi que les Maoris deviennent un seul peuple, comme les *pakehas* sont devenus un seul peuple sur Aotearoa. Dieu a dit : « Je vous prendrai pour mon peuple » !

— C'est aussi ce que dit Te Ua Haumene, observa Kahotu. Il faut vraiment que je traduise ?

— C'est dans la Bible, ne sut que répondre Franz. Seigneur, Kahotu, que veux-tu que je raconte à ces enfants, sinon ?

Kahotu haussa les épaules et s'adressa aux enfants.

— Eh, vous, les garçons et les filles ! nous pouvons encore longtemps parler et plus longtemps encore nous disputer. Mais cela ne vous donnera rien à manger, et à moi rien à boire. Au lieu de ça, nous allons tout reprendre à zéro. Le révérend et moi, nous allons nous procurer un canot. Puis nous remonterons ensemble le fleuve jusqu'à notre *marae*. Et alors, vous pourrez tous dire que vous êtes venus avec le…

Kahotu s'adressa alors à Franz :

— Comment comptez-vous l'appeler ce bateau, révérend ? Si possible, ne l'appelez pas la *Vierge Marie*.

Franz réprima un sourire puis il prononça le premier nom qui lui passa par la tête :

— Linda.

— Bien. Très joli nom. Eh bien, dit-il alors aux enfants, vous pourrez tous dire que vous êtes venus avec le *Linda* sur votre propre terre d'Aotearoa. Et vous, les gars, il y en un qui sait ramer ?

Il fallut un peu de temps à Franz pour dénicher une barque pouvant accueillir douze personnes. Ensuite, Kahotu réussit à persuader tous les enfants d'y grimper. Les deux garçons les plus âgés, Ahuru et Aika, avaient appartenu à deux tribus vivant en montagne. Ils ne connaissaient jusque-là des canots que par les récits de leurs grands-parents. Ils brûlaient donc d'une telle envie de manier les rames qu'ils ne se préoccupèrent plus de savoir si l'ombre d'un tel tombait sur un tel ou non. Pai patouillait gaîment de la main dans l'eau et arrosait les autres.

— Nous n'avons maintenant plus besoin que d'un *haka*, estima Kahotu. Un chant pour notre tribu.

Franz réfléchit un bref instant et entonna du mieux qu'il put « Michael Row the Boat Ashore », spiritual qu'il connaissait depuis Opotiki, où un missionnaire américain, professeur invité, l'avait chanté avec les enfants.

Tous les enfants avaient appris le mot « alléluia » qu'ils chantèrent à tue-tête pendant que Kahotu les aidait à allumer un feu. Franz, lui, avait aussitôt entrepris de dresser une grande croix devant laquelle il monta un autel.

— Alléluia ! crièrent les enfants quand il prit place devant l'autel pour leur souhaiter la bienvenue dans le *pa*.

Deux heures plus tard, tous se régalaient de poisson et de patates douces, leur nourriture habituelle dans leurs tribus. Kahotu et les garçons avaient attrapé des poissons tandis que les grandes filles, fouillant les anciennes terres cultivées du pa, avaient arraché quelques *kumaras*. Franz veilla à ce que personne ne fût lésé et fut tout heureux de voir une des grandes filles s'occuper de Pai.

— Alléluia ! s'empressa-t-elle de dire quand il l'en félicita.

Les enfants semblaient soudain prendre plaisir à briser les *tapus*, tandis que Kahotu, assis à côté de Franz, devant le feu, dégustait le reste d'une bouteille de whisky déjà largement entamée.

— Et maintenant, vous allez à votre tour boire une gorgée, ordonna-t-il à Franz. Nous avons finalement quelque chose à fêter.

— Et la prière ? Vous réciterez ensuite une prière ?

— Je peux vous traduire rapidement en maori « Michael Row the Boat Ashore », dit Kahotu en riant. Mais soyez prudent. Les enfants ont maintenant leur nouveau cri de guerre, l'archange Michel est de nouveau dans le coup et ça, ajouta-t-il en montrant la croix au milieu du campement, ressemble diablement à un *niu*. Si vous avez maintenant des visions par-dessus le marché, je fiche le camp !

TANE

Christchurch (île du Sud)
Patea River, Waikoukou (île du Nord)

1865-1866

1

Linda connaissait désormais les aspects sombres de Christchurch. N'ayant pas de quoi se payer une chambre d'hôtel, ils continuaient à dormir dans leur charrette. Linda était à demi morte de froid. Même dans les Plains, il faisait en hiver trop froid pour loger dans ces conditions. De plus, personne ne souhaitait savoir les Fitzpatrick à proximité de sa ferme ou de chez soi. Après les longues semaines qu'avait duré leur errance, ils avaient mauvaise allure et les gens du voyage n'étaient pas appréciés. Linda avait été horrifiée quand, un jour, ils avaient été traités de « sales gitans ». Il faut dire que Fitz avait été surpris en train de dérober une poule avant de réussir à échapper au fermier fou de rage.

Le seul endroit de la ville où ils furent tolérés se situait non loin des abattoirs. La Slaughterhouse Road conduisait à l'Avon et ils installèrent leur charrette un peu à l'écart, à l'abri d'un bosquet.

— C'est pas mal, ici ! avait affirmé Fitz à leur arrivée, mais les arbres, s'ils cachaient un tant soit peu les bâtiments de l'abattoir, étaient impuissants à faire obstacle aux bêlements des animaux et à la puanteur des équarrissoirs.

De plus, l'endroit offrait refuge à d'autres indésirables de la ville. Des putains racolaient le client à tous les coins de rue entre le centre de la cité et les abattoirs. Les escrocs et les mendiants qui se livraient la journée et le soir à leurs activités en ville s'enroulaient la nuit dans leurs couvertures au pied des bâtiments.

Les maigres arbres ne protégeaient pas non plus le campement du froid, de la pluie et du vent. Linda aurait presque souhaité affronter une traversée des Alpes. Il y régnerait au moins un air sec et pur. Mais franchir le Arthur's Pass était pour l'heure impossible. « Un vrai suicide », avait-on expliqué à Fitz, en raison de la hauteur de neige.

Il échappait chaque fois qu'il le pouvait à cette misère en fréquentant les pubs. L'unique moyen de gagner un peu d'argent étant le jeu, prétendait-il, les artisans et les fermiers n'ayant pas besoin de main-d'œuvre occasionnelle en hiver. Il consolait Linda en lui faisant briller la perspective de gagner par bateau l'île du Nord grâce à ses gains, même en plein hiver.

Elle essayait de ne pas penser aux risques qu'il courait aux tables de jeu. Un tel voyage coûterait fort cher, car Blenheim, la ville de l'île du Sud la plus proche, était tout de même à deux cents *miles* de Lyttelton. Par ailleurs, retrouver sa famille comme elle le souhaitait tant imposait de traverser l'île de part en part, du sud au nord, alors que des combats contre les Maoris se déroulaient de nouveau dans le district de Taranaki et à Waikato. L'idéal aurait été de réserver une place sur un bateau se rendant au Northland, mais Linda ne se faisait pas d'illusions : un passage pour deux personnes, une charrette, un cheval et un chien n'était pas dans leurs moyens.

La jeune femme avait beau s'efforcer de rester optimiste et de cacher à Fitz sa déception, elle ne pouvait s'empêcher, la nuit, seule avec Amy dans ses bras, de trembler de froid et de peur, fermant d'une main le museau de la chienne pour lui interdire d'aboyer et tenant un couteau de l'autre, afin, en cas d'agression, de profiter de l'effet de surprise.

En réalité, elle n'était pas en danger. Il existait, semblait-il, une espèce d'honneur chez les truands. Les putains et les voleurs considéraient à l'évidence les Fitzpatrick comme des leurs. Fitz, d'ailleurs, s'entendait fort bien avec ses voisins et ne pouvait comprendre, quand il rentrait au milieu de la nuit avec quatre ou cinq shillings en poche, que Linda, enfin rassurée, laisse alors libre cours à ses reproches. Elle avait pourtant de quoi être mécontente, obligée qu'elle était, afin de payer une étable de location pour Brianna durant l'hiver, de mettre en gage le médaillon de sa mère qu'elle parvenait à dégager pour quelques jours quand Fitz avait gagné un peu d'argent. Le plus judicieux aurait été de vendre la jument, mais Linda était persuadée que, sans cheval, jamais elle ne sortirait de ce quartier misérable.

Le printemps arriva enfin et Linda s'était faite à l'idée de bientôt reprendre la route quand Fitz revint à la charrette un beau soir.

— Lindie, il y a du nouveau ! annonça-t-il d'un air triomphant. Je te l'avais bien dit… Ça va, ça vient, parfois mal, parfois bien.

— C'est quoi encore ? lança-t-elle d'un ton aigre, car elle avait passé la journée à ramasser du bois pour le feu au bord de l'Avon, occupation peu gratifiante dont Fitz se dispensait.

— Ça te plairait, Lindie, d'avoir de nouveau une ferme ? Et une jolie maison ? demanda-t-il en tentant de la prendre dans ses bras pour la faire virevolter, mais elle se libéra de son étreinte.

— Ne te moque pas de moi, Fitz, dit-elle sèchement. Tu sais parfaitement que nous ne pouvons acheter une ferme. Ou bien aurais-tu aujourd'hui gagné mille livres ?

— Tu n'es jamais satisfaite, se plaignit-il. Alors que c'est notre grande chance, Lindie. Je vais m'engager dans l'armée ! Comme Military Settler. Je suivrai une brève formation près de Wellington, l'armée paye le trajet en bateau. Puis ils nous donneront de la terre à Taranaki. Au moins vingt hectares. Si je réussis à devenir caporal ou sergent, ce sera plus encore. Ce soir, il y a une réunion d'information au White Hart. Pour les femmes aussi. On attend bien sûr de tous un peu d'esprit de pionnier. Tu n'en manques pas, non ?

Linda réfléchit. Elle se souvenait que Bill Paxton avait été recruteur pour le Military Settlement Program et que Cat et Chris avaient émis des critiques envers ce projet.

— Ne s'agit-il pas là de terres arrachées de force aux Maoris ? s'inquiéta-t-elle. Cela pourrait être dangereux s'ils reviennent.

— Linda, ma chérie, on ne nous installe pas seuls au fin fond des forêts. Chaque colonie comprendra au moins une centaine de fermes. Tous les hommes auront reçu une formation militaire et seront bien armés. Il n'y aura pas un guerrier hauhau qui osera s'approcher.

— Ces guerriers ont la réputation de n'être effrayés par rien. Il… il ne suffira pas de leur raconter une bonne histoire en cas de besoin, osa Linda faisant allusion à la prétention de Fitz de se sortir de toutes les situations grâce à ses talents de baratineur.

— Je te promets que tu n'apercevras jamais l'ombre d'un guerrier hauhau, dit celui-ci sans se fâcher. Mais, dis-moi, tu m'accompagnes pour entendre ce qu'a à dire le capitaine recruteur ou bien préfères-tu que nous allions sur la côte Ouest ? Je viens de m'entretenir avec des gens qui s'intéressent à ces colonies. Certains arrivent de la côte Ouest et disent que les filons d'or sont beaucoup plus réduits qu'ils ne l'étaient en Otago. Ma chérie, on pourrait bien, avec un peu de malchance, arriver là-bas et s'apercevoir que l'or s'est envolé.

La veille, la chanson n'avait pas été la même : quelqu'un avait décrit à Fitz des plages couvertes d'or ! Mais Linda garda la remarque pour elle, lasse de la puanteur et de la pluie continuelles, du froid qui la mordait. Elle prit le moins abîmé de ses châles pour recouvrir son manteau délavé. Elle voulait faire bonne impression, car, en dépit de ses doutes, l'aventure du Military Settlement lui déplaisait moins que celle de la côte Ouest. Et elle ne pouvait imaginer pire que ce qu'elle vivait présentement…

— Notre offre s'adresse à tous les hommes de moins de quarante ans en bonne santé, de caractère heureux et aptes au service armé. Les intéressés seront soumis à un examen ici, à Christchurch. Ceux qui réussiront obtiendront une traversée gratuite pour l'île du Nord, pour sa famille aussi bien entendu. Ils formeront des compagnies sous les ordres d'un capitaine qui sera à la tête de six sous-officiers, de cinq caporaux et de cent simples soldats. Ces hommes seront logés, nourris et recevront une formation militaire élémentaire. Ensuite, la terre leur sera attribuée. Chaque compagnie constituera une colonie, un territoire étant divisé en autant de parcelles que de membres de la compagnie, entre vingt et cent cinquante hectares à chacun, selon son rang militaire.

Le capitaine, un homme svelte, assez jeune encore, s'était planté devant une cinquantaine de candidats à l'aspect miteux, certains accompagnés de femmes et d'enfants mal en point eux aussi, sous-alimentés, cabossés par la vie. Des familles pour la plupart venues en Nouvelle-Zélande d'Angleterre, d'Irlande et d'Écosse dans le cadre de la ruée vers l'or, peut-être aussi désireuses d'acquérir de la terre avant de se retrouver flouées, réduites à la misère. Les hommes semblaient néanmoins répondre pour l'essentiel aux exigences d'un service armé, rompus aux travaux physiques. L'un d'eux portait même un fusil. Linda n'aurait pas aimé les rencontrer la nuit.

— Pendant la construction de vos fermes, le gouverneur vous aidera avec générosité, poursuivit le capitaine. La première année, vous serez nourris et vous toucherez votre solde, tandis que vous continuerez votre formation militaire. Vous serez des militaires et vous pourrez être requis pour des campagnes, des expéditions punitives et des surveillances. Ces mobilisations ne pourront vous éloigner de chez vous plus de quatre semaines par an. Vous toucherez solde entière durant ces éventuelles périodes. Vos obligations envers la Couronne cesseront au bout de trois ans, vos terres vous seront définitivement acquises et vous en aurez l'entière disposition. Des questions ?

Linda demanda la parole.

— Que se passera-t-il si l'un des Military Settlers est tué ? demanda-t-elle en femme échaudée peu désireuse de perdre une deuxième ferme.

Tandis que le capitaine lui assurait que la terre reviendrait en toute propriété à la veuve, Fitz lui lança un regard qu'elle ne lui avait jamais vu. Était-il déçu ? Mécontent ? Méfiant ? Sur ses gardes ?

— Est-ce que ce sera dangereux ? demanda une autre femme.

— Le gouvernement s'efforce de rendre ces terres sûres. C'est la raison pour laquelle on agit avec tant de rigueur contre les émeutiers maoris. Il arrive que des colons soient victimes d'assassinats. Mais vous ne serez nulle part plus en sécurité qu'au milieu d'une colonie de membres de l'armée entraînés à défendre leur nouveau lieu de vie. Nous allons, de surcroît, construire des installations défensives…

— Nous devrons vivre dans une forteresse ? objecta Linda.

— En quelque sorte, oui, madame, répondit le capitaine en riant. Au moins jusqu'à ce qu'il n'y ait plus de danger du tout. Cela ne devrait pas durer très longtemps. Croyez-moi, le général Cameron et le général Chute ont les choses bien en main. Et, sur tout le territoire de l'île du Nord, les Military Settlers veillent à ce que le serpent écrasé ne relève pas la tête !

Quelques auditeurs applaudirent, le signe, pour le capitaine, que le temps des questions et réponses était terminé. Il mit en circulation une liste où les personnes intéressées pouvaient s'inscrire. Fitz regarda Linda d'un air interrogateur. Sur un signe de tête approbateur de sa part, il écrivit son nom.

La réunion finie, quelques participants se regroupèrent pour discuter. Presque tous les présents s'étaient inscrits. Fitz ne tarda pas à se retrouver au centre du groupe, riant et buvant quelques gorgées de whisky aux bouteilles passant de l'un à l'autre. Linda ne savait trop que faire, affamée et fatiguée, mais ne voulant pas presser son mari de rentrer. Elle était encore sous le coup du regard étrange qu'il lui avait lancé. Elle craignait un peu leur retour à la charrette. Ayant repris quelque espoir, elle voulait éviter tout conflit. Tout en bavardant avec des femmes, elle se demanda comment elle pourrait justifier sa question. Elle était nerveuse et tendue quand Fitz se décida enfin à rentrer.

Lui, en revanche, semblait avoir oublié l'incident. D'excellente humeur, il lui entoura d'un bras les épaules tandis qu'ils cheminaient. Elle se laissa faire, prêtant une oreille complaisante à ses descriptions dithyrambiques de leur future vie sur l'île du Nord.

— Les hivers y sont aussi plus doux et moins humides que dans les Plains. Tu t'y plairas. Et nos voisins ne seront pas aussi prétentieux et mauvais coucheurs que les Butler et les Redwood.

Linda tiqua. Prétentieux et mauvais coucheurs ? Deborah Butler, certes, mais les Redwood étaient des gens simples et serviables. Elle se demanda s'il ne s'était pas récemment heurté avec un des membres de la famille, à Christchurch. Par ailleurs, les participants à la réunion, d'éventuels futurs voisins, ne lui avaient guère plu, des aventuriers plus que des travailleurs.

Fitz, lui, n'était pas habité par le doute. De bonne humeur comme il ne l'avait plus été depuis des mois, il insista pour la porter afin de lui faire franchir le « seuil » de la charrette. Cette nuit-là, le vent apportait un peu d'air frais en provenance de l'Avon et, avec un peu de bonne volonté, on aurait pu songer à un premier souffle des beaux jours. Linda parvint presque à imaginer qu'elle campait quelque part en pleine nature.

— Aujourd'hui, Linda..., prononça Fitz d'un ton sérieux en l'allongeant sur les sacs de paille enveloppés de couvertures... Aujourd'hui commence une vie nouvelle ! Dommage que nous n'ayons pas de champagne pour fêter ça.

— Avoir un peu moins froid me suffirait amplement.

— Je vais te réchauffer, fit-il avec son sourire irrésistible, tirant une couverture sur eux deux et entreprenant de dévêtir sa femme.

Elle protesta, craignant d'avoir froid et n'aspirant qu'à s'endormir. Elle n'avait pas l'esprit à faire l'amour. Pourtant, Fitz tenta de l'exciter, non pas vite et un peu distraitement, mais avec douceur... Différemment... Couvrant son corps de baisers, la caressant... Soudain, elle sentit pour la première fois quelque chose de dur et de palpitant s'insinuer entre ses jambes !

— Tu n'aurais pas cru, ma petite baronne de moutons, que je construirais une nouvelle ferme, n'est-ce pas ? chuchota-t-il en se redressant au-dessus d'elle. Avoue que tu ne l'aurais pas cru…

Si cet étrange chuchotement amoureux l'intriguait, Linda n'en était pas moins complètement réveillée maintenant… et excitée. Elle était mouillée, elle l'attendait.

— Avoue !

Elle cambra son corps pour toucher le sien.

— Je n'aurais osé l'espérer… chuchota-t-elle à son tour.

— Et pourtant, j'y suis arrivé ! J'y suis arrivé ! exulta-t-il en se laissant tomber sur elle, pénétrant enfin en elle.

Elle l'accepta avec bonheur, pleine d'attente. Elle ne fut pas déçue. Ce qu'elle éprouva en le sentant bouger en elle était sans pareil. Elle gémit et s'arc-bouta sous lui, afin de le sentir s'enfoncer plus profondément, elle ne voulait plus le lâcher. À un moment, tout explosa en elle dans une espèce d'ivresse où se mêlaient douleur douce et soulagement. Elle eut le sentiment que s'ouvrait un monde nouveau, que quelque chose se libérait en elle, qu'elle voguait sur une mer d'étoiles.

— Fitz…, dit-elle en l'attirant à lui quand elle sentit enfin sa semence en elle. Fitz, je…

— Avoue…, chuchota-t-il à son oreille.

— Je n'avais… je n'avais jamais imaginé que cela pouvait être aussi bien, je… C'est merveilleux, Fitz, dit-elle, et elle l'embrassa.

— Redis-le !

Les étoiles s'abattirent soudain au sol. Le sentiment rayonnant et merveilleux de la plénitude céda la place à l'ancienne confusion. Ne l'avait-elle pas rendu heureux ? Ce n'avait donc pas été un acte d'amour, juste un acte de triomphe, un acte de soumission ?

— Tu as… tu y es arrivé, murmura-t-elle d'une voix éteinte.

2

Les semaines suivantes Fitz demeura euphorique. Il réussit avec brio l'examen d'aptitude. En bonne santé, l'esprit vif, il devança les autres candidats pour ce qui était des réflexes, de l'agilité et de l'adresse. Il impressionna de plus, lors de leur entretien, le capitaine qui, séduit par sa culture, sa prestance et son charme, lui laissa entrevoir une rapide promotion au grade de caporal, voire de sergent.

— Ce qui veut dire plus de terre, ma chérie ! Les caporaux reçoivent vingt-cinq hectares, les sergents trente-cinq !

Linda se moquait de la taille de la terre attribuée, elle était juste heureuse de bientôt quitter Christchurch. Un départ qui s'éternisait à vrai dire. Il fallut d'abord plusieurs jours pour tester les candidats et ensuite trouver de la place sur un bateau pour les hommes et leurs familles. Cela prit des semaines, durant lesquelles Linda fut rongée par l'angoisse à l'idée que Fitz dépense au jeu sa première solde, alors qu'ils avaient besoin d'argent pour payer l'écurie de Brianna. Elle n'avait encore pu récupérer son médaillon chez le prêteur sur gages. De surcroît, l'armée ne verrait sans doute pas d'un bon œil un de ses membres passer ses nuits à plumer au jeu les bons bourgeois de Christchurch. Fitz fut mécontent quand elle lui en fit part et continua ses tournées des pubs. La fabuleuse nuit d'amour ne se renouvela pas. Linda en arriva à se demander si elle n'avait pas rêvé.

Mais tout se passa bien, finalement. Fitz, comme il n'en avait jamais douté, gagna au jeu si bien que Linda gagna Lyttelton montée sur Brianna et qu'ils étaient même à la tête d'un petit capital. Elle avait son médaillon au cou, bien caché sous son châle. Elle se gardait de l'exhiber tant elle éprouvait de méfiance à l'égard des nouveaux camarades de Fitz et de leurs femmes. À leur arrivée au port, Fitz put de nouveau triompher car l'armée ne prenait pas en charge le transport du cheval et de la charrette.

— Si je n'avais pas gagné au jeu, on aurait eu l'air malin, Lindie !

Linda se garda de toute objection, bien que convaincue que le capitaine leur aurait consenti une avance sur solde. L'homme était en effet tombé sous le charme de Brianna et se montrait très prévenant envers Linda qui, après s'être entretenue à deux ou trois reprises avec lui, avait confirmé et renforcé la bonne opinion qu'il avait de Fitz.

— Vous êtes exactement le genre de personnes que nous recherchons pour notre programme, confia-t-il à Linda. Des gens avec un esprit de pionniers, disposant de connaissances tant militaires qu'agricoles.

Linda opina courtoisement, mais se demanda de quelles connaissances militaires il parlait. Fitz le lui expliqua peu après en riant.

— Je lui ai dit que j'avais été élève officier à la Royal Military Academy, à Londres et Woolwich, mais, malheureusement, un an seulement. J'avais dû renoncer à poursuivre car mon père était décédé.

— Fitz, si jamais on découvre le pot aux roses ! gémit Linda.

— Mais peut-être que c'est vrai, ma chérie, se moqua-t-il. Et sinon, tu crois vraiment qu'ils vont vérifier ? Pourquoi diable ? Je ne lui ai dit ça que d'homme à homme. Cela n'a en rien joué pour mon engagement comme Military Settler. En tout cas pas officiellement.

Les Military Settlers furent conduits par mer à Whanganui, localité qui disposait d'un port. Le voyage de plusieurs jours fut une torture pour Linda qui eut en permanence à lutter contre des nausées qui avaient bien sûr à voir avec le mal de mer, mais surtout avec le traumatisme engendré par le naufrage du *General Lee*. Elle n'arrivait pas à se détendre, même dans les bras de Fitz, alors que le couple dormait dans le confort de leur charrette arrimée sur le pont, les autres colons se partageant des salles communes sous le pont. Les premiers jours, Fitz prit soin de sa femme de manière touchante, mais il perdit patience de voir que ses attentions ne la réconfortaient en rien. Il rejoignit alors, sous le pont, des joueurs de poker et de black jack, si bien qu'il ne s'allongeait à côté de Linda que très tard dans la nuit, l'haleine chargée de whisky. Elle était alors assaillie de cauchemars, elle rêvait que la charrette se détachait et passait par-dessus bord, que le bateau heurtait un haut-fond et coulait ou que des guerriers hauhau, embarqués sur des canots, le prenaient d'assaut.

La compagnie des autres femmes ne lui était d'aucun secours. Elles et leurs quelques enfants étaient apathiques, ne s'intéressant à rien, certaines étaient des aventurières comme leurs époux. Aussi ne lia-t-elle amitié avec aucune d'elles. Personne non plus ne lui venait en aide quand, prise de faiblesse, elle titubait sur le pont et vomissait par-dessus le bastingage au risque de passer par-dessus bord. Chacun, ici, luttait pour son propre compte.

Aussi, quand ils atteignirent Whanganui qui abritait le quartier général de Cameron, fut-elle soulagée. Le lieu ne semblait pas menaçant. Des Maoris y vivaient, côtoyant des soldats et des colons, travaillant pour eux dans les écuries, les femmes dans les cuisines de l'armée. D'autres vendaient des produits agricoles ou se louaient dans les fermes. Ils rappelèrent à Linda les Ngai Tahu qui s'étaient accommodés de la présence des *pakehas* sur l'île du Sud.

Ayant bénéficié d'un logement sur la base militaire, elle dormit d'un sommeil profond pour la première fois depuis des semaines. La cabane en bois était vaste et propre, presque trop confortable. Elle retomba dans l'inquiétude quand Fitz lui avoua en riant par quelle ruse il l'avait obtenue.

— L'intendant a cru que j'étais le nouveau médecin qui s'appelle aussi Fitzpatrick ou Fitzgerald ou quelque chose dans ce genre. Je ne l'ai pas détrompé.

— Mais Fitz, tout sera découvert, au plus tard à l'arrivée du médecin ! protesta Linda qui se doutait que, non content de ne pas rectifier l'erreur, son mari avait dû donner quelques avis médicaux à l'intendant.

— Ah, ma chérie, d'ici là nous serons depuis longtemps dans la région de Patea où nous devons nous installer, au bord d'un fleuve, à trente *miles* au nord-ouest d'ici. Et puis… Qui s'en souciera ? L'intendant se fera passer un savon, pas moi. Et toi encore moins. Avant que ça devienne une affaire, tous les officiers seront tombés amoureux de toi !

Effectivement, les officiers avec qui elle était entrée en contact en raison de l'emplacement de la cabane s'étaient montrés amicaux et courtois. Ils n'étaient pas nombreux car le camp n'était qu'en partie rempli, la majeure partie des régiments étant en campagne. Les autres se préparaient à de nouveaux engagements. Personne ne se préoccupa de cette anomalie jusqu'à la constitution du régiment, les hommes munis d'uniformes et de fusils ayant été placés sous les ordres de petits gradés. Le rêve de Fitz de devenir caporal avant la distribution des terres tomba à l'eau dès qu'il eut affaire avec le major Thomas McDonnell.

Né en Australie et guère plus âgé que la plupart de ses hommes, Thomas McDonnell avait eu un passé agité. Très tôt émigré en Nouvelle-Zélande avec ses parents et ayant grandi dans le Northland, à proximité d'une tribu maorie, il avait appris leur langue et s'était même initié à leur philosophie, leur stratégie et leur art militaire. Il se flattait de manier leurs armes traditionnelles avec plus d'habileté que nombre de leurs jeunes guerriers. Il était ensuite retourné en Australie tenter sa chance sur les champs aurifères. Ensuite, revenu en Nouvelle-Zélande, il avait travaillé pour un organisme d'achat de terres autochtones qu'il avait quitté pour fonder un élevage de moutons dans la région de Hawke's Bay. Plus tard, il avait servi d'interprète entre *pakehas* et Maoris, puis avait à nouveau tenté sa chance dans l'orpaillage avant de s'engager dans l'armée, où il s'était distingué en dirigeant des troupes auxiliaires maories sur la côte Est. Il avait enfin été appelé à l'état-major de Cameron.

À sa demande il s'y était vu confier le commandement des Military Settlers. Il envisageait de se marier et de s'installer sur les terres qui lui seraient attribuées. Il passait pour un combattant courageux et impitoyable, pour un supérieur rigoureux.

Il prit Fitz en grippe dès le premier jour. Linda ne sut jamais ce qui s'était passé, mais Fitz était dans une fureur noire quand, le soir, il revint chez eux. Il n'eut pas de mots assez durs pour son nouveau major.

— Il se la joue comme s'il était d'une espèce supérieure, n'écoute rien. Il a un a priori contre les chercheurs d'or…

Bien entendu, le lendemain, Fitz n'était pas sur la liste des caporaux promus. Pour couronner le tout, il se produisit une rencontre déplaisante entre McDonnell et Linda quand le major regagna ses propres quartiers. Ici encore, l'intendant avait commis une erreur. Croyant que le major était déjà marié, il lui avait attribué un logement non dans le quartier des officiers mais dans la cabane à côté de celle de Linda.

Elle venait de cuisiner quand elle s'aperçut que quelqu'un y emménageait. Il lui parut qu'accueillir le nouveau venu en lui portant un pâté d'agneau accompagné de patates douces serait un geste amical. Elle frappa donc à la porte, s'attendant à être reçue par une autre femme et n'était pas préparée à se retrouver face à un homme grand et vigoureux, aux épais favoris. C'est alors qu'elle reconnut le major ! Il était trop tard pour reculer.

— Une spécialité de mon pays, dit-elle en tendant le pâté. Bienvenue dans notre voisinage provisoire. Nous avons entendu dire que vous et votre femme alliez également vous installer près du fleuve Patea.

L'homme ne fit pas mine de prendre le cadeau de bienvenue.

— À qui ai-je l'honneur ? demanda-t-il d'une voix rude. À ma connaissance, aucun de mes officiers n'est marié.

— Oh…, articula Linda furieuse de son faux pas. Excusez-moi. Je suis Linda Fitzpatrick. Mon mari sert dans votre régiment.

Linda ne s'attendait pas à l'explosion de fureur de McDonnell.

— Fitzpatrick ? Incroyable ! Voilà que ce petit voyou m'envoie sa femme m'embobiner. Ce qu'il a déjà fait avec le capitaine Langdon et cet idiot d'intendant ! Comment a-t-il réussi à se mettre dans leurs petits papiers ? Qu'un simple soldat soit logé dans le quartier des officiers, c'est louche. Et sans la moindre honte ! Quelle effronterie !

— Fitz ne m'a pas envoyée, protesta-t-elle en rougissant. J'ai juste voulu... j'ai juste voulu être polie. Et je ne trouve pas non plus correcte cette histoire de cabane. Il y a eu une confusion, et Fitz... Eh bien oui, il ne l'a pas levée. Et d'ailleurs... d'ailleurs, cela n'a pas d'importance. Je veux dire... que quelqu'un loge ici ou que la maison reste vide...

— Eh bien, si ! Ça a de l'importance. En obtenant ce logement, votre époux s'est arrogé un privilège. Il l'a d'ailleurs aussi essayé avec moi. Une première expérience militaire ! Laissez-moi rire ! Alors qu'il ne sait même pas démonter un fusil. Des connaissances en maori... Il sait dire bonjour et ça s'arrête là.

— Moi, je parle le maori, avança timidement Linda. Il a dû vouloir dire que je pourrais servir d'interprète en cas de besoin.

— Non, j'ai parfaitement compris ce qu'il voulait dire, ma jeune dame. Il l'a dit en anglais. Et l'anglais, il le parle. Trop bien, si vous voulez mon avis. Il sait trop bien s'en servir pour se procurer des avantages. Si un jour des guerriers hauhau nous attaquent, Mrs Fitzpatrick, je n'aurai pas besoin d'un beau parleur mais de quelqu'un qui sache tirer juste. C'est ce que votre mari doit encore apprendre. Et vous ne lui rendez pas service en vous essayant à la corruption et à la séduction pour ses beaux yeux. Dieu sait quelles étaient vos intentions à mon égard. Je vous souhaite une bonne journée, Mrs Fitzpatrick !

Sur ce, il lui claqua la porte au nez. Elle en resta pantoise, se sentant salie et humiliée, se demandant ce qu'elle devrait raconter à Fitz de ce désastre. Elle se résolut finalement à recourir à la stratégie de Fitz lui-même quand il expliquait ses échecs : se forçant à rire, elle narra l'épisode comme si cette rencontre avec le major avait été une bonne blague.

— Je… j'espère juste qu'ils ne vont pas nous chasser… conclut-elle cependant avec embarras. Peut-être… peut-être qu'on devrait déménager de nous-mêmes. Nous pourrions dormir dans la charrette.

Fitz, furieux, la foudroya du regard.

— Ils ne vont pas nous chasser. Ça n'en vaut pas la peine, nous partons de toute façon après-demain. Qui sait d'ailleurs si ce McDonnell fera un rapport. Mais sinon… Bon Dieu, Linda, tu m'as cassé la baraque dans le régiment ! Tu t'imagines un peu ? Tentative de corruption du major…

— Comment ? explosa Linda, ne pouvant cacher sa stupéfaction. Tu ne crois tout de même pas que… que j'ai eu une quelconque arrière-pensée ? Fitz, j'ai juste voulu être aimable, je ne savais même pas que…

— Tu aurais dû t'en apercevoir avant de te précipiter et de foutre en l'air tous mes efforts. Je peux dire adieu à ma promotion. Tu as fait du beau, Linda. Félicitations ! lança Fitz en remettant son calot et en quittant la cabane.

Suivant d'un œil humide son mari, Linda tenta de lutter contre le sentiment de culpabilité et d'infériorité qui s'emparait d'elle à nouveau. Alors que c'était tout de même Fitz et personne d'autre qui, du fait de son imposture, l'avait placée dans cette situation embarrassante avec le major.

Elle réfléchit à la manière dont elle pourrait se justifier, passant la nuit à chercher les mots justes. Elle ne voulait pas blesser Fitz, ne pas le provoquer non plus, car il maniait les mots mieux qu'elle… Elle finit par s'endormir et, à son réveil, le lendemain matin, elle trouva le lit vide à côté d'elle. Jamais encore Fitz n'avait découché. Où avait-il donc dormi ? Dans quelles dispositions d'esprit serait-il ? Comment allait se passer le voyage ?

Linda alla atteler Brianna à l'écurie où elle reçut l'aide d'un jeune Maori.

— Le régiment pour Patea se rassemble sur la place principale, expliqua-t-il, tout heureux de pouvoir s'exprimer dans sa langue maternelle. Un beau pays. Traitez-le bien !

Linda lui promit de témoigner au pays l'honneur qui lui était dû, de chanter les *karakias* afin de satisfaire les dieux et les esprits des hommes qui y avaient vécu jusqu'ici et de respecter Papa, la déesse de la terre, quand elle travaillerait aux champs. Le jeune homme lui adressa un salut amical quand elle le quitta pour aller charger la charrette de leurs quelques biens. Elle n'avait pas besoin de Fitz pour ce travail, mais restait préoccupée : où pouvait-il bien être ?

Quand elle et son attelage arrivèrent sur la place de rassemblement, le régiment des Military Settlers était en formation de marche, Fitz au milieu du groupe. Elle se sentit soulagée bien que comprenant soudain que son mari ne voyagerait pas avec elle dans la charrette et se reprochant sa stupidité : la veille, le major avait dû longuement faire s'exercer la troupe et Fitz avait certainement voulu faire preuve de bonne volonté en dormant dans les logements collectifs.

Elle se contenta de lui adresser de loin un geste discret avant de rejoindre le train des équipages. Aucune autre famille ne possédant de cheval et de véhicule, les quelques femmes et enfants venus avec leur père et époux accompagneraient le régiment à pied.

Mais, l'apercevant, Fitz se détacha du groupe de ses camarades et se dirigea vers la charrette. On n'était donc pas encore en ordre de marche. Le cœur de Linda battit plus fort quand elle vit qu'il souriait. Il lui avait donc pardonné. Mais, quand il se fut rapproché, elle vit qu'il n'avait pas son sourire habituel, le sourire plein d'assurance avec lequel il la menait par le bout du nez, mais un sourire rétif, nerveux. Inquiète, elle descendit de son siège. Cachés par la charrette, ils pourraient parler. S'il y avait des nouvelles désagréables, ils n'en feraient au moins pas étalage devant une moitié du régiment.

Fitz s'arrêta au pied de la charrette, un peu gauchement, à distance de Linda.

— Lindie, ma chérie, je suis désolé de n'avoir pas été à la hauteur cette nuit. Mais il ne s'est rien passé : je viens de voir l'intendant. Le major n'a donc pas bavardé.

Ce fut pour Linda comme un coup de poing en pleine figure. C'est donc délibérément que Fitz n'était pas rentré afin d'éviter une possible confrontation avec l'intendant. Il l'avait laissée se débrouiller seule si l'homme l'avait mise à la porte en pleine nuit ! Tandis qu'elle cherchait ses mots, une fille se détacha du groupe des femmes des colons. Un baluchon à l'épaule, elle s'approcha d'eux d'un pas paisible, l'air blasé et renfrogné.

— Fitz… ? dit-elle d'un ton impérieux.

— Ah… euh… Vera. Linda, je te présente Vera, la fille de Mary, la Mary du bateau. Elle cherchait un job et je l'ai embauchée. Elle va voyager avec toi et viendra ensuite avec nous à notre ferme.

— Tu as fait quoi ? s'écria-t-elle sans réfléchir, hébétée.

En temps normal, elle tournait sept fois sa langue dans sa bouche avant de dire quoi que ce soit susceptible de provoquer Fitz. Mais là, la surprise avait été trop grande. La fille de Mary dont il avait été dit, sur le bateau, qu'elle jouait, buvait et se livrait au trafic du whisky ! Elle s'efforça néanmoins de se montrer juste.

Peut-être que Vera ne ressemblait pas à sa mère. Peut-être s'était-elle adressée à Fitz parce qu'elle avait besoin d'aide. Elle l'examina, une jeune fille charpentée, aux cheveux noirs, qui pouvait avoir quatorze ou quinze ans, un peu plus jeune qu'Ireen. Mais rien, en elle, ne rappelait à Linda son amie de l'Otago. Plus grande que Fitz d'une demi-tête, elle paraissait forte malgré sa maigreur. Linda n'aurait su le définir, mais il émanait d'elle une sorte de violence. Ses yeux froids et durs tranchaient dans un visage presque encore enfantin.

— À quel titre tu l'as embauchée ? demanda Linda tentant de se reprendre.

Cette fille l'inquiétait. Elle eut soudain envie de vomir.

— J'ai pensé qu'elle pourrait te donner un coup de main. Comme servante…

Vera lança à Fitz un regard apparemment inexpressif. Il lui sourit.

— Ou bien plutôt comme… comme fille de la maison.

Ce fut plus fort qu'elle, l'estomac de Linda se révolta. Elle se retourna en gémissant, courut de l'autre côté de la charrette et vomit.

Fitz et Vera étaient toujours côte à côte quand elle revint près d'eux, livide, tremblante et bouleversée. Vera l'observa d'un air indifférent avant de se tourner vers Fitz.

— Tu ne m'avais pas dit qu'elle était enceinte.

3

Le trajet pour Patea traversait d'épaisses forêts dans lesquelles on avait sans ménagement taillé de larges tranchées afin de construire des routes et de faciliter les déplacements de l'armée.

En temps ordinaire, comme ses sœurs quelques mois plus tôt, Linda se serait indignée devant cette nature dévastée. Or, elle conduisait sa charrette dans ce paysage de villages maoris détruits sans même remarquer le déboisement insensé, trop occupée qu'elle était par ses propres pensées et par Vera qui, assise à côté d'elle, semblait gonflée d'un sentiment de triomphe. Linda n'aurait su dire pourquoi elle éprouvait une telle aversion envers cette fille. Elle n'était même pas jalouse, car rien n'indiquait qu'il y eût quoi que ce soit entre Fitz et Vera. Ils ne paraissaient pas amoureux. Mais il y avait dans cette jeune femme quelque chose qui lui répugnait, lui faisait peur et la perturbait. Elle n'avait aucune envie de partager sa maison avec elle et ne souhaitait pas jouer auprès d'elle le rôle d'une mère.

Et puis cette idée de grossesse…

Jusque-là, Linda n'avait pas envisagé cette hypothèse, n'ayant fait l'amour qu'une fois avec Fitz. Mais les symptômes étaient sans équivoque : des nausées incessantes, des sautes d'humeur. Elle avait vu dans l'arrêt de ses règles la conséquence de la fatigue après leur hiver à Christchurch. Mais, en réalité, elle n'avait cessé de saigner qu'après cette exceptionnelle nuit de printemps. Elle ne savait si elle devait se réjouir. La veille, elle l'aurait certainement fait, car tout semblait se diriger vers le mieux pour Fitz et elle. L'enfant n'aurait pas à venir au monde dans une charrette ou une cabane de chercheur d'or, mais dans leur propre ferme de Taranaki. Il aurait un avenir assuré, les trois premières années grâce à la solde de son père, ensuite grâce aux bénéfices de la ferme.

Mais maintenant ? Linda jeta un coup d'œil sur Vera qui regardait droit devant elle, le visage vide de toute émotion, l'air maussade.

— Tu aimes les enfants ? demanda Linda.

Vera répondit quand Linda eut renouvelé sa question.

— Non.

Linda fut consternée. D'autant plus que, peu auparavant, elle avait été rassérénée par la joie de Fitz apprenant sa grossesse, autre preuve qu'il n'envisageait pas de la remplacer par Vera.

— Tu vas avoir un enfant ? Eh, les gars, je vais être père ! s'était-il écrié à l'adresse de ses compagnons d'armes dont certains l'avaient applaudi. Quelle chance que tu aies Vera auprès de toi, avait-il ajouté en passant un bras autour de ses épaules. Elle pourra t'aider à la ferme et s'occupera aussi de l'enfant. N'est-ce pas, Vera ?

— Bien sûr, avait répondu celle-ci en se forçant à sourire. J'aime ça.

Sa réponse, à l'instant, semblait plus sincère.

— Tu as déjà travaillé dans une ferme ? tenta encore Linda.

— Non.

Linda se risqua à l'examiner de plus près. Elle portait une vieille jupe bleue et un corsage usé jusqu'à la corde qui cachait mal son corset et ses seins déjà volumineux.

— Nous… nous allons t'acheter de nouveaux vêtements.

Vera, cette fois, s'abstint de toute réponse.

— Où habitiez-vous jusqu'ici ? Ton père était chercheur d'or ?

— Mon père est mort.

Linda resta sans voix. Mary et ses filles devaient pourtant accompagner un des Military Settlers. Elle essaya de se rappeler si, sur le bateau, le nom de famille de Mary avait été prononcé. Elle finit par avoir une intuition.

— Mais alors le soldat Carrigan est ton père adoptif ?

— C'est le mari de ma mère, dit-elle d'un ton méprisant.

— Et pourquoi ne veux-tu pas travailler à la ferme de ta mère ? Il y aura certainement pas mal de travail…

Vera haussa les épaules. Linda se demanda si elle avait eu un passé semblable à celui d'Ireen. Aurait-il abusé d'elle ? Elle n'avait certes pas l'allure de quelqu'un incapable de se défendre. Puis Linda revit souvent en pensée Carrigan, un homme de petite taille, à l'air timide, dont les femmes, sur le bateau, se moquaient, ne comprenant pas comment il avait pu épouser une femme comme Mary.

— Tu n'aimes donc pas ton père adoptif ?

Pour la première fois, Vera tourna la tête vers elle. Son visage avait une expression étrange, sans aucun rapport avec l'expression de bête traquée, aux abois, qu'avait Ireen quand elle parlait de son père.

— Si, dit Vera d'une voix un peu adoucie, mais le regard toujours aussi froid. Mais j'aime mieux Fitz, ajouta-t-elle, un éclair dans les yeux soudain.

Fitz ne s'était pas trompé, il y avait bien trente bons *miles* entre Whanganui et leur nouvelle colonie, distance impossible à parcourir en un jour par des femmes et des enfants. Le régiment fit donc étape à mi-chemin. On voyait dans la grande clairière des traces d'incendie. Des maisons semblaient avoir été détruites. Linda reconnut en frémissant le plan typique d'un village maori. Il y avait donc eu ici un *marae*. Il avait dû être réduit en cendres par Cameron lors de son offensive.

— C'est *tapu*..., dit-elle à Fitz. C'est ici que vivent les esprits de ceux qui ont été chassés. Nous ne devrions pas y camper.

— Les esprits ne mordent pas, répondit Fitz avec indifférence. Et nous, ils ne nous mordront de toute façon pas, ce n'est pas nous qui avons chassé ces gens.

— Nous leur prenons leurs terres.

— On prend ce qu'on peut avoir, intervint Vera.

— Eh, Linda ! dit Fitz en prenant sa femme dans ses bras. Voilà que tu recommences à chercher la petite bête. Ces terres appartiennent à présent à la Couronne. Si nous ne les prenons pas, un autre les prendra. Et les esprits ne nous ont-ils pas jusqu'ici accordé leur bénédiction ? Tu es enceinte, Lindie, nous allons avoir un enfant. Et nous aurons de nouveau une ferme. En plus, le soleil brille.

Ce qui était vrai. Le printemps était partout visible. Même les souches, au bord de la route, donnaient naissance à de nouvelles branches. Malgré l'approche de la nuit, l'air n'était pas froid. L'île du Nord bénéficiait d'un climat nettement plus chaud que les Plains.

Linda aurait voulu retrouver l'apaisement dans l'étreinte de Fitz, mais le sentiment de honte et d'inquiétude ne la quitta pas. Quand Fitz alla prendre son tour de garde, elle alluma un feu. Elle imita de son mieux Makuto célébrant le rituel des morts, invoquant et apaisant les esprits, et elle se sentit mieux quand elle entonna les chants et les prières. Elle fit amende honorable pour les brûlures infligées à Papa, pour les arbres abattus dont la mort avait déclenché la colère de Tane, le dieu de la forêt. Puis elle demanda la bénédiction de Rangi, la déesse du Ciel, pour son enfant à naître.

— Il devra porter ce fardeau comme tous les enfants de mon peuple, murmura-t-elle. Fais en sorte qu'il n'en soit pas brisé. Fais en sorte que moi non plus je ne sois pas brisée par la malédiction qui plane sur cette terre.

Quand Fitz revint de sa garde, Linda était toujours assise, songeuse, auprès du feu. Il lui posa la main sur l'épaule et scruta son visage blême.

— Mais qu'est-ce que tu fais là? Ça ne va pas? As-tu au moins mangé quelque chose? Tu n'as pas cuisiné, n'est-ce pas? Là-bas, il y a du ragoût. Vera! Va à la roulante voir s'il reste quelque chose.

Vera avait observé Linda depuis le siège du conducteur.

— Ta femme se ridiculise. Tu ne m'avais pas dit non plus qu'elle est folle.

Linda se coucha dans la charrette quand Fitz prétendit avoir affaire ailleurs, sans doute allait-il jouer aux cartes auprès d'un feu. Vera s'enroula dans une couverture sous la charrette. Quelques heures plus tard, Fitz revint auprès de Linda. C'est sa proximité qu'il recherchait, pas celle de Vera.

Le voyage se poursuivit sans plus d'incidents que la veille. Cette fois, Linda n'essaya pas d'engager la conversation avec sa future « fille de maison ». Il y avait entre elles un mur. Elle se demandait pourquoi cette fille lui en voulait. Sans doute ressentait-elle son aversion instinctive, mais elle n'avait, sinon, rien à lui reprocher. Au contraire: Linda ne s'était pas opposée à son embauche et avait tenté de se montrer aimable. Elle se sentait traitée de manière injuste, mais voyait que Vera boudait.

Lors de la halte de midi, Vera glissa quelques mots à Fitz qui, sans attendre, admonesta Linda.

— Tu ne devrais pas traiter cette fille de cette manière. Elle a un lourd passé. Tu devrais lui témoigner un peu de gentillesse.

Aussitôt, Linda se sentit coupable.

— S'est-elle plainte ?

— Bien sûr que non. Elle est heureuse d'être avec nous. Elle souffre néanmoins que tu la rejettes. On le voit à son air. Rien qu'à voir comment tu la regardes…

— Je vais essayer de me montrer plus aimable. Peut-être qu'elle-même se fendra d'un sourire de temps à autre.

— Elle n'a pas besoin de sourire, répondit-il avec froideur. Elle ne se croit pas obligée de se faire bien voir auprès de qui que ce soit.

Linda entendit le reproche non formulé : jamais Vera n'aurait eu l'idée de se rendre chez son voisin avec un cadeau de bienvenue.

Le soir, ils arrivèrent à Patea, une localité à l'embouchure du fleuve du même nom. Comme Whanganui, c'était avant tout un camp militaire. Les rares civils étaient des femmes et des enfants de Military Settlers ou bien des arpenteurs et des employés du gouverneur, chargés de la distribution des terres aux colons.

Les terres attribuées au régiment bordaient le fleuve, protégées par des redoutes bâties par les hommes de Cameron. Ces fortins en bois, sur les deux rives, seraient utilisés par les colons comme postes de garde. Entre ces fortins des parcelles avaient été délimitées. Elles seraient attribuées le lendemain par tirage au sort.

La plupart d'entre elles étaient boisées, une seule route courant déjà au bord du fleuve. Quelques-unes, qui correspondaient aux anciennes colonies maories, étaient pour l'essentiel déjà dépourvues d'arbres et de buissons, de vraies terres cultivables, destinées aux officiers supérieurs.

— Nous autres, nous devrons défricher nous-mêmes et construire nos maisons avec le bois coupé, annonça Fitz, peu enchanté par cette perspective.

Linda, en revanche, fut soulagée de n'avoir pas à construire sa ferme sur un *marae* dévasté.

La matinée du lendemain s'écoula avec une lenteur éprouvante. Tandis que les Military Settlers s'exerçaient, Linda attendait sur la charrette. Elle aurait préféré explorer les lieux, mais n'osa pas quitter le camp. Elle ne voulait en aucun cas faire quelque chose qui lui serait ensuite reproché par Fitz ou Vera. Celle-ci était assise sur le hayon de la charrette et suivait les évolutions des recrues obéissant aux ordres de leurs instructeurs, se jetant à terre, sautant, visant et tirant avec leurs fusils sur des cibles.

Linda constata que Fitz ne faisait en l'occurrence pas d'étincelles. Sportif, il était certes agile, mais il avait des jambes courtes, ce qui ne le handicapait pas pour l'aviron, mais pour la course oui. Il semblait de plus n'avoir encore jamais touché un fusil, chose étonnante pour Linda, chaque enfant de fermier de Nouvelle-Zélande ayant appris à manier une arme depuis que l'île était infestée par des lapins qui, apportés par un quelconque émigrant et n'ayant pas d'ennemis naturels, se développaient à toute allure. Seule une chasse régulière aidait à contenir cette plaie. Chasser les lapins appartenait au quotidien de l'éleveur. Carol et Linda avaient eu leurs premières carabines à dix ans. Elle n'aurait eu aucun mal à atteindre la cible proposée aux apprentis soldats.

Fitz, en revanche, n'avait visiblement pas la moindre idée de la manière de se servir d'un fusil. Certes, il avait déjà appris à ôter l'arme de son épaule et à la charger, mais il avait des gestes encore heurtés. Il donnait de surcroît l'impression de se forcer pour faire feu. C'était l'adresse qui clochait le plus. Quant à enfoncer une baïonnette dans la poitrine d'une poupée de paille en hurlant, c'était à l'évidence avec répugnance qu'il se livrait à l'exercice. Cela se voyait comme un nez au milieu de la figure : Fitz était un poids mort pour son unité.

— C'est pour aujourd'hui ou pour demain, soldat Fitzpatrick ? ne tarda pas à hurler le sergent qui les commandait. Combien de temps croyez-vous que le guerrier hauhau attendra que vous le liquidiez ?

Sur le point de répliquer, Fitz se ravisa. Furieux, il s'essuya la sueur du front et recommença. Guère mieux ! Sa défaillance était d'autant plus fâcheuse que la plupart de ses camarades maîtrisaient le geste. Chercheurs d'or, chasseurs de baleines, aventuriers, ils avaient déjà livré dans leur vie antérieure nombre de combats. L'un ou l'autre devait être d'ailleurs en fuite pour s'être servi de son arme une fois de trop et avec trop de précision. Linda se demanda si ces hommes seraient aussi efficaces pour cultiver leurs champs que pour les défendre.

Vers midi, le major McDonnell mit fin aux exercices non sans engueuler copieusement ses hommes. À son avis, aucun d'eux ne s'était distingué. Ils étaient trop lents et il leur reprocha leur timidité et leur paresse.

— Il faut améliorer tout ça ! conclut-il. Et je vous mets en garde ! Même si le pays semble pacifié et même si les salopards tatoués de ce Te Ua Haumene n'oseront jamais attaquer notre colonie, vous appartenez à l'armée en tant que Military Settlers. Vous pouvez être appelés pour des interventions spéciales. Quatre semaines par an seulement, c'est vrai, mais c'est assez pour mourir ! Alors, sacrebleu, ressaisissez-vous et apprenez à combattre ! Et maintenant, venez tirer votre numéro. Ensuite, vous prendrez possession de votre terre et pourrez y bâtir votre maison. C'est particulièrement valable pour les gens avec famille. L'hiver sera là plus vite que vous ne le pensez !

Les hommes s'approchèrent alors d'une table où ils tirèrent un numéro. Fitz fut l'un des derniers à le faire. L'opération terminée, les hommes s'agglutinèrent devant une carte représentant les parcelles répondant à chacun des numéros. Fitz n'y jeta qu'un regard avant de revenir à la charrette.

— La toute dernière parcelle, dit-il avec colère. La plus en amont du fleuve. Merde, bon Dieu, elle jouxte directement la forêt, jura-t-il en montrant un papier portant son numéro.

Effectivement, ils n'auraient qu'un voisin, alors que les autres parcelles en avaient deux. À vrai dire, un des fortins était implanté à proximité et on érigerait encore une enceinte. Linda ne nourrit donc pas d'inquiétude quant à leur sécurité.

— Cela n'a pas d'importance, dit-elle en haussant les épaules. Il sera d'autant plus facile de nous agrandir plus tard, car d'autres terrains vont être viabilisés.

— Il va falloir près d'une heure pour arriver en ville. À cheval. À pied ce sera plus long encore.

Linda garda pour elle l'idée qu'il passerait ainsi moins de temps au pub et que la construction de la maison irait meilleur train.

— Le major a quelque chose contre toi, intervint Vera. Et le sergent aussi. On l'a bien vu. Ils veulent ta peau.

— Exactement ! s'écria Fitz, soudain revigoré. On ne peut pas ne pas le voir. Ce type me cherche des crosses. Ces putains d'exercices, ce tirage au sort…

— Le numéro, c'est tout de même toi qui l'as tiré ! osa Linda. Et les exercices, c'est la norme dans l'armée. Bill Paxton nous a un jour raconté…

— Bill Paxton, Bill Paxton… Ça lui est facile de parler, lui qui est devenu de suite officier. Une famille riche, sans doute…

Linda savait qu'il valait mieux ne rien dire, mais si Fitz commençait à s'apitoyer sur lui-même, cela ne pourrait qu'empirer.

— Si tu veux, nous pourrons demain travailler le tir. Je peux te montrer. Quand nous aurons pris possession de notre parcelle, nous disposerons une cible. Ce n'est pas si difficile que ça. Il te suffit de…

— Ah bon ? Qu'y a-t-il donc d'autre que tu saches mieux faire que moi, Linda ? Badiner avec le sergent ? Ou, mieux encore, avec le major ? Cela ne tient pas à moi, tu m'entends ? Les officiers m'ont dans le collimateur. Bien, et maintenant je vais voir s'il n'est pas possible de changer quelque chose à cette affaire, dit-il en mettant le papier dans sa poche. Il est possible que d'autres soient mécontents eux aussi.

Puis il s'en alla, suivi par Vera. Linda se demanda si elle allait dire quelque chose pour retenir Vera qui, en ce moment, ne faisait qu'encourager Fitz dans sa mauvaise appréciation de sa situation. Mais la jeune fille ne l'entendrait de toute façon pas, et elle risquait de plus d'encaisser une remarque acerbe dont elle ne saurait se défendre. Elle renonça donc et décida de retrouver un peu de sérénité : la journée était magnifique, le fleuve brillait de mille feux, sur ses rives s'étendaient les terres de la nouvelle colonie. Et elle possédait une de ces parcelles ! Peu importait que Fitz en fût satisfait ou non !

Elle aurait une nouvelle ferme, aménagerait un jardin et, l'année suivante, achèterait peut-être quelques moutons. Ida et Karl lui prêteraient de l'argent. Elle fonderait une fromagerie, comme Ida l'avait fait en son temps. Il y aurait à coup sûr des débouchés, Patea étant une ville en pleine croissance et Whanganui, base militaire sans cesse en demande de vivres, n'étant de toute façon pas loin.

Prise d'optimisme et impatiente de découvrir sa nouvelle terre, elle sella Brianna afin d'aller la voir, sans attendre les résultats de la démarche de Fitz, certaine qu'il ne parviendrait à rien. D'ailleurs, le commandement militaire autoriserait-il un tel échange ? Ayant une nouvelle fois étudié le plan des parcelles, elle enregistra l'emplacement de la sienne et se dirigea au trot vers le nord, Amy courant gaîment à ses côtés. Elle dépassa quelques hommes qui se rendaient eux aussi, à pied, sur leurs terres, et se retrouva bientôt au cœur d'une campagne fertile, très verte, entre fleuve et collines. Elle eut le sentiment d'enfin pouvoir pleinement respirer, pour la première fois depuis des mois. Ayant vu des arbres géants, des *kahikateas*, des *pukateas* et des *kauris*, elle pensa avec malaise aux Maoris pour qui ces arbres étaient sacrés, tout comme l'était la montagne se profilant en arrière-plan, le volcan Taranaki qui avait donné son nom à la région.

Le pays était vallonné, loin de la platitude des Plains, mais le terrain s'abaissait à l'approche du fleuve, si bien que celui-ci était bordé de petites plaines qui permettraient d'aménager sans trop de peine des champs et des prés. Il vaudrait sans doute mieux bâtir la maison sur une colline. Linda s'orienta sans mal grâce aux méandres du fleuve et aux redoutes qu'elle avait repérées sur sa carte. Elle salua les hommes de garde et se sentit rassurée d'avoir été aperçue aussitôt. Au moins ces hommes veillaient-ils, même si, comme se le demanda Linda, ils seraient capables de repérer dans les fourrés alentour une troupe de guerriers maoris aguerris. Enfin, elle arriva dans un méandre très marqué et, sur l'autre côté du Patea, à peut-être un quart de *mile*, elle aperçut la tour de la redoute qui assurait la sécurité du dernier angle de la colonie. Sa terre était donc là !

Ravie, elle regarda autour d'elle. Leur parcelle était bien plus jolie que celles qu'elle venait de traverser. Le terrain descendait en pente douce jusqu'au fleuve et la rive n'était pas boisée. Ils pourraient tout de suite labourer et cultiver. À l'arrière, il y avait de douces collines, l'une d'elles évoquant celle de Rata Station sur laquelle Chris avait bâti pour Jane la maison de pierres. Linda imagina déjà sa future maison, en rondins, plus modeste, mais avec une terrasse offrant la vue sur le fleuve. On pourrait voir passer des bateaux et il suffirait d'installer un embarcadère pour recevoir le courrier comme jadis chez elle.

Elle allait enfin avoir une adresse postale ! Elle pourrait correspondre avec Ida et Carol, sortir de son actuelle solitude. Et elle aurait aussi bientôt un enfant ! Elle se vit le bercer dans ses bras sur la terrasse, elle le vit jouer dans le jardin, patauger dans le fleuve. Il aurait une enfance semblable à celle qu'elles avaient eue au bord du Waimakariri. Fitz serait à coup sûr un bon père. Gamin comme il l'était, il ferait rire son fils ou sa fille. Sous le charme de l'endroit, Linda se mit à voir sa future vie en rose : le travail en commun les rapprocherait, il n'aurait que peu à voir avec l'armée, assurerait la garde dans le fortin le plus proche et ne dépendrait plus du major McDonnell.

Elle prit la direction de l'intérieur de la parcelle afin d'explorer les collines. Ici aussi, tout le terrain n'était pas boisé. Ils avaient eu de la chance dans le tirage au sort ! Elle imagina ses moutons broutant les buissons et, l'année suivante, un tapis herbeux recouvrant la colline.

— Qu'en penses-tu, Amy ? Des moutons ! On pourrait commencer par une centaine ?

La chienne pencha la tête, semblant réfléchir, puis jappa de plaisir.

— Donc, c'est d'accord ! dit Linda en riant.

Mais Amy, soudain, tourna la tête, renifla en direction de l'intérieur des terres et partit en trottinant. Linda grimpa à sa suite une colline du haut de laquelle elle découvrit un vallon qu'occupait un gigantesque *kauri* au tronc d'un diamètre d'au moins cinq *yards*. Aucun autre alentour.

Amy ignorait l'arbre. Elle s'était arrêtée devant une femme assise, tenant dans une main des feuilles de *kawa-kawa*, dans l'autre un bâton orné de figures divines, un *tiki wananga*. Elle chantait. Linda n'arriva pas à distinguer si cette plainte était un *maimai* ou un *manawawera*, si elle pleurait un ou plusieurs morts. En tout cas, son chant exprimait tristesse et colère à propos d'une perte, peut-être aussi d'une bataille perdue.

Linda fit avancer sa jument. C'était risqué, mais elle ne ressentait aucune crainte. Quel qu'ait été le nombre de morts dont on faisait le deuil, il aurait dû y avoir d'autres chanteurs ainsi que des danseurs. Cette femme était donc seule. Et elle était âgée. Linda vit qu'elle n'était pas tatouée, en d'autres termes qu'elle était une prêtresse d'un rang si élevé qu'aucun tatoueur n'avait osé verser son sang. Une simple femme n'aurait de même jamais osé saisir le *tiki wananga* chargé de divers *tapus*. La *tohunga* portait une longue jupe et était torse nu. Elle semblait être à demi morte de faim, ses seins flasques retombant sur des côtes saillantes.

— *Kia ora, karani*, la salua Linda avec hésitation, se demandant s'il était juste de l'appeler grand-mère comme elle avait l'habitude de le faire avec les femmes âgées. J'espère que je ne te dérange pas dans ta conversation avec les esprits.

La femme leva les yeux.

— Comment oses-tu ? Vous avez chassé nos esprits depuis longtemps !

— Non, je ne crois pas. L'âme de cet arbre était déjà là bien avant que les canots de ton peuple aient atteint les rives d'Aotearoa. Elle ne craint pas mon peuple. Les *kauris* ont facilement plus de mille ans.

— Jusqu'à ce que vos haches aient scié le tronc où elle réside. Rien pour vous n'est sacré, vous n'avez pas de dieux.

— Si, répondit Linda en s'asseyant auprès de la femme, nous avons un dieu. Mais notre dieu nous rend aveugles pour les dieux des autres. Il est…, elle hésita, cherchant à se souvenir d'un passage de la Bible… C'est un dieu jaloux.

— C'est en son nom que vous faites ici ce vous faites ? soupira la femme. Chantez-vous des *karakias* quand vous brûlez nos villages ?

— Non, affirma Linda. Nos prêtres sont pacifiques. Ce qui se passe ici, c'est une affaire d'argent, de terre… Mais dis-moi ce qui s'est passé, *karani* ? De quelle tribu es-tu ?

— D'aucune, dit la femme d'une voix dure. Il y avait un *iwi* des Ngati Tamakopiri, mais il n'existe plus. Nos guerriers sont partis et ils adorent des dieux étranges, au fond, les dieux des *pakehas*, même si Te Ua Haumene les appelle autrement. Et les *pakehas* ont déporté leurs femmes et leurs enfants. Plus loin au nord, dans la région des Ngati Whatua. Ce sont nos ennemis de mémoire d'homme. Et qui sait combien des nôtres sont arrivés là-bas ? J'ai essayé d'empêcher cela, mais les *pakehas* n'ont pas voulu m'écouter. Alors, je suis revenue. Je suis le fleuve. Le fleuve, c'est moi. Cet arbre aussi. Si vous l'abattez, je tomberai moi aussi.

— Non, nous ne l'abattrons pas, promit Linda.

— Comment peux-tu en être sûre ? demanda la femme en riant. Est-ce que ce ne sont pas les hommes en habits rouges qui décident ce qui se passe ? À Whanganui, il y avait chez vous une femme aux cheveux jaunes comme les tiens. Elle parlait notre langue, mais on l'écoutait aussi peu que nous. Toi non plus on ne t'écoutera pas.

Linda, malgré sa honte, décida qu'elle devait expliquer à cette femme qu'elle était une bénéficiaire de son malheur. Et, en même temps, la seule qui pouvait protéger leurs lieux sacrés.

— Si ! Les *pakehas* m'ont donné cette terre, à moi et à mon mari. Pour la cultiver. Nous planterons des *kumaras* et ferons paître des moutons. Mais nous ne voulons pas fâcher les esprits. Si tu me dis quels endroits sont *tapus*, je les respecterai.

— Tu as raison de ne pas fâcher les esprits, mais tu ne peux pas te blanchir, dit la femme avec calme. Tout, ici, devrait être *tapu*. Car ici, est morte l'âme de mon peuple.

— Non, insista Linda. L'âme des Ngati Tamakopiri est durable. Ton peuple est fort, *karani*. Il reviendra.

La femme l'examina de plus près.

— Qui es-tu ?

Linda lui raconta à la manière maorie d'où elle venait, évoquant Rata Station, Waimakariri, la mort de ses parents et la trahison des Ngai Tahu à qui elle en voulait toujours, Te Haitara ne l'ayant pas protégée.

— Moi aussi, j'ai été chassée. Et j'ai perdu ma famille. Je comprends ce que tu ressens. Et maintenant on m'a donné cette terre. Ta terre, *karani*. J'ai bien peur que j'endosse une grande responsabilité si je la prends.

Mais, si je ne la prends pas, d'autres la prendront qui ne la respecterons peut-être pas. Je te demande donc, *karani*, de la partager avec moi. Gardons-la ensemble et protégeons-la.

La vieille femme dévisagea Linda un long moment avant de parler.

— Je m'appelle Omaka Te Pura. J'appartiens à la tribu des Ngati Tamakopiri et nous sommes jadis venus en Aotearoa sur l'*aotea*. Patea est le fleuve. Taranaki est la montagne…

Linda l'écouta raconter l'histoire de son peuple et se sentit étrangement réconfortée. L'esprit du *kauri* semblait les protéger toutes deux. Linda eut presque l'impression d'avoir retrouvé une tribu.

4

Rentrant au camp après ces instants de sérénité, Linda fut reprise par ses inquiétudes. Euphorique, elle avait oublié que Fitz tentait d'échanger leur parcelle. Qu'allait-il advenir s'il avait réussi ? Elle ne pourrait tenir sa promesse à la *tohunga* qui, une nouvelle fois, serait trompée et déçue par les *pakehas*.

Elle eut beau mettre Brianna au trot rapide, il lui fallut une heure pour atteindre le camp. En passant devant la dernière redoute, elle dut retenir sa monture car un cavalier s'était joint à elle, le capitaine Langdon, le recruteur, qui venait d'inspecter le fortin et rentrait lui aussi au camp. Il l'avait saluée avec politesse.

— Mrs Fitzpatrick et son magnifique cheval… Vous êtes allée voir votre terre ?

— Oui, dit-elle rayonnante. Elle est formidable ! Je ne saurais jamais assez vous remercier ! Si vous n'aviez pas réussi à enthousiasmer mon époux, jamais nous n'aurions pu retrouver une ferme !

— Retrouver ? Vous avez déjà eu une ferme ? Une vie très riche…

Linda remarqua alors le regard méfiant de Langdon.

— J'ai fait quelque chose de mal ? Je n'aurais pas dû partir seule à cheval ? Je suis désolée, mais j'étais tellement impatiente ! Et, comme tous les fortins sont occupés, j'ai…

— Vous pouvez vous déplacer librement sur tout le territoire de la colonie, Mrs Fitzpatrick. Bien sûr que vous y êtes en sécurité. Mais, à vrai dire, votre mari ne semblait pas si satisfait que ça de la terre qui lui a été attribuée. Je suis désolé à mon tour, Mrs Fitzpatrick, mais nous avons dû prendre à son égard une mesure disciplinaire. Une amende, juste. Rassurez-vous, dit le capitaine changeant de ton après avoir vu Linda pâlir. Nous avons failli le mettre aux arrêts. Quelques mots de plus et nous aurions dû sévir, non pas seulement pour s'être livré à un jeu de hasard, mais aussi pour insultes envers un officier.

— Mais qu'a-t-il donc fait ?

— Mieux vaut qu'il vous le dise lui-même. Mais, pour ma part, je suis extrêmement déçu. Après notre premier entretien, j'espérais mieux de lui.

— Mon… mon mari n'avait, c'est vrai, encore jamais manié d'arme, murmura Linda. Et il est peu porté sur…

— Non ? s'étonna à nouveau le capitaine. J'aurais pourtant pensé que les écoles de cadets formaient leurs élèves au maniement des armes dès la première année…

Linda se mordit la langue. Elle avait donc une nouvelle fois trop parlé.

— Ou bien se pourrait-il, poursuivit Langdon, que le major McDonnell ait raison et que votre époux n'ait jamais été à la Royal Military Academy ?

— Je l'ignore. Je ne sais que peu de choses sur ce qu'il a fait avant de venir en Nouvelle-Zélande. Nous nous sommes connus à Christchurch. Ensuite, il a été contremaître dans ma… dans notre ferme. Je viens d'un élevage de moutons, vous savez…

— De là le chien de berger, donc. Nous nous demandions en effet… Comprenez-moi bien, Mrs Fitzpatrick, mais ce cheval coûteux, ce chien…

— Nous ne sommes pas des voleurs ! fulmina Linda, tout en songeant avec honte aux volailles « empruntées » par Fitz.

— Personne n'a pensé à ça, Mrs Fitzpatrick, l'apaisa le capitaine. Nous avions plutôt en vue la passion de votre époux pour le jeu. Mais maintenant… je comprends… vos parents n'appréciaient pas le mari que vous aviez choisi.

— Ce n'est pas ce que vous croyez, répondit Linda en se contenant.

— Cela ne me regarde d'ailleurs pas, Mrs Fitzpatrick. Mais vous devriez surveiller votre époux. Il est irascible et ne respecte pas le règlement de la garnison. De plus, il s'est mis le major à dos et McDonnell est un dur à cuire. Il a lui-même eu une vie, disons… agitée. On ne la lui fait pas. Votre mari ne devrait pas lui mentir une seconde fois. Et il devrait prendre au sérieux les exercices militaires. Nous ne sommes pas ici pour nous amuser, Mrs Fitzpatrick. Dans les forêts qui nous entourent, aussi agréables soient-elles, se cache un danger mortel. Et vous avez une parcelle limitrophe. S'il n'avait tenu qu'à moi, je ne l'aurais attribuée qu'à des soldats expérimentés. L'attribuer au hasard a été une imprudence. Par conséquent, rappelez à votre mari qu'il doit assumer ici des missions militaires. S'il est amené à combattre, bien parler ne lui sera d'aucun secours.

Sur ce, le capitaine porta le doigt à sa casquette en guise de salut et mit son cheval au trot. Ils étaient en train de franchir la porte du camp et il ne souhaitait pas être vu en compagnie de la femme d'un subalterne.

Fitz et Vera, abattus, étaient assis devant la charrette, auprès d'un feu.

— C'est de la chicane et rien d'autre ! tempêtait Fitz. Pourquoi refuser que j'échange la parcelle avec celle de

Simon O'Rourke ? Jusqu'à ce matin, peu importait aux officiers de savoir qui recevait quoi.

— Ça ne leur est pas indifférent, répondit Vera. Tu l'as dit toi-même, ils t'ont donné cette parcelle parce qu'ils ne t'aiment pas.

— Exact, et ils s'imaginaient bien que je ne me laisserais pas faire. D'où les contrôles… Putain de merde, j'étais sur le point de gagner ! O'Rourke aurait été obligé de me céder sa parcelle. Vingt hectares d'un coup !

Linda n'eut pas de mal à reconstituer l'histoire. À en juger par ce que le capitaine venait de lui dire, leur parcelle limitrophe n'attirait personne. Fitz n'ayant trouvé personne avec qui l'échanger, il avait convaincu ses camarades de jouer leurs lots respectifs et avait failli soutirer la sienne à O'Rourke. Peut-être lui aurait-il cédé en échange la sienne, peut-être pas. Pas étonnant que de telles pratiques soient interdites ! Et Fitz n'était certainement pas le premier, parmi tous les joueurs et aventuriers du Military Settlement, à l'avoir tenté. D'où le contrôle exercé par les officiers, une routine sans rapport avec une opération de vengeance.

— *L'attribution des terres se fait par tirage au sort et les droits de propriété sont inaliénables dans un premier temps*, lut Linda ce passage de la notice remise aux Military Settlers avant leur entrée au service. Tu le savais bien, Fitz. Jamais l'administration n'aurait enregistré à ton nom la parcelle d'O'Rourke. De combien est l'amende ?

— L'amende ? Quelle amende ? Comment se fait-il que tu sois déjà au courant de l'affaire ? On le crie sur les toits ?

Linda acquiesça. Elle s'était trahie à nouveau, mais cette fois elle ne se laisserait pas intimider.

— Oui, on en parle. Tu as fait une bêtise, n'essaie pas d'enjoliver les choses, Fitz. Tu aurais mieux fait de venir avec moi inspecter la terre. C'est magnifique, Fitz ! Une des plus belles parcelles, plate pour l'essentiel, peu boisée, idéale pour des moutons.

— Mais c'est au trou du cul du monde ! observa Vera. Tu devrais la refuser, Fitz. Tu n'as pas besoin de devenir Military Settler, tu peux faire autre chose. Tu trouveras partout un truc comme ici.

Tout en parlant, la physionomie de Vera changeait passant de l'indifférence à l'admiration. Sous ce regard, Fitz, lui, parut grandir.

— Moi, je..., commença-t-il, mais Linda en avait décidément assez.

La colère et l'angoisse qui la saisirent à l'idée de perdre cette terre merveilleuse et de gâcher la chance qui s'offrait à eux la firent exploser. Mais que voulait donc cette fille ? Retourner chercher de l'or ? Reprendre la route ? Avait-elle vraiment envie de partir à l'aventure pour une vaine quête d'argent facile ? Elle s'apprêtait à desseller Brianna, mais, y renonçant, elle se planta devant Vera.

— Petite miss ! Ton... père adoptif, peu importe comment tu l'appelles, a signé un contrat. Il est soldat, membre de l'armée. S'il se tire maintenant, il sera un déserteur. Et sais-tu ce qui l'attend, Vera ? Et toi, Fitz ? La mort. Il sera fusillé.

— Il faudrait d'abord qu'ils nous retrouvent, dit-elle avec un air de supériorité, d'une voix de séductrice, mais, cette fois, elle avait mal calculé son coup.

Fitz aimait vivre comme s'il n'y avait pas de lendemain. Or, comprenant soudain que ce lendemain pourrait se terminer devant un peloton d'exécution, il reprit contact avec la réalité. Il avait donné son cheval afin de ne pas risquer de tomber entre les mains des voyous de Queenstown. Et maintenant il allait devoir, bon gré mal gré, effectuer son service militaire afin de ne pas être condamné pour désertion. Fuir la Royal Army était voué à l'échec.

— Nous allons demain commencer par voir cette terre, dit-il avec diplomatie. Ensuite, il sera toujours temps de décider.

Linda lança un regard de triomphe à Vera. Elle connaissait les limites du goût du risque de son époux et savait qu'elle venait de gagner cette partie !

Le lendemain matin, Linda, Fitz et Vera mirent dans la charrette les outils fournis par l'armée, une tente et les ustensiles indispensables, afin de camper jusqu'à la construction de la ferme. Les colons, ce jour-là, étaient exemptés de service. Dès le lendemain, ils seraient occupés huit heures par jour à des travaux de retranchement tout autour de la colonie ainsi qu'au maniement des armes. Ils pourraient consacrer le reste du temps à leurs travaux personnels.

— Le mieux serait que vous vous regroupiez entre voisins et commenciez par les maisons des familles, avait conseillé le capitaine Langdon. Les célibataires peuvent sans problème passer quelques semaines de plus sous la tente. Il s'est aussi révélé judicieux de défricher et, la première année, de travailler la terre en commun. Comme cela vous aurez des premières récoltes dès la première année et, la deuxième année, il vous sera possible de poursuivre ce travail jusqu'au moment où il y aura assez de terre cultivable pour chacun. Essayez de penser « bien commun », car, compte tenu du service armé, il est quasi impossible de mener une entreprise agricole à temps plein.

— Nous y arriverons seuls, déclara Linda en découvrant qui serait leur unique voisin, un ancien chercheur d'or toujours grognon, mâchouillant sans arrêt son tabac à priser. Nous sommes trois. Et nous avons Brianna et

Amy, ajouta-t-elle, comptant plus sur les deux bêtes que sur Vera qui transportait les outils avec le dynamisme d'une septuagénaire.

— Bien sûr, ma chérie, pas de problème ! acquiesça Fitz, qui semblait avoir digéré sa défaite de la veille. Monte, Vera. En avant pour notre ferme !

Peu après la charrette roulait sur la route en bon état qui longeait le fleuve, en direction du nord. Leur voisin les accompagnait, car ils n'avaient pas eu le cœur de le laisser parcourir seul ce long trajet avec son matériel. Il avait remercié en bredouillant quelques mots inintelligibles. Sa présence et celle de Vera empêchèrent Linda de parler d'Omaka à Fitz. Elle ne comptait pas faire mystère de sa rencontre, car son mari n'avait rien contre les Maoris. Mais quelque chose, depuis la veille, la retenait de parler de la *tohunga* devant la jeune fille, alors qu'elle la rencontrerait inévitablement. Linda préférait ne pas penser à ce qui se passerait alors. Elle serait sinon obligée de s'avouer qu'elle avait peur.

Comme la charrette, chargée, n'avançait que lentement, Linda put admirer à loisir le paysage qui, cette fois encore, la remplit de bonheur. Alors que, la veille, le silence n'était rompu que par le murmure du fleuve, le bruissement du vent dans les feuilles et des chants d'oiseaux, les rives du fleuve étaient en ce jour peuplées d'hommes joyeux. Un certain nombre de colons, ayant pris au sérieux les propos du capitaine, s'étaient regroupés et inspectaient leurs parcelles à grand bruit.

Sur la charrette régnait en revanche un silence pesant. La présence de Vera et de Fairbanks bloquait les conversations autrefois habituelles entre Linda et Fitz durant leurs périples. Linda ne pouvait communiquer sa joie à l'idée d'avoir enfin une ferme dans un lieu aussi enchanteur. Elle se concentra donc sur le plaisir qu'elle aurait à revoir Omaka et à partager avec elle sa souffrance et sa tristesse.

Ils déposèrent Fairbanks sur sa parcelle, lui promettant leur aide en cas de besoin, puis Linda fit visiter à Fitz les terres qu'elle avait inspectées la veille. Elle se délecta de la joie qu'il ressentit à la vue de la plaine au bord du fleuve, de la douceur des collines, des arbres qu'il suffirait d'abattre pour bâtir la ferme et du terrain broussailleux qu'il ne serait pas nécessaire de défricher avant d'y faire paître des moutons. Se désintéressant de ce que pouvait raconter Linda, Vera entreprit d'explorer elle-même les lieux. Si Linda en fut soulagée, cela parut aussi améliorer l'humeur de Fitz qui plaisanta avec elle et la fit tournoyer autour de lui quand elle imagina à haute voix le bonheur qu'éprouverait leur enfant dans ce décor enchanteur.

Il se mit à tailler un morceau de bois et lui tendit très vite un petit cheval, de facture grossière.

— Pour mon fils ! annonça-t-il d'un ton important avant de confectionner de la même façon une poupée. Et voilà pour ma fille, dit-il avec un clin d'œil. Ce seront peut-être des jumeaux !

Ils poursuivaient leur tournée quand Vera surgit devant eux, apparemment paniquée.

— Là en bas, il y a des Maoris, Fitz ! Des sauvages ! Il faut les abattre. Tu as ton fusil ? Tu as…

Fitz, négligeant les consignes de sécurité, avait laissé son arme dans la charrette. Cette négligence fut, en la circonstance, un coup de chance. D'un seul coup d'œil sur la vallée, Linda put s'assurer que seule Omaka montait la garde devant son *kauri*. Un fusil l'aurait effrayée.

— Ce n'est rien, c'est Omaka, expliqua-t-elle. C'est une *tohunga*, c'est elle qui apaise les esprits du territoire. Et elle est seule, sa tribu est partie. Il n'y a pas de quoi pousser de tels cris, Vera. C'est une vieille femme inoffensive.

— Cette vieille sorcière m'a flanqué une trouille terrible, déclara Vera d'un ton furibond, tournée vers Fitz. Elle n'a rien à faire ici ! Chasse-la, Fitz !

Arrivée à proximité d'Omaka, Linda fut effrayée à la vue de la vieille femme, debout, le dos appuyé contre son protégé, prête à le défendre, le bâton divin dans une main, pareil à une arme, une massue dans l'autre, les yeux brillants, en alerte, fixés sur les jeunes gens. Quand elle reconnut Linda, elle se détendit.

— *Kia ora, karani*, dit Linda, et adresse aussi mon salut aux esprits de Tane, ajouta-t-elle en montrant l'arbre. Pardonne-nous si la jeune fille t'a dérangée dans ta prière. Je te présente mon mari, Joe Fitzpatrick, qu'on appelle Fitz. Je te présente Omaka, Fitz, un très vieux nom qui signifie « fleuve qui coule ».

Elle se tourna vers Vera et déclara d'une voix soudain sévère, en anglais :

— En tant que prêtresse, Omaka fait partie du fleuve et partie de la terre. Elle est donc tout à fait à sa place ici, jeune fille, et je voudrais que tu lui témoignes de l'attention et du respect.

Linda avait toujours montré plus de facilité à se battre pour les autres que pour elle-même. Vera resta stupéfaite une fraction de seconde puis se ressaisit.

— Je croyais, dit-elle lentement, que cette terre appartenait à Fitz…

Omaka regarda Linda droit dans les yeux.

— *Haere mai, mokopuna*, bienvenue, dit-elle d'un ton amical avant de lancer un regard glacial sur Vera. Qui est cette fille ?

Émue de ce que la prêtresse l'ait qualifiée de petite-fille, Linda chercha comment exprimer en maori le terme d'employée de maison, cette fonction n'existant pas chez les Ngai Tahu. Elle tenta une périphrase :

— Une jeune femme qui travaille pour nous.

— Ton esclave ?

— Non, pas ça, mais… mais quelque chose d'approchant. Sauf qu'elle ne nous appartient pas. Elle peut partir quand elle le voudra.

— Renvoie-la ! exigea Omaka.

— Chasse cette femme ! ordonna Vera à Fitz. Elle me fait peur.

Linda se demanda à qui elle devait d'abord répondre. Elle ignorait ce que Fitz avait compris de sa conversation avec Omaka, mais les gestes et les propos de cette dernière avaient été sans équivoque.

— Ce n'est pas possible, finit-elle par dire, tournée vers la prêtresse. Elle n'a personne en dehors de nous. Elle a besoin de nous.

— *Mokopuna*, à qui mens-tu, à moi ou à toi ?

— C'est mon mari qui l'a engagée, répondit Linda en rougissant. Mais ce n'est pas ce que tu penses.

Omaka dévisagea Vera, puis Fitz. Une ombre courut sur son visage.

— Je vois, *mokopuna*, se contenta-t-elle de dire.

— Elle ne te dérangera pas, s'empressa d'ajouter Linda. Elle… elle travaillera pour nous, près du fleuve, dans les champs, dans la maison. Elle n'aura pas à venir ici. Tu vas certainement vouloir installer ton campement ici ? Nous pourrons y construire une maison pour toi. Je t'ai en tout cas déjà apporté des couvertures et une tente. Je n'avais en fait pas le droit, mais personne n'a fait attention. J'ai juste pris quelques toiles de tente supplémentaires. Ils en ont mis quelques-unes à notre disposition, l'armée je veux dire, nous…

S'apercevant qu'elle parlait à tort et à travers, elle se tut.

— Je te remercie, *mokopuna*, et je vais essayer de te protéger, dit Omaka de sa calme voix de prêtresse, son regard se portant de nouveau sur Vera.

Linda trouva cette réflexion si étrange qu'elle dut lutter contre un rire hystérique. Ce n'était tout de même pas Omaka qui devait la protéger, c'est au contraire elle qui devait s'efforcer d'assurer une place à la prêtresse.

— Alors, Fitz, on fait quoi ? demanda Vera d'une voix suraiguë.

À l'évidence l'hostilité d'Omaka la dérangeait plus que les regards hostiles de Linda. Le regard de Fitz, malheureux comme les pierres, allait de l'une à l'autre des jeunes femmes.

— Vera, je... je ne peux tout de même pas chasser une vieille femme, finit-il par dire.

— Et pourquoi ? cria Vera. C'est une sorcière. C'est Linda elle-même qui l'a dit !

— Une prêtresse, rectifia Linda. C'est une prêtresse. On pourrait peut-être dire une magicienne, concéda-t-elle, désireuse de gagner Fitz à sa cause.

Elle ne voulait pas de lutte pour le pouvoir entre elles deux. C'était au fond ridicule : elle était l'épouse de Fitz et Vera n'était qu'une quelconque petite chose venue on ne sait d'où. Mais elle redoutait la décision de Fitz. Elle entrevit alors une solution. Fitz était un joueur. Il croyait en la chance.

— Les femmes comme elle, reprit-elle, invoquent les esprits pour leur peuple. Elles sculptent *des hei-tikis* et peuvent lancer des malédictions. Mieux vaudrait ne pas se la mettre à dos, Vera.

Elle prit garde de ne pas sembler s'adresser à Fitz, mais elle devinait ses pensées. Vera, au contraire, éclata de rire.

— Ah, on peut dire qu'elle leur a servi, la bénédiction de leurs dieux ! railla-t-elle.

— *Rere ka te ringa ki te ure, ka titoirira, katahi ka hapainga te karakia*, dit Omaka.

C'était une formule magique destinée à libérer les êtres possédés. Linda ne comprit pas chacun des mots prononcés à toute allure. Mais la formule était à coup sûr inoffensive et n'avait rien à voir avec une malédiction. Et pourtant Fitz pâlit.

— Elle ne te dérangera pas, dit-il à Vera. Nous lui ordonnerons de rester ici. C'est d'ailleurs ce qu'elle veut aussi. Linda dit qu'elle protège son arbre. Je me procurerai quelques bâches et elle pourra ainsi se construire un abri. Et toi, tu seras le plus souvent au bord du fleuve.

— Si j'étais toi, dit Vera à Fitz avec de la haine dans les yeux, je couperais son arbre en mille morceaux que je brûlerais. Quelqu'un comme le major le ferait. Mais toi, tu n'as rien dans le ventre.

Elle cracha au pied d'Omaka, de Linda et de Fitz. Puis, faisant demi-tour, elle reprit la direction du fleuve. Fitz la suivit, ce qui soulagea Linda. Fitz ne pouvait laisser passer sans rien dire un tel comportement.

— C'est donc la fin du cauchemar, dit-elle.

Omaka fit non de la tête.

— *To kai ihi, to kai ihi. To kai Rangi, to kai Papa. To kai awe, to kai karu. To kai ure pahore…*

Retournant lentement au camp afin d'aller chercher les bâches et les couvertures destinées à Omaka, elle entendit la prêtresse poursuivre son invocation. La vieille *tohunga* ne partageait pas son optimisme. Il n'était pas si facile que ça de conjurer les esprits.

5

Les espoirs de Linda furent déçus. Fitz ne renvoya pas Vera. Le conflit tournant autour de la vieille Maorie et de son arbre ne fut pas le dernier. Il se produisit d'incessantes querelles entre Vera et Fitz. Le plus souvent, c'était Vera qui déclenchait les hostilités quand Fitz avait rejeté une de ses propositions ou n'avait pas exaucé un de ses souhaits. Elle semblait tester jusqu'où il irait pour elle. Elle exigeait de lui qu'il pêche à la ligne avec elle au lieu de patrouiller jusqu'aux limites de sa parcelle comme il en avait le devoir. Elle le convainquit de la laisser tirer avec son fusil alors qu'il était interdit de chasser avec des armes à feu. Le commandement militaire s'attendait en permanence à des attaques maories, si bien qu'un coup de feu inattendu déclenchait une mobilisation. En cas de fausse alerte, le tireur était recherché, même si l'enquête n'était pas toujours suivie de succès.

Fitz et Vera réussissaient toujours à se tirer des mauvais pas de ce genre. Ils étaient fous de joie quand ils avaient une nouvelle fois embobiné un des supérieurs de Fitz. Fitz risquait pourtant des ennuis et une amende sans pour autant avoir tué le moindre lapin. Il était et restait un mauvais tireur. Quant à Vera, elle ne se donnait même pas la peine de viser quoi que ce soit. Son plaisir était d'entendre la détonation.

Ces stupidités irritaient Linda. Ils n'avaient de toute façon pas assez d'argent pour le risquer ainsi. De plus, leurs «plaisanteries» l'empêchaient d'améliorer les menus grâce à la prise au piège, à la mode maorie, de petits animaux sauvages. Quand des coups de feu avaient été tirés, le fait d'avoir de la viande dans son ragoût rendait suspect. Il fallait alors rendre compte des munitions attribuées et Fitz aurait aussitôt été démasqué. Il répondait aux reproches à sa manière habituelle.

— Tu es injuste, Linda! Tu commences par te plaindre que Vera ne t'aide pas à pêcher et à chasser, mais, dès qu'elle fait mine de vouloir apprendre, elle a de nouveau tout faux!

Linda se taisait, résignée. Toute justification de sa part était tournée en son contraire et Fitz était imperméable aux arguments rationnels. Il avait toujours aimé jouer avec le feu et ne semblait pas remarquer que cela devenait stupide, alors que ses gamineries ne lui rapportaient plus de petits avantages comme naguère. Il n'allait certes pas trop loin, ne cédant aux caprices de Vera que dans la mesure où il le jugeait possible sans risquer d'être exclu de l'armée. S'il résistait, les réactions de la jeune fille étaient d'une extrême violence.

Linda cherchait de plus en plus souvent refuge auprès d'Omaka, se surprenant parfois à dire en chœur avec la prêtresse ses malédictions. À chaque conflit entre Fitz et Vera, elle espérait qu'ils se brouilleraient définitivement, mais, dès le lendemain, tout était oublié. Elle finit par cesser de s'opposer à la jeune fille, se contentant de l'ignorer tout comme celle-ci agissait à son égard quand elles étaient ensemble. Bien entendu, Linda était furieuse de constater que Vera ne lui donnait jamais un coup de main, mais ce n'était pas là sa préoccupation première car elle s'en sortait sans elle. Ce qui n'était pas le cas concernant Fitz. Linda savait poser des pièges et pêcher, déterrer des racines et faire des provisions de plantes médicinales. Elle était aussi capable, avec l'aide de Brianna, de défricher certains terrains de leurs buissons et de les labourer. Elle était en revanche incapable d'abattre des arbres et de construire une cabane, d'installer des clôtures et de bâtir des étables. Mais Fitz manquait d'ardeur à la tâche.

Tandis que, dans toute la colonie, on abattait des arbres, on bâtissait les premières cabanes et les bâtiments agricoles – un colon gallois avait même quelques moutons –, les choses, à Fitzpatrick Station, traînaient en longueur, alors que Linda avait établi un plan facilement exécutable. S'il n'avait tenu qu'à elle, Fitz aurait commencé par installer un enclos pour Brianna qui aurait brouté sur place sans qu'on ait à la surveiller en permanence. Craintive comme elle l'était, on ne pouvait simplement l'attacher. Ç'aurait ensuite été le tour d'une étable, Linda ayant l'intention d'écrire à Ida et Karl pour qu'ils l'aident à se procurer des moutons. Elle n'aurait besoin d'autres bâtiments d'exploitation que pour sa fromagerie et d'un endroit couvert pour traire et tondre les brebis.

Tout cela aurait pu être effectué en quelques semaines si Fitz s'était tenu à l'ouvrage. Certains groupes de voisins en étaient déjà à construire une deuxième, voire une troisième maison. Mais, à l'en croire, il revenait de l'exercice militaire matinal et de la construction de retranchements dans un état d'extrême fatigue. Certes, le major McDonnell ne faisait pas de cadeaux à ses hommes, qui devaient élever d'énormes remparts en terre, renforcés de pieux. Personne ou presque, pourtant, ne se plaignait. Après une première escarmouche avec une troupe de guerriers maoris qui avaient attaqué un groupe de colons en train de labourer, les hommes comprenaient mieux la nécessité d'un dressage militaire sévère et d'installations défensives. Il n'y avait eu de morts ni d'un côté ni de l'autre, mais les Military Settlers étaient sur leurs gardes !

Ces hommes étaient bien sûr, dans leur majorité, habitués aux gros travaux. Ils effectuaient leur « corvée » de plus ou moins bon cœur et se mettaient ensuite à l'ouvrage chez eux. L'exercice ayant commencé dès six heures du matin, ils rentraient sur leur terre en début d'après-midi. Fitz commençait par prendre un peu de repos et ne s'occupait des travaux de la ferme qu'en début de soirée. Il abattait alors un ou deux arbres dont il laissait à Vera ou à Linda le soin de les écorcer quand lui revenait soudain à l'esprit qu'il avait prêté la scie à Fairbanks, qu'elle était émoussée et devait être aiguisée ou bien qu'il lui fallait trouver un deuxième homme pour venir à bout du travail en cours et qu'il partait à cet effet persuader un voisin. Pour éviter toute discussion avec Linda, il disparaissait alors aussitôt. C'est souvent à Vera qu'il confiait la tâche de transmettre à Linda ces excuses cousues de fil blanc. La jeune fille laissait glisser sur elle les réactions furieuses de Linda. Quand celle-ci reprenait ses activités, Vera se retirait aussi discrètement que son « employeur ».

Un bon mois après la distribution des terres, il y eut de surcroît une mobilisation inattendue des Military Settlers. McDonnell avait découvert que les récentes attaques avaient eu comme point de départ le fort de Waikoukou qui servait de base aux guerriers hauhau. On supputait que Haumene s'y était caché. Pour McDonnell, c'était l'occasion rêvée de rassembler des troupes, d'attaquer le fort et de le détruire.

— Il paraît d'ailleurs que ces gaillards détiennent deux femmes blanches, déclara le major à ses hommes rassemblés. Nous allons les enfumer ! Vous allez pouvoir maintenant faire vos preuves, les gars. Montrez que vous êtes des soldats ! Qui sait, vous allez peut-être devenir des héros. Départ demain matin de bonne heure, avec équipement complet !

— Des héros ? À moins que nous n'y passions ! décréta Fitz, nerveux, tandis que Linda préparait son paquetage.

— Essaie de faire attention à toi ! répondit Linda, elle aussi angoissée.

Elle savait en effet depuis un bon moment que les capacités militaires de son mari étaient plus que limitées. Elle savait aussi qu'il avait l'art de passer à travers les mailles du filet. Elle garda en elle ces sentiments contradictoires durant les dix jours que dura l'expédition, se montra distraite et ne parvint que fort mal à venir à bout de ses tâches quotidiennes. Le départ de Fitz laissa en revanche Vera indifférente. Elle se contentait de regarder Linda s'affairer et de se livrer à l'occasion à des remarques sarcastiques.

— Mais pourquoi te fais-tu du souci ? demanda-t-elle un jour. Si Fitz tombe, tu auras la maison et la terre. Et certainement aussi un capitaine qui voudra te consoler, ajouta-t-elle en ricanant, les regards mi-intéressés, mi-compatissants dont le capitaine Langdon gratifiait de temps en temps la jeune femme ne lui ayant pas échappé.

— Fitz est mon mari. Quoi de plus normal que de me faire du souci pour lui. Et je ne veux ni d'un capitaine ni de qui que ce soit. J'ai épousé Fitz ! C'est lui que je veux !

— Bof, nous n'obtenons pas toujours ce que nous désirons !

Linda se détourna et chercha un peu de réconfort auprès du *kauri*. Mais Omaka montra aussi peu de compréhension que Vera.

— Ton mari n'est pas un guerrier et il ne se prend pas pour tel. Il ne se mettra pas à portée d'une arme. Au premier coup de feu, il se terrera comme un *kiwi* en plein jour. Plains-moi plutôt, *mokopuna*. Avec la chute de Waikoukou, mon peuple va perdre encore plus de terres et beaucoup d'hommes vont mourir.

Linda n'éprouvait guère de compassion pour les combattants hauhau et, comme il se révéla après le retour des hommes, l'assaut contre le fort s'était déroulé pratiquement sans que du sang ait été versé. Quelques soldats avaient été blessés et il n'y avait eu de morts ni d'un côté ni de l'autre. Les Maoris avaient très vite abandonné les lieux quand ils s'étaient rendu compte de la supériorité des assaillants. Ils avaient laissé sur place quelques blessés qui avaient donc été faits prisonniers. L'un d'eux, Tohu Kakahi, était un proche de Te Ua Haumene. Le général Chute, avant de poursuivre sa route en direction du nord, avait expédié les détenus à Wellington pour qu'ils y soient interrogés, laissant à McDonnell et à ses Military Settlers le soin de détruire le *pa*, les habitations et les champs du village attenant.

Fitz, pour sa part, affirma que cette campagne avait été dangereuse et sanglante. Ses blessures n'étaient en tout cas que des piqûres d'insectes. Il décrivit avec volubilité les combats contre les Hauhau, prétendant que ces derniers avaient fait usage d'armes à feu.

Selon un rapport du capitaine Langdon paru dans un journal, la partie la plus dangereuse et la plus pénible de l'opération avait en réalité été la traversée d'épaisses forêts, sous la menace permanente d'une embuscade. Elle avait été plus longue que prévu, la nourriture et l'eau avaient manqué et les troupes n'avaient pas été loin de se mutiner.

Le général Chute avait finalement autorisé ses hommes à abattre deux chevaux, ce qui avait remonté le moral des combattants. Linda, trouvant cela « dégoûtant », espéra que Fitz n'avait pas participé au « festin ».

Il ne pouvait en effet avoir manqué de quoi que ce soit car elle avait mis dans son sac à dos une grande quantité de pain, de fromage et de viande séchée.

Lors de l'assaut, ils avaient effectivement été accueillis par un tir nourri des Hauhau, sans qu'on en ait aperçu un seul, bien retranchés qu'ils étaient derrière leur enceinte. Les Anglais avaient alors fait donner leurs canons. Durant la nuit, les Maoris avaient disparu dans leur grande majorité. Au bout de quelques heures d'un silence total, les troupes anglaises étaient entrées dans le *pa* et l'avaient fouillé en prenant toutes les précautions voulues.

Fitz fit une description palpitante de la prise de la forteresse, mais Linda ne crut pas une seconde qu'il y ait mis un pied. Si quelqu'un n'avait pas été à l'avant-garde, c'était lui !

— Et on n'a pas trouvé trace des femmes disparues ? demanda quelques jours plus tard Linda au capitaine Langdon au quartier général.

— Non, ni des femmes ni du prophète. Il avait pourtant été là. Il a dû prendre le large avec ses proches tandis que ce Tohu Kakahi s'est rendu, déclarant qu'il voulait la paix. Il dit, du moins, qu'il faut mettre un terme aux assassinats. C'est peut-être un peu tard pour y penser, mais mieux vaut tard que jamais.

— N'a-t-il rien dit à propos des femmes ? C'est une histoire si terrifiante dans la mesure où elle est exacte. Je n'ai en effet entendu que des bruits à ce sujet. Or, garder des femmes blanches en esclavage n'est pas habituel chez les Maoris. N'ont-ils d'ailleurs pas déclaré vouloir abolir l'esclavage ?

— Oui, dit Langdon en haussant les épaules. Cela faisait partie de l'accord de Waitangi. Les tribus signataires reconnurent le droit anglais, qui interdit l'esclavage. Mais les Hauhau ne s'estiment pas engagés par ce texte. L'histoire est donc exacte. Ce sont… ou c'étaient deux sœurs qui se rendaient à Russell. Cameron les avait jointes à un transport de prisonniers. Une aberration ! Il aurait dû se dire que c'était impossible : le *pa* de Wereroa était alors rempli de guerriers.

— À Russell ? s'affola Linda. Deux sœurs ? Comment s'appelaient-elles ? Le sait-on ?

— Je ne suis pas sûr de bien me rappeler, mais je crois qu'elles s'appelaient Margaret et Carol.

6

Pour Carol et Mara, la vie était devenue plus facile à Waikoukou, comme le leur avait promis Tohu Kakahi. Le fort était plus petit que celui de Wereroa et un village lui était rattaché. Les hommes qui y vivaient avec leurs femmes et leurs enfants étaient loin d'être aussi fanatiques que les hordes de Haumene. Certes il y avait toujours des cérémonies hauhau, mais la vie quotidienne était plus comparable à celle d'un village maori normal qu'à Wereroa. Les jeunes filles n'y manquaient pas qui étaient prêtes à se retirer dans des coins bien cachés avec leurs héros pour y échanger des caresses. Personne n'en était plus réduit aux « faveurs » de Carol.

Tohu avait aussi tenu parole concernant Mara. Sa qualité de commandant officiel du fort lui permettait de maintenir Te Ori loin de son esclave. Il l'envoya d'abord dans une expédition de reconnaissance de plusieurs semaines. Temps durant lequel Mara fut laissée tranquille. Ses blessures guérirent et elle sembla reprendre ses esprits. En tout cas, elle avait recommencé à parler, peu à vrai dire et uniquement avec Carol. Les sœurs restaient à distance des femmes maories, alors qu'elles étaient logées dans le *marae*. Il n'y avait en effet dans le fort pas de local inutilisé qui aurait pu servir de prison. Mais les esclaves ne furent pas autorisées à passer la nuit dans la maison commune. Les doyens de la tribu qui connaissaient les règles de l'esclavage d'avant le traité de Waitangi déclarèrent que Mara et Carol étaient *tapus*.

— Dormez dehors ! ordonna brutalement une des vieilles femmes.

— On ne pourrait pas s'enfuir ? demanda Mara dans l'oreille de sa sœur quand on leur donna deux nattes. Si personne ne nous surveille…

— S'enfuir du village, oui, mais franchir la palissade de ceinture ? Ils la renforcent encore. Je crois qu'ils redoutent une attaque. Il y a certainement de l'espoir, Mara. Cameron va envoyer des troupes quand il aura vu mon inscription.

Contre toute attente, dormir à la belle étoile eut des effets bénéfiques pour Mara. On était au printemps, il ne faisait pas froid et les deux sœurs se sentaient en sécurité : si quelqu'un s'était approché, elles l'auraient vu assez tôt, au clair de lune et à la lumière des étoiles, pour réussir à se cacher. Mara se détendait donc et dormait enfin son saoul. Au bout de quelques jours, elle avait l'air reposée. La nuit, elle était de moins en moins réveillée en sursaut par de mauvais rêves.

Le jour durant, elles devaient trimer, pressées par les femmes du *marae* qui prenaient plaisir à passer leur colère sur les esclaves blanches et à les humilier. Elles venaient de tribus différentes et avaient presque toutes vécu la guerre et la déportation. Elles se vengeaient maintenant des *pakehas* en tourmentant les deux jeunes filles. Elles en arrivaient parfois à les battre ou à les affamer. Carol supportait ce traitement en serrant les dents, alors que Mara se renferma sur elle-même les premiers jours et cessa de manger, comme à Wereroa. Cette fois, pourtant, elle ne tint pas longtemps. Sa phase autodestructrice était derrière elle. Un jour, Carol vit de nouveau la colère étinceler dans ses yeux bleu-vert.

Mara fixait la jeune fille qui la tourmentait d'un regard où brillait une envie de meurtre. Carol redoutait néanmoins que Te Ori, à son retour, ne mît fin à cette rébellion par des coups. Tohu ne pourrait indéfiniment le tenir éloigné du fort.

Effectivement, quelques semaines plus tard, une rumeur courut dans le village : Te Ori allait arriver au *pa* à la tête d'une troupe de guerriers et de prophètes qui venaient de faire leurs preuves. Ils avaient évangélisé le long de la côte Est, puis combattu les troupes du général Chute.

Bien que préparée à son retour, Mara fut terrorisée quand Te Ori se dressa soudain devant elle. Elle laissa tomber avec un cri le lourd sac de céréales qu'elle portait. Comme tout bon guerrier, Te Ori s'entendait à surgir soudain, comme sorti du néant. La peur de Mara le fit ricaner. Glissant sur les grains répandus par terre, elle trébucha.

— Je viendrai te chercher cette nuit, dit-il.

Mara sentit la panique monter en elle. Son corps commença à trembler, le sang se retira de son visage. Elle eut le désir de se laisser tomber et de se recroqueviller, les bras autour des genoux, mais elle résista. Dans l'obscurité de son cachot à Wereroa, sous le coup de la panique et de la douleur, le guerrier tatoué à l'allure martiale lui était apparu comme le diable en personne. Maintenant, apaisée, elle voyait en cet homme un tortionnaire, un homme laid, méchant et violent, mais malgré tout un homme. Et les hommes, on pouvait les tuer… Mara vit une seconde en pensée son couteau s'enfoncer dans sa gorge, son sang gicler…

Serrant les poings, elle se releva.

— Je t'attendrai, répondit-elle, en espérant qu'elle n'avait pas la voix trop rauque.

Elle l'attendrait. Elle supporterait tout ce qu'il lui ferait et, un jour ou l'autre, elle le tuerait. Pas aujourd'hui, peut-être, mais à la fin c'est elle qui triompherait, pas lui.

Il eut une réaction foudroyante, lui lançant son poing en pleine figure et la jetant à terre.

— On t'a demandé quelque chose ? hurla-t-il.

Elle se tordit de douleur sous ses coups de pied, mais elle ne se perdit pas. Elle s'accrocha à sa haine comme à un filin de sauvetage. Il la battrait peut-être à mort, mais il ne l'obligerait pas à baisser les yeux !

Te Ori la remit debout et leva à nouveau le poing.

— Laisse-la tranquille !

Mara entendit une autre voix, la voix d'un jeune homme qui lui parut familière. Très familière même.

— Eru ? demanda-t-elle.

Cette voix était la sienne et pourtant elle devait s'être trompée. Elle avait encore la vue troublée après le coup de poing qui lui avait bouché un œil. Mais l'homme qui repoussait à présent Te Ori et se battait avec lui, ce n'était pas Eru. Il avait tout d'un guerrier, comme Te Ori, le visage entier couvert de vrilles bleues et de symboles, les cheveux noirs noués en un chignon. Il avait certes la peau claire, plus claire que celle de son adversaire qui, surpris par la soudaineté de l'attaque, était tombé et ne se relevait que lentement.

L'homme inconnu s'approcha de la jeune femme.

— Mara ? Mais que fais-tu ici ?

C'était de nouveau la voix d'Eru. Il lui tendit la main pour l'aider à se remettre sur pied. Mara se mit à ramper pour le fuir.

— Mara… Marama…

Les anciens mots doux. De la consternation dans la voix familière d'un inconnu.

Mara émit un son étouffé.

— Fous le camp d'ici. Elle est mon esclave. Elle m'appartient, intervint Te Ori prêt à reprendre le combat.

— Non, répondit l'homme qui avait la peau et la voix d'Eru. C'est à moi qu'elle appartient !

Mara se mit alors à hurler.

Pania, la fille qui mit Tohu Kakahi au courant de l'incident était en fait une des tourmenteuses les plus assidues de Carol et de Mara. Voyant l'esclave blanche allongée sur le sol, hurlant et se débattant, griffant et mordant comme un animal acculé, elle fut pourtant prise de pitié. Elle se précipita vers la maison du chef et, courageusement, s'interposa entre Tohu et Haumene en pleine discussion. Sans se soucier de l'ombre qui pourrait tomber sur elle, elle s'adressa à Tohu.

— *Ariki*, il faut que tu viennes ! La fille blanche… elle… elle… bredouilla-t-elle.

— Nous n'avons donc toujours pas réglé le problème de ces femmes ? s'irrita Haumene. Cela commence à bien faire, Tohu. Ce mangeur d'yeux, Kereopa, ces garçons effrayés, l'un étant à moitié *pakeha*… Nous ne contrôlons plus rien. Si ça continue, les Anglais refuseront de négocier.

— Je t'en prie, *ariki*… insista Pania.

— Que se passe-t-il donc, ma fille, s'enquit Tohu. Parle sans t'énerver. Ou plutôt, je te suis, afin de voir de mes propres yeux. Puis, tourné vers le prophète : Te Ua, il y a longtemps que les *pakehas* ne veulent plus négocier. Nous sommes allés trop loin. Dans une direction que nous ne voulions pas prendre. Le combat est perdu. Se retournant vers Pania, il lui dit : J'arrive, ma fille…

Te Ua suivit des yeux son vieux compagnon, l'air mécontent, serrant les dents. Il aurait pu le rappeler, mais il ne voulait pas entrer dans une lutte pour le pouvoir. Les dernières déportations des tribus de Waikato et de Taranaki, les défaites et l'absence des miracles promis lui avaient aliéné des partisans. Son étoile auprès des tribus, il le savait, commençait à pâlir.

Quand Tohu arriva sur les lieux de l'incident, Mara criait encore, Carol essayant en vain de la calmer. Deux guerriers retenaient Te Ori qui se débattait. S'ils l'avaient lâché, il aurait peut-être tué son esclave, ou bien l'autre, le garçon avec trop de tatouages pour son âge, un demi-*pakeha* semblait-il. En tout cas, il parlait couramment l'anglais. Agenouillé devant Mara, il tentait de la calmer, d'une voix douce, suppliante. Tohu chercha à comprendre.

— Mais c'est moi, Eru ! Mara ! Ton Eru ! Tu n'as pas à avoir peur de moi, je suis ton mari. Mara, chère Mara, Mara Marama, je t'aime. Je n'ai pas changé, je…

— Non ? l'interrompit Carol d'une voix dure. Ce n'est pas l'impression que j'ai. Et Mara moins encore. Qu'est-ce que tu fais chez les Hauhau, Eru ? Tu devrais être en train de compter les moutons de ta mère.

Il ne lui accorda pas un regard.

— Je t'en prie, Mara… je t'en supplie, ma Mara… tu dois pourtant bien me reconnaître.

Tohu vit des larmes couler le long de ses joues.

— Regarde-moi, Mara !

La jeune femme cacha son visage dans l'épaule de sa sœur qui la berçait. Les cris de Mara se muèrent en sanglots.

Tohu prit une profonde inspiration.

— Ça suffit maintenant ! ordonna-t-il à Eru. Cesse de gémir comme une fille ! Et toi, Te Ori, reprends tes esprits. Cette scène est indigne de vous ! Deux guerriers qui se disputent comme deux gamins pour un jouet…

— Elle n'est pas un jouet, elle est ma femme !

— Elle est mon esclave !

— Elle crie, constata Tohu. Elle ne veut donc être la femme de personne. Nous en avions parlé, Te Ori. Tu devais la séduire. C'est de son plein gré qu'elle doit rester avec toi. Tu n'y es pas parvenu. Et toi aussi, jeune homme, tu n'as pas l'air de lui plaire. Maintenant, que sa sœur la conduise dans une maison où dormir ! Qu'on la surveille ! Puis, se tournant vers les hommes qui tenaient Te Ori : Vous serez la première garde. Ne laissez passer personne qui aille vers ces femmes. Je vais voir avec le prophète ce qu'on fera d'elles.

Les deux rivaux se tenant à distance respectueuse, Mara parvint à se calmer peu à peu si bien que Carol put l'aider à se relever. Elle était encore secouée de sanglots incontrôlés, mais elle se laissa conduire dans la maison commune la plus proche où elle s'allongea sur une natte.

— Ce n'est pas Eru, gémit-elle. C'est… c'est absurde. Les esprits… Les voix… Je perds la raison.

— Calme-toi, lui dit Carol. Les esprits n'existent pas, tu le sais. Et tu n'entends pas non plus des voix qui n'existent pas. Au contraire, tu entends très bien. Moi, je n'aurais pas reconnu Eru du premier coup ! Mais c'est lui, il n'y a pas le moindre doute. Il s'est fait tatouer de manière atroce. Sans doute pour mécontenter Jane. Qui sait quels projets elle nourrissait pour lui, maintenant qu'elle règne à Rata Station. Mais quand on l'examine de plus près, on le reconnaît. Toi aussi, tu le reconnaîtras, calme-toi à présent…

— Je ne veux pas le reconnaître ! Si cet homme est Eru… alors mon Eru est mort. Mon Eru est mort et je suis morte, et Cat est morte, et Chris est mort et…

Elle se remit à se balancer comme durant les premières nuits de leur détention.

Carol la frappa au visage.

— Tu n'es pas morte ! lui lança-t-elle avec force.

— Vous serez peut-être mortes toutes les deux demain, dit Pania en entrant dans la pièce avec une corbeille de pain, des patates douces cuites et des tubercules de *raupo*. Tenez, au cas où vous auriez faim. J'ai eu besoin d'un prétexte pour entrer.

— C'est toi qui es allée chercher Tohu, n'est-ce pas ? vérifia Carol. C'est très gentil de ta part.

— Oui, mais le prophète est furieux. Contre tout le monde, je crois. Contre Tohu, contre les missionnaires qui sont revenus au fort aujourd'hui... Et voilà qu'il se dit que les *pakehas* viennent donner l'assaut à Waikoukou. Le prophète ne veut pas qu'ils vous trouvent ici. Demain il vous fera emmener ailleurs et vous fera tuer. Cela doit ressembler à une tentative de fuite de votre part. Et les gardiens vous auraient abattues par mégarde. Comme si personne n'était responsable.

— Et comment sais-tu tout ça ? demanda Carol, blanche comme un linge.

— C'est Te Eriatara qui me l'a dit, le guerrier qui prétend être ton mari, dit la jeune fille tournée vers Mara. Le prophète les a réprimandés, lui et l'autre guerrier qui vous a capturées. Il a ensuite décidé ce qu'il adviendrait de vous. Mais Te Eriatara ne veut pas. Il m'a donné de l'argent, de l'argent *pakeha*, pour que je vous avertisse. Il a dit que vous devez vous tenir prêtes. Il va vous libérer. Cette nuit.

7

Eru avait derrière lui des mois très difficiles. Depuis l'assassinat de Völkner, il ne croyait plus à la mission divine de Te Ua Haumene. Il était certes juste de s'affirmer face aux *pakehas*, mais pas de cette manière archaïque et sauvage ! Le combat qui jusqu'ici avait été une sorte de jeu dans lequel il jouait un rôle important en raison de ses dons d'orateur le dégoûtait. Il n'en continua pas moins à accompagner Kereopa Te Rau, se persuadant qu'il pourrait ainsi peut-être surveiller et modérer ce guerrier fanatique, mais en réalité il n'avait pas d'alternative. Ils arrivèrent d'abord à Gisborne, puis à Urewera. Eru, lors des harangues, faisait preuve de réserve, mais Kereopa et Patara ne s'en apercevaient guère, enivrés qu'ils étaient par le bain de sang d'Opotiki. Les Ngati Tuhoe qui les reçurent les premiers, les admiraient d'ailleurs pour cet exploit. La tribu, qui n'avait eu que peu de contacts encore avec les Blancs, respectait les us et coutumes. Les doyens estimaient toujours qu'un peu de cannibalisme renforçait la *mana* d'un guerrier. Les Hauhau pouvaient donc se sentir en sécurité en dépit de l'insistance avec laquelle les *pakehas* les recherchaient désormais. Urewera, le territoire des Ngati Tuhoe, entre les baies de Plenty et de Hawke, était couvert de forêts et peu habité. Les Blancs ne se risquaient qu'à contrecœur dans cette nature sauvage.

Tous les «évangélistes» de Haumene se retrouvèrent à Gisborne et, bien entendu, ses amis d'enfance avaient des tas de questions à poser à Eru, oscillant entre dégoût et admiration à propos de ce qui s'était passé à Opotiki, mais ne lui faisant grâce d'aucun détail. Eru avait peine à entendre les vantardises de Kereopa et de Patara et ne savait pas ce qu'il devait raconter ou non à Tamati et Kepa de son propre rôle. Finalement, il ne leur avoua pas qu'il avait aidé Lange et Gallant à s'enfuir. Un secret de plus avec lequel il devrait vivre.

Puis ils durent poursuivre leur équipée. Kereopa et Patara s'ennuyaient, en Urewera. Kereopa proposa de revenir à Waikato et d'évangéliser les tribus qui y étaient encore installées. Patara approuva avec enthousiasme. C'était certes un long trajet, au travers de territoires en partie contrôlés par les Anglais. Et cette fois, il n'était plus question pour les Hauhau de se faufiler sans se faire remarquer. Ils partirent donc avec des troupes de Ngati Tuhoe pour une véritable expédition militaire. Dans les plaines de Kaingaroa, sèches et couvertes d'une rare végétation d'herbes et de broussailles, ils ne tardèrent pas à tomber sur des guerriers des Ngati Manawa et des Ngati Rangitihi, deux tribus ennemies depuis toujours. Ils durent livrer des combats acharnés qui, pour Eru, furent la confirmation définitive de l'absurdité de leur mission. Haumene n'avait-il pas dit que les Maoris ne formaient qu'un seul peuple qui devait s'unir contre les *pakehas* ? N'aurait-on pas dû prêcher le message du prophète plutôt que de s'entretuer ?

Les chefs des Ngati Tuhoe et Kereopa expliquèrent bien sûr que ces tribus s'étaient alliées aux Anglais contre leur peuple et qu'elles méritaient d'être châtiées. Eru ignorait si c'était vrai. Ces guerriers, en tout cas, ne se déplaçaient pas en tant que troupes auxiliaires des *pakehas*, mais défendaient leurs territoires contre des ennemis ancestraux. Eru et ses deux amis constatèrent avec effroi que les armes maories avaient des effets terrifiants. Les guerriers se transperçaient de leurs javelots, se fracassaient le crâne avec leurs massues et s'amputaient les uns les autres avec leurs *tewhatewhas*[1]. Les morts étaient décapités. Kereopa avala de nouveau les globes oculaires de trois guerriers des Ngati Manawa. Tamati et Kepa furent saisis du même dégoût qu'Eru.

Les tribus ennemies finirent par pousser les guerriers hauhau non loin d'Opotiki, où les attendaient les troupes anglaises. Au dernier moment, les Ngati Tuhoe parvinrent à leur envoyer des renforts si bien que Kereopa et ses hommes purent prendre la fuite en direction d'Urewera. Eru, Tamati et Kepa, las de ces aventures, décidèrent d'un commun accord de quitter la troupe. Mais ils ne savaient dans quelle direction porter leurs pas.

– Je suis d'avis que nous rentrions chez nous, déclara Tamati. Nous avons apporté notre contribution, nous avons combattu. Nous sommes des hommes ! Nous jouirons d'une grande *mana* dans notre tribu. J'épouserai Tiana.

– Tu crois vraiment que Te Haitara nous félicitera d'avoir été les compagnons du « mangeur d'yeux » ? objecta Kepa. Nous n'avons même pas combattu pour le prophète. En réalité nous nous sommes juste mêlés à de stupides rivalités entre tribus.

Eru était hésitant. Ces réflexions n'avaient rien de neuf pour lui, il les avait eues aussitôt après l'assassinat de Völkner. Bon, maintenant personne ne pourrait plus lui reprocher d'être un lâche. Tous trois avaient tenu leur rang durant les combats et avaient versé le sang.

1. Sorte de hache primitive à long manche. (*N.d.T.*)

Eru avait néanmoins le sentiment de n'avoir pas mené à terme ce qu'il avait commencé.

— Je crois que nous devrions retourner à Wereroa, finit-il par proposer, voir ce que le prophète projette et comment les choses vont tourner. Nous déciderons alors si nous poursuivons la lutte ou si nous repartons pour l'île du Sud. Si nous y repartions maintenant… Ce serait un peu comme si… comme si nous n'avions rien fait.

Tamati et Kepa ne purent s'empêcher de rire.

— Tu veux dire que nous devrions encore jeter rapidement les *pakehas* à la mer ?

Les jeunes gens avaient depuis longtemps compris que la vision de Te Ua Haumene ne deviendrait jamais réalité. À Wereroa, ils avaient simplement rêvé. Ils connaissaient désormais la puissance des Anglais et avaient compris que nombre de leurs compatriotes ne partageaient pas leurs souhaits. Les Maoris, dans leur plus grand nombre, voulaient vivre en paix avec les *pakehas* et garder leur hostilité traditionnelle entre tribus. Sur l'île du Nord en particulier, ils étaient loin de constituer un peuple uni.

— Je voudrais juste être sûr que tout cela a un sens, murmura Eru.

Le lendemain, ils n'eurent pas à prendre de décision. Un émissaire de Te Ua Haumene, plus exactement de Tohu Kakahi, apportait aux évangélistes l'ordre de revenir le plus tôt possible.

— Le prophète est fort mécontent de ce qui s'est passé en son nom ! déclara l'homme. Vous aviez été envoyés prêcher la paix et l'amour et non pour en venir aux mains avec les *pakehas*. Au lieu de quoi, vous commencez par tuer un Blanc avant de vous battre avec les tribus de l'intérieur que vous auriez dû en fait évangéliser ! Vous aurez à répondre de vos actes devant Te Ua et ses conseillers. À Waikoukou. Et sans tarder !

Ni Kereopa ni Patara ne se montrèrent disposés à obéir au prophète. Ils disparurent dans la forêt au lieu de prendre le chemin du Taranaki. Un seul des évangélistes se joignit à eux. Les autres, bourrelés de remords, se soumirent à l'autorité du messager. Les hommes se divisèrent en petits groupes pour traverser les territoires ennemis. Eru, Tamati et Kepa connurent la peur de leur vie à chaque craquement de branche derrière eux. Les Ngati Manawa auraient été impitoyables avec tout guerrier hauhau leur tombant entre les mains. Il ne leur arriva finalement rien, peut-être parce que les tribus ennemies, lasses de la guerre, préférèrent laisser passer les divers groupes plutôt que d'engager de nouveaux combats.

Tous parvinrent donc à Waikoukou et firent leur rapport à Te Ua Haumene, qui se montra tout sauf satisfait de la manière dont ils s'étaient acquittés de leur mission, leur tenant un long exposé sur la paix et l'amour.

— Nous devions pourtant recruter pour toi des guerriers, osa objecter Eru. Il n'a donc pas été juste d'envoyer à Wereroa de jeunes combattants de la tribu ?

— Vous deviez apporter la bonne parole aux tribus de la côte Est, répondit Haumene. Si quelques-uns de leurs guerriers voulaient s'associer à nous, ils auraient bien sûr été les bienvenus. Mais il n'avait pas été question de vous battre !

Eru avait gardé un souvenir différent de leur entretien. Furieux de ces accusations injustifiées, il courut jusqu'au *marae* où il trouva Mara. À cet instant, le monde dans lequel il était entré lors de sa fuite pour rejoindre les Hauhau s'écroula. Comment Te Ua pouvait-il approuver l'esclavage ? Comment pouvait-il accorder à un être aussi répugnant que Te Ori la possession de deux femmes blanches ? Comment tous ces gens pouvaient-ils, sans intervenir, le regarder menacer Mara, la frapper et la rouer de coups de pied ? Au nom de la paix et de l'amour, de l'archange et du prophète ?

Il se fit en Eru un déchirement quand il éloigna Te Ori de Mara, une douleur et une libération tout à la fois. Pai Marire avait été une erreur et Mara arrivait juste au bon moment pour l'en délivrer. Il voulut l'aider à se relever, la prendre dans ses bras et l'embrasser. Quand elle le repoussa, il s'effondra. Il se mit à se haïr pour ce qu'il avait fait ou au moins soutenu. Si maintenant Mara elle aussi le haïssait…

Il n'eut plus qu'une envie: pleurer et se terrer quelque part. Mais Tohu, à cet instant, le convoqua ainsi que Te Ori et tout devint pire encore. Haumene condamna Carol et Mara à mort. Les femmes lui étaient indifférentes, elles n'étaient que des pions dans son jeu, elles avaient d'abord été gênantes et se révélaient maintenant dangereuses. Te Ua se débarrasserait d'elles avec aussi peu de scrupules qu'il envoyait de jeunes guerriers à la mort en usant de mensonges.

Eru sut alors que le temps n'était pas venu de se cacher et de panser ses blessures. Il allait s'enfuir cette nuit avec Carol et Mara.

— Tu vas maintenant te ressaisir ! ordonna Carol à Mara. Que tu aimes encore Eru ou pas, il est pour l'instant notre seul espoir. Donc il faut accepter qu'il nous délivre. Sans cris, sans pleurs. Quand il viendra nous chercher, nous le suivrons. C'est compris ?

Comme sa jeune sœur ne répondait pas, elle la secoua.

— As-tu compris ?

Mara acquiesça. Elle tremblait toujours, mais mangea de bon cœur les provisions apportées par Pania, ce qui parut de bon augure pour Carol.

Plus tard, minuit devait être passé, elles entendirent la garde changer devant leur porte. Au bout d'une petite heure, quelqu'un ouvrit la porte. Carol aperçut la silhouette d'un guerrier dans la pénombre, un visage tatoué.

— Sortez vite d'ici ! chuchota l'homme.

— Viens ! dit Carol.

Mara gémit, tenta de se recroqueviller au lieu de se lever.

— Ce n'est pas Eru ! murmura-t-elle.

Carol l'obligea à se mettre debout.

— Silence et suis-moi !

— Mais ce n'est pas…

Sans écouter sa sœur, Carol la prit par la main et la sortit de force. Aussitôt on les saisit par-derrière. Quelqu'un leur mit un bâillon dans la bouche et leur lia les mains dans le dos.

— Et maintenant, suivez-moi !

Te Ori attacha les deux jeunes femmes l'une à l'autre et tira Carol par une corde.

Carol vit le regard de reproche de Mara qui avait deviné ce qui leur arrivait. Elle avait reconnu la voix. Carol s'en voulut de sa stupidité. Il aurait fallu à Eru beaucoup d'imagination pour les libérer. Te Ori, en revanche, connaissait tous les guerriers du fort. La garde avait dû se faire un plaisir de détourner les yeux un instant. On avait d'ailleurs dû l'aider à les ligoter. Leur enlèvement avait été rapide et silencieux et c'est elle qui, en plus, avait apporté son concours !

Te Ori fit franchir la porte du *pa* aux deux femmes sans se cacher.

— Ordre du prophète. Il veut se débarrasser d'elles, expliqua-t-il aux gardiens.

— Mais fais vite, glissa un des guerriers, et ne te fais pas prendre. Il paraît que les *pakehas* approchent, qu'ils veulent enfin se battre. Ne leur tombe pas dans les bras !

— Ce n'est pas à moi que ça arrivera !

Sitôt la porte franchie, Te Ori se mit au pas de course. Mara et Carol, bien que terrorisées, conçurent un vague espoir : pour les supprimer, Te Ori n'aurait pas eu besoin de les enlever. Te Ua lui aurait certainement donné son accord s'il avait tenu à tuer ses esclaves lui-même. Mais quel sort leur réservait-il ?

Après une marche forcée de plusieurs heures à travers la jungle, elles comprirent que leur vie n'était pas en danger immédiat. Te Ori avait désobéi au prophète, c'est donc qu'il voulait les conserver. Au cours de la nuit, Carol commença pourtant à se demander si une mort rapide n'aurait pas été préférable à la torture de ce cheminement interminable au travers de fourrés impraticables. Épuisée, elle avait les jambes et le visage griffés par les épines. Elle était tombée à plusieurs reprises, sans pouvoir amortir sa chute avec les mains. Le sort de Mara n'était pas plus enviable. Mais elle avait cessé de pleurer. Elle se battait contre les obstacles naturels entravant sa marche, soucieuse de ne laisser paraître aucun signe de faiblesse.

Des heures plus tard, alors qu'il faisait déjà grand jour, peu avant midi, Te Ori fit halte. Il but à un ruisseau et enleva leur bâillon aux prisonnières, qu'il ne délia pourtant pas.

— Comment va-t-on faire pour boire ? fulmina Carol. On va laper comme les chiens ?

— Parfaitement, ricana Te Ori. J'aime vous voir de derrière.

— Tu me verras de face quand je t'égorgerai ! lui dit Mara.

Te Ori, sans un mot, la frappa.

— Où nous emmènes-tu ? demanda Carol. Qu'est-ce que tout cela signifie ?

Te Ori réfléchit un instant, ne sachant s'il devait répondre, puis il laissa exploser sa colère contre le prophète.

— Je ne me laisserai pas déposséder de mon butin ! Que ce type s'appelle prophète ou *ariki*. Chef ! Laisse-moi rire ! Te Ua n'a jamais été élu. Et il n'est pas fils de chef. Au contraire, il était lui-même un esclave. C'est pourquoi il n'a pas de tatouages. S'il veut mon bien, qu'il me combatte !

Il n'avait sans doute pas jeté ces mots à la face du prophète. Carol se retint de le lui dire de peur du coup qui s'ensuivrait.

— Et où comptes-tu aller maintenant ?

— Je vous emmène dans mon village. Dans ma tribu, les Ngati Huia. C'est là que je vais vivre à l'avenir. Ils auront besoin de tous leurs guerriers pour se défendre si les *pakehas* veulent leur prendre leurs terres.

Carol et Mara s'entreregardèrent, pensant toutes deux la même chose. Il était possible de s'enfuir d'un village normal. Elles reprirent espoir.

Eru, Tamati et Kepa passèrent une moitié de la nuit à percer un trou dans l'enceinte, loin des portes du *pa*, à un endroit où l'herbe était haute et où poussaient d'exubérants buissons de *rata*. Le trou permettait de se faufiler sur le ventre. Au petit matin, ils pénétrèrent dans la prison de Carol et Mara après avoir assommé les deux gardiens qui avaient relâché leur vigilance, et enfoncé la porte. Ils trouvèrent la pièce vide.

— Il y en a un qui vous a précédés…, dit en se relevant un gardien qui avait repris conscience et profitait de leur sidération… mais entrez donc, on va vous garder là jusqu'à demain. Le prophète aura sans doute un mot à vous dire.

Eru ne réfléchit pas longtemps. D'un geste rapide, il réexpédia l'homme au sol et s'assura qu'il avait lui aussi perdu connaissance.

— Foutons le camp ! dit-il à ses compagnons. Ils seraient capables de nous tuer pour trahison.

Ils filèrent jusqu'à l'issue qu'ils avaient aménagée, s'y glissèrent, franchirent ensuite en rampant le retranchement qui assurait au *pa* une protection supplémentaire et s'enfoncèrent dans la forêt sans avoir été aperçus.

— Vous pensez qu'ils les ont exécutées ? demanda Tamati quand ils eurent repris leur souffle. Nous sommes arrivés trop tard ?

— Non, ce ne sont pas les tueurs envoyés par le prophète puisque les gardiens étaient encore là, objecta Kepa.

— Mais alors ils savaient quelque chose, nous aurions dû les interroger ! regretta Tamati.

— Pour quoi faire ? s'énerva Eru, rongé par la haine. Elles sont entre les mains de Te Ori. Mais je les retrouverai. Nous allons suivre ce type et les libérer. Où, à votre avis, les a-t-il entraînées ?

Même s'ils avaient été capables de retrouver sa trace et de la suivre, cela aurait été vain, car, à l'instant où ils s'éloignèrent de Waikoukou, McDonnell et ses hommes avaient déjà encerclé le fort. Les trois amis se jetèrent littéralement dans les mains des assiégeants. Moins d'une demi-heure plus tard, ils étaient entre les mains d'un détachement des Military Settlers. Ligotés à un arbre, surveillés par des gardes armés, ils purent entendre le grondement des canons et les tirs de fusils. Le combat dura une journée et fit couler beaucoup moins de sang que ceux auxquels les trois amis avaient participé à Kaingaroa. Il n'y eut finalement que peu de blessés, que le prophète et ses hommes abandonnèrent lors de leur fuite. Les vainqueurs rassemblèrent tous les prisonniers devant le fort afin qu'ils assistent à la destruction du *pa* et du village. Puis le général Chute chargea un détachement de les surveiller. Au lieu de poursuivre Te Ori et ses esclaves, Eru partit pour Wellington au sein du cortège des prisonniers.

8

À l'automne, la moitié des travaux à accomplir ne l'avait pas été, à la ferme de Fitz et de Linda. Celle-ci était de plus en plus pataude et lourde. Des travaux qui lui coûtaient peu autrefois devenaient des corvées. Elle devait demander à Fitz d'aller chercher de l'eau ou du bois de chauffage, ce qu'il faisait sans rechigner, mais qui lui servait d'excuse pour ne pas travailler à la construction.

Alors que les autres colons avaient presque tous emménagé dans leurs maisons, Linda se préparait à devoir mettre son enfant au monde sous une tente. Ce n'était bien entendu pas de gaîté de cœur, mais elle se disait que ce pourrait être pire. Elle logeait avec Fitz dans une vaste tente de l'armée qui offrait en principe quatre places pour des soldats et qui protégeait mieux du froid et de l'humidité que la charrette bâchée ou que la cabane de l'Otago. Elle l'avait rendue assez confortable. Il n'y avait naturellement pas de lits, mais des nattes semblables à celles des Maoris et des tapis qu'elle avait tissés avec Omaka. Elles tressèrent également une hotte et un couffin pour l'enfant. Linda aurait préféré un berceau mais Fitz n'esquissa aucun geste pour donner suite à son désir.

— On a le temps, avait-il répondu quand Linda lui avait demandé d'en fabriquer un.

Vera dormait dans la charrette. Linda ignorait si c'est elle ou Fitz qui l'avait voulu. Linda était de toute façon heureuse d'avoir au moins un endroit où elle avait son mari pour elle seule. Ce n'est que sous la tente que Fitz se montrait parfois tel qu'il avait été en des jours plus heureux, acceptant de converser sérieusement, de l'écouter et de parfois lui donner raison. Il la faisait rire, la faisait de temps en temps jouir et lui permettait de dormir entre ses bras.

Le lendemain de ces nuits heureuses, le regard de Vera avait tôt fait de la rappeler aux réalités et, presque chaque fois, il se produisait dans la journée des scènes pénibles entre Vera et Fitz. La jalousie expliquait certainement cette attitude alors que, pourtant, Linda n'avait jamais observé le moindre échange de tendresses entre eux. Fitz veillait à ne pas compromettre sa réputation en laissant croire qu'il pouvait être l'amant de Vera. Ses rapports avec « ses deux femmes » avaient bien entendu donné lieu à des bavardages au sein de la colonie et de la compagnie. Chacun se demandait, de même que Linda, s'il existait une relation sexuelle entre Fitz et cette fille bien trop jeune, ou bien si leur relation se situait sur un plan père-fille.

Un jour, le capitaine Langdon aborda de manière directe cette question avec Linda qui transportait, dans la charrette, du matériel de construction du camp à sa parcelle.

— Sans vouloir me mêler de ce qui ne me regarde pas, dit-il soudain après avoir échangé des banalités, mais je m'inquiète des bruits qui courent à propos de votre époux et de cette fille qui vit avec vous. En tant que commandant de la compagnie, j'assume une certaine responsabilité envers mes hommes et leurs familles. Par conséquent, Mrs Fitzpatrick, malgré tout le déplaisir que j'ai à vous poser cette question : n'aurions-nous pas ici affaire à une sorte de bigamie ? Le soldat Fitzpatrick n'entretiendrait-il pas une… heu…

une deuxième femme, tant que vous êtes… heu… indisposée ? Vous comprendrez que, dans ce cas, nous pourrions… nous devrions intervenir.

Linda rougit jusqu'à la racine des cheveux et eut un geste de dénégation indigné, alors qu'il lui aurait été extrêmement agréable que les supérieurs de Fitz chassent Vera. Mais l'avouer était au-dessus de ses forces.

— Non, non, il n'y a rien de ce genre. Bien sûr que non. Comment pouvez-vous croire… ? Cette fille a pour ainsi dire… ma foi, cherché refuge auprès de nous. Vous êtes au courant de ce qui se passe dans la famille de Vera, sa mère…

Le soldat Carrigan, Mary et sa fille aînée étaient effectivement du nombre des gens à problèmes de la direction militaire, même si Carrigan lui-même se montrait un travailleur sérieux et accomplissait sagement son service armé. De Mary, en revanche, il se disait qu'elle avait ouvert une distillerie. Personne n'aurait d'ailleurs pu dire où. Ses provisions d'alcool semblaient pourtant inépuisables et elle tenait une espèce de pub sur sa parcelle. Le major McDonnell et le capitaine Langdon étaient certes au courant, mais ne voyaient pas comment intervenir, les Military Settlers étant libres de leurs actes en dehors de leur temps de service. Cela valait aussi pour le comportement de Kyra, la sœur de Vera. Qu'elle se donne pour de l'argent aux hommes était un secret de polichinelle.

— Cette jeune Vera est certainement une jeune fille qui affronte de grandes difficultés. Que vous l'ayez recueillie parle en votre faveur. Il n'y a que vous pour savoir si… si votre mari n'est pas un peu… hum… dépassé par la situation.

Sur quoi, il salua, mit son cheval au trot et dépassa la charrette. Linda n'en voulut en rien à Langdon de sa franchise. Au contraire, le jeune officier lui fit pitié. La scène n'avait pas été moins pénible pour lui que pour elle. Et elle savait désormais de quoi il retournait. Fitz et Vera éveillaient la méfiance d'autres que d'elle. Elle n'était donc pas folle de douter du caractère bénin de leur relation.

Il lui fallut près de deux heures pour rejoindre sa parcelle, ruminant de noires pensées. Sans en porter la moindre responsabilité, elle était devenue la cible des bavards et des assoiffés de sensations. Elle comprenait mieux ce qu'avait enduré sa mère, Cat, à Nelson, il y avait longtemps de ça.

De penser à Cat l'amena à penser aussi à Ida, Karl et Carol. Linda n'avait pas réussi jusqu'ici à reprendre contact avec sa famille bien qu'elle ait écrit à plusieurs reprises à Russell. On lui avait dit au camp qu'on ne pouvait compter sur le service postal tant que la situation dans l'île était imprévisible et dangereuse. Des envois se perdaient assez souvent. Et pourtant Linda aurait tant souhaité pouvoir ouvrir son cœur à quelqu'un. Elle n'avait ici qu'Omaka, mais celle-ci préférait parler d'esprit plutôt que de questions profanes.

Elle traversait la forêt bordant le fleuve. On était fin avril et son enfant naîtrait dans un ou deux mois. Comme toujours, elle admirait le paysage de son nouveau pays, un pays exotique en comparaison des Canterbury Plains, avec une végétation beaucoup plus variée, certains arbres et les fougères restant verts toute l'année. Bien que prête à aimer ce pays de tout son cœur, elle avait le sentiment d'être encore en chemin. Si seulement Fitz s'efforçait un tant soit peu de s'enraciner sur sa parcelle. S'il y avait des champs cultivables, si une maison, sur la colline, pouvait la saluer de loin ! Elle se retint de pleurer. Non, elle avait sa ferme, aurait un enfant et tout finirait par s'arranger.

Soudain, elle crut que ses rêves étaient exaucés. S'approchant de leur parcelle, elle entendit des voix, quelqu'un coupait du bois ! Stupéfaite, elle reconnut les soldats Fairbanks et Hanks qui dégrossissaient des troncs d'arbres pendant que Fitz et Vera avaient entrepris de monter une cabane en rondins, non pas à l'endroit qu'elle avait choisi, mais juste à côté du petit bois qui devait être défriché. Linda ressentit un coup au cœur à l'idée qu'une nouvelle fois Fitz allait au plus facile au lieu de suivre un plan rationnel. Mais elle refoula ce regret : peu importait où il implantait la maison, au moins il travaillait ! Peut-être, d'ailleurs cela ne serait-il qu'une étable. Si l'on travaillait dur, il était possible de bâtir tous les bâtiments en quelques jours. En tout cas, Vera et lui mettaient du cœur à l'ouvrage ! Vera semblait avoir subi une métamorphose, riant et plaisantant avec les deux voisins, propre sur elle, peignée et coiffée, portant une robe qui n'était pas son habituelle vieille robe bleue mais une robe à elle que, à la demande de Fitz, elle avait retouchée aux mensurations de la jeune fille.

— Fitz, ne put-elle s'empêcher de s'exclamer. Fitz, mais que faites-vous donc ?

Il se dirigea vers la charrette et la descendit du siège.

— Ma chérie, il fallait tout de même faire quelque chose ! Tu ne peux donner naissance à notre enfant sous une tente. J'ai donc appelé à l'aide quelques personnes. Dans deux ou trois jours, tu auras ta maison !

— Mais Fitz… la maison devait être construite sur la colline. Ici, on devait aménager des prés, ou bien des étables ou des hangars à tonte et…

— Et, et, et… ! s'exclama Fitz ayant soudain perdu sa bonne humeur. Qu'as-tu de nouveau à râler ? Tu étais partie avec la charrette et le cheval. Allions-nous nous-mêmes tirer les troncs jusqu'en haut de la colline ?

— Non, mais…, commença-t-elle en voulant dire qu'ils avaient passé des mois sans maison et que les quelques heures durant lesquelles elle avait disposé de Brianna ne faisaient rien à l'affaire, mais, avant même qu'elle ait pu placer un troisième mot, Vera se tourna vers elle avec un large sourire.

— Oh, miss Linda, vous avez l'air épuisée. J'allais à l'instant chercher un peu de thé froid pour tout le monde. Je l'ai préparé pour les hommes comme vous me l'aviez demandé. Vous en voudrez bien un peu ? demanda-t-elle avant de partir à grand train et de revenir avec un pot en étain qu'elle avait mis au frais dans le fleuve.

Elle remplit des gobelets qu'elle tendit aux hommes avec quelques mots plaisants, recueillant des regards admiratifs et des éloges.

— Ma foi, vous avez bien de la chance, Mrs Fitz, d'avoir une fille de maison aussi adroite, dit Hanks. Ma femme doit tout faire seule…

Mrs Hanks était elle aussi enceinte, mais de plusieurs mois de moins que Linda.

— Elle est véritablement d'une grande aide, votre Vera ! ajouta Fairbanks de son côté. Je vous l'emprunterais bien, cette petite…

Vera eut un rire qui avait tout du roucoulement, un rire que Linda ne lui avait jamais entendu.

— On pourra en reparler, M. Phil. Je serais heureuse de gagner quelques *cents* supplémentaires. Chez les Fitzpatrick, j'aide en échange du gîte et du couvert et j'aimerais tant pouvoir m'acheter un cheval, voyez-vous ? Comme miss Linda. Sa Brianna est si belle, j'aime tant m'occuper d'elle.

Sans voix, Linda contemplait sa « servante » maussade et taciturne muée en une adolescente pétillante et active, embobinant ses voisins par son charme innocent, jouant les filles travailleuses et désireuses d'apprendre. Vera se montrait reconnaissante envers Linda et regardait Fitz comme elle aurait regardé un père. Linda se demanda si le capitaine Langdon avait parlé à Fitz, voire à Vera.

— Pourquoi ne vous allongez-vous pas un peu, miss Linda ? proposa Vera.

Linda trouva que cette comédie avait assez duré et, acceptant apparemment de bon cœur la proposition, se laissa accompagner par la jeune fille jusqu'à la tente où elle lui demanda des comptes.

— Qu'est-ce que tout cela signifie ? À quoi joues-tu exactement ?

La mine de Vera avait changé dès qu'elle avait été seule avec Linda. Elle la regarda sans dissimuler son mépris.

— J'en avais marre de dormir dans la charrette, dit-elle, je veux une maison.

Quand, le soir, Vera et Fitz firent rôtir avec les voisins quelques poissons qui s'étaient pris dans les nasses de Linda, celle-ci s'excusa et se retira dans sa tente. Elle ne pouvait plus entendre la jeune fille mentir et roucouler avec les voisins, ni ces derniers chanter ses louanges, louanges auxquels Fitz s'associait. Avec fierté, d'un ton paternel et condescendant comme toujours, il disait l'aide considérable qu'était pour eux, et particulièrement pour Linda, la présence de Vera.

— Nous n'aimerions pas en être privés ! Nous avons peine à imaginer qu'elle puisse un jour nous quitter.

Linda s'endormit en pleurant, de fureur et de déception. Il n'y aurait pas de maison pour elle sur la colline. En réalité il n'y avait toujours pas de maison ici pour Linda et sa famille. Fitz construisait une maison pour Vera.

9

La cabane de Fitzpatrick Station fut terminée très rapidement. Linda, Fitz et Vera, pour laquelle Fitz avait construit une vaste annexe, purent y emménager bien avant la naissance. Linda feignit de s'en réjouir alors qu'elle n'éprouvait qu'amertume. Elle n'y pensait à vrai dire pas trop souvent, ayant d'autres soucis à la veille des couches. Il n'y avait pas de sage-femme dans la colonie. À Patea officiait une femme en qui Linda n'avait pas confiance. Il aurait d'ailleurs été vain de la faire venir lors des premières douleurs car il lui aurait fallu des heures pour arriver. Pour bénéficier de son aide, elle aurait donc dû se rendre à Patea plusieurs jours avant la naissance. Or elle voulait mettre au monde son enfant dans son lit, avec l'aide de Fitz. Elle le jugeait capable de la guider à l'aide d'instructions claires. Elle-même était d'ailleurs si l'on peut dire une sage-femme expérimentée. À Rata Station, elle avait aidé d'innombrables brebis, vaches et juments à mettre bas. Elle avait aussi assisté Cat et Makuto, la guérisseuse maorie, lors de plusieurs accouchements.

Fitz, avec un empressement étonnant, s'était dit d'accord sur l'idée de se passer de sage-femme. Mettre au monde un enfant était un défi auquel, dans l'état d'euphorie qui était alors le sien, il se croyait capable de répondre. Jamais Linda ne l'avait vu échouer quand il manifestait pareille humeur. Elle voyait donc approcher l'heure de la délivrance sans grandes craintes. Sa grossesse s'était déroulée sans la moindre complication, si bien qu'elle s'attendait à un accouchement facile. Si des problèmes apparaissaient, elle pourrait compter sur Omaka qui avait sans doute de l'expérience en la matière. Après avoir pensé faire appel à elle dès le début des douleurs, elle s'était ravisée : Omaka n'avait-elle pas perdu sa tribu à cause des *pakehas* ? Ne serait-ce pas trop lui demander que de mettre au monde un enfant *pakeha* sur la terre qu'on avait volée à son *iwi* ?

Omaka d'ailleurs, n'aborda pas le sujet. Elle semblait vivre de plus en plus dans un autre monde, plongée en permanence dans des dialogues avec les esprits de son peuple. C'est avec préoccupation qu'elle voyait s'aiguiser les conflits entre *pakehas* et Maoris. La paix était en effet loin d'être rétablie dans le Taranaki. Ces derniers mois, plusieurs attaques avaient été lancées. Linda était étonnée de constater qu'Omaka ne se rangeait pas du côté de son peuple.

— Ce n'est pas mon peuple, répondit-elle le jour où Linda lui en fit la remarque.

Elles étaient en train de ramasser des plantes médicinales quand elles entendirent une nouvelle fois des coups de feu et des trompettes, sur les retranchements, appeler les colons au combat. Omaka avait alors entonné des *karakias* en faveur de la paix et de la survie des combattants. Mais pas pour la victoire des siens.

— Autrefois, une tribu combattait une autre tribu, expliqua-t-elle. Il y avait des amis et des ennemis, on prenait des terres, on prenait des têtes, on prenait des esclaves. Puis on revenait dans son village et on cultivait les champs. Maintenant nous n'avons plus de villages et plus de champs, et en fait pas de vrais ennemis. Les *pakehas* sont trop forts pour nous. Leurs armes crachent le feu, alors que les nôtres ne font que blesser. Et ils sont trop nombreux. Il en arrive de plus en plus par la mer. Pour un que l'on tue, il en arrive vingt autres. Nous pouvons les détester, mais nous ne pouvons pas les combattre de la manière dont nous combattions jadis, à moins que nous ne voulions tous mourir. Nos guerriers ne le voient ou ne le croient pas. Ils se regroupent sous l'autorité d'un prophète qui n'invoque même pas leurs propres dieux, mais ceux des *pakehas* et qui leur promet l'invulnérabilité. Ce n'est plus une tribu, ce n'est plus qu'une horde de forcenés sauvages et cruels. Et chaque goutte de sang qu'ils font couler, chaque tête qu'ils coupent à un soldat et qu'ils exhibent ne font que renforcer la fureur des *pakehas*. C'est cette fureur qui a frappé ma tribu. Qui, alors, nous a détruits ? Les *pakehas* ou les guerriers d'Haumene ? Ou les deux ? Ces hommes qui se tirent dessus, *mokopuna*, ne sont pas vraiment des ennemis. Au fond, ils sont tous du même côté. Contre moi et contre toi, contre les esprits et contre l'ordre qui devrait régner entre Papa et Rangi sur Aotearoa.

Linda admira la lucidité de la *tohunga* et sa capacité à combattre la haine en elle. En de pareils moments, Linda se sentait très proche d'elle et elle savait qu'Omaka ne refuserait pas de l'assister lors de l'accouchement. Si des difficultés apparaissaient, elle lui enverrait Fitz.

L'enfant fut prêt à connaître le monde par une journée ensoleillée du début juin, un peu froide déjà, mais lumineuse, le mont Taranaki montrait des contours si nets qu'il semblait se dresser devant la cabane. Étant sortie, elle sentit l'enfant descendre dans son ventre. Le jour même, au plus tard dans la nuit, les douleurs commenceraient. Elle devait trouver Fitz et lui demander de ne pas prendre son service de garde. Elle pensa le trouver auprès de Brianna et il lui fallut faire le tour de la colline où aurait dû se trouver sa maison pour atteindre l'enclos. Il avait l'habitude d'abreuver la jument avant de revenir prendre son petit déjeuner, puis de gagner le fortin proche où il était de service.

Aussi fut-elle très étonnée de ne trouver dans l'enclos ni Brianna ni lui, mais Vera en train de remplir l'abreuvoir.

— Où est donc Fitz ? Il faut qu'il reste ici aujourd'hui. Je crois que je vais accoucher.

Vera leva les yeux d'un air triomphant.

— Il est parti à Patea, au marché à bestiaux. Il m'achète un cheval.

— Quoi ? cria Linda.

— Il m'achète un cheval, répéta Vera d'un ton insolent. J'ai assez mis de côté.

Ces dernières semaines, elle avait effectivement travaillé dans une ferme proche. Linda ne savait pas ce qu'elle y faisait exactement. Vera ne répondait pas sur ce point et Fitz restait évasif. Linda soupçonnait tout autre chose mais n'osait le dire. Toujours est-il qu'elle avait gagné pas mal d'argent.

— Vera, j'attends un enfant ! s'écria Linda, décontenancée. Il savait que cela pouvait arriver d'un jour à l'autre et que j'ai besoin de lui. Comment as-tu pu l'envoyer ? Comment… ?

— Le marché, c'est aujourd'hui.

— Mais il y en aura un autre le mois prochain, comme tous les mois. Tu n'étais pas obligée…

— Fitz n'aurait effectivement pas dû, observa Vera d'une voix doucereuse.

Linda comprit ce que signifiait vraiment l'expression « voir rouge ». Elle eut l'impression que quelqu'un agitait un chiffon rouge devant elle.

— Espèce de salope, c'est toi qui as organisé tout ça ! explosa-t-elle. Et Fitz, ce benêt, ce nigaud…

Fitz était heureux de cette naissance. Vera n'aurait pas réussi à l'éloigner avec l'une de ses exigences habituelles. Mais un cheval… Il estimait s'y connaître en chevaux et souffrait d'avoir dû se débarrasser du sien dans l'Otago. Il n'avait pu résister à la tentation d'en choisir un pour Vera, flatté qu'elle lui fasse confiance. Il n'avait à coup sûr pas pensé une seconde à l'enfant ou bien il avait refoulé l'idée en riant. Linda crut l'entendre : « Mais il ne viendra pas justement aujourd'hui, ma chérie. Et je serai rentré avant la nuit… »

— Je te parie, dit-elle, réfrénant son désir de frapper le visage de Vera qui jouait l'indifférence, qu'il a raconté à ses supérieurs devoir rester auprès de sa femme enceinte. Il risque ainsi de se faire surprendre en flagrant délit de mensonge ou de désobéissance. Il ne peut tout de même pas rester invisible à Patea !

Vera eut une moue de défi et haussa dédaigneusement les épaules.

— C'est la dernière fois ! dit Linda fermement. Tu es allée trop loin, Vera. Je ne supporterai pas ça plus longtemps. Quand Fitz sera de retour et que l'enfant sera là, tu t'en iras ! Je veillerai à ce que tu disparaisses d'ici, tu…

— Et j'irai où ?

— Cela m'est parfaitement égal ! Rejoins ta famille. Ou réfugie-toi chez un de tes amants ! Car ce sont bien des amants, Vera, tous ces types chez qui tu jardines, paraît-il, ou nourris le bétail ? Parce que je n'ai vu chez eux ni jardins ni bétail ! Je sais très bien ce que tu es, petite pute ! Et maintenant, fiche le camp d'ici !

Au même instant, elle ressentit comme un coup de couteau dans le bas-ventre, suivi d'un écoulement de liquide le long de ses jambes. Elle prit peur. Elle allait être livrée à elle-même…

Vera, qui semblait avoir remarqué le bref accès de douleur, se remit à sourire.

— Et qui va t'aider maintenant à avoir ton enfant ? demanda-t-elle. Tu n'as que moi, Linda. Dois-je vraiment partir ?

Linda se tordit sous l'effet de la première contraction et s'inquiéta. L'enfant était probablement bien placé, elle était jeune et forte. Elle endurerait l'accouchement sans aide. Mais ensuite elle serait faible et l'enfant sans défense. Si Vera décidait de lui faire du mal, personne ne la croirait si elle affirmait que l'enfant n'était pas mort-né…

— Disparais ! cria-t-elle sans le moindre espoir que Vera lui obéirait.

Elle se détourna de la jeune fille. Elle devait à tout prix revenir chez elle, elle ne pouvait pas mettre l'enfant au monde dans l'enclos ! Il vaudrait mieux qu'elle puisse arriver chez Omaka. Si les choses ne se précipitaient pas…

Elle prit la direction de la maison, mais, quelques pas plus loin, elle fut la proie de la deuxième douleur. Elle trébucha et abandonna l'idée de demander de l'aide à Omaka. Elle n'atteindrait pas son campement du *kauri*. L'enfant était pressé. En temps ordinaire, elle s'en serait réjouie, mais là, elle aurait aimé que l'accouchement dure un peu. Si seulement les douleurs pouvaient durer jusqu'au soir ! Si seulement Fitz pouvait arriver assez tôt pour protéger l'enfant !

Elle se prit le ventre à deux mains et avança de quelques pas en direction de la maison. Elle sentait le regard de Vera dans son dos. Elle la suivait. Linda se mit à trembler. Elle vomit dans une plate-bande et se força à repartir. Elle finit par atteindre la cabane après une éternité et réussit à monter sur son lit où elle se tordit de douleur une nouvelle fois.

— Veux-tu un thé ? demanda Vera en fermant la porte au nez d'Amy, qui se mit à japper avec fureur, grattant contre la porte.

— Je veux que tu disparaisses ! Laisse-moi tranquille…

— Je crois que je vais m'en préparer un.

Elle vit la jeune fille mettre de l'eau sur le feu et se promit de ne rien manger ou boire de ce que la jeune fille pourrait lui offrir. Une nouvelle douleur la fit se retourner en gémissant. Elle devait maintenant encore se déshabiller et mettre une chemise de nuit, à moins qu'elle ne mette son enfant au monde nue comme les femmes du village des Ngai Tahu. Mais elle était déjà trop faible pour défaire tous les bandeaux et tous les boutons. Pourtant sa lourde robe de laine la serrait. Son corps était secoué de crampes tandis qu'assise à côté de son lit Vera la regardait avec intérêt se débattre dans sa lutte. Pareille à un chat jouant avec une souris vouée à la mort.

Amy aboyait toujours devant la maison. Linda l'entendit gratter contre le mur de la chambre : elle essayait sans doute d'entrer par la fenêtre.

— Sale bête…, dit Vera. Elle est gênante, hein, Linda ? Elle est gênante…, dit-elle, ses yeux s'arrêtant sur le fusil de Fitz, posé contre le mur.

Il avait bien entendu oublié de le prendre, alors que tous les colons avaient reçu l'ordre de ne pas sortir de chez eux désarmés.

— Je t'interdis de…, réussit à dire Linda.

Elle n'était pourtant guère inquiète. Vera n'arriverait pas à toucher la petite chienne si vive, à supposer même qu'elle soit capable de se servir d'une arme. Linda se reprocha de n'avoir pas pensé au fusil quand elle était entrée dans la pièce. Quelques tirs en l'air auraient alerté la garnison du fortin le plus proche, voire d'un voisin. Mais à présent seule Amy pouvait lui venir en aide…

— Vas-y, Amy ! Va chercher quelqu'un ! Va chercher de l'aide ! cria Linda, sachant pourtant que la chienne ne la comprenait pas.

Elle obéissait à beaucoup de commandements, mais celui-là, elle ne le connaissait pas.

La chienne faisait maintenant le tour de la maison, paniquée. Quelque chose n'allait pas. Elle voulait rejoindre sa maîtresse mais on l'en empêchait. Et voilà qu'elle l'entendait crier ! Elle aboyait, mais cela ne suffisait pas à calmer sa panique. Linda cria de nouveau… et Amy se mit alors à hurler. Un hurlement sinistre, pareil à celui d'une sirène, une plainte déchirante qui s'envola bien au-delà des limites de la parcelle.

Fairbanks, de service, ne l'entendit pas. Les hommes de la redoute, eux, l'entendirent, mais ne s'émurent pas : pourquoi un chien ne hurlerait-il pas de temps en temps ? Mais il recouvrit les voix des esprits qui conversaient avec Omaka. Elle se releva, rassembla quelques affaires et partit en direction du fleuve, du pas pressé mais économique des Maoris au cours de leurs migrations saisonnières.

Quand la chienne reconnut Omaka, elle sauta à ses côtés en jappant et se précipita à l'intérieur dès que la *tohunga* eut ouvert la porte. Vera, d'abord ahurie, se ressaisit vite, empoignant le fusil et tournant le canon vers Omaka. Mais elle le fit avec tant de maladresse que la prêtresse n'eut même pas à avoir peur. Lançant une malédiction à la jeune fille, elle s'assit sur le bord du lit.

— Il… il n'est pas chargé, haleta Linda. Il… il oublie toujours…

Mais Vera avait déjà laissé tomber l'arme. Sans demander son reste, elle prit la porte et s'enfuit.

— Elle voulait tuer l'enfant, murmura Linda. Elle l'aurait tué, elle... est-elle vraiment un être humain ?

— Elle n'est pas comme nous, remarqua Omaka, apparemment impassible. Elle est comme ton mari.

Linda sursauta. Elle aurait voulu objecter que Fitz était bien sûr un escroc et un benêt mais qu'il n'était absolument pas un être méchant comme l'était Vera. Puis elle oublia tout, tant la douleur suivante fut intense. Elle cria à nouveau, mais elle n'était plus seule à présent. Amy lui léchait la main, pendant qu'Omaka l'extrayait de sa robe, la lavait, lui donnait à boire, chantait des *karakias*. Des *karakias* que chantait autrefois Cat lors des mises à bas de brebis... Réconfortée et délivrée de sa peur, elle s'abandonna aux soins de la vieille *tohunga*. Elle pleura et rit quand, peu après, les mains flétries d'Omaka lui présentèrent l'enfant.

— C'est une fille, dit la prêtresse.

La petite était minuscule, le visage rouge et plein de rides, et Linda eut l'impression que, sous la touffe de cheveux noirs, brillait un regard presque aussi entreprenant que celui du père.

— J'espère que tu prendras la vie un peu plus au sérieux que lui, dit Linda, ne pouvant s'empêcher de rire.

— Elle est en bonne santé et jolie, dit Omaka en coupant le cordon ombilical.

La petite poussa son premier cri et Linda la prit dans ses bras. Elle ressentit un bonheur immense, bien plus fort que celui qu'elle avait connu déjà en berçant de petits êtres. Quel dommage que Fitz ait manqué cet instant !

Puis Linda gémit de nouveau et, quelques douleurs plus tard, elle expulsa le placenta.

— Est-ce que tu veux l'enterrer, *karani* ? demanda-t-elle à Omaka, connaissant la coutume des Maoris qui pensaient que les hommes étaient en permanence attirés sur le lieu où avaient été enterrés les témoins de leur naissance. Mon enfant… fait désormais partie de ton pays, *tangata whenua*.

Omaka secoua la tête avec tristesse.

— Cette enfant ne tirera pas sa *mana* de ce pays. Ce serait une erreur de l'y lier.

— Pourtant…, voulut objecter Linda, mais Omaka posa une main sur la tête de la mère et de la fille dans ses bras.

— Dis-moi plutôt, *mokopuna*, comment tu vas l'appeler, coupa la vieille femme qui, soudain souriante, abandonna la rigueur de la prêtresse pour devenir enfin la *karani* du petit être.

Linda réfléchit un instant. Elle avait bien sûr évoqué des noms avec Fitz qui, partant de l'idée qu'ils auraient un garçon, n'avait pensé qu'à des prénoms masculins. Et voilà qu'une fille leur était donnée, née entre deux mondes et devant la vie à une Maorie.

— Son nom sera à ton image, *karani*, dit-elle en souriant elle aussi quand l'idée lui traversa la tête.

Omaka fronça le sourcil, ses yeux se voilèrent, la *karani* s'effaçant à nouveau derrière la devineresse.

— Elle ne tirera pas non plus sa *mana* de ce fleuve, *mokopuna* !

— Non, je ne vais pas lui donner le nom que les hommes t'ont donné mais celui que les esprits te donnent.

Le bébé ouvrit alors les yeux et Linda lui sourit.

— Tu t'appelleras Aroha…, l'amour.

10

La nuit qui suivit la naissance d'Aroha s'écoula tranquillement, trop, presque. Omaka, qui veillait auprès de l'accouchée et priait, sortait de temps en temps de la cabane, inquiète, tendant l'oreille dans un silence inhabituel pour le Taranaki : sur l'île du Nord, beaucoup d'oiseaux étaient des nocturnes très bruyants, criant et croassant tandis qu'ils cherchaient à se nourrir sur le sol de la forêt ou voletaient dans les arbres. Cette nuit-là, pourtant, rien ne bougeait, sauf Amy qui avait habituellement le sommeil profond. Elle ne cessait de sursauter et d'aboyer. Elle éveilla à deux reprises Linda en dépit de son épuisement.

— Il se passe quelque chose, quelque part dans les forêts…, lui annonça Omaka.

— C'est Vera qui traînaille, répondit Linda en bâillant.

— Non, c'est beaucoup plus loin, mais ça s'approche…

— Tu me fais peur. Qu'est-ce qui s'approche, Omaka ? Une tempête ? Un déluge ?

— Je ne sais pas. Mais la terre le sent. Les esprits sont en effervescence. Nous devons rester vigilantes.

Linda se rendormit, continuant d'attribuer l'agitation d'Amy et le silence des oiseaux à Vera. Peut-être la jeune fille se défoulait-elle en parcourant la forêt en tapant contre les troncs ou en jurant à haute voix ?

Le lendemain matin, Linda se réveilla reposée et heureuse. Elle sourit quand Aroha qu'Omaka venait de poser dans le lit à côté d'elle ouvrit ses yeux bleu clair.

— Tu peux à présent l'allaiter, proposa Omaka en installant l'enfant sur la poitrine de sa mère.

Linda éprouva un immense plaisir à sentir le bébé la téter avec force et avidité, puis, la petite, repue, s'étant endormie blottie contre elle, elle fut submergée par l'amour et la tendresse.

Elle se redressa avec précaution et, par la porte ouverte, vit Omaka allumer un feu, faire cuire des patates douces dans la cendre incandescente ainsi que du pain plat. Quand Linda eut mangé à sa faim et bu du thé, Omaka ressortit, attisa le feu, jeta dans les flammes des plantes et pria les esprits avant de faire brûler le cordon ombilical ainsi que le placenta tout en chantant d'étranges invocations.

— Tu as ancré son âme dans le ciel ? demanda Linda.

— Oui, j'ai fait de Rangi son protecteur. Ton enfant ne sera pas lié à un fleuve ou à une montagne.

Rangi était en effet le dieu du Ciel, alors que les âmes des nouveau-nés étaient généralement confiées à Papa, le dieu de la Terre.

Linda eut un rire oppressé.

— Ma fille devra alors présenter une étrange *pepeha*, dit-elle.

Dans le récit de ses origines, un Maori nommait en effet traditionnellement les cours d'eau et les montagnes de son pays natal et décrivait sa *maunga*, le paysage où il avait ses racines et auquel il se sentait lié.

— C'est le ciel qui sera sa *maunga*, répondit Omaka.

Le soleil était à présent haut dans le ciel. Vera ne s'était pas montrée depuis la veille au soir et Linda se serait presque laissée aller à l'espoir que la jeune fille avait choisi d'habiter ailleurs. Ce qui ne s'avéra pas. En réalité, Vera avait attendu Fitz près du fleuve. Celui-ci était enfin arrivé, sur le coup de midi. Étant en ville, il avait profité de l'occasion pour vider quelques verres afin de fêter l'acquisition d'une jolie petite jument blanche. Il avait aussi, bien entendu, disputé quelques parties de cartes et, comme il devait s'en vanter plus tard, avait récupéré dans sa presque totalité l'argent dépensé pour le cheval.

Linda ne sut pas ce qu'ils s'étaient dit, Vera et lui, mais il l'avait rencontrée puisqu'il était au courant de la naissance de sa fille quand il se rua, enthousiaste, dans la cabane.

— Lindie ! L'enfant est là ? Tu l'as eu sans moi ? Franchement, et moi qui croyais que…

Rayonnant, il embrassa Linda et n'eut ensuite plus d'yeux que pour sa fille. Sa joie était telle que Linda lui aurait presque pardonné son absence. Il était redevenu le Fitz d'avant, plaisantant, la complimentant, chatouillant Aroha et lui faisant des mamours. Linda n'en crut pas ses yeux, mais il réussit effectivement à tirer un sourire de sa fille !

— Elle est ravissante ! dit-il en la prenant dans ses bras. Quel dommage que je n'aie pu être là !

De nouveau, la colère reprit le dessus chez Linda. Elle explosa, lui reprochant avec des mots acérés ses manquements. Comme prévu, il ne se sentit coupable de rien. Il ne prit même pas ses reproches au sérieux.

— Ma chérie, mais pourquoi t'énerver à ce sujet ? Puisque tout s'est bien passé. Nous avons un merveilleux enfant ! Je dois même l'avouer : même moi, je n'aurais pu faire mieux.

Il voulut l'embrasser mais elle se déroba.

— Fitz, ce n'est pas drôle ! J'aurais pu mourir. Et ta Vera aurait assisté à la scène avec son sourire froid. Il va falloir qu'on reparle d'elle, elle…

— Mais elle a quand même fait appel à la vieille Maorie, non ? s'étonna Fitz d'un ton agressif, prêt à étouffer dans l'œuf la moindre attaque contre Vera. Malgré la peur que celle-ci lui inspire ! Et bien que la vieille sorcière l'ait de nouveau enguirlandée. Vera, d'ailleurs, vient de me demander d'enfin dénoncer cette femme et je crois que je vais le faire. Elle n'a rien à faire ici, elle doit retourner dans sa tribu.

— Fitz, Omaka a sauvé la vie de ta femme et de ta fille cette nuit, s'emporta-t-elle, rouge de colère. Je ne sais pas ce que t'a raconté Vera, mais ce n'est pas elle qui a appelé Omaka… c'est Amy…

Elle se tut quand elle vit Fitz sourire avec un air de supériorité. Son histoire devait apparaître farfelue.

— Amy a hurlé, tenta-t-elle d'expliquer, et Omaka l'a entendue. Vera n'est pour rien là-dedans, à moins que tu ne veuilles porter à son crédit d'avoir empêché le chien d'entrer.

— Alors, c'est donc bien qu'elle était dedans avec toi. Elle m'a dit qu'elle a voulu te préparer du thé, mais que tu n'as pas voulu, que tu… que tu t'es comportée de manière assez dingue. C'est d'ailleurs bien compréhensible, les contractions, les douleurs…

— Fitz, elle déforme totalement les faits, cria Linda, serrant les poings. Vera ment. Elle ment dès qu'elle ouvre la bouche, elle…

Fitz allait l'interrompre, mais Aroha, effrayée par l'accès de colère de Linda, se mit à geindre, puis à hurler. Fitz faillit la lâcher.

— Oups ! dit-il en riant, heureux de pouvoir changer de sujet. Eh bien, tu vois, tu as réveillé le bébé par tes cris. Tiens, prends-la. Elle a peut-être faim ?

Linda acquiesça, résignée. Il était effectivement l'heure de donner le sein à Aroha et mieux valait, pour cela, retrouver son calme. De toute façon, elle n'était pas en mesure de poursuivre leur querelle. Elle se sentait lasse, infiniment lasse.

— Alors, je sors, dit son mari. Je dois un peu montrer à Vera comment monter ce cheval, élégant, exactement ce qu'il faut à une jeune fille…

— Nous parlerons plus tard de Vera, dit Linda le plus calmement qu'elle put.

— Mais bien sûr, ma chérie, bien sûr… répondit-il de son air de supériorité habituel.

Linda ferma les yeux, s'abandonnant à sa fatigue, tandis qu'il sortait. Elle allait se reposer. Omaka revint sans bruit à côté d'elle et entonna ses chants.

— Je n'y suis pas arrivée, Omaka, soupira Linda. Mais j'essaierai encore, et je ne me laisserai pas embobiner par de belles paroles. J'y arriverai. Vera doit partir !

Linda tint parole. En fin d'après-midi, s'étant réveillée et ayant allaité Aroha, elle aborda à nouveau avec Fitz le problème de Vera. Celle-ci n'était pas présente, ayant choisi de faire un tour à cheval. Linda eut pitié de la pauvre bête, Vera ne sachant pas monter.

Comme de bien entendu, Fitz écarta ses reproches en riant.

— Mais c'est absurde, Lindie. Qu'est-ce que Vera pourrait avoir contre ce bébé ? Et l'achat du cheval aurait été le résultat d'un plan ? Comment aurait-elle pu savoir que l'enfant naîtrait justement ce jour-là ? Tu ne crois tout de même pas que c'est elle qui a organisé le marché ce jour-là ?

— J'avais calculé la date de l'accouchement ! s'écria Linda, pleine de rage. Ce n'était diable pas difficile après que tu…

Elle prit le temps de respirer un bon coup : il était inutile de lui jeter à présent à la figure ses défaillances au lit.

— Tu savais quand tu devais te tenir prêt, tes supérieurs le savaient. Vera n'a pas pu ne pas le savoir. Le marché convenait à son plan. Elle aurait sinon trouvé un autre motif pour t'attirer ailleurs…

Linda s'arrêta, ayant entendu des coups de feu. Amy se mit à aboyer. Elle n'avait cessé de japper durant l'après-midi, interrompant le sommeil de sa maîtresse.

— Il ne faut pas que tu y ailles ? demanda Linda, inquiète.

Une sonnerie de trompette appelant les colons aux armes se mêla à la fusillade. Linda vit un combat se livrer chez son mari entre l'envie d'échapper à une conversation déplaisante et son aversion envers le service armé.

— Je suis dispensé de service, déclara-t-il, montrant en ricanant Aroha. Ils vont aujourd'hui devoir repousser les sauvages sans moi. Si ce n'est pas, de plus, une fausse alerte. Le major aime se faire peur. Exactement comme toi, ma douce. Vera…

— Vera est une menteuse et une putain, cria Linda en se redressant et, si Omaka n'avait pas été là, hier, elle aurait tué ton enfant. J'en suis certaine, Fitz ! Je ne plaisante pas.

— Lindie, ma chérie, mais ce n'est encore qu'une toute jeune fille !

Linda attira contre elle Aroha endormie.

— Fitz, dit-elle, tandis que de nouveaux coups de feu éclataient, plus proches, Fitz, je me fiche de ce que tu crois. Mais tu vas devoir à présent décider : moi, ta femme, je veux que Vera s'en aille. Alors, tu vas me faire le plaisir de la renvoyer. Que tu y voies ou non des motifs !

Fitz se redressa. Jamais Linda ne lui avait vu un air aussi méchant. Son sourire condescendant céda la place à un rictus haineux.

— Certainement pas ! siffla-t-il. Et je n'écouterai pas plus longtemps tes stupidités. C'est ma terre, Linda ! Avant que Vera s'en aille, c'est toi qui…

Avant qu'il ait pu terminer, quelqu'un ouvrit la porte à la volée. Omaka entra en trombe et lança quelques mots.

— … partiras, acheva Fitz.

Linda serra les dents. Elle n'avait pas le temps de répondre… La nouvelle apportée par Omaka était plus importante. De nouveau, une trompette sonna l'alarme depuis le fortin, recouvrant le son d'une corne. Linda savait ce que cela signifiait. Toujours tenant Aroha, elle tenta de se lever.

— Il faut que tu rejoignes au plus vite ton unité, Fitz. Aroha, moi et Omoka, nous allons nous cacher dans la forêt. Elle dit qu'ils arrivent… les guerriers… ils jouent de la conque marine…

Omaka se tourna elle aussi vers Fitz et baragouina en anglais :

— *Putara*… femme, enfant, fuir… forêt sûre… moi trouver place…

Elle aida Linda à se relever.

— Conneries ! cria Fitz. Ce ne sont une nouvelle fois que quelques couillons de sauvages ! Le major aura tôt fait de les chasser.

— Non ! Pas s'ils jouent de la *putara* ! rétorqua Linda en rassemblant à la hâte une couverture et quelques habits pour Aroha. C'est un appel au combat. Ils sont donc nombreux et bien organisés, une armée !

— Ils se sont rassemblés pendant la nuit, expliqua Omaka dans sa langue. De là le silence. Ils sont restés cachés pendant la journée et profitent du crépuscule…

— Ils ne vont pas attaquer maintenant, dit Fitz d'un ton convaincu. La nuit va tomber.

— Justement ! dit Linda, prête à fuir, qui comprenait la hâte d'Omaka : la fusillade était déjà intense sur les retranchements et, plus menaçante encore, dans le fortin le plus proche. Il était possible que les assaillants aient traversé le fleuve.

Ils entendirent des bruits de sabots devant la cabane et virent par la porte restée ouverte Vera se laisser glisser de son cheval.

— Fitz ! Fitz ! Ils… ont réussi à passer ! Ils me poursuivent ! Des centaines… des centaines de sauvages, tatoués, des guerriers. Ils… ils ont…

C'était la première fois que Linda voyait Vera vraiment émue.

— *Rire, rire, hau hau !*

— *Pai Marire, hau hau !*

On entendait, au-dehors, les voix des guerriers, une sorte de mélopée sinistre pareille à un chœur d'esprits.

— *Kira, kira, wana, tu, tiri, wha*… « Tuez, tuez, un, deux, trois, quatre… »

Prise de panique, Linda regarda par la porte. Les hommes arrivaient du fleuve et étaient en train d'encercler la colline. Trop tard pour s'enfuir ! Amy se mit à aboyer, mais les guerriers l'ignorèrent.

— Fitz, viens ! Le réduit, mon réduit !

Tandis que Linda était paralysée par la terreur et que Fitz, comme fasciné, regardait les ombres devant la maison, Vera ne restait pas inactive.

L'annexe où dormait Vera était une chambrette rudimentaire, le genre de pièce qui sert à conserver le bois de chauffage ou les outils de jardin. Elle avait une porte donnant sur l'extérieur qu'utilisait généralement Vera, mais il existait également un passage à l'intérieur de la maison, bas, conçu afin de permettre d'aller chercher le bois ou des provisions sans avoir à sortir. Linda, ne tenant pas à ce que Vera pénètre dans la maison sans y être autorisée, la tenait fermée. La jeune fille ouvrit le verrou.

— Fitz, viens ! dit-elle en le poussant.

Linda réfléchit une fraction de seconde. Cela pouvait marcher, surtout si elle éteignait la lanterne au gaz éclairant la maison. Dans la pénombre, le portillon pourrait passer inaperçu. D'un autre côté, les guerriers avaient déjà vu la lumière. Ils penseraient que quelqu'un serait dans la cabane et se mettraient à la recherche de *pakehas* cachés. Si on ne leur présentait pas un leurre…

— Reste dehors, Fitz et prends ton fusil ! dit-elle. Omaka, l'enfant et moi… et Vera, nous allons nous cacher dans le réduit. Tire sur quiconque essaiera d'entrer. Tu dois les retenir jusqu'à ce que de l'aide arrive.

Fitz prit son arme sans enthousiasme, mais Vera la lui fit tomber des mains.

— Tu n'es pas un peu fou, Fitz ? Tu veux te sacrifier pour cette connasse et la vieille sorcière ? Allez, arrive !

Linda n'en crut pas ses yeux, mais Fitz suivit Vera. Il haussa les épaules quand leurs regards se croisèrent. Sa trahison fut pour Linda comme un coup de couteau en plein cœur, et pourtant… Prenant Aroha dans son couffin, elle la mit de force dans les bras de Fitz avant que Vera ne referme le portillon.

— Veille sur elle ! voulut-elle crier, mais elle n'émit qu'un pitoyable gémissement.

Linda entendit Vera protester et Fitz qui la sommait de se taire. Puis le verrou fut tiré de l'intérieur. Linda et Omaka étaient seules dans la pièce. Les cris des guerriers s'étaient rapprochés et, au loin, il y avait des coups de fusil. Linda ne percevait pas vraiment ce qui se passait. Tout sentiment s'était figé en elle, même la peur. Elle ne pensait plus, n'agissant qu'inconsciemment. Elle prit le fusil, le chargea et l'épaula.

— J'essaie de parler avec eux, lui dit Omaka. C'étaient pourtant des hommes, avant… des *tangata*-Maoris…

Un guerrier emplit la porte de sa gigantesque carrure. Linda vit un visage tatoué et des yeux où luisait l'envie de tuer. Puis un torse énorme et nu. Sous un pagne de fibres de lin empesées, elle eut encore le temps de voir des jambes massives.

— *Rire, rire, hau hau !*

L'homme brandissait une hache. Un autre entra derrière lui. Linda se figea en apercevant son pagne dégoulinant de sang. Dans une main un javelot, dans l'autre une tête humaine, qu'il agitait de droite à gauche comme un horrible goupillon, souillant de sang le plancher.

— Mes fils, arrêtez-vous. Je suis Omaka Te Pura. Je suis *tohunga*. Regardez qui je suis, dit-elle en s'avançant avec calme au-devant des guerriers, présentant son visage à la lumière pour leur montrer qu'il ne portait pas de tatouage, sur quoi le premier guerrier recula d'un pas. Je suis *tapu*. En marchant sous mon ombre, vous insultez les esprits.

— C'est ta maison, *maata* ? demanda le guerrier de haute taille, utilisant le titre de souveraine, ce qui redonna un peu d'espoir à Linda.

C'est alors qu'elle s'aperçut avec horreur que la tête qu'agitait le deuxième guerrier était celle de son voisin, Phil Fairbanks.

— Oui, répondit Omaka, c'est ma maison, et elle est *tapu*.

Le guerrier sembla troublé, tandis que l'autre se mit à rire.

— Sottises ! Comment cette maison pourrait être celle d'une *tohunga* ? C'est une maison *pakeha*, ça se voit. Elle fait partie de leur colonie. Ici habite un des soldats et elle, c'est sa femme. Alors, tu vas faire ce que tu as reçu l'ordre de faire, Rua ! *Rire, rire, kira, kira, hau…*

Linda n'attendit pas que le premier guerrier ait repris à son tour le cri de guerre. Quand elle le vit s'avancer vers Omaka avec sa hache, elle le mit en joue et tira. Le guerrier fut stoppé dans son geste. Linda vit le trou dans sa poitrine, puis un jet de sang. L'homme tituba, tenta de dire quelque chose, mais rien d'autre qu'une écume sanglante ne sortit de sa bouche et il tomba par terre.

— Mais comment est-ce possible ? Nous… nous devions être invulnérables… Les paroles, la foi… Le prophète a dit…, balbutia le second guerrier regardant tour à tour, l'air ahuri, Omaka puis Linda en train de recharger.

— Alors, c'est que le prophète vous a menti, dit Omaka avec douceur. Viens, mon fils. Pose ton arme. Dis-toi… dis-toi que même ton prophète a jadis prêché la paix et…

— C'est qu'il n'a pas eu suffisamment la foi ! s'exclama le guerrier, retrouvant ses esprits. Le prophète dit que celui qui croit devient invulnérable, que les balles des *pakehas* rebondiront sur lui. Rua n'a pas assez cru.

Sur ce, brandissant son javelot, il se rua sur Linda.

Son deuxième tir, aussi précis que le premier, fut à peine audible au milieu d'une salve qui éclata au même moment non loin de la cabane. Elle entendit des cris, des coups, des insultes en anglais et toujours le monotone *Rire, rire, hau hau*, qui, cependant perdait de plus en plus en vigueur. Omaka se mit à chanter des *karakias*, priant pour les âmes des guerriers morts.

— Soldat Fitzpatrick ?

— Fitz ?

— Mrs Fitzpatrick ?

Linda revint lentement à la réalité quand elle entendit ces cris. Elle reconnut le capitaine Langdon quand il apparut dans l'encadrement de la porte, derrière les cadavres des deux Maoris. D'autres membres de la compagnie pénétrèrent dans la pièce derrière lui.

— Pour l'amour du Ciel, Mrs Fitz… s'exclama le capitaine en dirigeant son arme contre Omaka. Que s'est-il passé ?

Linda se planta devant la vieille femme.

— Ne tirez pas ! Elle ne fait pas partie des assaillants. Elle est avec moi. Elle m'a aidée, cette nuit, quand j'ai mis mon enfant au monde. Ce n'est pas une ennemie.

Le capitaine regarda autour de lui.

— Mais où est l'enfant ? demanda-t-il, fixant soudain le fusil que Linda avait toujours à la main. Et où est le soldat Fitzpatrick ?

Linda abaissa le fusil et montra le portillon.

11

— Mrs Fitzpatrick, je ne voudrais pas me mêler de ce qui ne me regarde pas, mais vos déclarations et celles de Vera Carrigan ne concordent pas, dit le capitaine en commençant son interrogatoire. À propos de la Maorie… comment s'appelle-t-elle déjà ?

— Omaka Te Pura, répondit Linda avec lassitude.

Une journée s'était écoulée depuis l'assaut des trois à cinq cents guerriers hauhau, qui avaient été défaits en quelques heures par les Military Settlers renforcés par cent hommes venus de Patea. On avait provisoirement abrité Linda et Aroha dans le camp militaire. Vera avait trouvé refuge dans sa famille. Fitz avait été mis aux arrêts par le capitaine Langdon et attendait son procès. En ce qui le concernait, la situation était assez claire. Lâcheté face à l'ennemi : la moitié de la compagnie l'avait vu sortir du réduit où il s'était caché pendant que les ennemis avaient été repoussés par sa femme. La sanction prévisible ne serait cependant pas la peine de mort, mais un congédiement déshonorant et la perte de sa terre.

On avait également arrêté Omaka. McDonnell et son état-major réservaient leur décision. Ils la gardaient prisonnière jusqu'au moment où ils auraient le temps de s'occuper d'elle. Cela semblait désormais être le cas. Linda entreprit de s'expliquer une nouvelle fois.

— La prêtresse maorie est inoffensive, dit-elle en conclusion. Le mieux serait que vous ne donniez pas notre parcelle à quelqu'un d'autre, mais que vous laissiez Omaka y vivre et invoquer ses esprits. En contrepartie, elle serait certainement heureuse de vous servir de sage-femme. Cinq femmes de colons sont maintenant enceintes et elles ne seront pas les dernières. Omaka n'est certes pas une soignante qualifiée, mais elle s'y connaît néanmoins en médecine mieux que quiconque dans la région, votre médecin-capitaine y compris. Elle pourrait vous être d'un grand secours.

Le capitaine Langdon éclata de rire car le médecin en question avait un penchant trop prononcé pour la bouteille et passait pour un incapable.

— Malheureusement, la décision ne me revient pas, et, comme je vous l'ai déjà dit, miss Carrigan ne tient pas du tout le même discours concernant cette vieille femme. Elle est à ses yeux une sorcière qui déteste les Blancs et est en relation avec les Hauhau. Miss Carrigan la soupçonne de nous avoir espionnés et de porter une responsabilité dans l'attaque de la dernière nuit. Votre époux – bien que je ne me fie guère à sa parole – confirme les dires de miss Carrigan. Il déclare avoir été inquiété par votre attitude envers la vieille femme et qu'il désirait depuis longtemps la faire partir. Que seul votre souhait l'en avait dissuadé.

— Avez-vous eu un jour l'impression, capitaine, que j'aie eu le pouvoir de dissuader mon mari de quoi que ce soit ?

Gêné, Langdon baissa la tête.

— Comme je l'ai déjà dit, nous n'accordons pas d'importance particulière aux dires du soldat… euh… de M. Fitzpatrick. Mais vous confirmez vous-même que cette femme est une prêtresse. Ce qui rend tout à fait vraisemblable une relation entre elle et Te Ua Haumene.

— Capitaine Langdon, vous savez donc si peu de choses sur les gens que vous combattez ? demanda

Linda, résignée. C'est précisément parce qu'elle est prêtresse des dieux maoris traditionnels qu'elle rejette la doctrine hauhau. Croyez-moi: concernant Te Ua Haumene, il y a entre le prêtre de votre régiment et une *tohunga* comme Omaka le plus grand des accords. Pour les deux, il est un hérétique, même si leurs motivations n'ont rien de comparable. Omaka est une femme très intelligente. Elle voit bien le rapport qui existe entre les révoltes hauhau et les expulsions de tribus innocentes de leurs terres. Aussi, je vous en prie, ne lui faites pas de mal. Elle m'a sauvée, moi et mon enfant, de Vera Carrigan, même si personne ne me croit. Et maintenant, ayez la gentillesse de me dire ce que cette fille a bien pu raconter. J'aimerais savoir à quoi m'attendre…

Linda n'en crut pas ses oreilles quand le capitaine lui rendit compte du témoignage de Vera. La jeune fille affirmait n'avoir rien à se reprocher, car il n'y avait rien de répréhensible, dans le cas d'une attaque, de se réfugier dans son propre lit.

— Elle dit qu'elle a spontanément emmené le bébé afin de le sauver, expliqua le capitaine, et que M. Fitzpatrick l'a suivie parce que vous, Mrs Fitzpatrick, avez absolument refusé que la jeune femme surveille l'enfant. Elle a dit: Linda est obsédée par l'idée que je veux du mal à la petite. Quand nous nous sommes retrouvés tous les deux dans le réduit, les guerriers sont entrés dans la maison. Que devions-nous faire ? Ressortir avec le bébé ?

— Vous ne la croyez tout de même pas? demanda Linda, outrée.

— Que je la croie ou non importe peu. Il n'y a pas d'excuse à la lâcheté du soldat Fitzpatrick. Il aurait dû envoyer dans ce réduit vous et votre enfant ainsi que miss Carrigan, et peut-être même cette Omaka, et ensuite prendre position avec son fusil. Quelle que soit la version correcte, la vôtre ou celle de Vera, il s'est rendu coupable de lâcheté.

— Pour moi, il est important de savoir si vous me croyez ou non, rétorqua Linda, furieuse. J'en ai assez de voir cette fille s'en sortir à tout coup grâce à ses mensonges.

— Eh bien, puisque mon opinion a tant d'importance pour vous, sourit le capitaine, je vous crois ! J'ai vu hier de quoi vous étiez capable. Si Vera vous avait enlevé l'enfant des mains, vous l'auriez suivie pour la reprendre. Et j'estime tout à fait possible que nous aurions eu à déplorer alors non pas une tête coupée, mais deux.

Fairbanks avait été le seul mort du côté des troupes. Il aurait lui aussi sauvé sa peau s'il avait accompli son devoir et obéi au signal d'appel aux armes. Au lieu de quoi il était avec Vera. Elle prétendait être venue lui montrer son cheval.

— Juste ça ? railla Linda.

— La décapitation de Fairbanks s'est produite dehors, répondit le capitaine avec un haussement d'épaules. Les déclarations de miss Carrigan sont confirmées par les traces de sang. Miss Vera devait déjà être sur sa monture au moment de l'attaque, sinon elle n'aurait pas réussi à s'échapper.

— Elle était donc alors en train de partir, observa Linda. C'est certain, il faisait nuit, il y avait des coups de feu, elle a voulu rentrer… Ce qu'elle a fait auparavant avec lui ou pour lui…

— … nous ne le saurons jamais, concéda Langdon. À moins qu'elle ne poursuive son commerce.

— Non, ça, je ne le crois pas. Du moins pas ici. Vous aurez peut-être la chance, capitaine, de voir Vera quitter Patea. Vous allez bien entendu chasser mon mari et il fera tout pour qu'elle le suive.

— Et où comptez-vous aller ? demanda le capitaine Langdon, tandis que Linda chargeait sa charrette des quelques affaires qu'elle avait apportées au camp, où elle avait passé le temps dans l'attente du procès. L'audience avait eu lieu la veille et elle se préparait au départ.

Comme attendu, Fitz avait été congédié de l'armée et il lui avait été signifié de quitter le plus tôt possible la région de Patea. Linda ignorait s'il l'avait fait et si Vera l'avait accompagné. Au procès, celle-ci avait témoigné en sa faveur, alors qu'elle-même avait revendiqué le droit, en tant qu'épouse, de ne pas charger son conjoint. Elle n'arrivait toujours pas à le détester. Il était le père de son enfant et bien que sa raison lui dise qu'adulte, il était le seul responsable de ses actes, son cœur voyait toujours en lui la victime de Vera qui l'avait entortillé et mené par le bout du nez. Tous, Fairbanks et les autres voisins, avaient dû trouver en elle quelque chose de particulier et, pour Fitz, gamin et joueur, elle avait été irrésistible. Linda ne pouvait et ne voulait supporter ça plus longtemps, mais elle ne lui voulait pas de mal. Elle n'éprouvait de soif de vengeance qu'à l'égard de Vera et son témoignage n'aurait de toute façon pas porté tort à la jeune fille.

Son refus de charger son époux n'avait cependant été que de peu d'utilité pour celui-ci. Le capitaine Langdon avait, à la barre, décrit en détail et très concrètement comment il avait trouvé Linda et Omaka devant les cadavres des guerriers, et la manière pitoyable dont Vera et Fitz étaient sortis de leur cachette.

— Le seul mérite que le soldat Fitzpatrick se soit acquis par sa « retraite » est d'avoir mis sa fille en sécurité, avait conclu avec une ironie mordante le capitaine. Qui d'ailleurs n'était pas en danger, du moins tant que sa mère avait un fusil entre les mains. Mrs Fitzpatrick s'est comportée de manière exemplaire, elle s'est montrée circonspecte et courageuse. Une authentique pionnière. Nous regrettons tous de la perdre, mais il n'y a hélas pas d'autre issue. Un menteur et un lâche comme son époux ne peut rester dans l'armée !

Le tribunal, présidé par le major McDonnell, avait été du même avis. Fitz avait eu beaucoup de chance d'échapper au gibet. Si la compagnie avait véritablement été en guerre, il aurait pu être exécuté.

Fitz avait écouté sans mot dire et supporté ensuite avec stoïcisme le rituel de sa dégradation. Vu son statut de simple soldat sans décoration, ce n'était pas une grosse perte. Plus grave était le fait que, n'ayant pas effectué les trois années de service qu'il devait, il lui fallait rendre sa terre. Linda et sa fille devaient donc la quitter.

— Je me rends d'abord à notre maison récupérer le reste de mes affaires, répondit-elle donc à la dernière question du capitaine. Dans la mesure du moins où Fitz ne les a pas déjà embarquées. Il en est capable. Ensuite, je partirai pour Russell, où j'ai de la famille.

Revoir Karl et Ida était l'unique joie que lui promettait ce nouveau revirement de son existence. Elle espérait pouvoir les distraire un peu de leur angoisse sur le sort de Carol et de Mara, qui n'avaient toujours pas été retrouvées.

— Non, vous ne pouvez vous rendre à Russell. Du moins pas par le chemin direct, objecta le capitaine. Il vous faudrait traverser le Waikato en entier où il subsiste malheureusement un grand nombre de campements hauhau. Vous ne comptez pas prendre un tel risque ?

— Non, on m'a déjà, de divers côtés, évoqué ces dangers. Le seul chemin possible passe par Wellington d'où je pourrai prendre un bateau pour Russell. Mes parents m'enverront de l'argent quand j'aurai pu leur envoyer un télégramme et, au cas où cela ne marcherait pas, je vendrais la charrette. Pour ce qui est du trajet jusqu'à Wellington, j'ai le temps. Est-ce que je peux maintenant emmener Omaka ? demanda-t-elle, changeant de sujet.

La vieille Maorie avait été déclarée innocente quant à une éventuelle complicité dans l'attaque des Hauhau. Mais le commandement militaire tenait à ce qu'elle quitte au plus vite le territoire de la colonie et rejoigne sa tribu. Alors qu'elle ne savait même pas où se trouvait présentement son *iwi* ! Omaka ne semblait du reste pas avoir compris les termes du verdict. Elle avait donc demandé à Linda de la ramener à son arbre. Ce que celle-ci s'apprêtait à faire.

— Vous le pouvez, mais..., dit le capitaine, contrarié, et il parut soulagé d'être interpellé par quelqu'un, ce qui le dispensa de poursuivre. J'arrive, soldat Bannister ! Bonne chance dans la vie, Mrs Fitzpatrick et, si vous me le permettez, quand j'ai parfois... Bon eh bien, on est parfois enclin à juger une épouse en fonction de son conjoint. Vous concernant, j'ai toujours eu du mal à le faire et je suis très heureux d'avoir eu raison. Je l'ai déjà dit hier devant le tribunal : je regrette de vous perdre. Je vous souhaite bonne chance !

— Mais qu'est-ce qui plaît tant aux hommes, chez Vera ?

Linda se parlait à elle-même, bien qu'Omaka fût assise à côté d'elle, berçant Aroha en fredonnant, l'air absent. Question qui la taraudait depuis des semaines. La conversation avec le capitaine venait de la bouleverser et elle éprouvait le besoin de réfléchir à haute voix.

— Elle n'est ni jolie ni intelligente, bien sûr elle est rusée, mais totalement inculte. Je n'arrive pas à comprendre de quoi Fitz et elle pouvaient s'entretenir. En plus, elle est jeune, bien trop jeune à vrai dire, presque encore une enfant si on s'arrête à l'âge. Qu'est-ce qui l'attire en elle ? Elle a peut-être une grande expérience. Bien sûr, je ne sais rien – ou du moins pas beaucoup – de l'amour, de l'amour physique je veux dire, Fitz a été mon premier homme, je… Mais elle a quinze ou seize ans, elle ne peut tout de même pas en savoir beaucoup plus ! Et je n'arrive pas à croire qu'il me préfère une putain…

Linda se tut. Elle savait très bien ce que lui dirait Carol : tu l'aimes toujours.

— Ce n'est pas que je l'aime encore, répondit-elle au reproche non formulé. Mais je voudrais comprendre. Je voudrais savoir ce qu'il lui trouve, ce qu'ils se trouvent l'un l'autre, ce que… ce que j'ai mal fait.

— Face à face, ils peuvent se montrer tels qu'ils sont.

Surprise dans ses pensées par cette réponse d'Omaka, Linda interrompit son flot de paroles et réfléchit.

— Tu veux dire que… tu veux dire qu'avec moi il ne le peut pas, *karani* ? Tu penses que… que je ne l'aurais pas assez aimé, que je ne l'ai pas accepté tel qu'il est, que je… ?

— Non, tu ne sais pas comment il est, *mokopuna*. Il ne te l'a jamais montré. Il est comme les *tuataras*, il n'est pas le même la nuit et le jour, en plein soleil et dans l'obscurité, il te montre ce que tu veux voir. Et il sait ce que tu veux voir. Ils le savent toujours. Ils le voient avec leur troisième œil…

Linda tiqua. Elle avait vu des *tuataras*. Les *pakehas* les appelaient des sphénodons. Ils changeaient de couleur en fonction du moment de la journée et de leur âge. Ils avaient pour particularité un troisième œil au milieu du front.

— Qui c'est ce « ils » ? demanda-t-elle.

— Les envoyés de Whiro, *mokopuna*. Des êtres qui nous montrent combien la mort est froide. Qui sont toujours seuls, parce qu'ils ne connaissent pas l'amour, ni la peur, ni l'avenir, ni la douleur.

Whiro était le dieu de la Mort pour les Maoris, les *tuataras* passaient pour être leurs envoyés.

— Mais Fitz est chaleureux, il est plein de gaîté et il m'a épousée. Il ne voulait pas être seul !

— Ils font ce qui leur est utile, et ils cherchent peut-être aussi. Peut-être qu'ils aimeraient être membres d'une tribu, peut-être qu'ils aimeraient sentir de la chaleur. Mais ils ne sont pas faits pour ça. Je te l'ai déjà dit une fois, ils ne sont pas comme toi et moi. Tu peux avoir pitié d'eux, *mokopuna*. Mais tiens-les à distance !

Linda se remémora les mois passés avec Fitz, la rapidité avec laquelle il liait amitié et le naturel avec lequel il utilisait, trahissait, volait et trompait ensuite ses amis. Son absence de crainte, son indifférence face à l'avenir. Ce qu'elle avait pris pour de l'optimisme, quand on le regardait avec les yeux d'Omaka n'était que légèreté. Il vivait juste pour la journée présente. Quant à ce qui la concernait… Peut-être qu'il avait effectivement cherché quelque chose chez elle. Quelque chose qu'il avait ensuite trouvé chez Vera.

— Fitz est tout à fait différent de Vera, affirma-t-elle par défi.

— Et toi, tu es différente de moi. Nous sommes pourtant de la même sorte. Eux sont d'une autre sorte que nous. Tiens-les à distance, *mokopuna*. Tu as eu de la chance jusqu'ici, les esprits t'ont protégée… les *karakia*s que j'ai chantés, ta *mana*, ta *maunga*. Tu as été assez forte bien qu'il t'ait affaiblie…

— Il ne m'a pas affaiblie ! s'obstina Linda. Au contraire, je…

Elle se tut à nouveau. Ne venait-elle pas justement de s'attribuer la responsabilité de l'échec de leur couple ? Combien de fois, ces derniers temps, s'était-elle demandé quelles erreurs elle avait commises ? Combien de fois avait-elle gardé le silence alors qu'elle aurait dû parler ? Combien de fois avait-elle menti pour lui, se trompant elle-même et d'autres. Omaka avait raison. Elle avait douté de sa *mana*, l'affaiblissant du même coup.

Elles restèrent silencieuses jusqu'à leur arrivée à ce qui, la veille encore, avait été la Fitzpatrick Station. Linda soupira. Elle regretterait le fleuve, la colline, son jardin, les champs défrichés à grand-peine et même la cabane qu'elle n'avait pourtant jamais considérée comme sienne.

Omaka se tourna vers elle pour échanger avec elle le *hangi*. Mais les deux femmes s'immobilisèrent. De la fumée montait de derrière la colline.

– C'est ton campement, Omaka. Quelqu'un a allumé un feu !

Les traits de la vieille femme s'étaient figés en un masque de peur et de douleur.

– Est-ce que ce sont des Maoris ? Des guerriers ? demanda Linda.

Elle prit le fusil de chasse qu'elle gardait depuis peu sous le siège de la charrette. Elle avait pu l'acheter en trouvant, par le plus grand des hasards, une somme rondelette dans une poche de la veste en cuir de Fitz. Sans doute son dernier gain au jeu... Omaka était partie devant, du pas déterminé propre à son peuple. Linda la suivit de son mieux la carabine à la main, Aroha sur le dos, enveloppée dans une serviette.

Du haut de la colline, elles virent l'arbre, les hommes et le feu. Ils étaient une dizaine de Military Settlers qui donnaient des coups de hache dans le tronc du *kauri*. Le tronc étant trop épais pour qu'ils réussissent à le couper, ils en détachaient des morceaux qu'ils jetaient dans le feu. Un sacrilège aux yeux des Maoris, du gaspillage à ceux des *pakehas*. Le bois de *kauri* valait en effet des fortunes. Omaka poussa un cri étouffé.

Les hommes étaient des militaires, voisins et amis de Fitz ou de Vera. Ils avaient l'air ivres et, sur la pierre où s'asseyait généralement Omaka afin de protéger l'arbre, était accroupie Vera, riant, criant des encouragements aux hommes, les félicitant, les excitant. Quand elle aperçut Linda et Omaka, elle leur adressa un signe de triomphe.

Omaka contemplait, consternée, la scène de destruction, sans un sanglot, mais les larmes coulaient le long de ses joues. Linda saisit son arme, prête à tirer sur Vera. Elle ne l'aurait pas manquée.

— Il était ma *maunga*, dit Omaka à voix basse. Maintenant qu'ils le tuent, je vais moi aussi mourir. Je vais mourir au combat, pour mon peuple, ajouta-t-elle en saisissant la massue accrochée à sa ceinture.

À ces mots, Linda reprit ses esprits.

— Non ! dit-elle fermement. Oh non, *karani*. Elle ne doit pas obtenir ce qu'elle recherche ! Tu ne vas pas devenir la sorcière qu'elle a décrite. Réfléchis ! Si tu te rues sur eux, le cri de guerre de ton peuple aux lèvres et la massue à la main, tu lui donnes raison. Ils t'abattront et on la félicitera. Elle a toujours dit que tu étais une traîtresse. Ne lui accorde pas ce triomphe !

Omaka avait à présent un regard aussi froid que celui de Vera.

— Toi, tu peux l'abattre, dit-elle.

— Oui, mais alors je perds aussi ma vie. Ce serait un assassinat. Il y a dix témoins. On me pendrait, Fitz obtiendrait ma fille et en ferait peut-être une seconde Vera. Non, je ne le ferai pas. Nous sommes plus fortes qu'eux, *karani* ! Nous avons de la *mana*…

— Je n'ai plus de pouvoir, *mokopuna*. Mon pouvoir me venait de Tane, en le détruisant, ils détruisent mon âme.

— Non, *karani*, ils ne le détruisent pas, ils ne peuvent pas détruire les esprits. Ne le vois-tu pas ? Ils sont en train de s'échapper vers le ciel, vers Rangi, là où tu as ancré l'âme d'Aroha, s'écria Linda en montrant le feu et la fumée. Là-haut, dans les nuages, dans le vent se trouve à présent ta *maunga, karani*. Tu es libre, tu peux aller où tu veux. Viens avec moi, *karani*, avec nous.

Omaka la regarda. Elle parut avoir du mal à détacher ses yeux de l'arbre. Puis son regard alla du feu à Vera.

— Va, *mokopuna*, dit-elle.

Linda prit sa main avec désespoir.

— Je t'en prie, *karani*, ne me renvoie pas. Je t'en prie, ne fais pas ça, n'abandonne pas, ne te fais pas tuer, ne la laisse pas gagner !

— Tu es forte, *mokopuna*, mais tu ne l'es pas assez pour les esprits que je vais appeler. Si tu as raison, si Rangi me donne la force, si Tane me donne la force, si Papa me donne la force… je vais faire trembler la terre.

Elle avait toujours le regard froid, mais il étincelait maintenant de fureur.

— *Ma… makuta* ? demanda Linda tout bas. Tu veux leur lancer une malédiction ?

Chez les Ngai Tahu, elle avait entendu parler des *tohungas* qui, au terme d'une longue vie en contact avec les dieux, disposaient d'assez de *mana* pour tuer avec des paroles. De la magie noire, mortelle pour le maudit, dangereuse pour le prêtre. Linda n'y croyait pas ou, du moins, n'y avait pas cru jusqu'ici.

— Tu ne dois pas entendre les paroles. Personne ne les entendra, dit Omaka en se redressant, paraissant grandir au point que les hommes et Vera devaient la voir eux aussi.

Linda eut peur que l'un d'eux ne lui tire dessus. Mais ils se contentèrent de lever les yeux vers elle, avec curiosité d'abord, puis déstabilisés, fascinés enfin. À la fin, ils trembleraient d'effroi.

— Je t'attends, *karani*, dit Linda. N'oublie pas, je t'attends. Ne te perds pas. Nous sommes de la même sorte.

Puis elle s'en alla.

Elle était sur le point d'arriver à sa charrette quand elle entendit le cri d'Omaka, un cri qui unissait le ciel et la terre, les dieux et les hommes. Ordinairement il invoquait la paix, il apportait à présent la mort.

Linda eut peur d'entendre des coups de feu. Mais rien ne se produisit. Surmontant son tremblement et sa peur, elle calma sa fille qui s'était mise à pleurer, puis, incrédule, elle vit Omaka descendre la colline. Tranquille, comme si rien ne s'était passé.

— Tu… tu l'as fait ? demanda-t-elle.

— Oui, ils mourront tous ! Aujourd'hui j'ai été la messagère de Wharu. Partons maintenant, *mokopuna*.

— Il faut encore que je charge mes affaires !

— Non, laisse tout ici. Ce pays est *tapu* à partir d'aujourd'hui, cette maison est *tapu*.

Linda pensa avec regret à ses casseroles, ses habits, la literie. Même si elle avait peu de biens, elle y tenait. Elle prit les rênes.

— Bien, *karani*, partons. Nous n'avons plus besoin de rien. Nous sommes libres.

LIBERTÉ

Îles Auckland
Campbelltown, Canterbury Plains (île du Sud)
Otaki, Taranaki (île du Nord)

1866

1

Bill Paxton était presque toujours le premier à sauter à terre quand ils abordaient une nouvelle île. Après une année à bord du *Hampshire*, la tension aurait dû baisser. Bill, pourtant, se réveillait chaque jour avec un nouvel espoir et son cœur se mettait à battre à la vue d'une île pas encore explorée.

Le capitaine Rawley avait commencé par l'exploration des îles Bounty, ce qui avait été une déception pour Bill car il était impossible que le canot de Cat et Chris ait dérivé jusque-là, à quelque quatre cents *miles* au sud-est de Christchurch, dans le Pacifique Sud. Il aurait préféré débuter par les îles Auckland, mais cela n'était pas du tout indiqué, l'hiver. Il était raisonnable de mettre le cap sur ces îles inhospitalières en été.

Après les îles Bounty, ils avaient fait une brève escale à Christchurch afin d'y faire des provisions et la patience de Bill avait de nouveau été mise à rude épreuve quand Rawley avait alors mis le cap sur les îles des Antipodes. Maintenant seulement, le *Hampshire* était en route pour la zone des îles Auckland, et, en ce jour précisément, l'île Enderby, une des plus grandes, était au programme des explorateurs. Comme toujours, le bateau avait fait le tour de l'île afin d'y découvrir d'éventuels canots de naufragés sur les plages. Cela n'avait rien donné, ce qui ne voulait d'ailleurs pas dire grand-chose. Les malheureux pouvaient avoir tiré et caché les embarcations à l'intérieur. Le capitaine cherchait un endroit propice pour y jeter l'ancre, tandis que Bill et d'autres membres de l'équipage préparaient le canot de bord qu'ils avaient déjà chargé des équipements de survie.

Quand une île semblait habitable, les hommes commençaient leur recherche à pied. Bill était enclin à fouiller les îles avec minutie, tandis que ses compagnons penchaient plutôt pour une exploration plus superficielle. En fait, on discernait assez vite s'il valait la peine de dépenser de l'énergie à cet effet. C'était par exemple le cas quand il y avait des animaux. Fancy apportait alors sa contribution à la mission et avait tôt fait de regrouper les chèvres ou les moutons, permettant de les compter et de contrôler leur état corporel. Si les animaux étaient très maigres et que la saison s'y prêtait, les hommes y restaient quelques jours, le temps de labourer quelques friches et d'y semer de l'herbe.

On savait de certaines îles que des naufragés y avaient survécu assez longtemps. D'autres avaient autrefois été habitées. On y trouvait alors parfois des champs où avaient été cultivées des plantes comestibles. On les sarclait ou on renouvelait les plantations. On pouvait ainsi planter des pommes de terre sur la plupart des îles, plante dont les tubercules se reproduisaient d'eux-mêmes.

Parfois subsistaient des abris ou des cabanes bâtis par d'anciens habitants. Bill et ses compagnons les remettaient en état et y déposaient leurs caisses d'habits, de couvertures, d'allumettes et d'outils. Sinon, ils construisaient une protection rudimentaire contre les intempéries. Quand l'île s'y révélait propice, ils y lâchaient des chèvres ou des lapins.

En règle générale, ils passaient de deux à dix jours sur chacune des îles. Sur Enderby, ils restèrent finalement huit jours avant de poursuivre leur route.

— Il ne reste plus, désormais, qu'un ou deux îlots, annonça Peter avec joie quand les hommes revinrent au navire sur le canot. L'île du Désappointement nous retiendra quelques jours, mais on ne restera pas longtemps sur les autres. Je commence à en avoir ma claque. Je passerai le prochain hiver à Campbelltown.

Les autres l'approuvèrent, heureux eux aussi que leur périple touche à sa fin : dans un mois, ils seraient chez eux. Bill était le seul à ne pas l'être.

— Il reste encore quelques îles de plus, dit-il en consultant sa liste qu'il tenait à jour avec un soin minutieux. La prochaine, c'est l'île de la Rose.

— Un joli nom pour ce bout de terre désolé, observa le capitaine. Trois cents hectares seulement.

— Vous la connaissez ? demanda Bill.

— Non, mais j'ai lu quelque chose à son sujet. Quelques chasseurs de baleines y ont jadis établi une station et lâché des lapins qui doivent proliférer. Sinon, il n'y a rien.

— Alors, on se contentera de lapins rôtis, sourit Bill. Elle est encore loin ?

— Personne ne le sait exactement. Au sud-est d'Enderby, c'est tout ce que je peux en dire...

Il leur fallut une demi-journée pour atteindre l'île de la Rose, effectivement très petite. À vrai dire elle ne donnait pas l'impression d'être abandonnée, car, depuis le large, on apercevait une colonie de phoques sur une des plages.

— Nous accostons tout de suite ? demanda un des hommes.

— Non, ne dérangeons pas ces animaux ! Nous allons bien trouver un autre endroit.

— Nous devons de toute façon en faire le tour, rappela Bill, ce qui eut le don d'irriter ses compagnons.

Mais il n'en eut cure.

— Si je n'espérais pas trouver des naufragés, je ne serais pas ici, se justifia-t-il avec flegme.

— Tout est possible, le conforta le capitaine. Et cela ne nous prendra pas beaucoup de temps.

Ce qui était vrai. Au bout de deux heures, ils avaient fait le tour de l'île. Comme toujours, Bill guettait le moindre signe d'une présence humaine.

— Une nouvelle fois rien, constata-t-il, déçu quand la colonie de phoques fut de nouveau en vue.

Le capitaine, qui guettait lui aussi à l'aide de sa longue-vue, l'abaissa soudain.

— De la fumée ! s'écria-t-il. Je peux me tromper à cause de la brume, mais j'ai quand même l'impression que je vois là-bas monter de la fumée. Regardez un peu, Bill. Vous avez de meilleurs yeux.

Le cœur battant, Bill inspecta la côte sans rien voir, mais, levant la lunette, il décela une colonne de fumée dans le ciel. Il eut le souffle coupé. Le capitaine avait raison ! Un feu de camp peut-être. Des hommes !

— Il y a quelqu'un, murmura-t-il, mon Dieu, Carol, je les ai trouvés…

— Calmez-vous, jeune homme, dit le capitaine en lui posant la main sur l'épaule. Nous ne savons même pas si ce sont des naufragés. Ce sont peut-être quelques chasseurs de baleines qui ont fait étape ici…

— Sans un bateau à l'ancre ? Comment seraient-ils venus ? À la nage ?

— Ce sont peut-être des naufragés, mais pas forcément du *General Lee*, supposa un des hommes.

— Ou des mutins qu'on a débarqués là, renchérit un deuxième matelot.

— Ou des chasseurs de phoques qu'on viendra reprendre dans quelques jours, poursuivit un troisième.

Ce peut être tellement de gens, Bill. Ne nourris pas trop d'espoirs !

— On verra bien, non ? répondit Bill, qui s'affairait déjà auprès de l'ancre.

— Et comment, jeune homme ! approuva le capitaine. Amenez les voiles, nous allons jeter l'ancre près des phoques. Ici, la côte est trop abrupte à mon goût. Peter, essayez de situer le feu ! Nous serons bientôt fixés. Je vais descendre à terre avec Bill et Gus. Prenez votre sabre et chargez vos fusils. Et pas de bruit une fois à terre. Vérifions d'abord si nous sommes les bienvenus.

Malgré l'excitation et l'impatience de Bill, le capitaine prit toutes les précautions voulues, cherchant une crique où il serait possible de rapidement mettre le canot à l'eau. Il finit par en découvrir une où la plage était enserrée entre des falaises.

— Si nous devons fuir, l'un de nous pourra défendre l'accès à la plage pendant que les autres mettront le canot à l'eau. Nous allons avancer lentement en direction du feu, prêts à tirer. Je passe devant, les autres me suivent. Bill nous couvre à droite, Gus à gauche.

— Un instant, capitaine ! Peter et moi avons préparé quelque chose pour ces gens si ce sont des naufragés, dit Gus en sortant deux sacs à dos du canot. Un peu de civilisation…

Le capitaine jeta un œil à l'intérieur d'un sac : du pain, des saucisses et une grande bouteille de whisky !

— Vous pensez à tout ! Nom de Dieu, quel bonheur cette première rasade quand on m'a retrouvé sur mon îlot et ses palmiers !

— On y va ? s'impatienta Bill.

— OK, on y va, les gars ! Avec l'aide de Dieu, nous allons peut-être sauver quelques vies.

Tandis qu'ils approchaient du supposé feu de camp des naufragés, la colonne de fumée devenait de plus en plus distincte au-dessus des buissons de *rata*. Le feu se situait au milieu de quelques arbres de fer, délimitant un campement rudimentaire fait d'abris recouverts de peaux de phoques et ne présentant pas d'ouvrages de défense. Les quatre hommes assis autour du feu se sentaient donc en sécurité. Rawley n'en ordonna pas moins, de la main, de s'approcher d'eux sans bruit, venant de diverses directions.

Bill eut du mal à tenir en joue ces quatre malheureux qui avaient l'air exténués et frigorifiés. Leurs habits, quand ils n'étaient pas vêtus de peaux de phoque, étaient usés jusqu'à la corde. Aucun d'eux ne s'était rasé depuis des mois.

Quand Rawley surgit du buisson de *rata*, ils poussèrent un cri d'effroi comme en présence d'une apparition.

— Je suis le capitaine Michael Rawley, du brick *Hampshire*. Nous menons une expédition de recherche de naufragés et de dépôts de survie. Puis-je vous demander qui vous êtes ?

— Vous… vous nous recherchez ? Maintenant encore ? Nous avions quasiment perdu tout espoir. Nous… cela fait déjà plus de deux ans…, réussit à dire un des hommes.

Un autre fondit en larmes.

Bill abaissa son arme et sortit également de sa cachette.

— Vous étiez sur quel bateau ? demanda-t-il, retenant son souffle.

Il n'aurait reconnu aucun de ces malheureux, même s'ils avaient été des passagers ou des matelots du *General Lee*, tant ils avaient vieilli et paraissaient négligés. En revanche, un des hommes le reconnut.

— Mais vous êtes… est-ce que vous ne seriez pas le lieutenant Paxton ? Je suis Edward Harrow, le steward, vous vous rappelez ? Dieu du Ciel, vous étiez… il était sur notre bateau !

Les naufragés ne purent se retenir plus longtemps, ils se ruèrent sur leurs sauveurs, riant, pleurant, balbutiant des questions.

Bill, lui, était figé sur place. Il avait eu raison. Il y avait des survivants. Mais Cat et Chris n'en étaient pas. Il fut envahi par une insupportable déception qui n'échappa pas à Gus. Le vieux loup de mer en eut les larmes aux yeux et posa une main maladroite sur l'épaule du jeune homme pour le réconforter. Mais Bill s'était déjà ressaisi : ce n'était pas possible ! Il se tourna vers Harrow.

— Est-ce que vous êtes… vous étiez… les seuls survivants ?

— Non ! Trois femmes sont tombées par-dessus bord et nous n'étions plus que dix. Deux sont ensuite morts, de froid. Et deux autres sont partis avec le canot il y a quelques mois. Ils ont tenté de rallier Campbelltown. Une folie, sans boussole et sans avoir pu déterminer où nous nous trouvions. Mais impossible de les en dissuader. Est-ce qu'ils sont… est-ce qu'ils sont arrivés quelque part ?

— Non, je suis désolé, répondit Rawley.

— Mais alors vous êtes restés six ! s'écria Bill.

— Oui, il y en a en deux qui vivent de l'autre côté de l'île. Un couple. Ils nous ont quittés voici quelques mois parce qu'on n'arrêtait pas de se heurter à cause de la femme. Bien sûr qu'elle est à lui, mais cela fait une éternité que nous n'avons pas vu de femme. Il aurait pu se montrer généreux. Il faut dire aussi qu'elle sait se défendre. Une vraie chatte, comme son nom l'indique…

Bill faillit s'étrangler d'émotion.

— Cat et Chris Fenroy ?

— Exactement, déclara le plus âgé. Et Chris a eu raison de s'éloigner. Courir après cette femme était inacceptable ! Surtout compte tenu des circonstances. Sans eux nous n'aurions pas survécu ici !

On entendit aboyer et, peu après, Fancy fit fête à Bill qui se sentit un peu gêné. Le capitaine avait tenu à ce que la chienne reste dans le canot sur la plage. Au dernier moment, en effet, elle avait sauté du navire pour rejoindre son maître et le temps avait manqué pour la ramener à bord. Elle avait donc réussi à se libérer…

— Ne la grondez pas ! dit une femme qui sortit à son tour des buissons d'où avait surgi Fancy. En ramassant des herbes, j'ai vu votre bateau et le canot qui vous a menés à terre. J'ai couru, bien sûr, mais vous l'aviez déjà quitté. Seule Fancy était là ! La chienne de ma fille ! Je… je n'ai pas des visions tout de même ? M. Paxton… Bill… c'est bien vous ? Où sont Linda et Carol ? Sont-elles encore en vie ?

Bill ne sut comment commencer.

— Elles… elles ont survécu au naufrage, balbutia-t-il finalement. Et elles n'ont cessé de croire que vous aussi… vous et Chris… Linda était persuadée que vous étiez en vie. Elle… elle disait que, si vous étiez morte, elle l'aurait senti.

Cat sourit.

— Et, s'il lui était arrivé quelque chose, je l'aurais senti aussi. Les Maoris appellent ça *aka*, vous savez… le lien entre des parents proches, un lien qui peut s'étirer mais pas se rompre, tant que les deux sont vivants.

Le bonheur transfigurait Cat. Après deux ans en pleine nature sauvage, elle était encore belle. Elle portait une robe simple, en peau de phoque, qui découvrait ses mollets, et elle était chaussée de mocassins en peau de lapin. Elle avait laissé libres ses longs cheveux blonds qui lui descendaient presque à la taille. Son visage était certes rougi et ses lèvres enflées sous l'effet d'un froid permanent, mais elle n'avait pas la maigreur des quatre naufragés et avait gardé sa jeunesse d'aspect, le regard de ses yeux noisette n'était ni brûlant, ni inquiet. Elle paraissait sereine, bien nourrie et… heureuse.

Le capitaine était comme fasciné. Comme pour Bill, l'apparition de cette femme dans la brume de l'île de la Rose évoquait pour lui l'apparition d'une fée ou d'une déesse des anciens contes. Il se présenta en balbutiant.

— Capitaine Rawley, répondit-elle, nous sommes enchantés de faire votre connaissance. Je suis Catherine Rata. Bienvenue à Rata Island !

2

— C'est une longue histoire, éluda Bill quand Cat lui eut une nouvelle fois demandé comment il se trouvait en possession de Fancy.

La chienne ne le quittait pas d'une semelle tandis que Cat le menait à leur cabane à l'autre bout de l'île.

— Peut-être… peut-être pourriez-vous commencer par nous parler de vous, poursuivit-il.

Cat sourit. Elle marchait à grands pas, à la manière des Maoris, sur des sentiers souvent empruntés. Les naufragés avaient exploré l'île et en avaient pris possession. Mais on ne voyait nulle part de champs et de jardins, ils n'avaient sans doute pas trouvé de plantes comestibles.

— Qu'est-ce que je peux dire ? La nuit du naufrage a été infernale. Mais je ne vous apprends rien, vous êtes vous-même un survivant. Il faisait un froid épouvantable, les vagues étaient hautes comme des maisons. Trois femmes ont été emportées, c'était terrible. Je me cramponnais à Chris qui se cramponnait aux autres hommes. Dans un premier temps, ramer était impensable. Le lendemain non plus. C'était la nuit en plein jour. Nous ne savons pas combien de temps nous sommes restés en mer. La tempête a fini par se calmer, mais nous ne savions pas où nous nous trouvions. Nous avons supposé que nous avions dérivé vers le sud. Il faisait beaucoup plus froid que sur Aotearoa. Les hommes discutaient pour savoir s'ils devaient ramer en direction du nord. Nous pouvions nous orienter un peu grâce au soleil. J'aurais pu aussi le faire à l'aide des étoiles, mais un des hommes prétendait s'y connaître…

Bill comprit.

— Je vous parie que c'était un des hommes qui sont partis d'ici chercher de l'aide.

— Oui. S'il s'y était vraiment connu, cela n'aurait sans doute servi à rien car le temps est ici mauvais en permanence. Il n'y a pas de nuit assez claire pour naviguer aux étoiles. En tout cas, après le naufrage, le ciel était couvert et il pleuvait. On était dans une sale situation. Deux autres femmes n'étaient pas loin de mourir… et c'est alors que nous avons aperçu cette île ! Nous avons réussi à toucher terre et nous avons pu faire du feu. Nous possédions six allumettes en tout et pour tout. Les hommes ont remercié Dieu des heures durant de ce que le feu a pris. Plus tard, je leur ai montré comment on peut faire du feu sans allumette.

— Carol dit que vous avez vécu chez les Maoris ? s'assura Bill.

— Six ans. Et Chris a lui aussi grandi avec des enfants maoris. Cela nous a beaucoup servi, même s'il a aussi fallu improviser. Aotearoa est en effet beaucoup plus fertile que cette île. J'ai remercié tous les dieux quand j'ai trouvé un peu de *raupo*. Sans lin, tout aurait été plus difficile. Je savais préparer le *raupo* de manière à en confectionner des nattes, des pièges, des nasses. Ses tubercules sont comestibles. Quelques hommes avaient des couteaux de poche, moi de même. J'en ai toujours un sur moi, même quand je suis en robe de soirée. Une vieille habitude. Cela m'a coûté cher le jour où je l'ai oublié. Mais passons… Le premier jour, nous avons fait cuire des tubercules de *raupo* et Chris a pêché des poissons. Finalement, tout le monde a eu quelque chose à se mettre sous la dent, mais les deux femmes sont quand même mortes. Leurs tombes sont sur la plage, pas loin de votre canot. Nous avons ensuite construit des abris et nous avons survécu. Ce fut dur, surtout en raison du froid. Heureusement qu'il y avait des lapins, des phoques et des quantités d'oiseaux qui se prenaient dans mes pièges. Nous aurions pu tenir des années encore. Tenez, voici mon mari !

Tel un guerrier esquimau, Chris Fenroy se ruait sur Cat et Bill. Il portait une espèce de pagne en peau de phoque, un dessus de coupe simple et des bottes en peau de phoque. Prêt à la lancer, il avait à la main une branche effilée en forme de javelot. Les cheveux qu'il avait toujours eus très longs descendaient au-dessous de ses épaules. Il paraissait extrêmement inquiet, ne sachant si l'homme qui marchait à côté de sa femme était un sauveur ou un agresseur.

— Cat… je…, il s'immobilisa, hors d'haleine, quand Bill leva les mains, effrayé et que Cat le stoppa dans sa course d'un signe apaisant de la main. J'ai vu le navire, mais j'étais à l'autre bout de l'île…

— Tout va bien, Chris, lui dit Cat. C'est un bateau de sauvetage, ils sont venus nous chercher.

Au même instant, Fancy, sortant d'un buisson, lui sauta dessus.

— Est-ce que… est-ce que je perds la tête ou quoi, Cat ? N'est-ce pas la chienne de Carol… Fancy… qu'est-ce qu'elle fait ici ?

— Non, tu ne perds pas la tête. Fancy accompagne le lieutenant Paxton, tu sais bien, le jeune lieutenant du *General Lee*. Tu ne le reconnais pas ? Il est monté à bord d'un canot où se trouvaient les filles. Ils ont été sauvés. Comment il se trouve en possession de Fancy, il ne me l'a pas encore dit, j'espère qu'il va le faire dès que nous serons à l'abri de la pluie.

Il s'était mis à bruiner et Bill sentait le froid en dépit de son ciré bien chaud. Il ne pouvait qu'admirer les naufragés ! Cat qui expliquait qu'il n'avait pas été si difficile que ça de survivre sur l'île, alors que lui, Bill, s'imaginait sans peine les épreuves qu'ils avaient surmontées !

Ils n'étaient plus très loin du « domicile » des Fenroy. Le chemin longeait un enclos renfermant quatre chèvres.

— Mais d'où les tenez-vous ? Mrs Fenroy…

— Appelez-moi Cat ! Les chèvres étaient bien entendu déjà là. Il y en a douze sur l'île. À moins que les autres n'en aient entretemps abattu une. Quelqu'un a dû un jour débarquer ici leurs ancêtres, comme c'est le cas des lapins. Nous avons attrapé celles-ci et je les ai apprivoisées. Je sais aussi les traire.

La clôture rappela à Bill les palissades d'un *pa* maori, les branches la composant étant liées entre elles par des cordelettes en lin. Tout était en bon ordre, ne donnant pas l'impression d'une installation provisoire comme chez les autres naufragés. C'était vrai aussi de la cabane dans laquelle ils arrivèrent peu après. Avec les outils rudimentaires dont il disposait, Chris n'avait pu couper assez de bois pour une cabane en rondins, mais il avait réussi à monter une structure solide, comparable à celle d'une tente, recouverte de peaux de bêtes. Au milieu se trouvait comme une hotte, la construction évoquant les tipis des Indiens américains.

— Nous nous sommes servis d'os d'albatros en guise d'aiguilles et de lin en guise de fil, expliqua encore Cat. Le plus délicat a été le tannage des peaux. Je savais à peu près de quelles plantes on a besoin, mais malheureusement toutes ne poussent pas ici. Il a fallu procéder à des tas d'essais. Au début, cela ne sentait pas très bon. Je crains que la puanteur subsiste…

Avec un sourire d'excuse, Bill écarta la peau suspendue servant de porte. Effectivement, il régnait à l'intérieur une forte odeur, mais il faisait bon, on éprouvait une sensation de confort. L'âtre, entouré de pierres, était bien protégé. Ayant attisé les braises, Chris remit une bûche. Sur des étagères improvisées, on voyait des gamelles et des gobelets taillés dans du bois. Il y avait aussi des feuilles de *raupo* dans lesquelles on pouvait envelopper des racines ou de la viande avant de les faire cuire. Il ne manquait même pas un vaste lit, une natte en fibres de *raupo* avec une couverture en peau de lapin. Cat déplia d'autres nattes.

— Prenez place, dit Cat à Bill, je peux vous préparer une tisane délicieuse, mais sans théière ni casserole, c'est une opération quelque peu fastidieuse. Nous avons un four enterré. Mais il faut attendre que les pierres soient chaudes.

— Laissez, laissez, répondit Bill en ouvrant le sac à dos. J'ai quelque chose de meilleur que la tisane.

Et il sortit la bouteille de whisky, tout en guettant la réaction de Chris.

— Qu'il me soit donné de vivre encore cela ! s'exclama celui-ci en riant et en débouchant la bouteille sans perdre de temps avant de la porter à ses lèvres et de la tendre ensuite à Cat. L'eau-de-vie, plaisanta-t-il.

— Elle nous aide parfois à supporter cette vie, ajouta Bill quand il récupéra la bouteille.

— Mais racontez à présent votre histoire, dit alors Cat, l'air inquiète.

Bill acquiesça.

— Je tuerai cette femme ! Comment a-t-elle pu agir ainsi ? Nous sommes séparés depuis des années ! Quelle garce ! Elle a connu Carol et Linda depuis leur plus jeune âge. Comment a-t-elle pu les traiter de cette manière ? Et Te Haitara…

— Le chef ne l'a pas soutenue, d'après ce que j'ai entendu dire, objecta Bill.

— Il ne l'en a pas non plus empêchée ! fulmina Chris. Et ne venez pas me dire qu'il ne pouvait pas, qu'elle avait trop de *mana* ou je ne sais quoi. Cet homme se prétend guerrier et il n'arrive même pas à tenir tête à sa propre femme !

— Je ne peux m'imaginer, remarqua Cat, que quelqu'un fasse plier Jane.

— Je vais me faire un plaisir de développer ta force d'imagination, répliqua Chris, piqué au vif. Attends un peu que je lui parle entre quatre yeux, Cat ! Elle est allée trop loin ! Chasser les filles de la maison…

— Et ensuite, Oliver Butler a fait machine arrière et a rompu ses fiançailles avec Carol, supposa Cat.

— Oui, et Carol en a été très… blessée, confirma Bill, avant d'évoquer Linda et Fitz, deuxième occasion de s'énerver pour Chris.

— Ce petit frimeur ! Mais comment a-t-elle pu se faire avoir par ce type ? Bon Dieu, ils auraient tous pu trouver refuge auprès de Karl et d'Ida ! Il n'y avait aucune raison de se précipiter dans un mariage ! Et jouer les chercheurs d'or…

Bill, qui redoutait d'avoir à donner des nouvelles pires encore, chercha comment s'y prendre.

— M. Fenroy… Chris… peut-être ce mariage avec Joe Fitzpatrick… peut-être lui a-t-il sauvé la vie…

Contrit, il raconta comment il avait emmené Carol et Mara jusqu'à Taranaki et Waikato et comment elles s'étaient retrouvées impliquées dans les troubles de la guerre. Il évoqua enfin leur enlèvement.

— Je leur avais déconseillé de faire cette dernière étape. Puis j'ai commis une erreur en lui proposant de l'épouser. Elle a cru que je voulais la retenir à Patea afin de pouvoir continuer à la courtiser. Elle n'a donc plus voulu m'entendre. Le général ne m'a pas laissé les accompagner…

— Alors Carol aurait de plus été obligée, ensuite, de voir votre tête fumée, dit Cat avec dureté. Si je vous comprends bien, ces guerriers hauhau ont massacré vingt soldats lourdement armés. Qu'est-ce qui vous pousse à croire que vous auriez eu le dessus sur eux ?

— J'aurais au moins dû essayer de les libérer.

Bill répéta tous les reproches qu'il ne cessait de s'adresser. Chris lui tendit une nouvelle fois la bouteille de whisky.

— Tenez, buvez un coup ! Et cessez de vous flageller ! Tout seul, vous ne pouviez rien. Vous le savez bien. Vous êtes certain qu'elles ont été enlevées ? Elles… elles étaient encore vivantes quand les guerriers se sont repliés ?

— Sinon, on aurait retrouvé leurs cadavres, dit Cat à voix basse. Ils n'avaient aucune raison de les cacher. La décapitation des soldats aurait été un motif suffisant pour une expédition punitive si le général Cameron l'avait voulu.

— Que font-ils donc d'elles ? se désespéra Bill en cherchant du regard l'aide de Cat. Qu'est-ce… Qu'est-ce que font normalement les Maoris dans un cas semblable ?

— Les Ngati Toa n'avaient pas d'esclaves durant le temps où j'étais chez eux, répondit Cat, perplexe.

— Et le traité de Waitangi a interdit l'esclavage chez les tribus de l'île du Nord, ajouta Chris. Mais les Hauhau ne se sentent pas liés par ce traité.

— Des esclaves ? s'écria Bill, horrifié. Vous pensez qu'ils les gardent en esclavage ?

— Sinon, ils en feraient quoi ? dit Chris à voix basse en posant une main compatissante sur le bras de Bill. C'est un *pa*, disiez-vous. Il n'y a donc pas ou peu de femmes là-dedans. Ne voyez pas avant tout dans les ravisseurs des Maoris ou des Hauhau. Ce sont avant tout des hommes…

Bill se cacha le visage entre ses mains. Il savait, bien sûr, que Carol et Mara avaient certainement été violentées, mais avait toujours gardé espoir…

— Je croyais que les Maoris… je croyais… parce que leurs filles sont, paraît-il, si consentantes…

— Comme la plupart des hommes, les guerriers maoris préfèrent coucher avec des femmes qu'ils ne sont pas obligés de forcer, soupira Cat. Mais il doit y avoir des exceptions. Pour ce qui est de l'esclavage d'antan, on a évoqué des femmes maltraitées, mais aussi des mariages entre maîtres et esclaves. Par amour ou pour des motifs politiques. Si une fille de chef était capturée et épousée par le chef de la tribu ennemie, il avait droit à ses terres. Mais il est difficile de savoir ce qu'il en est à Wereroa. Nous ne pouvons que nous raccrocher à l'espoir qu'elles sont en vie. C'est d'ailleurs le plus plausible, car on ne voit pas pourquoi ils les enlèveraient pour les abattre ensuite. Et puis je pense que si Carol n'était plus vivante, je le saurais. Comme je le saurais de Linda. Chris ne croit pas à tout cela, j'en suis consciente, mais cela n'empêche… je suis certaine que Carol est en vie ! Nous la retrouverons, Bill ! Si Cameron ne veut pas nous aider, je ferai intervenir le gouverneur. Dans la mesure où Ida et Karl ne l'auraient pas déjà fait. Vous venez de passer une année en mer, Bill. Carol et Mara sont peut-être libres depuis belle lurette !

— J'aurais dû rester, murmura Bill. Je n'aurais pas dû abandonner…

— Ne recommencez pas à vous torturer ! lui répondit Chris. Vous nous avez retrouvés. Il y a de quoi être fier. Et fiez-vous à Cat. Dans quelques jours nous serons de nouveau en Nouvelle-Zélande et nous saurons où en sont les choses et ce que nous pourrons tenter. Mais pas avant d'avoir réduit Jane en bouillie.

— Ah oui, il faut maintenant faire nos bagages, plaisanta Cat. Cela me fait un peu de peine de quitter l'île. Pendant deux ans et demi, j'ai eu mon mari pour moi seule. Je vais désormais devoir le partager avec deux mille moutons.

— Ah bon ? se récria Chris. Moi, je n'ai pas de peine du tout. Malgré tout mon amour pour toi, je suis heureux à l'idée de retrouver nos moutons. Et je suis plus qu'heureux à l'idée de n'avoir pas à jouer les sages-femmes ici.

— Comment ? s'exclama Bill avec ahurissement.

— Et oui, avoua Cat en souriant. Nous y serions sûrement arrivés sans aide. Mais bon ! Ce sera plus facile avec une sage-femme. Ne me regardez pas avec cet air offusqué, lieutenant Paxton : oui, j'ai quarante et un ans et je n'ai eu jusqu'ici qu'une fille. Et j'attends néanmoins un enfant !

3

Le *Hampshire* quitta l'île dès le lendemain, Rawley et ses hommes ayant utilisé les cabanes pour y entreposer leurs dépôts. Cat libéra ses chèvres et enterra quelques plants de pommes de terre dans un terrain qu'elle avait travaillé pour y planter des *raupos*. Puis elle dit adieu à l'île. D'un commun accord, l'équipage et les anciens naufragés avaient décidé de ne pas rallier Campbelltown tout de suite, en dépit de l'état de santé de deux d'entre eux, mais de terminer auparavant leur tâche et d'explorer les dernières îles susceptibles d'abriter d'éventuels autres survivants. Ils naviguèrent donc trois semaines de plus, déposant dans chacune d'elles le reste de leurs stocks, mais sans rencontrer d'autres malheureux.

Enfin, Campbelltown fut en vue, dans l'allégresse générale.

— Je n'y croyais pour ainsi dire plus, avoua Cat. Je n'ai pourtant pas été malheureuse sur notre île. Seules les filles m'ont manqué. Et un bain chaud de temps en temps. J'ai envie d'un peu de confort…

Le prochain bateau pour Lyttelton n'appareillant que quatre jours plus tard, ils purent se redonner l'apparence de gens civilisés. Le temps ne leur parut pas long au demeurant, car, la nouvelle de leur sauvetage s'étant répandue comme une traînée de poudre, ils furent accueillis par une petite foule, et durent à plusieurs reprises raconter les conditions de leur survie. Cette ferveur leur permit de ne pas avoir à supporter les frais du séjour et de la traversée. Ils auraient en effet été bien en peine de le faire, tous les comptes de Rata Station ayant été mis au nom de Jane. Chris avait certes aussitôt écrit à Karl et Ida pour qu'ils leur adressent un virement, mais la banque de la ville leur ouvrit sans attendre un large crédit. Le meilleur hôtel les accueillit gracieusement, tandis que les commerçants les équipaient de neuf.

Mais Chris, peu à peu lassé de l'attention générale à leur égard, était sur des charbons ardents. Il le fut davantage encore quand Bill, trois jours après leur arrivée, leur apporta des nouvelles à leur hôtel.

— Elles sont vivantes ! annonça-t-il, au comble de l'excitation, agitant une lettre.

Comme le reste de l'équipage, submergé par l'enthousiasme populaire, il n'avait eu que le matin même le loisir d'aller retirer son courrier poste restante et de consulter l'énorme masse de lettres envoyées par sa famille. Il finit par en ouvrir une d'où tomba une enveloppe.

Cette lettre est arrivée ici pour toi le 15 août 1865, écrivait la mère de Bill. *Pardonne-moi de l'avoir ouverte. Je n'avais bien entendu pas l'intention de violer le secret de ta correspondance, mais l'expéditeur étant un capitaine j'ai pensé qu'il pouvait s'agir d'une lettre officielle de l'armée qui aurait exigé une réaction quelconque de ta part. En fait, il s'agit d'une lettre privée et je suppose que ce sont pour toi des informations très réjouissantes.*

— Cette lettre m'a été envoyée par quelqu'un que j'ai connu à l'état-major du général Cameron, expliqua Bill. Il a écrit depuis Wellington, car les troupes se sont retirées de Patea et ont été remplacées par des Military

Settlers. Le *pa* de Wereroa a été pris sans effusion de sang en juillet, les Maoris l'ayant abandonné sans combattre. Ils ont emmené Carol et Mara. Le capitaine Winter a trouvé un message de Carol dans un réduit à côté du bâtiment des cuisines, gravé dans une poutre. Elles étaient retenues comme esclaves. Je pense qu'on les employait à la cuisine, dit-il en jetant un regard plein d'espoir à Cat et Chris qui se gardèrent de répondre. En tout cas, elles sont en vie !

— Ce sont d'excellentes nouvelles ! dit Cat en souriant. Et a-t-on une idée de l'endroit où se sont repliés les Hauhau ?

— Oui, assez précise même. D'après Winter, ils ont emmené Te Ua Haumene à Waikoukou. Le gouverneur et le général Chute sont bien décidés à mettre un terme à cette affaire. C'est du moins ce qu'a écrit Winter l'été dernier.

— Alors, nous devrions très vite apprendre si le fort a été pris entretemps.

— S'il ne l'a pas encore été, je vais me rendre à Wellington et me mettre à la disposition de l'armée. J'espère qu'on me reprendra.

— Compte tenu des circonstances, je le crois, estima Chris. Ce serait une stupidité de la part du général de se priver d'un soldat expérimenté.

— Vous verrez, Bill, tout va bien se passer ! dit Cat avec douceur. Nous retrouverons Carol, et, espérons-le, elle comprendra ce que vous signifiez pour elle.

Grâce aux excellentes relations de Cat et de Chris avec la presse, les trois amis obtinrent vite des informations quant à la campagne du général Chute.

— C'est terminé, leur déclara le rédacteur en chef du journal local, qui les avait aussitôt reçus. Chute est parti de Whanganui à la tête de plusieurs centaines d'hommes, des unités d'artillerie constituées de bric et de broc ainsi que des régiments maoris. En route pour l'ouest, il a investi plusieurs *pas* et les a rayés du sol. Des villages aussi, mesure controversée. Waikoukou est tombé en février. Ce n'est d'ailleurs pas Chute qui l'a conquis, mais un certain McDonnell à la tête de ses Military Settlers. Peu après Te Ua Haumene a été fait prisonnier. Chute l'a débusqué avec huit de ses fidèles dans un village près d'Opunake. Il l'a transféré à Wellington. On ignore encore s'il va être traduit devant un tribunal. Il se présente comme la victime de son propre mouvement, prétendant avoir été dépassé par les événements, n'avoir voulu que la paix et l'amour et de bons rapports avec les *pakehas* et n'avoir jamais ordonné les assassinats. Le croit qui veut !

— Nous avons des raisons de penser que les Hauhau détenaient deux femmes blanches comme esclaves, du moins lorsqu'ils étaient à Wereroa. Savez-vous quelque chose à ce sujet ?

— Vous plaisantez ? se mit à rire le journaliste. Imaginez que deux femmes blanches soient réapparues en liaison avec l'arrestation d'Haumene ! J'en aurais entendu parler. Tous les journaux du pays s'en seraient fait l'écho. Non, je dois hélas vous décevoir.

— Et la campagne est désormais terminée, je suppose, dit Bill. Il n'y a plus de guerriers hauhau dans les forêts ?

— Je l'ignore. Je sais juste que Chute est revenu à Whanganui par la route de la côte, après avoir réduit en poussière sept *pas* et vingt et un villages. Quant à savoir s'il a laissé quoi que ce soit de côté…

— Mais bien sûr qu'il en a laissé de côté ! explosa Cat. Il est illusoire de croire qu'il n'y aurait plus de Maoris dans la région. Des dizaines de groupes de guerriers hauhau la parcourent encore et l'un d'eux a sans doute emmené les femmes.

— Si elles ne sont pas mortes..., murmura Bill.

— Non, protesta Cat. Elles ne sont pas mortes. Il suffit de les retrouver. Comment les choses se présentent-elles dans la région, M. Hunt ? Quelles sont les autorités compétentes ?

— Les terres qui ont été prises aux Maoris sont aux mains des Military Settlers. Le responsable de la sécurité est le major McDonnell, qui est basé à Patea. C'est de là qu'il organise la colonisation du pays. Mais il ne néglige pas pour autant de mener des campagnes si nécessaire. C'est d'ailleurs lui qui a investi Waikoukou avec ses hommes. Si vous voulez rechercher quelqu'un dans la région, il est votre homme.

— Vous voulez dire... qu'il n'est pas homme à longtemps peser le pour et le contre, comme le général Cameron ? s'assura Bill.

— Cet homme n'hésite pas, M. Paxton. Au contraire. Toute occasion de combattre lui est bonne !

— Je crois que je vais prendre le premier bateau pour Patea et m'entretenir avec ce capitaine, annonça Bill à ses deux amis. Me rejoindrez-vous quand vous aurez réglé vos affaires dans les Plains ?

— Dès que ce sera possible, répondit Chris. Merci infiniment, M. Hunt. Et bonne chance, Bill !

Tandis que Bill s'était embarqué pour Wellington d'où il rejoindrait Patea, Cat et Chris étaient à bord de la goélette *Rosemary*, un bateau de fret en route pour Lyttelton. Le voyage se déroula sans encombre, par beau temps et vent favorable. Ils arrivèrent à Lyttelton quelques jours plus tard.

— Allons-nous télégraphier à cette chère Jane, ou bien lui réservons-nous la surprise ? demanda Cat tandis qu'ils franchissaient à dos de mulets le Bridle Path. Si tu préfères la surprise, mieux vaut éviter Christchurch. Les bavardages y vont bon train, tu le sais.

— Je pense que nous allons d'abord surprendre les Deans, chez qui nous pourrions passer la nuit. Demain, Georgie nous amènera avec sa barque.

— Et moi je me fais une joie de les revoir. J'espère qu'ils auront des nouvelles de Linda. Et de Karl et Ida.

Voyant Fancy accourir et leur faire fête, William et John Deans s'attendaient à voir paraître Bill Paxton au détour du chemin. Ils se crurent victimes d'une hallucination quand ils aperçurent le couple ami. Les étreintes et les poignées de main furent aussi robustes que chaleureuses entre ces gens de la campagne. Puis les deux frères appelèrent leurs épouses qui accoururent embrasser à leur tour les deux miraculés.

John ouvrit une bouteille de whisky tandis qu'Emma entraînait Cat dans son cellier et lui montrait une caisse de vin.

— Tiens, c'est la tienne ! C'est ta dernière commande ! Georgie l'a apportée. Mais les filles n'en ont pas voulu, disant qu'on le boive à votre santé. Nous n'en avons pas eu le cœur. Depuis, je pense à toi chaque fois que je vois cette caisse !

— Alors, nous allons trinquer sans attendre, dit Cat, radieuse. Viens, nous trinquerons aussi à la santé de Linda, de Carol et de Mara. Maintenant, les disparues, ce sont elles. J'aimerais tant que ces histoires finissent.

— Linda n'a pas disparu, affirma Alison, la femme de John, en débouchant une bouteille dans la cuisine. Ida ne vous a pas écrit ? Ah oui, c'est vrai, vous n'avez fait que vous télégraphier. Alors je vais être la porteuse d'une bonne nouvelle : Linda a une petite fille.

— Je suis… dit Cat en posant une main sur son ventre.

— Tout à fait exact, coupa Alison, tu es grand-mère. Mais le ménage a battu de l'aile. Personne d'ailleurs n'a ici cru que ça marcherait. Ce Fitz…

— Mais alors, elle est seule ? s'inquiéta aussitôt Cat. Où vit-elle ? Dans l'Otago toujours ?

— Non, Fitz s'est enrôlé dans les Military Settlers. Ils avaient une ferme quelque part dans le Taranaki, nous a écrit Ida. Ils l'ont à nouveau perdue. Ida ne nous a pas expliqué pourquoi, elle ne devait pas le savoir. Elle n'a reçu de Linda qu'une brève lettre annonçant la naissance et la séparation. Elle est donc en route pour Russell.

— Dieu et tous les esprits en soient loués ! soupira Cat. Pour l'échec du mariage aussi, même si je ne devrais pas le dire. Elle pourra vivre à Rata Station avec l'enfant… avec ou sans mari.

4

— Douze enfants encore ? s'écria Franz Lange d'un air courroucé après avoir pris connaissance d'une notification que lui apportait un cavalier.

— Oui, sir, j'ai pris les devants pour vous prévenir. Ils arriveront demain. Ils viennent d'un village du Taranaki. McDonnell l'a pris d'assaut en guise de représailles contre une attaque des Hauhau voici quelques jours.

Franz soupira. Il avait été proclamé que les combats étaient terminés depuis quelques semaines et il en avait remercié le Ciel. Les interventions du général Chute à l'intérieur du pays avaient rempli à craquer son orphelinat et il avait vraiment espéré ne plus avoir d'enfants maoris à accueillir. En réalité, on lui en amenait toujours plus. C'étaient maintenant souvent de véritables orphelins. McDonnell ne faisait ni une ni deux : quand il entreprenait une expédition, les morts ne se comptaient pas seulement chez les guerriers, des femmes et des enfants étaient aussi victimes de la répression. Franz devait alors prendre soin des enfants traumatisés, une tâche qui était bien au-dessus de ses capacités. À l'origine, le projet avait été prévu pour une soixantaine d'orphelins, mais l'ancien *pa* en hébergeait à présent cent vingt entre trois et quinze ans. Il faisait de son mieux, mais les choses allaient à la va-comme-je-te-pousse.

Se faire comprendre était toujours problématique, aucun des enfants ne parlant couramment l'anglais. Franz avait d'abord espéré que ses protégés l'apprendraient avec autant de facilité que le font les tout-petits. Ce n'avait hélas pas été le cas car trop peu d'adultes parlaient l'anglais. Kahotu parlait le plus souvent le maori avec les petits. L'homme mettait la main à la pâte quand ça le chantait, mais il avait une étrange conception du travail. Parfois il s'absentait des jours entiers et il n'était donc pas question de lui demander d'assurer un enseignement systématique de l'anglais. Franz tenait néanmoins beaucoup à le garder.

Lui-même avait essayé de dispenser cet enseignement à partir de la lecture de la Bible. Mais les enfants trouvaient cela fastidieux, son niveau de maori ne lui permettant pas d'alléger les leçons comme il avait réussi à le faire à Opotiki. De plus, les enfants les plus âgés ne manifestaient aucun enthousiasme pour apprendre la langue de leurs ennemis, et les petits, au bout de plusieurs semaines après leur arrivée, se mettaient encore à pleurer quand on s'adressait à eux en anglais. Ils parlaient maori entre eux, et Franz était déjà heureux qu'ils se parlent, car, au moins, ils n'introduisaient pas dans le foyer les querelles intertribales comme peu auparavant. Kahotu lui avait expliqué pourquoi il en était ainsi. La plupart des derniers arrivés venaient d'*iwis* amies entre elles que venait de décimer Chute. Ces enfants déracinés acceptaient donc de s'entraider, ce qui était un véritable besoin, car les habitants d'Otaki ne voulaient toujours pas travailler au foyer. Franz et Kahotu demandaient donc aux filles les plus âgées de s'occuper des plus petits et d'aider à la cuisine. Kahotu accompagnait les plus grands à la pêche et à la pose de pièges, activité qui permettait de remédier en partie aux insuffisances de l'approvisionnement assuré par l'État.

Le seul enseignement que les enfants suivaient avec intérêt était celui du calcul. Ici encore Franz avait introduit le black jack, joué sans argent bien sûr, qui aidait à apprendre le calcul mais aussi les notions de gain et de perte. Cela n'allait pas pour lui sans scrupule et sans remords qu'augmentait encore la triste constatation qu'il négligeait de plus en plus sa mission religieuse. Aucun enfant de plus de cinq ans n'était baptisé. Il doutait en effet que des enfants ignorant tout de la Bible et assistant en toute indifférence aux offices religieux puissent se dire chrétiens. Il aurait aimé en parler avec un confrère, mais le révérend d'Otaki, bigot et dur de cœur, n'était pas pour lui un interlocuteur. Et voilà que douze enfants supplémentaires allaient arriver !

— Bon, lieutenant, se résigna Franz, je vais vous attendre vers midi dans le village et les prendre en charge. Si je suis en retard, installez-les en dehors du village et ne les enfermez surtout pas dans la grange du pasteur...

Linda et Omaka arrivèrent à Otaki après quelques jours de voyage et faillirent passer sans s'arrêter. Elles n'avaient jusqu'ici pas rencontré de problèmes. Assises côte à côte, Omaka tenant l'enfant dans ses bras et fredonnant des chants traditionnels, elles étaient plongées dans leurs pensées. De temps en temps, elles faisaient halte afin que Linda allaite sa fille. Omaka allumait un feu car on était en juin. Il faisait un froid vif. La nuit, elles dormaient dans la charrette avec Amy et tenaient Aroha bien au chaud entre elles. Elles auraient pu trouver refuge dans une ferme, mais Omaka s'y refusa et Linda lui céda, sachant bien qu'après les attaques des Hauhau, les Maoris ne jouissaient pas d'une grande sympathie chez les colons. Omaka, désormais totalement déracinée, maudissait son sort. Elle n'avait aucune chance de retrouver sa tribu et les tribus autour de Russell lui étaient aussi étrangères que les quelques *maraes* qui avaient subsisté dans la région de Wellington et qui avaient fourni des troupes auxiliaires aux *pakehas*. Connaissant l'existence d'une station missionnaire à Otaki, Linda avait songé à parler de la prêtresse aux religieux, dans l'espoir qu'ils soient au courant de l'endroit où sa tribu avait été évacuée ou que soient abrités chez eux des Maoris s'étant perdus lors de l'opération de la terre brûlée.

Elle décida alors de s'y rendre, en dépit des protestations d'Omaka qui n'entendait pas prier les dieux des *pakehas* et en voulait aux missionnaires « qui prêchent la paix et apportent la guerre ».

Elles ne trouvèrent pas de panneau indiquant la direction de la mission, mais elles arrivèrent aisément au centre de la bourgade, sur une place, devant l'église, où quelques soldats anglais étaient rassemblés. En les apercevant, Omaka se fit toute petite sur le siège et se masqua le visage derrière une écharpe.

Les cavaliers entouraient un groupe d'enfants sales et dépenaillés que les habitants examinaient d'un air méfiant. Linda comprit pourquoi en approchant : les enfants étaient des Maoris, pour la plupart revêtus de la tenue traditionnelle qui les protégeait peu du froid. Ils lançaient de leur côté des regards hostiles aux curieux, des regards cachant mal la peur.

Un soldat approcha de la charrette.

— Bonjour, miss… euh… madame, dit-il en découvrant l'enfant dans les bras d'Omaka. Vous êtes de l'orphelinat ?

— Non, j'arrive de Patea, en route pour Wellington, et je voulais me rendre à la station missionnaire.

— Elle n'existe plus, annonça un capitaine qui commandait la troupe. Il n'y a plus qu'un orphelinat. Le révérend devait venir les prendre ici. J'espère qu'il ne tardera pas. La situation est plus que désagréable car les enfants ne parlent pas un mot d'anglais, se retrouvent pour la première fois dans une localité *pakeha* et ne savent pas de qui ils doivent avoir le plus peur, de nous ou des gens d'ici, qui ne sont du reste guère aimables. Alors que quelques-uns sont pourtant des Maoris. Le révérend nous avait d'ailleurs prévenus. Ces Maoris appartiennent à des tribus différentes qui se combattaient bien avant l'arrivée des Blancs. Tout ça est assez difficile à comprendre. J'aimerais pouvoir dire quelques mots aux enfants. Ils semblent croire qu'on va les pendre !

— Parler n'est pas un problème, je me ferai un plaisir de traduire, dit Linda en s'apprêtant à descendre de son siège.

— Ah, voilà le révérend avec qui j'ai parlé hier, intervint un jeune lieutenant, montrant une charrette tirée par deux puissants chevaux, conduite par un homme maigre et de grande taille, vêtu d'un pantalon en denim froissé, d'une chemise de bûcheron et d'un chapeau à large bord, seul signe distinctif d'un homme d'Église.

— Tant mieux ! Comme ça nous allons pouvoir lui confier les enfants, dit le capitaine en se dirigeant vers le nouveau venu.

— Révérend Lange ? Enchanté. Je suis le capitaine Tatler. Et voici vos nouveaux protégés.

Linda resta interloquée. L'homme avait-il prononcé le nom de Lange ? Elle n'en croyait pas ses oreilles. Franz n'avait-il pas été à Opotiki ? Elle avait eu peur pour lui après le meurtre de Völkner, mais avait été soulagée d'apprendre qu'il n'y avait pas eu d'autre victime. Puis elle n'avait plus entendu parler de lui. Et maintenant, il lui fallut regarder par deux fois avant de le reconnaître. L'homme dégingandé qui se dressa sur sa charrette pour s'adresser aux enfants n'avait plus rien du missionnaire timide et bigot d'autrefois. Il avait pris du muscle et avait le teint hâlé de quelqu'un qui travaille en plein air. Son attitude surtout avait changé : il tenait d'une main ferme les rênes de l'attelage et ne semblait plus porter le fardeau du monde sur les épaules.

Puis une autre surprise l'attendait. Franz sauta de son siège et s'adressa aux enfants dans un maori hésitant mais compréhensible.

— Bienvenue dans *marae* pour enfants. Moi, Revi Franz… heu… l'*ariki*… ou… le *papara*.

Le chef ou le père. Linda sourit.

— Vous pas avoir peur. Personne au *marae* fera du mal. Nous tous une tribu. Un peuple…

Les enfants chuchotèrent entre eux.

— Venir maintenant. Dans charrette. Charrette est canot du *marae*. Avec canot, tous venir à nouveau à Aotearoa. C'est un jeu.

Les enfants n'osèrent pas rire, mais leurs mines se détendirent. Ils s'approchèrent.

— Comment s'appelle le canot ? demanda le plus hardi.

— *Linda*, dit Franz en parcourant du regard le groupe des enfants.

Les soldats s'étant écartés, il découvrit la charrette et la jeune femme assise sur le siège qui l'écoutait en souriant.

— Linda ? répéta-t-il, d'un ton incrédule cette fois.

Se laissant tomber du siège, elle s'avança vers lui.

— Franz ! dit-elle, lui tendant la main.

Franz la prit et la serra.

— Linda ! Je n'en reviens pas ! Mais que fais-tu ici ? Je croyais que tu avais une ferme quelque part. Ton mari n'est-il pas entré dans les Military Settlers ?

— Oui, mais… c'est une longue histoire. Il est parti et il n'y a plus de ferme non plus. Nous allons à Wellington et de là rejoindrons Russell par la mer. J'ai hâte de revoir mamida et kapa. Je n'ai plus eu de nouvelles d'eux depuis que j'ai quitté Christchurch. Et toi, Franz, comment vas-tu ? Que fais-tu ici ? Dans un canot nommé *Linda* ? demanda-t-elle en souriant.

Franz rougit.

— C'est juste un nom comme ça… C'était l'idée de l'employé.

— C'est agréable qu'un canot porte mon nom. Cet homme l'a sans doute baptisé du nom de son amie. Mais il faut à présent que tu rassembles tes enfants, il y en a déjà qui partent à l'aventure, dit Linda en montrant deux fillettes en train de parler avec la vieille prêtresse, qui donnait l'impression de revivre. Si tu es d'accord, je vais te suivre. Je voulais de toute façon me rendre à la station. Omaka, la femme avec qui je voyage, cherche sa tribu. Tu pourras peut-être l'aider. Nous parlerons plus longuement ensuite.

— Ça serait bien, oui, accepta Franz avec chaleur, tout en jetant un œil vers Omaka, qui montrait Aroha aux enfants. Cette femme a un enfant ? Elle est bien vieille pour ça !

— J'ai un enfant, sourit Linda. Omaka m'a aidée à le mettre au monde. C'est une *tohunga*, une prêtresse. Et elle est fermement décidée à ne jamais prier pour le dieu des *pakehas*. J'espère qu'elle est tout de même la bienvenue. Ça aussi, c'est une longue histoire.

— Linda, je dirige un foyer pour enfants. Tout seul avec un vieil ivrogne dont la seule qualification est de parler le maori. Il ne croit en rien et, quand il parle anglais, il blasphème tous les trois mots. En maori aussi, je présume, mais je ne comprends pas, bien entendu. Ça ne peut pas être pire. Ta *tohunga* est donc plus que la bienvenue, elle et ses esprits aussi.

— Elle les a perdus, avoua Linda, soudain attristée. Mais elle paraît bien s'entendre avec les enfants. Si ces fillettes veulent monter dans ma charrette, c'est d'accord. Comme ça, elles aussi se rendront au *marae* avec Linda.

Les deux fillettes se révélèrent être des enfants d'une tribu à laquelle Omaka avait à plusieurs reprises rendu visite lors de ses pèlerinages sur les lieux sacrés de son peuple. L'aînée se souvenait même d'elle, et elle raconta en pleurant ce qui était arrivé à sa tribu et à ses parents. Pendant ce temps, Franz aidait les autres enfants à monter dans sa charrette. Linda le suivit quand il démarra. Elle l'entendit chanter avec les enfants. Elle se sentait bien mieux que quelques heures plus tôt. C'était comme si cette rencontre lui avait ôté un poids. Elle était étonnée par la transformation du missionnaire, capable de s'exprimer en maori et de chanter au lieu de, en d'interminables prières, remercier Dieu de sa venue. Elle ne l'avait même pas encore vu se signer. Chose inimaginable un an et demi plus tôt.

Elle avait eu de la sympathie pour l'ancien Franz malgré l'irritation qu'il suscitait chez elle et chez les siens. Elle était maintenant impatiente de faire la connaissance du nouveau.

L'ancien *pa* grouillait de petits Maoris. Un demi-Maori d'un certain âge accueillit les nouveaux en s'enquérant de leurs tribus d'origine. Linda comprit vite que cela déterminait l'attribution des dortoirs respectifs, qui ne portaient pas le nom de tribus mais d'oiseaux ou d'autres animaux.

— Et à qui avons-nous ici affaire ? demanda l'homme dont l'haleine sentait le whisky quand Linda et Omaka lui présentèrent les deux fillettes qui ne voulaient pas se séparer de la *tohunga*.

— Tu ne restes pas avec nous, *karani* ? supplia l'une.

— S'il te plaît, reste avec nous, renchérit la seconde.

Omaka, indécise, regardait le Maori et Linda tour à tour.

— Si tu veux partager le dortoir avec les fillettes, *karani*, *haere mai* ! dit alors Kahotu en s'inclinant devant la vieille femme.

Il avait dû reconnaître en elle la prêtresse de haut rang. Elle lui présenta son visage avec majesté pour échanger le *hongi*.

— Tu pues le breuvage qui rend fous les *pakehas*, dit-elle ensuite d'un ton sévère.

— Il y a beaucoup de choses qui rendent fous, répondit-il en haussant les épaules. Les uns picolent, d'autres dansent autour d'un piquet et, si tu veux savoir mon avis, voir partout des esprits ne témoigne pas non plus d'une saine raison. Donc, laisse-moi mon eau-de-vie et je te laisse tes esprits. Et vous, qui êtes-vous ? demanda-t-il en se tournant vers Linda.

— Je m'appelle Linda… Fitzpatrick.

— Alors, c'est vous, Linda ? s'exclama Kahotu avec un large sourire, détaillant la jeune femme des pieds à la tête, sans gêne et même avec plaisir.

Se gardant de toute réflexion grivoise, il se tourna vers Franz, dont le visage rosit. Kahotu lui lança un clin d'œil.

— Qu'on ne vienne plus me dire que les prières ne sont jamais exaucées.

— J'aimerais tant leur tenir un petit prêche. Pas long, juste… leur raconter une histoire pour la nuit, tu vois ? Quelque chose qui leur donne à réfléchir. Hélas, mon maori ne me le permet pas. Et Kahotu m'est en l'occurrence de peu d'aide.

Linda venait d'assister à un bref office du soir avec les enfants, où Franz n'avait récité que quelques prières de remerciement, celles n'appelant d'autre réponse qu'un alléluia collectif, et il lui faisait part de ses regrets.

— Cela pourrait être plus personnel et plus ludique, tu comprends ?

— Oui, je pourrai demain leur raconter quelque chose, par exemple l'histoire de Jonas et de la baleine..., dit-elle en souriant à l'évocation de ce souvenir commun.

— Tu resterais un petit peu ? demanda-t-il, rayonnant. Je croyais que tu voulais retrouver ta mère ?

— Je crois que je peux ici me rendre un peu utile, dit Linda, une ombre passant sur son visage. Bien que mamida ait elle aussi besoin de réconfort. C'est une histoire terrible ce qui est arrivé à Carol et à Mara !

Franz acquiesça. Ils étaient assis tous les deux sur la terrasse devant sa maison. Il avait aménagé un ancien entrepôt en logement. Aroha dormait dans un couffin, à leurs pieds, sous la surveillance d'Amy.

— Mais il faut que tu écrives à Ida. Elle est aussi inquiète pour toi. Tu l'as laissée dans une incertitude totale concernant ton existence. L'armée n'expédiait-elle donc pas le courrier ?

— Je lui ai pourtant écrit régulièrement ! se défendit Linda. Surtout au début, depuis Patea. Comme elle ne répondait jamais, j'ai écrit plus rarement. Je me dis qu'entretemps Fitz a cessé de remettre mes lettres. Ou que Vera est mêlée à cette affaire. Elle a dû trouver plaisir à me tourmenter.

— Vera ?

— C'est encore une longue histoire...

Franz remarqua la pâleur de Linda. Il parut livrer une bataille intérieure, puis il entra dans la maison d'où il ressortit avec une bouteille de whisky et deux verres.

— J'ai tout mon temps, dit-il.

5

— Ce que vous pensez m'est totalement égal ! tempêta Jane. Si je vous dis de mettre les brebis dans la prairie de l'ouest, vous n'avez qu'à vous exécuter !

Il n'était guère judicieux d'engueuler ainsi un gérant. Mais Jane était de mauvaise humeur et une nouvelle initiative de M. Colderell avait été la goutte qui fait déborder le vase. Alors que ses arguments n'étaient pas sans poids : s'il gardait les brebis plus près de la maison, il pourrait mieux les surveiller. Jane aurait pu approuver, mais cela aurait signifié qu'elle acceptait qu'il prenne ses décisions sans se soucier de son avis. Il s'entendait en moutons mieux qu'elle, mais il en prenait trop à son aise. Il savait trop bien qu'il lui était indispensable.

Toujours furieuse, elle quitta l'étable des taureaux. Elle avait acheté ces jeunes bêtes en raison de l'explosion des prix de la viande. La population de la Nouvelle-Zélande croissait et les chercheurs d'or ainsi que les mineurs de la côte Ouest étaient friands de steaks. Mais personne à la ferme ne s'y connaissait en matière de bovins. Colderell et ses hommes étaient dépassés quand ils avaient affaire à des mâles agressifs.

Jane soupira. Pour dire la vérité, la situation n'était pas brillante à Rata Station. Il lui était difficile de diriger la ferme sans le soutien de son mari et des gardiens maoris. Te Haitara s'était mis à l'écart depuis le départ d'Eru, ou plus exactement depuis que Jane avait pris prétexte de ce départ pour lui faire des scènes incessantes. Les Maoris ne trouvaient pas inhabituel le départ de jeunes guerriers pour l'inconnu. Au contraire. Te Haitara était fier. Eru et les autres allaient faire grandir leur *mana* sur l'île du Nord. Jane, en revanche, fulminait contre la rébellion de son fils. À ses yeux, il avait gâché son avenir en se faisant tatouer et surtout en prenant la fuite. Sans parler des dangers qu'il courait. Il pouvait mourir ! La sérénité de Te Haitara quant à cette hypothèse l'excédait et ils s'étaient maintes fois querellés.

Elle aurait voulu que Te Haitara envoie un guerrier afin de ramener les jeunes gens. Elle-même avait lancé un détective privé sur leurs traces, mais il n'avait pu les suivre plus loin que les forêts de Taranaki dans lesquelles ils avaient disparu. Son époux tenait pour vaine toute entreprise de sa part sur l'île du nord où ne vivaient que des tribus hostiles.

Par ailleurs, l'héritage avait encore envenimé leurs rapports. Pour finir, Jane avait pris ses cliques et ses claques et s'était installée à la ferme. Depuis un an, elle habitait la maison en pierres et n'avait plus échangé un mot avec Te Haitara. Sur quoi, les Maoris qui travaillaient autrefois pour Linda et Carol ne s'étaient plus montrés. Elle ignorait de quoi la tribu vivait désormais. Te Haitara n'avait conservé que quelques moutons. Les Ngai Tahu avaient dû retrouver leur mode de vie traditionnel. Les hommes chassaient, les femmes tissaient et cuisinaient et, ensemble, ils cultivaient quelques terres. Ils payaient les articles de luxe comme les tissus et les ustensiles de cuisine grâce à leurs économies placées au nom de Te Haitara sur un compte en banque à Christchurch. Il ne serait pas vidé de sitôt. De toute façon la tribu, ces dernières années, avait acquis tout ce qu'elle pouvait désirer. Le conseil des anciens triomphait maintenant, notamment les *tohungas* qui, dès avant la reprise de Rata Station, avaient demandé si tout ce travail avec les moutons en valait encore la peine.

Jane, qui s'était mise en quête d'ouvriers à Christchurch, n'en avait trouvé quelques-uns que par l'entremise de Colderell. Ces hommes, au demeurant, donnaient en permanence à Jane l'impression qu'ils ne la prenaient pas au sérieux. Avec son obstination coutumière, elle parvenait à réaliser ses projets. Mais cela représentait une grande dépense d'énergie. Il lui arrivait parfois, en dépit de sa fierté et de sa force, de pleurer le soir tant elle se sentait seule.

À cela s'ajoutait l'attitude de ses amis *pakehas* et de ses voisins. Elle n'avait jamais entretenu de rapports étroits avec eux, des gens comme les Butler ne fréquentant pas une femme qui vivait avec un chef maori. Si Jane disposait toujours d'une voix dans l'association des éleveurs de moutons, elle se sentait maintenant tenue à l'écart lors des réunions alors qu'elle y avait toujours été bien accueillie. Les Deans et les Redwood menaient campagne contre elle et l'avis prévalait que sa prise de possession de Rata Station n'avait pas été légale. Quand enfin se répandit la nouvelle de l'enlèvement de Carol et de Mara, elle se retrouva mise au ban. Plus personne ne l'invitait et ne coopérait avec elle.

Lors de la dernière tonte, Jane avait dû faire venir de l'Otago une colonne de tondeurs. Les hommes ayant travaillé pour Chris et Cat avaient évité Rata Station lors de leur tournée dans les fermes bordant le Waimakariri. Elle devait aussi organiser seule le transport des toisons à Christchurch et le négociant lui proposait des prix inférieurs à la normale parce que sa laine arrivait plus tard que celle de la concurrence. Elle pouvait supporter ces problèmes d'un point de vue financier, car, femme d'affaires, elle n'avait de leçon à recevoir de personne. Il y avait beau temps qu'elle avait investi dans des compagnies maritimes et dans la construction de lignes de chemin de fer. Mais la tension permanente et la succession des mauvaises nouvelles lui rongeaient les sangs. Elle se morfondait dans sa solitude.

Elle se rendit alors chez elle, referma la porte et prit une bouteille de whisky dans un placard. Elle avait découvert que le whisky était moins nourrissant que le chocolat. Elle se restreignait certes, mais un ou deux verres le soir lui rendaient l'existence plus supportable.

— Miss Jane…

Elle n'avait pas entendu frapper à la porte et se retourna, irritée. Ayant ouvert la porte sans façon, Colderell passait la tête par l'entrebâillement.

— Qu'y a-t-il encore, M. Colderell ?

— Il y a… il y a quelqu'un qui vous demande, miss Jane…

— Je vous avais dit de ne pas m'annoncer ! protesta, dans le dos de Colderell, une voix furieuse mais tellement familière !

Jane se demanda si elle avait des hallucinations.

Colderell s'effaça et la porte s'ouvrit à la volée. Incrédule, Jane aperçut les yeux flamboyants de colère de Chris. Son ancien mari avait maigri, il avait la peau rêche, rougie par le froid et le vent, et le visage un peu tacheté comme s'il venait de raser une barbe de plusieurs mois. Ses cheveux étaient plus longs que ce qu'il sied à un gentleman. Il avait d'ailleurs toujours aimé les avoir longs. Derrière lui, elle reconnut Cat qui faisait preuve d'une retenue inhabituelle.

— Chris…, réussit à articuler Jane.

— Ne me dis surtout pas que tu es heureuse de me revoir ! ironisa celui-ci. Je me disais bien que je te trouverais dans la maison ! Tu as réussi à persuader ton Te Haitara de s'installer ici, ou bien t'a-t-il flanquée à la porte ?

Poings serrés, il s'avança vers elle d'un air menaçant.

— M. Fenroy… s'interposa Colderell.

— Ne vous mêlez pas de ça ! aboya Chris. Vous êtes de toute façon congédié. Je ne veux ici personne qui ait accepté de travailler pour elle…

— Chris, dit Cat d'une voix apaisante et, se tournant vers le gérant : s'il vous plaît, Patrick, laissez-nous seuls. Nous déciderons plus tard qui, des employés, restera ou non.

— Je… vous…, essaya d'argumenter l'homme qui, appelé par son seul prénom, était d'un coup ravalé au rang de simple employé.

— Disparaissez, Patrick, lui intima Cat en lui montrant la porte. Vous n'avez pas besoin de vous soucier de miss Jane, je vais empêcher mon mari de l'assommer et lui m'empêchera de lui arracher les yeux.

— Je croyais que tu… que vous étiez morts, dit Jane en suivant des yeux, effarée, son gérant qui avait tourné les talons.

— Ça, on le sait, gronda Chris. Et, compte tenu des circonstances, on peut l'excuser. Mais pas la ferme ! Jane, comment as-tu pu faire une chose pareille aux filles ?

— Du point de vue de la loi…

— Tu connais Carol et Linda depuis leur plus tendre enfance, l'interrompit Cat. Tu les as vues grandir, en même temps que ton fils. Comment as-tu pu les chasser de la maison et de la ferme ?

— Je suis une femme d'affaires…

— Et comment as-tu pu traiter Te Haitara ainsi ? poursuivit Cat. C'est ton mari, Jane. Il l'est depuis vingt ans. Et soudain tu dis que ton mariage avec lui n'est pas valable, qu'il n'a jamais été conclu ?

— Tu as déclaré que son fils était le mien ! renchérit Chris. Le sommet de la perfidie ! Tu avais préparé ton coup ! Ce certificat de naissance !

— J'ai voulu lui offrir les meilleures chances…

— Et tu les as compromises ! Car je ne vais certainement pas le reconnaître, cingla Chris. Il ne sera pas mon héritier. Et comme ton mariage avec Te Haitara n'a jamais été conclu, il sera un bâtard.

— De toute façon, il n'est plus là, dit Jane à voix basse.

— Et toi aussi, tu vas disparaître d'ici ! s'énerva Chris, donnant l'impression de vouloir la frapper. Sur-le-champ ! Je te donne cinq minutes pour plier bagage. Et ne me demande pas de papiers ! J'ai fait le tour des administrations à Christchurch et j'ai l'attestation écrite que Cat et moi ne sommes pas morts. Ta revendication de la ferme est donc à l'eau.

— J'y ai travaillé un an, je l'ai fait fructifier, je…

— Tu ne comptes tout de même pas aller en justice, Jane ! menaça Chris, interloqué.

— C'est mon droit ! siffla-t-elle. J'ai besoin d'argent pour vivre. J'ai quitté Te Haitara. Je…

— Tu vas me faire pleurer ! se moqua Chris.

— Tu as précipité Linda dans un mariage malheureux. Tu es responsable de ce que Carol et Mara sont aux mains de fous furieux. Mara n'a que dix-huit ans, Jane ! et tu voudrais en plus qu'on te paye pour ça ? explosa Cat qui s'était maîtrisée jusqu'ici mais dont la fureur n'avait soudain rien à envier à celle de Chris. Est-ce que tu oses te regarder dans une glace ?

— Je n'ai jamais été enthousiasmée par mon image, dit Jane en haussant les épaules.

Chris jeta un regard sur son visage indifférent. Perdre Rata Station ne semblait pas la perturber, mais elle n'avait pas non plus mauvaise conscience. Il se sentit soudain las.

— Tu dois disposer de comptes d'investissements, dit-il avec calme. Ce serait mal te connaître que de penser que tout ton argent est sur le compte de Rata Station. Mais si tu es vraiment sans ressources, je te verserai une pension alimentaire. Avant que tu me menaces de la réclamer devant les tribunaux. Étant mon épouse, tu aurais les plus grandes chances de l'obtenir, d'ailleurs ! Prends une chambre d'hôtel à Christchurch ou ailleurs. Le plus loin sera le mieux. Envoie-moi une adresse postale afin que je te fasse parvenir les documents pour le divorce. Je suis déjà allé voir un avocat, Jane. La procédure est engagée. Ce sera compliqué et cela me coûtera cher. Cela peut traîner en longueur, car, si j'ai bien compris, il faudra obtenir une décision parlementaire. Mais c'est possible et, compte tenu de notre histoire, il ne se trouvera pas un juge pour refuser. Je te ferai parvenir les documents dès que le divorce aura été prononcé. Et ensuite, Jane Fenroy-Beit, je ne veux plus te revoir !

Sans un mot, Te Haitara alla au-devant de son ami et tendit le visage pour le *hongi.* Il avait déjà entendu parler du retour de Chris, les nouvelles se répandant à la vitesse de l'éclair dans les Canterbury Plains. Le village entier s'était rassemblé autour des deux rescapés pour leur souhaiter la bienvenue.

— Je suis vraiment très heureux, dit le chef qui, depuis deux ans et demi, avait vieilli et beaucoup maigri.

L'ancien guerrier massif et vigoureux n'était plus que l'ombre de lui-même, le visage marqué par l'inquiétude et le chagrin. D'abord hésitant, Chris accepta le *hongi.*

— Comment as-tu pu laisser faire ça ? ne put-il pourtant s'empêcher de demander.

— Comment aurais-je pu l'en empêcher ? répondit le chef d'un air contrit. Je l'ai rejetée même si cela m'a brisé le cœur. Cela n'a pas pour autant sauvé la ferme, ni vos filles. Elles auraient bien sûr pu rester au village...

— Porte à porte avec la femme qui leur avait pris leur ferme ? demanda Cat, impitoyable. Tu aurais dû l'empêcher.

— Je n'aurais pas dû lui faire confiance…, soupira Te Haitara. Elle disait toujours que, dans les affaires, il fallait rester ouvert à toutes les options. Je ne comprenais pas tout à fait ce qu'elle entendait par là. Maintenant je le sais. Tu étais une option, j'en étais une autre. Le *karakia toko* était une option, le certificat de naissance une autre. Je suis désolé. Que vas-tu faire d'elle à présent ?

— Sur le papier, elle est encore mon épouse. Mais, au moins dans le droit *pakeha*, il est interdit de lui couper la tête.

Te Haitara eut un pâle sourire.

— Ce n'est pas non plus habituel d'après le droit maori… Malgré tout, tu as plus de droits sur elle que moi.

— Nous l'avons mise à la porte, dit Cat. Elle est en route pour Christchurch. Et Chris a engagé la procédure de divorce. Sans option, d'après le droit *pakeha.*

— Si tu voulais ensuite l'épouser à nouveau, ajouta Chris, le mieux serait que tu le fasses devant un juge de paix *pakeha.* Sinon, elle ne reconnaîtra pas le mariage et me réclamera une pension. Ce serait de même gentil de ta part de reconnaître par écrit que tu es le père d'Eru, car je vais devoir prouver qu'il n'est pas mon fils.

Te Haitara baissa la tête.

— Il y a des mois que je n'ai plus de nouvelles d'Eru. Il est peut-être mort.

Le chef avait l'air si malheureux que Cat n'y tint plus. Elle lui posa une main sur le bras avec douceur.

— *Ariki !* Le temps dira si tu reprends Jane ou non. Mais Eru est ton fils. S'il était mort, tu le saurais.

6

— Les garçons du dortoir *Kea* jouent de nouveau au black jack, au lieu de faire leurs devoirs, se plaignit Linda. Tu formes là des joueurs et des buveurs !

Franz leva les yeux. Il était en train d'essayer de réparer une roue de sa charrette, sans grand succès.

— Kahotu ne leur a toujours pas appris à distiller le whisky, plaisanta-t-il en retour. Et ils progressent en calcul. C'est vrai qu'ils ne jouent plus des cailloux, mais qu'ils ont bricolé des billets. Hoani vient de perdre un million de livres. Il n'oubliera jamais combien de zéros ça fait.

— Tant qu'ils perdent, ça peut aller, admit Linda sans grande conviction. Mais que se passera-t-il si, en gagnant, ils se figurent qu'ils peuvent ainsi gagner leur subsistance ?

— Non, je ne les laisse pas gagner, dit Franz avec flegme. As-tu achevé le texte du sermon ?

— Le sermon, non, mais j'ai fait des scones ! dit Linda, rieuse, en ouvrant le panier qu'elle avait au bras, d'où elle sortit une cafetière, un gobelet et une assiette. Il faut que tu observes une pause, sinon tu vas dépérir. J'ai donc mis de côté quelques gâteries avant que les enfants aient tout dévoré. Le nouveau fourneau est fantastique !

Linda venait d'aménager une cuisine *pakeha* et apprenait aux filles à cuisiner à la manière des Blancs, afin qu'elles puissent plus tard gagner elles-mêmes leur vie, les domestiques étant une main-d'œuvre très demandée à Auckland et Wellington. Même le pasteur d'Otaki n'avait pu rester sourd à pareil argument, si bien que le fourneau et les placards étaient des dons de commerçants de la localité.

— C'est fantastique ! s'écria Franz en s'asseyant sur une pierre à côté de laquelle Linda avait déposé le panier et en mordant dans le gâteau.

Linda profita de cet instant de complicité pour exposer une préoccupation.

— Sérieusement, Franz, tu te conduis avec trop de légèreté dans cette histoire de jeu. J'étais mariée à un joueur et je ne sais que trop bien qu'on ne peut influer sur les cartes. Tu ne peux pas leur apprendre à gagner ou à perdre. On a ou non de bonnes cartes, donc on gagne ou on perd. Croire autre chose est dangereux.

— Mais bien sûr que je peux influer sur la donne. Franchement, je me suis longtemps demandé ce que le black jack pouvait avoir à faire avec la chance ou le hasard. Il suffit de se concentrer un peu… Ah, au fait, est-ce qu'Omaka t'a dit que tu avais reçu du courrier ? Une lettre de ta mère, je crois, je l'ai posée devant ta maison.

Oubliant sur-le-champ les dangers des jeux de hasard, Linda bondit sur ses pieds.

— Elle ne m'a rien dit. Je crois qu'elle considère toujours que lire et écrire est l'œuvre du diable. J'y vais. De qui peut-elle bien être, cette lettre ? De mamida ou de mamaca ?

Depuis que Linda était de nouveau en rapport avec Ida et Cat, rien n'importait à ses yeux autant que ces lettres régulières. Notamment celles de Cat, ce qui ne lassait pas d'étonner Franz. Linda avait été sur le point de partir pour Rata Station quand elle avait appris que

Cat et Chris avaient été sauvés. Seule leur annonce de leur proche venue sur l'île du Nord pour y rechercher Carol et Mara l'en avait dissuadée.

Elle se dirigea alors vers sa maison, au centre de l'ancien fort, comme celle de Franz. Ils tenaient l'un et l'autre à être au cœur de l'institution, d'avoir l'œil sur les enfants, alors que Kahotu logeait dans l'ancienne maison du chef et qu'Omaka avait elle aussi choisi de vivre à l'écart. Ce qui ne l'empêchait pas de recevoir beaucoup de visites, les enfants ayant coutume de venir la consulter quand ils avaient besoin d'aide spirituelle.

Franz suivit Linda des yeux et, comme mille fois déjà, remercia Dieu que son départ fût sans arrêt repoussé. Certes, Omaka était une païenne et Linda, pour lui, une perpétuelle tentation. Il rêvait d'elle même la nuit et s'éveillait, plein de honte, dans ses draps trempés de sperme. Malgré la lutte intransigeante qu'il menait contre son corps et ses impulsions, évitant les contacts et les conversations trop personnelles, il était en échec. Il n'empêche que la présence des deux femmes était une bénédiction pour l'orphelinat. Profitant de son expérience antérieure à Rata Station, Linda avait pris en charge l'enseignement des plus grands avec succès, porteuse chaque jour de nouvelles idées, de nouveaux projets.

Par ailleurs, elle et Omaka avaient très vite repéré les dysfonctionnements de l'orphelinat et y avaient porté remède avec énergie. Omaka avait pris la direction de la cuisine et de la laverie, où travaillaient garçons et filles selon un tour de rôle établi par ses soins. Franz concentrait ses efforts d'enseignement sur les plus petits, qui apprenaient maintenant l'anglais avec plus d'aisance. Kahotu, libéré désormais de nombre de travaux, consacrait plus de temps à poser des pièges et à pêcher. Il n'avait plus besoin de l'aide des garçons les plus grands avec qui Franz avait entrepris de rénover les bâtiments du *pa*, leur faisant ainsi pratiquer des activités artisanales.

Préparer les enfants à une vie de travail dans le monde des Blancs était un des principaux objectifs de la Church Mission Society. Le vœu le plus cher des missionnaires aurait été d'en faire de véritables *pakehas*, de leur faire oublier leurs coutumes et leurs mœurs. Linda avait une autre conception et Franz lui-même la partageait de plus en plus à mesure qu'il travaillait avec des enfants. S'il était inconcevable que ces jeunes retrouvent un jour leur vie d'autrefois, les deux adultes estimaient qu'ils seraient des intermédiaires entre deux mondes et que leur rôle était de les y préparer.

Les garçons apprenaient donc le travail du bois sous la direction de Franz qui, sans être un maître charpentier, connaissait très exactement les modes opératoires et les techniques.

— Mais où as-tu appris tout ça ? s'étonnait Linda en le voyant procéder à des calculs compliqués et ajuster à la perfection des planches ou des poutres.

— Nulle part. Bon, j'ai appris le calcul, je m'y suis toujours entendu. Le reste, je l'ai appris en observant. Il est difficile de ne pas voir travailler des artisans.

— Moi aussi j'en ai vu. Mais je n'ai pas observé leur travail avec une telle précision !

— Je n'ai pas spécialement besoin de noter leurs gestes, dit Franz en riant. Mais il me suffit de me rappeler ce que j'ai un jour observé et je revois la scène comme si elle s'était déroulée hier. Je pensais qu'il en allait ainsi pour tout le monde, mais, apparemment, j'ai une mémoire particulière.

Linda aurait dit : une mémoire phénoménale ! Elle n'arrivait pas à concevoir que, grâce aux cours qu'elle lui donnait, il apprenne si vite le maori. S'il n'avait pu apprendre sans manuel la grammaire, il mémorisait au contraire les mots après les avoir lus une fois. Il avait appris la Bible par cœur, à la stupéfaction de Linda.

— J'avoue que ça ne m'a aidé en rien, mais il ne m'a pas fallu beaucoup de temps. Je l'ai lue à quelques reprises et cela a suffi.

Incrédule, elle n'en prenait pas moins un réel plaisir à enseigner à un pareil phénomène, même si elle ne comprenait pas bien le comportement qu'il avait à son égard. D'un côté, il appréciait leur travail en commun, mais, de l'autre, il l'évitait souvent. Le premier soir de leurs retrouvailles, dans une atmosphère de familiarité, il avait, au moment de se séparer, posé tendrement sa main sur la sienne sans qu'elle la retire. Elle avait cru que naissait peut-être entre eux quelque chose de plus profond que ce qui l'avait unie à Fitz. Pourtant, le lendemain, il avait repris ses distances, évitant les contacts physiques, la remerciant, pour de menus services, avec une politesse affectée. Elle voyait pourtant ses yeux briller à sa vue et elle sentait qu'il la suivait du regard en cachette.

Franz semblait amoureux d'elle, mais se refusait à lui faire la cour en quoi que ce soit. Elle s'était demandé s'il avait fait vœu de chasteté, ce qui n'était d'usage ni chez les anglicans ni chez les vieux-luthériens. Ce comportement contradictoire la déstabilisait. Il lui faisait parfois penser à Fitz qui l'avait repoussée de la même façon. Cela tenait-il à elle ? Ne comprenait-elle pas les hommes ? Pourtant elle était de jour en jour plus attirée par lui. Elle avait toujours eu un petit faible pour le frère d'Ida, pour sa personnalité tourmentée et inquiète. Mais elle avait plutôt interprété ce sentiment comme de la pitié et non de l'amour. Maintenant qu'il avait mûri, abandonné son fanatisme, et s'occupait d'enfants avec tant de bonté, il éveillait chez elle un fort respect, une grande estime. Son cœur s'ouvrait à lui quand elle le voyait à l'œuvre avec ses pupilles. Elle se surprenait à désirer qu'il la touche. Elle voyait avec quelle tendresse il passait la main sur la tête des tout-petits et aurait voulu être à leur place quand il leur posait une main consolatrice sur l'épaule.

Il vouait à Aroha une grande affection, la berçait et la transportait avec une joie visible. Mais il rendait vite l'enfant à Linda si Kahotu le voyait et lui lançait des clins d'œil moqueurs, lui promettant que la petite ne tarderait pas à l'appeler « papa ». Il réagissait à ces propos avec agressivité. Le pire était sa réaction si Linda, d'aventure, le frôlait. Il reculait d'un bond, comme sous l'effet d'une brûlure, et, l'instant d'après, la dévorait des yeux. Désemparée, Linda finit par s'adresser à Omaka.

— Parfois je crois qu'il est comme Fitz. Chez lui non plus, je ne savais ce qu'il pensait. Il lui arrivait d'être tendre et amical, puis de devenir cassant. Tous les hommes sont-ils comme ça ?

— Es-tu aveugle, *mokopuna* ? Il existe peu d'hommes qui soient aussi dissemblables. Ton époux n'éprouve aucun sentiment, alors que l'homme d'ici remâche une bouillie épaisse, faite de racines amères, de peur mais aussi d'amour. Tant que sa bouche en est pleine, il ne peut te dire combien il te désire.

— Et y parviendra-t-il ? Repousser le plat tout simplement ? Ou bien tout avaler et tout oublier ?

— Un jour, peut-être, avec ton aide peut-être. Et peut-être que le plat s'asséchera ou sera essuyé. Je ne sais pas, *mokopuna*. Mais ne lui en veux pas. Il souffre. Il souffre à cause de toi.

— Et personne ne se demande si moi je souffre ? J'aimerais rencontrer un jour un homme qui ne se préoccupe pas que de lui !

7

— Il y a quelqu'un, à la porte, qui demande s'il peut dormir ici, annonça à Linda une fillette, Emere, en entrant dans la cuisine.

Il arrivait de temps à autre que des inconnus frappent à la porte du pensionnat, pensant qu'il s'agissait d'une mission ouverte à tous les chrétiens. Quand quelqu'un, à Otaki, demandait où se trouvait la mission, on l'envoyait à Franz Lange.

Celui-ci ne s'en offusquait pas car quelqu'un demandant asile dans une mission était généralement un pauvre diable et il était rare que des familles entières en route pour le nord se présentent. Franz accueillait donc ces gens dans le besoin.

— Eh bien fais-le vite entrer, à l'abri de cette pluie !

Emere disparut et Linda se prépara à souhaiter la bienvenue à l'inconnu. Kahotu n'était pas au *pa*, et Franz s'occupait de travaux de rénovation. Il lui revenait donc de lui indiquer un endroit où dormir et de lui offrir un repas chaud.

— Veillez sur Aroha, les enfants ! dit-elle aux deux fillettes qui œuvraient dans la cuisine. Je suis tout de suite de retour.

Le temps était exécrable et la pluie lui fouetta le visage quand elle sortit. Il n'y avait pas un enfant en vue, tous occupés à diverses activités. Il y avait quelques centaines de *yards* entre le portail du *pa* et la place centrale et elle entendit très vite les sabots d'un cheval venant à sa rencontre. Un homme était assis sur un petit cheval blanc, un homme vêtu d'une veste usée jusqu'à la corde et d'un suroît, un homme plutôt petit et court sur pattes. Linda le regarda, figée ! Elle réprima ensuite le réflexe de s'enfuir en courant vers la cuisine. Tremblant intérieurement, elle se dirigea vers Joe Fitzpatrick et lui indiqua la direction de l'écurie. Il semblait ne pas l'avoir reconnue car elle s'était emmitouflée contre la pluie. Mais le sursis fut de trop courte durée pour lui permettre de se ressaisir. Elle était bouleversée. Que faisait-il ici ? La cherchait-il ? Et où était Vera ? Ce cheval blanc n'était-il pas le sien ?

— Qui l'eût cru ? dit Fitz de sa voix charmeuse. On s'attend à tomber dans un nid de corbeaux chantant des psaumes et c'est une jolie femme qui vous accueille ! Madame…

Linda ne sut si elle devait rire ou se fâcher. Il était si typique de Fitz de passer la brosse à reluire et de voir ensuite avec qui il parlait en réalité. En fait, il ne reconnut sa femme qu'en posant le pied à terre.

Il resta sans voix un bref instant.

— Lindie…, dit-il enfin.

— Bonsoir, Fitz, répondit-elle avec froideur. Qu'est-ce qui t'amène ici ?

— Eh bien…, commença-t-il, réfléchissant une seconde, eh bien, toi, naturellement. Je t'ai cherchée, Lindie. Tu es partie si soudainement. Dis, tu n'aurais pas pu m'attendre ? Nous aurions pu partir ensemble, nous…

— Tu étais en prison…

— Mais pour peu de temps !

Il avait l'air en bonne santé et avait un peu minci. Il avait gardé son assurance et sa décontraction.

— Hé ! ajouta-t-il, moqueur, tu travailles pour la mission mais tu ne connais pas la Bible : « J'étais en prison et tu ne m'as pas rendu visite. »

— Tu ne vas tout de même pas te comparer à Jésus-Christ ! Tu as été emprisonné pour lâcheté devant l'ennemi. Tu as oublié ? Tu m'as livrée à un guerrier hauhau devenu fou, afin de te cacher avec ta Vera. Je regrette, mais je n'ai vu aucune raison de me soucier plus longtemps de toi.

— Mais, Lindie, tout ça n'a été qu'un malentendu. Et depuis je me languis de toi et de notre enfant. Où est-elle, la petite ? Je ne sais même pas comment tu l'as appelée.

Quand il fit entrer sa monture dans l'écurie, Brianna émit un gargouillement de plaisir en reconnaissant le cheval de Vera. Les deux bêtes avaient été logées ensemble dans les écuries de l'armée pendant le procès.

— Ah, il y a au moins le cheval à qui j'ai manqué, affirma-t-il, en s'apprêtant à desseller le sien. Je peux rester ici, n'est-ce pas ? Je passerais volontiers la nuit à la mission. Même si tu m'en veux. Ah, Lindie, justement parce que tu m'en veux ! Ça doit bien pouvoir s'arranger, cette affaire entre nous.

Comme il avait ôté son chapeau, Linda put l'observer plus aisément. C'était l'ancien Fitz. Il avait de nouveau ce regard paraissant exclure tout ce qui existait sauf elle, un regard chaleureux et compréhensif. Comme à l'époque où il n'y avait pas Vera.

— Je suis un peu mouillé…, dit-il en souriant et en tentant de la prendre dans ses bras.

Elle recula d'un pas.

— Où est Vera ?

— Tu es toujours jalouse ! grogna-t-il avant de reprendre son sourire irrésistible. Ce qui devrait en fait me réjouir. Cela prouve que tu tiens encore à moi.

— Où est Vera ? Réponds-moi, Fitz. Je veux savoir si je dois envisager de la retrouver demain devant ma porte.

— Vera n'a vraiment pas besoin de venir s'imposer ici. Elle est à Auckland. Elle y a trouvé un job fabuleux comme comédienne ! Elle a été auditionnée à Wellington par un agent qui a aussitôt décelé son talent. Elle travaille à présent dans un spectacle de variétés.

— Ma foi, elle a donc trouvé ce qui lui convenait le mieux. Jouer la comédie aux gens. Dans la mesure, du moins, où les variétés ne sont pas, dans ce cas, un autre mot pour bordel. Enfin peu importe. Elle est loin, très loin.

— Tu ne l'as jamais aimée, lui reprocha Fitz dont le visage, de nouveau, exprima la méchanceté et la colère, mais qui, instantanément, retrouva sa sérénité. Mais bon, peu importe, comme tu dis. Tu n'as plus à t'imaginer que Vera soit entre nous. Elle est partie.

Il leva la main pour caresser le visage de Linda, qui se déroba.

— Et où étais-tu ces dernières semaines ? s'enquit-elle. Tu es de nouveau en fuite ?

— Mais pas du tout ! J'ai voyagé… Après ce stupide malentendu de l'attaque des Hauhau, on n'a plus voulu de moi dans l'armée. Des salopards. Ils n'attendaient qu'un prétexte pour me reprendre la ferme. Je n'ai regretté ça que pour toi ! Car je ne m'étais engagé que pour toi.

— Ah bon ? Tu te montrais pourtant très enthousiaste à l'époque.

— Je ne connaissais pas encore l'étroitesse d'esprit de ce McDonnell. Bon, tout ça, c'est fini. J'ai entendu dire que tu avais retrouvé ton ancienne ferme. Bon Dieu, que j'ai été heureux quand j'ai eu des nouvelles de Cat et Chris Fenroy !

Fitz fit entrer son cheval dans le box vide, à côté de celui de Brianna, ce qui irrita Linda : n'aurait-il pu au moins poser la question avant d'occuper une place où

Franz avait disposé du foin et de l'avoine pour le cheval de la maison, avec lequel il transportait pour l'heure du matériel ? Mais Fitz n'avait pas de ces scrupules. Enlevant sa veste mouillée, il sourit à Linda.

— Quel bonheur de pouvoir se mettre au sec ! dit-il. Si tu voulais maintenant me réchauffer un peu…

— Comment as-tu appris, pour Cat et Chris ?

— Mais, ma chérie, les journaux d'Auckland ne parlaient que de ça ! Six naufragés sauvés après plus de deux ans ! Un sacré bonhomme ce Bill Paxton ! Je me demande juste, Lindie, ce que tu fiches encore ici. Bon Dieu, Cat est ta mère ! Tu ne devrais pas t'être mise en route pour Rata Station depuis longtemps ?

Ainsi, il était à Auckland. Avec Vera sans doute. Jusqu'à ce que cette fille ait trouvé mieux. Un agent probablement, le propriétaire d'un spectacle de variétés, qui n'était certainement pas disposé à partager Vera avec Fitz. Fitz ne l'avait donc pas abandonnée de sa propre initiative. Il avait été obligé de partir.

— Il y a peut-être quelque chose qui me retient ici, dit-elle, provocatrice. Ou quelqu'un.

— Tu ne vas pas me dire que tu as un admirateur ici, parmi ces corbeaux de malheur ! dit Fitz en riant. Tu lui as dit que tu étais déjà mariée ? Ce que Dieu a uni, Lindie, un missionnaire ne peut le désunir.

— Ici, ce n'est pas une station de missionnaires, mais un orphelinat, dirigé par Franz Lange.

— Ton oncle Franz ? s'exclama Fitz, incrédule. Ce triste benêt que nous avons laissé en plan sur le ponton du club ? Il était déjà amoureux de toi.

— Comment ? s'étonna Linda, qui n'avait pas pris conscience des sentiments de Franz à l'époque.

— Il fallait être aveugle pour ne pas le voir ! Mais ne me dis pas que tu l'es à ton tour ! Ma chérie, cet homme est vieux comme Job. Et puis ce serait un inceste.

— Il est le frère d'Ida, pas de Cat, répondit Linda d'un ton sec. Et, du reste, il n'est guère plus âgé que toi, il est juste plus mûr.

— Il était à coup sûr déjà plus que mûr à sa naissance !

— C'est un homme bon !

— Ça, je le signerais de deux mains, s'écria Fitz. Mais à part ça, chérie, tu ne parles pas sérieusement. Tu as besoin d'une épaule sur laquelle t'appuyer. Et c'est pour cela que je suis de nouveau là. Juste au bon moment, à ce que je vois. Tes parents sont sauvés, tu retrouves ta ferme... Ça se fête ! Et toi, tu fais quoi ? Tu végètes ici à prier et à t'occuper de bâtards. Mais ça doit être horrible ! Écoute, Lindie, demain nous nous mettons en route. Je te ramène chez toi. Nous montrons Rata Station à notre fille ! Oublie ton missionnaire. Le monde entier est à tes pieds.

Avant qu'elle ait pu répondre, il l'avait soulevée de terre et la faisait virevolter comme jadis.

— Vous devriez au moins laisser à Linda le temps de la réflexion !

Franz, debout à l'entrée de l'écurie, tenait son cheval dessellé par la bride. Ils ne l'avaient pas entendu venir. Linda se demanda depuis combien de temps il était là et ce qu'il avait entendu de leur conversation. Honteuse, elle se sépara de Fitz.

— Vous ne devriez pas ainsi l'assaillir sans crier gare. Elle doit pouvoir réfléchir à ce qui est le mieux pour elle et pour l'enfant.

— Bien le bonsoir, révérend ! Vous avez raison. Linda doit se mettre les idées au clair. Par chance, c'est une fille intelligente et elle pense vite, dit Fitz en essayant de passer le bras autour des épaules de sa femme, mais elle esquiva. Ce qui m'étonne pourtant, c'est que vous remettiez sa décision en question.

Dois-je citer la Bible ? « Où tu iras, j'irai... » C'est ce que m'a juré Linda un jour. Et elle est toujours ma femme.

— Elle vous a quitté. Vous lui avez manqué de respect et vous l'avez trompée. Ce sont des motifs de divorce.

— Devant les hommes peut-être, mais pas devant Dieu !

— Arrête, Fitz ! s'exclama Linda. Ne joue pas les hypocrites, nous savons tous que tu ne crois pas en Dieu. En tout cas, je ne t'ai jamais vu adorer quelqu'un d'autre que Vera Carrigan.

— Vous voyez, révérend, ma femme est toujours jalouse. Elle tient à moi et donc je vais la ramener à la maison. Tout sera en ordre.

— Et si elle ne veut pas ?

— Et si je ne veux pas ? répéta Linda. En effet, je ne veux pas, Fitz. J'en ai assez de toi et de tes flatteries mensongères, de tes vagabondages d'un terrain de jeu à un autre. C'est ça le monde pour toi, non ? Un immense terrain de jeu. J'en ai assez de servir de jouet que tu rejettes et que tu reprends selon ton humeur !

Le regard de Fitz, d'où avait disparu toute lueur d'amusement, alla de Franz à Linda.

— Ma foi, je vais donc devoir aller seul à Rata Station parler avec tes parents, Lindie. Peut-être qu'ils montreront plus de compréhension pour un époux et père abandonné. Un juge à coup sûr. Je ne t'ai pas abandonné, Lindie. C'est toi qui es partie. Je ne t'ai pas non plus trompée. Vera le jurera. Nos voisins témoigneront, ses parents aussi, personne ne m'a vu ne serait-ce que la toucher. La coupable, c'est toi. Obtiendras-tu la garde de l'enfant ?

— Tu dis n'importe quoi, s'indigna Linda. Tu as été chassé ignominieusement de l'armée. Tu étais en prison. Tu es un joueur. Aucun juge au monde ne te donnera mon enfant.

— On verra bien, répondit-il, l'air mauvais.

Linda frémit. Non qu'elle craigne vraiment pour Aroha, mais Fitz et Vera connaissaient leur affaire. Elle redoutait d'entrer dans une bataille juridique, d'affronter une nouvelle douche écossaise de flatteries et de menaces. Elle ne voulait plus jamais les revoir.

Franz se plaça à côté d'elle.

— M. Fitzpatrick, soyez sincère au moins une fois, dit-il avec calme. Finalement, votre seule préoccupation, à vous et à miss Carrigan, est d'ordre financier. Moyennant le versement d'une substantielle somme d'argent, vous accepteriez le divorce.

— C'est là une allégation diffamatoire, s'indigna Fitz. J'ai épousé ma femme alors qu'elle était sans ressources. Et je l'ai toujours nourrie !

Linda ne pipa mot, ce qui sembla encourager Fitz.

— Allez, Lindie, à quoi bon tout ça ? Je ne te menace pas. Je veux juste être avec toi et l'enfant. Oublie cette histoire de divorce. Nous avons été heureux ensemble. Viens avec moi, Lindie, et je te réapprendrai à rire. Il faut que tu prennes la vie moins au sérieux. Que nous jouions les bonnes cartes que nous avons tous les deux ! Tu le sais, Lindie, je suis un chanceux. Je ne perds jamais !

— Si c'est ainsi que vous voyez les choses, intervint Franz d'une voix ferme, rebattons donc les cartes. Que diriez-vous, M. Fitzpatrick, de jouer contre moi une partie de black jack, l'enjeu étant votre femme ?

— Mais je ne suis pas un enjeu, protesta Linda avec indignation.

— Ma chérie, tu seras le plus bel enjeu pour lequel j'aurai jamais joué, dit Fitz, rigolard. Tope là, révérend ! Sacrebleu, jamais je ne vous aurais cru capable de ça !

Sauf que… Vous devriez miser quelque chose de comparable de votre côté ! Ce qui va faire louper l'affaire. À moins que vous ayez quelque chose de précieux à proposer ?

— Vous allez être satisfait, répondit Franz, glacial, sa voix vibrant de mépris. Et maintenant, enlevez votre cheval du box d'Herbie qui a travaillé toute la journée, au cas où vous sauriez ce que cela veut dire. Maintenant il voudrait pouvoir se rassasier au sec.

— Mais il ne manque pas de boxes ici, protesta Fitz en regardant autour de lui, furieux. Mettez-le ailleurs.

— Non. Tout le monde ne se fiche pas de savoir où il va s'allonger pour dormir, M. Fitz. Vous voulez être un vagabond. Mon cheval n'en est pas un.

8

— Et où va-t-on disputer cette petite partie de cartes ? demanda Fitz après avoir installé sa monture dans un autre box. Vous n'avez tout de même pas un pub ici ?

— Nous avons une maison de réunion, indiqua Franz, toujours paisible. Nous pourrons y prendre place.

— Franz, pas devant les enfants ! objecta Linda.

— Vous pouvez les envoyer au lit, suggéra Fitz, moqueur.

— Qu'ils regardent tranquillement, décida Franz. Il n'existe pas de meilleure mise en garde contre les jeux de hasard que de voir quelqu'un perdre.

Linda resta coite. Tout cela la dépassait. Elle savait combien Fitz, contre toute logique, croyait ferme à sa chance. Mais Franz était un ecclésiastique, éduqué de manière stricte, l'homme le plus sérieux qu'elle eût jamais rencontré. Et d'un coup, il voulait confier son sort, à elle, au choix des cartes ! Elle fut saisie de panique à l'idée que Franz soit devenu fou.

Quelques petites Maories, dans la maison de réunion, jouaient d'instruments traditionnels qu'avaient sculptés certains enfants, mais, personne n'ayant les compétences pour enseigner à jouer des diverses flûtes maories, la *koauau*, la *nguru* ou la *putorino*, les sons émis n'avaient guère à voir avec de la musique. Tout le monde y trouvait néanmoins son plaisir. Des garçons dansaient en mesure. À une table, d'autres jouaient au black jack.

— Drôle de mission, observa Fitz, surpris. Pourtant, vous les curés, vous prétendez que c'est le diable qui a inventé les cartes.

— Il faut parfois se servir des œuvres du diable afin de vaincre le mal, répondit Franz d'un ton amical. Maintenant, faites-nous de la place, les enfants. Navré de vous interrompre, mais j'ai promis à M. Fitzpatrick de disputer une partie contre lui. Vous pouvez regarder et reprendre ensuite votre jeu.

Kahotu qui, assis auprès du feu, assurait la surveillance des enfants, s'approcha avec curiosité.

— Nous ouvrons un pub, révérend ? demanda-t-il soudain tout émoustillé. Je n'aurais pas pensé ça de vous !

— Et moi je ne tiens pas à jouer pour ça, là ! intervint Fitz d'un ton sec, en montrant du doigt les liasses de faux billets qu'avaient laissées les enfants sur la table. Allez, annoncez votre propre mise, révérend Franz !

Sans un mot, Franz prit à son cou la précieuse croix que lui avait donnée Ida et la posa sur la table.

— Cela répond-il à vos exigences ?

— Franz, tu ne peux pas faire ça ! protesta Linda. Cette magnifique croix à laquelle tu tiens tant !

— Il y a quelque chose qui m'est plus cher encore. Fais-moi confiance, Linda !

— Ça me paraît un peu mesquin, dit Fitz. C'est joli bien sûr, mais, comparé à ma mise…

Après une seconde d'hésitation, Linda défit son médaillon et le posa à côté de la croix.

— Ça devrait suffire !

— Ce sera un honneur pour moi de te le rendre quand tu partiras avec moi, déclara Fitz, gouailleur. Allons-y, révérend. C'est moi qui donne !

— Alors c'est moi qui brouille !

Franz mélangea les cartes avec lenteur, maladroitement. Quand il eut fini, il les disposa en éventail d'un geste rapide puis les rassembla et les fit défiler sur son pouce dans un crépitement, les tenant de manière à apercevoir leur valeur, un geste paraissant toutefois naturel, comme s'il les décollait les unes des autres avant leur distribution. Mais Linda remarqua qu'il était comme absent tandis que les cartes défilaient à toute allure devant ses yeux. Exactement l'apparence qu'il avait quand il se souvenait du moindre geste d'un artisan observé quand il était enfant.

— Bon, donnez-les-moi ! dit Fitz en lui prenant le paquet des mains et le coupant. Pour le cas où vous auriez vu la première carte, ajouta-t-il en riant, avec un clin d'œil.

Linda frémit. Le bref coup d'œil de Franz sur les cartes n'avait donc pas échappé à Fitz. Franz ne dit rien quand Fitz retourna la première carte, un 10 de pique, et ne prit que deux cartes.

— Pas plus, annonça-t-il avec calme.

Fitz retourna sa seconde carte : 2 de carreau. Il était donc assez probable que Franz ait plus de douze points. Et le risque, pour lui, de prendre une autre carte était réduit.

— En combien de parties jouons-nous ? demanda-t-il afin de gagner du temps.

— Trois ! proposa Kahotu qui, posté derrière Franz, regardait son jeu, fasciné.

Franz acquiesça. Fitz tira une nouvelle carte.

— La vache !

Furieux, il jeta une dame à côté de ses autres cartes. Elle aussi valait dix points, ce qui lui faisait un total de vingt-deux. Un point de trop.

— Perdu, dit Franz toujours aussi décontracté en retournant ses propres cartes. Seize points.

Il avait gagné avec une assez mauvaise donne.

— C'était gonflé, révérend, commenta Kahotu. C'est ce qu'on appelle avoir confiance en Dieu ! Moi, j'aurais essayé une troisième carte.

— Combien de fois devrai-je répéter qu'il n'y a rien de surnaturel au black jack ? répondit Franz. La prochaine partie, M. Fitzpatrick. J'aimerais en finir au plus tôt.

— À vous de donner ! dit Fitz en lui lançant les cartes d'un côté de la table à l'autre.

Franz retourna un as, onze points, et un 8. Fitz prit deux cartes et eut un sourire de satisfaction.

— Black jack ! déclara-t-il en posant un roi et un as sur la table, vingt et un points.

— C'est à vous maintenant, dit Franz toujours aussi décontracté.

Linda retint son souffle. Cette dernière partie allait être décisive.

Fitz ne réclama pas cette fois un changement de la banque. Le visage impassible, il regarda Franz retourner un 2 de pique et un 9 de cœur et se contenta de ses deux premières cartes. Franz retourna un 7 de cœur. Dix-huit points au total.

— Alors ? demanda Fitz. Vous en prenez une autre ou je montre mon jeu ?

Kahotu se gratta la tête. Linda se mordit les lèvres jusqu'au sang.

Franz prit une profonde inspiration. Puis il retira une autre carte du tas et ajouta un 2 de cœur à son total.

— Vingt, dit-il d'un air satisfait. Vous avez mieux ?

Fitz avait blêmi. Il balança avec rage sa donne sur la table. Un 10 de pique et un 9 de carreau.

— Il y a le diable dans cette affaire, explosa-t-il, tandis que Kahotu et les enfants poussaient des cris de joie.

Linda ne se mêla pas à l'allégresse. Elle était pétrifiée. Il lui fallut quelque temps pour laisser retomber la tension.

— Trois parties. J'en ai gagné deux, dit Franz en reprenant sa croix et en rendant à Linda son médaillon avec un sourire.

Puis il se tourna vers ses élèves.

— Eh bien, qui a fait ses devoirs au lieu de jouer ici les spectateurs ? demanda-t-il à la cantonade et ne découvrant que deux fillettes penchées sur leurs livres. Kiri et Rita : c'est très bien ! Vous pouvez arrêter pour aujourd'hui. En revanche, Kiri va me prêter son encrier et Rita son cahier. Nous allons sans plus attendre mettre par écrit ce dont nous étions convenus, n'est-ce pas, M. Fitzpatrick ?

— J'exige deux parties supplémentaires au moins, je…

— Fitz… l'interrompit Linda. Tu n'as pourtant jamais été un mauvais perdant !

Fitz prit une profonde inspiration. Il avait peine à accepter sa défaite, les idées se bousculaient dans sa tête. Il cherchait une issue. Linda espéra qu'il n'allait pas refuser de signer, car la scène du black jack où son enjeu était sa propre femme serait à coup sûr évoquée lors d'une procédure de divorce. Et ce ne serait pas à son avantage. Mais, une fois de plus, Linda fut étonnée de la rapidité avec laquelle ses traits se détendirent, sa face furieuse s'éclairant de son sourire habituel.

— Félicitations, révérend. La chance est de votre côté. Nous allons donc nous dire *goodbye*, ma douce Lindie, dit Fitz en envoyant un baiser de la main à sa femme. Ta route aux côtés de cet homme de Dieu est libre. On verra bien si cette union sera bénie ou non. Je…

— Signez donc tout simplement, coupa Franz en lui tendant la plume.

Moi, Joseph Fitzpatrick, accepte par la présente de divorcer d'avec Linda Fitzpatrick-Brandmann et de laisser à mon ex-épouse la pleine et exclusive garde parentale pour notre fille Aroha. Il n'y aura, de mon côté, pas d'exigences financières ou autres envers ma femme et sa famille.

Fitz parcourut le texte et ne fit pas d'autres embarras. Linda poussa un soupir en le voyant signer.

— Bon, eh bien, voilà une bonne chose de faite, dit-il avec flegme. Quelqu'un a-t-il quelque chose contre le fait que je passe la nuit dans votre écurie ?

Linda s'apprêtait à donner son accord, bien à contrecœur, mais Franz sortit deux billets de sa poche.

— Au village, il y a un hôtel, dit-il d'un ton sans réplique en jetant l'argent sur la table. Allez-y, vous aurez de quoi vous payer, en plus, une bouteille de whisky.

Fitz se leva, paraissant vouloir refuser les billets, mais le besoin ou l'avidité eurent raison de sa fierté. Il ramassa les billets et quitta la maison de réunion, sans un mot.

— Je l'accompagne, grogna Kahotu, qu'il n'aille pas encore nous piquer quelque chose.

Franz et Linda se regardèrent en silence. Cent vingt élèves attendaient leur dîner.

— Je… je vais jeter un coup d'œil à la cuisine…, murmura Linda.

— Je ne te laisse pas seule tant qu'il est là, dit Franz en prenant son manteau. Les enfants vont ranger et mettre les tables.

— Et la prière du soir ? demanda sagement Kiri.

— Ce soir, elle n'aura pas lieu, répondit Franz en rassemblant les cartes.

Il fallut près de deux heures avant que les enfants ne soient couchés et que Kahotu et Omaka se soient eux aussi retirés. Franz et Linda préparèrent la maison de réunion pour le lendemain. C'est là que se tenait en effet l'enseignement. Aroha pleurnichait dans son couffin.

C'est Linda qui rompit le silence.

— Je vais maintenant coucher Aroha dans son berceau. Tu m'accompagnes chez moi ?

— Je me demande. Est-ce bien… est-ce bien convenable ?

Linda ne put s'empêcher de rire.

— Franz, tu as aujourd'hui joué pour moi ! Voilà qui était peu convenable ! En plus, Omaka et Kahotu sont des Maoris. Ils se fichent bien de savoir qui est seul avec qui.

— Mais les enfants…

— … sont aussi des Maoris. Et pourquoi devraient-ils reprendre à leur compte toutes les âneries des *pakehas* ? Viens donc ! Aroha ne dort pas très bien ici et surtout nous ne pouvons pas ouvrir cette bouteille que j'ai subtilisée à Kahotu.

— Nous enfreignons tous les commandements, murmura Franz.

— Non, juste des règles, pas des commandements. Et les esprits étaient de ton côté aujourd'hui. Bien que tu aies triché. Ne le nie pas ! Il y a aussi eu de la chance.

— Lors de la deuxième partie, sourit Franz, il y a surtout eu de la malchance. Je ne pouvais gagner, quelle que soit ma manière de jouer. Et sinon… il a vu que j'avais jeté un coup d'œil sur les cartes.

— Sauf qu'il ne pouvait pas savoir avec quelle rapidité tu peux retenir les valeurs.

— Je l'ai toujours pu, dit-il en aidant Linda à mettre son manteau. Il a fallu que tu me questionnes récemment à ce sujet pour m'apercevoir que c'était un don particulier. Le black jack n'avait donc jamais eu pour moi beaucoup à voir avec la chance ou le hasard. D'ordinaire, je ne triche d'ailleurs pas, poursuivit-il alors qu'ils se hâtaient sous la pluie. On peut aussi gagner comme ça. Quand les enfants jouent, je regarde et je note les cartes déjà jouées, jusqu'à ce que le tas soit réduit à environ un tiers. Je calcule alors quelles cartes sont encore là et je sais s'il reste surtout des cartes de forte valeur ou non. On peut alors presque toujours deviner le jeu de l'adversaire et ainsi diminuer le risque de son côté.

— C'est en tout cas incroyable, conclut Linda en ouvrant la porte de chez elle.

Franz alluma un feu tandis qu'elle donnait le sein à la petite qu'elle coucha ensuite, endormie, dans son berceau. Enfin ils s'assirent devant le feu et Linda déboucha la bouteille.

— Aujourd'hui, le whisky m'est nécessaire en tant que médicament, prétendit-elle. Mon Dieu, que j'ai eu peur quand j'ai vu Fitz devant moi ! Puis ses menaces et ce jeu…

— Tu crois qu'il était vraiment à ta recherche ?

— Oui et non. En tout cas, il ne savait pas que j'étais là. Mais, comme il avait entendu parler de mamaca et de Chris, il devait être en route pour Rata Station.

— Et il s'est demandé pourquoi tu n'y étais pas. C'est à ce moment que j'ai commencé à entendre votre conversation. Mais qu'a-t-il voulu dire quand il a affirmé que Cat était ta mère ? Et pourquoi as-tu réagi d'aussi étrange manière quand il m'a appelé ton oncle ?

Linda le regarda sans comprendre.

— Tu n'es pas mon oncle. Ou, du moins, nous ne sommes pas consanguins. Même Carol ne voyait pas un oncle en toi. Tu es bien trop jeune !

— Carol ? Mais comment Carol pourrait-elle considérer aujourd'hui que je suis son oncle, et pas toi ? Vous êtes pourtant des jumelles.

Comprenant soudain ce qu'il y avait eu si longtemps entre elle et Franz, Linda se mit à rire.

— Carol et moi, nous ne sommes que des demi-sœurs. Ottfried Brandmann était un être épouvantable. Il maltraitait sa femme et il a violé Cat qui travaillait alors comme servante chez eux. Quand le village de Sankt Pauli a été englouti, elles étaient toutes les deux enceintes de lui. Cat voulait partir et rejoindre une tribu maorie, mais Ida l'a persuadée de rester. C'est elle qui a eu l'idée de dire que nous étions jumelles et de nous faire enregistrer comme étant les enfants d'Ida et d'Ottfried Brandmann. Ils vivaient alors dans une ferme isolée où il leur fut facile de dissimuler la grossesse de Cat. Effectivement, nous sommes nées avec un écart de deux ou trois jours. C'est Carol l'aînée, elle est la fille d'Ida. Puis ce fut mon tour et, Ida n'ayant pas de lait, c'est Cat qui nous a allaitées l'une et l'autre. Nous avons toujours eu deux mères et, après la mort d'Ottfried, ce ne fut un secret pour personne. Bon, nous ne l'avons pas proclamé urbi et orbi. Des gens comme les Butler trouvaient déjà notre famille étrange. Mais je te croyais au courant !

— Ida ne nous l'a jamais écrit. Ce qui ne m'étonne pas. Notre père n'est pas quelqu'un à qui on confie ce genre de choses. Et je me suis, moi aussi, comporté avec pas mal d'étroitesse d'esprit. À Rata Station, tout était tellement différent de chez nous, en Australie. J'avais l'impression que les gens étaient profondément athées.

— Je crois qu'il y a un an tu aurais eu la même impression devant ce qui se passe ici, sourit Linda. Tu as changé. En bien, à mon sens. Et maintenant tu vas me dire si Fitz a raison quand il a dit que… que tu étais déjà amoureux de moi à Rata Station.

— Jusque par-dessus les oreilles, avoua Franz en rougissant. Je n'aurais bien entendu pas dû le laisser paraître. Surtout pas à toi. Comme en cet instant.

Linda ne put s'empêcher de rire, peut-être sous l'effet du whisky.

— Franz, tu te trompes ! le taquina-t-elle. Kahotu et Omaka n'ont jamais douté que tu es amoureux de moi. J'étais la seule à être parfois perplexe. Tu te comportais drôlement… parfois je me disais que tu étais comme Fitz, tu m'effrayais.

Elle cessa de rire et baissa la tête. Franz alla à elle et la prit gauchement dans ses bras.

— Je t'effrayais ? Donc… donc moi aussi… moi aussi je ne te laisse pas indifférente ? balbutia-t-il.

— Non, dit-elle en levant les yeux vers lui. Tu ne me laisses pas du tout indifférente. Je crois que je t'aime, Franz Lange. Et certainement pas comme un oncle.

Le visage de Franz s'illumina.

— Je n'ai encore jamais embrassé une fille, avoua-t-il timidement.

— Ce n'est pas si difficile que ça, dit-elle avec douceur avant d'ouvrir les lèvres.

Franz s'approcha d'elle et l'embrassa tendrement, avec mille précautions. Il lui fallut faire appel à tout son courage avant d'aller plus loin. Linda lui rendit son baiser. Jamais elle n'avait ressenti un tel accomplissement. Fitz était plus habile, mais le baiser de Franz avait les mots de l'amour.

— Tu ne l'oublieras jamais ! le taquina-t-elle encore quand, dans les bras l'un de l'autre, ils étaient allongés devant le feu.

Linda n'avait pas de lit. Il lui suffisait de dérouler une natte. Ce qu'elle avait fait au milieu de leurs baisers et de leurs caresses.

— C'est presque un peu inquiétant. Tu pourras sans arrêt te le représenter. Ta vie entière. Mais si nous recommencions ?

— Je voudrais ne jamais cesser de le faire avec toi, ma vie durant, répondit-il en la serrant contre lui. Je veux vivre avec toi, avoir des enfants…

— Nous en avons déjà plus de cent !

— Tu veux donc rester ici, dit-il, soudain sérieux. Avec moi et avec les enfants ? Voudras-tu m'épouser quand le cauchemar avec Fitz sera terminé ? Le divorce peut durer longtemps, n'est-ce pas ? À supposer qu'il soit possible.

— Tu n'es pas près de te débarrasser de moi, Franz Lange, dit-elle avec un clin d'œil. Et, pour ce qui est du divorce, nous pouvons, si tu en es d'accord, demander demain à Omaka un *karakia toko*. Certes, les *pakehas* ne le reconnaîtront pas, mais devant les esprits… devant Dieu… il me rendra ma liberté !

9

L'année où les troupes *pakehas* anéantirent le mouvement hauhau, Eru et ses amis passèrent plusieurs mois dans un camp de prisonniers de guerre aux environs de Wellington. Quelques jours après eux, Te Ua Haumene et ses derniers commandants fidèles furent arrêtés à leur tour dans un village près d'Opunake. Le prophète se rendit au général Chute et fut conduit à Auckland pour y être interné. Son transport donna lieu à une démonstration de force afin d'indiquer aux guerriers hauhau encore embusqués dans les forêts que la partie était perdue pour eux. On ne put lui imputer de délits. Jusqu'à sa mort, il affirma n'avoir prêché que la paix, l'harmonie et l'amour.

Chute, avec son armée, retourna dans le nord de l'île où il célébra sa campagne victorieuse, même s'il lui fut vertement reproché la brutalité de ses méthodes. La presse et un bon nombre d'opposants politique estimaient que ses opérations avaient davantage servi à conquérir des terres qu'à assurer la paix. McDonnell et ses Military Settlers furent chargés d'éliminer les derniers rebelles.

Le camp de prisonniers où étaient internés Eru et ses camarades servait à maintenir les jeunes guerriers loin des forêts, afin de ne pas prolonger la guerre. La plupart des détenus étaient en effet de très jeunes guerriers recrutés dans leurs villages par les Hauhau. La plupart d'entre eux étaient partis pour le Taranaki par soif d'aventure. Les guerriers plus âgés ne se laissaient généralement pas arrêter. Quand ça sentait le roussi, ils s'enfuyaient dans les forêts et, quand ils n'avaient d'autre choix, ils préféraient la mort à la captivité. Les Anglais, sachant ne pas avoir affaire, dans ce camp, au noyau dur du mouvement, se montrèrent relativement cléments. Certes logés dans des conditions précaires, les Maoris étaient nourris et ne furent pas maltraités. Le grand problème d'Eru, de Tamati et de Kepa était donc l'ennui… Jusqu'au moment où la direction du camp s'aperçut de leur excellente connaissance de l'anglais et de leur esprit coopératif. Ils furent alors employés à Wellington comme interprètes. Eru, qui maîtrisait l'anglais et le maori aussi bien à l'oral qu'à l'écrit, était particulièrement demandé. Avant de libérer les trois jeunes combattants en juillet 1866, le commandant du camp convoqua Eru dans son bureau.

— Vous serez libéré demain, Te Eriatara. Qu'avez-vous l'intention de faire ?

Eru décida d'être franc, le capitaine Tanner s'étant toujours montré loyal à son égard.

— Mes amis veulent retourner dans l'île du Sud, dont nous sommes originaires. Moi, je désire retourner dans le Taranaki. J'ai un compte à régler avec quelqu'un.

Le capitaine fit la moue.

— Un Maori ou un *pakeha* ?

— Un Maori, sir, répondit Eru du tac au tac.

— Bien, je suis toujours heureux d'apprendre que vous vous fracassez réciproquement la tête. Mais rappelez-vous que même dans le cadre de rivalités intertribales, il est interdit de couper celle de l'ennemi et de la fumer. Mais, quoi qu'il en soit, Te Eriatara, je vous ai fait venir parce que le commandement militaire songe à vous confier un job. Vous êtes un excellent interprète, vous avez de la tenue, ce qui plaît aux *pakehas* mais aussi de la *mana*, quoi qu'on entende derrière ce terme. C'est utile auprès des Maoris. Si vous êtes intéressé, adressez-vous, sitôt libéré, au colonel Herbert. Je vous note son adresse à Wellington.

Eru prit le papier en hésitant.

— Comme je vous l'ai déjà dit, je dois d'abord retourner dans le Taranaki.

— Je sais, mais écoutez d'abord ce que le colonel a à vous dire. Je ne peux rien vous promettre, mais il est possible que votre travail pour nous et votre « mission » se combinent très bien. Présentez-vous dans son bureau et réfléchissez bien. Personne ne vous contraint à rien, Te Eriatara, vous êtes un homme libre.

Eru et ses amis furent libérés le jour où Bill Paxton arriva à Wellington. Ils se croisèrent même au port. Bill remarqua avec un léger étonnement le très jeune Maori au visage couvert de tatouages. Son étonnement échappa à Eru, désormais habitué à ce qu'on le dévisage. Il se contentait de détourner la tête. Depuis la réaction horrifiée de Mara à sa vue, il était moins fier de ses *mokos* qu'auparavant. Il en éprouvait même une sorte de honte.

De toute façon Eru était trop pris par ses adieux à ses amis et compagnons pour remarquer quoi que ce soit. Ils échangeaient des *hongis* et luttaient contre les larmes.

— Vous ne voulez donc pas venir avec moi ? demanda-t-il encore.

Tamati et Kepa refusèrent d'un signe de tête sans équivoque. Ils en avaient par-dessus la tête de l'île du Nord. Ils étaient certes fiers de leur équipée aventureuse, d'avoir fait leurs preuves au combat. Ils ne pensaient plus guère aux objectifs qu'ils avaient poursuivis au début. Ils s'étaient eux aussi fait tatouer dans le camp. Il était désormais inscrit sur leur visage la manière dont ils avaient combattu et acquis leur *mana*. Leur tribu leur vouerait une grande admiration. Les plus belles filles s'intéresseraient à eux. Ils ne parlaient plus que de ça depuis des semaines. Ils avaient hâte de rentrer. Ils avaient touché, pour leurs services de traducteur, assez d'argent pour payer la traversée jusqu'à Blenheim. Dans quelques heures ils seraient sur l'île du Sud, loin de la guerre.

Eru les envia quand il les vit monter à bord et suivit le ferry des yeux jusqu'à sa disparition à l'horizon. Il s'accorda quelques secondes de faiblesse, songeant au village des Ngai Tahu, à l'immensité des plaines, aux troupeaux de moutons… Mais très vite l'image de Mara s'imposa à lui. Il rêva de leur amour, de son rire, du son de sa flûte *koatua*. Non, il ne pouvait pas l'abandonner à son sort. Il allait retrouver Te Ori et la lui arracher. Elle déciderait ensuite…

Plongé dans ses pensées, il prit le chemin du quartier général de l'armée. À proximité de l'entrée, il faillit se heurter à un jeune *pakeha* aux cheveux très bruns, qui lui céda le passage. Un lieutenant lui indiqua comment se rendre chez le colonel Herbert. Le même *pakeha* le rejoignit quelques secondes plus tard dans l'antichambre et lui sourit.

— Nous avons suivi le même chemin, semble-t-il, dit-il d'un ton amical. Parlez-vous l'anglais ?

— Oui, ils veulent me proposer un job, répondit Eru d'un ton peu enthousiaste.

— Vous avez alors plus de chance que moi. Moi, ils ne veulent pas me rendre le mien.

La porte du bureau s'ouvrit alors. Eru entra, prêt à encaisser le recul d'effroi de son interlocuteur à la vue de ses tatouages. Mais le visage du colonel resta impassible. Il avait dû recruter un certain nombre de troupes *kupapas*.

— Vous êtes le jeune homme qui parle si bien l'anglais, dit-il, Eru s'étant présenté et réclamé du capitaine Tanner. Vous souhaiteriez donc travailler pour nous…

— Peut-être… Je veux retourner dans le Taranaki…

— C'est chose possible. Le major McDonnell prépare justement une campagne de représailles. La colonie du fleuve Patea a été attaquée. Il y a encore là une unité hauhau très active. Le major suppose qu'il existe un *pa* caché quelque part dans les environs d'Hawera. Il a réclamé des troupes auxiliaires et des pisteurs maoris. Nous en avons quelques-uns, des gens exceptionnels qui semblent flairer les traces…

Eru dressa l'oreille. C'était là exactement ce dont il avait besoin, ou plutôt ce dont il aurait eu besoin, car les traces de Te Ori devaient être muettes même pour le meilleur des pisteurs.

— Mais ils ne parlent pas l'anglais. Si vous acceptiez notre proposition, je pourrais vous y envoyer.

Eru n'eut pas à réfléchir. La campagne de ce McDonnell pouvait être sa chance ! Te Ori devait avoir entraîné les filles dans un village ou un *pa*. Il était exclu qu'il campe avec elles en pleine nature sauvage. Les pisteurs pourraient trouver ce lieu. Te Ori était à Waikoukou un des chefs. Peut-être en était-il devenu un dans ce village.

— Je suis votre homme, sir !

Quand il sortit du bureau, le *pakeha* inconnu lui adressa un clin d'œil.

— Bonne chance, dit-il.

Il avait manifestement prêté l'oreille à l'entretien. Eru se souvint de ce qu'il avait dit de lui.

— Bonne chance à vous aussi !

Curieux, il ne quitta pas la pièce quand l'homme fut entré. Il prit son temps pour ranger ses nouveaux documents dans ses poches et écouta à son tour les premiers mots de l'entretien. Ce fut en l'occurrence le visiteur qui parla le premier.

— Bill Paxton, sir. Je vous avais écrit.

Et Eru entendit une histoire à laquelle il eut peine à croire. À ce qu'il semblait, il avait un allié. Cet homme recherchait lui aussi Mara et Carol !

— C'est pourquoi je voulais vous demander de me réintégrer dans le service. Mon dernier grade était celui de lieutenant. Je me placerais volontiers sous les ordres du major McDonnell.

— M. Paxton, ce n'est pas si simple que ça ! Vous ne pouvez entrer et sortir de l'armée anglaise. Et ce n'est pas à vous de choisir vos supérieurs. Le général Cameron ne vous plaisait pas, donc vous êtes parti. McDonnell semble vous convenir, alors vous revoilà ! Ce n'est pas une partie de plaisir, M. Paxton !

— Mon colonel, ce n'est pas de moi qu'il s'agit. Il s'agit des deux jeunes filles…

— Et personne ne peut les retrouver en dehors de vous ? M. Paxton, soyez sûr que, si deux femmes sont détenues dans un des lieux que McDonnell prendra d'assaut dans les prochaines semaines, elles seront libérées et que vous retrouverez votre amie. Il sera à la tête de quelques centaines d'hommes. Que vous en soyez ou non ne changera rien à l'affaire.

— Pour moi, si !

Herbert soupira.

— Bon, concéda-t-il. Ce qui ne signifie pas que je vous réintègre. Vous avez donné votre congé avec le grade d'officier. Mais, dans les jours qui viennent, j'envoie à Patea une troupe d'auxiliaires maoris. Ma foi, je ne vois pas d'inconvénient à ce que vous vous joigniez à eux. À titre privé. À Patea, adressez-vous à McDonnell. Peut-être acceptera-t-il que vous participiez à sa campagne. C'est un dur à cuire. Il apprécie les gens qui foncent tête baissée. Et sinon, je vous souhaite que ces femmes soient encore en vie. Ce que je ne crois pas pour ma part. Après si longtemps, M. Paxton…

Eru entendit Paxton remercier et quitta l'antichambre avant qu'Herbert ne le surprenne en train d'écouter en cachette. Il attendit Paxton dans le couloir.

— Vous êtes toujours là ? s'étonna celui-ci.

— Carol Brandmann et Mara Jensch sont vivantes. Et l'homme que vous recherchez s'appelle Te Ori.

Les pisteurs se mirent en route dès le lendemain, un groupe de Ngati Poneke qui détestait depuis des générations toutes les tribus vivant au sud d'Otaki, toujours disposé à les trahir et à les combattre sans pitié. Pourquoi ? Personne ne le savait. Eru ne se posa d'ailleurs plus cette question. Que les Maoris finissent par s'unir contre les *pakehas* ou non lui était entretemps devenu égal. Il cheminait de son pas souple de guerrier à côté du cheval de Bill. C'est avec un réel soulagement et avec joie qu'il apprit le sauvetage de Chris et de Cat.

— Linda avait donc raison ! Et comment ma mère a-t-elle pris la chose ?

— Aucune idée, je n'étais pas présent. Mais je pense que vous pourrez rentrer chez vous quand nous en aurons fini ici. Tout danger d'un mariage forcé avec une baronne des moutons est désormais écarté.

Eru eut un sourire de joie. Il avait raconté sa propre histoire à Bill, la veille, taisant bien entendu les épisodes les plus horribles. Son nouvel allié n'avait pas à savoir qu'il avait accompagné le tristement célèbre Kereopa Te Rau.

Sur la route de Patea, les Maoris préférant dormir dans la brousse, la troupe ne cherchait pas à dormir dans les colonies des *pakehas*. Aussi passèrent-ils au large d'Otaki sans tomber sur Linda. Traverser le pays en compagnie des autochtones fut pour Bill une expérience passionnante. Fasciné, il les observait chasser, allumer leurs feux et cuire leur nourriture. C'était donc ainsi que Cat et Chris avaient survécu sur leur île. Et c'était ainsi que vivait Carol depuis un an. Il n'avait pour autant guère de plaisir à manger des oiseaux embrochés sur des bâtons et rôtis sur le feu ou des tubercules plutôt fades.

— Dans les *maraes*, vous apprécierez mieux la cuisine maorie, se moquait Eru. Ici, c'est une alimentation de survie. Un guerrier mange ce qu'il trouve ou chasse. Et puis, il est plus facile de cuisiner quand on a des casseroles et des poêles.

— C'est peut-être une raison de plus de ne pas jeter les *pakehas* à la mer, le taquina Bill en retour. Avant notre arrivée, vous viviez un peu comme à l'âge de pierre.

— Mais nous apprenons vite, riposta Eru, vexé. Il n'y a aucune raison pour que vous nous traitiez comme des enfants. Et même les enfants, on ne doit pas les tromper !

Patea avait bien changé depuis que Bill en était parti, un an plus tôt. Le camp de Cameron était devenu un mélange de base militaire et de village. On y trouvait un bureau de poste, une épicerie, un coiffeur et une banque. Bien sûr aussi deux pubs dont l'un, apparemment sérieux, louait des chambres. Bill invita Eru à manger en attendant que McDonnell ait le temps de les recevoir. Tous deux apprécièrent l'*irish stew* maison.

Bill prit une chambre dans le pub, tandis qu'Eru alla dormir avec les *kupapas* dans une maison de réunion qui faisait office de quartier pour la troupe. Le lendemain matin, il fit savoir à Bill qu'il était convoqué chez

McDonnell avec les pisteurs. Bill décida de se joindre à eux sans autre forme de procès.

Le major examina d'un air perplexe l'unique *pakeha* habillé en civil et le Maori qui était le seul à porter l'uniforme d'un soldat anglais à la différence des pisteurs. À la surprise générale, il s'adressa aux pisteurs en maori, qu'il ne parlait pas couramment, mais assez bien pour leur souhaiter la bienvenue et se faire comprendre d'eux au combat. Aussi se montra-t-il quelque peu désagréable quand Eru se présenta en tant qu'interprète.

— Je n'en ai pas demandé. Et en aucun cas quelqu'un comme toi. Tu as un air à créer des difficultés. Quel est ton problème ?

— Je comprends ce que vous voulez dire, sir. Je pense qu'à Wellington on ignorait que vous parliez si bien le maori. Ce n'est pas très courant et pas nécessaire pour…

— … pour abattre des Maoris, c'est bien ça ? Mais je préfère comprendre mes ennemis. On a moins de mauvaises surprises. Mais revenons à ton cas. Il y a quelque chose de louche : à peine sorti du berceau tu es déjà tatoué comme un guerrier qui a réglé leur compte à cinq chefs. Ça pue le Hauhau, mon garçon. Alors, explique-moi ce qui t'a fait changer de camp.

Eru baissa la tête, décontenancé par la vitesse avec laquelle le major avait deviné son histoire.

— L'amour, à n'en pas douter, intervint Bill. Permettez-moi de parler au nom de ce garçon. Nous avons pour ainsi dire la même mission…

McDonnell l'écouta sans l'interrompre.

— L'histoire des filles disparues, très franchement, j'ai presque cessé d'y croire. Elles devaient être à Wereroa, puis à Waikoukou, dit-il enfin avec une moue dubitative.

— Elles n'étaient en définitive ni dans un *pa* ni dans l'autre, expliqua Eru. L'homme qui les a enlevées s'est enfui avant l'assaut de Waikoukou.

— Et il est fort possible que ce Te Ori soit derrière les dernières attaques de votre colonie, ajouta Bill. C'est un guerrier expérimenté et d'une grande brutalité. C'est certainement lui qui dirigeait l'attaque contre le transport de prisonniers au cours de laquelle nos soldats furent sauvagement assassinés et décapités. Quelques heures après le combat, j'étais sur les lieux, sir. Ce n'était pas un beau spectacle.

— Je vous fais confiance Paxton, dit le major après un instant de réflexion. Faites-vous donner une arme et joignez-vous à nous, comme observateur tant que je ne vous ordonnerai pas le contraire. Mais toi…, dit-il se tournant vers Eru, je ne te fais pas confiance. Tu devras d'abord me prouver ta loyauté. Reste dans un premier temps avec les *kupapas*, traduis un peu et, quand les choses deviendront sérieuses, nous verrons ce que je ferai de toi. Vous pouvez aller maintenant, dit-il avec un geste en direction de la porte, tandis qu'il prenait congé des pisteurs dans leur langue.

— Un dur de dur, dit Bill. Expérimenté et roublard. Si quelqu'un trouve les derniers nids de Hauhau, ce sera lui.

— Les villages, il les trouvera, approuva Eru. La question est de savoir s'il trouvera aussi Te Ori. Il s'est déjà enfui deux fois. Il ne va pas attendre dans un *marae* le moment où on donnera l'assaut.

10

La colonie maorie recherchée se trouvait au nord de Hawera et le chemin d'accès se révéla extrêmement difficile. Bill admira avec quel stoïcisme les guerriers maoris acceptaient de marcher pendant des heures au travers d'une forêt vierge impraticable et de traverser des rivières rapides sous une pluie battante. On était fin juin, donc en plein hiver. Le temps ne se montrait guère clément envers McDonnell et sa troupe où se côtoyaient des rangers de Patea et de Whanganui, des Military Settlers et des *kupapas* maoris. Désireux d'en renforcer les rangs, le major avait fait feu de tout bois et conduisait donc une véritable armée. Bill était épuisé quand les pisteurs entrèrent en action. Les assaillants ne devaient pas être très loin. Les guerriers maoris, flanqués de rangers forestiers *pakehas* qui cherchaient à rivaliser avec les autochtones, passèrent la forêt au peigne fin. Ils ne tardèrent pas à trouver des pièges et, finalement, de premières pistes en terre battue qui menaient à un village. Les guerriers les explorèrent avant de mener le major et quelques officiers jusqu'à un fort. Bill, qui les accompagnait, reconnut un *pa* bien fortifié, difficile à assiéger et à prendre en raison de sa position en hauteur et de la végétation abondante qui l'entourait.

— Le siège va durer des semaines, prédit un jeune capitaine. Et ensuite, ils vont sans doute disparaître une nuit par quelques trous que nous n'aurons pas bouchés.

— Non, capitaine, répondit paisiblement McDonnell. Ça se passe comme ça avec les autres. Pas chez moi. Et savez-vous pourquoi, capitaine ? Parce que je ne m'en tiens pas aux règles. Parce que c'est une guerre et pas un jeu de société. Même si parfois, cela y ressemble. Rejoignons à présent la troupe. Et vous, Paxton, envoyez-moi votre jeune ami, le transfuge. On va voir pour qui il joue…

Eru, le cœur battant, avec crainte et un peu de mauvaise conscience, se tenait devant l'entrée du *pa*, accompagnant une délégation d'officiers. McDonnell avait déployé son armée, mais sans qu'un seul coup de feu fût tiré. Il avait préféré envoyer des négociateurs. Eru espérait que les Maoris du fort étaient ouverts au dialogue. Il croyait en effet Te Ori tout à fait capable de renvoyer aux Anglais les têtes de leurs émissaires.

En fait, ils furent accueillis amicalement. Te Ori n'était pas présent et un sous-chef d'un certain âge, accompagné du conseil des anciens, les salua et les conduisit dans la partie du *pa* qui ressemblait à un *marae* civil. Eru vit quelques guerriers, mais c'étaient essentiellement des femmes et des enfants qui vivaient ici. Un *powhiri* était en cours de préparation.

— *Haere mai* à Pokokaikai, les salua l'*ariki*, un vieux guerrier très digne, avant de leur serrer la main à la manière des *pakehas* et d'échanger le *hongi* avec Eru. Pourquoi vous trouvez-vous devant notre porte avec une armée ? Qu'est-ce que nous vous avons fait ?

Un des officiers dit quelques mots qu'Eru traduisit :

— Il y a eu des attaques contre une colonie au bord du Patea. Nous avons des raisons de penser que les guerriers venaient de votre région.

— Je ne les ai pas envoyés, dit le chef d'un ton ferme, regardant Eru droit dans les yeux.

— Comptez-vous aussi nier votre soutien à Te Ua Haumene ? demanda ce dernier en rendant son regard au chef.

— Le prophète est à Akarana, le lieu que vous appelez Auckland. Il se dit qu'il est malade et va bientôt mourir.

— Il est insaisissable, ajouta Eru à l'intention des officiers après avoir traduit. Il répond aux questions, mais il ne dit ni oui ni non. Puis, à l'*ariki*: Vous n'avez donc accueilli aucun guerrier hauhau en lui offrant votre protection ? demanda Eru.

— Un guerrier n'a pas besoin d'un *pa* pour le protéger. C'est le *pa* qui a besoin des guerriers.

— C'est du pinaillage ! s'énerva le capitaine qui conduisait la délégation.

— Nous avons des raisons de penser que vous détenez deux femmes blanches traitées comme des esclaves, insista Eru.

Un éclair s'alluma dans les yeux de l'*ariki*, de colère ou de peur ? Eru avait fait mouche. Le chef avait aidé les guerriers hauhau sans doute par conviction, mais il n'approuvait pas l'attitude de Te Ori.

— Cherchez, n'en invita-t-il pas moins les émissaires. Vous ne trouverez pas de femme blanche ici.

— Nous devons alors nous être trompés, dit Eru en haussant les épaules. Mais nous aimerions tout de même nous en assurer. Peut-être interroger quelques guerriers et faire des recherches comme tu nous le proposes ?

— *Haere mai !* répéta le chef. Vous êtes les bienvenus !

Le soir, Eru et les officiers mangèrent et burent avec les Maoris, assistèrent à leurs danses et écoutèrent leurs chants. Une *tohunga* invoqua le lien d'amitié entre les habitants et les soldats. Eru exposa sa *pepeha* et fut accepté dans la communauté. Le capitaine échangea le *hongi* avec le chef.

— C'est incroyable ! Ils se laissent berner ! Si rien ne se passe, ils repartiront demain et nous serons là pour l'éternité ! s'écria Carol en secouant la lourde porte en bois d'une chambre à munitions vide où les femmes les avaient enfermées dès que l'avant-garde de l'armée avait été repérée.

— Tu ne fais que t'abîmer les mains, observa Mara, recroquevillée, résignée, dans un coin de la pièce.

Pendant des mois elle avait lutté contre Te Ori et essayé de gagner les femmes du village à leur cause, mais les guerriers étaient trop influents. Le village était sans doute l'ultime bastion des Hauhau. Les deux sœurs l'avaient remarqué dès leur arrivée dans le *pa*.

C'est là que Te Ori était né et avait grandi, c'est là que vivait sa famille. S'il y avait peu de guerriers au début, le fort avait servi de lieu de refuge à un assez grand nombre de partisans d'Haumene après la chute de Waikoukou. Te Ori avait amené ses captives dans la partie civile et, au grand étonnement de Mara, les avait confiées à son épouse, sans complexe.

— Fais d'elles ce que tu veux, avait-il dit à la mère de ses enfants – Hera avait trois filles dont l'aînée avait l'âge de Mara. Mais traite la petite avec respect. Je compte en faire ma deuxième épouse.

Un éclair était passé dans les yeux de la femme, qui avait voulu objecter quelque chose, mais Te Ori ne l'avait pas laissée parler.

— Le prophète nous a encouragés à reprendre nos anciennes coutumes. Un guerrier pouvait avoir deux femmes ou plus. Alors, obéis !

— Elle pourrait être ta fille !

— Plus jeune elle est et plus d'enfants elle aura, plus j'engendrerai de guerriers.

— Je ne te donnerai pas d'enfants et, dans le cas contraire, mes fils seront des *pakehas* ! avait hurlé Mara.

Te Ori l'avait frappée et jetée à terre.

— Apprends-lui comment se comporter, avait-il ordonné avant de sembler pour la première fois oublier ses esclaves : Où sont les guerriers de ce *pa* ? avait-il demandé au chef. Il faut le fortifier. Il sera notre nouvelle base militaire. Demain vont arriver d'autres guerriers de Waikoukou. C'est d'ici que la mort atteindra les *pakehas*.

— On va amener le prophète ici ? avait demandé l'*ariki* d'une voix pleine de respect.

— Non. Le prophète est fatigué et est devenu faible. Il veut négocier. Il trahit sa doctrine. C'est à nous de la conserver. L'archange choisira un autre prophète.

Dès le lendemain, de nouveaux guerriers furent formés et envoyés attaquer les colonies des Blancs, dévaliser des dépôts d'armes ou de nourriture. Carol avait bientôt vu là leur unique espoir. Les Military Settlers ne supporteraient pas indéfiniment d'être attaqués et volés. Ils trouveraient le village et le raseraient. Ce serait peut-être l'occasion d'être libérées. Mais leur captivité avait duré des mois. Leurs conditions de vie étaient moins bonnes qu'à Waikoukou. Il n'y avait pas ici de Tohu pour tenir Te Ori à distance de Mara. Elles étaient logées dans une cabane à l'écart, les Maoris ne voulant pas qu'elles se mêlent à eux. Hera, elle, avait respecté les ordres de son mari et surveillait de près ses esclaves. Toute fuite était impossible.

Bien entendu, personne n'empêchait celui-ci d'entrer la nuit et de violer Mara. Il était moins violent qu'avant. Dans le village, on s'était interrogé en voyant la jeune fille pleine d'écorchures ou se terrer dans la cabane pendant des jours en gémissant. Or le conseil des anciens voyait d'un mauvais œil cette détention de Blanches, le chef sachant que cela aggraverait les représailles quand les *pakehas* prendraient Pokokaikai d'assaut. De plus, Hera était sa nièce et la tromperie ne lui plaisait pas. Il ne pouvait rien contre le désir de Te Ori d'épouser son esclave, mais les anciens n'auraient pas accepté de trop mauvais traitements à son égard.

Celui-ci ne venait donc pas toutes les nuits dans la cabane violer Mara sous les yeux de Carol qu'il attachait au préalable. Il était souvent parti avec d'autres guerriers et devait aussi, à l'occasion, coucher avec Hera. Celle-ci faisait contre mauvaise fortune bon cœur, mais déversait sa rancœur sur les esclaves. C'était Mara qui avait le plus à souffrir de ses méchancetés et de celles de ses filles. Les femmes du village s'en prenaient plus volontiers à Carol, en qui elles voyaient une concurrente possible. De toute façon, on leur réservait à toutes deux les travaux les plus durs et les plus fatigants, on se moquait d'elles, on les frappait à l'occasion et on les nourrissait peu.

Carol ravalait sa colère et ne se rebellait pas. Mara, longtemps, se révolta, rendant les insultes, jetant le travail à faire au pied d'Hera et se battant à l'occasion avec une de ses filles. Elle se défendait de toutes ses forces pendant que Te Ori la violait et elle criait si fort qu'il la bâillonnait.

Un jour, elle n'eut pas ses règles, elle vomissait et ses seins commencèrent à gonfler. Carol reconnut les symptômes.

— Tu n'es pas malade, ma chérie, tu es enceinte.

À dater de ce jour, Mara lâcha prise. Elle cessa de se défendre contre lui, de répondre à sa femme et passait des heures à fixer le mur. Elle n'avait pas perdu l'esprit comme Carol l'avait craint à Wereroa, mais il n'y avait en elle plus que du vide, de l'abattement.

— Nous ne sortirons jamais d'ici, dit-elle à nouveau, tandis que Carol cherchait frénétiquement un moyen de prévenir les *pakehas*. Je vais mettre au monde les enfants de ce salopard et je les verrai danser autour du *niu*.

Carol s'abstint de répondre. Elle lui avait trop souvent répété que les Blancs vaincraient nécessairement, mieux équipés et disposant d'armes modernes, Pokokaikai tomberait aussi un jour. Et, diable, pourquoi pas maintenant ? Aussi aurait-elle voulu crier de manière à se faire entendre quand elle perçut les chants du *powhiri*.

— Pourvu qu'ils ne se laissent pas embobiner, répéta-t-elle. Ils savent à coup sûr que ce village paisible, là-bas, n'est qu'une partie du *pa* ! Et ne voient-ils donc pas le *niu* ?

— Ils voient ce qu'ils veulent voir, répondit Mara. Et nous, Carol, plus personne ne nous recherche.

Eru et les officiers ne revinrent au camp qu'à la nuit tombée. Le major les attendait avec impatience.

— Ils vous ont cru ?

— Oui, je pense, dit le capitaine. Ils se sont montrés très pacifiques…

— Ils se sont unis à nous dans la paix, dit Eru d'une voix rauque. Ils ont appelé les dieux et tissé un lien entre nous. Nous sommes à présent une seule et même tribu.

— Nom de Dieu, mon garçon, ils n'ont donc rien laissé transparaître ?

— Non. J'ai juste appris qu'un *powhiri* est sacré. C'est pourquoi ce que nous allons faire me choque. C'est trahir les esprits. Mais les Maoris d'ici ne méprisent pas moins les dieux. Cette cérémonie était un mensonge. Puis, se tournant vers Paxton : Ils ont les filles, Bill, j'en suis sûr. Elles sont cachées quelque part dans ce *pa*.

— Bien, déclara McDonnell. Je donne alors l'ordre de refermer le cercle autour du fort. Et demain, quand ils se croiront en sécurité…

Le lendemain matin, les habitants ouvrirent comme tous les jours les portes. Des chasseurs en sortirent, des femmes partirent aux champs. Des jeunes filles s'approchèrent en pouffant du campement pour tenter leur chance auprès des Blancs.

McDonnell n'attendit pas que l'un de ces habitants s'aperçoive que leur fort était encerclé. Quand la brume se fut dissipée, il donna le signal de l'assaut. Les habitants se retrouvèrent sous une pluie de balles. Quand, désorganisés et incapables d'une résistance, ils se mirent à courir en tous sens, le major fit mettre baïonnette au fusil et lança son régiment de Military Settlers à l'assaut. Les hommes se vengèrent avec plaisir des attaques contre leurs fermes, rassemblèrent les Maoris sur la place du village, piétinèrent leurs champs et leurs jardins, abattirent les haies et incendièrent les maisons après les avoir fouillées à la recherche des Blanches.

11

Carol et Linda entendirent les coups de feu venant du village, mais Te Ori ne leur laissa pas le temps d'espérer une libération. Avec quelques guerriers, il s'était retiré dans la partie « militaire » du *pa*. Ils n'étaient pas nombreux, la plupart des hommes étant partis à la chasse ou en patrouille le matin, se jetant ainsi dans les bras des Anglais. Ceux qui n'avaient pas été faits prisonniers s'efforçaient d'organiser une résistance, mais, en guerrier expérimenté, Te Ori ne s'était pas joint à eux, ayant vite compris que la partie était perdue. Il ne lui restait qu'à mettre ses esclaves en sécurité. En l'occurrence, il bénéficiait de l'aide des quelques hommes en sa compagnie. Le chef avait plus d'une fois expliqué ce qui était à craindre si ces femmes étaient retrouvées. Ils étaient donc prêts à tout pour éviter ces représailles à leur tribu.

Te Ori les attacha donc une nouvelle fois, liées l'une à l'autre, les bâillonna et leur ordonna de le suivre. Trébuchant, elles remontèrent derrière lui sur la place d'exercice, puis arrivèrent devant une porte masquée dans la palissade. Non loin de cette porte, se trouvait une autre, un peu plus grande, devant laquelle des hommes s'étaient rassemblés.

— Ils vont tenter une sortie au cas où le *pa* serait encerclé…, dit Te Ori à ses prisonnières.

Effectivement, il y eut des tirs et des combats au corps à corps quand les Maoris, poussant leur cri de guerre, ouvrirent la porte. Carol entendit des ordres et des hurlements de douleur, des salves de tirs de fusil et des appels à des renforts. Pendant ce temps, Te Ori s'enfonça dans les taillis de la forêt aussitôt après avoir franchi l'ouverture. Personne ne les stoppa. Carol se demanda s'il y avait d'autres forts cachés en pleine forêt où Te Ori pourrait les entraîner. Ou bien, exécutant l'ordre du prophète, les menait-il dans la forêt pour les y tuer ?

— Navré, M. Paxton, mais pas la moindre trace de femmes blanches.

Le major avait autorisé Bill à entrer dans le *pa* avec les troupes auxiliaires quand il en avait eu la pleine maîtrise. Il n'y avait au demeurant plus grand-chose à voir ou à fouiller. Les bâtiments encore debout étaient en train de brûler. En général les commandants ne laissaient pas leurs Maoris s'emparer d'un *marae*, en raison de la manière plus que brutale dont ils combattaient leurs ennemis héréditaires. L'assassinat de femmes et d'enfants avait mauvaise presse.

Ce matin-là, le major avait fait une exception pour Eru et l'avait laissé entrer dans le *pa* lors du deuxième assaut. Il venait de se joindre à Bill et McDonnell.

— Tenez, l'interprète va vous le confirmer. Vous avez pu tout vérifier, n'est-ce pas ?

— Oui, confirma Eru. Je suis toutefois persuadé qu'elles étaient là. Te Ori a dû s'enfuir avec elles. Il l'a déjà fait deux fois. Je vous garantis qu'il est en chemin quelque part.

— Nous avions encerclé le fort, objecta McDonnell, tout en se tournant vers un lieutenant qui lui apportait un message, avant de grimacer à sa lecture : Vous pourriez avoir raison. Il y a eu une tentative de sortie de l'autre côté du fort. Vingt guerriers, deux sont morts ;

il y a chez nous douze blessés. Ça ressemble à une manœuvre de diversion. L'endroit est boisé, et nous y avions mis peu d'hommes. Quand les types ont tenté leur sortie, le commandant de la section a dû faire appel à toutes ses forces. Il est bien possible que quelqu'un en ait profité, dans le coin, pour s'enfuir. Dès que nous en aurons fini ici, nous mettrons sur pied une patrouille…

— Il sera alors trop tard, sir ! osa l'interrompre Eru. D'une part, Te Ori pourrait les tuer s'il n'avait pas d'issue. Mais, même s'il sait où aller… Excusez-moi, mais si cinquante *pakehas* piétinent cette forêt, on ne trouvera plus la piste.

— Il a raison, intervint à son tour Bill afin de court-circuiter la fureur du major. Laissez-nous y aller seuls, sir. Donnez-nous les pisteurs s'ils ne vous font plus besoin. Et, plus tard, envoyez-nous du renfort.

McDonnell hésita, avant d'opiner.

— Un seul. Vous pouvez emmener un pisteur. J'ai besoin des autres pour mes patrouilles. Nous allons passer cette forêt au peigne fin, M. Paxton. Si quelqu'un s'y cache, nous le trouverons. De votre équipée, je ne veux rien savoir si vous vous perdez. Nous sommes-nous bien compris ?

Soulagés, Bill et Eru acquiescèrent et partirent sans perdre une seconde.

— Je vais demander que ce soit Te Katonga, le vieil homme dont ils ne voulaient pas au départ, dit Eru.

Le capitaine Herbert ne voulait pas du Maori, susceptible, vu son âge, de retarder l'expédition. McDonnell, meilleur connaisseur des Maoris, n'avait, lui, pas émis d'objection. Effectivement, le vieil homme avait toujours été aux avant-postes, aucun indice n'échappant à sa vigilance. Eru ne l'avait pas quitté d'un pied, perfectionnant ses talents de pisteur auprès du guerrier aux mille tatouages. Les deux s'étaient liés d'amitié.

Aussi le pisteur fut-il d'accord pour accompagner les deux hommes dans leur expédition dès qu'ils lui en eurent fait la demande, mais il refusa de prendre un fusil.

— Mon javelot et mon couteau m'ont suffi ma vie durant, déclara-t-il avec dignité en traversant en tête les ruines fumantes des fortifications.

— C'est par là qu'ils ont dû sortir, supposa Bill quand ils découvrirent la petite porte dans la palissade à un endroit encore épargné par les destructeurs.

Te Katonga examina le sol devant la porte, imité par Bill et Eru.

— Oui ! ne put s'empêcher de s'écrier celui-ci.

Il n'était nul besoin d'un expert pour discerner les traces de l'homme pieds nus et des deux femmes en bottes usagées dans le sol meuble. Te Katonga les suivit et ne les perdit pas quand la forêt devint plus épaisse et que le sol fut recouvert de mousse ou de feuilles et d'aiguilles.

— Ils vont vers l'est, dit Bill, en direction des montagnes. S'il subsiste quelque part des tribus, ce sera là.

— Oui, confirma Eru. Je ne crois pas non plus qu'il ait l'intention de les tuer. Il l'aurait déjà fait. Il faut le trouver avant qu'il arrive quelque part. À trois, nous ne pourrons pas prendre d'assaut un *pa*.

— Nous allons le rattraper, assura Te Katonga. Ils avancent lentement, les femmes font de petits pas et, de temps en temps, l'une d'elles tombe. Ici par exemple, dit-il montrant un endroit où la mousse était légèrement enfoncée. Et là, quelqu'un a trébuché. Les femmes le retardent.

— Alors, espérons que la pluie n'efface pas les traces, déclara Bill quand Eru eut traduit.

Il pleuvait sans arrêt. Carol et Mara, trempées jusqu'aux os, tremblaient de froid et de fatigue. Depuis des heures, Te Ori leur imposait un train infernal, les tirant sans pitié, les insultant et les frappant. Mais elles n'arrivaient pas à suivre l'allure. Il y en avait toujours une qui tombait, entraînant sa sœur dans sa chute. Mara pleurait d'épuisement et Carol n'était pas loin de se laisser glisser à terre. Tôt ou tard, c'est ce qui arriverait, et Te Ori n'y pourrait rien.

Celui-ci les entraînait, dans cette région vierge du Taranaki du Sud, au travers de forêts sombres où trônaient de magnifiques *kauris*. À un moment, trébuchant, Carol en heurta un. Elle crut sentir sa force millénaire. L'arbre serait encore là quand le destin de Mara et le sien seraient depuis longtemps oubliés. Cette idée la réconforta un bref instant avant que la pluie et les tirades brutales du Maori sur leurs liens ne la rappellent à la réalité.

Vers midi, ils arrivèrent au bord d'une rivière, large et aux eaux rapides. Son mugissement les accompagna durant les heures suivantes. Te Ori la remontait, passant devant des rapides et des rives escarpées. Il semblait rechercher quelque chose qu'il ne trouva qu'en fin d'après-midi.

Le radeau était au sec dans une section de la rivière aux eaux moins rapides. Le lieu se prêtait à une traversée, mais non sans danger. Carol frémit quand Te Ori mit à l'eau l'embarcation rudimentaire. Elles durent patauger dans l'eau, ce qui remplit leurs bottes d'eau glacée. Mara se débattit violemment, jusqu'au moment où Te Ori la poussa brutalement pour la faire avancer, ce qui eut pour effet de faire chuter Carol qui but la tasse et se mit à tousser. Constatant qu'il lui serait impossible de les faire grimper sur le radeau attachées l'une à l'autre, Te Ori trancha les liens entre leurs mains menottées.

– Agrippez-vous ! ordonna-t-il en poussant le radeau pour le mettre dans le courant.

Puis il sauta à son tour sur l'embarcation, qu'il entreprit à grand-peine de faire avancer à l'aide d'une perche. Le radeau se trouva alors pris dans un tourbillon. En dépit de la force et de l'adresse de Te Ori, il se mit à tournoyer et heurta un rocher. Les sœurs tombèrent l'une sur l'autre. Carol fut projetée sur le bord. Elle tenta désespérément de se retenir malgré ses mains ligotées, mais, le radeau ayant heurté un autre rocher, elle glissa à l'eau. Dans sa chute, elle vit Te Ori saisir Mara et la bloquer d'une main de fer. Elle entendit sa sœur crier à l'instant où elle toucha l'eau. Puis elle ne vit et n'entendit rien d'autre que le rugissement des flots furieux qui l'emportaient.

Elle lutta, s'aidant des pieds afin de maintenir la tête hors de l'eau, mais nager les mains liées et avec un courant d'une telle force était mission impossible. Elle heurta un autre rocher, fut entraînée vers le fond par un nouveau tourbillon et ramenée à la surface. Elle happa un peu d'air bien que sachant que sa lutte était sans issue. Si elle ne se noyait pas, elle serait déchiquetée au niveau du premier rapide. Elle savait qu'elle allait mourir… et n'aurait jamais imaginé que sa dernière pensée serait pour Bill Paxton. Et pourtant c'est bien lui qu'elle vit devant elle, c'est bien sa voix qu'elle entendit. Il l'appelait par son nom… Et elle crut sentir qu'il la saisissait et la serrait contre lui.

Bill, Eru et Te Katonga suivaient à vive allure la piste qui longeait la rivière. Les deux Maoris couraient presque et Bill peinait à tenir le rythme. Ils réduisaient l'écart, même Bill et Eru reconnaissaient les indices. Ils trouvèrent des traces de sang que la pluie n'avait pas encore lavées.

— Quelqu'un est tombé dans ce buisson épineux, constata Te Katonga. Et quelqu'un s'est blessé la main et le bras contre cette branche. Maintenant, elles sont toujours deux à tomber ensemble. Elles doivent être attachées l'une à l'autre.

Puis ils découvrirent sur l'herbe de la rive des traces. Quelque chose avait été traîné.

— Nous allons bientôt les avoir rattrapées, dit Eru, plein d'optimisme.

Au même moment Bill découvrit Carol.

Il ne la reconnut pas aussitôt, n'apercevant qu'un corps de femme ballotté, jouet impuissant des eaux qui l'emportaient vers les rapides. Des cheveux blonds, les mains liées…

Bill sauta à l'eau sans plus réfléchir. Il eut la présence d'esprit de laisser tomber son fusil et de se débarrasser de son sac à dos. La rive était escarpée. Sans perdre du temps à patauger, il plongea le plus loin possible. Bon nageur, il rattrapa Carol en quelques brasses. Il entendit Eru et Te Katonga hurler de leur côté le nom de Carol. Il la saisit, l'attira contre lui, la serra dans ses bras et ils furent entraînés inexorablement par le courant. Un courant trop fort pour qu'ils puissent regagner la rive. Il ne pouvait rien faire d'autre que d'essayer de maintenir la tête de Carol hors de l'eau, et la sienne aussi. Il n'était pas moins exposé qu'elle aux forces de la nature.

Il tenta de se rappeler à quel moment ils avaient longé les rapides. Il y avait bien une ou deux heures de ça, mais la rivière les entraînait plus vite qu'ils n'avaient marché. Il vit alors, devant lui, un rocher émerger. Instinctivement, il protégea Carol et le heurta durement de son dos. Il eut le souffle coupé, mais l'écueil empêcha quelques secondes le courant de les pousser plus avant. Et, tout près de lui, Bill vit un autre rocher… Il essaya de garder le contrôle de ses jambes et cala les pieds contre ce rocher providentiel. L'eau voulait l'en arracher, tourbillonnant autour de lui, mais tant qu'il réussissait à garder le corps tendu, il était coincé en sécurité entre les deux blocs. Il tenait toujours solidement Carol, espérant qu'elle vivait encore. Elle avait perdu connaissance et il ignorait si elle s'était rendu compte qu'il tentait de la sauver. Une tentative dont le succès dépendait de Te Katonga et d'Eru. S'ils l'avaient suivi sur la rive, ils pourraient lui venir en aide. Mais s'ils avaient renoncé, ses forces, dans l'eau glacée, s'épuiseraient à un moment ou à un autre et ils disparaîtraient tous les deux dans les flots.

Bill les appela, sachant pourtant que le bruit de l'eau couvrait sa voix. Il ne sentait plus ses jambes, il avait des crampes dans ses doigts qui retenaient Carol. Il n'allait pas résister très longtemps encore.

Il lui sembla qu'une éternité s'écoulait avant d'apercevoir le visage tatoué d'Eru sur la rive. Il crut qu'il allait pleurer de soulagement.

— Ici ! cria-t-il. Nous sommes ici ! Regarde par ici, Dieu du Ciel !

Eru, entendant sa voix à l'instant où il arrivait à sa hauteur, arrêta sa course.

— Tiens bon ! Je vais essayer de confectionner une espèce de corde !

Il enleva prestement sa veste et son pantalon d'uniforme en denim, découpa des bandes dans le tissu solide et les noua bout à bout, espérant que cette « corde » résisterait et que Bill aurait assez de force pour se l'enrouler autour du corps. Il fut en revanche assez simple de la lui jeter, les deux rochers se trouvant à quelque trois *yards* de la rive. Dès le premier essai, la corde toucha Carol. Bill l'attrapa d'une main, l'autre retenant la jeune femme. Il tenta d'enrouler la corde autour de sa main de manière à ne pas lâcher prise quand Eru les tirerait jusqu'à terre. Mais il n'y parvint pas. Il finit par l'attacher au lacet qui attachait les deux mains de Carol.

— Tire-la jusqu'à toi, vite ! hurla-t-il.

Carol se retrouverait inévitablement la tête dans l'eau, mais c'était l'ultime chance de la sauver. Eru opina et se mit à tirer de toutes ses forces dès que Bill eut lâché la jeune femme. Pendant plusieurs secondes l'homme et la rivière se disputèrent le corps inanimé, puis Eru parvint à le tirer jusqu'à la rive.

— Elle respire encore ! cria-t-il tout en détachant du lacet la corde improvisée et tranchant ce dernier.

— À toi à présent ! cria-t-il derechef, lançant la corde à Bill.

Bill l'aida en effectuant quelques brasses vigoureuses. Bien qu'il fût plus lourd que Carol, le sortir de l'eau fut plus simple. Il resta allongé sur la rive, haletant, pendant que Te Katonga et Eru s'occupaient de Carol. Et il entendit son cri d'horreur quand, reprenant conscience, elle vit, face à elle, deux visages tatoués.

Bill se remit debout tant bien que mal.

— Je suis là, Carol ! Je suis avec toi !

Trébuchant, il alla à elle, tomba à genoux à son côté et, de soulagement et d'épuisement, se mit à rire et pleurer tout à la fois. Enfin, enfin, il la tenait entre ses bras.

12

Alors que Carol tremblait de froid et que Bill pouvait à peine se bouger, Eru et Te Katonga n'osèrent pas allumer de feu.

— Te Ori le verrait, expliqua Eru. C'est un guerrier expérimenté, qui a plus d'un tour dans son sac. Et nous sommes sur ses talons.

— Nous avons perdu du temps, observa Bill.

Il avait dû passer près d'une demi-heure dans l'eau. Ensuite, ils n'avaient guère été rapides. Carol était morte de fatigue. Il leur avait fallu une éternité pour revenir à l'endroit où Bill avait plongé. Eru avait pris son fusil, mais son sac à dos était toujours dans un buisson. Quand ils l'eurent retrouvé, Bill eut un sourire de triomphe en sortant une bouteille de whisky. Il la tendit à Carol qui en but une bonne gorgée. Son visage reprit un peu de couleur. Eru but à son tour. Te Katonga déclina l'offre. La fièvre de la chasse s'était emparée du vieux guerrier. La rivière décrivait un coude en cet endroit et, un peu au-dessus, il découvrit l'endroit où le radeau avait été caché.

— Tout était préparé, dit-il. Par Te Ori ou, plus vraisemblablement, par d'autres guerriers. Il doit y avoir, sur l'autre rive, un refuge. Il faut traverser.

— Je ne peux pas, protesta Carol dans un murmure. Que Dieu me pardonne, j'aime Mara, mais ça… Je ne peux pas…

— Bien sûr que non, déclara Eru. Tu ne ferais que nous retarder. Et nous n'avons pas de radeau. Le temps presse aussi. Je vais traverser seul, à la nage. J'ai encore assez de force.

Bill le regarda d'un air sceptique, mais arriva à la conviction qu'il avait raison. Ici, le courant était moins rapide et Eru en imposait. Il était même possible qu'il pût passer à gué. Si Te Ori avait réussi à faire traverser un radeau avec une perche, Eru pourrait en faire autant à la nage. Mais ce n'était pas le cas de Te Katonga. L'homme était certes coriace, mais il était loin d'être aussi puissant qu'Eru. Et il était âgé.

— Tu n'es pas pisteur, remarqua-t-il néanmoins. Tu ne retrouveras pas sa trace.

— Je n'ai qu'à chercher le radeau !

— Tu pourras alors revenir nous prendre, proposa Bill. Mais, bien sûr, il faudrait laisser Carol seule ici…

Il n'avait envie ni de l'abandonner, ni d'abandonner ses compagnons.

— Non, dit Te Katonga, s'adressant à Eru en lui montrant l'autre côté de la rivière. Tu n'as plus besoin de pisteur. Les *pekapekas* t'indiqueront le chemin…

La rive était sablonneuse elle aussi, mais elle montait ensuite fortement. Si, jusque-là, la région avait été vallonnée des deux côtés du fleuve, elle était montagneuse en face d'eux, une montagne pas très haute, facile à escalader, un bel observatoire ! À mi-pente, on devinait plus qu'on ne voyait l'ouverture d'une grotte. Les hommes et Carol ne l'auraient jamais aperçue si une volée de chauves-souris ne venait d'en sortir à l'instant. Quelque chose avait dû les effrayer, car le crépuscule était encore loin.

— Ils sont là-dedans, déclara Te Katonga. Alors, vas-y, mon gars et ramène ta femme et la tête de ce gaillard !

Eru ne pouvait emporter son fusil, que l'eau aurait rendu inutilisable. De toute façon, Te Ori ne devait pas en avoir lui non plus. Durant la traversée en radeau l'arme se serait mouillée.

— Il faudra que tu te contentes des armes anciennes pour le vaincre, dit le guerrier sans l'ombre d'une inquiétude. Tu y arriveras car les esprits sont avec toi.

— À condition que la grotte ne soit pas un dépôt d'armes, remarqua Bill, jouant les oiseaux de mauvais augure. Sérieusement, Eru, ce pourrait être un dépôt d'armes des Hauhau.

— Je crois que je le saurais, répondit Eru, avec une assurance plus feinte que réelle.

En fait, il n'avait jamais, dans cette région, approché d'assez près un chef rebelle pour avoir été initié à de tels secrets. Mais un dépôt d'armes caché ne collait pas avec les habitudes des Hauhau. Il aurait fallu pour cela une armée bien organisée, un commandant en chef ayant un grand sens stratégique. Te Haumene ne l'avait jamais été et il s'était entouré d'hommes tenant aux *tikangas*, mais indifférents à l'usage des fusils. À Wereroa, les jeunes guerriers avaient été formés au maniement des armes traditionnelles. Ils ne tiraient que rarement, et mal.

— Il faut que j'y aille, avant la nuit.

— Elle tombera avant que tu sois arrivé à la grotte, jugea Te Katonga. La montée semble raide, tu vas mettre plus de temps que tu ne le penses. Mais les esprits des *pekapekas* seront avec toi, le rassura le vieil homme avec un geste de bénédiction et en lui offrant son visage pour un *hongi*.

— Reviens ! dit-il encore.

— Reviens avec Mara ! le pria Carol, en se dressant sur la pointe des pieds et en l'embrassant sur la joue comme le faisait toujours Mara.

Eru sentit le baiser sur sa peau pleine de cicatrices sous les tatouages. Une sensation différente de celle de jadis. Mais il avait d'autres chats à fouetter que de réfléchir à cela. Après un dernier signe de la main à ses compagnons, il se coula dans l'eau.

Il traversa la rivière en brasses puissantes, mais se retrouva dans le tourbillon qui avait failli faire chavirer le radeau et il lui fallut toute sa force pour résister au courant. Arrivé sur l'autre rive, il rechercha le radeau afin de suivre la trace de Te Ori. S'orienter jusqu'à la grotte en se fiant à la seule montagne se révéla plus compliqué qu'il ne l'avait semblé de loin. La forêt s'étendant entre la rivière et la montagne était en effet épaisse et remontait très haut sur la pente. S'il voyait bien le sommet, Eru n'apercevait plus la grotte.

Il retrouva le radeau un peu plus en aval. Il avait donc dérivé bien davantage qu'Eru, Te Ori en ayant sans doute perdu le contrôle au moment où Carol était tombée à l'eau. En outre, Mara semblait ne pas lui avoir facilité la tâche : il y avait, autour du radeau, des traces témoignant d'une lutte. Elle avait tenté de se jeter à l'eau. Certainement à la recherche de Carol ou dans l'espoir de mourir avec elle. Eru vit des mèches de cheveux et des espèces de sillons dans le sable. Mara s'était à l'évidence sans cesse laissée tomber par terre, refusant de suivre son tortionnaire.

Soudain cessèrent les traces témoignant d'une résistance. Te Ori avait dû assommer la jeune fille et la porter sur son épaule, ce qui lui avait permis d'avancer plus rapidement. Eru espéra que cet effort l'avait affaibli. Il en aurait bien besoin car il n'avait sur lui qu'une arme de poing en jade *pounamu* et un couteau. Te Ori devait en avoir d'autres, des armes de corps à corps plus efficaces mais dont l'utilisation requérait beaucoup plus d'habileté qu'il n'en avait lui-même.

Eru avança comme à tâtons au travers de la jungle, perdant à plusieurs reprises la trace et la retrouvant chaque fois en se fiant à la direction approximative qu'ils avaient repérée depuis l'autre rive. Te Katonga avait raison, c'était beaucoup plus loin qu'il ne l'avait imaginé. Bientôt, la pente devint plus raide encore. Il avait cessé de pleuvoir. Obligé de se frayer un chemin à moitié nu, Eru en remercia les esprits. Avant qu'il ne se fût mis à l'eau, Te Katonga lui avait tendu son propre pagne en fibre de *raupo*. Il ne convenait pas à un guerrier de livrer le combat peut-être le plus important de son existence dans un caleçon de *pakeha*. Eru lui en était infiniment reconnaissant. Peut-être que Te Ori allait le tuer, mais il ne pourrait le tourner en dérision.

Eru avait l'impression d'avoir grimpé pendant des heures et, quand la lumière du jour commença à baisser, il eut l'impression de s'être égaré. Il devait pourtant être à peu près à la hauteur de la grotte, mais il était incapable de dire si elle était à sa gauche ou à sa droite, un peu plus haut que lui ou un peu plus bas. C'est alors, quand la nuit tomba pour de bon, que se vérifia la prophétie du vieux pisteur : Eru entendit des battements d'ailes et, levant les yeux, vit un peu au-dessus de lui des chauves-souris s'élever dans les airs. Les dernières *pekapekas* quittaient leur grotte à la recherche de leur nourriture nocturne. Eru fut soulagé. Il avait trouvé la grotte.

Mara reprit connaissance dans une pénombre remplie d'une puanteur âcre. Elle eut du mal à s'orienter. Tout son corps était douloureux, la tête surtout. Elle se souvint vaguement que Te Ori l'avait frappée. Puis revint l'image de l'épisode atroce sur le radeau, de Carol que les flots avaient emportée, de Te Ori qui l'avait empêchée de se jeter à l'eau elle aussi.

Maintenant, elle se trouvait dans un nouveau cachot... Ou bien, non! L'endroit n'était pas fermé. Elle était dans une grotte, petite, mais abritant une multitude de chauves-souris qui, en train de la quitter, obscurcissaient l'entrée. Dehors, il commençait à faire nuit. Mara comprit d'où provenait la puanteur: le sol et les parois étaient couverts d'excréments de chauves-souris.

Elle tenta de se redresser et aussitôt son regard tomba sur Te Ori qui, assis à l'entrée de la grotte, l'observait. Toute surveillance était superflue, Mara étant encore menottée. Il ne lui avait enlevé que le bâillon, sans doute pour lui permettre de mieux respirer.

— Tu n'es pas morte, dit-il avec satisfaction. J'ai eu peur d'avoir frappé trop fort et que ton esprit était parti alors que ton cœur battait encore.

Mara voulut répondre mais fut incapable d'émettre un seul mot. Elle avait la bouche sèche, la gorge serrée. Son regard se porta sur la bouteille d'eau à la ceinture du guerrier. Celui-ci comprit, la saisit et se leva pour la porter à la jeune femme.

Au même moment, Mara aperçut une silhouette à l'entrée de la grotte. Elle ne sut si elle était victime d'une illusion, si ce n'était qu'une ombre dans la pénombre. Te Ori fit volte-face, ayant sans doute senti quelque chose. Ou bien l'être ne s'était-il pas mu aussi silencieusement qu'il lui avait semblé. Te Ori arracha une arme de sa ceinture, l'ombre se précipita sur lui et, une fraction de seconde plus tard, les deux hommes étaient aux prises, étroitement entremêlés. Dans l'état de confusion où elle se trouvait, Mara crut voir un monstre à deux têtes. Quatre mains armées de massues, d'une hache, de couteaux... Les guerriers se frappaient, se lardaient de coups de couteau, s'insultaient. Elle entendit voler des mots : « traître », « violeur », « c'est mon esclave », « c'est ma femme, elle a toujours été mienne ».

La voix d'Eru. Un des monstres avait la voix d'Eru. Elle hurla.

L'homme qui avait volé la voix d'Eru, sa couleur de peau et son corps, s'immobilisa, regarda de son côté… et Te Ori profita aussitôt de cette distraction : ôtant des mains de l'homme son couteau qui tomba par terre, il réussit à s'agenouiller sur lui. Il leva sa hache de guerre pour la lui planter dans la gorge. L'homme se débattit férocement. Son *mere* de jade frappa violemment le bras droit de Te Ori, qui laissa tomber la hache. D'un coup de pied, celui qui ressemblait à Eru la fit glisser en direction de Mara. Les deux hommes luttaient à présent sans arme, mais Te Ori avait encore un couteau à sa ceinture. Il le chercha à tâtons tout en maintenant au sol, grâce à son poids, son adversaire qui ne parvenait pas à le renverser.

— Mara !

Mara fut prise de tremblements. Elle avait entendu si souvent dans ses rêves cette même voix l'appeler par son nom, mais une voix douce et amicale. La peur de mourir avait altéré la voix d'Eru.

— Mara, fais quelque chose !

Mara vit la hache et, soudain, ses douleurs disparurent, de même que son épuisement et la paralysie à l'idée que Carol était morte. Elle saisit l'arme de ses mains ligotées devant elle, se leva et planta la hache dans le dos de Te Ori. Le sang gicla, réveillant tout ce qu'avait imaginé Mara ces derniers mois et qui l'avait aidée à supporter les nuits avec son bourreau. Sans lui laisser le temps de se retourner, elle retira l'arme de la blessure et frappa une seconde fois. Cette fois, la hache rencontra un os et glissa.

Te Ori lâcha son adversaire, se retourna en hurlant et attrapa les jambes de Mara. Elle trébucha et brandit une nouvelle fois la hache qu'elle abattit de toutes ses forces sur le front du guerrier qui éclata. Te Ori se figea en plein mouvement, sa bouche s'ouvrit sur un cri muet. Pendant ce temps, l'homme à la voix d'Eru s'était relevé, avait repris son couteau et avait tranché la gorge de son rival. Celui-ci s'écroula en râlant, ses yeux mourants cherchant ceux de Mara.

— Tu n'es toujours pas mort ?

Eru eut peur en entendant la haine dans sa voix.

— Alors, attrape ça, et ça, et ça ! hurla-t-elle en frappant à coups de hache le mourant, frappant encore alors qu'il ne bougeait plus, ne cessant de planter la lame dans le corps de Te Ori jusqu'à ce qu'il ne soit plus qu'un tas de chair à ses pieds.

— Mara..., dit Eru, Mara, tu peux t'arrêter, il est mort ! Mara, calme-toi !

Elle sembla ne pas l'entendre. Ce fut l'épuisement qui la fit s'arrêter, hors d'haleine, tremblante, souillée de sang des pieds à la tête, les mains toujours ligotées.

Eru espéra pouvoir enfin lui faire reprendre conscience.

— Mara, ça va maintenant. Il ne peut plus te faire de mal. C'est fini. Plus personne ne te fera désormais de mal. Viens, je vais couper tes liens. Puis nous allumerons un feu. Tu dois être gelée...

Il s'approcha lentement, vit des yeux fous et une hache brandie.

— Ne me touche pas ! siffla Mara.

— Mais c'est moi, Eru..., gémit Eru d'une voix étouffée par l'impuissance.

Mara secoua la tête.

— Va-t'en ! hurla-t-elle. Éloigne-toi de moi... sinon... je te tue !

LE PARDON

Russell, Auckland (île du Nord)

1866

1

— Je ne sais plus trop où j'en suis, dit Ida. Mara est là sans être là. Elle a changé du tout au tout. Parfois elle est désemparée comme un enfant, elle pleure et se glisse, la nuit, dans le lit de Carol. Et puis elle te jette soudain un regard glacial et tripote son couteau, qui ne la quitte jamais, avec sa lame horrible et souillée de sang… Autrefois, elle avait toujours sa flûte avec elle ! Parfois, elle me fait peur, Cat… Et ce pauvre garçon…

— Ma foi, pour l'instant, je me ferais moins de soucis pour lui, répondit Cat.

Les deux femmes étaient assises sur la terrasse du joli cottage d'Ida, à la périphérie de Russell, profitant du soleil printanier. L'été, ici comme dans toute l'île du Nord, arrivait plus tôt que dans l'île du Sud et les hivers y étaient bien moins froids. Il y avait déjà des premières fleurs dans le jardin. Depuis un côté de la terrasse, on voyait la mer, l'autre donnait sur un pâturage déjà vert où broutaient dix moutons.

— Il serait peut-être même judicieux de l'éloigner, poursuivit Cat. Mara ne veut de toute façon plus le voir. À l'inverse de son père, Te Haitara, qui est fou de joie à l'idée qu'il soit vivant…

— L'éloigner ? Après tout ce qu'il a fait pour elle ? Cat, tu n'as pas idée de ce qu'il a enduré. Tout seul, jusqu'à ce qu'il réussisse à la faire sortir de cette grotte. Elle voulait rester seule, toujours les poignets liés, dans le noir, avec le cadavre. La grotte était pleine de sang. Mara refusait de bouger, de la quitter avec lui. Même pas quand il se fut défait de toutes ses armes. Il les a déposées devant elle, dans l'entrée de la grotte, y compris le couteau de ce Te Ori qu'elle trimballe partout avec elle maintenant. Il a alors fait un feu devant la grotte, s'y est assis et lui a parlé toute la nuit pour la convaincre. Il lui a annoncé que Carol était sauvée, lui a parlé de Linda, de toi et de Chris… Le matin, elle avait retrouvé assez de lucidité pour trancher elle-même le lien de ses mains avec le fameux couteau. Quand le jour s'est levé, elle est sortie en rampant. Plus tard, Carol a raconté qu'elle ressemblait à un fantôme. Et pourtant elle ne l'a vue qu'après leur traversée de la rivière, alors qu'elle s'était pour une bonne part débarrassée du sang sur elle.

— Cette traversée a dû être un cauchemar. Après ce qui était arrivé à Carol…, dit Cat, frissonnant à cette idée.

Elle avait rejoint l'île du Nord dès qu'elle avait appris la libération de Carol et de Mara. Chris était resté à Rata Station car la ferme l'occupait à temps plein, l'organisation ayant beaucoup souffert sous la direction de Jane. Les meilleurs ouvriers étaient partis. Ceux qui étaient restés avaient mené Jane par le bout du nez, notamment le gérant. Chris les avait tous congédiés et mettait les nouveaux au courant du travail. Par chance, la plupart des employés maoris étaient revenus. Te Haitara avait repris Maori Station, mais diviser les troupeaux s'était révélé un véritable travail de Sisyphe.

— Eru a dit que la traversée n'avait pas été le pire, en comparaison de ce qu'il avait vécu quand Mara, durant tout le trajet à pied, avait gardé le couteau à la main, la lame dirigée contre lui. Elle le suivait à une certaine distance. Sur le radeau, elle a été obligée de rester plus proche de lui. Elle se cramponnait tout au bord, a-t-il raconté, et il n'a pas cessé de craindre qu'elle tombe à l'eau. Heureusement que le courant n'était pas aussi rapide que la veille, la pluie s'étant arrêtée une demi-journée.

— Et ensuite ?

— Revoir Carol l'a certes un peu rassurée, mais elle a pleuré tant et plus. Il n'était pas envisageable de la ramener aussitôt à Patea. Ce sont finalement Eru et l'autre Maori qui sont revenus à l'ancien *pa*, où ils ont mis le major McDonnell au courant. Il a aussitôt dépêché sur les lieux une demi-compagnie, également chargée de contrôler la région entourant la grotte. Ils n'ont trouvé personne. Ils avaient emporté des tentes et des provisions. Il y avait même un médecin, que Mara n'a pas laissé s'approcher d'elle. Elle était physiquement indemne, si l'on met de côté l'épuisement, quelques écorchures et contusions s'expliquant par la marche forcée qui lui avait été imposée. Ils sont restés trois jours dans ce campement improvisé, attendant que les filles soient en état de voyager. Bill les a conduites à Auckland, où nous sommes allés les chercher.

— Et Eru ?

— Il ne la quitte pas d'une semelle, soupira Ida. Comme un chien fidèle. Au fait, merci d'avoir amené Fancy à Carol. Elle va vous manquer à la ferme, mais c'est une grande aide pour Carol. Elle revit depuis qu'elle a retrouvé sa chienne, qu'elle croyait morte. Nous parlons sans cesse de Mara, au point d'en oublier ce que Carol a enduré. Elle ne raconte pas grand-chose, se contentant tout au plus d'allusions. Mais elle aussi a été violée. Bill devra faire montre de beaucoup de patience avec elle. Heureusement qu'il en a. Il est amoureux fou d'elle. Ces deux jeunes hommes sont absolument charmants.

Bill, qui était venu à Russell avec les Jensch et leurs filles, occupait une chambre dans une pension et aidait Ida et Karl dans leur petite ferme. Ils n'avaient pas spécialement besoin de lui car ils se sortaient sans peine d'affaire avec leurs quelques brebis laitières. Il n'avait par ailleurs aucune notion de la fabrication de fromages. Il s'efforçait néanmoins de se rendre utile, aménageant des plates-bandes, repeignant l'étable ou effectuant diverses réparations. Son principal désir était de rester proche de Carol qui lui manifestait d'ailleurs une confiance grandissante. Un jour, il renouvellerait sa demande de mariage malheureuse et il espérait pouvoir retourner avec elle à Rata Station. On savait à présent avec certitude que Linda ne reprendrait pas la ferme. Cat était passée la voir en venant à Russell et l'avait trouvée heureuse, décidée à rester avec Franz et à diriger avec lui l'orphelinat. Elle prenait plus de plaisir à travailler avec des enfants qu'à élever des moutons. Sa chienne Amy était certes sous-employée, mais Franz et elle avaient l'intention d'acheter quelques bêtes pour habituer les enfants à s'occuper d'animaux. Tous souhaitaient que ces guerres désastreuses contre les Maoris finissent bientôt et que l'orphelinat puisse enfin adopter un fonctionnement plus régulier. Jusqu'ici, on ne cessait d'envoyer à Otaki de nouveaux orphelins.

— Eru a réussi, je ne sais comment, à arriver jusqu'ici, poursuivit Ida. Nous l'aurions emmené, mais c'était impossible. Mara se serait mise dans tous ses états s'il avait voyagé avec nous dans la même voiture. Elle devient hystérique dès qu'elle voit son visage. Alors que nous sommes tout de même parvenus à la persuader qu'il s'agit bien d'Eru. Il raconte qu'en descendant de la grotte elle délirait, disant qu'il était un esprit néfaste ayant volé sa voix à Eru. Le pauvre a dû vivre un enfer. Et il le vit encore. Il nous a rejoints à pied et campe maintenant là derrière, dans la forêt. La terre est à nous, il n'y a donc pas de problème. Ils ne veulent bien entendu pas de lui dans la pension où loge Bill. Il fait peur aux gens. Et il commence à comprendre que ça ne changera pas aussi longtemps qu'il vivra.

— Il regrette ce qu'il a fait ?

— Oui. Et pas seulement les tatouages. Qui sait ce qu'il a vécu quand il était chez les Hauhau. En tout cas, il s'occupe de Mara avec une patience d'ange. Comme elle ne supporte pas sa vue, il vient la nuit, reste devant sa fenêtre et lui raconte d'interminables histoires, des histoires d'avant sans doute. Récemment, il lui a apporté une *koauau*. Et il s'en est procuré une autre dont il joue, la nuit, devant sa fenêtre. De manière épouvantable ; on a envie de le chasser. Mais il nous fait peine. Ces dernières semaines, il n'a pas progressé d'un iota. Elle ne réagit ni à la musique ni à ses discours interminables. Dès qu'il se montre à elle, elle s'enfuit ou lui crie de disparaître. Il devra attendre qu'elle ait oublié Te Ori. Pour couronner le tout, il y a cette histoire de grossesse qui n'arrange rien.

Mara en était au quatrième mois.

— Quelle poisse qu'elle n'ait pas perdu l'enfant ! soupira Cat.

— Mais, Cat, tu commets un péché !

— Ida, oublie un peu ton Église ! L'enfant de Mara sera à demi maori et ressemblera à son père. Crois-tu vraiment que ce sera bien pour elle de voir le visage de son bourreau chaque fois qu'elle regardera son enfant ?

Sentant un courant d'air, Cat se tut. La porte de la terrasse s'était ouverte et Mara était sur le seuil. Elles ne l'avaient pas entendue.

— Je n'ai jamais vu le visage de Te Ori ! dit-elle sèchement.

À sa vue, Cat eut le cœur brisé. Mara était pâle et amaigrie, ses cheveux autrefois magnifiques étaient ternes, sa peau était marquée de petites cicatrices qui témoignaient des coups et des mauvais traitements qui lui avaient été infligés. Elle était pourtant toujours belle. Ce n'était plus la beauté rayonnante et invulnérable de jadis, mais la beauté fragile et douce d'une fée.

— Je n'ai vu que ce que le maître des *mokos* en avait fait. Quand je regarderai l'enfant, je penserai plutôt à Eru. À ce qu'il était autrefois. Quand maintenant je le vois, c'est à Te Ori que je pense.

Le soir, Mara s'étant retirée, Cat parla des mois passés sur l'île perdue. Ida, Karl et Carol l'écoutaient, fascinés.

— C'était dur, bien sûr, mais agréable d'une certaine façon. Nous nous sentions hors du temps, hors du monde. Pour les autres, c'était plus difficile, la civilisation leur manquait, mais nous avons toujours eu la conviction que nous serions sauvés un jour ou l'autre. Il suffisait de tenir. Quand Chris et moi avons terminé notre installation, ce fut moins difficile. Chacun de nous deux avait l'autre, et cette vie simple… nous rappelait un peu le temps où nous étions jeunes et vivions avec les Maoris. Il n'y avait ni allumettes ni casseroles. Chaque petite tâche de la vie quotidienne était plus compliquée et durait plus longtemps, ce qui la rendait en quelque sorte plus précieuse…

Un son strident, venant du dehors, interrompit Cat, suivi d'un air excentrique joué sur une *koauau*. Ida ferma les fenêtres.

— C'est Eru ? demanda Cat.

— Oui, confirma Carol. Il commence toujours avec la flûte. C'est sans doute ainsi qu'ils s'appelaient autrefois. Jane croyait que c'étaient des oiseaux qui chantaient…

— Cet oiseau-là, en tout cas, a la voix cassée, constata Karl.

— Il cesse aussitôt de jouer, le rassura Ida. La plupart du temps, il lui parle.

— Elle devrait l'entendre, dit Cat après avoir collé l'oreille à la fenêtre et l'avoir entendu jouer. Où se cache-t-il ?

— Sur la branche basse d'un arbre, répondit Karl. À la manière d'un oiseau justement. Il pourrait être encore plus près de sa fenêtre en grimpant plus haut, mais il ne veut pas l'effrayer.

— Et elle n'a aucune réaction ? demanda Cat.

— D'après ce qu'on peut entendre, non ! Ni elle ne lui répond, ni elle ne le chasse, répondit Ida.

— Mais que fait-elle alors ? s'étonna Cat. Personne n'a jamais jeté un œil dans sa chambre ? Est-elle réfugiée dans un coin, se bouchant les oreilles, ou bien se cache-t-elle la tête sous une couverture ?

— Nous ne pouvons tout de même pas entrer dans sa chambre comme ça, expliqua Ida. Nous avons bien entendu déjà frappé à sa porte. Elle a ouvert et déclaré que tout allait bien.

— Je crois qu'hier soir elle a pleuré, ajouta Carol. Mais je n'en suis pas certaine.

— Eh bien, je vais voir ce qu'il en est, déclara Cat en allant à la porte d'un pas décidé. Si elle est là, dans le noir, en train de pleurer, il faut que nous renvoyions ce jeune homme, malgré toute la compassion qu'on peut avoir pour lui. Si elle ne veut plus le voir, on ne peut pas l'obliger.

Karl resta assis, Carol et Ida suivant Cat à contrecœur. Cat ouvrit sans bruit la porte de la chambre. Elle s'attendait à ce que Mara sursaute et ait une réaction de peur. Mais il ne se produisit rien. Cat dut habituer ses yeux à l'obscurité avant de discerner une forme.

Mara était accroupie sous la fenêtre afin de ne pas être vue. Enveloppée dans une couverture pour se protéger du froid de la nuit, elle tenait la flûte qu'Eru lui avait offerte et collait son oreille contre le mur afin de ne rien manquer de ce qu'il lui disait depuis son arbre.

— Mara, Mara Marama, mais si, tu me connais, tu sais qui je suis, peu importe à quoi je ressemble. Mara, tu dois me regarder avec ton cœur. Je n'ai pas changé, je suis toujours le même.

Mara pressa la flûte contre sa joue.

Cat voulut se retirer sans bruit. Si Mara ne l'avait pas remarquée, tant mieux !

Mais la jeune fille se retourna à l'instant où Cat allait fermer la porte.

— Je voudrais être aveugle, dit-elle tout bas.

— Il nous faut parler avec Eru, décida Cat quand les trois femmes, revenues au salon, se furent un peu ressaisies. Sans le décourager, car elle l'aime autant que lui l'aime. Mais ça ne peut pas durer comme ça. Mara pourrait s'en prendre à elle. Si tu as de l'acide ici, Ida, ou quelque chose d'analogue, cache-le.

— Tu veux dire qu'elle pourrait se brûler les yeux ? demanda Karl. Alors il faut cacher aussi tous les couteaux…

— Elle a de toute façon toujours un couteau avec elle, répéta Ida. Tu as raison, Cat, il faut qu'Eru s'en aille, au moins provisoirement. Nous ne pouvons courir ce risque.

Cat, le lendemain, attendit midi pour aller voir Eru. Il fallait bien que ce garçon dorme un peu tout de même ! Il était resté dans son arbre jusqu'à trois heures du matin sans cesser de parler.

— Je ne l'ai pas trouvé, annonça-t-elle peu après.

— Non ? s'étonna Ida en train de cuisiner. C'est drôle que tu n'aies pas vu sa tente.

— Bien sûr que si ! Mais Eru n'y était pas. On dirait qu'il est parti en toute hâte. Le feu était éteint mais tous ses ustensiles traînaient un peu partout. Surtout des crayons et des brouillons de lettre. Tous commencent par « Mara, ma chérie… »

— Tu as fouiné dans ses affaires ?

— Non, pas besoin ! Tout était sens dessus dessous. Où peut-il bien être, Ida ?

— Aucune idée ! Donne-moi un coup de main et, tout à l'heure, nous lui apporterons de ce gratin.

— Tu as raison, nous irons tout à l'heure. Je vais maintenant me réchauffer. Il fait frais si tôt le matin.

En fait, elles ne trouvèrent pas non plus Eru l'après-midi et, plus alarmant encore, il ne vint pas parler à Mara le soir.

— Se serait-il rendu compte que c'était sans issue ? se demanda Ida. Hier, il était pourtant encore plein d'élan.

— Peut-être lui a-t-elle parlé, quand nous nous sommes retirées. Ou bien plus tard dans la nuit ?

— Ou bien encore a-t-il décidé de se contenter d'écrire des lettres. Mais c'est tout de même étrange. J'ai comme un mauvais pressentiment.

— Le campement est toujours vide, annonça, le lendemain matin, Karl qui avait pris le temps de jeter un œil dans le bois après avoir nourri les brebis. Et il n'a pas touché à la nourriture que vous avez laissée hier.

Posant la portion de gratin sur la table, quelques œufs et une cruche de lait frais, il ouvrit le journal que l'on venait de déposer dans leur boîte à lettres comme tous les matins depuis qu'ils habitaient à Russell.

Cat, Ida et Carol étaient assises à la table du petit déjeuner. Mara n'avait pas encore quitté sa chambre. Pendant qu'Ida versait le café, Cat ouvrit le journal et parcourut les gros titres avec curiosité.

– Oh non ! s'écria-t-elle. Ce n'est pas possible ! Eru…

2

— Je t'avais dit que je ne voulais plus te revoir ici ! Quelque chose t'aurait-il échappé ? lança Chris, furieux, à sa femme, dont il n'avait toujours pas divorcé dans les règles.

Georgie, qui aidait Jane à sortir de son bateau, courba le dos, effrayé.

— Il faut que je parle à Te Haitara, répondit Jane, qui mit pied à terre sans se laisser troubler.

Pourtant, malgré sa tenue distinguée et l'air assuré qu'elle se donnait, Chris la devina bouleversée et inquiète.

— Te Haitara sait où tu habites. S'il veut te parler, il peut aller te voir !

Jane occupait désormais une suite luxueuse à l'hôtel White Hart dont Te Haitara payait la location sans barguigner.

— C'est moi qui ai à lui parler. C'est mon mari !

— Tout d'un coup ?

Jane sembla vouloir répondre vertement, mais elle eut soudain l'air fatiguée.

— Ah, Chris, cessons donc avec cette affaire. Il faut que j'informe Te Haitara. Il ne l'apprendra sinon pas. Il ne lit pas les journaux. Et il pourrait ensuite être trop tard. Chris, on a arrêté mon fils sur l'île du Nord. Il est accusé de complicité dans l'assassinat du missionnaire Völkner. C'est très sérieux, plusieurs témoignages l'accablent.

— Hein ? s'écria Chris que toute colère avait abandonné. Ce n'est pas possible, Jane ! Ce garçon a peut-être dérapé dans cette affaire des Hauhau. Mais il n'est pas un assassin !

Jane, qui semblait vieillie de plusieurs années, haussa les épaules.

— Je ne sais pas, Chris. Moi non plus, je n'arrive à y croire. Lui le conteste en tout cas. Un avocat d'Auckland m'a contactée, à l'instigation de Karl Jensch. Un défenseur qui compte, dans le milieu. C'est gentil de la part de Karl de l'avoir choisi. Mais il faut le payer. J'ai besoin d'argent. Y compris pour me rendre sur place. Je compte partir le plus tôt possible. Et si… si Te Haitara pouvait maintenant accepter de venir avec moi…

Elle baissa la tête.

— Bien sûr qu'il va t'accompagner. Et moi aussi, je viens. Les chefs maoris ont pour l'instant peu d'amis sur l'île du Nord. Te Haitara ne pourra rien faire bouger. Toi non plus. Karl et moi avons en revanche des relations. Jusqu'au gouverneur…

— Tu viendrais ? Tu ferais ça ?

— Mais naturellement ! Te Haitara est mon ami et Eru a grandi dans ma ferme. Mara et lui étaient toujours fourrés ensemble. Et, en plus, il vient de lui sauver la vie, ainsi qu'à Carol. Karl et moi allons intervenir en sa faveur.

— Après tout ce que j'ai fait… ?

Chris la regarda d'un air sévère.

— On a presque l'impression que tu t'excuses. C'est à peine si je te reconnais, Jane. Tu es sûre que tu n'es pas en train de m'agiter un bulletin de naissance sous le nez afin de me rappeler à mes devoirs de père envers mon fils ?

Jane rougit.

— Je regrette, dit-elle. Je regrette vraiment beaucoup.

Des mots qu'elle venait sans doute d'utiliser pour la première fois.

Sir Richard Brady reçut Jane, Chris et Te Haitara dans son luxueux cabinet situé dans le meilleur quartier d'Auckland. Ils s'étaient présentés à la prison sans obtenir le droit de rendre visite à Eru. Il leur fallait donc s'en remettre à l'avocat. Sir Richard, un homme de haute et imposante stature, aux cheveux blancs déjà un peu clairsemés, au visage anguleux et ridé, au nez busqué, était, bien que paraissant sévère au premier coup d'œil, une personne avenante. Après avoir salué ses visiteurs, il se tourna vers Chris qu'il connaissait, ainsi que Karl, du temps où tous deux travaillaient pour le gouverneur.

— Afin tout d'abord de bien clarifier les choses : Te Eriatara ou Eric Fenroy est le fils de votre épouse avec… Comment vous appelez-vous déjà, sir ?

— *Ariki* Te Haitara, déclara Te Haitara d'un air digne. Et Jane Te Rohi to te Ingarihi est *mon* épouse. D'après les lois de mon peuple, elle a divorcé de M. Fenroy il y a vingt ans. Te Eriatara est mon fils légitime.

— Bien qu'il existe un malheureux certificat de naissance qui…

Chris commença une explication à laquelle l'avocat mit fin d'un geste de la main.

— C'est bon, c'est bon ! Ce ne sont pas les rapports au sein de votre famille qui feront l'objet d'un jugement. Je voulais juste avoir des certitudes. M. Fenroy, *Ariki*, Mrs… euh… Haitara, de lourdes charges pèsent sur votre fils. Quelques guerriers hauhau faits prisonniers lors de la prise du *pa* Pokokaikai l'accusent d'avoir été complice de l'assassinat de Carl Völkner en mars 1865.

— Le témoignage de ces gens-là compte ? intervint Jane. Des guerriers hauhau ?

— Si la parole d'un guerrier ne comptait plus…, protesta Te Haitara.

— … votre fils serait en meilleure posture, l'interrompit l'avocat. Vous devez voir les choses avec pragmatisme. Il n'est pas question de fierté ou d'honneur, mais de sauver votre fils du gibet.

— Du gibet ? s'exclama Chris, horrifié.

— Écoutez, dit sir Richard en se grattant la tête, l'assassinat de ce missionnaire a provoqué bien des vagues. Le gouverneur souhaite que toute la lumière soit faite, sans parler de l'Église ! Il y a déjà eu dans cette affaire des exécutions. L'homme qui a fait office de bourreau a été jugé sur-le-champ. Le principal responsable, un homme du nom de Kereopa Te Rau, est en fuite ainsi que son acolyte, Patara Raukatauri. Et donc, à en croire ces guerriers, votre fils serait impliqué. Il ne le conteste d'ailleurs pas totalement…

— Comment ? s'indigna Jane. Il avoue ? Ce n'est pas ce que vous avez écrit dans votre lettre !

— Il m'a avoué – face aux autorités il garde le silence suite à mes conseils – qu'il était avec ces deux hommes en tant que missionnaire, en fait en tant que recruteur pour Te Ua Haumene. Il a prêché devant la tribu des Te Whakatohea, c'est-à-dire qu'il a contribué à les monter contre les *pakehas* et contre Völkner en particulier. Il affirme en revanche ne pas avoir participé aux exactions du lendemain, avoir été choqué et dégoûté et avoir finalement aidé à s'enfuir deux jeunes missionnaires que la foule avait également arrêtés. J'en ai déjà retrouvé un. Un révérend, un certain Franz Lange, qui dirige à présent un foyer pour enfants à Otaki. Par un hasard étrange, il est le beau-frère de votre ami Karl Jensch, M. Fenroy. Le révérend Lange est en route pour venir ici. À ce qu'il semble, il est disposé à témoigner en faveur de votre fils. Si Carol Brandmann et Mara Jensch font de même, surtout la seconde, j'espère pouvoir, comme déjà dit, lui épargner le gibet.

Te Haitara dit quelque chose en maori.

— Il dit que, du point de vue des guerriers maoris traditionnels, le comportement de ce Kereopa n'a pas été blâmable, traduisit Chris. Qu'il relève des lois de l'*utu*, de la vengeance, que les Te Whakatohea ont jugé Völkner coupable de trahison envers leur peuple et l'ont puni – Te Haitara admet qu'il a pu s'agir là d'une erreur de justice, mais que décapiter un ennemi et manger des morceaux de son corps pour ingérer sa *mana* appartient tout à fait à la tradition, surtout sur l'île du Nord.

Une nouvelle fois, l'avocat se gratta la tête.

— Gardez pour vous cette vue des choses, je vous en prie, *ariki*, dans le cadre du procès ! Soit dit en passant, les Maoris ont accepté le droit britannique en signant le traité de Waitangi.

— Les Ngai Tahu n'ont pas signé ce traité ! ergota Te Haitara.

— Cela ne leur donne pas le droit de manger un missionnaire ! le tança Jane. Maintenant, arrête tes bêtises et laisse sir Richard s'exprimer. Que pouvez-vous faire pour mon fils ?

— Peu en vérité. Nous essayerons, bien sûr, de minimiser le rôle de Te Eriatara dans ces malheureux événements. Si la chance nous sourit, nous pourrons transformer l'accusation de complicité d'assassinat en incitation à la révolte. Cela ne lui éviterait certes pas la prison, mais la peine serait plus courte.

— Combien ? s'enquit Chris.

— Compte tenu de la gravité de cette affaire, plusieurs années certainement, soupira l'avocat. Je suis désolé de ne pouvoir faire de prévision plus favorable. Je ferai naturellement de mon mieux.

Si l'occasion n'avait pas été si triste, on aurait pu parler, ce soir-là, à Auckland, de réunion de famille. Carol et Linda, Ida et Franz se tombèrent dans les bras au Commercial Hotel. Chris et Karl se tapèrent sur l'épaule et firent comme s'il n'y avait rien de plus naturel que de retrouver un ami que l'on croyait mort. Jane et Te Haitara restèrent un peu à l'écart, de même que Mara. Quand Te Haitara fit mine de la saluer avec chaleur, elle recula.

— Était-ce bien de l'amener ? demanda Chris.

Il la revoyait pour la première fois et il fut bouleversé par la métamorphose de la malheureuse. Les familles s'étaient réunies pour un repas en commun et Mara s'était réfugiée à l'extrémité de la grande table, entre Carol et Ida.

— Nous ne pouvions guère la laisser seule, répondit Cat. De plus, elle témoignera en faveur d'Eru.

— Y arrivera-t-elle ? douta Chris à la vue de la silhouette fragile qui, intimidée, se contentait de pousser dans son assiette d'un bord à l'autre un dîner pourtant délicieux.

— Elle est peut-être incapable de le regarder, mais elle ne veut pas le voir pendre, répondit Cat tout bas. Donc elle témoignera. Il est certain que ça ne sera pas simple.

— Je peux en tout cas témoigner en faveur de ce garçon, déclara Franz. Il n'était pas présent quand Völkner a été pendu et il nous a aidés à fuir, Gallant et moi.

— Cela contribuera certainement à réduire la peine. En revanche, pour ce qui est de sa présence ou non lors de l'exécution, ton témoignage est contredit par de nombreux guerriers maoris, constata Karl.

— Et sa parole ne compte pas ? s'indigna Jane. C'est tout de même un ecclésiastique. Un révérend. Les jurés devraient le croire.

— On ne le suspectera certainement pas de mentir, réfléchit Karl tout haut. Mais l'accusation fera valoir que, pour un *pakeha* moyen, tous les guerriers tatoués se ressemblent.

— L'argument peut aussi torpiller son témoignage quant à leur libération, ajouta Cat.

Ida n'avait jusqu'ici rien dit, comme toujours quand elle était aux prises avec une idée nouvelle. Avant de l'exprimer, elle avait besoin de la soupeser jusqu'au bout. Mais elle finit par élever la voix pour exposer avec précaution son point de vue.

— Il… il ne serait peut-être pas très opportun que Franz se souvienne trop bien d'Eru.

— Quoi ?

La question avait été posée par plusieurs convives, dont Jane qui donna l'impression qu'elle allait se jeter sur Ida.

— Eh bien, continua Ida, essayons de voir les choses ainsi : Franz peut certes un peu dédouaner Eru, mais pas entièrement. Au contraire, son témoignage confirme en quelque sorte sa culpabilité. Il confirme qu'Eru était bien à Opotiki le jour en question.

— Et alors ? dit Karl. Il y était, non ?

— Il ne l'a pas encore confirmé officiellement. Il pourrait aussi nier. Sa parole contre celle de quelques guerriers hauhau. Si, en plus, quelqu'un disait qu'il était ailleurs à ce moment-là…

— Ida ! s'écria Cat. Ce serait un mensonge !

— En aucun cas je ne mentirai ! déclara Franz.

— Pour ce qui est de toi, nous venons de tous nous mettre d'accord sur le fait que tous les guerriers maoris se ressemblent à tes yeux, décréta Linda, puis elle se tourna vers Ida : Tu as raison, mamida ! C'est l'unique chance d'Eru. Il était malheureusement chez les Hauhau à l'instant critique, et ils ont conspiré contre lui pour des raisons inconnues.

— Pas si inconnues que ça, dit Bill qui, assis à côté de Carol, prit pour la première fois la parole. Eru a changé de camp. À Pokokaikai, il a trahi les Hauhau. Maintenant, ils se vengent.

— Encore un argument en faveur d'Eru, se réjouit Ida. Nous pourrions ainsi expliquer pourquoi les guerriers hauhau mentent. Si seulement nous avions un témoignage contradictoire…

— Qu'y aurait-il donc de si terrible à ce que ce garçon passe quelques années en prison ? demanda Franz.

Après le repas, Linda et Carol avaient eu envie de se promener dans le quartier chic de la ville et Franz ainsi que Bill les avaient accompagnées. Mara suivait Carol comme son ombre, sans prêter la moindre attention aux magnifiques étalages. Elle était sans doute venue car elle se sentait plus en sécurité en compagnie de Carol que seule dans sa chambre.

— Cela lui ferait peut-être même du bien de payer pour ce qu'il a fait. Il semble d'ailleurs se sentir coupable…, poursuivit Franz, évoquant là l'attitude nouvelle d'Eru qui, non content de refuser de voir ses parents, semblait désormais se résigner à la situation et refusait même d'être défendu.

Linda regarda Franz en hochant la tête.

— Franz, depuis le temps que tu vis avec les Maoris, tu n'as donc pas encore compris leurs mœurs ? Tu sais pourtant bien ce qu'est le *utu* ?

— Bien sûr, la compensation, la réparation.

— Oui, c'est comme ça que nous le traduisons pour les enfants. Si l'un d'eux renverse un encrier, il doit nettoyer et remplir l'encrier à nouveau. Mais, en fait, le mot signifie vengeance. Eru a trahi les Hauhau et ils veulent donc le tuer. Ça leur était jusqu'ici difficile, car ils étaient prisonniers et ignoraient où il se trouvait. Ils le croyaient sans doute sur l'île du Sud, dans sa tribu, hors de leur portée. Mais l'un d'eux a sans doute eu l'idée de laisser aux *pakehas* le soin d'accomplir la besogne. Ils aimeraient le voir pendre. Mais si ce n'est pas le cas… La prison est pleine de guerriers hauhau, Franz. Eru ne survivra pas à la première semaine !

Mara regarda sa sœur les yeux écarquillés, paraissant plus pâle que jamais.

— Ils le tueront ?

— S'il va en prison, ils le tueront, confirma Carol en lui passant le bras autour des épaules. Mais peut-être que Jane va arranger l'affaire. L'idée de mamida est la bonne. Jane va essayer de trouver quelqu'un qui mente pour lui.

— Qui mente de manière crédible…, ajouta Bill. Les jurés ne sont pas stupides. Il faudrait d'ailleurs que ce soit un Blanc. De toute façon, jamais un Maori ne le fera, ce serait se condamner à mort. Jane doit donc trouver un *pakeha* qui, à l'époque, avait accès à un *pa* hauhau. Et là, je ne suis pas optimiste… Tout au plus un marchand d'armes qui deviendrait du même coup passible d'une sanction pour avoir fourni des armes à l'ennemi. Il faudrait le dédommager d'une fortune pour qu'il accepte d'aller en prison. Et même… les Maoris n'ont-ils pas justifié l'assassinat de Völkner au nom de leur *utu* ? Un Blanc n'est donc à l'abri de rien.

— Je ferai en tout cas de mon mieux et interviendrai en sa faveur avec toute ma force de persuasion, promit Franz.

— Mais ça ne suffira pas…, murmura Mara. Ça ne suffira pas.

3

Le procès, en novembre, arriva très vite. Jane, Te Haitara et Chris restèrent à Auckland afin d'apporter leur soutien à la défense dans la mesure du possible. Les autres, dans un premier temps, retournèrent à Russell, Otaki et Rata Station. Il leur suffirait de revenir pour l'ouverture du procès, maintenant que, après la défaite des Hauhau, les voyages ne présentaient plus de danger. Cat devrait rester à Rata Station, son accouchement étant imminent.

Chris tenait la famille au courant par courrier. Les nouvelles n'étaient guère encourageantes. Eru se taisait toujours lors des interrogatoires, mais maintenant aussi en présence de son seul avocat. Tout avait été dit, fit-il savoir à ce dernier ainsi qu'à sa famille. Le détective privé engagé par Jane n'avait trouvé personne acceptant de jouer les faux témoins, pas plus qu'il n'avait pu mettre la main sur le révérend Galland qui, après ce qu'il avait vécu lors de l'assassinat de Völkner, était rentré en Angleterre.

— La rigueur de la sentence dépendra surtout de votre témoignage, révérend, déclara sir Richard quand, la veille de l'audience, il reçut Franz et Mara. De la manière dont vous rendrez crédible qu'Eru n'a participé ni aux délibérations ayant conduit à l'assassinat ni à l'assassinat lui-même. J'espère que quelqu'un a vérifié sur place qu'on pouvait, depuis votre prison, voir le lieu de l'exécution. Si ce n'est pas le cas, nous pourrions avoir des problèmes. Votre libération serait alors une circonstance atténuante. Vous devez rendre tout cela de manière très concrète. Ensuite, nous aurions le sauvetage de miss Jensch. Puis, tourné vers Mara, il demanda : Vous vous sentez vraiment capable de témoigner, miss Jensch ?

La robe bleue d'une grande simplicité qu'Ida lui avait confectionnée pour le procès laissait apparaître sa grossesse. Elle était toujours d'une maigreur effrayante et n'avait pas trouvé le repos depuis son dernier séjour à Auckland. Elle acquiesça de la tête, tripotant sans arrêt une petite flûte comme pour combattre une inquiétude. Franz se demanda où elle avait caché le couteau dont Ida lui avait parlé.

— D'ailleurs, voici une lettre pour vous, continua l'avocat en lui tendant une enveloppe blanche. Elle est d'Eru. Il m'a demandé si vous témoigneriez et je lui ai dit que vous viendriez. Lors de ma visite suivante, il m'a alors donné cette lettre. J'espère… j'espère qu'elle ne vous fera pas changer d'avis.

Elle mit la lettre dans sa poche. Elle la lirait plus tard, dans sa chambre d'hôtel. Puis elle se plia aux demandes de sir Richard qui fit répéter, à Franz, d'abord, à elle ensuite, leurs témoignages. Le révérend parlait d'une voix calme, la voix du prêcheur qu'il avait appris à être. Mara d'une voix basse et atone, la tête baissée. Elle raconta son histoire rapidement et sans fioritures.

— Ce serait mieux si, de temps à autre, vous regardiez le juge et les jurés, conseilla l'avocat. Ou moi, au moins. On vous comprend mal, cela ne donne pas une bonne impression.

Mara opina, leva brièvement les yeux et laissa ensuite de nouveau flotter ses longs cheveux noirs devant son visage. Sir Richard se demanda s'il devait lui conseiller de relever sa coiffure, mais estima que cela ne lui appartenait pas. De toute façon, la jeune fille était un mauvais témoin.

— Alors, dormez bien, dit-il à ses deux témoins. Ne soyez pas trop en souci pour le jeune homme. Nous allons à tout le moins affaiblir l'accusation d'assassinat. Et quelques années de prison ne le tueront pas…

Une fois rentrée dans sa chambre, Mara ouvrit la lettre d'Eru le cœur battant. Elle n'était pas allée déjeuner car l'idée du sort qui attendait Eru lui ôtait tout appétit. Si seulement il ne l'avait pas suivie à Russell… Sur l'île du Sud, il aurait été plus en sécurité. Une idée un peu vaine car, ainsi que le lui disait Carol, c'est chez les Ngai Tahu qu'on l'aurait d'abord recherché. Elle n'avait donc pas à se sentir coupable. Mais c'était plus fort qu'elle ! Elle reconnut l'écriture de son ami sur le papier de mauvaise qualité qu'il avait pu acheter en prison.

Mara chérie, Marama ! lut-elle. *Pardonne-moi de t'appeler encore ainsi, mais c'est comme ça que je pense à toi. Je pense que tu m'as toujours permis de m'améliorer – je sais que ton nom ne vient pas de la lune, mais d'une fleur qui ne pousse pas en Nouvelle-Zélande. Elle ne peut pourtant être plus belle que toi, Mara Margaret Marama. Rien et personne dans ce monde ne peut être plus beau que toi. Oui, je sais que je te l'ai déjà dit souvent. Et je me rappelle aussi ce que tu répondais. Je sais que j'ai moi aussi été beau pour toi. Je regrette infiniment d'avoir détruit cela. Que tu ne veuilles plus me voir, que tu ne puisses plus me regarder me ronge intérieurement. Pardonne-moi de ne pas l'avoir admis dans un premier temps. Pardonne-moi mon insistance à Russell – et ne te crois pas obligée de venir supporter de me voir dans la salle d'audience ! Il ne faut absolument pas que tu t'y retrouves une nouvelle fois en face de guerriers de Pokokaikai. Il ne faut plus que tu aperçoives un visage couvert de tatouages – du moins aucun qui te considère comme une ennemie. J'espère que tu t'habitueras de nouveau à ceux de mon père et des autres hommes de ma tribu. Ce serait trop triste que tu ne puisses plus jouer de ta* koauau *avec les femmes et chanter avec elles nos anciens chants. Moi, tu ne me verras plus, car je ne retournerai pas dans l'île du Sud.*

J'espère de tout mon cœur que tu seras un jour capable de penser à moi sans rancœur, ma Mara chérie. J'ai commis beaucoup d'erreurs, mais peut-être que ce sont les esprits qui m'ont conduit. Si je n'avais pas abandonné mon visage et si je ne m'étais pas rendu sur l'île du Nord, peut-être que je ne t'aurais pas retrouvée à Waikoukou. Je n'aurais pu t'arracher à Te Ori. Tu ne serais maintenant pas en sécurité. Savoir que j'ai au moins réussi cela me donne la force de supporter tout ce qui m'attend.

Je t'aimerai toujours, Mara et, sous les mokos *que tu détestes tant, je serai toujours celui que tu as aimé jadis.*

Eru.

Quand elle eut fini de lire, ses larmes avaient délavé les lettres. Maintenant elle ne pleurait plus. Jetant un châle sur sa robe d'été, elle prit sa flûte.

— C'est un oiseau ? demanda un gardien de la prison d'Auckland, tendant l'oreille vers l'air mélodieux qui, par les fenêtres ouvertes, parvenait jusque dans la salle des gardes. Ici, en pleine ville ?

— C'est beau en tout cas, répondit son collègue. Ça doit venir du parc. Mais ce n'est pas un *kiwi*, hein ?

— Non, rigola le premier gardien, ils croassent plutôt. Ça, ça ressemble plutôt à un rossignol ou une alouette… Je me rappelle encore les avoir entendus chanter en Irlande.

– Est-ce que le Maori le sait ? Il devrait s'y connaître, dit le deuxième en jetant un œil par le fenestron grillagé derrière lequel son prisonnier attendait son procès. Il dort déjà…, annonça-t-il. Il a tiré la couverture sur sa tête.

Eru s'était fourré sous sa couverture en entendant ce qu'il crut être le son d'une *koauau*. D'où pouvait-il venir ? Ce devait être une erreur, une illusion des sens. Allait-il bientôt entendre des voix comme Te Ua ? Mais, même enfoui sous la couverture, il continuait à entendre le chant. Toute la nuit, il l'entendit dans sa tête.

Sir Richard observa les jurés en entrant dans le bâtiment du tribunal, saluant poliment quand il pensait qu'ils pouvaient se souvenir de lui. Il avait fait leur connaissance lors de la constitution du jury. Tous, riches ou pauvres, étaient d'honnêtes gens. Il n'avait pas été simple de trouver douze hommes qui, en dépit des combats des dernières années, des exactions et des assassinats des guerriers hauhau, n'éprouvent pas ou que peu de ressentiments envers les Maoris. Le procureur tenait beaucoup à ce que les jurés écoutent les dires des guerriers maoris avec autant d'attention que ceux des Anglais et qu'ils ne doutent a priori pas plus ou pas moins de la véracité des propos des uns et des autres. Ces hommes seraient justes et sir Richard les respectait pour cela, même si leur avis risquait fort de nuire à son mandant.

Il entra à son tour dans le palais de justice et resta interdit. Dans le couloir, devant la salle d'audience, se tenait Mara Jensch. Elle semblait attendre quelqu'un et donnait une tout autre impression que la veille, dans son cabinet. Elle portait certes la même robe, mais elle avait tressé et relevé ses cheveux, et la pâleur de son visage d'elfe avait laissé la place à une légère rougeur d'excitation. Elle était seule, sa famille semblant être déjà rentrée dans la salle ou dans la pièce réservée aux témoins où il se serait d'ailleurs attendu à la voir. Quand elle l'aperçut, elle eut l'air soulagée et se dirigea vers lui d'un pas décidé.

— Sir Richard ? demanda-t-elle d'une voix nouvelle, pleine d'assurance. Pourrais-je vous parler un bref instant ? Il faut que nous modifiions quelque peu le déroulement du procès.

Il la fit entrer dans une salle de réunions.

— Miss Jensch, je ne pense pas que ce soit une bonne idée, dit-il d'un ton aimable. L'expérience montre qu'il vaut mieux ne pas changer de stratégie au dernier moment. Qu'auriez-vous donc voulu changer ?

— Je veux témoigner en premier. En tant que témoin de la défense, donc. J'ai quelque chose d'important à déclarer.

— Vous êtes plutôt un témoin de moralité, miss Jensch. Ce qui est prioritaire, ce sont les événements d'Opotiki. Et le révérend Lange est le seul à pouvoir fournir des informations à ce sujet.

— Non, vous n'aurez pas besoin de faire appel au révérend Lange. Te Eriatara n'a jamais été à Opotiki.

Encore sous le choc des révélations de Mara, sir Richard ne put savourer pleinement l'interrogatoire contradictoire des témoins de l'accusation, bien qu'il se déroulât tout à fait en sa faveur : les quatre guerriers maoris qui témoignaient contre Eru ne parlaient pas anglais et l'interprète s'emmêla dans des contradictions. Les quatre affirmaient qu'Eru avait joué un rôle primordial dans l'assassinat de Völkner, mais n'étaient pas d'accord sur ce qu'il avait fait. Avait-il dirigé les chœurs scandant les Hauhau, ou bien était-il allé jusqu'à lancer la corde par-dessus la branche maîtresse du saule ? Avait-il frappé le missionnaire avant sa pendaison ou s'était-il simplement moqué de lui ? Sir Richard s'efforça de son mieux de démolir les dires des guerriers, mais l'interprète lui rendit la tâche difficile, car le procureur expliqua les contradictions par des problèmes de compréhension et des erreurs de traduction.

— Cela n'a de toute façon pas d'importance, lui répondit sir Richard. J'ai l'intention d'appeler tout de suite quelqu'un dont le témoignage réduira à l'absurde tout ce que ces messieurs ont déclaré ici. Y a-t-il encore ici quelqu'un désirant nous raconter ce qu'Eric Fenroy a prétendument fait à Opotiki ?

Eru et Te Haitara sursautèrent. Jane baissa la tête. Pourtant sir Richard les avait prévenus de ce qu'il appellerait Eru par le nom figurant sur son certificat de naissance. Mais une chose était de le savoir, une autre de l'entendre.

— Nous pourrions citer un grand nombre d'autres témoins, déclara le procureur d'un air majestueux, mais nous ne voulons pas abuser du temps du tribunal. On pourra toujours discuter de détails – le fond de l'affaire est déjà connu depuis longtemps, même si les témoins ne se souviennent peut-être plus de chaque circonstance précise –, mais les faits sont là : Eric Fenroy a participé au meurtre de Carl Völkner. Il faisait en quelque sorte fonction de second du principal coupable Kereopa Te Rau.

— Votre Honneur, messieurs les jurés..., commença sir Richard en s'adressant d'abord au juge puis en donnant l'impression qu'il parlait à chacun des douze hommes du jury. Je vais réfuter ces allégations. Si donc, l'accusation n'a plus de témoin, j'appelle Margaret Jensch à se présenter à la barre.

— Objection, la jeune femme n'était pas présente, s'écria le procureur.

Sir Richard lui adressa un sourire assassin.

— Le jeune homme non plus, votre honneur !

Un murmure parcourut la salle. L'accusé, jusque-là indifférent, poussa un cri étouffé quand un huissier fit entrer Mara. Elle était merveilleusement belle, avec sa tenue de soie bleu foncé et ses yeux bleu-vert. Elle chercha d'abord brièvement du regard sa mère et sa sœur parmi le public, puis le laissa glisser sur le juge, les jurés, sir Richard et le procureur. Il s'arrêta sur l'accusé. Eru le lui rendit, incapable de comprendre ce qui se passait.

Mara alla à la barre et jura, d'une voix claire, de dire la vérité et de ne dire que la vérité. Puis elle regarda sir Richard avec l'air d'une écolière attendant l'ordre de réciter une poésie. Il entra aussitôt dans le vif du sujet :

— Miss Jensch, où se trouvait l'accusé Eric Fenroy le 2 mars 1865, vers dix heures du matin ?

— Je ne le sais pas, dit-elle d'une voix douce en le regardant, l'air sérieux. Il m'a quittée vers six heures du matin.

Nouveaux murmures dans la salle. Le juge appela au calme.

— Où vous trouviez-vous donc ce 2 mars à dix ou à six heures ?

— Ma sœur et moi étions, de mars à juin 1865, à Patea, dans le camp du général Cameron. Et, dans la nuit du 1er au 2 mars… en fait, presque toutes les nuits des mois suivants…, j'étais dans la forêt. Avec Eru… c'est-à-dire avec Eric Fenroy.

Un brouhaha et des exclamations se firent entendre dans le public. Les dessinateurs de presse se mirent à griffonner à la hâte. Le portrait de cette jeune femme à la barre serait le lendemain matin dans tous les journaux de l'île du Nord.

— Puis-je vous demander ce que vous y faisiez ? demanda le procureur d'un ton irrité.

Le juge le rappela à l'ordre et exigea de nouveau le silence de la salle.

— Nous nous aimions, dit Mara sobrement, sans hausser le ton, mais d'une voix nette. Ce n'était pas ce que vous croyez, ce n'était pas une… pas une passade… Eru et moi, nous nous aimons depuis longtemps. Nous avons grandi ensemble, vous savez. Et nous nous sommes promis l'un à l'autre depuis très longtemps.

— Vous l'avez donc suivi quand il est parti pour l'île du Nord afin de rallier les Hauhau ? s'enquit sir Richard.

— Non, je l'ignorais totalement. C'est un hasard qui nous a fait nous rencontrer à Patea. Eru était… eh bien le… le prophète l'avait envoyé espionner le camp du général Cameron et alors…

— Vous êtes tombés dans les bras l'un de l'autre ? Comme c'est touchant ! ironisa le procureur.

Le juge le rappela une nouvelle fois à l'ordre.

Mara rougit.

— Non, c'est simplement que… Je suis sortie du camp avec Fancy, c'est le chien de ma sœur. Et Fancy l'a flairé et lui a fait fête. C'est ainsi que nous nous sommes retrouvés !

— Vous avez plus tard été enlevée par des guerriers hauhau, ajouta sir Richard. Eric Fenroy a-t-il participé à ce rapt ?

— Non. À cette époque, Eru n'était plus à Patea. Le prophète l'avait éloigné. Je crois… je crois que c'était pour le punir de n'avoir rien découvert lors de son espionnage de la base, du dépôt de munitions et…

— Il était suffisamment occupé avec vous, observa sir Richard, qui ne pouvait qu'admirer la jeune femme, laquelle innocentait ainsi Eru de toute participation à des expéditions criminelles et à des attaques.

Mara rougit à nouveau.

— Oui, avoua-t-elle. Je ne l'ai rencontré à nouveau qu'à Waikoukou. J'étais déjà… je vous en prie, je voudrais ne pas avoir à parler de Te Ori… de… de… l'enlèvement…, dit-elle en baissant la tête, retrouvant l'attitude de bête blessée et intimidée que l'avocat lui connaissait jusqu'à ce jour.

Il avait craint que cette attitude eût un effet repoussant. Maintenant, elle suscitait la pitié. Il osa jeter un œil sur les jurés : ils étaient pendus aux lèvres de la jeune femme.

— Eru a essayé de libérer ma sœur et moi de Waikoukou, poursuivit-elle. Mais il a été fait prisonnier. Ensuite, il est venu jusqu'à Pokokaikai avec les troupes *kupapas* du major McDonnell. Et… et il m'a sauvée.

Sir Richard ne dit rien, mais le procureur rompit le silence impressionnant qui s'était établi.

— Et tout ça ne vous vient qu'aujourd'hui à l'esprit, miss Jensch ? Votre ami est en prison depuis des mois. Pourquoi ne pas avoir révélé cela plus tôt ?

Mara lança à Eru un timide regard en coin. De nouveau elle ressembla à l'innocente petite élève.

— Je ne pouvais pas. En fait, je n'avais pas le droit. Eru me l'avait interdit… Il… il m'a écrit que je ne devais pas venir à l'audience. Il a très peur des Hauhau.

Eru fronça les sourcils.

— Le mouvement hauhau est démantelé, miss Jensch, lui rappela le procureur. Te Ua Haumene est mort.

— Mais l'assassin du révérend Völkner est toujours en vie, ainsi que bien d'autres, répliqua Mara. Et Eru les a trahis pour me libérer. Tout ça, dit-elle en montrant de la main toute la salle d'audience, tout ça, c'est *utu*, la vengeance. Ils veulent lui coller un forfait sur le dos pour pouvoir ensuite le tuer en prison. Puis, tournée vers le juge et le jury, elle dit d'un ton implorant : Vous ne pouvez les laisser faire cela !

— Vous voulez dire, intervint sir Richard, qu'Eric Fenroy était prêt à accepter n'importe quelle peine pour vous protéger ?

Mara opina et regarda Eru.

— Moi et notre enfant…

Elle dut se forcer pour fixer le visage tatoué et ne pas détourner le regard.

Le public se fit cette fois bruyant. Quelques journalistes bondirent et quittèrent les lieux en toute hâte. Le juge menaça de faire vider la salle.

— D'autres questions au témoin, monsieur le procureur ? demanda-t-il quand un peu de calme fut revenu. Dans le cas contraire, nous allons libérer la lady et interrompre la séance pendant une heure. Je pense que l'accusation va vouloir repenser sa stratégie.

Tout en soutenant Mara qui tremblait maintenant un peu, l'avocat lui chuchota :

— Vous avez été formidable. Vous lui avez sauvé la vie.

Elle ne répondit pas. Elle n'avait d'yeux que pour Eru que les gardes faisaient sortir. Dans le couloir, elle tomba, épuisée, dans les bras d'Ida.

— Va-t-on la croire ? demanda Jane en entourant sa tasse de thé d'une main tremblante.

Tous les soutiens d'Eru occupaient une table dans un café, face au palais de justice.

— Peut-être que oui, peut-être que non…, répondit sir Richard l'air très satisfait. Le procureur non, le juge oui, s'il a bien lu le dossier. Les jurés la croient sur parole, elle les a littéralement ensorcelés. Il est d'ailleurs sans importance qu'on la croie ou non. Tant qu'on ne pourra prouver qu'elle a fourni un faux témoignage, Eru ne sera pas condamné.

Te Haitara fronça les sourcils.

— Sa parole contredit pourtant celle de quatre guerriers !

— Précisément ! expliqua l'avocat. D'un côté, nous avons quatre guerriers hauhau violents, sanguinaires et tatoués qui donnent l'impression d'avoir passé les quatre dernières années à assassiner des femmes de colons, et, de l'autre, une jeune et charmante *pakeha* à l'histoire tragique témoignant en faveur du père de son enfant. Sans compter un jeune homme dont il est prouvé qu'il lui a sauvé la vie et qui était encore prêt à se sacrifier pour elle. Si le tribunal tranche en faveur des guerriers maoris, la presse descendra le juge en flammes, et surtout s'il arrive quelque chose à ce jeune homme en prison. Il ne prendra pas ce risque, d'autant moins qu'il est en pourparlers pour je ne sais quelle haute fonction gouvernementale. À moins que le procureur ne sorte maintenant de son chapeau un énorme lapin ou que je me sois trompé de fond en comble sur l'opinion des jurés, votre fils sera libre aujourd'hui !

Le procureur, à la reprise de l'audience, usa de tous les registres afin de fragiliser la crédibilité de Mara. D'abord, il tenta de battre sir Richard avec ses propres armes et cita Franz Lange comme témoin de l'accusation.

Celui-ci, ayant attendu dans la salle des témoins, n'avait pas entendu le témoignage de Mara. Mais il avait eu vent qu'il s'était produit quelque chose de sensationnel et il avait pu se faire une idée de ce que sa sœur et Linda attendaient de lui. Aussi resta-t-il dans le vague lors de son audition.

— Oui, un jeune homme tatoué m'a libéré et il parlait anglais.

— Couramment ? demanda le procureur.

— Je n'arrive pas à m'en souvenir.

— Est-ce qu'il aurait pu être Eric Fenroy ? insista le procureur après avoir pris une profonde inspiration.

— Oui, mais tout aussi bien un autre. Ces visages tatoués, vous savez, se ressemblent tous.

Le procureur donna l'impression qu'il allait exploser.

— Eric Fenroy a des yeux verts, objecta-t-il. Combien de Maoris aux yeux verts connaissez-vous ?

— Il faisait assez sombre dans cette église, mentit Franz, et j'avais peur. Je n'ai donc pas examiné ce Maori de très près, avoua-t-il d'un ton pitoyable.

Sir Richard renonça à l'interroger.

Le dernier angle d'attaque de l'accusateur public fut de mettre en doute la possibilité qu'aurait eue Mara de quitter la base militaire. Il avait découvert que Bill Paxton avait servi sous Cameron à l'époque et il insista pour l'interroger à propos des mesures de sécurité prises à Patea.

— Elles n'étaient pas très rigoureuses, expliqua le témoin avec flegme. Le camp ne se trouvait en effet pas en plein cœur d'une zone hostile. C'était un point de rassemblement, pas un fort. On surveillait bien sûr le dépôt de munitions et les portes étaient gardées. Les plus importantes du moins.

— Et une jeune femme pouvait entrer et sortir comme dans un moulin ?

— C'était une base militaire, pas une prison. Les gardes veillaient à ce que personne n'entre indûment. Chacun pouvait sortir.

— Sans se faire voir ?

— Peut-être y avait-il un trou dans la haie, répondit Bill en haussant les épaules. Ou bien la jeune fille l'a-t-elle escaladée ? À moins qu'elle ait corrompu un garde ? C'est à miss Jensch que vous auriez dû demander comment elle est sortie et rentrée. Je ne peux que vous confirmer que ce n'était pas impossible.

Le réquisitoire du procureur se révéla assez faible. En revanche, sir Richard se montra brillant. Il fit d'abord référence à l'histoire tragique de Mara, avant de relever toutes les contradictions dans les témoignages des guerriers hauhau et d'expliquer la fausseté de leurs accusations par l'*utu*, leur désir de vengeance.

— Margaret Jensch n'avait aucune raison de mentir. Au contraire, les membres du mouvement hauhau lui avaient causé le plus grand tort, elle était restée prisonnière une année durant dans divers *pas* maoris. Qu'elle ait malgré tout soutenu avec tant d'engagement un ancien guerrier hauhau laisse deviner l'ampleur de son sens de la justice et de sa faculté de pardon. Et peut-être avons-nous aussi été ici les témoins d'un grand amour. Acquittez Eric Fenroy, messieurs les jurés ! Il n'a rien à voir avec l'assassinat du révérend Carl Völkner.

Le juge créa la surprise en se tournant vers Eru après les plaidoiries.

— Vous n'avez encore rien dit, jeune homme, à propos de votre affaire, dit-il d'un ton sévère. Pourtant votre version des événements m'intéresserait. Où étiez-vous le 2 mars 1865 ?

Eru se leva, fixa un bref instant le juge, puis chercha des yeux Mara dans l'espace réservé au public.

— Auprès de Mara. Dans mon cœur, j'ai toujours été auprès de Mara, dit-il en maori.

Désemparé, le juge lança un regard à l'interprète, qui avait l'air ému.

— Il dit qu'il était avec miss Jensch.

Après un très bref délibéré, Eric Fenroy fut déclaré non coupable.

Chris Fenroy loua de nouveau l'annexe du restaurant, cette fois pour « fêter la victoire » avec toute la famille. Les principaux intéressés n'y participèrent pourtant pas. Mara voulut manger dans sa chambre, prétendant qu'elle ne se sentait pas bien. Elle avait franchi un grand pas en avant en cette journée, mais n'était pas encore d'humeur à faire la fête. Eru ne vint pas non plus. Le chef et sa femme voulurent prendre leur dîner dans leur suite, avec leur fils, avant de rentrer dans l'île du Sud dès le lendemain. Te Haitara se sentait en effet en pays ennemi, dans l'île du Nord. En quoi il n'avait pas tort après la rupture d'Eru avec les Hauhau.

— Veille seulement à ce qu'Eru ne vous fasse pas aussitôt faux bond, le mit en garde Chris quand Te Haitara excusa la famille. Un dîner quasiment en tête à tête avec Jane… Il pourrait bien encore préférer la prison.

— Non, Jane est simplement heureuse de l'avoir de nouveau. Elle le traitera avec précaution.

— Excuse-moi, mon ami, grimaça Chris, mais « précaution » et « Jane », c'est le jour et la nuit.

— Non, elle a changé. Ce qui s'est passé ici l'a changée.

— Et si ce n'est pas le cas ? Te Haitara, je parle sérieusement, je ne te comprends pas. Comment peux-tu vouloir qu'elle revienne, après tout ce qu'elle a fait ? Qu'en dira ta tribu ? Comment Cat et moi pourrons-nous vivre à côté d'elle ?

— J'ai besoin d'elle, soupira Te Haitara. Mes journées étaient sombres quand elle n'était plus avec moi. Mon cœur a saigné quand j'ai vu que ses journées elles aussi s'assombrissaient de plus en plus. Elle n'était pas heureuse d'avoir fait ce qu'elle a fait. Je ne sais pas ce qu'elle cherchait quand elle a mis la main sur Rata Station. Je sais juste qu'elle ne l'a pas trouvé. Maintenant, avec moi, elle va de nouveau se mettre en quête. Elle se laissera guider, elle apprendra qui elle est. Je lui montrerai qui elle est ! Makuto m'aidera. Ma tribu m'aidera. Et nous ne serons pas continuellement à Maori Station. Nous pérégrinerons…

Chris se retint de rire à l'idée de voir Jane participer aux migrations traditionnelles des Maoris.

— Je ne peux alors que vous souhaiter bonne chance. Comptes-tu l'épouser à nouveau, cette fois selon le rite *pakeha* ?

— Oui. Pas que ça me plaise, mais ça nous sera utile. On reçoit un papier, n'est-ce pas ? Un papier de confirmation ? Et ça changera aussi son nom de manière officielle. Ça aussi, ça la changera.

— Ça sera peut-être utile. Mais ce n'est pas le nom de Fenroy qui a fait d'elle ce qu'elle est. C'est plutôt de son père, Nicholas Beit, qu'elle doit se débarrasser. Elle doit renoncer à essayer de lui prouver qu'elle est la meilleure des femmes d'affaires. À l'époque, il l'a mariée parce qu'elle en savait trop sur l'escroquerie dont il s'était rendu coupable envers les Maoris, sur la vente de terres pour une bouchée de pain, ce qui avait rendu Te Rauparaha furieux contre les *pakehas*. Elle avait conçu un projet qui aurait évité la tuerie de Wairau. Si on l'avait écoutée, bien des choses auraient été différentes. Mais son père a cherché pour elle un époux qui la lui ôterait des pattes. Le plus loin possible. Elle a dû en être profondément affectée. Elle m'a raconté tout ça un jour, alors qu'elle était déjà avec toi.

— Je l'ignorais. Il y a encore beaucoup de choses que j'ignore d'elle. Quand pourrons-nous fêter le mariage *pakeha* ?

— Je ne le sais pas. Il faut d'abord que le divorce soit prononcé. Encore un papier, venu de Londres ou de Wellington, qui confirme le *karakia toko*.

Te Haitara soupira.

— Nous aurions dû le faire alors. Les papiers, c'est important pour Jane. J'aurais dû le savoir.

— Tu n'as pas commis d'erreur, répondit Chris en posant la main sur l'épaule de son ami. Espérons qu'elle sera d'accord, le taquina-t-il, car le certificat de mariage *pakeha* te donnera plus de droits qu'à ta femme. Elle devra te demander ta permission pour conclure des affaires… ou accepter des héritages douteux. Cela lui paraîtra dur. C'est la raison pour laquelle Cat ne veut toujours pas m'épouser. Elle veut être libre. Le papier serait pour elle une entrave.

— Je ne vous comprendrai jamais, vous les *pakehas*. Un papier qui entrave une femme adulte. Si je te comprends bien, ce papier fait d'elle une enfant et de son mari un père. Et, en plus, la parole d'une fillette compte plus, pour un tribunal, que les dires de quatre guerriers. Vous vivez vraiment dans un autre monde…

Chris, pendant le repas, raconta à Karl et à Ida son entretien avec le chef, ce qui les fit bien rire.

— Il n'a pas totalement tort, dit Karl. Mais je suis tout de même heureux que le tribunal ait entendu Mara. Elle a été sensationnelle. Et toi aussi, Franz ! Pour être sincère, je ne t'en aurais pas cru capable.

— Tu comptes réciter à présent le bénédicité ? proposa Chris dans un souci de conciliation

Franz ne l'avait pas encore proposé, ce qui était inhabituel. Il était assis, muet, à côté de Linda et, visiblement, souffrait.

— Non, dit-il. Je n'en suis pas digne. J'ai aujourd'hui menti sous serment. Vous faites comme s'il s'était agi là d'un exploit, mais, en réalité, il s'agit d'un grave péché.

— Dans ce cas précis, c'était juste, objecta Linda. Dieu comprendra.

— Comment peux-tu croire une chose pareille ? Comment peux-tu croire qu'il soit licite d'interpréter Sa parole comme ça nous chante ? Je devrais démissionner de mes fonctions, je me suis trop éloigné de Lui.

Ida posa avec douceur sa main sur la joue de son frère.

— Franz, ce n'est pas de Dieu que tu t'éloignes, mais de Raben Steinfeld, du village Sankt Pauli et de Hahndorf. Tu luttes pour te libérer de la prison du devoir, de la faute et de la bigoterie dans laquelle notre père t'a enfermé.

Linda prit la main de Franz.

— Quand tu es arrivé ici, tu ne voyais le monde que rempli de prières. Et maintenant, de plus en plus, tu vois un monde plein d'êtres humains. Tu donnes à plus de cent orphelins un chez-eux. Tu crois vraiment que tu t'éloignes de Dieu en allant au-devant des gens ?

— Nous devrions commander une bière, proposa Chris avec un clin d'œil en direction de Karl. Pour notre révérend aussi. Pour son heureuse libération de Raben Steinfeld.

Linda leur lança à son tour un clin d'œil.

— Le révérend préfère le whisky, l'eau-de-vie, disent les Irlandais. Un don de Dieu.

— Linda…, gémit Franz avant de se ressaisir.

Pour la première fois depuis qu'il était arrivé en Nouvelle-Zélande, Ida se sentit soulagée quand il joignit les mains pour la prière.

— Et nous ? Que va-t-il advenir de nous ? demanda Bill. Maintenant que tout cela est terminé.

Il avait proposé à Carol de faire un petit tour dans le jardin de l'hôtel et elle avait accepté avec plaisir. C'était une tiède nuit printanière.

— Je ne veux pas te bousculer, mais je ne peux pas rester l'ouvrier de tes parents. Il va me falloir faire quelque chose de ma vie et c'est pourquoi je voudrais savoir ce que tu penses à ce propos.

— À propos de quoi ? demanda-t-elle, feignant de ne se douter de rien.

— Carol, c'est sérieux. À pros de toi et de moi.

Elle hésita quelques secondes avant de répondre.

— Puisque tu le veux… J'en ai déjà parlé avec Chris et Cat. Je retourne à Rata Station. J'aime le travail de la ferme. Si tu en as envie, je serai heureuse que tu m'accompagnes. Tu pourrais jouer les Military Settlers, dit-elle en souriant. Nous aurions quelque dix mille moutons à défendre. Notamment contre la gale ovine et la douve du foie.

— J'en ai ma claque de combattre et de défendre, répondit Bill sans rire. Voilà pourquoi l'idée de Rata Station me fait un peu peur. Tu envisages comme une chose on ne peut plus naturelle que nous y serons toujours les bienvenus. Alors que Cat est enceinte. Elle aura un héritier de son sang. Et de celui de Chris. Avons-nous là un avenir ?

— Oui, la ferme est assez grande pour deux familles.

— Si elles se supportent.

— Il existe désormais un testament, Bill, dans lequel sont précisés tous les détails de l'héritage. Il ne pourra plus se passer ce qui s'est passé après le naufrage. Je recevrai en plus une dot. Une partie des moutons nous appartient donc de toute façon, si tu m'épouses. Car cette conversation, c'est bien une demande en mariage ? Je me trompe ?

La mine de Bill s'assombrit.

— Voilà que, de nouveau, j'ai tout fichu en l'air. La dernière fois je suis passé pour un pilleur de tombe et aujourd'hui pour un coureur de dot.

Carol lui passa les bras autour du cou et leva son visage vers lui.

— Ne dis plus rien ! Laisse-moi parler !

Il l'embrassa.

— Qu'as-tu donc à dire ?

Elle le regarda avec gravité. Puis elle dit :

— Oui.

Entre les mains d'une *tohunga*, tout instrument de musique est porteur de magie. La *putara*, la conque marine, invoque les esprits de la guerre, la *putorino* parle avec les voix des morts, la *pahu*, le tambour, emplit le pays du grondement du tonnerre. On dit de la petite *koauau* qu'elle donne à un bon flûtiste du pouvoir sur les êtres humains.

Assise dans sa chambre d'hôtel, Mara jouait avec l'instrument que lui avait donné Eru et se demandait si elle aurait eu du pouvoir sur Te Ori si elle avait eu une *koauau*. Peut-être avait-il été mieux qu'elle n'en ait pas eu. Au moins, elle pouvait penser à cet instrument sans qu'il soit souillé par de mauvais souvenirs. Perdue dans ses pensées, elle jouait pour Eru. L'avoir sauvé était un sentiment agréable – elle ne pouvait s'imaginer un monde sans lui. Si seulement elle arrivait à surmonter la peur que lui inspirait son visage !

Elle mit la flûte à ses lèvres. Elle ne voulait pas avoir de pouvoir sur autrui, elle jouait pour se donner du pouvoir sur elle-même.

Eru entendit le chant et, cette fois, il ne chercha pas à le fuir. Il le laissa l'endormir. Pour la première fois depuis une éternité, il dormit d'un sommeil paisible, profond et sans rêve, protégé par l'air mélodieux.

Jane et Te Haitara s'approchèrent de son lit avant d'eux-mêmes se retirer. Jane regarda le visage toujours jeune et maintenant détendu de son fils.

— C'est en fait très joli, déclara-t-elle. Les *mokos*, je veux dire.

Te Haitara sourit.

— Les miens ne t'ont jamais dérangée !

— Les tiens, je les ai toujours aimés, dit-elle, allant à la fenêtre en entendant la flûte.

Te Haitara la retint d'une main ferme.

— Laisse, dit-il. C'est Mara. Elle joue pour Eru. C'est leur appel secret.

Dans les yeux de la nouvelle Jane, une Jane débonnaire, il y eut un éclair de colère.

— C'est Mara ? Toutes ces années, c'était Mara ? Et tu le savais ?

— Oui, avoua Te Haitara, honteux. Je n'avais rien contre.

Jane grimaça, sembla vouloir se fâcher, mais finit par sourire.

— Bon sang ! Et moi qui croyais que c'était un oiseau !

Épilogue

Rata Station, Canterbury Plains, automne 1867

En fait, Ida préférait l'île du Nord, plus chaude. Pourtant, en ce jour d'avril, à la vue des immensités vertes des Plains et des eaux miroitantes du Waimakariri sous le soleil, elle se sentit de nouveau chez elle. Il régnait encore une chaleur quasi estivale et le soleil, déjà bas sur l'horizon, colorait de jaune la mer d'herbe tussack. Grâce à un temps inhabituellement beau, les buissons de *rata* avaient refleuri, au grand bonheur de Cat. Elle n'aurait ainsi pas à décorer le jardin pour la fête. Carol, Linda, Bill et Franz avaient certes accroché quelques lampions dans l'espoir, sans doute vain, qu'il ferait assez chaud dans la soirée pour rester assis dehors. *Ils ont pris de mauvaises habitudes sur l'île du Nord*, se dit Ida. Carol, pourtant, était revenue à Rata Station depuis plusieurs mois déjà. Par ce bel après-midi ensoleillé, Franz les unirait, elle et Bill Paxton, et, toute la famille s'étant pour l'occasion réunie, il allait baptiser les bébés de Cat et de Mara. Depuis quelques heures les invités affluaient. Ils flânaient entre les buissons de *rata* et se régalaient au buffet qui avait été dressé dans les prés bordant le fleuve. Carol avait invité tout le voisinage, y compris les Butler, Jane et Te Haitara. Chris et Cat n'avaient pas élevé d'objections. Ils étaient d'accord pour faire la paix avec tout le monde. Jane avait accepté l'invitation avec un peu de gêne. Deborah Butler, en revanche, fit une apparition digne d'une reine.

— Elle ne changera jamais, sourit Cat en la voyant éloigner la voiture d'enfant où reposait son petit-fils nouveau-né du couffin où dormait la fille de Mara. Elle veille déjà à tenir éloigné de notre enfant métis son prince héritier.

— Si March reste aussi jolie qu'elle l'est, cela lui sera difficile à la longue, dit Ida en riant. Mais ne fais pas attention à ce que je raconte, c'est la *karani* amoureuse qui parle en moi.

— Mais tout le monde sera amoureux de March, protesta Cat qui, à la manière maorie, portait son propre fils dans une hotte.

Robin ne recueillait pas autant de cris d'admiration que la petite March. La fille de Mara était le bébé le plus adorable qu'on pût imaginer. Seuls jusqu'ici la couleur bronze de sa peau et ses yeux ronds légèrement obliques témoignaient de son ascendance maorie. Sinon, l'enfant avait tout de sa mère. Elle conserverait certainement la bouche finement dessinée de sa mère et ses traits aristocratiques.

Mara paraissait elle aussi très heureuse de cette fille, même si la naissance l'avait une nouvelle fois menée aux limites de ses capacités de résistance à la douleur. L'enfant n'était pourtant pas gros, mais la frêle jeune femme avait eu des contractions pendant des heures. La sage-femme avait craint pour sa vie. Mais tout avait fini par bien se passer et, depuis, Mara se rétablissait. Elle avait de nouveau l'air en bonne santé.

— Pas trop d'admirateurs surtout, remarqua Ida. Cela n'apporte que des problèmes. Quand il est le bon, un seul suffit. Quant à March et à sa mère, les choses semblent bien se présenter pour le moment.

Depuis que la jeune femme était revenue à Rata Station avec Ida et Karl, deux jours plus tôt, Eru s'occupait d'elle et de l'enfant. Assis côte à côte, ils se regardaient, l'œil brillant, presque comme ils s'étaient toujours regardés. Les tatouages d'Eru semblaient avoir perdu de l'importance. La séparation avait à l'évidence été salutaire. Durant les derniers mois, Eru avait vécu dans sa tribu, alors que Mara avait mis son enfant au monde à Russell. Mais ils s'étaient écrit, toutes les semaines d'abord, puis presque quotidiennement. Ils s'étaient rapprochés par le biais des lettres. Eru avait participé de loin à sa vie à Russell et lui avait raconté les événements du village Ngai Tahu. La tribu avait de nouveau accepté Jane, pas vraiment à bras ouverts, mais elle n'avait de toute façon jamais eu de rapports chaleureux avec les autres femmes. Elle tâchait à présent d'y mettre du sien, essayant de mieux s'intégrer à la communauté, passait des journées à jardiner et à tisser et s'efforçait d'apprendre à jouer de la *koauau*. Dans une de ses lettres à Mara, Eru avait raconté avec humour comment sa mère avait ainsi chassé des environs de sa maison les chiens d'abord, puis les poules et enfin les moutons :

Makuto a un jour déclaré que les esprits s'apprêtaient maintenant à s'en aller eux aussi et lui a suggéré de renoncer à la musique. Étonnamment, elle se rangea à son conseil sans soulever d'objections. Elle n'a eu besoin de personne, en effet, pour constater combien ce qu'elle produisait était horrible. Ma mère n'est pas musicienne, mais elle n'est pas sourde.

Avec le temps, Jane renonça à devenir maorie. Elle n'aimait tout simplement pas les travaux domestiques. Un jour, Te Haitara eut pitié d'elle et la pria dans les formes de bien vouloir reprendre la comptabilité et l'organisation de Maori Station. Chris et le chef avaient fini par diviser les troupeaux de moutons et, bien entendu, Jane avait bouilli de colère quand, ayant étudié les pièces comptables, elle s'était aperçue que tous les points litigieux avaient été résolus en faveur de Rata Station. Te Haitara n'avait pas un instant songé à récriminer.

— Chris doit assumer de gros frais. Le papier pour le *karakia toko pakeha*, expliqua-t-il à sa femme, coûte une fortune. Cinq mille livres, Jane ! Et ils ont besoin d'un deuxième pour Linda afin qu'elle puisse épouser cet homme qui prie tant. Après avoir d'abord épousé celui qui parlait tant. Même là, tu n'as pas été sans torts, Jane.

On pouvait littéralement voir son cerveau bouillonner, écrivit Eru. *Elle ne voulait pas qu'on lui attribue la responsabilité du mariage de Linda. Mais elle ne pipa mot. Et maintenant elle est heureuse avec ses livres de comptabilité.*

Ce qui était exact. Jane se satisfaisait de ce qu'elle avait. Elle se jeta à corps perdu dans la comptabilité et la planification de l'élevage et se remit à bousculer les gardiens.

Elle est certes un peu plus douce qu'avant, continuait Eru. *Elle dit: « s'il vous plaît », « merci » et « pourrais-tu… » Mais tous continuent à se mettre au garde-à-vous devant elle. En revanche, l'argent coule de nouveau à flots. Tant que ma mère était à Rata Station, la tribu ne gagnait plus guère et cela n'avait pas échappé aux plus malins. Ils sont maintenant heureux de son retour.*

Chris, de son côté, avait fait amende honorable ces derniers mois. Jane n'avait en effet pas vraiment ruiné Rata Station. Ses diverses innovations, tel l'élevage de bovins, avaient certes menacé d'échouer dans leur mise en œuvre, mais elles se révélaient maintenant très lucratives. Chris et Cat furent plus que satisfaits des premiers bilans après restitution de la ferme. Ils purent payer sans peine les divorces et, ni Jane ni Fitz ne mettant de bâton dans les roues, tout se régla sans encombre.

— Le prochain mariage sera celui de Linda et de Franz, dit Ida, rayonnante, en voyant le couple se diriger vers Eru et Mara.

Linda menait par la main Aroha, qui essayait d'apprendre à marcher.

— À moins qu'Eru et Mara ne les précèdent, poursuivit Ida. Ils sont certes trop jeunes encore, mais, leur amour ayant résisté à toute cette histoire…

— Allons-y aussi, proposa Cat. Comme ça Franz n'entamera peut-être pas une nouvelle querelle. Après m'avoir fait tout un exposé pour m'expliquer que « Robin » n'était pas un prénom vraiment chrétien, il va descendre en flammes celui de « March ».

Effectivement, Franz avait entrepris Mara avec gravité.

— Tu veux vraiment l'appeler March ? Si cela avait été un prénom maori, j'aurais pu comprendre…

Mara ne lui accorda pas un regard, mais regarda Eru. Durant le voyage, elle avait eu encore un peu peur. Elle n'arrivait toujours pas à regarder les hommes très tatoués sans ressentir un profond malaise. Avec Eru, cela commençait à disparaître. Elle ne voyait plus ses *mokos*. Ses yeux les transperçaient. Makuto s'en était aperçue dès qu'elle avait vu le couple. Ton âme, avait-elle dit à la jeune fille, a dépassé son visage. Et son âme triomphe de sa douleur.

— Elle s'appellera March parce qu'elle a été conçue en mars, finit-elle tout de même par répondre.

— Mais ce n'est pas vrai, Mara ! Elle est née fin février. Elle a donc été conçue début juin, la corrigea-t-il, tout en rougissant d'aborder de tels thèmes.

— Non ! Pour moi, elle a été conçue en mars. En mars 1865. Quand j'ai rencontré Eru dans la forêt de Patea.

— Mais… s'obstina Franz.

— Fiche-lui la paix, intervint Linda. March est un nom très joli, Mara. Et Franz se fera un plaisir de la baptiser sous ce prénom.

— Bon, maintenant, il faut la changer, conclut Mara en se levant. Le baptême est dans une heure et le mariage sera célébré juste après. Tu viens, Eru ?

Eru souleva le couffin et prit la main de Mara en hésitant.

— Et pourquoi le prénom de « Robin » ? demanda Ida à Cat qu'elle avait accompagnée dans la maison et qu'elle regardait langer le bébé.

— J'ai appelé mon fils Robin en l'honneur de Robinson Crusoé. J'ai lu le roman pendant ma grossesse. Et le nom m'a semblé tout à fait convenir à notre aventure ! Chris a ensuite pensé à Robin des Bois, le défenseur des déshérités. Une raison de plus !

Une bonne heure plus tard, Mara et Eru tenaient la petite March, Chris et Cat le petit Robin au-dessus de fonts baptismaux improvisés. Une négociation de dernière heure avait permis un compromis chrétien : la première s'appellerait March Catherine et le second Robin Christopher.

— Si ça le rend heureux, commenta Linda. Il garde en lui encore un tout petit peu de Raben Steinfeld.

Carol et Bill formaient un beau couple, elle au comble du bonheur dans une robe de mariée blanche. Elle n'avait pas manqué de remarquer les regards admiratifs que lui lançait Oliver Butler. Sa femme, la baronne des moutons du Southland, faisait un peu popote, mais elle se révéla sympathique. Elle félicita le couple avec chaleur et se montra heureuse de ces nouveaux voisins. Elle n'avait visiblement aucune idée de l'histoire antérieure de Carol.

— Et j'espère qu'il en restera ainsi, avertit Carol, s'adressant aux autres voisins. Nos enfants doivent pouvoir jouer ensemble. Sans ressentiment du côté de leur mère.

— Carol est très généreuse, dit Chris un peu plus tard quand Cat lui eut rapporté la remarque de Carol.

Ils étaient retournés dans le jardin quand tous les invités s'étaient rendus dans le hangar à tonte décoré en vue du bal.

— Elle est heureuse, sourit Cat, et elle a envie que le monde entier partage son bonheur.

— Ah bon ? dit Chris en s'arrêtant, la prenant dans ses bras. Et toi ? Tu es heureuse ?

Cat acquiesça.

— Et tu ne voudrais pas toi aussi partager ton bonheur avec le monde entier ? demanda-t-il avec gravité.

Cat se serra contre lui.

— Bien sûr. Je peux peut-être commencer par toi. Ida garde Robin. Dans les deux heures qui viennent, nous ne manquerons à personne.

Elle s'attendait à ce que Chris l'embrasse, mais il la força à le regarder.

— Je voudrais ne pas être heureux que deux heures, Cat, mais toute ma vie. Je t'en prie, Cat, épouse-moi. Ne serait-ce que… ne serait-ce que pour régler les histoires d'héritage…

— Pour ça, il y a les testaments. Nous en avons rédigé un il y a quelques mois. Tu t'en souviens ?

— Je sais ! Tu ne laisses à personne le soin de te donner un nom. Cat, Catherine Rata… Tu es une femme avec beaucoup de *mana*. Mais le petit Robin… Cat, serait-ce trop te demander si je voulais qu'il s'appelle Fenroy ?

Cat fit semblant de réfléchir. Puis, sans le laisser trop longtemps mijoter, elle sourit et lui offrit ses lèvres.

— Bon d'accord. Et pourtant Crusoé me plairait mieux.

Table

DE LA MÊME AUTRICE
AUX ÉDITIONS ARCHIPOCHE

Fleurs de feu

Trouver le bonheur
dans un pays hostile

1837. L'espoir d'une vie meilleure pousse Ida et ses parents à partir à l'autre bout du monde, en Nouvelle-Zélande. Quand leur navire, accoste enfin au sud de l'île, les colons s'installent dans un village de pêcheurs. Et Ida déchante.

Non seulement est-elle mariée de force à un homme qui se révèle brutal, mais la vie, au sein de cette communauté rigoriste, y est tout aussi dure qu'en Europe.

Par chance, Ida se lie avec Cat, qui n'a pas non plus été épargnée par le destin. Les deux jeunes femmes vont dès lors se soutenir. Et, qui sait, trouver enfin le bonheur…

Le premier volet de cette nouvelle saga n'est pas sans rappeler *Le Pays du nuage blanc*, l'immense succès de Sarah Lark.

« Amour, chagrin, espoir et nouveaux départs,
dans les paysages colorés de Nouvelle-Zélande. Sans doute le meilleur roman que
Sarah Lark ait écrit depuis longtemps. »
Bremen Magazine

ISBN 979-1-0392-0178-0 / 9,95 €

AUX ÉDITIONS DE L'ARCHIPEL

Le pays du Nuage blanc

Deux pionnières au pays des Maoris

« Église anglicane de Christchurch (Nouvelle-Zélande) recherche jeunes femmes honorables pour contracter mariage avec messieurs de notre paroisse bénéficiant tous d'une réputation irréprochable. »

Londres, 1852. Hélène, préceptrice, décide de répondre à cette annonce et de tenter l'aventure. Sur le bateau qui la mène au Pays du nuage blanc, elle fait la connaissance de Gwyneira, une aristocrate désargentée promise à l'héritier d'un magnat de la laine. Ni l'une ni l'autre ne connaît son futur époux.

Une nouvelle vie – pleine d'imprévus – commence pour les deux jeunes femmes, qu'une amitié indéfectible lie désormais…

Dans une atmosphère évoquant *La Leçon de piano*, le film de Jane Campion, cette saga portée par un puissant souffle romanesque révèle le talent d'un nouvel auteur, dans la grande tradition de Colleen McCullough et de Tamara McKinley.

ISBN 978-2-8098-1236-7 / 23,95 €

Sous la montagne de feu

Nouvelle-Zélande, 1880. Aroha vit heureuse dans l'orphelinat que dirige sa mère Linda à Otaki, sur l'île du Nord. Jusqu'à ce jour de septembre où, à 14 ans, elle réchappe de peu à une catastrophe.

Pour l'aider à surmonter le traumatisme et le sentiment de culpabilité qui ne la quitte plus depuis, Linda décide de l'envoyer à Rata Station, la ferme où sa demi-soeur Carol élève des moutons.

Aroha y fait connaissance de ses cousins Robin, qui rêve de devenir acteur, et de sa sœur March, aussi enjouée qu'ambitieuse. Une amitié indéfectible va se nouer entre les adolescents, à ce moment charnière de leur vie où déjà il leur faut faire des choix.

Ces descendants des premiers colons sauront-ils, malgré les coups du sort, prendre leur destin en main pour se bâtir une vie meilleure ?

« Une intrigue riche et captivante ! Sarah Lark excelle dans ces fresques où des femmes osent braver l'adversité. »
Radio Euroherz

ISBN 978-2-8098-4512-9 / 25 €

Cet ouvrage a été composé
par Atlant'Communication au Bernard (Vendée)

Impression réalisée par
CPI France
en mai 2023
pour le compte des Éditions Archipoche

#lisez!
engagé
www.lisez.com

Pour plus d'information :

Imprimé sur du papier issu de forêts gérées durablement.

Imprimé en France
N° d'édition : 782
N° d'impression : 3052006
Dépôt légal : mai 2023